Le Royaume d'Arkadis

Livre I
L'héritier perdu

Roy Ducarme

Illustrations : Florian Dupré

ISBN : 9781980582380

DÉDICACE

À mes enfants, tout simplement.

ARKADIS
SEFFIRGA
COL DU FRÊNE
VAL D'AALA
ATELAS
HOCFEN
FREZI
VRAGARD
GANGZU
EREFAN
ENOLIA
BLEZÏA
RÉKIL
TIMEVA
BURTON
MOPT
HEDLAND
ALDROSAÏA
CERÏA
FEDÏA
DAÏA
GARDÏA
MIDLAND
DUNOD
BEKRAN
GOA
RÉGO
ZOUGR

TOME I

Le Cœur de Mythril

PROLOGUE

Course-poursuite dans la nuit

Une jeune Souna

« Arrête-toi garce ! »

Le soldat de la patrouille de nuit hurlait dans le vent glacial de la ville d'Énolia.

La jeune Amaya n'en fut pas pour autant déstabilisée. Son visage fin se serra. Sa longue tresse de cheveux bleus sursautait à chaque pas. Elle accéléra de plus belle dans le dédale des ruelles sombres. Chacun de ses pas était synchronisé avec le bruyant frottement des armures de ses poursuivants. L'adolescente pensait désormais à voix haute pour se motiver.

Si je me fais attraper, ce coup-ci je suis bonne pour le cachot.

Les trois gardes n'avaient pas dégainé leurs épées. Ils savaient que c'était conseillé pour ne pas perdre de vitesse face à une telle furie. Elle était souple et vivace comme un chat sauvage. Elle les distançait d'à peine cinquante mètres.

« Cette fois-ci elle ne nous échappera pas. »

Le sergent Brotos, chef de l'équipe, criait la bave au bord des lèvres. C'était le plus gras et bedonnant des trois.

Roustan et Fin Rul, les deux jeunes recrues répondirent simultanément.

« Oui Chef ! »

Il ne fallait pas qu'elle leur échappe cette fois-ci, et chacun avait ses raisons. Brotos avait connu plusieurs échecs ces derniers temps. Le Capitaine de la garde lui avait donné un contrat d'objectifs à remplir. Il lui avait demandé de rattraper cette jeune fille par tous les moyens. Ce soir, dans son esprit l'échec n'était pas possible. Pour Roustan et Fin Rul, tous deux jeunes recrues Valkris, il fallait désormais qu'ils prouvent leur valeur. Tout juste sortis de l'entraînement initial ils ne pouvaient pas se permettre d'échouer. Ils devaient gagner la confiance de leur chef. Ils savaient qu'ils n'avaient pas droit à l'erreur.

Animés par l'énergie du désarroi, mais aussi la rage de vaincre, les trois soldats continuaient leur course effrénée. Elle les menait à travers les ruelles sombres et étroites du quartier des forgerons. Brotos commençait à souffler comme un bœuf. Seules l'adrénaline et l'épée de Damoclès sur sa tête lui permettaient encore de conserver l'allure. Les deux jeunes, eux, éprouvaient moins de mal à suivre le rythme fou de la course.

Amaya elle, connaissait toutes les rues de la ville d'Énolia comme sa poche. Les impasses, les raccourcis, les chemins détournés n'avaient aucun secret pour elle. Elle ne pouvait tomber dans aucun de ses pièges. Elle tournait à gauche, à droite, continuait tout droit sans jamais hésiter. Elle commençait pourtant un peu à faiblir à son tour. Elle connaissait particulièrement bien Brotos. Elle gardait en tête que s'il l'attrapait, ce coup-ci elle n'échapperait pas à la case prison.

Chaque bouffée d'air inspirée lui brûlait les poumons par cette nuit froide. Cet hiver n'avait que trop duré. De mémoire d'ancien, jamais on n'avait connu de saison si rude. Il faisait plus froid que jamais. La neige avait recouvert de son manteau blanc les ruelles de la ville. Cette course-poursuite en était d'autant plus périlleuse.

« On se sépare, on va lui couper la route, ordonna Brotos.
- Oui Chef », répondirent ses deux subordonnés.

Il n'avait pas besoin d'en dire plus. L'entraînement qu'il avait dispensé à ses jeunes recrues faisait ses preuves. Sans dire un mot, Roustan prit la ruelle étroite à droite, Fin Rul l'artère de gauche, le sergent continuait tout droit.

Amaya eut un mauvais pressentiment. Elle jeta un bref coup d'œil en arrière. Elle fut troublée de ne voir qu'un seul poursuivant. Les deux autres avaient-ils abandonné ou avaient-ils choisi de se séparer ?

La fatigue de la course l'empêchait de coordonner ses pensées.

Devait-elle prévoir un itinéraire différent de celui qu'elle avait choisi instinctivement ?

Dès le début de cette course folle, Amaya s'était fixé un itinéraire de repli. Elle détestait devoir changer ses plans, mais les plans de secours ont été inventés pour être utilisés. Il lui fallait donc prendre une décision. Et vite !

On va procéder comme prévu, il ne faut pas laisser place à l'improvisation.

Amaya accéléra de plus belle.

Plus tôt dans la soirée, alors que la nuit venait juste de tomber, elle s'était posée sur les hauteurs. Elle observait le lieu où elle allait effectuer son larcin. C'était une petite échoppe qui ne payait pas de mine, en plein cœur du quartier des bijoutiers. Ce quartier était l'un des plus fortunés de la ville. Il était en partie géré par les Protechs qui maîtrisent l'art de la joaillerie. La maison, aux poutres de bois apparentes s'élevait sur deux étages, elle n'était qu'une des nombreuses habitations serrées les unes aux autres. Si on l'observait bien, on remarquait qu'elle portait les stigmates de l'incendie qui avait défiguré Énolia. Rien à voir avec cette guerre qui avait tiraillé le monde durant tant d'années. Certains disaient qu'il s'agissait du boulanger qui avait laissé brûler la fournée du jour. D'autres que c'est une dispute amoureuse qui avait dégénéré. Une lampe à huile en aurait fait les frais et se serait brisée sur un matelas de paille. Dans tous les cas la mitoyenneté des maisons avait fait le reste. Personne ne sut jamais.

Les bijoux importaient peu à la jeune Souna. C'étaient les pièces sonnantes et trébuchantes qui l'intéressaient. Elle savait de source sûre que le commerçant gardait les siennes cachées dans le double fond d'un tiroir d'une commode. Elle était située à l'étage de la maison habitée par ce vieux Protech. Il avait la réputation d'être aussi riche que dur en affaire. Mais il vivait seul et semblait imprudent. Une aubaine pour la jeune femme qui l'avait bien observé depuis quelques jours.

Il lui faudrait donc, la nuit tombée, grimper à partir de la façade extérieure. Elle devrait se faufiler en toute discrétion sur le balcon, crocheter la fenêtre et s'emparer du butin. Ensuite elle repartirait comme elle était venue. Il lui fallait évidemment rester attentive à ne pas éveiller le moindre soupçon.

Malheureusement, tout ne s'était pas passé comme prévu. Elle n'avait même pas eu le temps d'arriver au bâtiment que le Capitaine Jonas Zurik, en patrouille avec sa section, l'avait reconnue et avait lancé une équipe à sa poursuite.

À cet instant précis, elle avait élaboré naturellement son plan de secours. Elle était jeune, mais son expérience de ce genre d'affaire était grande, et elle savait qu'un plan alternatif pouvait sauver une vie. Il faudrait qu'elle rejoigne le quartier interdit par tous les moyens. Elle n'aurait plus rien à craindre une fois là-bas. Malheureusement elle en était encore loin. Plus le temps passait, plus ses poursuivants se rapprochaient.

Et voilà que maintenant elle ne savait pas où se trouvaient les deux acolytes de Brotos. Décidément, cette soirée s'annonçait mal.

Par la droite, c'est plus rapide.

Elle venait instinctivement de modifier son itinéraire de fuite. La séparation de ses poursuivants l'avait fait douter. C'était une mauvaise décision.

Nez à nez avec Roustan.

Le soldat, la rage dans les yeux, bloquait la ruelle qu'elle venait d'emprunter. Elle ne pouvait plus l'éviter. Elle jeta alors un coup d'œil derrière elle. Brotos, les mains sur les genoux tentait vainement de reprendre son souffle. Elle était piégée, ne pouvait ni avancer, ni reculer.

« C'est fini, tu es prise au piège, rends-toi garce », cria Brotos en utilisant ce qui lui restait de souffle.

Tout ne pouvait pas se terminer de cette manière. Il lui fallait trouver une solution. Vite ! Un regard furtif à gauche. Elle connaissait cette ruelle. Elle savait qu'il s'agissait d'une impasse. Il fallait néanmoins qu'elle tente le coup. Le mur d'un peu moins de trois mètres au bout de celle-ci semblait sa seule solution. Il lui faudrait le franchir. De l'autre côté elle pourrait semer ses assaillants. Sans réfléchir plus longtemps elle savait qu'elle était obligée de suivre cette voie.

« Ce n'est jamais fini ! »

Elle avait rageusement prononcé ces paroles avant de s'engager dans la ruelle. Après une course rapide elle posa un pied en appui sur le mur, ses mains agrippèrent de justesse le sommet. Du bout des doigts, avec une agilité déconcertante, elle passa la jambe par-dessus le haut du mur et le franchit.

Elle poussait un souffle de soulagement lorsqu'elle aperçut Fin Rul. Le grand gaillard semblait l'attendre. Comme s'il avait anticipé sa venue, il se tenait face à elle, épée à la main. Il bloquait entièrement le passage. Amaya était dos au mur.

Je l'avais oublié celui-là.

Complètement bloquée. Elle scrutait de toute part autour d'elle. Plus d'issue possible. À bout de souffle. Elle était piégée. Elle culpabilisait de s'être jetée elle-même dans la gueule du loup.

« Sergent, elle ne peut plus s'enfuir. »

Fin Rul avait crié suffisamment fort pour que Brotos l'entende de l'autre côté du mur.

« Je t'interdis de la laisser filer, c'est compris ? répondit-il. Toi Roustan, tu restes ici au cas où elle aurait l'idée, ou l'énergie de faire demi-tour. »

Rassuré, le sergent fit le tour avec hâte pour se retrouver aux côtés de Fin Rul. La savoir enfin entre leurs mains lui avait donné un second souffle. L'armure grinçante, il battait le pavé des ruelles sombres. La poursuite les avait écartés de la rue principale bien éclairée. La sueur de son front lui coulait dans les yeux. Il l'essuyait tant bien que mal tout en continuant à travers les petites ruelles. Il vociféra contre la jeune voleuse. Le raccourci qu'elle avait pris pour leur échapper l'obligeait à un bon détour. Enfin, il aperçut de l'autre côté du muret, qu'il n'aurait pas réussi à franchir, la silhouette de Fin Rul, épée à la main. En face, tétanisée par la peur et la fatigue, se tenait la jeune Souna. La longue course avait défait en partie sa longue tresse bleue. Des perles de sueur ruisselaient le long de son visage, que la faible lumière zodiacale faisait briller, tout comme les cristaux incrustés dans sa peau. Il s'approcha lentement, savourant ce moment.

« Enfin j'arrive à te mettre le grappin dessus. Tu m'as causé pas mal d'ennuis tu sais ? Brotos la dévisageait, la joie de la victoire dans les yeux.

- À ton service, répondit-elle sarcastiquement. Elle se montrait plus fière que ce qu'elle ressentait.

- Tu ne pensais tout de même pas pouvoir nous échapper éternellement ? »

Les deux soldats, qui mesuraient chacun une tête de plus que la jeune fille, se trouvaient désormais face à elle. La jeune Souna sentait l'haleine aigre du sergent. Malgré cette course nocturne effrénée il avait le sourire. Le goût de la victoire.

« Attends. »

Amaya tenta un mouvement d'esquive à gauche. Elle pensait dans une ultime tentative pouvoir passer à travers les mailles du filet. Le coup de pommeau d'épée de Fin Rul sur l'arrière de son crâne fut trop rapide. Même pour elle !

Amaya s'effondra lourdement au sol.

CHAPITRE PREMIER

Une décision importante

Kimbra Sayane

« Je vous ai réunis ici dans cette taverne car j'ai une annonce importante à vous faire. »

À la tombée de la nuit, les seuls lieux qui restaient bruyants et éclairés dans la ville d'Énolia étaient ses tavernes. Certaines n'étaient pas considérées comme fréquentables par la bonne société énolienne. Pour chercher à obtenir un renseignement, trouver quelqu'un pour accomplir une tâche ingrate, voire prohibée, il n'y avait cependant pas plus approprié dans toute la capitale. Il en était de notoirement plus dangereuses que d'autres. Celles dont l'histoire était entachée par des bagarres générales, des meurtres et autres crimes en tous genres.

La plupart se situaient dans le quartier interdit, à l'extrémité nord-ouest d'Énolia. Ce quartier, comme son nom le laissait présager, était le plus mal famé de la ville. C'était un lieu fréquenté par des individus sans foi ni loi, où même la garde d'Énolia n'entretenait plus l'espoir de faire régner l'ordre un jour. Les autorités l'avaient complètement laissé à l'abandon. Du coup, c'étaient des milices, plus dangereuses les unes que les autres, qui y maintenaient l'ordre et y exécutaient la justice. Leur justice !

C'est dans un de ces lieux riches en histoire, qui vivaient

intensément à toute heure du jour et de la nuit, que l'aventure la plus extraordinaire des derniers siècles commença.

Un Protech, du nom de Kimbra Sayane, énergique malgré son âge avancé, avait réuni sa meilleure équipe. Ils s'étaient retrouvés dans leur taverne fétiche plutôt qu'au quartier général de leur guilde. Les guildes créaient un lien important entre les habitants d'Arkadis. Certains y étaient des membres actifs, d'autres, les plus nombreux, faisaient régulièrement appel à leurs services. Ces services étaient variés et couvraient une palette extrêmement large d'actions. Il était possible de demander à une guilde aussi bien de retrouver son chat perdu, que de faire pression sur un client qui avait oublié de payer. Le système de guilde était institutionnel et reconnu par les autorités. De fait, les services rendus par les guildes n'étaient jamais hors-la-loi. Le système était bien rodé, et d'une guilde à l'autre, c'était la réputation qui faisait la différence. Celle de Kimbra était l'une des plus cotées à Énolia, et le prix des actions qu'elle réalisait était élevé.

La taverne qui les réunissait ce soir se situait dans le quartier des teinturiers attenant au quartier interdit. Kimbra refusait que les membres d'Umbrea Mortalis se rendent dans ce quartier prohibé en dehors du cadre d'une mission. Personne ne se souvenait qui avait baptisé ainsi la guilde, mais la fierté d'en être un membre était sans égale dans tout le pays. Depuis qu'il était à la tête de la guilde, ce Protech, aujourd'hui accablé par le poids des années, avait mis un point d'honneur à toujours rester dans la légalité. Il portait beaucoup d'attention à conserver cette réputation qu'il avait mise du temps à forger. Une fois n'étant pas coutume, il avait décidé de parler à cette équipe à l'écart des oreilles indiscrètes. Et pour être sûr que personne ne les verrait, il avait choisi l'ombre de la taverne.

Umbrea Mortalis avait connu son âge d'or durant la Guerre des Clans. Depuis la fin des hostilités son activité s'était considérablement ralentie. La paix ne faisait pas bon ménage avec ce genre d'entreprise. Ce n'était pas un cas isolé, la plupart des guildes du pays vivaient des moments difficiles.

La taverne, nommée « Chez Willy », du nom de feu son propriétaire, arborait une devanture des plus banales. Le malheureux avait glissé sur l'une des marches de l'escalier parallèle à la rue. Il s'était brisé la nuque et était mort avant que son corps n'arrive en bas. Il était notoire que Willy était le meilleur client de sa propre auberge. Et ce n'étaient pas les pichets d'eau qui étaient les plus vendus…

Une lourde porte en bois, toujours fermée, bloquait l'entrée des lieux. La veuve de Willy, qui avait repris la taverne à son compte, aimait rappeler à quiconque osait la laisser ouverte, que son échoppe n'était pas une grotte. Un écriteau en bois flottait au vent, indiquant le nom de l'endroit, sans fioriture. C'était un lieu des plus modestes. Sina Mura, le chef d'une des meilleures équipes d'Umbrea Mortalis aimait y aller et passer un peu de bon temps. Il appréciait tout particulièrement le côté discret et retiré de l'endroit. La guilde était composée d'une dizaine de groupes plus ou moins autonomes. Chacun comptait en général quatre ou cinq membres. Kimbra Sayane les voulait les plus hétéroclites possible, mélangeant les races et les spécialités. Sina Mura, un Valkris, était le chef de celle que Kimbra avait convoqué ce jour-là. C'était son favori. Il lui avait donné rendez-vous avec ses quatre acolytes.

L'intérieur ressemblait à toute taverne qui se respecte. Un endroit bruyant, des gens jouant aux dés ou à un jeu de cartes - *le Wooxin.* Ce jeu était le plus populaire d'Arkadis et avait été inventé durant la guerre. Sa pratique avait atteint son apogée depuis que les hommes ne se battaient plus et qu'ils avaient été contraints de se trouver d'autres activités moins belliqueuses. Les soldats racontaient leurs faits de guerre. Les aventuriers et navigateurs leurs dernières histoires, parfois réelles, souvent enjolivées, fréquemment inventées. Le taulier de l'établissement était un vieux St'ingie, digne héritier de Willy, que personne ici n'avait jamais vu sobre. Il passionnait les voyageurs de passage en racontant l'histoire du Kraken qui s'en était pris à son navire aux débuts de la guerre. Il était, selon ses propres dires, le seul survivant du drame. La passion qui l'animait était quasi mystique quand il expliquait que chacun des huit tentacules du monstre mesurait trois à quatre fois la taille du bateau. Il n'était à l'époque que simple mousse. Malgré son exploit, les armateurs n'avaient bizarrement jamais reconnu son évident courage et il était resté matelot tout le restant de sa carrière. Les habitués écoutaient d'une oreille distraite cette histoire maintes fois rabâchée. Elle s'allongeait à chaque nouvelle saison de détails de plus en plus exceptionnels et fabuleux que notre expérimenté conteur semblait ramener à sa mémoire. La mauvaise bière de la taverne facilitait la réminiscence de ses souvenirs.

Le comptoir se situait à gauche de l'entrée. Le reste de la salle était parsemé de tables rondes hétéroclites, poisseuses et collantes de graisse et de bière mélangées.

Tout habitué savait qu'il était déconseillé de s'asseoir à la table du fond de la pièce. Là où l'obscurité régnait. La lumière de la taverne peinait à arriver jusque-là. C'est à cette table que les membres de l'équipe de Sina Mura venaient se restaurer après une mission ou simplement passer du temps à se conter les précédentes. Ils n'aimaient pas voir des inconnus y être installés sans y avoir été invités. Ce qui n'arrivait d'ailleurs jamais…

Sina Mura et ses quatre compagnons, assis autour de cette table, une chope de bière devant eux attendaient l'intervention de Kimbra Sayane. Il se tenait debout face à eux.

« Bon les gars ! J'ai réussi à vous dégoter une nouvelle mission. Par contre j'ai bien peur qu'elle ne vous plaise pas. En plus, je dois vous prévenir tout de suite qu'elle ne sera pas des plus faciles », Kimbra Sayane parlait à voix basse. Il espérait que le brouhaha ambiant couvrirait le son de ses paroles pour que seuls les membres de l'équipe puissent le comprendre.

Les cinq autres se regardèrent avec inquiétude avant de revenir à leur chef. Pour la première fois leur meneur, Kimbra Sayane, prenait des précautions oratoires pour leur présenter une mission. Déjà que le choix du lieu était étrange, la dernière phrase les mettait mal à l'aise. Son rôle de chef, qu'il avait toujours assumé, était d'inspirer confiance à ses équipes et de n'accepter que des missions réalisables. Décidément rien ne les rassurait.

« Laissez-moi vous exposer les faits », continua Kimbra.

Ils le regardaient les yeux grands ouverts et les oreilles attentives. Tous souhaitaient une nouvelle mission. Ils l'espéraient sortant de l'ordinaire. Les temps étaient durs et rien d'intéressant ne leur avait été proposé depuis bien longtemps. Ils se morfondaient et étaient avides d'entreprendre de nouvelles aventures. Évidemment une question cruciale les taraudait, même s'ils n'avaient jamais osé l'exprimer à voix haute devant Kimbra Sayane : quelle allait être la particularité de cette nouvelle mission ? De plus en plus figés et mal à l'aise, ils ne bougeaient plus du tout, formant sur leurs chaises un tableau surprenant de statues immobiles dans la pénombre.

Le chef d'Umbrea Mortalis semblait être devenu expert dans l'art du suspense. Il jouissait de ses effets et laissa passer encore quelques instants.

« Comme vous le savez, avec cette paix il est de plus en plus difficile de trouver un contrat. Les gardes des villes semblent suffire à nos anciens clients. Mais rassurez-vous, tout n'est pas perdu. J'ai été contacté récemment par un homme qui nous a confié un travail. »

Après un nouveau silence, il reprit, pensif.

« La tâche me semble dangereuse je dois l'avouer. »

La curiosité du groupe était maintenant ouvertement affichée. À cette dernière annonce, ils avaient repris leurs mouvements, et s'agitaient à nouveau. Les chopes de bière perdirent dans l'affaire une grande quantité de leur contenu.

« Dangereuse comment ? questionna Sina Mura l'air grave.
- Tu veux dire dangereuse dans quel sens ? Hum... Et bien dangereuse dans le sens qui peut mettre votre liberté en danger, voire même mettre votre vie en péril.
- Notre liberté ? Allons-nous devoir accomplir une mission hors des limites de la légalité ? s'exclama Selvin Klyde.
- C'est possible. Sachez que je ne vous obligerai pas à me suivre sur ce coup-là. Par contre il vous faudra en assumer les conséquences. »

Il réfléchit un moment les yeux dans le vague, puis fixa ses hommes, un par un, lentement, l'air grave.

« Vous savez que les temps sont durs ? J'ai vraiment beaucoup de mal à trouver de nouveaux clients. Ce contrat nous permettrait de nous remettre à flot. Je crains qu'en cas d'échec, ou ce qui serait pire pour moi, si nous le refusions, je doive mettre la clef sous la porte. Et ça, vous pouvez me croire, je ferai tout pour que ça n'arrive pas ! »

Il se leva brusquement en frappant du poing sur la table. Une grande passion l'animait soudainement. Un feu ardent brûlait dans ses yeux, il semblait avoir rajeuni de trente ans. Ce vieux Protech avait consacré toute sa vie à Umbrea Mortalis, sa guilde. Il ne voulait en aucun cas qu'elle ne sombre dans l'oubli ou ne disparaisse. Et le fait qu'il évoquait la possibilité de franchir les frontières de la loi en disait long sur sa détermination.

En ce soir de printemps la taverne était plus silencieuse qu'à l'habitude. Les beaux jours venaient tout juste de revenir. Selon les mages de tous les clans confondus, l'hiver le plus long et le plus rude jamais connu venait de se terminer. Les gens pouvaient désormais profiter à nouveau des beaux jours pour reprendre leurs activités normales. La plupart des Valkris ensemençaient déjà les terres à peine dégelées pour la prochaine récolte. La vie reprenait doucement son cours dans le pays. Tout semblait calme dehors, mais à l'intérieur de la taverne...

Rompant le silence qui s'était abattu sur eux, la voix grave du chef de la guilde s'éleva.

« Je vais vous donner les termes du contrat et si l'on doit se dire au revoir juste après les instructions je comprendrais, annonça Kimbra en se rasseyant, calme, imposant par son charisme.
- On t'écoute », dit Sina Mura, le chef d'équipe.

Tout ce suspense l'insupportait. Cet homme était né dans l'action et ne vivait que pour l'action. Les palabres de Kimbra n'étaient pas sa façon de procéder.

« Oui oui, sois un peu patient Sina. Je vais tout vous expliquer. Hier soir, j'ai reçu une lettre d'un inconnu que, malgré tous mes efforts, je n'ai pas réussi à identifier. Il m'a donné rendez-vous dans le quartier interdit ce matin, à la taverne du Chat brûlé. Quand je m'y suis rendu je n'ai pas eu affaire à notre client mais à un exécutant, ou un de ses hommes de main, je ne sais pas. Il connaissait très bien tous les détails de la mission. Il me l'a expliquée avec beaucoup de précision. Il avait avec lui une somme d'argent conséquente en acompte pour le cas où je l'accepterais immédiatement. Vraiment, vraiment conséquente ! », dit-il en se replongeant dans ses pensées.

Il prit sa chope et but quelques lampées. Il réfléchit un petit instant, reprit quelques gorgées, et, satisfait de son effet continua.

« Nous devons faire s'évader quelqu'un de la prison d'Énolia. »

Il avait lâché d'un trait cette phrase. Comme si les mots lui brûlaient les lèvres. Il était évident que le cadre de la légalité allait être largement dépassé, et c'était un reniement complet de tout ce qu'il avait défendu au cours de sa carrière. Tous se regardèrent stupéfaits. Cette annonce avait fait l'effet d'une bombe explosant au milieu de la table. Pour les cinq hommes de l'équipe de Sina Mura, il s'agissait d'une révolution. C'était la première fois que leur chef si respectueux des règles, de la déontologie, leur parlait d'une mission qui impliquait une action illégale. Même si souvent ils agissaient en bordure des règles, ils n'avaient jamais franchi la limite qui les aurait mis hors-la-loi. Ils se rendaient compte maintenant, à l'attitude de Kimbra, de la gravité de la situation financière d'Umbrea Mortalis. Elle devait être vraiment critique pour qu'il en vienne à de tels extrêmes !

« Oui j'imagine plutôt bien le fond de votre pensée. Lorsque j'ai accepté cette mission je savais sans le moindre doute que ce serait à vous que j'allais la confier. Vous savez toute l'estime que j'ai pour vous. Mais je me sens coupable de vous la donner. Je ne suis pas certain que vous me suivrez sur ce coup. Je peux le comprendre, cependant vous savez maintenant ce qui se passera si vous refusez », il venait de plomber encore plus l'ambiance, pourtant déjà bien lourde, autour de la table.

En même temps sa façon de s'exprimer était un peu hypocrite. Comment pourraient-ils refuser alors qu'il mettait en jeu l'avenir même de la guilde ?

Tous prirent un moment pour la réflexion. Ce fut Selvin Klyde, un Valkris, qui brisa le silence en premier.

« Chef, voilà deux ans que je bosse avec vous et ce n'est pas aujourd'hui, quand notre guilde est au plus mal, que je vous ferai faux bond.

- J'en suis, évidemment, dit Sina Mura.
- Vous pouvez compter sur moi, ajouta Danto, le Protech, avec son enthousiasme naturel.
- Je ne me suis jamais défilé sur une mission, ce n'est pas aujourd'hui que ça va commencer », confia Jodix.

Pourtant, le membre le plus ancien de cette équipe soudée restait muet. Disel était pensif, il regardait la bière tournoyer dans sa chope qu'il triturait. Tous les regards étaient braqués sur lui. Sans lever les yeux, il dit d'une voix blanche.

« Chef. Vous savez, je suis marié, j'ai des enfants… »

Il cherchait ses mots, ses arguments mais surtout espérait une réaction de son chef. Kimbra Sayane lui épargna une longue et difficile justification.

« N'en dis pas plus, je te comprends Disel. Par contre tu connais mieux que quiconque les règles d'Umbrea Mortalis. En refusant cette mission je ne peux plus te compter dans nos rangs. Tu vas devoir trouver un nouveau travail, ailleurs que dans notre guilde, dit Kimbra d'un air déçu, mais où ne transparaissait pas le reproche.

- Oui, j'en suis conscient, c'est ma décision et je l'assume pleinement. Évidemment je respecterai les règles, vous pouvez compter sur moi. Je ne peux pas participer à une action aussi dangereuse. Ce serait malhonnête pour ma famille. Encore désolé les gars. »

Le Souna posa sa chope sans même finir sa bière, ce qui en disait long sur son désarroi. Il se leva et après quelques pas se retourna vers ses amis.

Avec tristesse il dit:

« Énolia est peut-être la plus grande ville d'Arkadis, mais croyez-moi, elle est bien trop petite pour qu'on ne se croise pas à nouveau. Prenez soin de vous les amis, surtout toi le bleu. »

Il fixait le jeune Jodix, un brin attendri.

Tous se turent et acquiescèrent tristement à ces propos. Kimbra jugea inutile de préciser à Disel qu'il ne devrait jamais parler à quiconque de cette conversation. Le vieux briscard de la guilde saurait tenir sa langue, aucun doute.

Disel avait été parmi les premiers à rejoindre la guilde lorsqu'il en avait pris le contrôle. Il le connaissait mieux que personne et savait qu'il ne les trahirait jamais.

Le Souna ferma les yeux quelques instants, et le dos voûté, comme s'il venait de prendre plusieurs années en une minute, se dirigea vers la porte de la taverne. Au moment d'en franchir le seuil, il fit mine de se retourner, mais arrêta son geste, peut-être par orgueil. Il disparut dans la pénombre de la rue.

L'atmosphère était lourde. Chacun se remémorait les actions qu'il avait entreprises avec Disel. On effaçait difficilement des années de collaboration en quelques instants. C'était pourtant la règle, ils le savaient tous, mais son application était une première dans leur groupe. Personne n'était jamais parti parce qu'il refusait une mission. Certes, ils comprenaient Disel et ses arguments. Pourtant la tristesse restait profonde. Kimbra, en grand chef qu'il était, respectait ce silence. Mais désormais une mission importante les attendait, ils se devaient d'être concentrés. Il toussa discrètement. Les hommes fixèrent à nouveau leurs regards vers le chef.

Ils voulaient tous en apprendre davantage.

CHAPITRE DEUX

Un conseil primordial

Liana Belevir

« Quel lieu magnifique, chaque fois que je m'y rends j'en perds mes mots. »

L'Académie Royale d'Énolia se situait au centre de la ville. Elle formait une large arche qui surplombait le fleuve Aïem et montait en flèche sur une hauteur impressionnante. Sa structure en marbre blanc du désert de Krakoï lui donnait un aspect brillant, somptueux à la lumière du soleil. Son architecte l'avait incrustée de cristaux de verre en hommage au peuple du nord, les Sounas, ce qui en faisait l'un des plus beaux bâtiments du royaume d'Arkadis. La peau de ce peuple du Nord était naturellement couverte d'innombrables petits cristaux. Au sommet du bâtiment une flamme St'ingie éternelle, créée par l'un de leurs plus illustres ancêtres, étincelait.

Ce chef-d'œuvre architectural avait été érigé dès l'origine de la construction d'Énolia, sous le règne de Salilas. Le premier roi de l'Ère moderne était passionné par les sciences et la maîtrise des éléments. Il avait voulu marquer son règne par la construction d'une ville que le monde entier admirerait, symbole fort de la fraternité entre les peuples. Énolia et ses merveilles étaient nées.

Il l'avait toujours voulue multiclanique. C'est pour cela que chaque clan maîtrisant lui-même un élément unique s'était vu représenté par une composante de l'Académie. Ainsi, les Valkris étaient représentés par l'eau du fleuve Aïem qui traversait l'Académie du nord au sud, les St'ingies par le feu de la flamme éternelle située en son sommet, les Protechs par la terre du Vivarium, et enfin les Sounas par les vents, captés par des éoliennes faites de bois et de peaux de bêtes tannées.

Cette Académie avait une spécificité, elle acceptait sans discrimination tous les clans d'Arkadis, ce qui en faisait la plus grande et la plus peuplée des Académies. Elle était la seule à permettre la promiscuité des mages de chaque clan. Les tests d'entrée étaient impitoyables pour les mages expérimentés. Peu de ceux qui postulaient arrivaient à intégrer cette prestigieuse institution.

Etaient également acceptés ceux dont les aptitudes à devenir mage avaient été décelées très tôt. Dès l'âge de quatre ou cinq ans pour les plus jeunes, ils commençaient une formation particulièrement difficile et intense jusqu'à leur majorité de mage. Celle-ci était fixée par les textes sacrés à vingt-cinq ans, âge auquel ils devaient passer les examens finaux. Ces épreuves étaient liées à l'élément de leur clan d'origine. Les rites magiques de l'Eau, de la Terre, du Feu et de l'Air en avaient fait trébucher plus d'un au seuil de sa vie autonome de mage. Peu réussissaient, ce qui donnait au titre une valeur plus grande encore.

Dans cette Académie siégeait aussi le conseil des quatre depuis la fin de la longue Guerre des Clans. Elle avait séparé les clans durant près de cinquante ans et avait laissé des marques profondes et indélébiles. Malgré ces souvenirs douloureux, l'ensemble des habitants d'Arkadis tentait de reconstruire un monde nouveau et harmonieux, sans ressentiment entre les clans. La salle du conseil était la salle d'honneur de l'Académie, ornée des portraits de tous les Doyens. Le titre de Doyen était donné à ceux qui étaient à la tête des Académies de magie disséminées dans tout Arkadis. Le Doyen de l'Académie d'Énolia pouvait être issu de n'importe lequel des quatre peuples connus du monde. La plupart de ceux qui avaient atteint ce haut rang étaient Valkris. Quelques Sounas et St'ingies y étaient parvenus également, mais aucun Protech n'y avait trouvé sa place. Ce peuple fier était peu apte à une éducation dans une école ou une Académie, fût-elle Royale. Ils prétendaient que leurs écoles étaient partout, dans les villes, les campagnes et qu'il n'était pas utile de consacrer des lieux spécifiques à l'éducation. Cela semblait d'autant plus paradoxal qu'ils étaient les gardiens de nombreux savoirs technologiques. Mais qui aurait osé dire à un Protech qu'il avait tort ?

Dans la salle, en bonnes places, étaient aussi exposées des reliques précieuses, rapportées lors de voyages initiatiques, richement mises en valeur sur des commodes ou dans des vitrines. L'étendard de l'ancien roi était accroché sur le mur principal, face à la porte. Il s'agissait d'un drapeau bleu, rectangulaire, avec un serpent de mer couronné en son centre, et quatre étoiles brodées en fil d'or, chacune représentant un clan d'Arkadis. Les érudits le décrivaient : « d'azur au serpent de mer d'or et souffle de gueule ; au chef de quatre étoiles d'or ». Il était devenu décoratif après l'extinction de la dynastie royale au début de la Guerre des Clans. Le symbole restait cependant fort et personne n'aurait osé manquer de respect à cette bannière. Peu à peu, elle devenait elle aussi une relique.

Au milieu de la salle, se trouvait une table en érable, ronde, de quatre mètres de diamètre. En son centre un gros chandelier trônait sur un napperon rouge et richement brodé de motifs doré. Autour de la table, quatre luxueux sièges rappelaient les quatre clans. Chacun était sculpté de manière à rappeler l'élément inhérent à chaque peuple. Celui d'Andrel Techmobi, le chef Protech, était habillé d'une tête d'un taureau à l'air féroce finement gravée dans de l'ébène. Il était la représentation du dieu de la Terre, Gébir, dieu principal des Protechs. Des roues dentées en métal, incrustées dans le bois, embellissaient le contour du dossier, symbole des arts de l'ingénierie si significatifs pour ce peuple. Le Grand Mage St'ingie, Algorim Y'rgram, était assis dans un fauteuil dont le dos symbolisait le Feu et son dieu Ler'Qan. Le dossier du siège était une grande flamme, au milieu de laquelle une tête de renard était taillée, ses yeux perçants semblant jeter une malédiction sur quiconque le regardait. Vandal Vragard, le discret Protecteur Valkris, s'était installé délicatement, comme d'habitude, sur le siège de l'Eau représentation symbolique de Tlaloc le serpent de mer ailé. Un large corps ondulé terminé par une gueule grande ouverte, correspondait au dossier. Les ailes n'étaient que l'ornement, mais donnaient une impressionnante prestance au fauteuil. Enfin, le siège de la Matriarche Souna était probablement le plus beau d'entre tous. Elle avait insisté auprès du meilleur artisan de Seffirga, la capitale Souna, pour qu'il travaille et retravaille ce siège jusqu'à atteindre une forme de perfection. Toute son exigence et sa rigueur devaient apparaître dans ce meuble. Il devait être le reflet figé de la grande sagesse de la matriarche. Il était en Cristal, d'une pureté exceptionnelle. Il était comme le peuple Souna, fragile d'apparence, mais en réalité dur comme le diamant. La lumière du soleil s'y réfléchissait comme elle le faisait sur les fins cristaux qui recouvraient la peau des Sounas. Discrètement, en relief, était gravé à même le Cristal bleu azur, Simurgh, un phénix de glace, le dieu de l'Air; l'élément des Sounas. Dans un angle, situé à côté d'une fenêtre, endroit choisi pour une bonne luminosité, trônait un pupitre sur lequel un maître scribe inscrivait dans un majestueux registre les ordres du jour, les éléments de chaque séance ainsi que les décisions prises.

Lors des conseils, chacun des sièges semblait se transformer lorsque les chefs de clan, vêtus de leurs habits traditionnels y prenaient place. L'alliance des sculptures sur chaque chaise avec les vêtements traditionnels provoquait une forme de magie théâtrale. Les éléments prenaient vie.

C'était le cas de ce premier jour du printemps.

« Bonjour à vous mes seigneurs. J'ai l'honneur d'ouvrir maintenant, à l'heure où le soleil est à son zénith, cette séance. Nous passerons en revue les différents points à l'ordre du jour, que notre scribe voudra bien énumérer. Puis chacun d'entre-vous, moi-même éventuellement, pourra exposer ses requêtes exceptionnelles. Qu'il en soit ainsi ! »

La femme qui venait de prendre la parole était Liana Belevir, la Matriarche Souna. Elle se tenait debout devant son siège, avec une grande prestance, dans une magnifique robe bleue. Sa chevelure bleu turquoise, tressée, retombait sur son épaule gauche. Sa robe se terminait par une courte traîne rigide. Son cou était recouvert d'une bande de tissu subtilement attachée au sommet du vêtement. Un large décolleté en forme de losange dévoilait le haut d'une poitrine généreuse. Sur ses épaules le tissu était surélevé par de grandes épaulettes qui la grandissait et lui donnait la stature d'une reine.

Elle était naturellement grande et mince comme les gens de sa race, le cou et le visage fins, le nez discret. Elle paraissait bien plus jeune que ses cinquante ans. Il s'agissait d'une caractéristique de Souna. Ses bras nus laissaient apparaître toute la finesse de ce qui faisait la beauté de ce peuple. Des cristaux incrustés dans la peau reflétaient chaque rayon de lumière venant la caresser. Une légende voulait que la puissance de ce peuple était due à ces cristaux qui absorbaient la lumière du soleil. Il se murmurait qu'ils stockaient en eux cette énergie pour l'utiliser en temps voulu.

Les autres chefs de clan, assis autour de la table, la regardèrent avec respect, comme toujours. Il y avait Vandal Vragard le Protecteur Valkris, Algorim Y'rgram le Grand Mage St'ingie et le puissant Andrel Techmobi, chef Protechs. Sans un mot, ils se tournèrent vers le maître scribe pour qu'il annonce l'ordre du jour.

Celui-ci, dans le ton solennel qui seyait à sa fonction prit la parole.

« Matriarche Souna, Chef Protech, Grand Mage St'ingie et Protecteur Valkris, en ce jour de l'an 1 543 de la Nouvelle Ère, l'ordre du jour concerne exclusivement la couronne du royaume d'Arkadis. Comme les sages en ont décidé précédemment, il faut désigner un souverain pour gouverner, confirmer et perpétuer les liens tissés entre les peuples depuis la fin de la guerre dite des Clans. La parole vous appartient », Liana Belevir était restée debout. Elle s'assit.

La salle restait silencieuse. Les différents participants se regardaient. Personne ne voulait prendre la parole, chacun sachant que le débat qui s'annonçait allait être long et houleux. L'avenir du royaume allait se décider ici et maintenant, pour les décennies, voire les siècles à venir. Il allait falloir choisir intelligemment, en fonction des besoins et des demandes de chaque clan. Cette guerre n'avait fait que trop de morts et d'orphelins, tout le monde était d'accord au moins sur ce point. Trop de cités avaient été réduites en cendres. Cela devait cesser, aucun doute pour personne. La décision avait été prise, ils devaient désormais prendre les difficiles mesures qui permettraient d'atteindre le but : restaurer une famille royale.

Le chef Andrel Techmobi, meneur charismatique des Protechs, se leva. Il imposait le respect par sa robustesse. Il parlait d'une voix forte, qui contrastait avec sa petite taille. Personne ne manquait de respect à un Protech, du moins en apparence. Andrel Techmobi était leur représentant. Les autres furent immédiatement attentifs, soulagés que quelqu'un se soit décidé à ouvrir le débat.

« Je me permets de prendre la parole en premier. Comme vous le savez tous et je l'admets volontier, nous, les Protechs sommes un peuple belliqueux. Nous avons palabré longtemps dans notre Conseil. La conclusion de nos délibérations a été longue à venir, mais nous avons tranché. Nous avons conclu qu'il ne serait pas bon que le futur souverain de la terre d'Arkadis soit l'un des nôtres, aucun de nos sages ne prendrait en charge ce lourd fardeau. Cependant, lors de nos débats, nous avons estimé que ce serait un honneur pour nous de constituer ce qui sera sa garde personnelle. Notre maîtrise de toute forme de technologie associée à nos compétences au combat sera un atout primordial pour assurer sa sécurité. Ce qui s'est passé il y a cinquante ans ne doit plus se reproduire. »

Les hommes acquiéscèrent, mais Liana Belevir reprit la parole immédiatement.

« Merci Andrel. Je pense que nous devrions imaginer quelque chose de très ouvert pour la Garde Royale. Nous avons la chance lorsque nous sommes réunis, de posséder la maîtrise des quatre éléments. Il me semble important que chaque clan participe à la sécurité du roi et de sa famille afin d'utiliser au mieux ses compétences. Elles pourraient s'additionner. Si nous décrétons une garde représentant nos quatre peuples, elle sera d'une force et d'une sûreté inégalée. Les gens peuvent changer, en mal ou en bien je vous l'accorde, même ceux que nous n'imaginions pas, allant jusqu'à les surprendre eux-même. En utilisant la mixité de nos clans, nous pourrons prévenir un éventuel coup d'état par l'un des peuples. Enfin, et ce n'est pas le moindre des arguments que je vous expose, il me semble important que l'orgueil de chaque nation soit préservé. Nous savons, noble Andrel, toute la fierté que vous auriez à porter la responsabilité de la Garde Royale. Mais songez, que nous aussi, Sounas, Valkris et St'ingies aimerions voir nos meilleurs soldats briller dans les futures parades royales. Voilà pourquoi je propose une garde mixte faite des meilleurs mages et guerriers de nos clans. »

Andrel se renfrognait au fur et à mesure que Liana développait ses arguments. Il observait du coin de l'œil les deux autres chefs de clan. Voyant qu'ils semblaient réagir positivement à l'intervention de la Matriarche, il décida de cacher sa déception. Sa proposition avait été validée par le Conseil Protech après des débats houleux, comme seul son peuple pouvait en produire. Le fait qu'il n'arrivait pas à faire accepter leur proposition ici lui promettait un retour quelque peu compliqué dans son clan. Mais pour l'heure, il était là pour négocier, pas pour imposer.

Plus ou moins convaincus, les trois hommes prirent une attitude positive à la fin de l'intervention de Liana. Leur réflexion fut brève. Ils hochaient la tête, et Liana Belevir, la Matriarche Souna, sut qu'elle avait gagné ce point.

« Allons plus loin, s'exclama soudain Andrel Techmobi.

- Le conseil vous écoute, dit la Matriarche Souna un peu surprise. Elle se doutait que venant de contrarier une décision protech, Andrel devait bouillir intérieurement. Elle était sur le qui-vive.

- Chaque clan dispose d'une armée. Elles sont fortes, très fortes même. Mais elles ont chacunes le désavantage de n'être liées qu'à un seul élément magique. Pourquoi ne pas fusionner ces armées et n'en faire qu'une seule, pour maintenir une paix durable en Arkadis et repousser tout envahisseur éventuel. Vous savez que notre monde est vaste et qu'une très grande partie n'en a jamais été explorée. Le danger peut venir de partout et de nulle part à la fois. Si chaque clan apporte ses compétences, ses soldats en nombre, ses chefs de guerre, ses mages, nous pourrions avoir une armée imbattable et solidaire au service du seul roi d'Arkadis. »

Andrel Techmobi s'exprimait avec une certaine exaltation, se disant qu'ainsi il repartirait chez lui avec une proposition faite par les Protechs et qu'il pourrait se faire passer pour celui qui avait débloqué la situation. Son regard se porta sur les trois autres sages dans l'attente de leur réaction.

« En effet, cela me semble une très bonne idée. Il faudrait en discuter lors d'un prochain conseil des quatre, car comme vous avez pu le remarquer, nous nous écartons du sujet initial. Scribe, veuillez noter que la fusion des armées sera à l'ordre du jour du prochain conseil ordonna la doyenne Souna. En attendant, revenons à nos affaires de ce jour. Il nous faut décider qui va porter la couronne sacrée d'Arkadis. »

Pris dans le feu de la discussion sur la Garde et l'armée, ils s'étaient levés, exaltés. En les voyant ainsi debout autour de la table du Grand Conseil, un spectateur neutre aurait immédiatement compris pourquoi la moindre étincelle dans ce monde où vivaient quatre clans si différents pouvait provoquer une guerre interminable. Ils s'assirent. Le Protecteur Valkris, Vandal Vragard, resté jusque-là silencieux se leva à nouveau et prit la parole.

« Souvenez-vous du dernier roi d'Arkadis.

- Sûr que vous devez vous en souvenir, c'est vous qui l'avez assassiné, coupa Andrel sur un ton mordant.

- Nous ne sommes pas là pour rappeler les anciennes rivalités maintenant effacées mais pour trouver un moyen de conserver cette paix qui dure depuis quelques années déjà. »

La Matriarche Souna parlait sur un ton ferme mais respectueux. Ce genre d'incidents était encore trop fréquent.

« Merci à vous Andrel de laisser Vandal dire ce qu'il a à dire sans être coupé, poursuivit la Souna.

- Ce roi, continua ce dernier comme s'il n'avait rien entendu, était un descendant de Salilas, le Xya qui nous a tous lié les uns aux autres et qui a apporté paix et prospérité sur nos terres. Je pense donc comme une évidence que seul un descendant de cette lignée est légitime pour pouvoir porter la couronne d'Arkadis.

- Sauf que Civitas qui est le dernier roi à avoir siégé sur le trône d'Arkadis est mort, sa descendance avec lui, répondit avec humeur Algorim Y'rgram, le Grand Mage St'ingie, qui n'avait pas encore pris la parole jusqu'à présent. Vous nous faites perdre un temps précieux Vandal et…

- Vous vous trompez, le coupa le Protecteur Valkris, je sais de source sûre que le fils de Civitas a réussi, juste avant l'entrée de l'armée Valkris dans Énolia, à s'enfuir. Souvenez-vous de ce jeune prince qui à l'époque devait avoir cinq ans. Cet enfant, son fils unique, est parti avec le Cœur de Mythril. »

Ils se regardèrent tous, stupéfaits par ce qu'ils venaient d'entendre. Le Cœur de Mythril était le talisman de la couronne du royaume d'Arkadis. Il était l'héritage de Salilas et tous le pensaient perdu depuis la mort de Civitas dans les tourbillons de la guerre.

« Je veux bien que le fils de feu le roi Civitas ait survécu, mais c'était il y a plus de cinquante ans maintenant. Qui sait ce qui a pu arriver à cet enfant, s'il a survécu à la guerre, s'il a eu une descendance. De plus il est très hypothétique d'imaginer qu'il possède le talisman. Comment un enfant de cinq ans aurait-il pu survivre à cette terrible guerre. Je n'y crois pas. Pourquoi d'ailleurs ne s'est-il jamais manifesté ? S'il est encore en vie, il a près de soixante ans aujourd'hui. Non décidément vous affirmez et proposez des choses peu utiles à notre débat, Protecteur Vandal », continua le Grand Mage St'ingie.

Il avait dans la voix des relents d'agacement.

Vandal se leva. Ménageant ses effets, il prit une profonde inspiration et déclara tout de go.

« Je sais, sans l'ombre d'un doute, que le roi, sentant sa chute, a demandé à Arkane Kanar de se charger de la fuite, dans l'anonymat le plus strict, de son fils unique et légitime, et… il a réussi ! »

Arkane Kanar…

Ce nom fit l'effet à chacun d'un coup de massue.

CHAPITRE TROIS

Un personnage bien mystérieux

Waregrund

« La mission a été acceptée facilement Messire. »

L'homme qui venait de parler était petit, il se tenait courbé, l'air un peu simple. Mais ce n'était qu'apparence.

« Cela dit, lorsqu'on voit la somme proposée, peu de monde aurait refusé. Même le grand Kimbra Sayane, chef de la si renommée et si droite Umbrea Mortalis. »

Il parlait avec un ton curieux, mélange d'ironie et de respect. Son interlocuteur était attentif, habitué au personnage.

Waregrund était un vieux Protech très débrouillard et plutôt intelligent. Son destin avait été celui d'un jeune homme devenu très vite orphelin. Sa vie dès les débuts dans le quartier des tanneurs avait été hors du commun. Elle avait commencé par la perte précoce de son père puis de sa mère. Il avait ensuite vécu grâce à la solidarité des habitants de la ville. Toute son enfance s'était écoulée dans ce quartier. Dès qu'il avait été en âge de travailler il avait enfilé le tablier de tanneur. Ce métier ingrat nécessitait un travail dans la rivière de la ville. Il fallait tremper les peaux et les tissus dans des bains faits de produits tous plus dangereux les uns que les autres. Il en portait depuis les marques physiques. Sa peau abîmée témoignait de la dureté du métier. Son dos voûté était un signe marquant de ce labeur courbé, toujours le corps contorsionné pour être au plus près du sol. Les années de travail pouvaient se compter sur les rides de son visage, creusées tel des sillons dans un champ Valkris. Personne ne se risquait à lui donner un âge, la vie l'avait rendu intemporel.

Aujourd'hui il se tenait face à un homme de grande taille, pour qui il travaillait depuis déjà quelques années. Pourtant il n'avait jamais eu de contact direct avec lui. Ils parlaient, échangeaient des informations, des bourses d'or, mais toujours en catimini, sans engager ne serait-ce que le début d'une relation humaine. C'était son principal pourvoyeur de fonds mais il n'avait jamais pu voir son visage. Étrangement, il pouvait ressentir l'aura qui enveloppait son employeur, une aura emplie de bonté qui lui inspirait confiance. Depuis les débuts de leur collaboration il lui vouait une abnégation absolue qu'il avait traduite dans toutes les missions qu'il avait menées pour son compte. Dans les premiers temps, il avait été conscient que celui qui petit à petit devenait son maître ne lui accorderait pas sa confiance facilement. Il lui avait d'abord demandé d'effectuer de petits services et de menus travaux. Il avait ainsi acheté des provisions au marchand du coin, ou une liqueur à l'alchimiste du quartier. Puis le temps passant, la confiance s'était installée. Les missions étaient devenues plus complexes, plus risquées aussi. Désormais il se vouait corps et âme à celui qui l'avait sorti des tanneries et qui le payait plus que ce qu'il avait imaginé dans ses plus beaux rêves.

« A-t-il posé des questions ? L'homme mystérieux avait une voix grave, posée, et d'une netteté parfaite.

- Oui, mais uniquement des questions concernant la mission. Il n'a étrangement pas cherché à savoir de qui elle émanait. J'ai été également surpris qu'il ne me demande pas la raison d'une tâche aussi exceptionnelle, répondit-il.

- Très bien, je pense qu'ils ont bien compris que je recherchais surtout de la discrétion dans cette affaire. Tu ne leur as donné aucune information concernant la personne à libérer j'espère ?

- Non messire, vous pouvez avoir confiance, vos consignes ont été respectées à la lettre, comme d'habitude. Pourtant, si je puis me permettre, ne pensez-vous pas qu'ils vont trouver bizarre, que nous demandions le déploiement d'autant de moyens et d'effectifs, et surtout qu'autant de risques soient pris pour une simple fillette.

- Tu es perspicace mon cher Waregrund et je t'ai engagé pour cela, mais n'en fais pas trop. Ce genre d'entreprise doit se construire par la discrétion et l'efficacité. Je ne me fais pas énormément de souci à ce sujet, ils ne se poseront pas de mauvaises questions et le travail sera

bien fait. Je me fie à la réputation de cette guilde.
- Très bien Messire. Puis-je disposer ou avez-vous une nouvelle mission à me confier ?
- J'ai oublié de te demander si tu lui avais précisé qu'en aucun cas il ne devait y avoir d'effusion de sang.
- Oui oui, ils n'emporteront que des petits couteaux pour se défendre en cas de danger, en ultime recours. J'ai insisté et il m'a précisé qu'ils ne prendront pas d'armes pour tuer ou blesser d'éventuels gardes qu'ils rencontreraient, Messire. Lors de notre entretien il semblait inquiet et rassuré à la fois.
- Tu as bien travaillé mon fidèle ami, comme convenu voici ta rémunération. Je te remercie pour tes efforts. »

Il lui remit une petite bourse bien remplie de pièces qui firent un bruit sourd lorsqu'il la soupesa.

Le fidèle serviteur prit la bourse tout en faisant une sorte de révérence maladroite. Il était impossible de savoir si c'étaient ses os tordus ou une espièglerie qui lui donnait cet air un peu effronté. Son mentor avait l'habitude du personnage. Il fit mine de ne rien remarquer.

« C'est moi qui vous remercie Messire, pour votre confiance.
- En fait, j'ai une nouvelle tâche pour toi. Elle concerne cette guilde Umbrea Mortalis à qui nous venons de confier la mission.
- C'est-à-dire Messire ?
- Renseigne-toi au sujet de ces mercenaires. Je les connais de réputation, mais on n'est jamais trop prudent. J'aimerais en savoir plus. Notamment serait-il possible éventuellement de leur confier la jeune fille après sa libération. Je pense que ça pourrait être bénéfique à cette sauvageonne d'avoir une éducation. Et les mercenaires ont un code de conduite et d'honneur qui, bien enseigné, pourrait avoir un effet très positif pour la suite de son existence. Et pour mes projets… Il avait prononcé de façon presque inaudible cette dernière phrase.
- Vous voulez que j'axe mes recherches sur quelque chose en particulier ?
- Oui, tu vas te renseigner d'abord sur le chef. Je veux également savoir quelle équipe elle pourrait intégrer dans cette guilde pour avoir une formation optimale.
- Très bien messire, comptez sur moi. »

Une fois de plus Waregrund n'avait pas pu voir le visage de son employeur. Quelle importance après tout ? Il estimait tout cela superflu. Les sommes qui lui étaient versées étaient largement suffisantes pour faire taire sa curiosité.

Il avait du travail. Il lui fallait maintenant trouver comment il allait pouvoir se renseigner sur cette guilde sans pour autant trop attirer l'attention. Il savait déjà par où commencer, la taverne « Chez Willy ». Le Protech travaillait souvent à quelques rues de l'endroit et avait entendu dire qu'il s'agissait de l'un des lieux fréquentés par des membres d'Umbrea Mortalis.

Mais avant toute chose il y avait une urgence pour lui. Il lui fallait trouver un endroit où jouer et boire son argent !

CHAPITRE QUATRE

Une équipe soudée

Sina Mura

« Un ami, qui a participé à la construction de la prison il y a quatre ans, m'en a dessiné un plan plutôt bien détaillé. On pourra en penser ce qu'on veut, même s'il est fait de mémoire, il a le mérite d'exister. C'est malheureusement tout ce que j'ai réussi à avoir. »

Sina Mura déplia devant ses jeunes équipiers un parchemin avec un plan griffonné dessus. Il le disposa soigneusement sur la table en bois, après en avoir essuyé la crasse du revers de sa manche. Ils étaient installés dans la pièce qui servait de quartier général à l'équipe. Il s'agissait d'un local attenant à la réserve de « Chez Willy », la taverne favorite de la guilde. Ils ne fréquentaient que très peu le quartier général officiel qu'ils trouvaient trop conventionnel.

Cette équipe qu'il dirigeait avait toujours été un peu à part. Ils étaient connus pour leurs méthodes parfois limites. Aucune autre équipe d'Umbrea Mortalis ne fonctionnait ainsi. Leur réputation n'était plus à faire et les innombrables missions réussies à leur actif validaient leur mode de fonctionnement. C'était probablement pour cela que le grand chef les avait choisis pour cette mission qui s'annonçait si spéciale.

Kimbra Sayane avait été le leader de cette équipe lorsqu'il était encore opérationnel. Puis, l'âge venant, et la somme des responsabilités devenant trop importante lorsqu'il avait repris la tête de la guilde, il avait passé la main. Il avait longuement cherché l'homme le plus apte à lui succéder à la tête de ce petit groupe. C'était sa création, son bijou, et il tenait à ce que son œuvre soit perpétuée par quelqu'un d'exceptionnel. Et c'est ainsi que Sina Mura en était devenu le chef. Et depuis que Kimbra passait l'essentiel de son temps à la gestion de la guilde, tout le monde avait pris l'habitude de parler de l'équipe Mura et ne la nommait plus l'équipe Sayane.

Depuis sa nomination à la tête de la guilde, son principal emploi se cantonnait désormais à trouver les missions, les négocier et à s'occuper des comptes. Mais cela ne l'empêchait pas d'être proche de ses hommes et de leurs préoccupations. Il était respecté par ses pairs plus que quiconque.

Sina Mura appartenait au clan le plus important d'Arkadis, les Valkris. Plus grands et aussi plus robustes que les autres membres des ethnies du continent, les Valkris étaient ceux des hommes qui s'étaient tenus debout en premier. Ce peuple avait apporté l'agriculture et la sédentarisation. Avec le temps il s'était imposé dans l'exploitation des terres arables, mais aussi dans l'élevage en colonisant les zones centrales d'Arkadis. Les plaines verdoyantes, les terres fertiles et le bétail en abondance lui avaient permis de prendre l'hégémonie sur Arkadis. Cette maîtrise des éléments essentiels à la survie d'un peuple acquise durant l'Ancienne Ère, avait fait des Valkris ceux qui avaient fédéré tous les autres peuples. Le point d'orgue de cette réussite avait été posé par Aaghar le Somptueux, premier roi d'Arkadis.

À la fin de l'Ancienne Ère chaque clan avait repris son autonomie, cette belle unité qui liait les clans d'Arkadis s'étant évanouie. Puis, au début de l'Ère Moderne, la légende raconte qu'un mystérieux Xya nommé Salilas leur aurait apporté l'expertise de l'élément indispensable à la vie : l'Eau; ou alors était-ce Tlaloc, leur divinité. Quel qu'il soit, ce choix fut judicieux.

Les travaux de la ferme avaient ensuite conforté leur statut de peuple robuste. Concentrés sur les compétences physiques ils avaient également développé peu à peu leur côté guerrier. L'apprentissage par les livres en avait été négligé. Les premières écoles des villes Valkris n'avaient été construites que très tardivement. Ce clan pensait que savoir lire et écrire importait moins que le travail de la terre qui leur apportait richesse et abondance. Ainsi seuls les nobles, les chevaliers et les mages avaient droit à une éducation et une formation qui leur permettaient d'asseoir l'autorité Valkris sur les autres peuples d'Arkadis. La force physique était l'apanage des Valkris. Un proverbe circulait dans leurs rangs qui disait qu'il n'était nul problème que la force ne saurait résoudre.

Erefan, construite par Aaghar le Somptueux, avait été la première grande cité d'Arkadis. Durant l'intégralité des deux mille trois cent cinquante-deux années de l'Ancienne Ère, elle en avait été la capitale. Il avait fallu attendre le début du règne de Salilas le Xya et la construction d'Énolia pour qu'elle perde son statut.

Les Valkris avaient, à l'instar des autres peuples, construit dans leur capitale la première Académie dès les débuts de l'Ère Moderne. Seuls les mages Valkris pouvaient y recevoir leur formation. Au fil des siècles ils avaient appris à utiliser l'Eau pour la guerre mais aussi pour des choses plus proches de l'intérêt général. Les paysans avaient développé leurs techniques d'irrigation et de culture grâce aux érudits formés à l'Académie.

Mais il était devenu évident avec le temps que les Valkris étaient surtout des guerriers. L'Académie militaire était la principale source de préoccupation de tous leurs rois, qui investissaient des sommes extravagantes pour la développer en permanence. Les chevaliers s'y formaient à l'art de la guerre. Leur physique, hors du commun sur Arkadis, allié à leurs techniques de combat les avaient rendu redoutables. Ils combattaient sans vraiment tenir compte des dégâts qui leur étaient infligés. La plupart d'entre eux descendaient de familles de paysans qui avaient su, au gré de nombreuses batailles, atteindre les plus hautes sphères de la société Valkris. La force paysanne en héritage.

La stature de guerrier et le physique impressionnant de Sina Mura, hérités des Valkris, imposaient le respect. Il avait la peau mate typique de son peuple, et les muscles saillants. Son crâne rasé le distinguait pourtant nettement au sein de son peuple. Il arborait sur son dos le tatouage emblématique des guerriers Valkris, un serpent de mer ailé, symbole de l'Eau. C'était cependant une piètre représentation du dieu Tlaloc. Ce tatouage était la conséquence de son passé militaire. Il avait été fait dans une tente de fortune entre deux batailles par un de ses camarades qui s'était improvisé tatoueur. Le résultat était médiocre, mais qui aurait osé dire au grand guerrier Sina Mura la vérité ? De plus, il était toujours engoncé dans ses vêtements en cuir un peu trop serrés. Jamais un tailleur n'avait trouvé les bonnes mensurations pour envelopper ce corps fait d'os et de muscles. Et là non plus personne ne se hasardait au moindre commentaire.

Sa présence dans la salle l'emplissait presque entièrement comme par magie. Il se dégageait de lui un charisme peu commun. Il se rapprocha de la bougie déjà bien entamée posée près de la carte. La lumière se faisait rare à cette heure tardive. La salle principale de la taverne semblait bien vide et bien calme. Rassuré sur la confidentialité de ce qu'il allait dire il se mit à parler à voix basse mais suffisamment élevée pour rester intelligible. Ses équipiers se rapprochèrent. Selvin lui aussi Valkris, Danto le Protech, Jodix le jeune St'ingie.

Chacun analysait la carte de façon bien différente. Selvin Klyde, cherchait un compromis entre l'itinéraire le plus rapide et l'itinéraire le plus sûr pour arriver à l'objectif. Il cherchait aussi des itinéraires de contournement éventuels, obligatoires pour une mission aussi périlleuse. Jodix Ferbum essayait de relever des points de repère dans la prison qui pourraient leur permettre une fois à l'intérieur de ne pas se perdre. Il savait avec sa courte expérience de jeune mercenaire que s'ils se perdaient, la mission serait fortement compromise et qu'ils pourraient se trouver en grand danger. Danto Van Breum pour sa part l'apprenait par cœur. Il avait une bonne mémoire et il avait la capacité de se souvenir du moindre détail de n'importe quelle mission. C'était un atout majeur pour la réussite d'une aventure de ce genre. En effet consulter la carte durant l'action risquerait de leur faire perdre un temps précieux et si quelque chose manquait toujours dans ces situations-là c'était bien le temps. Son passé faisait qu'il connaissait bien les prisons et il les savait sombres. Les conditions de réussite seraient aussi la rapidité et la discrétion.

La carte mémorisée, il fut le premier à intervenir.

« C'est très bien d'avoir la carte des lieux, mais à quoi va-t-elle nous servir si on ne sait pas entrer à l'intérieur de cette prison ? »

Ils tournèrent leur regard vers le chef. Sina ne semblait pas surpris par la question. Il savait que le perspicace Danto Van Breum y viendrait. Intérieurement il savourait ce moment, il aimait les titiller et savait que la réponse n'allait pas leur plaire !

Sina Mura n'était pas comme la plupart des Valkris, il aimait peser chacun de ses mots et se refusait à la précipitation. Il se voulait clair, concis et avoir toujours les bons mots. Cela faisait maintenant deux semaines qu'il travaillait seul sur la préparation de la mission. Il avait retourné dans sa tête toutes les questions possibles.

Sina dormait peu la nuit, il passait le temps à réfléchir aux missions à venir ou à ressasser le passé. C'était un nostalgique, et souvent ses mauvais souvenirs revenaient le hanter.

« Je ne vais pas vous mentir. Jusqu'à hier je n'avais pas la solution, mais je suis retourné voir mon ami, celui qui m'a dessiné le plan, et je lui ai demandé où menait cette canalisation », dit Sina un peu dépité.

Il indiquait avec la pointe de son couteau, sur la carte, une sorte de canalisation dessinée au sud et qui semblait ne mener à rien. Jodix l'avait bien remarquée mais n'avait pas osé le questionner à ce sujet. Son statut de jeune mercenaire le rendait plus observateur qu'acteur, ainsi il n'était pas conseillé dans l'équipe de Sina, plutôt autocratique, qu'une nouvelle recrue apporte son point de vue.

« Il m'a répondu qu'elle se jetait au sud de la ville dans le fleuve Aïem, continua Sina, car il s'agit de l'évacuation des latrines. Il m'a expliqué que, pour des raisons pratiques lors de la construction, la taille de cette canalisation permettait de faire passer facilement un homme debout, même de ma corpulence.

- Oh non ! Pas les latrines… soupira Jodix.
- Si tu as une autre solution je suis preneur. Moi non plus je ne suis pas enthousiaste à l'idée de me déplacer dans les déjections des prisonniers, rétorqua le chef avec virulence, fatigué de toujours entendre la jeune recrue se plaindre.
- Je suppose qu'elle se jette au sud-est de la ville, là où l'odeur est insupportable, près de la vieille tour en ruine dans le quartier des tanneurs, remarqua Selvin qui était resté silencieux jusqu'à maintenant.
- C'est exact, répondit Sina.
- Oh mais ça fait une trotte entre la prison et le quartier de tanneurs non ? s'exclama Jodix.
- J'ai calculé que nous aurions bien un bon kilomètre à faire dans les égouts. Après il ne faudra pas rater la jonction entre les égouts de la ville et le tunnel qui mène à la prison. Depuis ce point nous aurons encore cinq cents mètres à faire.
- Soit un kilomètre et demi à marcher dans la merde... Je vais bien mettre trois semaines pour faire disparaître l'odeur, soupira Jodix.
- Bravo tu sais compter Jodix, ironisa Danto. Puis il revint à des détails plus terre à terre. C'est quoi cette pièce ? demanda-t-il le doigt posé sur l'arrivée de la canalisation dans la prison elle-même.
- Il s'agit de la fosse à déjection. C'est ici que tous les excréments sont déversés avant d'être évacués par la canalisation.
- Je commence déjà à regretter d'avoir accepté de venir, plaisanta à moitié Jodix. Mais à partir de cette salle comment accède-t-on à la prison elle-même ?
- Il y a une échelle qui monte aux latrines et qui mène à une porte toujours verrouillée. C'est là que tes talents vont nous être utiles

Selvin. »

Selvin Klyde qui avait intégré Umbrea Mortalis deux ans auparavant avait acquis, chose incroyable, la confiance de Sina quasi immédiatement. Ses compétences avaient impressionné le chef, notamment sa capacité à ouvrir n'importe quelle serrure en l'espace d'un clignement de paupière. Rien ne lui résistait bien longtemps. Il avait acquis cet art dès son plus jeune âge aux côtés de son père serrurier. Sa dextérité donnait une plus-value importante à l'équipe Mura. Elle s'en trouvait jalousée par les autres équipes de la guilde, mais Sina n'en avait cure.

« Donc, maintenant que vous savez par où on rentre et par où on sort je vais vous expliquer le reste de la mission. Je n'aime pas me répéter alors ouvrez bien vos oreilles et si une chose vous chagrine n'hésitez pas à me poser des questions. Mais je n'accepterai que les questions pertinentes, nous avons autre chose à faire qu'à jacasser. Jodix à l'avenir tu m'épargneras tes remarques puériles. »

Le chef s'imposait en chef. Il alla chercher une bougie neuve sur l'étagère près de la porte dérobée menant à la rue. Il ne l'avouait pas à ses compagnons mais il adorait ces moments, où avec ses frères d'armes ils préparaient et organisaient les missions. Ses souvenirs d'ancien soldat remontaient à la surface. Bien qu'il n'avait été qu'un simple soldat il avait participé à la réflexion et à la conception de certaines missions. Il avait acquis la confiance de son sergent, qui à l'époque lui avait accordé une certaine autonomie. Probablement avait-il à l'époque décelé l'incroyable potentiel de Sina. Sa déception fut à la hauteur de ses espoirs lorsque quelques années plus tard, Sina déserta.

Revenant avec la bougie, il regarda les membres de son équipe avec une certaine fierté. Ils commençaient déjà à débattre sur les moyens à utiliser, peaufiner l'itinéraire d'infiltration et se répartir les tâches.

La nuit allait être longue, mais il adorait cela.

CHAPITRE CINQ

Se méfier du feu qui dort

Magendi Aj'dor

« Terre en vue ! »

Aldrosaïa, la plus riche des cités St'ingies, était située sur l'île principale de l'archipel volcanique au sud-est d'Arkadis. Les anciens l'avaient appelé les Larmes de Ler'Qan. Le territoire St'ingie était rude et désertique. Petit à petit il avait déteint sur le caractère de ses habitants. Au fil des années ce peuple avait su développer ses villes et ses richesses. Tout d'abord grâce au commerce d'épices rares, de sublimes soies et d'autres raretés dénichées auprès des tribus qui peuplaient les petites îles du sud-ouest, les Îles Maudites. Mais malgré cette aisance ils étaient restés rustres et peu diserts.

C'était grâce à leur maîtrise de la mer et des océans qu'ils avaient acquis l'essentiel de leur pouvoir. Leurs navires étaient les plus perfectionnés des quatre clans et ils avaient basé principalement leurs recherches et leur technologie autour du milieu de la mer. C'est ainsi qu'ils s'étaient fait une spécialité du développement de bateaux rapides et de moyens de navigation perfectionnés. Ils restaient malgré tout des guerriers et n'avaient jamais négligé la conquête d'îles plus ou moins habitées pour y construire de nouveaux ports. D'où ils repartaient vers d'autres îles...

Aldrosaïa, magnifique ville portuaire, s'ouvrait sur la mer de Slade. C'était une sorte de mer intérieure, presque un lac, refermée par quelques îles en cercle dont celle qui accueillait la cité grandiose. Toutes les îles appartenaient au royaume St'ingie. Ils les avaient conquises très tôt et étaient ainsi devenus maîtres de la mer et des océans. Paradoxalement, au fil du temps, les St'ingies avaient développé la maîtrise de l'élément feu. En général les marins se méfient des flammes, mais eux, avec une once d'inconscience, avaient travaillé cet élément. Ainsi dès le plus jeune âge, dans l'Académie d'Aldrosaïa, on enseignait aux recrues les secrets du Feu.

Le territoire qu'ils occupaient était formé de lave, de pierres ponces et de cendres volcaniques. Des sources chaudes et des geysers jaillissaient d'un peu partout. Certaines roches étaient si chaudes, qu'il suffisait d'y poser quelques brindilles pour qu'elles s'enflamment. La végétation était rabougrie, et lors de la saison sèche, les incendies étaient nombreux. Une légende St'ingie affirmait que les anciens avaient appris des Protechs la maîtrise du Feu en échange d'un trésor inestimable. Elle ne précisait cependant pas ce qu'il pouvait être. C'était surtout une histoire racontée aux enfants par les adultes qui se croyaient trop pragmatiques pour croire en de telles billevesées !

La ville d'Aldrosaïa s'étendait le long du rivage, au nord de l'île de St'ing, celle-là même qui était le centre névralgique de l'immense royaume maritime. Le long de la côte, les murailles de la ville s'élevaient à plus de trente mètres de hauteur - parfois même jusqu'à quarante mètres - pour augmenter la portée des miroirs de protection. Un inventif St'ingie, qui aurait pu être Protech tant son ingéniosité et son intelligence étaient pragmatiques, avait développé un système de défense unique. Sa puissance de mage était mise en doute - il n'était pas très doué dans les arts nobles de la magie -, mais il voulait prouver à tout le monde que la magie n'était pas la seule et unique puissance militaire. Il avait découvert que le pouvoir du Soleil valait mieux qu'une centaine de mages St'ingies, et avait cherché pendant de nombreuses années à le maîtriser. Une légende racontait qu'un jour, au petit matin alors que le Soleil était encore bas sur l'horizon, il fut ébloui par l'un de ses rayons. Son idée brillante était née ! Les érudits eurent du mal à l'admettre mais sa démonstration avait été convaincante et il eut leur approbation. Il avait imaginé un système complexe de miroirs qui, en combinant leur puissante réverbération brûlait les voiles des navires de guerre ennemis alors hors de portée des mages et de leurs sorts. La question de la mauvaise météo ou de la nuit n'avait pas été posée. Ils perdirent cependant l'immense avantage que leur apportait cette invention lorsque leurs ennemis se rendirent compte du point faible. Ils n'attaquaient plus que de nuit ou par temps nuageux. Mérina

Cor'ber, le plus puissant mage St'ingie de l'histoire d'Arkadis trouva une solution qui redonnait vie à ce procédé par tous les temps et toutes les luminosités. Il inventa un sort, d'une puissance jusque-là inconnue, qui créait une illusion solaire dont l'énergie du rayonnement était telle qu'elle en avait l'identique efficacité. Le pauvre ingénieur qui avait conçu tout le système de base venait de se faire voler la vedette, ce système fut nommé : Miroirs de Cor'ber, et plus personne ne se souvint de son nom.

Il y avait trois ports à Aldrosaïa. Le port militaire qui accueillait les navires de guerre était gardé jour et nuit par la garde du Jasmin. Cette troupe d'élite patrouillait aussi bien sur terre qu'embarquée sur des bateaux, petits mais très maniables et lourdement armés. Les deux autres ports, aux extrémités de la ville, diamétralement opposés, accueillaient tous les navires de commerce important ou exportant les marchandises nécessaires au développement de la capitale St'ingie.

Le phare, couronné par le Feu sacré, flamme visible à des lieues à la ronde, permettait de guider les marins par les nuits les plus noires. L'entretien de ce feu sacré était sous la responsabilité de l'Académie. Le bâtiment avait été construit afin d'être le plus haut de la ville. Il était même encore à ce jour le plus haut des îles. Chaque élève de la prestigieuse école avait pour charge d'entretenir le Feu sacré. Chacun était astreint à des gardes de vingt-quatre heures. Elles étaient longues et souvent fastidieuses, mais c'était un tel honneur d'avoir à veiller sur le Feu sacré, que tous s'y pliaient avec joie. Une étincelle du Feu avait été importée à l'Académie royale d'Énolia, pour montrer l'attachement des St'ingies à Arkadis. Cela permettait également aux étudiants de la capitale de pouvoir étudier l'élément Feu.

Ainsi l'Académie Lansor, du nom de son premier Doyen, permettait depuis des siècles aux enfants St'ingies de pouvoir étudier. Certains étaient choisis pour les dons qu'ils montraient dès leur plus jeune âge lors de la présentation au Cristal. Mais d'autres étaient issus de familles riches ou nobles, qui voulaient que leurs enfants soient éduqués selon les meilleurs préceptes.

Tous les ans un nombre important de places leur était réservé. La sélection était difficile et rigoureuse pour les enfants issus du peuple. Mais au final, l'Académie avait toujours formé de remarquables mages.

Dans sa salle d'entraînement, le Doyen de l'Académie, Magendi Aj'dor, en habit traditionnel St'ingie, une longue toge de soie, marron et mauve, les cheveux encore châtains malgré son grand âge, semblait particulièrement concentré. Il se tenait au centre de la pièce. Immobile depuis un long moment, un léger mouvement du tissu qui recouvrait son bras fit miroiter les couleurs de la soie et toute sa puissance se déchaîna. En un instant ses mains s'enflammèrent d'un feu ardent. Il ne semblait pas en ressentir la chaleur, tout du moins pas comme le lot commun la ressentirait. Dans un geste ample il fit se rejoindre ses deux mains, et tel un canon d'une puissance extraordinaire, propulsa la boule de feu sur une cible, située sur un des côtés de la pièce, qui vola en éclats. Le silence revint, comme par respect. Des morceaux de bois se consumaient un peu partout autour de lui.

La porte de la salle s'ouvrit à cet instant. Un jeune étudiant, timide, y pénétra sur la pointe des pieds. Il était dans le dos du Doyen, et ne savait pas s'il pouvait ou non le déranger dans son entraînement. L'Intendant Al'vram venait de lui demander d'apporter de toute urgence un message arrivé d'Énolia. Il n'avait jamais approché de si près ce grand mage que tous craignaient.

« Doyen. »

Sa voix était grêle, il redoutait tellement sa réaction que tout son corps tremblait.

Le vieux mage se retourna. Il l'avait bien sûr entendu entrer, mais attendait qu'il parle.

« J'espère que vous avez une bonne raison pour entrer dans ma salle privée pendant mon entraînement, jeune apprenti, lui dit-il d'une voix ferme mais étrangement rassurante.

- Je suis vraiment désolé de vous déranger Doyen, mais l'Intendant Al'vram m'a demandé de vous transmettre ce message en provenance d'Énolia. Il a insisté pour que je vous en souligne l'importance », le jeune St'ingie était un peu plus confiant qu'en entrant dans la pièce.

Magendi Aj'dor lui fit face. Il tendit la main et l'apprenti lui remit la feuille de papier enroulée en s'avançant courbé. Elle était encore scellée avec de la cire. Sur le sceau figurait l'emblème St'ingie, Ler'Qan le renard à deux queues crachant le feu. Ce message provenait manifestement d'Algorim Y'rgram le Grand Mage, en voyage à Énolia pour la session du Conseil des quatre. Il était exceptionnel de recevoir un message du chef de la nation St'ingie, et plus particulièrement lors de ses déplacements. Le Doyen de l'Académie sut donc immédiatement qu'il s'agissait de quelque chose de la plus haute importance.

« Tu peux disposer et retourner à tes études, et tu remercieras l'Intendant Al'vram de ma part. »

Le jeune étudiant, terriblement impressionné, se retira soulagé et laissa seul le mage dans la vaste pièce. Le vieux St'ingie fronça les sourcils. Seul il pouvait laisser son visage exprimer l'inquiétude que faisait naître en lui l'arrivée de cette missive.

Il brisa sèchement le sceau, et déroula consciencieusement le parchemin, tel un objet précieux.

> Les craintes dont je t'avais fait part sont avérées, Civitas a un descendant probablement en vie. De plus, et c'est grave, il serait sous bonne garde, celle de ce traître d'Arkane Kanar. Ce Conseil des quatre a été encore plus hypocrite que les précédents. Tu sais ce que j'attends de toi...
>
> Algorim Y'rgram.

Le magicien baissa la feuille. Il n'était qu'à moitié surpris. Il avait entendu des rumeurs concernant la fuite d'Arkane Kanar avec le descendant du trône. Mais il doutait de l'existence d'un descendant de la famille royale d'Arkadis. La guerre avait commencé plus de cinquante ans auparavant et les chances qu'un héritier ait survécu étaient faibles. En revanche s'il existait effectivement un descendant, il serait un problème grave pour les plans St'ingies. Le pouvoir important qu'il avait dû hériter de ses ancêtres pouvait faire craindre un futur adversaire redoutable. Il fallait donc le retrouver avant les autres clans, coûte que coûte.

Le vieux mage en avait complètement oublié son entraînement quotidien. Le parchemin dans sa main s'enflamma en un instant et tomba au sol en cendres. Puis dans une démarche rapide, il quitta la pièce pour rejoindre son bureau non loin de là, de l'autre côté du long corridor orné par les portraits de tous les doyens depuis Lansor.

Son bureau était une grande pièce spacieuse qui lui était attribuée par sa fonction. Elle semblait cependant minuscule à cause des centaines de parchemins, de livres, d'outils ou encore de fioles qui étaient disséminés un peu partout. Il semblait qu'une tempête avait soufflé ici ou qu'un géant malicieux avait secoué un coffre de mage sur le sol, éparpillant son contenu. Une carte d'Arkadis de très grande taille recouvrait presque totalement la surface de la table pourtant immense. Y figuraient les différents territoires Arkadiens, les terres St'ingies, Valkris, Sounas et Protechs. Elle était détaillée et recensait aussi la plupart des villes et villages du royaume ainsi que les principaux massifs montagneux, forêts et cours d'eau.

Il posa les deux mains sur la table et en fixant la carte il soupira profondément.

« Par où commencer ?... »

CHAPITRE SIX

Une évasion confuse

Jodix Ferbum

« Oh ! Par tous les dieux, quelle odeur infernale, j'en peux plus. »

Depuis le début de l'infiltration dans les égouts, Jodix n'avait cessé de se plaindre de l'odeur.

« Tu commences à sérieusement nous fatiguer Jod', on a fait le plus dur, on ne devrait pas tarder à arriver au bout. Sois patient », lui dit Sina en contenant lui-même sa nervosité.

Cette mission rendait tout le monde nerveux depuis quelques jours déjà. Même Sina Mura, le chef d'équipe, qui habituellement était serein. Il avait acquis une forme de sagesse calme par sa grande expérience. Le nombre incroyable de missions qu'il avait effectuées lui avait appris à prendre du recul.

La nuit était tombée depuis un long moment déjà. Ils s'étaient infiltrés comme prévu et pour le moment aucun problème n'était à recenser. Ils avaient suivi le plan à la lettre jusque-là, en descendant dans les égouts d'abord, puis en marchant jusqu'à l'intersection repérée sur leur carte. Même s'ils s'y attendaient, marcher dans les déjections n'était pas une partie de plaisir, et les remarques de Jodix les agaçaient profondément. Ils se dirigeaient vers le nord après l'embranchement pour la prison. L'odeur putride du début ne les dérangeait presque plus. Seul Jodix continuait ses jérémiades. Mais tous savaient qu'il était dans sa nature de se plaindre en permanence.

Il était en tête du groupe pour la progression. L'un de ses pouvoirs de St'ingie lui permettait d'éclairer la voie. Il enflammait légèrement ses mains, et la petite lueur permettait à la troupe de se guider. Il aurait été bien en peine de faire plus, il ne connaissait que les bases de ce sort qui, développé, pouvait devenir redoutable. Les jeunes mages de l'Académie apprenaient en général ce sort dans les premiers mois de leurs études.

Au bout du tunnel ils pouvaient apercevoir une lueur qui devenait plus vive au fur et à mesure de leur progression.

« Tu vois que ce n'était pas si insurmontable, murmura narquoisement Danto à Jodix.

- Je ne sais pas comment tu fais avec tes petites jambes de Protech, t'en as jusqu'aux hanches.
- Je me tais et j'avance le bleu.
- D'ailleurs une question me taraudait l'esprit, un Protech qui s'appelle Van Breum c'est pas commun je trouve, y'a pas de « tech » chez toi ?
- Et Ferbum c'est commun pour un St'ingie tu vas me dire ? Si tu n'es pas assez futé pour comprendre que s'il n'y a pas « tech » dans mon nom c'est que c'est un pseudonyme et non celui que m'a légué mon père, je ne peux pas grand-chose pour toi. »

Jodix fit mine de ne pas être vexé, lui qui voulait juste engager la discussion pour faire en sorte d'évacuer un peu de stress. Il se concentra à nouveau sur la mission lorsqu'il aperçut enfin la porte d'accès aux égouts, celle qui allait leur permettre de pénétrer dans la prison en principe sans éveiller de soupçon. Chacun savait quelle action mener et à quel moment. Ils avaient répété maintes et maintes fois chaque partie de cette mission afin que le moment venu le chef n'ait presque plus aucun ordre à donner. Il fallait juste espérer qu'aucun imprévu ne vienne contrecarrer leur plan si parfait. Et si ce devait être le cas, c'était le rôle du chef d'improviser et de trouver la meilleure solution.

« À partir de maintenant je ne veux plus rien entendre, j'exige une discrétion absolue. »

Sina voulait que tout le monde ait bien compris que le silence était la clé de la réussite de cette mission. Ils acquiescèrent tous, même si au fond de lui Jodix se demandait comment rester discret avec une telle odeur incrustée sur eux et leurs vêtements. Il décida de ne rien dire ...

La prison d'Énolia était la plus récente et la plus grande d'Arkadis. Elle avait été reconstruite à la fin de la guerre des Clans. Très vite les belligérants avaient eu besoin de guerriers. Les criminels endurcis qui peuplaient alors la prison avaient trouvé refuge dans les différentes armées pour prêter main-forte à leurs clans respectifs. Personne n'était très scrupuleux sur le passé de ces hommes rudes qui rendaient d'excellents services que les soldats conventionnels auraient refusé de prendre en charge. Très vite la prison s'était vidée, et les hommes engagés dans les armées avaient étrangement décidé de ne pas y retourner à la fin des hostilités. Malheureusement une grande partie d'entre eux avait péri au combat. La conséquence de tout ceci avait été une décrépitude rapide du bâtiment et son passage à l'état de ruine avant même la fin de la guerre. Mais une fois le traité de paix signé, il avait fallu un nouveau lieu pour enfermer tous les criminels qui recommençaient à perpétrer leurs forfaits et qui n'étaient plus utiles sur les champs de bataille. La reconstruction avait été rapidement décidée.

La bâtisse était située au sud-ouest de la ville. Il s'agissait probablement du quartier le moins fréquentable après le quartier interdit. Personne ne s'en était encore échappé. Lors de sa reconstruction tous les meilleurs architectes du pays sortis des quatre prestigieuses académies d'Arkadis avaient été mis à contribution. Ils avaient mis un point d'honneur à travailler à la sécuriser au maximum. Depuis, l'essentiel des condamnés y était enfermé. La sécurité dans les villes s'en trouvait renforcée puisque aucune évasion n'avait été possible, jusque-là.

Toute construction a ses défauts et ses failles. L'une d'entre elles était actuellement exploitée par les membres d'Umbrea Mortalis pour permettre l'évasion d'un précieux prisonnier qui leur avait été commandée.

Selvin, le Valkris fils de serrurier qui avait appris le métier paternel, prit la tête du groupe lorsque Jodix signala qu'il se trouvait face à une porte massive. Elle semblait infranchissable. Personne ne savait ce qu'ils allaient trouver de l'autre côté. Les souvenirs de son enfance, en apprentissage auprès de son père, avant qu'il ne décède brutalement, lui revenaient au fur et à mesure qu'il travaillait. Il sortit d'une poche en cuir accrochée à sa ceinture ses outils et commença à les manipuler. Il bricola quelques minutes à l'intérieur de la serrure, concentré sur le résultat qu'il devait obligatoirement obtenir. Il sentait sur sa nuque comme le souffle de son père. Celui-ci était souvent agressif lorsque son fils n'arrivait pas à ouvrir une porte un tant soit peu compliquée à forcer. Dans un élan de fierté, voulant prouver à sa mémoire que son apprentissage n'avait pas été vain, il força, en un clin d'œil la serrure qui émit un petit bruit sec et la porte s'ouvrit. Il fut presque surpris de s'apercevoir que son père n'était pas là.

Sina savait que Selvin serait utile à cette équipe, mais il n'était pas du genre à exprimer ses sentiments ou sa reconnaissance du travail bien fait, encore moins dans ce type de situation. Les remerciements et les compliments seraient pour plus tard.

Le grincement de la porte, dont les gonds étaient rouillés, crispa l'équipe. Ce bruit pouvait alerter des gardes en patrouille. Ils retinrent leur souffle, attentif à tout autre bruit que les battements de leur cœur. Mais ils se rendirent vite compte que les hurlements des prisonniers clamant leur innocence et leur haine contre le royaume d'Arkadis leur fournissaient une parfaite couverture sonore. La rumeur venait de la prison maintenant à leur portée.

Vérifiant qu'il n'y avait aucun mouvement dans les alentours, ils décidèrent de reprendre la route, Sina Mura en tête. Derrière la porte ils trouvèrent une petite salle poussiéreuse, comme un sas. De l'autre côté de cette pièce une autre porte leur faisait face. Une lumière sourde s'échappait par les côtés et le dessous de cette barrière. La prison était habituellement éclairée par des torches et ce devait être leur lumière qui arrivait jusqu'à eux.

Avec ce complément la faible lueur provenant des mains de Jodix éclairait suffisamment la pièce pour s'y diriger facilement. Selvin sans aucun mot ni aucun ordre se dirigea vers la seconde porte. Il savait ce qu'il avait à faire. Cependant, avant d'agir, il posa précautionneusement l'oreille sur celle-ci.

Pas de bruit.

Il reprit ses outils et se remit au travail.

La porte ne résista pas longtemps et Jodix arrêta son invocation de lueur.

La mission venait de commencer réellement ! Jusqu'alors tout avait été facile. Aucun obstacle n'était venu les freiner ou les arrêter. Désormais ils accédaient au cœur même de la prison. Tout retour était maintenant impossible et faire marche arrière aurait signé l'échec de la mission.

À peine la porte ouverte, Danto Van Breum prit la tête. Il allait maintenant guider l'équipe dans le dédale de couloirs de la prison. Son sens de l'orientation, et sa mémoire impressionnaient toute l'équipe. Lorsque cette partie de la mission avait dû être affectée, c'est tout naturellement à lui que tout le monde avait pensé. Il avait donc été désigné par Sina qui lui emboîta le pas. Son rôle de chef l'obligeait à rester au plus près de l'action mais sans pour autant se mettre en danger. Il se devait de toujours rester en prise avec la réalité pour pouvoir gérer l'équipe en cas de situation imprévue.

Les couloirs de la prison étaient imprégnés d'une odeur nauséabonde, ce qui rassura Jodix quant à leur discrétion olfactive. En file indienne, ils suivaient le guide. Perdre de vue la personne se trouvant devant soi aurait mis en péril la mission. Aussi restaient-ils très proches les uns des autres, formant une surprenante chenille dans ces couloirs sombres. La troupe progressait lentement derrière Danto. Il semblait sûr de lui et n'hésitait pas en passant les différents embranchements. Etrangement ils n'avaient pour le moment rencontré aucun garde. Seuls quelques cris incompréhensibles de prisonniers résonnaient sur les murs de cette prison froide et sans vie. Jodix frissonna et se dit qu'elle semblait hantée par de vieux fantômes.

Soudain, Danto s'arrêta net.

Il posa un genou au sol, comme pour réduire sa silhouette, et tous l'imitèrent.

Ils s'étaient figés, silencieux, collés contre le mur. La faible lueur des flambeaux disposés le long des couloirs les dévoilait à peine. L'administration de la prison ne trouvait pas nécessaire de gaspiller des torches pour éclairer ces couloirs lugubres.

« Bientôt j'aurai assez économisé pour lui offrir la bague et la demander en mariage, tu ne t'imagines même pas comme j'ai hâte.

- Et tu crois vraiment que son père va t'accorder sa main, à toi un simple gardien de prison ? »

Danto les avait entendus arriver, d'un couloir adjacent. Ils avaient espéré que ce moment ne se produirait pas, car malheureusement il faudrait neutraliser tous ceux qui pourraient donner l'alerte. D'une façon ou d'une autre, il ne fallait pas de blessés. Et bien sûr, lorsque le seul choix est : sa propre vie ou celle de l'autre, il n'y a pas de demi-mesure.

L'embranchement n'était même pas à dix mètres devant les gardes. S'ils tournaient dans leur direction il faudrait agir vite. Il était exclu que ces hommes puissent donner l'alerte ou se défendre.

La pression était en train de monter. Le pire scénario que Sina avait imaginé était de rencontrer des gardes. Il ne fallait pas qu'il y ait de victime. C'était dans le contrat, une mission propre et sans bavure. Comme pour toute mission d'Umbrea Mortalis l'échec n'était pas imaginable.

Tous avaient la main sur le petit couteau accroché à la ceinture.

Ce n'était qu'une arme de défense conformément aux requêtes du commanditaire. Sina s'était opposé à cette décision imposée par Kimbra Sayane car il la trouvait ridicule et savait pertinemment que cela mettrait en péril son équipe. Il avait donc préconisé de prendre en plus des petits couteaux des matraques, « au cas où ». En homme prudent il prit la dague qu'il avait dissimulée sous ses vêtements malgré la consigne. Sa main serrait de plus en plus la garde au fur et à mesure de l'avancée des gardiens de prison.

Les bruits de pas augmentaient de plus en plus. Tous retenaient leur souffle, aux aguets, prêts à agir. Il fallait les assommer au plus vite.

« Oh ! Et le chef aussi, qu'est-ce qu'il peut m'énerver, il monte sur ses grands chevaux depuis qu'il a eu cette promotion. »

Les deux gardes, nonchalants, continuaient leur patrouille.

Ils arrivèrent au niveau du croisement. Puis, le plus petit des deux, commença à tourner dans la direction de l'équipe d'Umbrea Mortalis lorsque le gros intervint.

« Quoi ? Tu veux qu'on fasse le grand tour ? »

Le petit lui fit face.

« Euh, ben ouais, c'est le règlement, répondit-il hésitant.
- Pff, allez viens, on s'en fout, ça ira plus vite par ici. De toute façon il ne se passe jamais rien dans cette prison, et en plus j'ai vraiment faim. Abrégeons cette patrouille. »

Le petit acquiesça d'un mouvement de tête, et faisant dos aux mercenaires reprit sa marche. Les mercenaires retenaient leur souffle.

« Et en plus, qui saura qu'on n'a pas fait la ronde complète ? » continua le gros, comme pour se rassurer lui-même.

Lorsque la zone fut enfin complètement dégagée, tous, derrière Danto, reprirent leur progression en silence, soulagés. La luminosité devenait progressivement meilleure et les cris des prisonniers s'estompaient. Il fallait désormais être encore plus discret.

Les portes des cellules ne possédaient pas de barreaux. Elles étaient équipées d'une petite fenêtre à guillotine qui permettait aux gardiens de surveiller mais aussi de passer la nourriture. Grâce à cette configuration des lieux, ils pouvaient avancer sans être vus des prisonniers. Il existait un risque important que l'un d'entre eux, pour obtenir un misérable avantage, ne se décide à les trahir par des hurlements destinés aux gardes. Certains prisonniers pourraient aussi à l'inverse, dans l'espoir d'être libéré par les mercenaires, leur demander de l'aide plus ou moins discrètement.

« C'est ici. »

Ils se trouvaient devant la porte deux cent onze. Celle indiquée par leur mystérieux commanditaire.

Danto était passé sur le côté du couloir opposé à la porte, et pouvait ainsi surveiller le couloir d'en face pendant que Selvin s'occupait d'ouvrir la porte de la cellule. Chacun connaissait sa place et une surveillance tous azimuts avait été mise en place. Ils ne pouvaient pas se faire surprendre.

Selvin reprit ses outils et commença à manipuler la serrure.

« Qui est là ? »

Une voix grave, qui semblait inquiète, parvint de l'intérieur de la cellule.

« Silence, nous ouvrons, restez silencieux », chuchota Selvin. Il était concentré sur son travail. Sa dextérité était mise à l'épreuve. Il n'avait jamais vu un tel mécanisme. Il craignait d'être obligé d'utiliser des moyens bruyants qui attireraient les gardiens.

«Bon sang ! Magne-toi Selvin, on ne va pas camper ici », murmura Sina dont le ton trahissait l'impatience.

Le temps semblait défiler trop vite. Selvin manipulait cette serrure depuis plus d'une minute sans le moindre résultat. Et au mépris de la remarque de son chef il continua à bricoler avec ardeur et obstination le casse-tête qui se trouvait face à lui. Les membres de l'équipe ne l'avaient jamais vu passer autant de temps sur une serrure.

Les secondes s'égrainaient bien trop lentement pour ses acolytes.

« Si ! J'te dis que j'ai entendu quelque chose qui sortait vraiment de l'ordinaire.

- Je suis sûr que c'est un de ces taulards qui fait un mauvais rêve, ou qui veut nous annoncer qu'il est innocent, comme d'hab ! »

Les deux gardes qu'ils avaient croisés précédemment revenaient sur leurs pas et se rapprochaient à vive allure.

« Il faut agir, et vite », Sina perdait patience.

Selvin n'aimait pas se sentir sous pression. Il se rappelait son enfance avec son père derrière lui. Il s'énerva. Et dans un mouvement brusque fit tomber ses outils. Un bruit de métal tombant sur le sol en pierre résonna dans les couloirs vides d'une prison étrangement devenue silencieuse.

« Et ça c'est normal tu crois ? » dit le petit.

Les deux gardes accélérèrent la cadence en direction du bruit et donc du groupe.

« Et merde, fait chier ! »

Jodix, poussant Selvin de la main pour qu'il lui laisse le champ libre, se mit face à la porte en position offensive.

«Écartez-vous de cette satanée de porte ! » hurla-t-il.

La discrétion n'était désormais plus leur préoccupation. Il s'adressait aux occupants de la cellule, espérant qu'ils réagiraient rapidement.

Ses mains le long du corps, au niveau des hanches s'enflammèrent. Puis dans un vrombissement, une boule de feu apparut au bout de ses deux poings.

Les autres, les yeux écarquillés, ne comprenaient pas ce qui était en train de se passer.

Il ramena ses deux poings au niveau du visage pour réunir les deux boules de feu qui se propulsèrent sur la porte et la firent voler en éclats.

Le bruit fut assourdissant.

« Par tous les dieux, toute la garde est probablement en train de rappliquer. Jodix, tu récupères la fille, et on se sépare. Vous savez où se trouve le lieu de rassemblement. Action ! »

Sina avait donné ses ordres calmement. Il se sentait un peu démuni face à la situation. Même s'ils avaient envisagé tous les cas de figure lors du briefing, il avait prié Tlaloc de toute son âme pour que rien de tout ceci n'arrive. Il s'était préparé au pire, mais maintenant que la situation avait dégénéré il comprenait que les prochaines minutes seraient déterminantes. C'était lui le chef et à partir de maintenant chacune de ses décisions impacterait les chances de survie du groupe.

Il partit donc vers le nord, quant à Danto et Selvin, ils se dirigèrent ensemble vers l'ouest sans même laisser le temps au serrurier de ramasser ses outils.

Jodix, lui, était entré dans la cellule. La lueur des morceaux de bois enflammés de la porte lui permit d'apercevoir les deux occupants de la pièce.

Un Protech d'une quarantaine d'années était debout derrière, près de sa paillasse. Une jeune Souna qui correspondait au portrait de celle qu'ils cherchaient se trouvait à ses côtés. Sans attendre il la prit par la main. La jeune fille, hébétée, le suivit sans résister ni poser de question. Le Protech en profita lui aussi pour quitter sa cellule. Il disparut rapidement dans l'obscurité d'un couloir qui partait vers l'est.

« Dispersez-vous, ne les laissez pas s'échapper ! »

L'alarme venait d'être déclenchée, une cloche stridente sonnait sans discontinuer.

Toute la garde était maintenant réveillée et parfaitement opérationnelle. Pour obéir à l'ordre donné ils partirent tous dans des directions opposées afin de couvrir le maximum de terrain dans cette prison aux multiples couloirs, comme à l'entraînement. Il fallait absolument rattraper les prisonniers qui s'enfuyaient. Il était indispensable au chef d'avoir un compte rendu précis de la situation au plus vite.

« C'est ici, à la deux cent onze. »

Le plus gros des deux gardes qui étaient en avance sur le reste de la troupe, venait de trouver la cellule vide, avec la porte complètement explosée.

Le chef, un peu bedonnant, arriva transpirant. Il terminait de boutonner son uniforme. Il avait été sorti du lit en catastrophe. Il avait toujours redouté que ce jour arrive, et encore plus pendant son service.

Un jeune garde survint derrière lui avec un parchemin détaillant la liste des prisonniers.

« La deux cent onze. Un homme, Protech, et une femme, Souna. »

Le chef reprit enfin son souffle et hurla.

« Deux prisonniers évadés. Branle-bas de combat, trouvez-les moi et vite, ils ne doivent pas être loin, une prime à celui qui les rattrape ! »

La prison ressemblait maintenant à une fourmilière. Une horde de gardes grouillait dans la prison, courant dans tous les sens, mais sans réelle efficacité. Malgré un entraînement maintes fois répété, tous agissaient individuellement. Il semblait que la garde était dirigée par les démons du chaos.

Jodix et la jeune prisonnière avaient grâce à leur rapidité déjà réussi à rejoindre les égouts.

La jeune femme n'avait toujours pas posé de question, elle suivait simplement celui qui la tenait par la main.

Le St'ingie n'avait pas pris le temps de refermer les portes derrière lui et savait donc que les gardes allaient rapidement comprendre par où ils s'enfuyaient.

Cela faisait moins d'une minute qu'ils étaient dans les égouts lorsqu'ils entendirent quelqu'un crier derrière eux.

« Les portes d'accès aux égouts sont ouvertes, ils sont passés par là les enfoirés !

- Envoyez des limiers, rattrapez-les moi », beugla le chef de la garde.

Ils partaient à la chasse de deux individus. Ils n'avaient pas compris que les évadés avaient été aidés par des individus venus de l'extérieur. C'était une bénédiction pour tous, les gardes se concentrant sur Jodix et la Souna ne supposaient pas qu'ils pourraient avoir d'autres cibles. Ce fut la chance des mercenaires d'Umbrea Mortalis et du Protech.

Les deux évadés se tenant par la main, continuaient leur progression. Ils entendaient les gardes dans leur dos, qui se rapprochaient dangereusement. Ils n'osaient pas se retourner, par peur de se ralentir. La course dans les déjections demandait un effort intense et tous deux commençaient à perdre le souffle et avoir mal dans les jambes.

Enfin ils arrivèrent au bout du tunnel. Jodix avait raté la bifurcation dans la précipitation. Soudain ils se trouvèrent à l'air libre au sommet d'un à-pic de quatre ou cinq mètres. La canalisation se déversait dans l'Aïem. Les gardes ne se trouvaient désormais plus qu'à une dizaine de mètres. Il ne leur restait plus qu'une seule solution.

« Tu sais nager ? »

Sans attendre la réponse de la jeune Souna désemparée, Jodix sauta dans le fleuve, entraînant avec lui dans sa chute la jeune fille accrochée à son bras.

CHAPITRE SEPT

L'incertitude de la situation

Waregrund

« Maître, nous avons un grave problème. »

Waregrund, le vieux Protech frappait à la demeure de son employeur. Il répétait sans cesse cette phrase, n'osant crier. Sa voix qui montait dans les aigus prouvait qu'il n'était pas loin de la panique. Il espérait que la porte s'ouvrirait rapidement.

C'était la première fois qu'il venait l'importuner sans avoir été convoqué auparavant. Mais l'heure était grave et il lui avait semblé judicieux de venir l'informer des derniers événements sans perdre une seule minute. Il fallait avoir des arguments forts pour se permettre de déranger ainsi en pleine nuit un si puissant personnage, et Waregrund, malgré la gravité de la situation, ne se sentait pas rassuré.

Une lanterne s'alluma enfin à l'étage. Quelques instants passèrent avant qu'il n'entende cette voix reconnaissable entre toutes, une voix grave, calme, une voix qui imposait le respect. Le ton n'était pas agressif et Waregrund émit un léger souffle de soulagement.

« Entre vite et fais moins de bruit. »

La porte venait de se débloquer, comme par magie. Le maître se dirigeait déjà vers une pièce cossue qui devait servir habituellement de salon. Il avait pris d'infinies précautions pour que personne ne voie son visage. Il portait une tunique élégante prolongée en haut par une capuche. Elle avait été conçue pour recouvrir ses traits, et seuls ses yeux semblaient briller dans cet ovale noir qu'était devenu son visage sous cette protection. Le mystère était partie intégrante de la vie du protecteur de Waregrund.

Waregrund prit le soin de verrouiller la porte derrière lui et lui emboita le pas. Ce n'était pas la première fois qu'il allait chez son employeur. Il était déjà venu dans cette demeure. À chaque fois, il était impressionné par l'atmosphère glacée des lieux. Les entretiens avaient toujours lieu dans cette grande pièce vers laquelle ils se dirigeaient. Il soupçonnait la maison de renfermer des pièces importantes pour les affaires du pays, mais il lui était impossible d'en parler au maître. La curiosité n'était pas de mise dans les relations entre Protechs, et surtout pas avec le mystérieux personnage qu'il suivait. Ils entrèrent dans le salon, il était déjà éclairé.

« Tu m'inquiètes, il me semble que c'est cette nuit que devait se dérouler la mission, non ? »

Le maître avait pris le soin de s'asseoir sur son siège dans une position qui ne pouvait découvrir son visage. Comme d'habitude... La seule lumière provenait d'une bûche qui terminait de se consumer dans la cheminée au fond de la pièce. Elle était à la fois suffisante et faible. L'essentiel se laissait apercevoir, le superflu restait dans l'ombre. Waregrund distinguait la puissante mâchoire du maître. Il pouvait deviner les plis de sa bouche. Seule la double lueur des yeux était réellement visible. L'ensemble était très impressionnant et mettait les interlocuteurs du mystérieux personnage très mal à l'aise. C'était voulu ! Waregrund frissonna, ce n'était pas le moment de se laisser impressionner. Sans s'approcher de lui, il s'adressa à son maître. Il parla animé d'un grand respect, presque de la crainte. Le ton de sa voix s'en ressentait.

« Oui, c'est au sujet de la mission que nous avons confiée à Umbrea Mortalis.

- Par tous les dieux, ne me dis pas que la fille est morte ! »

L'homme mystérieux avait pour la première fois montré une émotion, de l'anxiété, presque du stress.

« Non, non… Enfin je ne sais pas.

- Comment ça tu ne sais pas ? Je ne te paie pas pour ne pas

savoir ! »

La remarque avait fusé si fortement que Waregrund avait eu un mouvement de recul. Il allait falloir marcher sur des œufs, le sujet était manifestement encore plus sensible que ce qu'il avait anticipé. C'était la première fois qu'il voyait son maître s'énerver, et de quelle manière ! Tout cela ne présageait rien de bon. Très vite il se lança dans les explications attendues.

« Ils ont réussi à s'échapper, mais l'alerte a été donnée un peu trop rapidement. La situation est donc confuse. On sait seulement qu'ils se sont échappés par le fleuve. Tout du moins la fille et l'un des membres de l'équipe qui était en charge de sa libération.

- Par le fleuve Aïem ? Avec un tel courant ? Ils ne devraient pas pouvoir aller loin sur les berges sans tomber dans le lit du fleuve. Il est possible qu'ils soient déjà morts. Que les dieux nous protègent ! »

Le printemps arrivait tout doucement depuis quelques jours. Après un hiver extrêmement rude, la fonte des neiges rapide des montagnes du nord avait eu pour conséquence une montée considérable du niveau de l'eau. Le débit du fleuve avait quintuplé et il semblait impossible que quiconque puisse s'échapper par cette voie. De plus, l'Aïem servait de grand égout pour toute la ville et il charriait de nombreux débris qui rendaient son cours encore plus dangereux. Les bateaux ne s'y aventuraient quasiment jamais en cette période, alors des nageurs...

« Oui par le fleuve. Du coup nous n'avons pas de nouvelles que ce soit d'Umbrea Mortalis ou de la garde. Nous n'avons plus qu'à attendre et observer l'évolution de la situation.

- Attendre dis-tu ? Je n'aime pas attendre, et surtout pas dans de telles situations ! Va, et rapporte-moi au plus vite des informations. À partir de maintenant c'est ta mission prioritaire. Tu dors Amaya, tu manges Amaya, tu bois Amaya ! Allez, pars maintenant, je ne veux te revoir que lorsque tu auras du concret à m'apporter ! »

Sans un mot le vieux Protech quitta la pièce. Son maître lui avait fait des reproches injustes. Il savait que c'était sous le coup de la colère et il se promit d'oublier au plus vite ce sentiment d'injustice qui l'envahissait. Il avait maintenant une nouvelle mission, et il allait la remplir avec enthousiasme afin de montrer à son maître toute l'étendue de ses talents. Il lui fallait trouver des informations au plus vite et peut-être essayer de sauver la vie de la fille si jamais elle était encore vivante. Il comprenait que cette mission était d'une importance capitale et il espérait qu'il ne serait pas le maillon faible de cette vaste opération. Il ne pouvait cependant comprendre pourquoi son maître, solitaire, s'était pris d'affection pour cette fille des rues et réagissait de cette façon.

Il quitta la demeure de son employeur d'un pas rapide. Il n'était plus temps de tergiverser, le temps de l'action était revenu. Le vieux Protech se sentit rajeunir et, oubliant toutes les récriminations de son maître, partit d'un pas plus vif et plus assuré vers la prison.

Au travail !

Dans la maison l'ambiance était très différente. Le mystérieux protecteur se leva de son siège, s'approcha de la cheminée où les dernières braises avaient maintenant terminé de se consumer, prit un tison et tenta de raviver le feu mourant. De pauvres étincelles venaient mourir à ses pieds. Sur le rebord de la cheminée se trouvait une boîte en ébène qu'il prit dans ses mains. Il la regarda, fit mine de l'ouvrir puis se ravisa.

« Sur ma vie, j'en ai fait le serment. »

CHAPITRE HUIT

Une mauvaise passe

Amaya

« On a réussi à sortir de l'eau, ne me lâchez pas maintenant. »

Amaya tenait fortement le St'ingie contre elle pour essayer de le réchauffer. Ce n'était encore qu'un inconnu, mais il lui avait permis de s'échapper de son enfer carcéral.

Le printemps avait débuté depuis quelques jours et la fonte des neiges des montagnes Sounas avait refroidi l'eau du fleuve Aïem.

Elle avait appris seule à nager durant son enfance, aptitude qui lui avait permis d'échapper à beaucoup de situations délicates. Et, à sa plus grande déconvenue, elle était encore en train d'en vivre une. Son compagnon d'infortune avait dû se cogner sur une pierre ou un débris lors du saut dans cette rivière glacée. Elle s'était battue contre le courant en lui maintenant la tête hors de l'eau afin de lui éviter la noyade.

Appuyée sur une grosse branche, Amaya avait tenu du plus fort qu'elle pouvait son libérateur en se laissant traîner par le courant. Néanmoins elle s'était vite fatiguée, sa respiration s'était accélérée à cause du froid. Sa poitrine compressée par cette eau glacée avait rendu chaque bouffée d'oxygène brûlante. Son sang pourtant Souna ne l'avait pas aidée.

Elle n'aurait pas su dire combien de temps s'était écoulé ou quelle distance elle avait parcouru. Son salut arriva lorsqu'elle vit le fleuve se calmer au niveau d'un petit passage à gué. Rapidement, elle tira le St'ingie, toujours inconscient, sur les bords du fleuve impétueux. Ils avaient enfin réussi à se sortir vivant de ce piège.

Allez Amaya, ne te laisse pas abattre, il faut le sortir de là.

Elle s'était encouragée du mieux qu'elle pouvait. Allongée dans l'eau glacée elle pouvait enfin respirer. Le St'ingie, malgré sa faible corpulence, pesait lourd pour une jeune femme exténuée. Il lui avait fallu plusieurs minutes pour enfin sortir de l'eau. Alors, un nouveau combat s'était engagé.

Le St'ingie inconscient dans ses bras était devenu froid comme un glaçon. Amaya tremblait en serrant tant qu'elle pouvait le jeune homme, il fallait absolument qu'elle trouve le moyen de se réchauffer.

La nuit était profonde, et frigorifiée, elle cherchait autour d'elle ce qui pourrait l'aider. L'état de son libérateur se dégradait minute après minute. Chacune d'elles lui paraissait comme une éternité. Le fleuve était bordé à cet endroit par une forêt sombre. Elle lui semblait aussi froide que les eaux auxquelles ils venaient d'échapper.

Elle grelottait.

Ne trouvant rien pouvant l'aider, elle commença à frictionner son compagnon d'infortune avec ses mains engourdies.

Le silence.

Amaya était troublée. Outre la situation extrême qu'elle était en train de vivre, le calme ambiant la déconcertait. Cette jeune Souna n'avait vécu qu'à Énolia et n'était pas habituée à ce silence. Elle se sentait seule. L'angoisse du vide, du silence, la prenait à la gorge, elle était inquiète, à la limite de ce que ses nerfs pouvaient supporter. Elle ne retenait que difficilement ses larmes. Pourtant, comme toujours dans les situations extrêmes, son moral d'acier lui permettait de résister.

L'heure qu'elle avait passée à frotter successivement les bras, les jambes et le torse du St'ingie lui avait semblé une éternité. Elle voulait à tout prix éviter d'aggraver son hypothermie. Elle savait les St'ingies sensibles au froid. Elle culpabilisait car jamais elle n'avait appris à faire du feu seule. Il leur aurait permis de se réchauffer rapidement et aussi de sécher leurs vêtements.

Elle commençait à perdre espoir. Le temps passait, mais aucun de ses efforts ne semblait utile. Soudain, son jeune compagnon bougea un peu, puis lentement ouvrit les yeux. Son corps se mit à trembler de toutes parts, telle une feuille morte au vent d'automne.

« On s'en est sortis. Restez calme. C'est normal que vous trembliez, l'eau de la rivière était gelée, votre corps essaie de se réchauffer. »

Jodix bougea la tête de gauche à droite, il était complètement désorienté et il voulut savoir où il se trouvait.

« Mais mais, pou… Pourquoi n'as n'as t...u pas…pas fait de feu feu ? »

L'idée de mentir pour ne pas paraître ridicule traversa l'esprit d'Amaya. Un mensonge crédible comme d'affirmer qu'elle n'en avait pas fait pour ne pas qu'ils soient repérés dans la forêt ou une bêtise du même genre. Mais ce n'était pas utile dans cette situation déjà assez compliquée et elle voulait jouer la carte de l'honnêteté avec celui qui l'avait libérée.

« Je suis désolée, mais je ne sais pas allumer un feu. »

Avec une petite voix frêle, la jeune et timide Amaya semblait honteuse.
Il voulut rire, mais fut puni par une quinte de toux qui lui brûla les poumons. Quand elle fut passée, il se redressa et s'assit sur un peu de mousse avec l'aide de la jeune Souna, et en tremblant prit la parole.

« Amène du bois, le plus sec possible, et fais un tas ici, juste là. »

Sans un mot, Amaya s'exécuta. Et au bout de quelques minutes, elle avait fait un gros tas de bois bien sec, avec quelques bûches plus conséquentes. Elle disposa l'ensemble comme le St'ingie le lui avait indiqué.

« Comment allez-vous l'allumer ? Nous n'avons aucun outil qui pourrait fournir une étincelle », demanda-t-elle curieuse.

Sans un mot, Jodix, toujours tremblant, joignit ses mains, les frotta énergiquement, puis souffla dessus comme pour les réactiver. Il les dirigea ensuite vers le tas de bois qui s'enflamma instantanément. La chaleur des flammes vint presque immédiatement les réchauffer.

Amaya était stupéfaite, elle n'avait jamais vu d'action pareille dans sa vie. Bien sûr, elle savait que la magie des Clans existait, mais elle pensait qu'elle ne se pratiquait que dans les hautes sphères de la société ainsi que dans les Académies. Peu de personnes en avaient une maîtrise parfaite, et là devant ses yeux, l'homme qui l'avait délivrée se retrouvait à l'utiliser, simplement, pour allumer un feu. Elle n'en revenait toujours pas, elle en oubliait même de se réchauffer auprès de ce feu. Une petite lueur dans sa tête lui fit comprendre comment la porte de sa cellule avait explosé...

« Tu ne viens pas te réchauffer ? demanda Jodix épuisé.
- Euh... Si si, rétorqua Amaya, sortant de ses pensées.
- Pense à faire une petite réserve de bois, histoire qu'on ne tombe pas en rade et que le feu ne s'éteigne, ce genre de petit tour me fatigue et je n'aimerais pas avoir à recommencer tout de suite. »

Le simple fait d'allumer ce feu lui avait demandé des ressources énormes pour son état, et le St'ingie se sentait d'autant plus fatigué. L'utilisation des pouvoirs de clan demandait une maîtrise technique, mais aussi des ressources physiques et mentales. Tout cela n'était malheureusement pas illimité.

Avec simplicité, Amaya vint s'asseoir en face de son compagnon d'infortune. Il tremblait de moins en moins, le feu commençant à le réchauffer. Il se caressa le dessus du crâne, et découvrit qu'il avait une belle bosse ornée d'une plaie. Le sang avait déjà coagulé. Ses cheveux noirs avaient des reflets bordeaux, confirmant ses origines St'ingie. Mêlés au sang, et à la boue, ils formaient une couche crasseuse sur la tête du jeune homme.

« Vous avez pris un gros coup sur la tête, ça va mieux ? demanda Amaya, inquiète.
- J'ai vraiment mal au crâne mais ne t'inquiète pas, ça va aller.
- J'ai plein de questions à vous poser vous savez, je ne saurais même pas par où commencer à vrai dire.
- Et si nous commencions par nos prénoms ? Moi c'est Jodix.
- Je suis Amaya. »

Elle réfléchit un moment puis se lança.

« Que cherchiez-vous dans la prison et surtout qui êtes-vous ?
- Pardon, ne serais-tu pas en train de te foutre de moi ? »

Le jeune St'ingie était surpris. La jeune fille qu'ils avaient délivrée semblait tout ignorer des raisons qui avaient poussé des inconnus à la libérer. Une des plus puissantes guildes d'Arkadis avait été mobilisée, et elle ne comprenait pas pourquoi elle était le centre de cette affaire. Etrange ! Très surpris, il réfléchit un instant.

Nous serions-nous trompés de cible ?

Cette pensée ne traversa l'esprit de Jodix que quelques instants.

Il secoua la tête en signe de refus de l'échec. Il retraça toute la mission de la nuit dernière dans sa tête. L'entrée dans les égouts, l'ouverture des portes, l'explosion de la porte, la fuite éperdue dans les couloirs et enfin le saut dans la rivière. Ils avaient suivi les consignes à la lettre, avec certes un peu d'improvisation, mais il était persuadé d'avoir libéré la bonne personne. Les renseignements fournis par leur client, avaient été suffisamment clairs et précis pour qu'aucun doute ne soit possible.

« Je ne comprends pas. Que se passe-t-il ? Je suis perdue. »

Jodix sortit de ses pensées.

« Tu ne sais vraiment pas qui nous sommes, tu es sûre ? Et ni pourquoi nous t'avons libérée ? lui demanda-t-il.

- Eh bien non. Vous savez, je ne suis qu'une simple fille des rues qui s'est fait attraper lors d'un vol », rétorqua-t-elle le plus simplement et naturellement du monde.

Cette phrase fit l'effet d'un coup de massue sur la tête de Jodix.

CHAPITRE NEUF

Une enquête compliquée

Magendi Aj'dor

« J'étais jeune écuyer à l'époque du début de cette monstrueuse guerre, mais croyez-moi je m'en souviens et m'en souviendrai toute ma vie comme si c'était hier.
- Racontez-moi, s'il vous plaît. »

Le vieillard était assis sur un banc, à côté de Magendi Aj'dor. Le mage était parti le lendemain du message d'Algorim Y'rgram. Il voulait avoir du concret à lui donner avant son retour de la capitale. Il avait donc décidé d'exécuter lui-même la mission de renseignement. Il était un grand adepte du vieil adage « on est jamais mieux servi que par soi-même. »

Il avait pris le bateau quelques jours auparavant avec seulement quelques hommes de confiance, tous des élèves confirmés de l'Académie. Il n'avait pas eu à chevaucher longtemps, le vieux Valkris qu'il était parti chercher habitait au nord du port de Blezaïa. Le nom de ce vieillard était ressorti à de nombreuses reprises au fil de discussions avec les vieux St'ingies d'Aldrosaïa qui avaient participé à l'attaque initiant la Guerre des Clans. Magendi avait pris le risque de perdre du temps en allant rencontrer ce paysan. Et les dieux savaient combien son temps était précieux. Mais il espérait pouvoir trouver ce qu'il était venu chercher dans cette ferme isolée. Si ce devait être le cas, alors il pourrait avancer considérablement dans ses recherches.

La province du Hedland se situait à équidistance entre Erefan et Énolia, respectivement anciennes et nouvelles capitales d'Arkadis.

Le clan des Valkris était le peuple de l'Eau. Ils avaient toujours la maîtrise de l'agriculture et disposaient des meilleures terres, ce qui avait naturellement attisé la jalousie des autres clans d'Arkadis. Circonstance aggravante, les héritiers d'Aaghar méprisaient les autres clans, leur politique était totalement centrée sur eux-mêmes.

C'est seulement lorsque le Xya nommé Salilas vint au monde que les différents peuples virent en lui un vrai souverain capable de tous les fédérer et qu'ils créèrent pour ses descendants la ville d'Énolia.

Salilas avait été décrété Xya, car lorsqu'il avait été retrouvé perdu seul dans la rue, aucun sage n'avait su définir son clan d'appartenance ; il n'avait les traits d'aucun d'entre eux. La règle était formelle pour ce genre de situation. Cette différence physique n'était pas profonde, il ressemblait à un Souna, mais ses yeux étaient d'un étrange bleu turquoise. Il avait également un pouvoir immense, au-delà de tout ce qu'avaient déjà vu les anciens. Ils en avaient été profondément troublés. C'est lui qui apporta aux différents clans les clefs de la maîtrise de leurs pouvoirs. Avant son arrivée, les cristaux n'étaient que des idoles que les peuples vénéraient. Seule une élite maîtrisait, mal, leur pouvoir. Grâce à lui ils purent développer les fantastiques possibilités qu'apporte la maîtrise des éléments au travers des cristaux. Pour certains, Salilas avait le rang d'un dieu.

Corradia Spedd, le vieillard dont il était si souvent question, avait été jeune écuyer au service du dernier roi d'Arkadis avant la guerre. Désormais il vivait comme un simple paysan dans l'une des milliers de fermes qui occupaient les landes du Hedland. La sienne était grande et plutôt confortable. Il ne disposait que de peu de bétail. Il exploitait le lait de ses vaches et de ses chèvres pour produire du fromage. Il possédait également quelques arpents de terre sur lesquelles il cultivait de l'orge. Cette production de céréales lui permettait de produire l'une des bières les plus fameuses d'Arkadis. Il s'était associé à un Souna qui lui vendait une plante des montagnes du Nord, le génépi. Il avait eu l'idée de l'ajouter à sa bière. La robe de ce breuvage était verte, la couleur Valkris, avec une saveur unique de plante fruitée. Les experts disaient qu'elle venait caresser les papilles, sans amertume elle était douce en bouche. C'était devenu sa source principale de revenus. Il vivait presque confortablement.

Ce vieil homme n'avait jamais trouvé de compagne avec qui partager sa vie et était resté célibataire. Néanmoins il n'était pas resté solitaire. Il avait adopté un jeune orphelin, parmi les milliers que la guerre avait malheureusement engendré C'était un Valkris, comme lui, courageux et vaillant, qui le secondait dans les travaux des champs. Il lui avait appris le travail manuel. Il lui avait dispensé la même éducation que celle qu'il avait reçue lors de son enfance. La transmission de son savoir lui semblait une belle mission de fin de vie.

Restés sur leurs montures, les cavaliers St'ingies observaient une curieuse scène maintenant qu'ils étaient arrivés à destination. Corradia était assis sur le perron de sa vieille ferme aux côtés de Magendi Aj'dor. Ils n'avaient jamais vu leur chef se comporter ainsi. D'habitude il était dans l'action et les prises rapides de décision, alors que là bizarrement, il était calme, devisant de choses et d'autres avec un vieil homme insignifiant. Pour le vieillard, ce St'ingie était totalement inconnu. La politique ne l'intéressait plus depuis de longues années déjà. Il n'écoutait que distraitement les nouvelles qui étaient colportées par les marchands de passage. Son âge se lisait dans les longues saignées creusées par le temps et le soleil sur son front. Il portait des vêtements amples. Pas des haillons de paysans. Ses habits étaient bien entretenus et étaient fort confortables pour un travail aux champs. Magendi sentait qu'il avait été grand et fort dans sa jeunesse. C'était une des caractéristiques principales des Valkris, héritage d'un peuple travaillant la terre. Avec le temps et les générations, ils s'étaient forgés un physique à la hauteur de la difficulté de la tâche. Ses cheveux verts avaient tous disparu et laissaient place à une toison algue et sel qui lui donnait à la fois une grande prestance et du charisme. Depuis toujours on parlait de la couleur algue des cheveux des Valkris, la tradition véhiculant une légende qui prétendait que parler de la couleur verte pour les cheveux portait malheur.

Le mage St'ingie n'inspirait pas confiance à Corradia. Il l'impressionnait mais, étrangement ne lui faisait pas peur. Appuyé sur sa canne, il observait les champs et les vertes collines face à lui. Son regard se perdait dans l'horizon lointain. Il aimait à méditer ainsi devant sa maison lorsqu'il s'accordait une pause.

« Vous savez, j'ai toujours été fidèle au roi. Même dans les moments les plus difficiles. J'avais fait le serment, jeune, de le servir jusqu'à ma mort, et ce serment voyez-vous, je m'y tiens encore, dit le vieillard avec une ferveur touchante. Cette phrase venait du plus profond de lui-même.

- C'est bien de rester fidèle à ses engagements, croyez-moi je suis la personne la plus à même de comprendre cela, même si je sais que c'est parfois difficile.

- Donc vous comprendrez certainement pourquoi ma question est justifiée. Je me répète : Que comptez-vous faire de ce genre d'information ?

- Comme vous le savez probablement, le fils du roi, âgé d'environ six ans à peine, aurait réussi à s'échapper avec l'aide d'Arkane Kanar, le dernier Bras Armé du roi. Nous le recherchons pour une bonne raison, une raison noble, nous voulons qu'il y ait à nouveau un roi à la tête d'Arkadis.

- Et vous pensez vraiment que ceux qui ont déclenché cette guerre méritent ma confiance ? Quelles garanties m'apporteriez-vous pour la sécurité de l'héritier ? Quels gages pouvez-vous me donner de votre loyauté ? Vous savez, je suis Valkris mais je ne cautionne pas l'attaque coordonnée avec les St'ingies sur le château royal à cette époque.

- Je ne peux rien vous dire ni vous garantir. Vous allez juste devoir me croire sur parole. Et vous connaissez la valeur que nous autres donnons à cette parole.

- Je vais vous dire ce que je sais. Non pas que je vous fasse confiance, loin de là, mais parce que je garde l'espoir au plus profond de moi-même qu'un jour nous retrouvions un royaume fédéré autour d'un roi. Je rêve d'un monde tel qu'il était et où la paix règne.

- Dites-moi donc ce qui s'est passé cette nuit-là, je vous prie. »

Le vert des yeux de Corradia se mit à briller. Le passé refaisait surface et créait en lui une profonde nostalgie. Il se remémorait le bon vieux temps, celui de la paix prospère du royaume, celui d'un roi aimé et aimant son peuple. Il se remémorait sa jeunesse au château. Il se remémorait ce temps-là où il espérait intégrer la garde royale.

Malheureusement, il n'avait pas eu l'occasion d'en faire partie. Les guerriers St'ingies avaient brisé tous ses rêves en assiégeant le château par surprise pour assassiner le roi et toute sa famille. Cette guerre meurtrière débutée par l'attaque Valkris quelques semaines auparavant s'était enlisée et le conflit avait duré des années.

Il avait assisté aux premières loges à cet épisode dramatique et en avait été marqué à jamais. Le simple fait de repenser à cet événement provoquait en lui un trouble immense. Comme s'il était seul, il se mit enfin à parler. D'une voix presque larmoyante, dans laquelle il faisait passer toute l'émotion et la nostalgie qui le submergeaient. Au fur et à mesure de son discours les souvenirs revenaient, en masse, et se bousculaient pour être transformés en mots.

« J'étais jeune, à peine douze ans, et ça faisait déjà un an que j'étais au service du frère cadet du roi en tant que simple écuyer. J'avais pour objectif de devenir chevalier et d'intégrer la prestigieuse garde royale. Il me fallait gagner ma place pour l'Académie d'Énolia. Selon les dires de mon maître, Sbbit, j'avais un fort potentiel. L'avenir semblait radieux. C'est alors que parvinrent jusqu'à nous les rumeurs qui précédaient la crise Valkris. Je les avais surprises dans la salle de repos des soldats. Je n'étais pas autorisé à y aller, mais, avec la complicité de quelques camarades militaires, j'y passais l'essentiel de mon temps libre. Les rumeurs parlaient d'un coup d'état, ou d'une attaque, en préparation. On racontait que les Valkris s'étaient associés aux St'ingies et qu'ils voulaient renverser le roi et son gouvernement. Cela semblait fou, irréel, et j'ai mis un moment, du haut de mes douze ans, à comprendre ce qui se passait. La situation avait dégénéré quelques semaines auparavant lorsque les Protechs avaient attaqué les Valkris. Depuis toujours, les Valkris et les St'ingies commerçaient de façon bilatérale dans la plus parfaite entente. Si cet état leur convenait parfaitement, il n'arrangeait pas du tout les Protechs qui se retrouvaient isolés des Sounas, et dans une moindre mesure des St'ingies. Leurs terres étaient comme vous le savez, mitoyennes de celles des Valkris, qui par le fait empêchaient leur commerce de se développer. Ils avaient donc décidé unilatéralement d'attaquer les Valkris pour s'ouvrir des nouvelles routes commerciales. Le roi, évidemment informé des premières escarmouches, n'avait pas réagi. Par sagesse ou par lâcheté selon les opinions, il avait préféré laisser faire, mais pris des mesures pour les siens au cas où le conflit s'envenimerait. »

Le vieillard reprit son souffle. À côté de lui, Magendi Aj'dor écoutait attentivement ce long mais captivant monologue. Peu de personnes étaient encore vivantes pour relater les évènements de ce jour qui avait bouleversé le royaume d'Arkadis et en avait changé la face à jamais. Il était venu pour entendre ce récit et la réussite de sa mission était conditionnée en partie aux paroles du vieillard. Pour l'instant il n'apprenait pas grand-chose, il connaissait déjà cette partie de l'histoire. Il ne comptait plus le nombre de fois où feu son père lui avait raconté cette épopée. Il attendait la suite et laissa Corradia parler.

Les trois gardes du mage étaient restés en retrait comme il le leur avait demandé. Ils ne pouvaient entendre la conversation, mais étaient sur le qui-vive afin de pouvoir intervenir dans l'instant au cas où le vieux Valkris montrerait des signes d'animosité. Cela semblait peu probable.

« Lors de l'attaque surprise du château, j'étais aux premières loges. Je dormais dans l'écurie, non loin des chevaux lorsque j'ai entendu les premiers gardes royaux crier au feu. Croyant à un incendie et appliquant les consignes, j'ai sorti rapidement les chevaux de mes maîtres. Mais je ne pouvais pas tous les sauver malheureusement. Je me suis très vite aperçu qu'il n'y avait pas d'incendie près des écuries. L'attaque des St'ingies venait de débuter et c'était l'affolement. J'ai couru aux appartements privés du frère du roi, qui était, avec sa femme et son fils, déjà prêts au départ. »

Ressasser le passé réveillait en lui des sentiments entremêlés de rage et de nostalgie. Il avait rarement eu l'occasion de parler des dramatiques événements survenus cette nuit-là, mais tous étaient gravés au fond de sa mémoire, mieux que s'ils avaient été retranscrits sur du marbre. Sa voix se brisait parfois en fin de phrase et Magendi percevait toute la douleur et l'émotion qui ressurgissaient du passé au fil de l'histoire du vieillard.

« Je sentais la chaleur des flammes frôler mon visage. J'avais du mal à garder les yeux ouverts à cause de la transpiration qui coulait de mon front. Je tentais tant bien que mal de m'essuyer, mais mes mains étaient recouvertes de suie et j'avais de plus en plus de mal à me focaliser sur mon but, le château. Mais tout cela ne m'a pas empêché d'assister au monstrueux massacre perpétré ce soir-là. Les barbares St'ingies, entraînés, motivés et déterminés n'ont fait de cadeau à personne. Tous ceux qui se sont mis en travers de leur chemin en ont payé le prix fort. Des hommes en flammes se jetaient des fenêtres pour abréger leurs souffrances, les épées tranchaient et traversaient les malheureux tout juste sortis du lit. Cette nuit fut commis un massacre, une abomination. Je ne sais pas par quel miracle j'ai pu en réchapper. La suite fut très rapide et j'en garde un souvenir très précis. J'ai enfourché ma monture et j'ai récupéré sur ma selle le neveu du roi. Le prince Sbbit m'avait confié la vie de son fils. Il m'a ensuite dit que son honneur l'empêchait de fuir, qu'il devait combattre pour son frère, sa famille, son royaume. Je n'ai pas pris le temps de discuter, je l'ai quitté au triple galop, le laissant partir à l'assaut de l'ennemi, probablement vers la mort. Plus tard un ami qui a également survécu, m'a raconté qu'il avait vu Arkane Kanar s'enfuir par les souterrains avec un jeune garçon qui pourrait être le prince héritier. Mais il ne semblait pas bien sûr de lui. »

Une larme coula le long de la joue du vieux Valkris tandis que son regard profond se dirigeait vers l'horizon.

Le maître St'ingie se leva. Mains dans le dos, regardant dans la même direction que le vieillard, comme pour rechercher ce qu'il observait. Mais ses yeux restaient étrangement dans le vague. Ils restèrent tous deux silencieux un moment, puis le mage reprit la parole.

« Je suppose que vous devez avoir deviné ma prochaine question.

- Le neveu du roi est malheureusement mort, il n'a pas survécu à l'épidémie de choléra qui a sévi dans l'année qui a suivi le début de la guerre.

- Voilà quelque chose de bien triste, mais il n'était pas prioritaire dans l'accession au trône. Vous savez de quoi je veux parler. Je parle ici de ce que nous cherchions le soir où nous avons attaqué. Mais je suppose que cette aversion contre mon peuple que vous avez ruminé depuis cette nuit-là a grandi, grandi au point de dépasser même la notion de haine. Aussi je pense que je perds mon temps avec vous, car même si vous aviez la réponse à ma question jamais je ne pourrai l'obtenir de votre bouche. C'est tout à votre honneur, mais vous êtes malheureusement trop loyal pour moi... »

Corradia resta immobile sur son banc, silencieux. Puis son regard toujours sur l'horizon s'éclaira lentement, comme s'il venait d'avoir une illumination. Il se saisit vivement, avec une habileté surprenante pour un vieillard, de sa hachette et la brandit contre Magendi Aj'dor.

Le maître était sur ses gardes et était prêt à une telle réaction. Il ne lui fut pas difficile de désarmer le pauvre Corradia et de le repousser d'un violent coup de pied dans le ventre. Le Valkris tomba lourdement au sol dans la poussière crasseuse. Le combat était terminé sans avoir vraiment commencé. Les gardes du Doyen de l'université n'avaient pas bougé d'un cil. Ils avaient immédiatement compris qu'il maîtrisait parfaitement la situation, ils étaient simplement restés en alerte en observant avec attention la scène.

Le St'ingie, de toute sa hauteur, laissa tomber l'arme du paysan au sol en le regardant avec une ironie teintée de pitié, voire de respect. Il se retourna. Le vieux paysan était dans son dos, mais il n'y avait plus de danger.

« Vous aviez raison d'être méfiant envers nous. Mais vous ne serez pas présent pour assister à ce qui va se produire maintenant. »

Une boule de feu se formait doucement dans sa main droite. Il pouvait sentir la respiration du vieux Valkris s'accélérer dans son dos.

Le pauvre Corradia savait que sa fin était proche. Il recula en rampant jusqu'à buter contre le mur de sa chaumière. Il ne pouvait désormais plus fuir, les gardes avaient entouré la position. De toute manière il n'en avait pas vraiment l'envie. Sa vie avait été belle, riche et heureuse. Les dieux l'attendaient, et même si son corps se révoltait, son esprit était résigné. Il observa une dernière fois l'horizon, les collines verdoyantes, sentit la chaleur douce du soleil de printemps, et une brise légère caresser son visage. Il respira plus calmement, apaisé.

La boule de feu partit des mains du mage et arriva sur lui tel un boulet de canon. En une seconde il forma avec sa chaumière un brasier monstrueusement chaud et n'eut pas le temps de savoir qu'il venait de mourir.

Magendi Aj'dor ne prit pas la peine d'observer le malheureux spectacle. Il se mit en selle. Comme si de rien n'était, les gardes qui l'accompagnaient firent de même. Ils s'en allèrent au petit trot, laissant le pauvre paysan se consumer avec sa ferme et tout ce qui avait été son monde.

Un détail avait cependant échappé au mage.

Avant le geste désespéré de Corradia, Magendi avait aperçu un jeune Valkris sur le haut de la colline. Et contrairement à ce qu'il pensait, le fait qu'il se dirigeait vers la ferme n'était pas anodin...

Ce jeune homme marchait doucement vers la maison, mais lorsqu'il vit la ferme brûler il accéléra le pas, lâcha les deux sacs qu'il tenait, puis se mit à courir de plus en plus vite. Il avait vu arriver les quatre cavaliers plus tôt, mais ne s'en était pas immédiatement inquiété. Petit à petit, en négligeant partiellement son travail, en jetant de nombreux coups d'œil dans la direction de la ferme, il s'était rendu compte qu'il s'agissait de St'ingies. Même si la paix était déclarée sur l'ensemble du territoire, un sentiment de malaise avait pris naissance en lui et avait grandi au fil des minutes. Finalement, trop inquiet pour continuer à travailler, il avait décidé de revenir vers son père adoptif, le vieux Corradia. Mais sa décision fut bien trop tardive. Lorsqu'il vit les quatre hommes à cheval repartir au lieu d'essayer d'arrêter l'incendie, il sut qu'un grand malheur venait de se produire. Il était trop tard...

Corradia lui avait probablement une fois de plus sauvé la vie, comme il avait sauvé celle de son père il y a cinquante ans.

CHAPITRE DIX

Une aiguille dans une botte de foin

Waregrund

« Je vais devoir prendre les choses en main. »

Cela faisait déjà quelques jours qu'Amaya avait disparu après son évasion tumultueuse. Waregrund avait questionné tous ses contacts habitant le long du fleuve Aïem. Il était allé jusqu'à la mer du sud d'Arkadis. Cela n'avait rien donné, personne n'avait ni trouvé, ni recueilli de jeune fille. Pas le moindre cadavre ne s'était échoué lors des derniers jours. Rien.

Il y avait donc plusieurs options possibles. Celle du cadavre d'Amaya charrié par le fleuve jusqu'à la mer. Dans ce cas sa dépouille ne serait probablement jamais retrouvée. Il fallait également envisager qu'elle ait pu s'en sortir par ses propres moyens. Alors probablement errait-elle seule. Ou encore accompagnée du membre de la guilde était-elle perdue dans la nature ?

Il se refusait à penser ne serait-ce qu'une seule seconde à la première option. Il s'était pris d'affection pour la jeune fille à force de la surveiller de loin pour son maître. Cela durait depuis plusieurs années déjà, et un courant invisible de sympathie avait petit à petit touché Waregrund pour cette enfant si particulière. Plus prosaïquement, si Amaya était morte il en perdrait son travail. Et les profits qu'il en tirait étaient importants. Il était très bien rémunéré. De surcroît, il commençait à bien connaître la jeune Souna, et il savait qu'elle avait les compétences nécessaires pour se sortir de beaucoup de mauvaises passes. Elle était certes un peu naïve, mais si agile, futée, endurante et indépendante qu'elle pouvait se sortir d'à peu près n'importe quelle situation délicate. Mais les circonstances ne laissent pas toujours aux plus débrouillards les moyens de s'exprimer. Il ne fallait d'ailleurs pas oublier que ces quelques semaines en prison l'avaient aussi peut-être un peu affaiblie.

Il lui fallait tout reprendre depuis le début. Il devait recommencer par la case prison. Il devait s'y rendre le plus rapidement possible, chaque minute perdue empirait une situation déjà complètement catastrophique. Il allait devoir trouver un soldat présent le soir de l'évasion puis entrer en contact avec lui en captant sa confiance. Il pourrait ainsi en apprendre un peu sur ce qui s'était passé, quitte à graisser la patte au soudard. Il savait qu'obtenir des informations n'allait pas représenter une tâche très compliquée. Il était notoire que la solde des gardiens n'était jamais suffisante pour eux, et quiconque proposait un supplément était toujours le bienvenu.

C'est ainsi qu'il se retrouva dans la douceur du printemps, non loin de la gigantesque prison de la capitale, à attendre patiemment jusqu'à apercevoir quelques gardes qui venaient probablement tout juste de terminer leur service.

Tranquillement et le plus naturellement possible il en suivit un qui se dirigeait vers un lieu différent de celui de ses compagnons. Il lui fallait un individu isolé pour son opération d'information et peut-être de corruption. Arrivé à sa hauteur il l'apostropha.

« Soldat. »

Celui-ci, surpris, se retourna aussitôt. Waregrund, un large sourire aux lèvres, lui tendit la main dans laquelle se trouvaient quelques pièces, comme de par inadvertance. Il lui demanda s'ils pouvaient parler discrètement. Le soldat, appâté par l'argent, ne fit aucune réserve, et il lui proposa de faire route commune. Waregrund posait déjà ses premières questions.

Cependant, le soldat, méfiant, fit un rapide tour d'horizon afin de s'assurer que personne ne pourrait le reconnaître ni les observer. Ses camarades s'étaient déjà éloignés et ils étaient seuls. Il invita le vieux Protech dans un coin plus discret non loin de là.

Sereinement, Waregrund reprit son questionnement.

« J'ai cru comprendre qu'il y avait eu une évasion, il y a quelques jours.
- Oui, M'sieu, mais on nous a demandé de ne pas en parler pour éviter de donner des idées à d'autres.
- Rassure-toi, je n'ai pas l'intention d'aider qui que ce soit à s'évader. Je veux juste connaître quelques détails. En fait… - et il faisait tourner quelques pièces entre ses doigts comme un prestidigitateur de foire - tout ce qui s'est passé ce soir-là.
- J'sais pas si j'peux… »

Le soldat fit mine d'hésiter.

« Allez dis-moi ce que tu sais, nous ne sommes que tous les deux ici, personne ne saura, insista Waregrund. Les pièces semblaient tomber toutes seules dans la poche du militaire.
- Et ben, répondit-il en louchant sur les pièces, ce soir-là j'étais de service, et tout était comme d'habitude jusqu'au moment où on a entendu une explosion.
- Une explosion ? demanda le Protech surpris.
- Ouais, la porte de la cellule d'où ils se sont échappés a explosé en p'tit morceaux, mais ça on l'a vu qu'après.
- Intéressant, continua Waregrund pensif.
- Donc, on s'est précipités jusqu'à l'endroit de l'explosion et on a vu la prisonnière et un gars qui couraient vers la porte qui menait aux latrines. Dans le noir, au début, on a cru que c'était la jeune Souna et le Protech. Mais on s'est rendu compte plus tard que c'était un St'ingie. Ils se sont tous les deux échappés par les égouts. On les a poursuivis jusqu'au moment où ces deux idiots se sont jetés dans l'Aïem. Là, malgré l'obscurité, on a vu le fleuve les emporter à une vitesse folle. Franchement quelle bêtise qui z'ont fait ces deux-là. Aucune chance de les revoir.
- Tu penses que c'est impossible qu'ils en aient réchappé ?
- Franchement M'ssieu, ce serait mieux qu'un miracle, j'ai vu la chute qu'ils ont faite, la puissance du courant...
- D'accord ! Waregrund coupa le soldat, définitivement il refusait d'y croire. Une dernière question, y avait-il quelqu'un avec elle dans sa cellule ?
- Ouais, et il a lui aussi réussi à s'faire la malle et on n'a pas pu r'mettre la main d'ssus non plus. Un Protech, j'crois, Madbli Lifotech qui s'appelait. L'avait été coffré pour une bagarre qu'avait dégénéré dans une taverne.
- Je te remercie, pas besoin de te préciser que cette discussion n'a

jamais eu lieu.

- Bien sûr chef, comptez sur moi. »

Chacun repartit ensuite dans des directions opposées, faisant comme si jamais ils ne s'étaient croisés. Les informations que Waregrund avait obtenues n'annonçaient rien de bon. Elles confirmaient ses craintes les plus sombres. Heureusement il lui restait un espoir. Ce Protech qui avait partagé sa cellule et l'homme qui accompagnait Amaya lors de sa fuite devaient avoir tout fait pour rester en vie, et en retrouver au moins l'un des deux serait très productif.

Peut-être essaierait-elle de contacter son compagnon de cellule si elle s'en était sortie ? Ils avaient forcément dû créer des liens et c'était une piste qu'il ne devait pas ignorer. Concernant le jeune homme qui l'accompagnait c'était une information cruciale que Kimbra Sayane s'était bien gardé de communiquer lorsqu'il avait rendu compte de la mission. La jeune fille ne s'est pas jetée seule, elle était accompagnée d'un membre d'Umbrea Mortalis, et s'ils avaient survécu, il avait probablement tenté de la ramener dans un endroit sûr. C'est un élément primordial de la formation que de savoir sécuriser les biens précieux de la guilde.

Une dernière question le mettait mal à l'aise cependant, comment la porte avait-elle explosé ?

Plus tard dans la soirée, il décida d'aller directement au quartier général de la guilde de mercenaires. Les ordres de son maître avaient été très précis, discuter avec des mercenaires n'était jamais évident, mais il n'avait pas d'autre option. C'était la première fois qu'il se rendait au quartier général d'Umbrea Mortalis. Il devait s'entretenir avec Kimbra Sayane et ne l'avait vu que deux fois avant la mission. Ces rendez-vous avaient été pris à l'écart des oreilles indiscrètes, dans le seul lieu où ils pouvaient parler librement, le quartier interdit d'Énolia. Le vieux Protech avait vécu de nombreux moments désagréables dans ce lieu de dépravation et de non-droit mais c'était le passage obligé pour toute transaction qui sortait du cadre de la loi. Les consignes de son maître avaient été claires, les termes de la mission devaient être donnés dans ce quartier, Waregrund ne devait pas être inquiété si la mission était un échec. Décidément c'était un homme qui pensait à tout, Waregrund pouvait se contenter d'être un exécutant fidèle sans avoir à trop réfléchir, et c'était bien confortable. Il devait surtout craindre qu'on puisse remonter jusqu'à lui ensuite. Il avait croisé Kimbra rapidement dans le coin d'une rue du quartier interdit après la mission, dans la nuit, et il lui avait appris la mauvaise nouvelle.

Waregrund découvrait ainsi les locaux de la guilde pour la première fois. Etrangement dans le hall d'entrée un jeune Valkris l'accueillit comme s'il savait qui il était et le mit à l'écart en lui demandant de patienter un instant. Il supposait que le chef de la guilde avait donné des consignes précises le concernant. Le vieux Protech espérait que maintenant la situation avait évolué et qu'il pourrait obtenir plus d'informations sur ce qui s'était réellement passé. Secrètement il espérait aussi en apprendre davantage sur le sort de la jeune Souna, après tout elle était un peu sa protégée. Quelques instants plus tard le même jeune Valkris l'appela et l'accompagna jusqu'au bureau de son chef.

Waregrund patienta d'abord dans une sorte de salon garni de fauteuils plutôt luxueux et très confortables. Ce temps de pause était le bienvenu pour le Protech. Son dos lui faisait affreusement mal, tout particulièrement depuis ces derniers jours. C'était l'un de ses premiers moments de repos. Il n'eut malheureusement pas le temps d'en profiter bien longtemps. Kimbra, qui venait d'apprendre cette visite impromptue, avait accouru pour le rejoindre. Il ne souhaitait pas que son cher, très cher client patiente trop.

« Bonjour cher ami, lui dit-il en lui tendant la main pour le saluer.
- J'espère que vous avez des nouvelles pour moi, et surtout qu'elles sont bonnes », lui répondit Waregrund en lui serrant la main en retour. Son ton qu'il aurait voulu serein était manifestement angoissé. Il ne pouvait cacher sa nervosité.

En prenant son temps, le vieux mercenaire s'assit dans l'un des confortables fauteuils, face au Protech.

« Je vais être honnête avec vous, les nouvelles sont pauvres et pour le moment, ne sont pas bonnes. »

Il fit une pause de quelques instants, pour bien peser ses mots et ne rien dire qui puisse lui porter préjudice. Il réfléchissait intensément.

« Nous n'avons pas retrouvé la jeune fille depuis l'évasion. Je qualifierais cette évasion non pas de manquée mais de tumultueuse.
- Je m'en doute bien. Sinon j'ose espérer que vous m'en auriez informé au plus vite, le coupa Waregrund. Qu'avez-vous à me dire et à m'apprendre ?
- Pas grand-chose en fait. »

En quelques mots il relata à nouveau l'affaire de la prison. Waregrund écoutait ce qu'il savait déjà, cachant de moins en moins son impatience, Kimbra lui cachait des informations, il ne lui parlait pas de la destruction de la porte, ce qui l'interloqua.

« Rassurez-vous j'ai mis, en toute discrétion bien sûr, toutes mes équipes sur l'affaire. Si elle est en vie nous la trouverons rapidement, vous pouvez me croire sur parole.

- Qui est l'homme qui était avec elle lors du saut dans l'Aïem ?

- Je vois que vous êtes au courant. Il s'agit de Jodix, un homme de confiance qui travaille pour moi depuis plus d'un an déjà.

- Vu que vous ne me dites pas tout, je suis donc obligé de prendre des dispositions. Que faisait-il avant d'arriver chez vous ?

- Vous savez, on ne demande pas à nos mercenaires de raconter ce qu'ils ont fait avant d'entrer chez Umbrea Mortalis. Il s'agit d'une règle absolue et nous nous y tenons. Ainsi ce qui s'est passé dans leur vie antérieure à leur entrée dans la guilde n'appartient qu'à eux et à eux seuls. Et dans tous les cas je n'ai pas le pouvoir de diffuser ce genre d'information, même au meilleur des clients.

- J'entends bien. Et en ce qui concerne le reste de l'équipe ? Je suppose que ce Jodix ne se trouvait pas seul dans la prison pour libérer la jeune prisonnière.

- C'est cela, dès que l'alarme a été déclenchée, ils avaient pour ordre de se séparer. Ils sont spécialement entraînés pour ce genre de mission, bluffa le vieux Mercenaire. Mais si la question est de savoir si quelqu'un s'est fait capturer, je vous rassure tout de suite, personne ne l'a été. Ainsi personne ne pourra parler ni de vous ni de notre guilde. De plus, je les ai questionnés individuellement, comme à chaque retour de mission, et ils n'ont pu me donner aucune information sur la fille ou Jodix. Ils ont attendu bien plus longtemps que prévu au point de rendez-vous. Nous en prévoyons toujours un fixé au préalable en cas d'éclatement de l'équipe. Dans le cas présent ce fut sans succès. Vous savez, perdre un membre de mon équipe est un coup très dur. Je leur ai demandé d'être particulièrement discrets et de ne pas participer aux recherches. Ils ne doivent pas se retrouver impliqués de près ou de loin à cette affaire. De toute manière ils n'auraient pas pu se mêler aux soldats de la prison qui ont tenté de retrouver Jodix et la jeune fille.

- Très bien. Je vous remercie. Je compte sur votre discrétion. Vous savez où me contacter si jamais vous avez la moindre information nouvelle. »

Le vieux Waregrund se leva difficilement de son fauteuil un peu déçu de n'avoir pas réellement eu de réponse à ses interrogations. Puis se dirigea vers la sortie. Une fois sur le pas de la porte, il se retourna vers Kimbra.

« Ah oui, une dernière question me vient à l'esprit. Quel procédé avez-vous utilisé pour que cette épaisse porte de prison vole en éclats ? Apparemment une explosion a impressionné la majeure partie des gardes présents ce soir-là.

- La porte a explosé ? répondit le chef plutôt surpris. Je pensais qu'ils l'avaient crochetée comme initialement prévu dans le plan d'action. Ils ont probablement dû utiliser le plan secondaire. Je vais leur demander.

- Je ne savais pas que l'un de vos membres avait un tel pouvoir. Apparemment vous avez plus d'un tour dans votre sac, j'espère que vous en avez aussi pour retrouver la jeune Souna.

- Bien entendu », bluffa Kimbra. Il avait incidemment noté que le Protech était déjà bien renseigné, et en l'occurrence mieux que lui.

Waregrund s'éloignait doucement. Il ruminait les informations glanées. Il lui fallait maintenant produire un rapport à son maître. Il appréhendait ce moment.

Décidément rien n'était simple.

CHAPITRE ONZE

Chercher des explications

Pope Techtlo

« Ça va barder pour moi ! »

La capitale Énolia était commandée par un gouverneur. Le mandat changeait tous les quatre ans pour permettre une alternance entre les clans. Cela permettait depuis la fin de la guerre d'apaiser les tensions liées aux tentations hégémoniques de chaque clan. Le gouverneur était désigné par l'autorité du clan qui avait le mandat. Ainsi, lorsque le chef de la prison d'Énolia vint effectuer son rapport hebdomadaire au gouverneur il dut s'adresser à Pope Techtlo, un Protech réputé pour sa grande fermeté.

Celui qui gouvernait la plus grande cité d'Arkadis avait été pendant la guerre un soldat émérite. Il avait commencé comme simple homme de troupe, puis à force de bravoure, de faits d'armes et d'intelligence avait grimpé les échelons de façon régulière. Ses compétences étaient reconnues de tous. Il avait l'adhésion de ses subordonnés aussi bien que de ses chefs. Il s'était retrouvé rapidement propulsé comme chef de guerre, menant une armée Protech à la bataille alors qu'il n'avait jamais mis les pieds dans aucune Académie. Néanmoins, ne pas maîtriser l'élément Terre comme les autres élites Protechs avait été un réel handicap. Son accès aux plus hautes sphères en avait été retardé, et il en avait tiré beaucoup d'amertume au début. Lorsque le poste de gouverneur lui avait été proposé, il n'y croyait plus vraiment. Ce moment avait été un grand bonheur et il bénissait ceux qui avaient pris la décision de le nommer pour le siège qu'il occupait maintenant depuis plus de deux ans.

Le palais était d'architecture moderne. Il avait été construit dès la fin de la guerre, durant les années appelées « la grande reconstruction ». Reconstruction des villes ravagées par la guerre mais aussi années de la cohésion retrouvée et du retour à la paix entre les différents clans. Ainsi en quelques mois seulement de grands monuments étaient sortis de terre tels des champignons, comme la prison ou ce somptueux palais sur lequel Pope régnait. Le Conseil des Quatre n'avait pas voulu installer le gouverneur dans le château royal brûlé par les St'ingies avant le début de la guerre. Tous voulaient éviter un amalgame qui aurait probablement créé une polémique, voire des tensions et des événements plus graves. Le palais se trouvait non loin de l'Académie surplombant l'Aïem. Il était bien plus modeste que cette merveille d'architecture. La pierre blanche utilisée pour la construction le rendait pourtant exceptionnel, lui donnant un clinquant, une allure et un chic des plus remarquables. Ses jardins publics étaient reconnus comme des lieux paisibles et apaisants, où les parfums des fleurs se mélangeaient aux fantaisies du décor.

À chaque fois qu'il empruntait ce chemin, le chef de la prison était partagé entre un sentiment de fierté et une sourde oppression. Il se sentait minuscule à travers ces statues représentant les anciens rois. Auparavant elles se trouvaient dans le château royal, il savait qu'elles avaient été entreposées au palais du gouverneur durant la guerre pour les protéger des pillages. Marchant sur le gravier blanc qui le menait à la porte principale le chef de la prison se sentait passer sous une haie d'honneur où les âmes des anciens rois d'Arkadis veillaient. Et ce jour-là il en aurait particulièrement besoin Il allait devoir affronter le gouverneur Techtlo. Il appréhendait de lui rendre compte de la première évasion, qui plus est de deux prisonniers, depuis la construction de la prison cinq ans auparavant. Il savait que pour un tel événement son poste si difficilement acquis pourrait rapidement être en danger. Le gouverneur avait bien entendu déjà eu vent de la nouvelle, mais c'était à lui qu'incombait la lourde tâche de l'annoncer de façon officielle.

Il ne reculait jamais devant ses responsabilités, mais aurait volontiers voulu être en un autre endroit en ce moment. Ce sont les traits tirés par des nuits d'anxiété qu'il poussa la porte du palais. La réputation du Gouverneur n'était plus à faire. C'était un Protech, donc d'un naturel renfermé et son statut d'ancien militaire le rendait encore plus dur et exigeant avec lui-même, et par extension avec ceux qui travaillaient avec lui. On disait que personne ne l'avait jamais vu rire…

Tous les services administratifs se situaient au rez-de-chaussée, mais le chef de la prison dut se rendre à l'étage, directement dans le bureau du gouverneur. Il connaissait le chemin et ne s'attarda pas dans le palais. Il emprunta donc l'escalier de droite, celui qui permettait de monter à l'étage. C'est là qu'il devait rencontrer l'homme qui hantait les pires cauchemars de ses derniers jours. Les murs étaient ornés des armoiries des différents clans, toutes présentées en égales grandeurs, pour que tous soient sur un pied d'égalité. Il y avait toujours le souci d'apaiser les tensions. Une fois à l'étage, il reconnut facilement le chemin. Les deux escaliers se rejoignaient sur une mezzanine surplombant un grand hall, au bout duquel se trouvait une porte massive ornée de cuirs rehaussés d'or. Elle menait directement dans le bureau du gouverneur Techtlo. Les portes de l'Enfer lui auraient semblé moins terribles en cet instant !

Le chef de la prison se racla la gorge, tira sur son veston comme pour le réajuster à sa taille. Il était bien plus anxieux qu'il ne voulait se l'avouer.

Lorsqu'il frappa à la porte, la réponse fusa si vite qu'il fut surpris, et son angoisse s'en accrut encore.

« Entrez. »

Le ton sec et tranchant n'annonçait rien de bon. Le soldat entra sans tergiverser, le seul moyen qu'il connaissait pour braver sa peur.

La salle lui faisait toujours une impression désagréable. Elle était vaste, et pourtant aussi oppressante que si elle avait été minuscule. Ce paradoxe le troublait à chaque fois. Elle n'était que très peu décorée, sobre, voire même spartiate, et la seule fantaisie autorisée par le gouverneur était la présentation des emblèmes de son Clan : Le Taureau doré à six pattes. Gébir, dieu Protech, sur un large bouclier marron était exposé sur le mur situé dans le dos du maître des lieux.

Le gouverneur de la capitale rappelait ainsi son appartenance au clan Protech, pourtant ses traits physiques le révélaient déjà. De petite taille, et aussi larges que hauts, les Protechs inspiraient plus la peur que la sympathie par la rudesse de leurs traits. Mais ce n'était qu'une impression. Ils étaient en général bien trop intelligents pour faire l'erreur de braquer leurs interlocuteurs. Une grande finesse était perceptible dans leurs propos, et il était même parfois possible de se demander si l'hypocrisie n'avait pas été élevée au rang d'art chez ce peuple. Ils n'avaient pas une force physique hors du commun. En revanche celle de leur esprit dépassait la puissance de toutes les autres races d'Arkadis. La peau basanée, les cheveux châtains rappelaient étrangement leur élément de prédilection, la Terre.

Une légende racontait qu'autrefois ils maîtrisaient le Feu, grâce au Cristal de cet élément, qui leur avait été confié. Puis dans des circonstances obscures, ils auraient décidé de l'échanger avec les St'ingies contre celui de la Terre. Si la légende disait vrai, ils n'avaient pas été perdants dans l'affaire. Leur naturel commerçant leur aurait permis d'obtenir en sus un trésor inestimable, qui serait gardé au secret et à l'abri. La légende laissait deviner un lieu étrange dans la jungle obscure, là même où se trouvait leur capitale, Atelas.

L'intelligence était la clé de la prospérité de ce peuple. Les ingénieurs Protechs étaient notoirement les plus créatifs. Toutes les nouvelles technologies militaires étaient inventées dans leurs offices, puis réalisées dans les fonderies de la capitale. Elles étaient allumées en permanence, la jungle leur apportant tout le bois nécessaire, et les voyageurs pouvaient repérer de nuit le rougeoiement des forges à des distances inégalées même par les phares St'ingies.

Au début de la guerre, bien qu'ils aient été l'un des principaux éléments déclencheurs de celle-ci, ils avaient rapidement cultivé une certaine forme de neutralité en prenant de la distance vis-à-vis du conflit. Ils avaient allumé le feu des hostilités, mais ne l'avaient pas entretenu. Leur idée étant de s'enrichir en inventant et surtout en vendant armes, armures et technologies à tous les belligérants. Ils furent cependant pris à leur propre piège, beaucoup de ces armes se retournant contre eux lorsqu'ils se retrouvèrent tout de même impliqués dans le conflit. Tout avait basculé à l'époque lorsque les Valkris avaient cherché à se venger de l'attaque.

Leur domaine de prédilection était l'armement mais cela ne les empêchait pas de toucher à beaucoup d'autres techniques. Ainsi ils étaient devenus avec le temps d'ingénieux architectes, inventeurs et bien sûr aussi de redoutables guerriers. L'école qui formait les officiers de leur armée était la plus réputée. Elle entraînait des tacticiens de haut niveau qui avaient permis de remporter nombre de batailles prétendument perdues d'avance lors de la guerre. C'est aussi eux qui avaient mis au point le jeu de cartes *Wooxin* à la fin de la guerre. Moins anodin qu'il n'y paraissait, ce jeu permettait aux soldats et surtout aux officiers d'exercer leur sens stratégique et tactique et souvent de tester leur capacité à conserver leur calme…

Parmi les plus grands noms Protechs, Techtlo figurait en bonne place. Il était assis devant son bureau. Fenox Blame, notre directeur de prison, pouvait apercevoir un nombre incroyable de parchemins empilés sur le meuble. Tous concernaient des affaires plus importantes les unes que les autres et qui restaient encore à traiter. Techtlo était d'ailleurs penché sur l'un d'eux lorsque entra le chef de la prison. Il ne releva pas immédiatement la tête, certainement pour ne pas perdre le fil de ce qu'il inscrivait, et pour indiquer à son visiteur que c'était lui qui dirigerait la conversation. Tranquillement, il posa sa plume dans l'encrier, s'adossa à son siège, et dévisagea Fenox. Malheureusement pour le chef de la prison la compassion n'était pas la plus grande qualité du gouverneur.

« Allez-vous rester ahuri ici, toute la journée, au milieu de mon bureau Blame, ou bien vais-je enfin pouvoir écouter votre rapport ?

- Désolé Gouverneur, j'étais sur le point de commencer à vous exposer les événements. Comme vous avez dû l'apprendre nous avons eu un incident il y a trois jours. Des hommes, probablement une bande de mercenaires, se sont introduits par une faille que nous ne connaissions pas, et ont permis l'évasion de deux de nos prisonniers. Un des prisonniers a réussi à s'évader. Il est probable que l'autre soit décédé par noyade lors de son évasion. Au moment de l'accident il était assisté par l'un des mercenaires qui a peut-être péri avec lui. Nous avons été surpris par la fulgurance des faits et malheureusement nous n'avons pu procéder à aucune arrestation pour le moment. Soyez cependant sûr que mes meilleurs hommes sont sur le coup pour connaître les tenants et aboutissants de cette affaire. Ils ont tous les pouvoirs pour mener à bien leur enquête. Leur mission première est de retrouver les instigateurs de ce forfait et de mettre la main sur le prisonnier encore en liberté. Sachez Messire, par ailleurs, que des mesures ont été prises pour éviter qu'une nouvelle évasion ne se reproduise.

- Évidemment ! Qui sont les prisonniers qui se sont évadés ?

- Un Protech du nom de Madbli Lifotech et une jeune Souna nommée Amaya. Lui avait été incarcéré pour une bagarre qui avait causé d'énormes dégâts et la jeune fille pour de nombreux vols. Ils étaient tous les deux en attente de jugement. Ce qui m'étonne c'est que leurs peines n'auraient pas été énormes. Alors pourquoi prendre autant de risques pour leur évasion ?

- Madbli Lifotech vous dites ? Étrange, soupira le gouverneur.

- Vous le connaissez Gouverneur ?

- Nous avons eu à nous rencontrer par le passé, mais ce sont mes affaires. En revanche, que savez-vous au sujet de la fille ?

- Rien de bien particulier Gouverneur Elle aurait dans les dix-sept, dix-huit ans. Elle était bien connue des gardes de la ville comme petite voleuse. On la dit orpheline. Elle était recherchée depuis longtemps ; mais jusqu'à sa récente arrestation nous n'avions jamais réussi à lui mettre la main dessus. Elle est maligne, et c'est à peu de chose près la seule chose que nous savons d'elle.

- Essayez d'obtenir davantage de renseignements la concernant. Je doute fort que ce soit une petite voleuse des rues qu'une bande de mercenaires de haut rang ait voulu libérer. Il est évident qu'on ne sait pas tout sur elle. Voyez aussi si vous pouvez mettre la main sur Lifotech. Je sais qu'il a pas mal d'amis dans le quartier des forgerons. Pour ma part, je vais voir du côté de mes connaissances Protechs. Dans tous les cas redoublez d'efforts, je ne veux pas que l'on se souvienne de mon mandat comme celui d'une évasion à la prison d'Elmuntech sans que les coupables n'y soient retournés. »

Sans un mot, Fenox Blame se retira. Il n'avait plus désormais en tête que ce problème et il lui fallait le résoudre au plus vite. Il allait devoir envoyer des soldats dans le quartier des forgerons, quartier presque exclusivement Protech, qui n'était pas un peuple vraiment facile à vivre. Ils étaient toujours condescendants vis-à-vis des autres races. Sauf quand il s'agissait de commercer bien sûr…

En sortant du bureau, il aperçut justement un Protech avec un grand manteau noir et un col qui lui masquait la moitié du visage. Un chapeau de feutre sur la tête complétait le tableau. Il tenta de le dévisager discrètement, mais sans succès. Il s'agissait probablement du prochain rendez-vous du Gouverneur.

Blame commençait à descendre les escaliers lorsque le Protech entra à son tour dans le bureau. Il semblait connaître parfaitement les lieux. Une fois à l'intérieur il retira son chapeau comme il l'aurait fait chez lui.

« En voilà une surprise ! Ou pas... J'espère que tu as des explications Madbli. Tu as encore réussi à te foutre dans le pétrin.

- Ah oui ! Cette histoire d'auberge. Oh tu sais, une partie de Wooxin qui a mal tourné, mais c'est l'autre qui a triché, tu t'en doutes, dit nonchalamment l'homme en s'affalant sur un fauteuil en velours qui faisait face au bureau.

- Je me contrefiche de ce qui s'est passé dans ce bar. Que t'est-il passé par la tête pour engager des mercenaires afin qu'ils te libèrent. Tu sais très bien qu'il te suffisait de me contacter et tu étais libre dans l'heure.

- Tu vas rire, ils ne sont pas venus pour moi, mais pour la fille. Il y avait un St'ingie avec de grands pouvoirs dans l'équipe des mercenaires, ça m'a semblé bizarre. La porte a volé en éclat dès le début de l'opération. Pour arriver au résultat de ce que j'ai vu il a dû bénéficier d'un long entraînement dans une Académie... Mais ce n'est pas ça le plus fou, d'ailleurs je suis à peu près sûr que tu ne vas pas me croire. »

Madbli Lifotech prit un instant, se leva et se servit un petit verre d'une liqueur ambrée qui se trouvait dans un magnifique flacon de cristal sur le bureau. Il prit le verre et fit tourner doucement le liquide en le scrutant à la lumière du jour de la fenêtre. Il aimait le suspense...

« La fille portait le Cœur de Mythril autour du cou ! »

CHAPITRE DOUZE

Une Souna bien curieuse

Amaya

« La nuit est claire ce soir. »

La nuit venait de tomber. Les dernières neiges à peine fondues rendaient les nuits encore fraîches en Arkadis. Grâce à sa lune blanche, qui ce soir était pleine, Amaya et son compagnon d'infortune n'avaient besoin du feu que pour se réchauffer, la luminosité étant excellente.

« Au moins grâce à cette belle lune nous verrons les animaux sauvages arriver de loin. C'est déjà bien, au vu du nombre impressionnant de bêtes agressives dans cette forêt », lança Jodix.

Trois jours s'étaient écoulés depuis l'évasion et ils étaient encore dans la clairière dans laquelle ils s'étaient installés après leur sortie mouvementée du fleuve. Jodix avait du mal à reprendre des forces. Il avait souffert d'hypothermie et s'en remettait difficilement. Les St'ingies avaient une aversion pour le froid, ils y étaient extrêmement sensibles. C'était pour cela qu'ils s'étaient installés dans les îles du feu, toujours bien exposées au soleil, non loin des déserts. Le froid l'aurait probablement tué si la jeune Souna ne l'avait pas sorti rapidement de l'eau et réchauffé. Le jeune homme en était bien conscient et il se sentait désormais redevable. Elle les avait nourris avec tout ce qu'elle avait pu trouver, souvent seulement quelques baies à peine mûres au début de ce printemps tardif. Sa guérison était lente. Il avait du mal à reprendre le dessus, et ce n'était sûrement pas avec si peu de nourriture dans l'estomac qu'il allait recouvrer toutes ses capacités physiques et même mentales. Il leur fallait se déplacer pour s'éloigner au plus vite du danger de la ville et trouver de quoi regagner des forces. Le temps passé dans cette forêt était bien trop long.

Le jeune St'ingie avait petit à petit eu des doutes sur la jeune Souna. Était-ce vraiment celle qu'il fallait délivrer de la prison ? Il se posait des questions qui ne trouvaient pas de réponse. Cette situation précaire dans la forêt lui pesait et il bouillonnait de ne pas pouvoir écourter ce séjour. Rester trop longtemps au même endroit était un danger permanent. Sa formation lui avait appris à ne jamais poser ses affaires en un même lieu plus de quelques heures. Il maudissait sa faiblesse du moment.

« Les animaux sauvages, ou bien encore la garde d'Énolia, murmura Jodix.

- Pardon ? s'étonna Amaya, qui ranimait le feu.
- Désolé... Je pensais à haute voix. Tu sais qu'il va falloir qu'on quitte la zone rapidement, ça fait déjà longtemps, trop longtemps que nous sommes là.
- Oui je sais, je n'osais pas en parler avec votre état, mais pour aller où ? Je ne pense pas que ce soit bien malin de retourner à Énolia.
- Tu as raison, ce ne serait pas judicieux d'y retourner. Il se demandait si elle plaisantait ou si elle était sérieuse. Décidément cette fille était un mystère pour lui... Nous allons rejoindre la ville portuaire de Timeva au sud-ouest. Nous y avons une antenne d'Umbrea Mortalis où nous pourrons réfléchir à la suite des événements en toute sécurité. Mes compagnons nous y recevrons. Il faut faire vite et je propose que nous partions dès à présent. Nous serons plus discrets à marcher la nuit, et nous devons profiter de cette luminosité providentielle.
- Vous n'êtes pas en état de reprendre la route, ce serait vraiment trop risqué, remarqua avec douceur la jeune Amaya.
- Je te trouve bien élevée pour une fille des rues… Si nous devons continuer ce voyage ensemble tu vas commencer par me tutoyer. Et tu sais, je suis plus résistant que j'en ai l'air. Je me sens beaucoup mieux désormais. De toute manière nous n'avons pas vraiment le choix. Ce ne sont pas ces quelques baies et ce froid glacial qui vont améliorer mon état. Assez discuté. Marchons vers l'ouest, et maintenant. »

Sur ces mots, le St'ingie se leva dans un élan de fierté et, comme s'il ne craignait pas les flammes, étouffa le feu avec ses pieds. La jeune fille ne se fit pas prier pour se lever. Ils n'avaient pas d'affaires à rassembler. Ils étaient prêts à partir immédiatement.

« Pourquoi vers l'ouest ? demanda-t-elle.
- La sortie de la forêt la plus proche est dans cette direction. Heureusement, nous avons atterri du bon côté de la berge. Une fois à l'extérieur des bois, il faudra emprunter la route des Anciens, Timeva se trouve à deux bons jours de marche si tout se passe bien. »

Tout en prononçant ces paroles, il se disait qu'il était peu probable que tout se passe bien. Entre les animaux sauvages qui hantaient la forêt, les coupeurs de gorges qui sévissaient tout le long de cet antique chemin, la route allait leur sembler longue. Pour ne rien arranger, ils n'avaient rien à boire ou à manger et sans rien pour se couvrir ou s'abriter, ils devraient compter sur une météo clémente pour espérer arriver sans trop d'encombres.

Le St'ingie scruta le ciel, indiqua la direction générale avec sa main et démarra. Sans rien dire Amaya lui emboîta le pas. Il connaissait la position des étoiles et n'éprouvait aucune difficulté à s'orienter dans la nuit. Encore l'un des bénéfices de sa formation.

« Tu sais, le truc avec tes mains pour allumer un feu… engagea timidement Amaya.
- Tu te demandes où je l'ai appris, c'est ça ?
- Non pas vraiment, par contre je me demandais si moi aussi je serais capable de réaliser une telle prouesse.
- Impossible malheureusement ! Tu es une Souna et ton élément est l'Air. Si tu avais une prédisposition à la magie elle aurait été détectée dans ton enfance et tu serais rentrée à l'Académie.
- Ah… dommage. Mais tu sais, je ne suis qu'une orpheline de la guerre, je ne pense pas avoir été présentée à un Cristal dans mon enfance.
- Peut-être, c'est vrai qu'il est de plus en plus rare que les familles modestes de la capitale se déplacent jusqu'aux capitales de clans pour la présentation à un Cristal. »

La jeune Souna avait l'air très déçu. Elle avait été fascinée par les pouvoirs de son nouveau compagnon d'aventure. Jamais elle n'avait pu voir la magie exercée de ses propres yeux auparavant. Il était rare que cet art réservé aux élites à Arkadis parvienne jusqu'à la rue. Elle espérait pouvoir assister à nouveau rapidement à un tel spectacle, un miracle pour elle.

« Je vais te demander de rester discrète en ce qui concerne mon pouvoir, il ne faut pas qu'on attire l'attention. »

Ils avançaient lentement dans la forêt, Jodix essayait tant bien que mal de donner un rythme de marche conséquent, mais il tremblait. Même si marcher le réchauffait un peu, cela n'était pas suffisant et il faisait son possible pour cacher à la jeune fille ses tremblements.

« Allez Jodix, tiens bon, ce n'est pas le moment de flancher, tu n'as pas parcouru tout ce chemin pour que ça s'arrête maintenant. »

Le St'ingie se battait contre lui-même et s'encourageait du mieux qu'il pouvait. Il était jeune, mais sa force intérieure comblait son manque d'expérience dans l'épreuve. Il ne gérait pas sa douleur et ses efforts, mais il les sublimait par son enthousiasme juvénile.

Amaya ne peinait pas à suivre la marche. Elle avait des centaines de questions à poser à Jodix, mais elle sentait qu'il valait mieux s'abstenir. Le jeune homme avait déjà l'air à bout de souffle, et le fait de parler l'handicaperait encore plus. Elle sentait les efforts qu'il faisait aussi bien pour avancer que pour cacher ses difficultés et ne voulait pas le mettre en porte-à-faux.

La végétation, sauvage et parsemée, ne créait pas de vraie difficulté aux deux aventuriers dans leur traversée de la forêt. Elle avait résisté à toutes les années de guerre, aux intrusions humaines et peu d'Arkadiens avaient élu domicile dans cette forêt. Probablement à cause des différents mythes qui entouraient ces bois.

C'était une forêt millénaire. Elle se situait au sud d'Énolia et longeait l'Aïem sur des dizaines de lieues. Elle n'était pas bien large. Ils espéraient tous deux en sortir rapidement, ne se sentant pas en sécurité.

Les anciens disaient que les arbres de cette forêt avaient une âme. Ils prétendaient que les soirs de grand vent les arbres communiquaient, le souffle portant leurs chants comme une ténébreuse symphonie dans un cri de peine et de souffrance. Une légende racontait même que quiconque s'aventurerait dans cette forêt serait condamné, comme ces arbres millénaires, à rester immobile dans le vent et les tempêtes pour l'éternité.

Mais ces contes n'avaient pas l'air d'effrayer Jodix et Amaya, probablement par ignorance ou tout simplement parce que d'autres problèmes plus importants leur occupaient l'esprit. Ils n'avaient désormais plus vraiment le choix.

Pendant que le jeune St'ingie avait en tête cette volonté d'avancer sans flancher, la Souna essayait de retracer tout ce qui s'était passé depuis le jour où elle s'était fait capturer par les trois gardes Enoliens. Elle ne comprenait vraiment pas pourquoi on avait organisé son évasion alors que son jugement par le gouverneur n'avait pas été rendu. Tout cela l'inquiétait.

Elle se souvenait s'être réveillée à l'arrière de la carriole métallique des gardes avec un mal de tête insoutenable et se doutait de l'endroit où ils l'emmenaient. Cette idée l'avait effrayée plus que tout. Elle n'avait cependant pas flanché, et s'était contentée de rester immobile jusqu'à l'arrivée.

L'inconnu l'effrayait toujours énormément. Orpheline, elle avait appris par l'expérience que ce qui vous est inconnu est souvent dangereux. Elle n'aimait pas se confronter au hasard et là elle allait se retrouver dans un lieu complètement nouveau, clos, froid avec des gens peu fréquentables. Le pire étant probablement qu'elle y allait sans connaître la durée de son séjour.

C'était aussi cette peur de l'inconnu qui avait fait qu'elle n'avait jamais quitté Énolia. Elle savait d'ailleurs que cette peur la faisait passer à côté d'innombrables occasions de découvrir des lieux merveilleux ou bien encore de rencontrer des personnes fantastiques. En tout cas elle se plaisait à le croire, et en conséquence essayait de combattre ce sentiment d'inquiétude face à l'étranger. Elle ne le savait pas encore, mais Amaya l'adulte perçait déjà dans cette jeune fille.

Les soubresauts de la carriole sur les pavés n'avaient pas aidé à estomper son mal de tête. Elle se souvenait que la route n'était pas très longue et qu'elle arriverait rapidement à Elmuntech. Chaque seconde avait semblé durer une éternité, vers un cauchemar qu'elle n'osait imaginer.

Une fois à la prison, elle avait été présentée au chef de la prison, Fenox Blame, qui avait décidé de l'enfermer dans la partie préventive, celle où logeaient tous ceux qui étaient en attente d'un jugement. Et pour lui montrer qu'il ne plaisantait pas et que son jeune âge ne lui permettrait pas de compter sur un traitement de faveur, il lui avait imposé quelques jours à l'isolement. Elle se souvenait qu'elle avait été plutôt insolente lors de l'entretien, et comprenait la réaction du chef d'Elmuntech. Mais quel sale bonhomme quand même !

Cette insolence dont elle avait fait preuve venait surtout du fait qu'elle appréhendait cette épreuve et qu'elle ne savait pas comment réagir. L'insolence avait été une façon de masquer sa peur. Même si elle savait pertinemment qu'un jour elle se ferait emprisonner, elle ne s'y était jamais préparée pour autant. Les jours d'isolement lui parurent incroyablement longs et interminables. Elle en avait profité pour dresser un bilan de sa vie, et réfléchir un peu à son avenir aussi. Jamais elle n'avait pris de temps pour y penser auparavant.

Bon, au moins c'était bien à cela que sert la prison ! s'était-elle dit.

Assise dans un coin d'une pièce sans la moindre fenêtre, elle restait prostrée des heures, tenant son pendentif à deux mains, le fixant comme une idole. C'était tout ce qu'elle avait reçu en héritage de parents qu'elle n'avait jamais connu et jamais elle ne s'en séparait. Elle avait réussi à le cacher lors de son transport jusqu'à la prison, pour pouvoir le garder auprès d'elle sans qu'ils ne le lui confisquent. La fouille n'avait heureusement pas été très minutieuse.

Sa vie était plutôt facile à résumer, mais c'était sa vie. Elle ne voulait pas rester sans agir. Elle s'était enfin décidée à la prendre en main, il fallait maintenant s'en donner les moyens. Elle allait devoir d'abord purger sa peine, qui n'avait pas encore été prononcée… Encore l'inconnu !

Au bout de quelques jours seulement, on lui avait assigné une cellule. L'isolement était terminé, mais elle avait dû cohabiter avec un vieil homme, et ce n'est pas tout à fait ce qu'elle avait espéré. Heureusement, il s'agissait d'un vieux Protech qui ne semblait pas méchant.

Par peur, au début, elle s'était couchée recroquevillée dans son lit, n'adressant pas un seul mot à son colocataire d'infortune. Il ne semblait apparemment pas d'humeur à discuter non plus. Tous deux avaient partagé la même cellule sans échanger un seul mot. Seuls les cris des autres prisonniers résonnaient entre les murs. Tout cela aurait pu durer longtemps.

« Madbli Lifotech. »

Le Protech en avait probablement eu assez de ce silence de plomb et c'est lui qui fit le premier pas vers la jeune fille. Il s'arrangea pour le faire de façon gentille et respectueuse afin qu'elle se sente à l'aise.

Elle se souvenait que très vite, une fois le silence brisé, ils avaient longuement discuté, de tout et de rien. Comme toujours elle avait été plutôt discrète et évasive au sujet de son passé. Elle n'avait de toute façon que trop peu de souvenirs de son enfance et n'avait aucun secret à trahir.

Madbli lui avait parlé de ses origines Protech. il lui avait raconté qu'il avait grandi dans la merveilleuse ville d'Atelas. Sans la moindre retenue il lui avait parlé de ses années passées dans l'armée Protech lors de la guerre.

L'humidité et le peu de lumière qui entraient à l'intérieur rendaient la cellule encore plus déprimante pour la jeune Souna qui n'avait connu que la liberté et le grand air. Mais les histoires de guerre du vieux soldat lui permettaient de sourire et de s'évader par la pensée.

Par ailleurs l'hygiène et l'intimité étaient plus que précaires. Madbli en était d'autant plus respectueux avec la jeune fille. Il savait à quels moments il fallait laisser la jeune fille seule et se retourner sur sa couche en fer, sans matelas. Lors des sorties si rares dans la petite cour intérieure, elle aimait rester à l'écart des autres prisonniers. Il y avait peu de femmes en prison, et encore moins de son âge. Le vieux Protech était en quelque sorte son seul et unique ami à l'intérieur de la prison. Petit à petit elle apprit à le connaître, à l'apprécier et à en venir à en faire son confident.

Fort heureusement, lors de cette nuit noire et froide de l'évasion, elle ne dormait pas. Le fracas de l'explosion de la porte l'avait surprise, mais elle avait retrouvé tous ses esprits quand Jodix était entré dans la cellule. Tout s'était ensuite très vite enchaîné. La peur, l'excitation de l'action, la brûlure des petites blessures lors de la fuite, l'attention soutenue pour faire survivre Jodix, tout s'était passé dans une sorte de rêve éveillé. Et maintenant, elle était là, dans cette forêt sombre et humide, à suivre un homme dont elle ne connaissait rien. Elle balançait entre plusieurs sentiments concernant Jodix. Il était gentil, il était beau, il était courageux. Mais c'était un mercenaire et il semblait froid pour un homme qui maîtrisait si bien le Feu. Son enfance dans les rues lui avait appris à s'éloigner de ces hommes qui ne respectaient en général que le dieu Argent. Et puis il y avait la question principale : Pourquoi avait-il risqué sa vie pour venir la délivrer ? L'avait-il décidé seul avec ses compagnons, perdus depuis plusieurs jours ? Ou était-il en mission ? Et dans ce cas, pour qui ? Pour quoi ? La pauvre Amaya faisait tournoyer bien trop de questions sans réponse dans sa tête pour être sereine. Elle aspirait au repos. Et cette forêt n'en finissait pas....

« Faisons une pause, je suis fatiguée, gémit Amaya.
- Tu sais pertinemment que ce n'est pas une bonne idée.
- Je sais, mais si nous continuons à ce rythme, toi comme moi

nous ne tiendrons pas le coup. Elle savait être persuasive et avait mis dans sa voix une petite pointe de suavité propre à faire craquer le plus dur des mercenaires.

- J'entends bien. Bon, arrêtons-nous quelques instants. Mais seulement pour reprendre notre souffle. »

En son for intérieur, Amaya savait que c'était une mauvaise idée. Une petite voix intérieure lui disait de ne pas s'arrêter mais sa fatigue et sa lassitude prirent le pas sur la raison.

Ils s'assirent donc au pied d'un arbre haut de plusieurs dizaines de mètres et âgé de centaines d'années. La mousse, malgré son humidité, n'en était pas moins confortable. Enfin un moment de calme. Ils pouvaient apercevoir les étoiles de cette nuit bien claire.

Aucun des deux ne voulait rompre ce silence reposant. Elle venait de s'en rendre compte, elle avait rarement vécu des moments aussi calmes dans sa vie et ceci malgré l'inconfort de la situation. Peut-être la présence de Jodix était-elle pour quelque chose dans le sentiment d'apaisement qu'elle ressentait. Décidément ce garçon avait sur elle des effets bizarres.

Amaya en profitait presque.

Soudain un bruit étrange vint briser ce silence qu'ils savouraient.

« Tu as entendu ? »

Jodix ouvrit les yeux. Il s'était assoupi quelques instants et, finissant un ronflement il commença dans la même respiration une phrase qui devint évidemment incompréhensible.

« Tais-toi et écoute », poursuivit Amaya en chuchotant.

Un bruit de froissement était maintenant clairement audible. Comme si quelque chose ou quelqu'un marchait dans les feuilles mortes.

Ça se rapprochait, ils en étaient désormais persuadés.

Un vent glacial figeait leur sang. Ils étaient tendus, apeurés même. Le bruit semblait s'approcher d'eux. Ils restaient là statufiés, chacun à attendre que l'autre prenne une décision.

Aucun ne savait comment agir. Fallait-il qu'ils s'enfuient dans une direction opposée ou alors qu'ils restent là à attendre dans un silence absolu ?

Et pendant qu'ils restaient immobiles, ce qui maintenant les effrayait de plus en plus s'approchait encore.

« Qu'est-ce qu'on fait ? murmura enfin Amaya.
- On reste là, on ne bouge pas et on ne fait aucun bruit. En espérant que cette… chose ne nous trouve pas. »

Seule était encore perceptible la respiration rauque des deux compagnons d'infortune qui s'accélérait au rythme de l'avancée du bruit dans leur direction. Chacun entendait également un grondement provoqué par les battements de son cœur.

Quelques instants s'étaient écoulés, et malgré la douceur du printemps, le froid nocturne était bien présent et leur température corporelle s'était considérablement abaissée. Chacun aurait juré que la peur n'avait rien à voir à l'affaire. Ils tremblaient cependant autant que les feuilles qui ondulaient au gré du vent. L'idéal aurait été de reprendre la marche pour se réchauffer ou bien encore allumer un feu.

Jodix, affaibli, ressentait encore plus les effets pervers de cette combinaison de peur et de froid. Il tremblait dans le vent printanier. Amaya savait que ce n'était pas uniquement la peur de ce qui s'approchait qui le faisait frissonner et regrettait déjà d'avoir réclamé une pause. Il fallait agir en conséquence et elle le savait. C'était maintenant à elle de prendre ses responsabilités. Le St'ingie avait tous les symptômes de l'hypothermie. Son état s'était grandement amélioré après son extraction du fleuve, mais il rechutait. Les années passées par Amaya dans la rue lui avaient malheureusement permis de voir souvent des personnes fragiles succomber à l'humidité et au froid de l'hiver.

Tout d'abord vient la sensation de froid. Elles tremblent, tellement, qu'elles cessent de penser à autre chose que ces tremblements. Puis, étrangement, doucement, naturellement, ils cessent et la personne perd toute volonté de résister. Le cercle est ensuite infernal : moins elle résiste plus elle a froid, et plus elle a froid moins elle résiste.

Mortel !

La fin est toujours la même. Lorsque la personne perd connaissance, il n'y a plus aucune chance de survie.

En regardant son nouvel ami, Amaya savait qu'il allait perdre connaissance et il fallait qu'elle agisse. C'était elle qui avait leur destin entre les mains.

Le bruit était désormais tout proche.

Dans les moments difficiles, elle avait toujours prié son pendentif qu'elle chérissait depuis toujours. Son unique héritage familial. D'une famille dont elle ne se souvenait pas, même pas une bribe, un visage ou un son, uniquement ce pendentif. Il représentait pour elle une étrange forme de salut, d'entités mystiques, presque une forme de dieu. Elle avait toujours un curieux trouble physique au fond de son cœur, une sorte d'énergie qui la transcendait lorsqu'elle le tenait dans le creux de sa main.

Et c'est exactement ce qu'elle était en train de faire en ce moment même. Sa main gauche serrant d'une main ferme le pendentif contre sa poitrine, l'autre tenant celle de Jodix inconscient, qui ne tremblait même plus, elle attendait que cette chose cachée se montre.

La respiration du jeune St'ingie ralentissait de plus en plus.

Un sentiment inconnu lui traversa le corps entier.

Comme si pendant l'espace d'un instant tout lui semblait possible.

Un frisson d'énergie entra en elle. C'était un peu comme si la foudre l'avait frappée au sommet du crâne, et qu'un courant électrique intense l'avait traversée jusqu'au bout des orteils. Elle prit une bouffée d'air, fermant les yeux, la tête en direction du ciel.

Serrant toujours le talisman contre son cour elle posa sa main droite sur la poitrine de Jodix.

Brusquement, de façon très inattendue, elle revécut l'instant, le moment précis où Jodix avait allumé un feu pour les réchauffer.

Et c'est comme naturellement, indépendamment de sa volonté, que ses mains s'enflammèrent. Une flamme colorée d'un magnifique dégradé de bleus, qui semblait glaciale et brûlante à la fois, jaillit de ses mains.

Cette flamme enveloppa rapidement tout le corps du jeune homme. Puis, comme de l'eau qui submerge un navire, elle le pénétra par tous les pores de sa peau, et disparut complètement. Il avait paru faire jour l'espace d'un instant. Quelques secondes après, un éclair lumineux se produisit, sortant directement de sa poitrine. Amaya resta pétrifiée.

« AHHHH ! »

En un instant Jodix reprit connaissance. Il avait l'impression d'avoir dormi dix jours et mangé un bœuf avec les os. En l'espace d'une demi-seconde toute son énergie s'était reconstituée. De moribond, il venait de passer à l'état le plus fringant de sa carrière.

« Que s'est-il passé ? » s'étonna-t-il en se redressant brusquement.

La jeune Souna restait de marbre, regardant la paume de sa main droite. Sa main gauche serrait encore le Cœur de Mythril, qui lui réchauffait la main maintenant d'une chaleur douce et agréable.

Jamais elle n'avait ressenti pareille sensation. Un étrange frisson de puissance lui avait parcouru tout le corps lorsqu'elle avait fait cette chose. Elle ne savait pas se l'expliquer, mais il n'était pas l'heure de se poser des questions. Il fallait remettre à plus tard la recherche d'explications à ce qui venait de se produire. Devant eux se tenait un monstre, une horreur de la nature. Amaya plissa les yeux.

La bête les fixait, elle grognait.

CHAPITRE TREIZE

L’angoisse de l’inconnu

Sina Mura

« Je n’ai pourtant jamais voulu que toute cette haine m’envahisse. »

Sina Mura s’était toujours juré de haïr tous les St'ingies au monde.

Cette haine profonde remontait au temps de la guerre. Cette guerre affreuse qui était inscrite dans la tête du Valkris comme gravée dans le marbre, et que rien, même le temps ne pourrait jamais effacer. Elle était l’une de ces blessures qui ne guérissent jamais.

Du plus loin qu’il se souvenait tout était parti de l’attaque du château du roi d’Arkadis. Il se rappelait ce que lui avait raconté son père. Les Protechs avaient très mal pris l’entente commerciale entre les St'ingies et les Valkris. En représailles, et, pour s’ouvrir de nouvelles routes commerciales, ils avaient attaqué les péages Valkris. Ces attaques ne furent pas immédiatement condamnées par le roi d’Arkadis qui avait souhaité temporiser. C’est ainsi que les St'ingies, dans le cadre de leur alliance, avaient soutenu les Valkris. La maladresse coupable du souverain avait plongé le monde dans une effroyable guerre. Bien entendu cette alliance presque contre nature n’avait pas duré longtemps. Les Protechs avaient répliqué très vite et ouvert un front à la frontière ouest des terres Valkris. Du coup, les St'ingies y avaient vu une possibilité d’expansion de leur territoire et de s’approprier les richesses du peuple de l'Eau. Ils avaient rompu leur alliance en s'attaquant à la province du Hedland, la plus riche des terres Valkris. Les attaques avaient été menées par de petits escadrons de la mort, des équipes de quelques hommes seulement, qui ravageaient tout sur leur passage. À l'époque il n'avait jamais été question de prisonniers. La plus grande cruauté avait régné et les terres avaient été imprégnées de sang. Bien entendu les Valkris n'avaient pas laissé ces attaques impunies et s'étaient lancés dans une guerre totale sur les deux fronts. Ils avaient montré au monde qu'eux aussi pouvaient faire acte d'abominations et un terrible cercle vicieux s'était formé. Tous étaient partis dans une guerre de vengeance, laissant à l'écart les Sounas qui étaient restés prudemment en retrait, tout du moins au début. Durant des années les massacres avaient continué, ravageant un peu plus les villages, terrorisant la population, déchirant les familles et faisant un nombre impressionnant d'orphelins. Le chaos avait régné longtemps. Le monde n'était que trahison et plus personne ne pensait pouvoir faire confiance à qui que ce soit pour longtemps.

Sina était l'une des victimes des St'ingies. Il en avait réchappé physiquement, mais sa vie avait été bouleversée par les événements. Chaque soir au moment de s'endormir, il revoyait ses parents brûlés vifs dans leur ferme. Lorsqu'il fermait les yeux il entendait encore leurs cris de souffrance. Il entretenait ainsi sa haine. C'était pour cela qu'elle ne faiblissait pas avec le temps. La guerre avait débuté depuis de nombreuses années et la violence était toujours aussi intense. La vision de ses deux frères éventrés par les dagues St'ingies en tentant de défendre leur vie, sa sœur violée et égorgée devant lui étaient des souvenirs insupportables qui le hantaient, mais que paradoxalement il entretenait. Il avait échappé de justesse au massacre, caché par sa mère dans les roseaux de l'étang voisin. Il n'avait alors que neuf ans. Depuis, il s'était juré de combattre jusqu'à la fin de ses jours, au mépris même de sa vie.

Il s'était engagé dans l'armée à treize ans seulement, mentant sur son véritable âge. Il faut préciser qu'à cette époque troublée, les engagements étaient peu contrôlés. Tout soldat potentiel était le bienvenu. Sina avait rapidement fait ses preuves lors de ses classes. Elles furent certes expéditives mais il avait eu le temps de montrer à ses supérieurs son abnégation et surtout sa volonté farouche de se battre. Cette rage était issue de sa haine profonde des St'ingies.

Ses premiers combats furent décevants pour lui. Naïvement il avait pensé qu'en s'engageant il pourrait affronter et tuer des membres de ce clan qu'il haïssait tant. Il fut très vite confronté à des Protechs sur le front du nord-est. Ceux-ci avaient rapidement pris les armes et mené à leur tour une guerre qu'ils qualifiaient de préventive. Le véritable but était pourtant bel et bien de s'approprier le pouvoir et de ne plus se retrouver en position de faiblesse. Ils avaient aussi ce désir secret de récupérer le Cristal du Feu en possession des St'ingies. Même si leur entrée en guerre n'avait pas été motivée par ce but, l'opportunité que représentait le conflit pour la réappropriation du Cristal ne devait pas être écartée. Depuis le premier jour qui avait suivi l'échange, beaucoup d'entre eux avaient le sentiment confus qu'ils avaient laissé partir un trésor inestimable pour pas grand-chose.

Sina ne haïssait pas les Protechs. D'ailleurs il ne les connaissait même pas. Son éducation de paysan au sein d'un peuple qui pratiquait une économie autarcique n'avait pas amélioré les choses. Raisonnant avec son bon sens pragmatique, il ne comprenait pas pourquoi il devait s'en aller en guerre pour tuer ceux qui ne lui avaient rien fait directement. Il était encore bien trop jeune et fougueux pour comprendre les arcanes de la politique.

Ce qu'il voulait par-dessus tout c'était massacrer du St'ingie !

Ses chefs en avaient décidé ainsi, et malgré ses demandes à répétition jamais on ne l'écouta. La suite fut une évidence pour lui. Il déserta à l'âge de dix-huit ans. Très vite il s'était retrouvé face à une difficulté encore plus grande, inattendue, celle de trouver du travail. Il n'avait fait qu'une chose après son enfance : se battre. Les options alternatives étaient un peu maigres.

Son unique choix fut de se rendre à la Capitale, Énolia, où il rencontra celui qui devint par la suite son chef, Kimbra Sayane. Un Valkris lui aussi, qui n'aimait pas travailler dans les champs et qui avait repris à son compte la guilde de son père. Pour lui la guerre était une bénédiction économique.

Il détestait toujours autant les St'ingies. Son passage dans l'armée n'avait rien arrangé et son désir de vengeance restait fort et constant.

C'est ainsi qu'il avait commencé sa carrière chez Umbrea Mortalis comme débutant, au bas de l'échelle. Sa pugnacité, son intelligence et sa rigueur lui valurent de grimper les échelons plus rapidement que ses camarades. Il devint en quelques années seulement, et bien avant la fin de la guerre, chef de celle qui était considérée comme la meilleure équipe de cette guilde de mercenaires. Faute de pouvoir immédiatement assouvir sa vengeance, il avait trouvé sa voie, et s'était doté de compétences qui lui seraient probablement utiles pour ses desseins.

Le coup dur pour lui s'était produit quatre ans après la fin de la guerre. Kimbra l'avait convoqué, de façon très officielle, dans ses bureaux du quartier général. C'était la première fois depuis son arrivée dans la guilde et il était très impressionné. C'est là que son chef lui avait annoncé une nouvelle à laquelle il ne s'était pas préparé. Sans précaution particulière, Kimbra lui avait expliqué que désormais il allait devoir intégrer un St'ingie dans son équipe.

C'était beaucoup pour lui. Trop.

Il avait dans un premier temps refusé avec vigueur. Puis, devant l'insistance de celui qui était son chef, et dans le respect de code militaire qu'il connaissait si bien et qui présidait à tous les actes dans la guilde, il s'était retrouvé dans l'obligation d'accepter.

Le malheureux nouveau venu se nommait Jodix Ferbum. Durant sa formation, il ne lui avait pas fait de cadeau. Le St'ingie avait subi toutes les brimades possibles, les missions dégradantes, et un manque total de considération. Il payait pour tous les St'ingies de la Terre. Mais, à la surprise de Sina, et probablement un peu à sa déception, jamais Jodix ne s'était plaint, pire, il avait toujours le sourire durant sa formation. D'abord il avait cru à une provocation. Après tout les St'ingies étaient tous des assassins manipulateurs… Mais avec le temps, il avait évolué. Au bout d'un an Sina s'était pris, malgré lui, d'affection pour le jeune Jodix. Bien entendu il n'avait jamais montré quelque signe d'affection que ce soit. Une fois intégré à l'équipe, le St'ingie s'était montré parfois complaisant, parfois insolent et chicaneur ; Sina ne se gênait pas pour lui faire la remarque, mais ne lui en tenait pas vraiment rigueur, cela faisait partie du caractère du jeune homme qui était désormais un membre à part entière.

Maintenant qu'il n'était plus là, il y avait comme un vide dans sa vie. Il ne pouvait pas se l'expliquer. Finalement ce jeune homme faisait partie intégrante de sa nouvelle famille comme tous les membres de son groupe en faisaient partie. Il irait jusqu'à donner sa vie pour l'un d'entre eux, même un St'ingie. Jamais cet amour ne paraissait. Il s'imposait une rigueur sans faille, et cette rigueur lui interdisait de montrer ses sentiments, c'était pour lui un signe de faiblesse.

Même s'il était très probable que le jeune St'ingie soit mort, il n'avait qu'une seule idée à l'esprit : le retrouver. Un peu comme si une partie de lui-même avait été arrachée. De plus l'échec de la mission était le premier qu'il vivait. Alors perdre tout à la fois un coéquipier, un ami et la confiance de son chef, cela représentait trop pour qu'il en reste là. Il lui fallait agir, retourner le cours des choses.

Il était là, agenouillé dans sa chambre modeste, à côté d'un lit des plus rudimentaires, et avec comme seule lumière naturelle un petit puits de lumière par lequel on pouvait apercevoir une des deux lunes, pleine. Sur sa table de chevet était allumée une bougie qui, tant bien que mal, compensait la faiblesse de la lumière lunaire. Seul luxe qu'il s'était accordé, un petit coin spirituel, d'où il pouvait honorer son dieu, celui de l'Eau, Tlaloc. Une petite table en bois avec en son centre une sculpture en ivoire, représentant un serpent ailé géant, ornée de perles. Devant, un bol en cuivre un peu usé. Doucement, il prit la cruche d'eau posée sur le côté et en versa une petite quantité dans le récipient. Ensuite il reprit la cruche lentement et versa sur sa tête l'eau froide qu'elle contenait. Il laissa longuement l'eau couler le long de son corps à moitié nu. Il leva la tête vers le plafond, et prit une grande inspiration.

Les yeux fermés, il se retourna vers l'autel. C'était un rituel qu'il pratiquait tous les jours. Il réalisait les mêmes gestes avant de prier son dieu. Grâce à ce cérémonial, il se sentait en toute intimité avec Tlaloc. Il pouvait désormais se livrer entièrement à lui.

Une larme coula le long de sa joue.

Le sentiment de culpabilité était au plus fort, il n'avait pas pleuré depuis la mort de sa famille, et il venait de perdre une partie de celle qui l'avait remplacée depuis.

« Par pitié mon Dieu, accueille cette âme auprès de toi. Je sais qu'il ne te vénérait pas, mais fais preuve d'indulgence, pardonne-lui et je t'en serais éternellement reconnaissant. »

Une nouvelle larme coula.

Cette prière était simple, mais forte d'émotion. Il faisait son deuil à sa manière.

Il souffla les bougies. La préparation à la prière était plus longue que la prière elle-même, mais cela faisait partie intégrante de son rituel. Il ne laissait jamais place à l'improvisation, et les derniers événements lui avaient confirmé que c'était la bonne méthode. Il se leva et s'allongea sur sa couche.

Il ferma les yeux pour tenter de dormir.

Quelques instants s'écoulèrent.

Ses yeux s'ouvrirent brusquement.

Alors que la torpeur du sommeil l'avait envahie, un frisson avait traversé l'ensemble de son corps. Son dieu lui avait montré Jodix et la jeune fille en grande difficulté. En grande difficulté certes, mais en vie !

Il se leva en trombe, mit une veste et se hâta en direction du quartier général d'Umbrea Mortalis.

CHAPITRE QUATORZE

Un mystérieux phénomène
Liana Belevir

« Merci de me recevoir chère Matriarche. »

Le doyen de l'Académie Souna avait fait le chemin depuis Seffirga pour la mythique cité Souna. Il devait rejoindre l'Académie d'Énolia pour s'entretenir de toute urgence avec sa supérieure hiérarchique, la matriarche Souna, Liana Belevir.

« Voyons Marcus, appelez-moi Liana, depuis combien de temps nous connaissons-nous ? Vingt ans ? Trente ans ?
- J'ai arrêté de compter. »

Marcus Mia s'assit dans l'un des très confortables fauteuils du salon de son amie. Liana l'avait reçu dans sa luxueuse demeure attenante au quartier de l'Académie. La veille elle avait reçu le message, un peu tardivement, de l'arrivée de Marcus. Elle n'avait pas été étonnée, des rumeurs circulaient depuis l'événement qui motivait la rencontre. Pour ne pas les alimenter, elle avait préféré le recevoir chez elle, pour laisser penser à une visite de courtoisie, une sorte de rendez-vous amical entre amis de longue date. Il fallait au plus vite non seulement régler le problème, mais également faire taire toutes les rumeurs qui se propageaient autour.

« Votre message m'a réellement inquiétée vous savez ? J'avoue ne pas comprendre.

- C'est simple et peut se résumer en une petite phrase, le Cristal Souna a rayonné comme jamais auparavant.

- Il a rayonné ? Que voulez-vous dire par là ? Comme lorsqu'un nouveau-né lui est présenté ?

- Non pas exactement. Lorsqu'un nouveau-né qui a des aptitudes est présenté, le Cristal émet une faible lumière éclairant la pièce - vous y avez assisté souvent je crois -, cette fois-ci la lueur s'est vue à des kilomètres à la ronde, éblouissant pendant quelques instants tous ceux se trouvant à Seffirga. Elle s'est ensuite projetée vers le ciel et s'est perdue sur l'horizon jusqu'à des distances largement supérieures aux capacités de la vision humaine. »

Tous les peuples présentaient leurs nouveau-nés au Cristal du temple. Chaque Académie était pourvue d'un temple, lieu sacré dont l'un des rôles principaux était cette présentation. Les Cristaux primordiaux avaient, selon la légende, été confiés à chaque peuple par le roi Salilas, le Xya, d'autres croyaient qu'il s'agissait des divinités de clan. La légende du premier Xya disait qu'il les avait façonnés lors de son accession au pouvoir, et avait ensuite décidé de les répartir entre tous les habitants du monde. Cette tradition qui s'était toutefois un peu perdue depuis la guerre, avait récemment repris. Elle permettait de détecter au plus tôt ceux qui avaient une prédisposition naturelle à la maîtrise d'un élément. Il s'agissait toujours de celui du clan des parents de l'enfant. Pour des raisons que les savants ne savaient pas décrypter, les unions, même si elles étaient interdites, entre membres de clans différents ne permettaient jamais la naissance d'enfant. De même les enfants prédisposés l'étaient toujours à l'élément de référence de leurs parents, et comme cela arrangeait tout le monde, personne ne s'était jamais vraiment demandé pourquoi. Les bébés repérés étaient ensuite orientés dès que leur âge le permettait vers une formation à l'Académie. Le but était de développer leurs compétences. Plus tard, les jeunes gens formés choisissaient de s'orienter vers la recherche, l'armée ou l'enseignement aux futures générations. Les cristaux avaient le pouvoir d'insuffler aux élus leur puissance. Ils devenaient ainsi des éléments clefs de leur peuple. Ceci au bénéfice de chaque clan.

C'est ainsi que les Sounas recevaient la puissance de l'Air. Les plus doués d'entre eux pouvaient soigner des plaies très profondes grâce à cet art, ou bien encore créer de la glace. La rumeur disait même que leur pouvoir était plus puissant que celui de tous les autres clans d'Arkadis et que, grâce aux cristaux incrustés dans leur peau, ils pouvaient accumuler encore plus d'énergie pour la libérer en une fois.

Les plus grands mages avaient au fil du temps amélioré considérablement cet art de la maîtrise de l'Air. Les vents forts, naturellement présents dans les montagnes gelées du nord étaient d'une aide précieuse pour leurs travaux. Et c'est cette disposition naturelle qui avait incité Salilas à confier ce Cristal aux Sounas. C'était pour des raisons identiques qu'il avait donné aux Valkris le Cristal de l'Eau. Les sages Sounas avaient remarqué que l'air glacé des montagnes avait des vertus thérapeutiques. Ils avaient donc évidemment concentré leurs recherches sur la médecine. Malheureusement la guerre, triste réalité, les avait rattrapés. Tournés vers la médecine et le bien-être, ils n'avaient pas développé de méthode guerrière proprement dite. Aussi lorsqu'il leur fallut s'engager dans la bataille, leurs débuts furent difficiles. Les soins sont utiles mais ne permettent pas de gagner des batailles lorsqu'on ne fait pas ou peu de dégâts à l'ennemi. Les armes conventionnelles n'avaient que peu d'effet sur un ennemi appuyé par des mages puissants sachant utiliser des attaques avec les éléments de la nature. Les grands mages de l'Académie Souna avaient ainsi été contraints à leur tour de développer des attaques en utilisant leur élément fétiche. Malheureusement le temps leur avait manqué avant d'en maîtriser suffisamment pour remporter des victoires. Ils essuyèrent donc beaucoup de défaites pendant cette cruelle guerre et restèrent longtemps réputés faibles guerriers. Heureusement, la capitale Souna, et son Cristal - le plus grand trésor - ne tombèrent jamais.

Le feu dans la cheminée de la matriarche crépitait. Il n'était pas utile de trop chauffer, quelques bûches pour éclairer et réchauffer l'atmosphère suffisaient. Les Souna étaient beaucoup plus à l'aise dans l'atmosphère hivernale et froide qui régnait dans leur pays que dans les courants chauds qui parcouraient souvent en petites tempêtes le reste du monde connu. Marcus et Liana étaient assis dans les confortables fauteuils des salons privés de la matriarche. Elle résidait dans une très belle demeure du quartier de l'Académie. Ils dégustaient un thé parfumé qui fumait dans leurs tasses. Marcus souffla pensivement sur son infusion, puis avec lenteur prit la parole. Il aimait ces moments où l'attention était dirigée sur lui et parlait alors avec solennité et gravité, comme s'il venait s'excuser de n'être qu'une petite voix au service des dieux. Il savait ménager ses effets, et même la matriarche en était souvent impressionnée.

« Comme vous le savez bien sûr, lorsqu'un enfant qui est prédisposé à la magie est présenté, le Cristal luit, en général d'une faible lumière. Mais dans le cas pour lequel je me permets de vous déranger, il y a eu non pas un rayonnement mais comme une explosion lumineuse, comme si quelque chose ou quelqu'un aspirait la puissance du Cristal, en grande quantité. En très grande quantité…

- Quelque chose ou quelqu'un vous dites ?
- Je ne sais pas vraiment, jamais nous n'avions vu un phénomène

pareil. C'est d'ailleurs la raison de ma venue. Je n'ai aucune hypothèse ou idée de ce qui a pu se passer. Tout ce que je sais, c'est que tous ceux qui ont été transpercés par cette lumière, moi inclus, ont ressenti un trouble étrange. J'ai beaucoup de mal à le décrire, mais j'ai été si troublé que je me suis immédiatement décidé à venir vous en parler.

- Un tressaillement, un trouble que vous ne savez pas décrire, étrange…

- Oui, comme si un pouvoir d'une puissance extraordinaire était passé à travers moi. L'espace d'un instant je me suis senti comme transcendé. Encore une fois c'est pour moi une sensation impossible à expliquer clairement. »

La doyenne ferma les yeux en levant la tête l'espace d'un instant puis murmura.

« C'est donc ça !

- Vous l'avez ressenti ? Demanda interloqué Marcus.

- Oui, dans une moindre mesure que vous, je pense. Mais je suis sûre que tout Souna sur Arkadis a dû ressentir quelque chose. Il nous faut absolument trouver ce qui a déclenché ce phénomène. Et très vite ! C'est désormais la priorité de votre Académie mon cher Marcus. Je fais préparer mes affaires et vous raccompagne à Seffirga. Il faut que j'inspecte le Cristal moi-même. Je veux le voir de mes propres yeux. Je dois vérifier certaines choses. »

Liana Belevir se leva majestueusement et se dirigea vers ses appartements. Après quelques pas, elle se retourna vers son ami.

« Nous partons dans une heure. Je trouve quelqu'un qui prépare mes affaires, le temps pour moi d'aller vérifier une information qui pourrait s'avérer utile à la bibliothèque de l'Académie d'Énolia.Rendez-vous devant chez moi, et soyez prêt, je crains que nous n'ayons que peu de temps. »

La Souna sortit de chez elle rapidement sans prendre la moindre précaution vestimentaire. Cette femme du nord était peu sensible aux températures fraîches. Elle avançait avec rapidité dans les rues éclairées par la lune blanche. Elle était presque pleine depuis deux jours. Alors qu'elle poursuivait sa route, à la vue de cet astre la Matriarche se remémora la magnifique mais triste légende du Soleil et des deux lunes d'Arkadis : Mélan, la lune blanche, et Philip, la lune noire. Lors de l'arrivée des dieux sur terre, ceux-là mêmes qui apportèrent les cristaux, un couple s'aimait d'une passion singulière et puissante. Mélan, la jeune Souna du Nord, la peau blanche et cristalline, d'une beauté incroyable était tombée éperdument amoureuse de Philip, un beau St'ingie des îles du Feu, la peau basanée. Mais les clans ne pouvaient supporter une telle idylle, et encore moins accepter un mariage. Ils subissaient de nombreuses brimades et se rencontraient tous les soirs, à la nuit tombée, pour vivre leur passion dans le plus grand secret. Mais Ler'Qan, le dieu du Feu les surprit. Il entra dans une rage et une colère incroyable. Lui non plus ne pouvait imaginer une union d'un St'ingie avec une Souna. Ce dieu réputé par sa fermeté et sa cruauté avait alors décidé de faire un exemple. Il transforma les deux jeunes gens en lune. Mais sa méchanceté n'était pas satisfaite de cette punition, et il avait ajouté que les deux lunes se poursuivraient pour l'éternité sans jamais se rattraper. Et le Soleil était le garant de l'exécution de la punition, il en était son incarnation. Ainsi depuis, la lune blanche Mélan n'est visible que de nuit, alors que la lune noire, Philip, n'est visible que la journée. Liana secoua la tête, elle pensa intérieurement.

Des légendes de religieux pour que la population se conforme aux règles. Décidément il est bon que tout le monde ne soit pas instruit...

Des lampadaires amélioraient la luminosité. Ils étaient traditionnellement allumés tous les soirs par des élèves de l'Académie. Les rues de la capitale d'Arkadis étaient devenues beaucoup plus calmes depuis que les rondes de la garde avaient augmenté en intensité. Il avait en effet été décidé de doubler les patrouilles dans l'espoir de retrouver les deux évadés. Elle put ainsi, accompagnée de ses deux gardes du corps, arriver à l'Académie en quelques minutes et sans encombre.

L'Académie d'Énolia était ouverte toute l'année, jour comme nuit. La plupart des étudiants logeaient à l'internat. Ils pouvaient ainsi se concentrer sur leurs longues et intenses études. En plus de ces études, les élèves devaient réaliser de nombreuses tâches qui leur étaient assignées, selon leur âge et leur rang dans la société. La plupart entraient à l'Académie vers l'âge de cinq ans, âge traditionnel de présentation au Cristal. Ensuite ils étaient dirigés vers une Académie, celle du clan ou celle d'Énolia. En principe celle de la capitale d'Arkadis était réservée aux élites et seuls les plus grands maîtres y dispensaient des cours. Celles de clan étaient moins cotées mais avaient un cursus de formation à peu près identique. Ce soir-là, mis à part quelques rares étudiants probablement en train de réviser, la bibliothèque de l'académie était pratiquement vide.

Cette bibliothèque rassemblait une incroyable quantité d'ouvrages d'une valeur qu'on disait inestimable. Elle n'égalait cependant pas celle de Seffirga, que les Sounas, aux fils des siècles, avaient pris soin de compléter. Dans ce dédale de livres, d'ouvrages en tous genres, d'encyclopédies ou même de vieux grimoires et parchemins, la matriarche savait où elle allait devoir chercher. Elle avait le souvenir de l'avoir lu lors de ses études dans cette même Académie. Pendant qu'elle avançait dans les couloirs de la bibliothèque, elle se remémorait ses longues années d'études. Rares étaient les Sounas de sa génération qui n'avaient pas déserté les rangs de l'Académie pendant la guerre. Liana Belevir étaient l'une d'entre eux. Elle était encore jeune lorsqu'elle avait débuté. Les nuits de sa jeunesse s'étaient consumées dans ces lieux. Elle avait, par perfectionnisme, sacrifié sa jeunesse pour maîtriser, comprendre, dompter l'élément de son peuple : l'Air.

Liana avait acquis durant sa formation une grande notoriété qui avait dépassé les frontières pourtant renforcées par la guerre. Elle avait été choisie pour sa sagesse et ses rôles d'abord d'étudiante puis de professeure à l'Académie, porte-parole à Énolia du peuple Souna en guerre. Cependant elle s'était toujours voulue neutre dans ce conflit. Il avait fait trop de morts pour que quiconque puisse dire qu'il s'en lavait les mains. Elle ne voulait pas être impliquée par une responsabilité quelconque dans ce combat qui avait produit autant de malheur. Devenue un élément clef de la diplomatie Souna, Liana avait toujours défendu la paix entre les clans en prônant les valeurs communes. Le combat avait été rude, contre des convictions bien ancrées chez des partisans de la force, mais ses convictions et sa force de caractère l'avaient emporté. Sa voix était devenue peu à peu d'une importance capitale dans les négociations de paix. Elle avait ainsi accédé à son statut actuel tout naturellement une fois le traité de paix signé. Pour tous, elle représentait la sagesse, la force tranquille qui permettait de donner au monde une stabilité indispensable après toutes les années d'horreur de la guerre.

Elle n'avait jamais pris le temps de fonder une famille, sa seule famille était son clan. Son abnégation était sans faille. Lorsqu'elle songeait à une autre vie qu'elle aurait pu avoir, avec un mari, des enfants, elle savait qu'elle avait fait le bon choix. Son destin était d'être la mère, la Matriarche des Sounas. Elle en était heureuse.

Une fois dans la salle principale de la bibliothèque Liana récupéra une des bougies éteintes et se dirigea vers un flambeau mural pour l'allumer. Puis elle alla, sans hésitation, vers une des allées plus isolées dans un coin de la somptueuse pièce. Elle passa la flamme au plus près des étagères avec précaution, afin de lire les titres des ouvrages présents sur le présentoir. Plusieurs fois déjà des imprudents avaient enflammé de précieux recueils en approchant trop la flamme de leurs lumières des papiers séchés par le temps. Liana avait suffisamment d'inquiétude pour ne prendre aucun risque !

« Le voilà. »

Ses gardes l'avaient suivi silencieusement. Elle confia son candélabre à l'un d'eux, puis prit à deux mains l'encombrant ouvrage qu'elle venait de découvrir. Il était poussiéreux, jauni par le temps. Sa couverture ne contrastait avec aucune autre dans cette bibliothèque, mais Liana le considérait maintenant comme le plus précieux en ces lieux. Elle le posa avec attention sur une des tables, toujours éclairée par son homme de main. Elle souffla sur la couverture pour en retirer la fine pellicule de poussière. Sur la couverture, en fines et élégantes lettres dorées était noté :

Les mystères d'Arkadis par Astub Finea

Elle l'ouvrit puis fit défiler les pages avec précaution, elle savait ce qu'elle cherchait mais en voulait la certitude. Elle avait besoin de lire ce qu'elle savait déjà. C'était si énorme, qu'il lui fallait la confirmation que son esprit ne pouvait pas se tromper, que sa mémoire était bonne. L'erreur ou l'approximation était exclue.

« Là ! »

Elle toujours si maître de ses émotions s'était exclamée à voix haute. La matriarche Souna s'attarda sur la page, relisant encore et encore ce qu'elle avait sous les yeux. Elle était sous le coup d'une grande émotion.

> En des temps anciens, peu de temps avant l'arrivée de notre roi à tous, Salilas le Xya, de nombreux évènements, tous aussi étranges les uns que les autres, survinrent. Les cristaux originels, que les dieux eux-mêmes nous avaient donnés en héritage, se mirent à briller de façon tout à fait singulière. Le plus étrange, c'est le trouble qu'en ont ressenti les habitants d'Arkadis,

de toutes races confondues. Personne ne sut par la suite vraiment décrire ce qu'il avait ressenti. La plupart rapportaient ce grand trouble étrange qui les avait saisis et leur donnait une illusion de puissance. Personne n'eut le temps de vérifier si cette illusion était basée sur des conditions réelles tant tous étaient stupéfaits par la gigantesque lueur qui était apparue en même temps et qui était partie en direction des étoiles à la suite d'une prodigieuse explosion qui avait précédé le phénomène. Chaque érudit y allait de sa propre interprétation et de ses conclusions et elles furent bien souvent hasardeuses. Le modeste auteur de ces lignes pense qu'il s'agirait ici d'un message prophétique, annonçant l'arrivée sur terre d'un dieu, ou de son prophète. Ma théorie se fonde sur l'arrivée du Xya qui suivit ce mystérieux phénomène. Je n'ai pas encore eu l'occasion et l'insigne honneur de pouvoir questionner notre roi à ce sujet mais j'espère pouvoir m'entretenir et obtenir réponse à cette question avant ma mort. J'avoue être troublé par les dernières paroles du sage et sans reproche Tech'Rail qui avant de devenir fou nous disait de nous méfier de la pierre de Mythril qui selon lui aurait provoqué le phénomène.

Ces mots résonnaient en elle. Tout cela pouvait avoir des implications énormes et il lui fallait trouver au plus vite le fin mot de l'histoire. Elle savait qu'un autre ouvrage, trésor de la bibliothèque de Seffirga pourrait probablement l'aider à résoudre cette énigme. Ce grand savant Souna, Astub Finea, avait écrit d'autres très nombreux ouvrages. Tout ceci ne pouvait pas n'être qu'une simple coïncidence. Il allait lui falloir rester prudente. Elle avait lu de nombreuses théories à ce sujet, et se souvenait avoir lu une tout autre théorie qui parlait du Cœur de Mythril !

Dieux, Cœur de Mythril, Salilas, Arkane Kanar, descendant du Xya… Tellement de mots, de noms, qui se bousculaient dans sa tête. Et si tout avait un lien au final ? Elle se conforta dans l'idée qu'elle trouverait une piste dans la ville qui l'avait vu naître, Seffirga. Tous ses plans pourraient s'en trouver bouleversés.

« En route ! »

CHAPITRE QUINZE

La grande inconnue

Magendi Aj'dor

« Aldrosaïa, tu m'as manquée. Malheureusement je ne pourrai pas profiter de tes splendeurs. »

Le soleil rouge, reflété sur la mer, se couchait sur la ville St'ingie dédiée au Feu, Aldrosaïa. Il offrait un spectacle magnifique, mais le messager sur son cheval, sortant du navire marchand, ne se souciait guère de celui-ci. Il dévala les rues rapidement sans ménager sa pauvre monture, en direction de l'Académie. Même si la nuit allait bientôt assombrir les rues, il régnait dans la ville une atmosphère empreinte d'activité commerçante. Aldrosaïa ressemblait à une fourmilière où chacun savait exactement ce qu'il devait faire et à quel endroit. L'ensemble donnait une impression de richesse à la capitale. Surpris par la vitesse du cavalier, les passants et les commerçants s'écartaient en hâte à son passage.

Aux portes de l'Académie Lansor, le garde n'hésita pas une seconde et lui laissa l'accès. Le mystérieux messager courut dans les couloirs en direction des appartements d'une des personnes qu'il redoutait et admirait en même temps le plus, Magendi Aj'dor, le Doyen. Arrivé devant la porte de ce grand magicien, il s'arrêta quelques secondes pour retrouver son souffle. Depuis sa descente du navire qui l'avait amené depuis le continent, il n'avait pas pu souffler une seule seconde. Il demanda aux gardes surveillant l'entrée de l'annoncer. Le messager attendit patiemment devant la grande porte en bois. Il entendit le Doyen bougonner puis marmonner quelques mots au garde. Celui-ci revint rapidement auprès de lui.

« Tu as trois minutes, pas une de plus, le Doyen est occupé. »

Il se rajusta rapidement pour apparaître devant le doyen dans une tenue correcte. Il se plaça au milieu de la grande salle qui servait de bureau au magicien et attendit. Celui-ci, à son habitude, tournait le dos à son convive, comme pour lui montrer que seul lui avait de l'importance ici. Il semblait observer le feu de sa cheminée. Les flammes se reflétaient dans ses yeux rouges de St'ingie et si le jeune cavalier avait pu les voir il en aurait été troublé. Cette lueur donnait à Magendi un regard surnaturel, propre à impressionner n'importe qui. Il était attentif à ce que le cavalier allait lui dire car en général personne ne se permettait de le déranger en urgence pour des vétilles. Il était tard, la journée avait été difficile, et il n'était pas forcément de la meilleure des humeurs. Il fallait donc que cela fût urgent, important pour qu'il soit dérangé à cet instant et il ne voulait pas perdre de temps à demander à son interlocuteur de recommencer des explications.

Les mots devaient être clairs immédiatement ; « Trois minutes ! ».

« Doyen, j'ai une information de première importance à vous transmettre. De la part de Miriù Fili'enor.

- Miriù ? demanda le vieux St'ingie, étonné, en se retournant face à son messager. Tu es venu depuis Seffirga ?
- Oui Doyen, je n'ai pas pris une seconde de répit dans mon voyage depuis cette cité. Mes consignes étaient claires, il fallait que je vous apporte le message au plus vite.
- Et qu'attends-tu pour me le donner alors ? demanda Magendi d'un ton rude en tendant la main avec une impatience manifeste.
- Là-dessus aussi mes consignes étaient claires, pas de message écrit, je dois vous le réciter de vive voix. Maître Fili'enor ne voulait pas prendre de risque.
- Je t'écoute alors », dit Magendi Aj'dor plus calmement en s'asseyant sur son fauteuil. Il était intrigué.

Le jeune messager se racla la gorge. Il prit le temps de se remémorer une dernière fois le message qui tournait en boucle dans sa tête depuis son départ de la capitale Souna. Il ne devait oublier aucun détail, le message devait être clair et intelligible. Une erreur d'interprétation pourrait avoir des conséquences désastreuses. Il avait été spécialement formé à ce genre de missions et sa mémoire exceptionnelle lui permettait d'enregistrer des messages parfois longs de plusieurs dizaines de minutes.

« Magendi, je t'adresse ce message car je sais que le Grand Mage est encore en déplacement. Un événement des plus inhabituels a eu lieu quelques heures avant que je ne t'envoie mon messager. Une lumière bleue, intense, a apparemment jailli du Cristal Souna durant la nuit. Elle a ébloui tous les habitants à des kilomètres à la ronde. J'ai moi-même ressenti une sensation étrange lorsque cette lumière m'a atteinte. Je me suis tout de suite discrètement renseigné auprès des St'ingies, Valkris et même Protechs de Seffirga. Tous ont ressenti ce trouble bizarre, un peu comme si notre cœur était oppressé. C'est pourquoi, d'urgence, je t'envoie ce message pour que tu comprennes mes inquiétudes. Je ne suis pas un expert en magie mais je n'ai jamais entendu parler d'un tel phénomène. Je n'ai pas pu m'approcher de la tour de verre pour vérifier, mais je crains que les Sounas ne préparent une arme secrète. Même si cela semble improbable et exagéré, c'est la seule conclusion à laquelle je suis arrivée. J'espère rapidement pouvoir obtenir plus de détails. Ton ami, Miriù. »

Le doyen prit quelques secondes pour analyser ce qu'il venait d'entendre. Il avait lui aussi ressenti ce trouble qui l'avait réveillé quelques jours auparavant. Il avait pensé à un mauvais rêve… Comment était-ce possible à cette distance ? Il allait devoir consulter les érudits.

« Merci jeune messager, as-tu quelque chose à ajouter ?

- Oui Doyen, lorsque je quittais Seffirga, le maître Fili'enor a appris que la Matriache Belevir se mettait en route vers la capitale Souna. Elle doit désormais s'y trouver je pense. »

L'inquiétude montait en Magendi. Il savait que rares étaient les déplacements de Liana Belevir vers Seffirga. Il était persuadé que quelque chose se tramait. Les Sounas préparaient quelque chose, et l'intervention de la Matriarche lors du dernier Conseil des Quatre n'avait probablement pas été anodine. Il fallait prévenir l'espion sur place qu'il allait devoir être prudent et surtout découvrir au plus vite ce que préparait le peuple de l'Air. S'ils préparaient une nouvelle arme ils allaient devoir prendre les devants, anticiper. Ils n'avaient pas le droit de se faire surprendre.

« Bien ! Tu n'es pas prêt de te reposer jeune messager. Retourne auprès de ton maître et transmets-lui ce message : « Je veux que tu observes de plus près ces Sounas, approche-toi au maximum de ce Cristal et regarde ce qui se prépare. Et graisse la patte d'un proche de la doyenne Souna pour ne rien rater de ce qui se dit. Si tu n'en n'avais pas déjà eu l'idée… ». Est-ce bien clair ?

- Oui Doyen, je monte dans le premier bateau.
- Tu seras récompensé. Allez, va te préparer. »

Le périple du jeune messager était loin de se terminer car il savait que le voyage retour serait aussi intense que l'aller, avec un cumul de fatigue en conséquence. Mais les ordres étaient clairs et un St'ingie ne discute jamais les ordres.

Magendi ne perdit pas de temps. La porte à peine refermée sur le messager, il appela l'un des gardes.

« Fais réunir tout de suite le conseil des érudits d'Aldrosaïa. Fais-les sortir de leur lit, retourne la ville s'il le faut mais un conseil exceptionnel aura lieu dans une heure et je n'excuserai aucun retard. »

Le garde, conscient de l'importance de la tâche qu'on venait de lui confier, ne broncha pas et se mit en chemin pour alerter tous ceux qui pourraient l'aider à tenir le délai.

L'heure passa bien vite, mais le dernier des érudits entra dans le lieu du conseil juste à temps. A voir son visage rougi par l'effort et à entendre son souffle rauque éprouvé par sa course dans les rues de la ville, il était facile de comprendre que, comme ses compagnons, il avait bien compris l'importance de la convocation. Le garde, soulagé, referma les portes de la salle du conseil derrière lui. Rien de ce qui allait se dire dans cette salle ne devrait en sortir.

Dans l'amphithéâtre se trouvaient les sept érudits St'ingies. Ce rang était une récompense après de longues années passées au service du clan. Celui qui espérait ce titre devait attendre, dans un espoir parfois malsain, la mort de l'un des érudits. Il ne pouvait y avoir dans l'académie que sept érudits. Pas un de plus.

La plupart d'entre eux se préparaient à la nuit lorsque la convocation brutale était arrivée et les avait réunis. Ils étaient tous âgés et s'en trouvaient très perturbés. Magendi les regardait avec inquiétude, mais se dit que s'ils avaient été choisis à ce poste, c'est qu'ils avaient des qualités de sagesse et qu'ils sauraient se reprendre rapidement. La dernière fois qu'une réunion avait été décidée dans de telles conditions, c'était pour annoncer une bataille qui allait être sanglante. Elle avait fait tant de morts et avait duré si longtemps que tous étaient inquiets. Quelle était donc la raison de tout ce remue-ménage ?

La salle où ils se trouvaient rassemblés était grande et majestueuse, décorée d'étoffes et de tableaux souvent guerriers rappelant l'histoire St'ingie. Elle était organisée en amphithéâtre sur les bancs duquel s'asseyaient les sages. Chacun avait sa place selon son ancienneté et sa réputation. Ils siégeaient au premier rang. Ce soir personne n'était derrière eux. Devant les sièges des érudits se tenait une estrade sur laquelle avait pris place Magendi Aj'dor, calme et droit, silencieux et grave. Il attendait que le calme complet se fasse dans la salle. Les érudits n'étaient que sept, supposés sages, mais l'excitation les agitait beaucoup et ils faisaient autant de bruit que des vendeurs à la criée sur une place marchande. Enfin le dernier bruit s'effaça.

Le plus vieux des érudits, assis au centre, prit la parole.

« Que fait-on ici ? Pourquoi nous réunir en urgence à une heure si tardive cher Doyen ? »

Malgré le ton acerbe, presque agressif le Doyen de l'Académie resta stoïque. Les érudits comprirent à son attitude qu'il leur fallait rester calme et écouter ce qu'il avait à dire.

Il avait déjà préparé minutieusement dans sa tête tout ce qu'il allait présenter à cette assemblée. Ce n'était pas à lui de convoquer le conseil des sages, ou bien de prendre la parole, mais il avait les pleins pouvoirs lorsque le Grand Mage St'ingie Algorim Yr'gram n'était pas présent. Il était absent depuis le Conseil des Quatre. Il avait fait un détour vers le royaume Valkris pour renforcer les ententes commerciales. Magendi, en tant que remplaçant plénipotentiaire n'avait pas le droit à l'erreur. Tout ce qu'il allait dire serait analysé, décortiqué par son auditoire qui n'hésiterait pas à remettre en cause sa légitimité. Il s'agissait ici de gens d'une culture riche, sages et posés dans la vie comme des rocs. Il lui fallait à tout prix avoir l'unanimité de ses pairs pour ensuite pouvoir parler de façon légitime et en leur nom face au peuple St'ingie. Ce n'était pas sa position d'adjoint au Grand Mage qui lui donnerait l'avantage.

« Mes chers amis, l'heure est grave et c'est pour cela que je vous ai tous réunis ce soir ici dans ce prestigieux et historique amphithéâtre. Comme la plupart d'entre vous ont pu l'entendre avec les dernières rumeurs, les choses bougent. Les choses bougent vite, trop vite. Depuis le dernier Conseil des Quatre où des décisions ont été votées avec une grande hypocrisie, et devrais-je dire avec une énorme arrogance des clans voisins, des évènements se sont produits. Un notamment. Et c'est celui-là dont je voudrais vous parler tout particulièrement. Il va nous obliger à prendre des mesures drastiques qui pourraient bouleverser l'équilibre dans lequel vit Arkadis en ce moment. Je vais droit au but. Il y a quelques jours, le Cristal Souna s'est mis à briller d'un éclat sans pareil. Tous nos compatriotes St'ingies présents sur place ont ressenti un malaise lorsque cette lumière les a traversés. Après réflexion et analyse, je n'ai qu'une hypothèse concernant ce phénomène. »

Le magicien reprit son souffle, et prit un instant comme pour laisser une part de suspense dans ses propos.

« Les Sounas préparent probablement une sorte d'arme totale. Si c'est le cas comme je le crois, elle sera certainement dirigée contre les St'ingies pour que ce peuple fourbe puisse prendre l'ascendant sur nous d'abord, puis sur les autres. Vous noterez que dans ce cas la première étape de leur plan sera de prendre possession de notre Cristal. »

Des murmures de stupéfaction s'élevaient dans l'assemblée.

« Il nous faut convoquer le ban, la meilleure défense étant l'attaque », cria l'un des sages.

La porte de l'amphithéâtre s'ouvrit brusquement.

« De quel droit outrepasses-tu mon autorité Doyen ! »

Algorim Y'rgram, le chef du clan St'ingie venait d'entrer, et manifestement il était dans une colère folle.

« Veuillez nous laisser », continua-t-il en s'adressant aux érudits qui s'étaient déjà levés par respect envers le chef.

En silence et stupéfaits, ils se dirigèrent vers la sortie. Ils savaient qu'il n'était pas question de remettre en cause un ordre du Grand Mage St'ingie. Il savait se montrer sévère et toujours avec fermeté. À cet instant, il paraissait particulièrement remonté contre son ami.

Algorim le guerrier, Magendi le grand magicien avaient fait leurs premières armes directement sur le champ de bataille. Ils s'étaient rapidement rendu compte que lorsqu'ils associaient leurs compétences ils devenaient quasiment invincibles. Leur amitié d'abord très forte s'était fragilisée à la fin de la guerre. Ils avaient pris du galon et l'ambition aidant, chacun avait aspiré à gouverner sur les îles St'ingies. Algorim Y'rgram avait réussi à obtenir la légitimité du peuple et à être proclamé Grand Mage St'ingie. Se rendant compte du dépit de son ami, il avait œuvré pour le faire nommer à la tête d'une Académie qui s'était retrouvée un peu à l'abandon à cause de la guerre. C'était une fonction parfaite pour Magendi Aj'dor qui avait été identifié dès son plus jeune âge comme présentant l'une des plus fortes propensions à la magie jamais observées après sa présentation au Cristal. Malgré tout cela, des tensions étaient nées et s'étaient même accrues au fil du temps entre ces deux personnages aux caractères bien trempés.

« Qu'étais-tu en train de comploter ?

- Moi comploter ? Tu te fourvoies complètement là, laisse-moi t'expliquer.

- M'expliquer quoi ? Tu convoques une assemblée extraordinaire à la tombée de la nuit pendant mon absence. Laisse-moi le droit à douter de tes intentions.

- J'ai reçu un message parlé de la part de Miriù racontant un événement des plus étranges qui a eu lieu à Seffirga. Peut-être est-ce déjà arrivé à tes oreilles ?

- En effet, j'ai eu vent de quelques rumeurs. Mais quel rapport avec cette assemblée. Je débarque à peine de mon navire et j'entends dire qu'un conseil a lieu en ce moment même. Sans que moi, Grand Mage St'ingie, je n'en sois informé. La raison que tu m'as fournie me semble bien insuffisante ou alors complètement stupide. Convoquer les sept érudits pour une rumeur !

- Doucement mon ami, ce n'est pas aussi simple. Je suis presque sûr que les Sounas sont en train de préparer une arme contre les St'ingies. Selon le message, lorsque cette lueur est apparue tous les St'ingies se sont sentis comme vidés de leur force, un peu comme si on leur avait aspiré l'énergie vitale. Qu'en sais-tu toi-même ?

- Et tu crois vraiment qu'il s'agisse d'une arme ? Toi, le doyen de la prestigieuse Académie de Lansor je te croyais un peu plus perspicace et au fait de ce genre d'évènements. J'espère que je suis arrivé à temps et que tu n'as pas fait part de ta théorie farfelue aux sages.

- Euh…

- Pardon ? s'emporta Algorim. Nous allons propager une rumeur qui va s'étendre au-delà de nos frontières désormais. Une rumeur ! Les érudits sont de braves petits vieux tout juste bons à débattre en radotant. Ce sont eux qui font croire que l'on a ici en territoire St'ingie un minimum de démocratie, mais ce ne sont que des séniles qui sont bien loin des réalités géopolitiques d'Arkadis. Tu sais que tout ça risque de créer encore plus de désordres qu'il n'y en a déjà ? Tu fais vraiment preuve de peu de clairvoyance.

- Je ne comprends pas.

- Comme je te l'ai dit dans l'une de mes lettres, le dernier conseil d'Arkadis a été encore plus hypocrite que tous les autres, mais ce qu'on y a appris aurait dû te mettre la puce à l'oreille. Tu ne trouves pas plutôt étrange que cet évènement ait lieu immédiatement suite à cette assemblée ?

- Je ne comprends pas, tu parles du descendant de Civitas ?

- Je parle du Cœur de Mythril.
- Je ne comprends vraiment pas. J'avoue être perdu.
- Quelqu'un s'en est servi cette semaine, un Souna probablement. Et c'est à cause de cela que le Cristal s'est mis à briller, j'en suis persuadé. J'ai retourné le problème dans ma tête et je ne vois pas d'autre explication.
- C'est vrai que j'aurais dû y penser… Tu crois vraiment que les Sounas auraient mis la main sur le Cœur de Mythril ? Et que ce serait pour cela que Belevir aurait quitté la capitale pour Seffirga ?
- C'est fort probable, mais il nous faut du concret. Il faut vraiment que quelque chose de grave soit arrivé pour que Belevir quitte son Énolia chérie. Bon, tu vas étouffer au plus vite ces rumeurs avant qu'il ne soit trop tard. De mon côté je vais trouver le moyen de confirmer mes suppositions. Dans tous les cas, tu ne fais plus jamais rien concernant les érudits sans me consulter au préalable. Il faut que je trouve le moyen de vérifier si les Sounas ont le Cœur de Mythril, et sans éveiller les soupçons. »

Sans un mot les deux hommes quittèrent l'amphithéâtre. Ils savaient tous deux que tout s'accélérait et qu'ils allaient devoir devenir acteur de cette mauvaise pièce pour ne pas se laisser dépasser par les évènements.

CHAPITRE SEIZE

Tant qu'il y a de la magie, il y a de l'espoir

Jodix Ferbum

« Quelle horreur, une aberration de la nature ! »

Les loups-fantômes de cette forêt inhabitée régnaient en maître. Ils n'avaient jamais été en position de proie, surtout parce qu'ils n'avaient pour la plupart d'entre eux jamais rencontré d'humain. Ces bêtes étaient monstrueuses, leurs babines rouge sang apparentes découvraient une mâchoire proéminente et des dents disproportionnées. Ils avaient le poil noir, d'une noirceur profonde qui leur permettait presque d'être invisibles la nuit. Cette caractéristique leur avait valu leur surnom de fantôme. Seuls leurs yeux jaunâtres légèrement luminescents pouvaient les trahir. Leur taille aussi était différente des loups ordinaires, ils étaient hauts sur leurs pattes élancées et musclées à la fois, qui leur fournissaient la vélocité nécessaire à attraper n'importe quelle proie sur de courtes distances.

« Je croyais que ce genre de loup n'existait que dans les contes pour effrayer les jeunes enfants, dit Jodix.
- Je n'en ai jamais entendu parler, et j'aurais préféré que cela reste ainsi », répliqua Amaya apeurée.

Ils venaient tout juste de se sortir d'une situation catastrophique pour en retrouver une nouvelle qui semblait presque pire encore. Le destin semblait s'acharner sur eux. Mais Jodix, habitué des situations compliquées, et beaucoup plus aguerri aux événements dangereux et imprévus que la jeune Souna, semblait confiant. Amaya, moins sereine, y voyait de l'inconscience. Elle tremblait comme une feuille morte, non pas de froid mais de peur. A chaque grognement du loup-fantôme elle serrait plus fort le bras de Jodix qui semblait rester impassible face à cette inconfortable situation.

« Je ne pense pas que cet animal soit là pour nous faire des léchouilles, plaisanta Jodix.

- Un monstre tu veux dire ! Comment peux-tu plaisanter dans un moment pareil ? chuchota Amaya avec stupeur.
- Tu veux savoir pourquoi ? Promets-moi de garder pour toi ce que tu vas voir là, et je garderai le secret sur ton pouvoir de guérison.
- Euh oui... »

La jeune Souna ne savait que répondre tellement tout ce qui était en train de se réaliser la dépassait. Jamais elle n'aurait imaginé devoir garder un secret comme celui-là.

Le St'ingie prit la main d'Amaya agrippée sur son bras pour la détacher tout en douceur, sans geste brusque. Elle regardait, en spectatrice, les yeux écarquillés, Jodix s'approchant de la bête féroce. Elle restait muette.

Le loup-fantôme, toujours immobile à les fixer, émit un long grognement, les babines pendantes d'où s'écoulaient de longs filets de salive gluante.

Doucement, Jodix mit un genou au sol, puis tranquillement, sans perdre une seconde des yeux la bête sauvage, posa les deux mains face contre terre.

Le loup prit peur et se mit en flexion sur ses pattes arrière, comme pour prendre de l'élan. Il était à moins d'une dizaine de mètres du St'ingie. Il ne lui faudrait pas deux secondes pour se retrouver sur sa proie s'il se décidait à attaquer.

Jodix fixa attentivement les yeux jaunes du loup.

Brusquement le loup se précipita sur ce qu'il pensait devenir son dîner. Même l'œil aguerri de Jodix eut du mal à voir la puissante bête sauter vers lui tant la vitesse était foudroyante. Le monstre n'avait pas l'habitude de rencontrer dans sa forêt des proies aussi appétissantes ! L'appui qu'il prit sur ses pattes arrière lui avait permis d'accélérer de la façon la plus impressionnante qui soit.

« Le ortop led ocouf. »

En disant ces mots le St'ingie fit apparaître un cercle de feu qui entoura le loup, puis se resserra sur lui comme un piège, monta au ciel en une boule de feu pour redescendre et frapper le sol dans un geyser de flammes. En l'espace d'un instant la bête féroce passa de vie à trépas, sans qu'il ne reste plus aucun indice de son existence sur Arkadis. L'attaque et la contre-attaque n'avaient pris que le temps d'un battement de cils.

Jodix paraissait essoufflé, comme s'il avait couru ou fait un effort intense. L'utilisation de sa magie St'ingie lui demandait beaucoup de ressources physiques mais également psychiques. La régénération qu'Amaya avait créée avec son pendentif avait été des plus profitables. Il ne s'était jamais senti aussi bien. Avant de se préparer en mettant les paumes des mains à terre, il n'était pas sûr de posséder la puissance nécessaire pour réaliser ce sort qui était réservé aux élites St'ingies. Depuis qu'on le lui avait enseigné il ne l'avait jamais réussi. Il avait joué le tout pour le tout sur ce coup mais il avait obtenu le résultat escompté. Comme souvent son impétuosité l'avait sauvé. Rétrospectivement il se dit que l'assurance qu'il avait montrée à Amaya, avant l'attaque de la bête, était peut-être trop proche de la forfanterie pour qu'il gagne la confiance de la jeune fille. Mais finalement tout avait fonctionné… et pour Jodix seule le résultat comptait.

Amaya resta bouche bée, jamais elle n'aurait pensé pouvoir un jour assister à un tel spectacle. Elle ne réalisait d'ailleurs pas la portée de ce qui venait de se passer.

Jodix se releva sereinement, épousseta la poussière de ses genoux puis, se retourna encore essoufflé.

« On y va ? »

Stupéfaite et sans dire un mot, la jeune Souna se mit à ses côtés pour reprendre la route.

« S'il en restait ne serait-ce qu'un morceau nous aurions pu en manger. Je ne sais pas toi, mais moi j'ai vraiment faim.»

Décidément ce Jodix était soit très fort, soit complètement inconscient. Amaya ne savait plus trop quoi penser. Des jeunes gens fougueux, immatures elle en avait croisé souvent, mais des comme ça… La décontraction du St'ingie face à ce qui venait de se passer laissait la jeune femme pantoise. Elle ne disait plus rien depuis quelques minutes déjà, désarçonnée. Mais c'est vrai que son estomac gargouillait et lui rappelait qu'elle n'avait rien mangé depuis plusieurs jours.

Ils continuèrent donc leur route à jeun, plus motivés que jamais pour sortir rapidement de cette maudite forêt. Il ne leur fallut pas plus de quelques heures de marche pour en venir à bout. Ils supposaient qu'ils se trouvaient à l'extrémité sud de celle-ci, là où elle était la plus étroite en largeur. Désormais à l'abri des bêtes sauvages et autres malédictions, il leur faudrait affronter une nouvelle aventure. Leur prochaine destination était Timeva, grande ville portuaire située au sud-ouest d'Arkadis. Ils n'avaient pas un sou en poche, et l'avenir était pour le moins incertain.

La route qu'ils avaient rapidement rejointe était bien entretenue. C'était l'une des plus empruntées la journée par les marchands qui sillonnaient le pays. Ils déchargeaient les marchandises des bateaux dans le port de Timeva, pour ensuite les vendre dans les petites villes avoisinantes sur le chemin d'Énolia. La nuit il s'agissait d'une tout autre population qui occupait les lieux et il valait mieux l'éviter. D'ailleurs c'était grâce à ces bandits coupeurs de route qu'Umbrea Mortalis réalisait l'essentiel de ses contrats. Sa mission principale était d'escorter des convois. Parfois aussi, ils étaient mandatés pour aller récupérer des marchandises volées et qu'ils retrouvaient dans les repaires des voleurs. Ils avaient ouvert une antenne sur Timeva d'où la plupart des marchands, arrivant par le port, montaient ensuite sur Énolia. En général c'étaient les jeunes mercenaires qui avaient en charge les missions d'escorte. Au sein de la guilde, ces missions n'avaient pas la réputation d'être les plus difficiles et les plus valorisantes. Jodix avait commencé à Timeva et avait passé ses classes essentiellement à escorter des convois. Il en avait gardé un souvenir mitigé, partagé entre l'excitation de faire un travail utile pour sa guilde, et l'ennui quotidien.

La présence des mercenaires d'Umbrea Mortalis était essentiellement dissuasive, leur réputation les précédant. Jodix connaissait ainsi le terrain comme sa poche. Il avait fréquenté les auberges de la région, de la plus respectable à la plus louche. Il avait fait de nombreuses rencontres lors de ses missions. Il espérait maintenant retrouver quelqu'un qu'il connaissait afin de leur permettre de manger et de dormir en sécurité. Il savait que l'une de ses connaissances tenait une auberge à environ un jour de marche de leur position. Le problème était qu'ils seraient probablement exténués au point de ne plus pouvoir avancer bien avant cela ! Il lui fallait donc improviser rapidement quelque chose.

À la fin de cette longue journée passée sous un soleil de plomb ils n'avaient encore trouvé personne pour les aider. Les seules pauses qu'ils s'étaient accordées avaient été pour boire et se rafraîchir à la rivière qui longeait la route. La faim alourdissait leurs pas, ils n'avançaient pas aussi vite qu'ils l'auraient espéré. Ils décidèrent donc tous deux de s'arrêter pour faire un feu et se reposer.

En silence, ils économisaient leurs forces, regardant les braises du feu s'envoler et se mélanger aux étoiles du ciel clair d'Arkadis. S'ils n'avaient pas été dans de telles conditions, ils auraient probablement apprécié différemment ce moment.

La nuit avait déjà débuté, mais aucun ne se reposait vraiment. Ils ruminaient leurs pensées. Leurs yeux commençaient à s'alourdir. Le binôme avait décidé de ne pas monter de garde, puisque leur apparence n'aurait pas pu tenter le moindre voleur.

Soudain, un vieux Protech surgit des fourrés et s'approcha d'eux. Sans manière, il vint s'asseoir auprès d'eux, aussi naturellement que s'il avait été un compagnon qui venait de s'écarter pour quelques instants et qui revenait près du foyer.

« On dit que les nuits avec un ciel aussi découvert sont les plus fraîches. Il est rare de voir des voyageurs camper au bord des routes plutôt que dans les nombreuses confortables auberges qui la bordent. Puis-je profiter de la chaleur de votre feu chers voyageurs ?
- Bien entendu, répondit Amaya.
- Merci, je suis Amaïdin Techrim, je suis en chemin pour Timeva.
- Amaya. Et voici Jodix, nous nous rendons également à Timeva.
- Puis-je profiter également de votre feu pour réchauffer ma soupe ? demanda le vieillard.
- Bien entendu », dit Amaya la salive à la bouche.

Jodix était resté muet, il se méfiait des inconnus, surtout ceux qui s'invitaient trop facilement, un peu comme ce Protech. Ils avaient, pour lui, toujours une idée derrière la tête.

Amaya en avait déjà trop dit à son goût, d'autant plus qu'il leur fallait rester anonymes avec ce qui s'était passé à Énolia. Leur situation était suffisamment compliquée comme cela pour ne pas être mise plus en défaut par des indiscrétions.

La soupe chauffait dans une petite casserole posée à même le feu. Le mutisme de Jodix avait mis mal à l'aise la jeune Amaya qui en avait fait autant. Il régnait un silence épais. Ces trois personnages si différents formait un groupe improbable autour du feu. Le vieillard avait compris que ses hôtes allaient rester peu loquaces. Il sentait le St'ingie particulièrement méfiant.

Il fit une proposition qui fit tomber les barrières de leur méfiance.

« J'ai fait trop de soupe pour un vieillard comme moi. Vous m'avez l'air affamé. Laissez-moi la partager en reconnaissance de votre feu accueillant. »

Les deux fugitifs se regardèrent, et sans un mot, d'un commun accord prirent les bols tendus par Amaïdin. La chaleur du bol se transféra vers leurs mains et bientôt dans tout leur corps. L'odeur de la soupe, faite de légumes et enrichies d'épices odorantes, enivrait leurs sens. Le moral revenait grâce à la générosité de leur convive providentiel. Leur moral remontait en flèche. Timeva leur semblait se rapprocher à chaque lampée.

Cela faisait si longtemps qu'ils n'avaient pas eu de nourriture, qu'ils mangeaient très vite. Pourtant les saveurs du breuvage leur faisaient beaucoup de bien.

« Merci beaucoup, votre générosité nous touche énormément », dit Amaya.

Amaya ressentit un profond trouble au fond d'elle-même. Elle se leva, tandis que Jodix observait le fond de son bol avec insistance. Les yeux dans le vague. La jeune Souna bafouilla quelques mots puis s'effondra au sol.

Au même moment Jodix se sentit mal, et sa vision se troubla brusquement alors qu'il cherchait des yeux le vieux Protech. Il essayait tant bien que mal de résister. Ses paupières étaient lourdes, le monde semblait tournoyer autour de lui, immobile. Il lâcha le bol qui en touchant le sol déversa le peu de soupe qui restait.

« Espèce de... »

Il s'évanouit à son tour.

« Et voilà une bonne chose de faite. T'es quand même fou de leur avoir donné ton vrai nom. »

La voix venait de l'obscurité, une ombre s'approcha du feu.

« T'en fais pas pour ça. T'as vu je t'avais bien dit qu'il n'y avait pas besoin d'employer la manière forte, lui dit Amaïdin. Allez Frank, embarque-les en vitesse avant que quelqu'un ne nous surprenne. »

CHAPITRE DIX-SEPT

Une opportunité à saisir
Selvin Klyde

« En ce moment c'est un peu le chaos chez Umbrea mortalis, il faut que je profite de la situation pour avancer dans mes investigations. »

Selvin Klyde se parlait souvent à lui-même à voix haute. Malgré le manque évident de discrétion, cela lui permettait de mieux se concentrer sur ce qu'il faisait. Deux années déjà qu'il était dans la guilde de mercenaires, mais il n'avait pas assez avancé à son goût dans ses investigations concernant la mort de son frère.

Deux ans avant son intégration, lorsqu'on leur avait annoncé à sa mère et à lui la disparition plus que mystérieuse de son frère, il avait su que sa vie allait se retrouver changée à tout jamais. Son frère Childeryk travaillait depuis quelques années chez Umbrea Mortalis. Selvin avait décidé immédiatement d'enquêter lui-même sur les raisons de cette mystérieuse disparition. Personne ne pouvait leur donner d'explication cohérente et il en était totalement insatisfait. Il bouillait à chaque fois qu'une nouvelle arrivait et n'apportait en définitive aucune vraie information sur la disparition. Il était plus déterminé chaque jour qui passait et avait entrepris ses propres investigations. Suite à ses recherches, il eut rapidement la conviction que son frère avait été assassiné par la guilde elle-même. Quelqu'un était responsable, et c'était un membre d'Umbrea Mortalis.

Il n'était pas présent lorsque le chef de la guilde en personne,

Kimbra Sayane, était venu voir sa mère pour lui annoncer la terrible nouvelle. Selon ce que sa mère avait compris et lui avait rapporté, Childeryk était en mission d'escorte sur un bateau à destination des îles du Feu et lors d'une terrible tempête une lame de fond avait retourné le navire. Apparemment personne n'avait survécu. Seuls quelques cadavres sur la trentaine de personnes présentes à bord lors du drame avaient été repêchés, et Childeryk n'était pas dans le lot. Selvin n'y croyait pas du tout, simplement parce qu'il n'avait jamais trouvé quelqu'un qui avait entendu parler de ce navire qui aurait coulé et qu'une tempête de l'ampleur qui était décrite lui semblait impossible. Il connaissait la mer de Slade qui menait aux îles du Feu et savait qu'elle était paisible et peu sujette aux caprices de la météo. Avant le présumé accident, il était devenu très complice avec son grand frère. Depuis la mort de leur père pendant la Guerre des Clans, il ne lui restait pour toute famille que Childeryk et sa mère. Le drame fut pour elle un coup fatal et elle sombra petit à petit dans une profonde dépression. La perte de son fils aîné la fit mourir de tristesse et de désespoir un an plus tard. Elle laissait Selvin seul face à son destin. Ce nouveau chagrin fut comme une révélation pour le jeune Valkris. Il devait accélérer son enquête, y mettre tous les moyens possibles, et la première chose à faire était d'enquêter au sein même de la guilde. Il allait chercher du travail chez Umbrea Mortalis, rétablir la vérité et venger la mort de son frère et de sa mère. Il eut confirmation quelques mois plus tard au détour d'une conversation, qu'aucun bateau n'avait coulé avec des membres de la guilde. Néanmoins il voulait rester discret et poser le moins de questions possible pour ne pas éveiller les soupçons auprès de qui que ce soit.

Lorsqu'il s'était présenté sous la fausse identité de Selvin Klyde au quartier général d'Umbrea Mortalis pour s'y engager, il avait été accueilli à bras ouverts. Quelques semaines plus tard, après un temps d'intégration pendant lequel les aînés de la guilde observaient et prenaient discrètement des informations sur le comportement en ville des impétrants, il avait commencé sa difficile et longue formation au centre de Timeva. C'est Disel Plak qui fut nommé responsable de sa formation. Selvin avait ainsi appris le métier avec deux autres camarades engagés en même temps que lui.

Disel avait demandé à cette époque à Kimbra s'il lui était possible de s'occuper de cette promotion de recrues, ce qui lui permettrait de se reposer de la partie opérationnelle et de rester auprès de sa famille qui se trouvait à Timeva. Son âge et ses responsabilités familiales lui pesaient de plus en plus.

Malgré sa formation de serrurier, qui n'avait pas grand-chose à voir avec le métier des armes, Selvin s'en sortit bien. Le sang Valkris qui coulait dans ses veines lui donnait cette fibre guerrière attendue chez les mercenaires de la guilde.

Ce fut néanmoins beaucoup plus compliqué pour ses deux compagnons. Le premier abandonna au cours du premier mois, s'étant rapidement rendu compte que ce métier n'était pas fait pour lui. Le second se blessa grièvement à la jambe lors d'une mission banale d'escorte de convoi, un coup de sabot de cheval lui ayant brisé le fémur. Après de longs mois de convalescence, le chef de la guilde, Kimbra Sayane, avait accepté de le garder pour s'occuper de l'intendance de l'antenne de Timeva qui était devenue vacante. Selvin était ravi de la nouvelle situation de son camarade qu'il avait pris en affection. Cette formation commune les avait rapprochés. Du coup, son ami intendant pouvait désormais lui donner des informations confidentielles et lui faire part de toutes les rumeurs qui transitaient dans la guilde. L'étendue des gens avec qui il avait à faire allait des simples messagers aux plus hauts dignitaires. Pour Selvin, c'était là une source précieuse d'information.

Cet ami intendant s'appelait Toklib Satra, un jeune Souna d'une vingtaine d'années. Son passé restait mystérieux. Ce n'était au demeurant pas un problème dans une guilde vouée au secret et à l'anonymat. C'en était les premières et principales règles. Toklib était discret, comme la plupart des Sounas, et ne parlait que lorsqu'il le jugeait utile. Il prenait avec tout le sérieux du monde son nouveau métier. Il était cependant parfois emporté par les discussions amicales avec Selvin, et là, et seulement là, il se laissait aller à des confidences. L'antenne de Timeva était devenue sous sa houlette la mieux entretenue de toutes. Sa démarche claudiquante ne l'empêchait pas d'exécuter un travail d'exception et Kimbra avait plusieurs fois exprimé sa satisfaction du travail accompli. Il ne regrettait pas son choix. Selvin et Toklib renforcèrent au fil du temps leur amitié et peu de choses demeuraient secrètes entre eux. Selvin avait dévoilé à son ami sa véritable identité et Toklib se départait régulièrement de la légendaire discrétion Souna pour délivrer de précieuses informations à son confident. Le jeune Valkris avait même été jusqu'à confier à son ami le secret de la disparition de son frère et les raisons de son engagement. Il lui avait fait promettre de garder le secret.

Selvin était dans sa chambre et préparait rapidement son paquetage. Comme d'habitude il ne savait pas pour combien de temps il partait, mais il était rompu à la chose. Sina l'avait prévenu, ainsi que Danto, quelques heures auparavant, qu'ils l'accompagneraient pour Timeva. Il avait apparemment de bonnes raisons de penser qu'ils pourraient y trouver des indices sur la disparition de Jodix et de la Souna. Selvin prit cette excursion comme un don du ciel car quelques semaines auparavant Toklib lui avait fait parvenir un message déroutant. Il tenait le parchemin dans la main, et le relisait une énième fois.

> Il faut que tu trouves le moyen de venir me voir, nous avons tellement de choses à nous dire. Et sache que même si le passé est derrière nous, c'est de lui que nous venons.
>
> Ton ami, Toklib.

Le message était volontairement mystérieux, il savait que de temps à autre des yeux indiscrets pouvaient traîner avant la remise du courrier. Cependant Selvin était persuadé que le message de Toklib concernait la disparition de son frère. Depuis la réception du texte il avait essayé de se rendre à Timeva, mais la mission de la prison et sa longue préparation l'en avait empêché.

Lorsqu'il arriva devant le quartier général, Danto et Sina l'attendaient. Le chef d'équipe avait le visage grave. L'inquiétude pointait dans son regard, il semblait étrangement nerveux.

« Ce n'est pas trop tard Selvin, prenez tout votre temps ô vénéré maître. Bon... avant tout, je tiens à vous prévenir que notre mission est tout sauf officielle. Même le chef n'est pas au courant que nous partons pour Timeva. Il ne veut pas que l'on mène de recherche sur notre ami, de peur que quelqu'un ne fasse le lien entre la guilde et l'incident de la prison. En route ! Je vous donnerai les détails en chemin », Selvin comprit les causes de la grande fébrilité de son chef. Les actions individuelles n'avaient pas vraiment le vent en poupe au sein de la guilde.

La mission n'était pas officielle, mais Sina savait qu'il n'avait pas à demander à ses hommes qu'il avait choisi leur accord pour y participer. Ils le suivraient jusqu'en enfer s'il le fallait pour venir en aide à l'un de leurs frères d'arme.

Ils n'eurent pas beaucoup de mal pour trouver des chevaux et monter en selle pour Timeva. Danto et Selvin ne savaient pas pourquoi ils se dirigeaient vers cette ville, mais si Sina en avait décidé ainsi, c'est qu'il avait de bonnes raisons.

Le voyage allait durer quatre jours. Tous trois connaissaient parfaitement la route à emprunter. Ils allaient traverser les landes couvertes de prés verts Valkris. Les paysages se ressemblaient tous et le périple s'annonçait ennuyeux. Les collines herbeuses étaient systématiquement exploitées dans ces terres fertiles. La plupart des villages étaient peuplés essentiellement de paysans et les tavernes ou les lieux de plaisirs étaient rares. Les voyageurs traversaient également de nombreux villages fantômes, résurgences des horreurs de la Guerre des Clans. Même les villages habités semblaient vides le jour, les paysans travaillant infatigablement leurs terres. Seuls les rires des jeunes enfants jouant dans les rues parvenaient aux oreilles des voyageurs. Le soir venu, les rues des hameaux ne regagnaient de vie que très temporairement. Le travail aux champs épuisant les paysans, ils disparaissaient très vite dans leurs chaumières, et c'était à nouveau le silence qui régnait sur les lieux. La vie était ainsi et les Valkris en étaient parfaitement satisfaits. Cette période paisible après la terrible guerre était pour eux une part de paradis.

Les trois mercenaires avaient leurs habitudes, et lorsque Sina ne s'arrêta pas devant l'auberge dans laquelle ils séjournaient à chaque voyage, Danto se manifesta rapidement.

« On ne s'arrête pas ?

- L'habitude tue, mon brave Danto, ne t'ai-je vraiment rien appris ? Nous devons absolument rester le plus discret possible et personne ne doit apprendre que nous nous dirigeons vers Timeva. Tu sais tout de même que tous les membres de la guilde s'arrêtent ici ?

- Je parle toujours trop vite moi ! s'exclama Danto. Pff, cela veut dire que nous allons dormir à la belle étoile ?

- Tu n'es pas si bête apparemment quand tu réfléchis…

- Je déteste dormir à la belle étoile. On se fait attaquer par les moustiques, les bêtes sauvages rôdent autour de nous, il fait froid et en plus il faut monter la garde.

- Tu resteras au chaud à monter la garde le premier tiers mon brave Danto, si ce n'est que ça. Allez cesse de te plaindre et trouvons-nous un endroit pour bivouaquer. »

Danto acquiesça alors que Selvin restait muré dans ses pensées un peu à l'arrière. Il savait qu'il allait apprendre des informations cruciales sur son frère mais il allait avant tout devoir trouver le moyen d'aborder son ami en toute discrétion. Il lui faudrait se détacher un moment de ses deux camarades. Il fallait qu'il pense d'ores et déjà à la façon de s'éclipser lors de leur séjour en ville afin qu'il puisse rencontrer Toklib. Et cela ne s'annonçait pas simple...

Il culpabilisait de profiter de la disparition de Jodix pour mener son enquête personnelle. Il était confronté à des sentiments contradictoires qui provoquaient une véritable tempête dans sa tête. Retrouver Childeryk, retrouver Jodix, utiliser les résultats de la recherche de l'un pour l'autre, ne pas parler de Jodix à Toklib, ne pas parler de Childeryk à Sina et Danto, tout se mélangeait et l'avenir s'annonçait peu agréable.

Le lieu choisi pour la nuit par Sina semblait idéal pour se reposer, à l'écart de la route principale, sous un arbre, auquel les chevaux avaient été attachés. Ils pouvaient enfin dîner autour d'un bon feu.

« Tu penses vraiment qu'on va le retrouver en vie ? » demanda Selvin.

Sina avait entendu la question, il observait le fond de son bol de potage, comme si la réponse s'y trouvait.

« Que Tlaloc m'entende, j'en ai l'intime conviction. Je suis sûr qu'on trouvera une piste à Timeva.

- Mais pourquoi Timeva ? Ce n'est qu'un port de commerce, questionna Danto.
- Si je vous en parlais, vous me prendriez pour un fou. Maintenant dormons, demain une longue journée nous attend. Danto, tu réveilleras Selvin pour le deuxième tiers. »

Au petit matin, le soleil rasant encore les vertes prairies à l'est, les trois mercenaires étaient déjà en route vers le sud-ouest. La nuit avait été trop courte. Sina revoyait en boucle la vision de Jodix qu'il avait eu à Énolia, Selvin appréhendait ce que lui annoncerait Toklib et Danto s'était battu avec les moustiques qui manifestement avaient remporté plusieurs victoires cette nuit.

Tout le temps du voyage, il n'y avait eu que peu de discussions et ils n'avaient croisé presque aucun voyageur. Lorsqu'ils devaient rencontrer un convoi, ils masquaient leurs visages afin d'éviter de croiser un autre mercenaire qui aurait pu les reconnaître. Ce genre d'attitude était très courante sur ces routes et personnes ne s'en offusquait.

Les matinées étaient encore un peu fraîches, le soleil était doux les après-midi. Si l'objectif n'avait pas été sujet à des conséquences si graves, le voyage aurait été des plus agréables.

L'esprit du chef de la troupe restait préoccupé. Il était déjà compliqué de perdre un compagnon en temps de guerre, mais l'idée d'en perdre un en temps de paix était insupportable pour lui.

Sina n'avait pas imaginé que Kimbra réagirait ainsi. Qu'il soit perturbé par les derniers événements semblait normal, mais il le trouvait très mystérieux, trop peut-être, depuis la disparition du jeune St'ingie. Tel un fantôme errant sans but, il était perdu dans ses pensées en arpentant les couloirs du siège de la guilde. Du reste, il se faisait rare et semblait presque avoir disparu. Alors qu'auparavant il était souvent au quartier général, discutant avec les membres de la guilde, il était à présent invisible, enfermé dans son bureau ou ses quartiers. C'était plutôt inquiétant, et c'était d'ailleurs pour cette raison que Sina avait décidé en son âme et conscience de ne pas lui parler de son excursion pour Timeva. Il savait que Kimbra lui aurait refusé l'autorisation de faire ce voyage. Il aurait estimé que le risque était trop élevé. S'il pouvait être logique que la guilde mette des moyens importants en œuvre pour retrouver l'un des siens, des personnes plus ou moins bien intentionnées se poseraient forcément des questions si l'équipe du disparu était vue dans une autre ville, et cela, Kimbra ne le voulait à aucun prix.

Tout cela était dans le cours normal des choses, mais confusément Sina sentait que cette double disparition, de Jodix et de la jeune fille, cachait quelque chose de bien plus important que ce qui lui avait été révélé. Sans faire preuve d'une curiosité hors norme, Sina se posait quand même des questions. Après tout, Jodix appartenait à son équipe, et tout ce qui était mystérieux dans cette guilde pouvait le ramener à son frère d'arme. Quoi qu'il arrive, il connaîtrait le fin mot de cette histoire.

Timeva était le plus gros port commercial d'Arkadis. Sa position dans le Golfe d'Embouji était stratégique économiquement. La ville n'avait pas cessé de se développer et était en pleine expansion depuis la fin de la guerre. Comme la plupart des très grandes cités commerciales d'Arkadis, elle était restée neutre durant tout le conflit. Pour le plus grand bien de ses habitants, tous plus ou moins impliqués dans des activités commerciales, elle avait été épargnée des dégradations de la guerre. Par précaution, les ingénieurs Protechs avaient fait construire un double mur d'enceinte dès le début des hostilités. Ils estimaient ainsi avoir la meilleure protection possible contre les divers envahisseurs. Lorsque la paix fut revenue, le mur était devenu inutile. La ville s'était alors développée à l'extérieur de cette double muraille. Rapidement il était devenu aussi extrêmement chic d'avoir sa boutique dans l'espace aménagé en bazar entre les deux murailles. On pouvait y trouver de belles demeures de marchands ayant fait fortune.

Timeva était l'une des seules grandes cités d'Arkadis qui ne possédait pas d'Académie. Cette spécificité renforçait un peu plus sa neutralité face aux quatre clans d'Arkadis. Le Bourgmestre de la ville était un fervent défenseur de cette neutralité et avait créé une garde de protection multi-ethnique dont le chef était élu tous les quatre ans. Il était élu non pas en fonction de son ethnie mais pour ses compétences. C'était en tout cas ce que disaient les textes...

Le soleil dans leur dos éclairait à peine les tuiles rondes des maisons lorsqu'ils arrivèrent aux portes de la ville. Ils attendaient ce moment depuis trois jours. Ils avaient gagné une demi-journée grâce à l'allure soutenue qu'ils avaient adoptée pendant tout le voyage, mais les bêtes étaient épuisées.

La ville portuaire était réveillée depuis l'aube. Le commerce devait toujours passer avant tout à Timeva, et la paresse n'avait pas droit de cité. Les pêcheurs vendaient sur leurs étals les poissons pêchés dans la nuit. Les marchands Valkris vendaient des fruits et des légumes de saison, que les maraîchers apportaient aux premières heures de la journée. Les marchands Protechs proposaient leurs armes et armures en fer forgé, alors que les Sounas exposaient leurs plantes médicinales qui tenaient lieu de médicaments. L'ensemble ressemblait à une fourmilière en pleine activité au milieu de cette population chamarrée. Les mercenaires savaient qu'ils ne se feraient pas remarquer à condition de rester discrets. Il est toujours bien plus facile de se cacher dans la foule que dans les déserts, et leur formation de mercenaire comprenait des épreuves d'immersion dans des lieux hautement animés.

« Bon, avant de rentrer dans la ville je vais vous expliquer ce que nous allons faire, déclara Sina en arrêtant son cheval à une demi-heure de marche de la ville.

- Nous t'écoutons, répondirent les autres.
- Il faut à tout prix que nous restions discrets, ne faisons pas de vague. Notre venue n'est évidemment pas officielle. N'abordons donc aucun mercenaire pour éviter d'éveiller les soupçons. Si nous remuons trop fort la vase nous risquons de répandre une odeur désagréable sur toute la ville, et nous serons repérés, peut-être surveillés. Et ça, il n'en est pas question.
- Oui, mais comment pouvons-nous nous assurer que nous trouverons une information fiable. Tu nous as toi-même dit que c'était une intuition de ta part qui nous a menés ici ? questionna

Danto.

- Tu as raison, répondit-il un peu agacé, il se peut que nous ne trouvions rien. Peu de personnes savent que nous avons perdu l'un des nôtres. Quant à l'objectif de la mission au cours de laquelle nous l'avons perdu il est trop secret pour que nous trouvions des indices à ce sujet. Pour ce qui s'est passé dans la prison, Umbrea Mortalis n'est impliquée ni de près ni de loin, je vous le rappelle. Nous ne devons même pas l'évoquer, et, si on vous questionne à ce sujet prenez une attitude surprise. Kimbra est très sensible à ce sujet, il en va de la réputation de sa guilde et donc de nos emplois. Je suppose que vous n'avez pas envie de finir dans la prison d'Énolia, et croyez moi cette fois-ci personne ne viendra vous en libérer.

- Oui mais si on ne peut ni parler ni agir, comment devons-nous mener notre enquête dans ce cas ? continua Danto.

- Il va falloir qu'on la joue finement. Ecoutez, flânez dans les rues, fouillez le port, discutez avec les marins, fondez-vous dans la masse, conseilla Sina.

- J'ai un ami à moi qui travaille pour l'antenne d'Umbrea Mortalis ici, l'intendant Toklib. Il est d'une grande discrétion et je le connais bien. Peut-être pourrait-il me donner des informations ou me diriger vers une personne qui en aurait. Je n'évoquerai bien sûr pas la prison. Selvin avait parlé d'un ton neutre.

- Tu veux parler de ton camarade Toklib, celui blessé à la jambe ?

- Oui c'est lui.

- Tu as mon autorisation, mais marche sur des œufs, sois le plus évasif possible, n'entre pas dans les détails. Et essaie de prendre contact en dehors de l'antenne, dans un lieu public. Et surtout, tu lui dis bien que vous ne vous êtes pas rencontrés aujourd'hui.

- Entendu.

- On se retrouve ce soir. »

Ils se séparèrent aussitôt, pour s'assurer que personne ne les verrait arriver en même temps dans la belle cité de Timeva. Selvin fut le dernier à partir, il avait été décidé qu'il marcherait en tenant son cheval par la bride, comme s'il s'était foulé la cheville. Anxieux, il en était désormais persuadé, il allait pouvoir progresser dans son enquête commencée il y a si longtemps déjà. Il déposa sa monture dans une écurie à l'entrée de la ville contre quelques pièces de monnaie.

Dans la rue les étals n'étaient là que pour attirer le client à l'intérieur des échoppes. Des rabatteurs les animaient. Les commerçants timéviens n'aimaient pas faire affaire à l'extérieur, au vu et au su de tous. Les transactions devaient se faire discrètement, à l'abri des regards, dans les ombres des boutiques, afin qu'aucun client ne sache jamais le prix qu'un autre avait payé. Les plus riches marchands avaient ainsi développé de véritables salons de transaction, richement parés, qui attiraient autant les chalands que les marchandises qui s'y échangeaient.

« Entre mon ami, c'est moins cher que gratuit. »
« Viens voir chez moi, rien que pour le plaisir des yeux. »
« Chez moi tout est négociable, et c'est de la qualité. »

Mais Selvin était complètement étanche à tous ces arguments. Perdu dans ses pensées, il se contentait de vérifier qu'aucun vide-gousset ne glissait subrepticement sa main vers sa bourse. Il connaissait les rues comme sa poche, et savait que la population richement habillée qui y déambulait était la cible de nombreuses convoitises. Durant sa formation il avait arpenté les moindres recoins des plus petites ruelles de la cité. Il fallait qu'il arrive avant onze heures dans la rue qui donnait derrière le siège d'Umbrea Mortalis. Il connaissait son ami, il avait son petit rituel, et à cette heure-ci comme tous les jours pendant sa pause, il sortait mâcher sa feuille de Khat, une plante euphorisante et relaxante dont les Sounas avaient le secret de la préparation. Cette ruelle était sombre et étroite. Le bâtiment de la guilde était équipé de cuisines qui s'ouvraient sur le milieu de la rue par une porte en bois. Il savait qu'il y avait peu de chance de tomber sur quelqu'un d'autre que Toklib par hasard. Il se cacha donc dès son arrivée dans un coin de pénombre, pour s'assurer que c'est bien son ami qui sortirait avant de se décider à se montrer. La patience était une de ses qualités. Tout en patientant il réfléchissait à la façon dont il allait entamer la conversation. Il pouvait être très franc avec Toklib, mais tout ne devait pas être dit, même entre amis de longue date. La prudence allait devoir être de mise.

Son attente ne fut pas longue.

La porte s'ouvrit et il reconnut instantanément la silhouette qui sortit du bâtiment, boitant pour descendre les deux marches menant à la rue. Toklib s'assit sur la plus haute des deux et sortit une petite bourse en cuir de la poche de sa veste bleu azur. La faible lumière qui arrivait dans la ruelle éclairait faiblement les cristaux qui parsemaient ses courts cheveux bleus. Les Sounas ne pouvaient pas rester discrets longtemps avec cette chevelure si particulière. Toklib en était une représentation parfaite, il avait tous les traits caractéristiques des gens de sa race, le visage fin, presque efféminé, le corps athlétique mais élancé. Il était plus petit que Selvin, Valkris, d'au moins une tête.

Le Souna prit une feuille verte dans la bourse et minutieusement la plaça dans sa bouche, contre sa joue gauche.

« Bonjour », dit Selvin encore dans l'ombre de la ruelle.

« C'est toi Selvin ? Je me doutais bien que c'était toi à la prison. Je suppose que tu as reçu ma lettre aussi... »

Toklib n'avait même pas levé la tête, comme s'il s'était attendu à cette rencontre à cet instant précis. Il rangeait ses affaires soigneusement dans sa poche. Surpris de son accueil, Selvin fit quelques pas vers son ami.

« Comment pourrais-tu savoir qui était dans cette prison ? Quoi qu'il en soit, nous sommes là de façon tout à fait officieuse. Si Kimbra apprend ça nous sommes morts.
- Au vu de ce que j'ai appris, je savais que tu ne tarderais pas à venir à Timeva. Et ton « nous » m'apprends que tu n'es pas venu seul. Attention à la discrétion mon ami !
- Toujours aussi futé à ce que je vois… Et que sais-tu ?
- Beaucoup de choses, je te l'ai déjà dit.
- Ne joue pas à ce jeu-là mon ami, depuis le temps qu'on se connaît. »

Selvin s'avança encore un peu plus vers le Souna toujours immobile. Le regard entre ses deux jambes, il fuyait les yeux de son ami.

« Je ne te comprends pas, continua Selvin. Nous nous connaissons depuis si longtemps déjà, nous avons enduré de nombreuses épreuves ensemble. Je t'ai soutenu après ta grave blessure et là tu es en train de me dire que tu ne veux pas me communiquer une information cruciale ?
- Tu ne peux pas comprendre.
- Si déjà tu m'expliquais, ça pourrait probablement m'aider.
- J'ai des dettes, des dettes de jeu, j'ai perdu énormément au Wooxin. Ma vie est en danger et il faut que tu m'aides.
- Je n'y crois pas, toi le Souna posé, calme et réfléchi, tu as des dettes de jeu ?
- Tu sais, il y a eu du changement depuis ma blessure. Cette satanée drogue me permet de ne plus ressentir la douleur, mais elle a des effets secondaires néfastes, j'ai la tête légère en permanence, des vertiges et parfois je perds le contrôle de moi-même.
- Et donc tu décides de perdre tout l'argent que tu possèdes dans un jeu de cartes ?
- Sommes-nous là pour me juger ou pour trouver une solution à nos problèmes respectifs ?
- Tu marques un point. Mais sache que je ne t'achèterai pas un renseignement, je t'aiderai à t'en sortir car tu es mon ami. Je n'ai pas

beaucoup d'argent, je ne pourrai pas t'aider financièrement, ça c'est sûr.

- Ce n'est pas une question d'argent. Les usuriers savent que je travaille avec des mercenaires et m'ont demandé un petit service. En échange ils effaceraient ma dette. Il rajouta une feuille dans sa joue qui gonfla un peu plus.

- J'ai peur de ce que tu as promis de faire.

- Si tu savais. »

Le Souna avait maintenant une boule de Khat dans la bouche qu'il mâchouillait. La drogue semblait commencer à faire effet. Son comportement se modifiait d'instant en instant.

« Avant tout, et avant que cette saleté de drogue ne t'envoie dans je ne sais quel monde artificiel, je voudrais que tu me dises ce que j'ai envie de savoir. Que peux-tu me dire sur Jodix ? continua Selvin en parlant vite, inquiet de la transformation rapide de son ami.

- Je te dirai tout ce que je sais sur notre ami. En revanche si tu veux connaître ce que j'ai découvert à propos de ton frère, il faudra m'aider avant.

- Ça marche, tu sais que tu peux m'accorder ta confiance, mon ami. En lui-même, Selvin se disait que si l'amitié avait des frontières, il venait d'en trouver une.

- Bon voilà. Tu sais l'autre soir je tenais le comptoir de la taverne, celle qui est attenante à l'antenne. Elle nous permet de bénéficier d'une ressource supplémentaire pour maintenir le comptoir à flot, surtout ces derniers temps. J'y ai surpris une conversation. Un certain Amaïdin Techrim, à moitié saoul, parlait d'embarquer avec des 'recrues' récemment enrôlées. Il disait qu'il était beaucoup plus difficile de trouver de la main d'œuvre depuis la fin de la guerre et que du coup il était obligé de revoir à la baisse ses exigences, et que surtout il ne leur demandait pas toujours leur avis. Et que de toute façon, sur les îles Maudites, on ne le leur demanderait pas.

- Les îles Maudites ? Mais où veux-tu en venir ?

- Laisse-moi finir, il s'est vanté d'avoir ramassé sur la route, deux jeunes gens qui semblaient paumés. Un bon cru, une fille Souna et un jeune St'ingie.

- Ce sont eux, j'en suis sûr ! C'était quand ? Il est où maintenant cet esclavagiste ?

- Calme-toi. C'était quelques jours après l'évasion qui a fait beaucoup de bruit à Énolia. Je pense qu'ils sont déjà loin dans un bateau. Mais je te l'accorde, ce pourrait bien être Jodix et cette fille.

- Je dois rapidement aller prévenir mes compagnons, il faut vite leur venir en aide, je suis sûr que c'est encore possible. Sauf, si l'un d'entre eux a trouvé une meilleure piste, nous allons suivre celle-là,

je me fais fort de les convaincre.
- Un instant, n'oublie pas ta promesse, j'ai besoin de toi !
- Oui c'est vrai, mais il faut que nous fassions vite. Mon ami Jodix est probablement en grand péril, et chaque minute qui passe le rapproche encore plus du danger. Parle.
- Ne t'inquiète pas, ça ne devrait pas durer longtemps.
- Si, je m'inquiète pour mon ami, probablement enchaîné dans la cale d'un rafiot de fortune en direction de je ne sais quelle île de sauvages. Alors ?
- J'ai emprunté une somme d'argent conséquente au meneur de la guilde des Griffons.
- Les Griffons ! La guilde concurrente à Umbrea depuis toujours, mais où avais-tu la tête ?
- Je sais je sais, mais je pensais pouvoir rembourser facilement. Sauf qu'ils ont un taux d'usure démentiel. Et je crois que depuis le début ils avaient une idée en tête. Je n'ai pas le choix, je vais devoir exécuter toutes leurs exigences, ou c'est moi qui serai exécuté... Ma vie est en danger mon ami ! Certains des mots de Toklib étaient coupés par la boule de Khat qui prenait de la place dans sa bouche.
- Poursuis, je t'écoute. Décidément, Selvin trouvait que l'amitié était comme une structure à géométrie variable ces derniers temps.
- J'ai jusqu'à ce soir pour récupérer un document qui apparemment serait compromettant pour les Griffons. Après minuit ce sera trop tard pour eux, et pour moi aussi. J'ai peur.
- Mais pourquoi toi, pourquoi pas l'un des leurs ? Ils ont des mercenaires plutôt compétents pour ce genre de mission.
- Ils ne veulent probablement pas se retrouver impliqués dans l'affaire si celle-ci tournait au vinaigre. Surtout je connais personnellement celui qui est en possession dudit document. Il s'agit du chef de la garde de Timeva, il vient souvent à la taverne après son service. Nous avons sympathisé. Du peu que m'a dit le chef des Griffons, il les ferait chanter avec ce document avec la menace de le rendre public. Et ils ne sont pas prêts à ce que cela arrive, tu me suis ?
- Ouais je te suis, mais pourquoi penses-tu que mon aide t'est nécessaire ?
- Tout simplement car je ne sais pas ouvrir un coffre-fort, et je sais où est le papier. Ta visite aujourd'hui est donc providentielle. »

Selvin réfléchit rapidement. Il ne pouvait pas laisser passer une telle opportunité d'enfin avoir des renseignements sur la disparition de son frère, et, mais cela devenait de moins en moins important au vu de la conversation, il ne se voyait pas laisser tomber un ami en peine. Il avait un mauvais pressentiment et ne savait pas dans quoi il allait s'embarquer, mais il lui fallait accepter. Il fallait mettre au courant Sina pour avancer sans filet.

« Allons déjeuner, je t'expliquerai ça en détail. Nous essaierons de programmer la récupération de ce document pour cet après-midi.

- Cet après-midi, en pleine journée et sans préparation ? répondit Selvin surpris et de plus en plus inquiet.

- Oui, notre temps à tous les deux est compté. »

CHAPITRE DIX-HUIT

Des priorités à définir

Andrel Techmobi

« Ils se sont complètement foutus de moi, dans ce Conseil des Quatre il n'y a que des hypocrites. Je propose des idées concrètes pour faire avancer la paix et ils m'occultent complètement ; c'est un peu comme si je n'existais pas. Cette Souna veut toujours avoir le dernier mot. Je suis sûr qu'ils manigancent quelque chose, tout cela est vraiment louche. »

Le Chef suprême des Protech, Andrel Techmobi, était dans une rage folle. Il venait de rentrer à Atelas, sa capitale. Heureusement la perspective du retour dans ses pénates l'apaisait quelque peu.

Andrel était l'archétype du Protech. Ceux-ci ne mesuraient pas plus d'un mètre cinquante en moyenne. C'était la race la plus petite d'Arkadis. Leur carrure compensait largement cette petite taille pour imposer le respect, et ils étaient aussi larges que hauts, comme le disaient les autres clans lorsque aucun Protech n'était dans les parages. Son visage carré était déjà marqué de rides qui sillonnaient son front. De petites ridules sur le côté de ses yeux lui donnaient un aspect à la fois terrible et vieillissant. Une barbichette allait de pair avec ses cheveux. Grisonnants sur la périphérie, et encore bien châtains foncés au centre. On pouvait le penser gros, mais c'étaient ses habits traditionnels amples, permettant une grande liberté de mouvement, qui donnaient cette impression. Les fibres de ces vêtements traditionnels avaient été conçues par les tisserands Protechs, et ils gardaient ce secret comme l'un des plus importants. Elles étaient à la fois souples et résistantes, formant de vraies armures pour les combats mais n'empêchant aucun mouvement. Elles étaient également aussi légères que des plumes. La plus grande fierté des concepteurs était le boudin entourant le cou que les Protechs avaient très court. Il avait été conçu pour se déployer en cas d'attaque de flèches et se transformer en un casque complètement hermétique, protégeant toute la tête. Andrel était toujours habillé, pour marquer son importance, avec ces habits de couleur marron et taupe, couleurs traditionnelles Protechs.

Il arriva plus vite que prévu chez lui. Il s'était concentré sur les conséquences de ce qu'il avait entendu lors du Conseil des Quatre, et n'avait pas vu passer le temps. Il aurait été bien en peine d'expliquer le chemin qu'il avait pris. Il avait avancé plus rapidement que d'habitude sur cette route qu'il connaissait par cœur, presque dans un état hypnotique. Heureusement aucun incident notoire n'avait interrompu son voyage, sinon il y aurait eu fort à parier que celui qui l'aurait importuné aurait vite compris ce qu'est la puissance d'un Protech en colère.

Sa chambre à coucher était meublée traditionnellement. Malgré les apports possibles de la technologie Protech il conservait des goûts simples et avait décidé de ne rien ajouter d'ostentatoire. Ainsi le lit en bois était habillé de peaux d'ours épaisses, sans fioriture. Il adorait chasser depuis sa plus tendre enfance. C'était une passion qui se transmettait de père en fils depuis des générations, même s'il avait beaucoup de mal à la faire aimer de son fils aîné. Quand il en ressentait le besoin, il partait quelques jours dans la dense jungle protech pour en chasser le gibier abondant. Il aimait traquer l'animal, le sentir au plus près de lui, entendre la respiration rauque d'une proie traquée, pour ensuite l'abattre. Il revenait souvent à Atelas avec de nombreux trophées : des têtes de cerf et des peaux d'ours essentiellement.

Dans un coin de la pièce une cheminée abritait un petit feu souvent bien utile dans ces contrées. Il pouvait faire encore frais, même à cette saison, dans les forêts du nord-ouest d'Arkadis. Sur les murs de pierres étaient plantés quelques flambeaux. Il les allumait rarement tous ensemble, préférant un peu de pénombre dans son antre. Un bouclier presque aussi grand que lui était affublé d'armoiries représentant un taureau couronné. Il s'agissait du dieu de la Terre, Gébir, un taureau à six pattes orné d'une couronne dorée. C'était sa seule concession concernant le mobilier. Seul ce bouclier rappelait ses fonctions, et il lui avait toujours semblé inutile dans cette pièce. Mais Andrel savait l'importance des symboles, y compris dans sa propre demeure. D'autres peaux de bête jonchaient le sol qui était en larges pierres de granite des montagnes du Nord.

À peine arrivé chez lui, Andrel se dépêcha de se dévêtir. Il endossa une robe de chambre grise, et s'en trouva apaisé. Il se fourra sous les peaux d'ours qui lui servaient de couvertures avec un ronronnement de satisfaction. Il commença à se détendre. Ce n'est que là qu'il fit mine de découvrir Yvana son épouse qui était lovée au fond du lit et qui, connaissant son mari, n'avait pas pipé mot depuis son arrivée.

« Je devrais leur déclarer la guerre à tous autant qu'ils sont.

- Calme-toi mon amour, ça ne sert à rien de te mettre dans des états pareils », répliqua son épouse tout en caressant la poitrine velue du Chef Protech. Ce geste tendre l'apaisait et elle en abusait parfois, elle qui connaissait les secrets les plus intimes de l'homme de sa vie. Elle posa sa tête contre l'épaule de ce Chef que tous redoutaient et qu'elle aimait plus que tout au monde. Elle était lasse de ses nombreuses absences, et se retrouver à nouveau à deux dans ce lit trop grand la ravissait. Elle se tut pour profiter de ces chaleureux moments seule avec Andrel, ils n'étaient que trop rares, malheureusement. Elle réfléchissait à la façon la plus efficace de l'aider.

« Tu sais qu'à chaque Conseil des Quatre c'est la même chose, tu reviens énervé. Tout ne se passe jamais comme tu l'as prévu. Nos quatre clans ne sont pas faits pour s'entendre, c'est toi-même qui me l'a dit.

- Ouais, mais tu veux vraiment qu'on retourne en guerre alors qu'on sort de la plus sanglante et meurtrière jamais connue en Arkadis ?

- Bien sûr que non, tu le sais bien. Mais pourquoi ne pas créer des frontières et n'avoir de relations qu'avec les pays voisins. Ce serait tellement plus simple.

- Cette idée ne peut que me plaire. Mais je suis un peu seul dans ce panier de crabes. Nous n'arrivons même pas à nous accorder sur des questions simples, alors sur le tracé de frontières je te laisse imaginer. Nous retournerions en guerre directement je peux te l'assurer. Ne serait-ce qu'entre la possession des terres Valkris et les nôtres il y a des discordances. Je préfère qu'on reste dans le flou actuel, avec un tracé non établi, et si possible placer un roi à la tête d'Arkadis pour apaiser les tensions. Ce roi fédérerait les autres qui lui devraient allégeance, comme autrefois, avant que ces foutus St'ingies et Valkris ne sèment la discorde la plus complète. Maintenant on se retrouve avec une lignée royale perdue dans la nature, un pays à reconstruire, et des hypocrites au pouvoir.

- Une lignée royale dans la nature ? Je croyais qu'ils avaient tué

tous les descendants de Civitas dans l'attaque.
- Apparemment certains auraient survécu. Ce conseil aura au moins servi à valider ce genre d'information. D'ailleurs je me demande ce que foutent mes espions, j'admets difficilement devoir apprendre de la bouche des gens que je fais moi-même surveiller qu'Arkane Kanar aurait sauvé le fils du roi. Nous avons un coup de retard. Je ne suis pas sûr que les autres clans rechercheront ce descendant pour les mêmes raisons que nous, même si je pense qu'ils le feront quand même. J'ai d'ailleurs missionné tous mes meilleurs hommes sur l'affaire. Il ne faut pas qu'un clan mal intentionné mette la main dessus avant nous. Et quand je dis clan mal intentionné, tu peux entendre, tous les clans ! En plus, ce maudit descendant posséderait le Cœur de Mythril.
- Ça m'étonnait aussi qu'il se soit perdu dans la nature après l'attaque. En tout cas, je sais mieux que quiconque que dans de mauvaises mains ce serait une arme de destruction massive. »

Yvana Techmobi, épouse du Chef suprême Protech, était tout simplement la Doyenne de l'Académie d'Atelas. C'était une femme calme, sage et intelligente. Rares étaient les femmes chez les Protechs, un peuple plutôt misogyne, qui se retrouvaient à des postes de haute responsabilité. Les mauvaises langues disaient qu'elle en était arrivée à ce niveau uniquement parce qu'elle était la femme du grand Andrel. Peu admettaient son haut potentiel, sa puissante magie et ses connaissances approfondies pourtant réels. Les femmes Protechs n'étaient pas vraiment belles à part pour les autres Protechs, et même si elles étaient beaucoup plus fines que leurs maris, elles en partageaient l'essentiel des particularités physiques. Traditionnellement elles avaient les cheveux courts, en général un carré pour pouvoir porter la tenue traditionnelle. Yvana s'était donné le luxe d'une longue chevelure châtain, avec des mèches grises. Ils n'étaient pas en guerre et elle ne voyait pas l'utilité d'une coupe de cheveux lui permettant d'utiliser - le Castech - la protection de tête. Elle ne se sentait pas en danger.

« Tout ce que tu viens de me dire est très clair. Je vais donc te faire part de la grande crainte qui me taraude mon cher époux. Un de nos espions m'a rapporté il y a quelques jours que le Cristal Souna a brillé de façon tout à fait incroyable. J'ai senti en moi une puissance inconnue, mais que je peux confirmer comme d'origine Souna.
- Je n'ai rien ressenti moi.
- C'est normal, mon niveau de magie est bien plus développé que le tien. Peu sont ceux qui ont pu le ressentir à une telle distance. D'après ce que tu m'as dit, je crains que quelqu'un n'ait utilisé le Cœur de Mythril, et il est probable que ce soit un Souna.
- Ce que tu me dis est à la fois grave et inquiétant. D'ailleurs je ne

crois pas aux coïncidences. Nous parlons de ce médaillon pendant le Conseil des Quatre et voilà que quelqu'un l'utilise aussitôt après. Bon, je vais devoir creuser l'affaire. Ah mais du coup, je comprends mieux pourquoi on m'a rapporté d'Aldrosaïa qu'il y avait eu une sorte de conseil de guerre...

- Nous savons tous les deux que ce Cœur de Mythril est une arme redoutable dont on doit se méfier. Que comptes-tu faire ?

- Je vais en discuter avec mes ministres, et je vais probablement décréter un état d'urgence. Mais devons-nous craindre ces maudits Sounas qui ne sont pas belliqueux pour le moment ? J'avoue être très indécis.

- J'ai appris depuis la guerre que nous devions nous méfier de tout le monde, surtout de ceux qu'on pense être nos amis. Alors des Sounas… »

Elle fut interrompue dans sa phrase par un garde qui se mit à tambouriner sur la grande porte en bois de la chambre comme si le feu avait pris dans le bâtiment. Les deux époux, bien au chaud dans le lit, se regardèrent. Le garde se mit à hurler, n'osant ouvrir la porte.

« Monseigneur, Madbli Lifotech vous attend dans la salle du conseil. »

La rage reprit Andrel. Il prit sa hachette, jamais loin de lui, et sans prendre le temps de se rhabiller décemment, sortit de sa chambre en trombe. Il marmonnait des paroles incompréhensibles, sa colère semblant croître au fur et à mesure de sa course dans les couloirs. Il parcourut la distance qui le séparait de l'entrée à vive allure, la hachette toujours tenue d'une main ferme. Autour de celle-ci apparaissaient quelques petites lumières éclatantes semblables à des électrons tournoyants autour du noyau d'un atome qui ne présageaient rien de bon pour son futur interlocuteur. Le mouvement était si rapide qu'il semblait qu'une boule de feu entourait son poing.

Andrel enfonça littéralement la porte métallique de la salle du conseil. Madbli Lifotech l'attendait juste derrière, debout.

Le Chef Protech, sans le moindre atermoiement lui mit un violent coup de poing au visage.

Surpris mais pas terrassé, Madbli recula de quelques mètres sans pour autant tomber. Avant qu'il ne puisse reprendre ses esprits Andrel l'avait pris à la gorge, plaqué contre le mur et levant sa hachette le menaçait. Il était à sa merci.

« Donne-moi une bonne raison de ne pas te tuer ici et maintenant ! »

Encore choqué par la soudaineté de l'attaque, Madbli ne répondit pas immédiatement. Il fixa son agresseur dans les yeux. Il percevait sa colère, qui semblait venir des tréfonds de son âme. En se rendant à Atelas, il était conscient des risques qu'il prenait. Cependant la vitesse et la brutalité de la réaction d'Andrel le surprenaient. Il ne s'attendait pas à être reçu en ami, mais la brutalité d'Andrel dépassait de beaucoup ce à quoi il s'était préparé.

« Vous allez le savoir rapidement, mais vous allez devoir me lâcher la gorge et arrêter de me menacer de votre arme. Ce que j'ai à vous dire vous fera complètement oublier les différents que nous avons eus par le passé.

- Certains ont pardonné ta traîtrise à l'issue de la guerre, mais jamais je n'oublierai ce que tu as fait, continua le Chef Protech en serrant son arme de plus belle.
- J'ai des informations sur le Cœur de Mythril, mais si vous me découpez la tête je risque de ne plus pouvoir vous en faire part.
- Le Cœur de Mythril ? C'est étrange j'étais justement… »

Le Chef Protech n'en dit pas plus relâchant en reculant sa prise. Madbli se frotta la gorge, pour apaiser la douleur de la pression. Il prit quelques secondes pour reprendre son souffle.

« Qui t'envoie ? Comment sais-tu que je recherche des informations sur le Cœur de Mythril ?

- Je me suis longuement entretenu avec une connaissance commune qui m'a demandé de venir en toute hâte vous rendre compte de ma découverte.
- Et de qui parle-t-on ?
- Pope Techtlo.
- Pourquoi n'est-il pas venu lui-même ? Il sait pourtant que tu as été banni d'Atelas pour haute trahison. En te faisant venir ici il t'a condamné à mort. Et chez nous certaines morts peuvent être précédées de longs, très longs moments !
- Je suis là pour une affaire de première urgence à Énolia, qui est en lien avec l'amulette d'ailleurs. Grâce à Pope j'ai pu arriver jusqu'ici sans encombre. Regarde cette lettre signée de sa main. »

Il montrait un parchemin que le Chef Protech ne lit pas. Peut-être espérait-il que je sois gracié après l'information que je vais vous remettre.

« Et penses-tu vraiment que ton renseignement effacera la dizaine de morts Protcchs que tu as causée ?

- Non, et je devrai vivre avec ce poids toute ma vie. Il s'exprimait calmement, sur un ton doucereux, espérant calmer un peu son interlocuteur. Mais ce que j'ai à vous dire pourrait changer la face du monde et replacer le clan Protech au premier plan. Donc deux options s'offrent à vous. Soit vous prenez votre hache, vous séparez la tête de mon corps maintenant, et vous perdrez un temps précieux en attendant que Pope vous informe de ce que je savais. Soit vous écoutez ce que j'ai à vous dire et surtout à vous proposer. La balle est dans votre camp. »

Madbli savait que le Chef Protech ne pouvait pas refuser son offre. Ses considérations personnelles ne pouvaient pas prendre le dessus sur le bien commun et les intérêts du clan qu'il gouvernait. Trop de choses étaient en jeu.

Andrel jeta sa hache sur la table du conseil, puis en fit le tour. Il vint s'asseoir lourdement sur son fauteuil en cuir et dévisagea Madbli qu'il considérait encore comme traître à la nation Protech.

« Je t'écoute, mais je tiens à te prévenir que cette fois-ci tu n'as pas intérêt à me trahir car la prochaine fois ce ne sera pas le bannissement mais l'échafaud. Et je te le répète, les exécutions Protech sont longues et douloureuses.

- Je le sais très bien, et je vous remercie de m'avoir épargné la dernière fois.

- Si j'avais été le seul à décider, nous ne discuterions pas en ce moment… Trêve de bavardage, dis-moi ce que tu sais, le temps presse.

- J'étais en prison à Énolia.

- Voyez-vous ça, comme c'est étonnant !

- Oui oui, bon, j'étais en prison et ma co-détenue était une jeune voleuse des rues. Elle avait en sa possession le Cœur de Mythril. Je pense qu'elle l'avait volé. Elle a dix-huit ans à peine, pas un sou en poche et aucune famille.

- Tu es en train de me dire qu'une orpheline sans le sou a le Cœur de Mythril. Ne serais-tu pas en train de te foutre de moi ?

- Non je vous l'assure, je saurais le reconnaître entre mille, il est décrit dans tous les livres. Mais le pire c'est qu'elle ne semblait pas consciente de ce qu'elle possédait et ne le cachait qu'aux gardes.

- Et où se trouve cette fille, encore en prison ?

- C'est là que l'histoire devient intéressante, on l'a aidée à s'évader de la prison.

- Les Sounas ? Cela expliquerait l'activité du Cour ces dernières semaines.

- Pas du tout. Tout s'est passé très vite mais celui qui a explosé la

porte de la cellule est St'ingie.
- Bon sang, mais cela n'a pas de sens. Dis-moi que tu sais où elle se trouve en ce moment et le Cœur avec elle ! Andrel semblait de moins en moins patient.
- J'ai bien ma petite idée, mais il va me falloir des moyens et un peu de temps pour les retrouver. Lorsque j'ai vu qu'elle avait le Cœur de Mythril j'ai immédiatement sympathisé avec cette fille. De sorte que si je la retrouve elle aura toute confiance en moi.
- Une Souna dis-tu…
- Oui, mais elle n'avait aucune prédisposition à la magie, enfin me semble-t-il.
- Bon, je te charge d'enquêter et de retrouver au plus vite la jeune fille et son précieux pendentif. Je t'engage, mesure bien l'honneur que je te fais. Bien entendu tu ne lui feras aucun mal. Il se peut qu'elle soit très importante dans cette affaire. Utilise tous les moyens que les Protechs peuvent te fournir mais retrouve là. Maintenant pars. Et surtout ne parle à personne de ce qui s'est dit ce soir. Si tu réussis cette mission, je reconsidérerai peut-être mon avis sur toi.
- Merci de votre confiance.
- Je n'ai pas confiance... »

Madbli Lifotech quitta la salle du conseil plutôt satisfait.

Quelques instants plus tard, alors qu'Andrel était toujours assis sur son siège, perdu dans ses pensées, quelqu'un entra sans pour autant surprendre le Chef.

« Vous m'avez fait demander mon oncle ?
- Oui, j'ai une mission des plus secrètes à te confier.
- Je suis là pour cela.
- Je suis sûr que tu sais déjà que Madbli Lifotech est dans nos murs. Ce serait un comble pour le chef de mes espions de ne pas être au courant.
- En effet Monseigneur, vous voulez que je le fasse disparaître ? Ce serait et vous le savez, avec le plus grand des plaisirs.
- Non non, juste que tu le suives sans te faire voir. Je n'ai aucune confiance en lui. Je te demande une discrétion absolue, seuls toi et moi sommes au courant, alors tu fais cette filature toi-même. »

Le Chef suprême n'eut pas besoin d'en dire plus et Hakam quitta la salle.

Andrel resta prostré sur son fauteuil. Il fixait la hachette posée au milieu de la table en bois. Il cherchait une explication logique à toute cette histoire. Il se doutait que l'histoire d'Arkadis prenait un tournant important à cet instant, mais cette fois-ci il voulait en être l'un des acteurs principaux.

CHAPITRE DIX-NEUF

Un destin à écrire

Nastelle Y'rgram

« Allez ! Attaque si tu l'oses ! »

La lourde épée qui devait s'abattre sur la jeune St'ingie se fracassa sur le sol dans une gerbe d'étincelles. La jeune fille venait d'esquiver l'attaque par un pas sur le côté droit de l'assaillant. Si la force de l'attaque était suffisante pour tuer net un bœuf, la vitesse d'exécution était largement trop faible pour pouvoir tromper la vigilance de la combattante. Avec la garde de sa dague gauche, elle asséna un coup entre les deux omoplates du St'ingie en armure de cuir qui tomba au sol. Le mouvement avait été si rapide qu'il ne comprit pas ce qui s'était passé. Cependant, sans reprendre son souffle, il se releva et refit face, tenant des deux mains son épée, en garde face à sa jeune adversaire.

« Ça ne va pas se passer comme ça ! »

Il recommença une attaque mais cette fois-ci par le côté. La St'ingie para avec ses deux dagues. Le coup violent la déséquilibra mais elle ne faillit pas. Elle tenait bon, l'épée bloquée sur la courbure de la garde de ses dagues.

Son adversaire força de plus belle.

Je vais tenir bon. Je ne peux pas abandonner maintenant.

La poussée se fit encore plus forte, la jeune femme tremblait, ses muscles commençaient à tétaniser. L'homme tenait fermement son épée, regardant droit dans les yeux celle qui osait lui résister.

D'un coup, elle fit glisser l'épée sur ses dagues en se baissant, la faisant passer juste au-dessus de sa tête. Elle profita du déséquilibre de l'assaillant pour lui faucher les deux pieds avec sa jambe droite.

Le St'ingie s'écrasa violemment au sol.

Elle sauta sur l'occasion. Bondissant à sa hauteur et regardant à son tour son ennemi droit dans les yeux, à seulement quelques centimètres, elle plaça ses deux dagues, croisées, au niveau de sa gorge. L'homme ravala sa salive. La jeune femme, essoufflée, pouvait sentir son haleine âcre. Il était désormais à sa merci.

« Vous pouvez arrêter ! »

Avec une dextérité déconcertante, la St'ingie se redressa et rangea ses deux dagues de chaque côté de sa ceinture, dans leurs fourreaux. Elle tendit la main vers l'homme qui était demeuré au sol, semblant médusé. Elle l'aida à se relever.

« Une fois de plus c'est toi qui gagnes, jamais je n'arriverai à te vaincre, ce n'est pas possible.
- Je te l'ai déjà dit, tu es trop lent avec ton épée. La puissance c'est bien, mais la vitesse c'est mieux. »

La jeune femme n'avait pas le physique d'une guerrière. Elle mesurait environ un mètre soixante-cinq, svelte, fine des épaules et un visage tout en douceur. Sa chevelure bordeaux aux reflets de feu descendait jusqu'à mi-dos. En guise de serre-tête elle portait un large bandeau en cuir. Elle était habillée comme toutes les combattantes St'ingies. Des bottes, elles aussi en cuir, montaient jusqu'en dessous des genoux, une jupe plissée en tissu marron clair tenue par une large ceinture de cuir sur laquelle se trouvaient de chaque côté ses deux dagues. Les fourreaux étaient en cuir orné, de très belle facture, avec des motifs tribaux gravés. Quelques petits rubis ornaient la garde de chaque dague. Elle portait une brassière à manches longues en tissu, laissant son ventre à l'air libre. De longs gants en cuir fin remontaient jusqu'aux coudes. Ses yeux d'un rouge profond et sa peau plutôt claire faisaient d'elle une très belle femme selon les critères St'ingies.

« Trêve de bavardages. »

Le commandant Lars était l'un des vétérans les plus respectés de la Guerre des Clans. Ses nombreuses victoires sur le champ de bataille lui avaient donné ses lettres de noblesse. Il était âgé et avait été retiré du service actif depuis quelques années déjà. Depuis, il s'occupait des formations et du recrutement, et s'était totalement impliqué dans cette nouvelle fonction où il excellait. Ses états de service alliés à son charisme imposaient le respect à toutes les recrues qu'il prenait en main.

« Nastelle, puis-je te voir un moment ? demanda le commandant Lars.

- Bien entendu mon commandant, répondit la jeune femme en accourant vers son supérieur.

- Marchons un peu, veux-tu ? »

Silencieusement ils se mirent en marche et sortirent de la salle d'entraînement pour emprunter l'un des nombreux couloirs de l'Académie militaire. De nombreux élèves, couraient et discutaient dans les couloirs, mais aucun n'oubliait de saluer son supérieur hiérarchique lorsqu'il le croisait.

L'Académie militaire ne se trouvait pas loin de l'Académie Lansor. Il s'agissait de deux entités complètement indépendantes de par leur administration, leur fonctionnement et leur hiérarchie. Elles pouvaient toutefois travailler conjointement, mais la chose restait exceptionnelle. Cet état avait engendré un petit esprit de compétition entre les deux structures. L'une formait des mages, l'autre des soldats. Par essence, un mage était mieux considéré qu'un soldat, sa formation étant plus longue, plus fastidieuse et un pouvoir bien maîtrisé pouvant valoir des dizaines, voire des centaines de soldats, ce qui en faisait une ressource rare et précieuse. L'Académie militaire était placée sous le commandement direct du Grand Mage St'ingie en personne, Algorim Y'rgram. Le chef St'ingie avait le contrôle direct des forces magiques mais aussi militaires, ce qui insidieusement lui permettait de contrôler d'éventuelles tentatives de prise de pouvoir qu'il n'aurait pas souhaité. Comme dans la plupart des académies, les recrues s'entraînaient, mais aussi logeaient sur place. Il s'agissait comme le disait une expression locale, d'une ville dans la ville.

Lars, le vieux commandant St'ingie, les mains dans les poches, finit par entamer la discussion. La jeune fille n'avait montré aucun signe d'impatience malgré la durée de leur promenade silencieuse.

« Tu sais que ta formation militaire arrive bientôt à son terme ?
- Oui mon commandant, j'ai hâte de rejoindre l'armée St'ingie pour mettre à profit tout ce que j'ai appris durant ces cinq dernières années. Elle s'exprimait avec respect, tenant des propos convenus, mais à l'affût de ce que cette entrevue allait lui apporter.
- C'est bien, tu es motivée, tu as de l'ambition, tout comme ton père. Tu sais que le monde est en paix, les missions essentielles ne représentent pas grand-chose d'excitant. Quelques tours de la garde et des patrouilles. Parfois la routine est brisée par la libération d'un navire pris en otage par des pirates, mais globalement ça s'arrête là.
- Je sais, fit-elle se demandant où il voulait en venir.
- J'en ai parlé avec le commandement, ce serait dommage qu'une femme de ta trempe soit cantonnée à ce genre de mission. Tout ce dont on va parler maintenant va devoir rester entièrement entre nous. Je te demande la confidentialité la plus absolue.
- Bien entendu. »

On y était.

« Sache d'abord que je ne te propose pas ce poste parce que tu es la fille du grand Algorim Y'rgram, mais uniquement parce que tu fais preuve de compétences exceptionnelles au combat, d'une intelligence hors du commun et d'une maturité étonnante pour une jeune femme de vingt et un ans. Ne t'y trompe pas pourtant, tu as encore énormément à apprendre.
- J'en suis consciente mon commandant. »

Elle était partagée entre plusieurs émotions. Le rappel du nom prestigieux de son père était en général un préalable permettant à ses interlocuteurs de la rabaisser. Être « fille de » n'était pas un cadeau dans ce monde de guerrier. Pourtant la fin de la phrase de son chef était élogieuse et en contrebalançait le début dangereux. Élogieuse, mais peut-être un peu trop… Elle attendait la suite.

« Tu sais qu'il existe une structure particulière de l'armée St'ingie, celle des opérations secrètes. C'est une entité complètement détachée et indépendante des Académies qui n'a pas de commandement puisqu'elle prend ses ordres directement de ton père. Elle est hétérogène et comprend à la fois les meilleurs mages et les meilleurs guerriers St'ingies. Je vais être direct, et tu dois bien t'en douter à m'écouter, nous aimerions que tu intègres cette équipe. Elle ne comporte pas plus de vingt membres. La plupart avec beaucoup d'expérience et d'ancienneté et c'est pour ça que nous souhaitons y intégrer un guerrier et un mage pour apporter du sang neuf.
- Je suis honorée de votre proposition, et j'accepte sans la moindre

hésitation. »

Nastelle n'avait pas eu besoin de temps de réflexion. Le prestige des forces spéciales était tel, qu'elle n'avait pas jugé bon de prendre un temps pour donner sa réponse.

« Je vois bien qu'il s'agit d'une opportunité unique pour moi. Mais je crains que la plupart de mes camarades de promotion ne pensent que j'ai obtenu ce poste grâce à mon père.

- Jeune fille, connais-tu des membres de cette équipe des opérations secrètes ?
- Non, je devrais ?
- Justement tu n'en connais pas puisque c'est une entité secrète, et ses membres ne sont connus que d'un nombre infime de personnes. Moi-même je n'en connais que quelques-uns. Alors tu penses bien que tes camarades de promotion, y compris ton binôme d'entraînement, ne sauront rien de ton nouvel emploi. Tu n'as pas de crainte à avoir.
- J'ai compris, que dois-je faire ?
- Tu vas te rendre au sous-sol, dans l'aile Est.
- Celle qui est gardée et interdite d'accès ?
- Celle-là même, les gardes sont au courant. Tu peux y accéder à ta guise désormais. En prononçant ces mots il lui tendit une broche. Fais cependant attention lorsque tu t'y rendras de passer inaperçue. Les autres pourraient se demander ce que tu vas fouiner dans un quartier dont l'accès est réservé. Te voir passer le contrôle des gardes mettrait la puce à l'oreille de tes coreligionnaires.
- Bien entendu. Et quand dois-je m'y rendre ? demanda-t-elle en accrochant à son col le petit bijou plutôt discret.
- Tu es déjà en retard. Cours ! Bon courage jeune fille. »

Cette annonce la prit de court. Elle commença à courir, puis au bout de quelques mètres se retourna vers son mentor et le salua. S'ensuivit une course effrénée dans les couloirs de l'Académie. Elle était telle une furie, courant tête baissée, slalomant entre les élèves, leur demandant gentiment de se pousser quand elle en avait le temps, bousculant ceux qui ne se garaient pas assez vite. Finalement c'est en oubliant, après seulement quelques secondes, les conseils de prudence de Lars qu'elle arriva en trombe au quartier est.

C'est le plus beau jour de ma vie.

Elle ne savait pas ce qui allait lui arriver mais elle était persuadée que sa vie venait de changer avec cette annonce. Elle pressentait que ce serait positif.

Elle connaissait très bien cette entrée. Elle était gardée par des élèves. De nombreuses fois elle avait monté la garde pendant de nombreuses heures. Les consignes étaient simples : seules les personnes portant la marque spéciale St'ingie pouvaient passer. Ils étaient toujours masqués et ne traînaient pas dans les couloirs. Une broche en or représentant le dieu du clan, Ler'Qan, le renard à deux queues crachant du feu était la marque de reconnaissance. La garde de la porte était l'une des tâches les plus ingrates de la formation. Personne ne savait pourquoi cette porte devait être gardée, et qui étaient ces mystérieux personnages qui avaient le sésame nécessaire pour passer. Évidemment des rumeurs circulaient, et elle comprenait aujourd'hui qu'aucune ne se rapprochait de la vérité.

Elle savait tout désormais. Bien sûr il ne fallait pas qu'on la reconnaisse lorsqu'elle se présenterait à la porte, et elle reprit la maîtrise de soi. Elle mit donc sa capuche et baissa les yeux en arrivant devant le jeune gardien. Elle ne l'avait jamais croisé et savait qu'il ne la reconnaîtrait pas. Elle était consciente que son anonymat serait l'une des clefs de son nouveau métier.

Elle montra la marque et sans qu'un mot ne fût échangé, se vit permettre l'accès.

D'un coup elle sentit le stress mais aussi l'adrénaline monter en elle. Elle allait changer de vie en passant cette porte.

Allez ma petite Nastelle, il ne faut pas te dégonfler, sache qu'on n'a jamais deux fois l'occasion de faire une bonne première impression.

Elle s'encouragea une dernière fois, la main sur la poignée de la porte en fer.

Malgré sa noble naissance, comme tous ses camarades se plaisaient à le lui rappeler, elle n'avait jamais eu de traitement de faveur, bien au contraire. Son père voulait à tout prix un garçon en premier enfant, et elle fut pour lui une grande déception. Puis vint celle de la présentation au Cristal du Feu : aucune lueur. Elle fut ensuite toujours mise au second plan face à son frère et benjamin de deux ans, Donamaz, qui lui, était prédisposé à la magie. Dès lors son père n'eut d'yeux que pour son fils chéri, laissant l'aînée en retrait. Elle eut par la suite une enfance banale, dans une école des plus traditionnelles. Dans le même temps, son frère entra à l'âge de cinq ans à l'Académie magique de Lansor. Elle ne détestait pas son frère, mais il lui avait un peu volé sa famille. Tout tournait autour de lui.

Elle avait alors voulu s'émanciper au plus vite.

À seize ans, âge légal pour s'engager, elle se présenta au concours de la prestigieuse Académie militaire d'Aldrosaïa, qu'elle obtint haut la main. N'avoir aucune prédisposition au Cristal du Feu l'empêcherait d'accéder aux plus hautes fonctions militaires. Elle le savait, mais elle s'était juré de tout faire pour donner tort à son père, lui prouver qu'elle valait plus qu'il ne le pensait.

Une fille, sans prédisposition, pouvait aussi posséder un destin hors du commun.

Elle ne cessait de se répéter cette phrase depuis son enfance.

Puis vint la disparition de son frère dans d'obscures conditions. Son père n'avait jamais voulu parler de ce drame. Mais du jour au lendemain il changea. Il devint distant, comme si la disparition de Donamaz pouvait lui être imputée. Elle en était venue à penser que son père aurait préféré la perdre elle plutôt que son frère. Le peu de liens qui restaient entre Algorim et elles semblaient disparus à jamais. À l'époque il lui restait un peu plus de deux ans à faire dans l'Académie, et son abnégation, son assiduité à la formation, s'en était trouvé renforcés. Elle faisait partie des meilleurs, dans tous les domaines, toujours.

Tous ses efforts n'avaient pas été vains. Certes ils n'avaient pas amélioré ses relations avec son père, mais depuis un an qu'ils ne s'étaient pas vus, elle se trouvait maintenant devant la porte qui allait lui prouver que, même sans prédisposition à la magie, elle pouvait accomplir des choses exceptionnelles.

Elle poussa fermement la porte qui s'ouvrit dans un grincement. Elle donnait sur un sas sombre de quelques mètres, une simple torche accrochée au mur pour l'éclairer. Nastelle comprit que cette pièce avait seule utilité de ne pas donner directement accès aux secrets que renfermaient ces quartiers depuis l'extérieur. La porte derrière elle claqua lourdement : le garde venait de la verrouiller. D'un pas sûr elle se dirigea vers la seconde porte, elle était désormais impatiente de découvrir les lieux.

Fermée.

Elle tambourina à la porte, espérant qu'une personne se trouvant de l'autre côté vienne lui ouvrir. Mais aucune réponse.

Après quelques minutes d'attente dans cette pièce froide, elle fit marche arrière, puis tenta d'ouvrir celle par laquelle elle était entrée. Fermée elle aussi. Elle cogna vigoureusement mais en vain, le bruit du métal résonnait dans le vide.

Elle commençait à se sentir oppressée par les murs espacés seulement de quatre ou cinq mètres de cette salle carrée.

Réfléchis Nastelle, il y a forcément une explication logique à tout cela.

Ce n'était pas dans son caractère de se laisser abattre. Elle prit la torche au mur et parcourut chaque centimètre carré de la pierre humide qui recouvrait les murs du sas. Puis elle poursuivit par les portes verrouillées mais toujours en vain. Elle était piégée, était-ce un test ou était-elle tombée dans un guet-apens ?

Elle s'assit dans un coin de la pièce pour réfléchir et se calmer un peu. Son excitation première d'être intégrée dans les forces spéciales avait été remplacée par un stress lié à cette situation inconnue. Il fallait qu'elle se reprenne pour éclaircir la situation et trouver une solution au problème qui lui était posé. Elle gardait à l'œil les deux portes en espérant un mouvement sur l'une d'entre elles. Elle ne perdait pas espoir, jamais elle ne l'avait perdu auparavant, ce n'était pas maintenant qu'elle allait craquer.

La torche du mur s'épuisait, plusieurs heures avaient passé, et les nombreuses tentatives qu'elle avait pu effectuer pour essayer d'ouvrir l'une des portes s'étaient toutes avérées infructueuses. La jeune femme avait faim, commençait à se déshydrater, et sentait le froid envahir son corps. De plus la fatigue la tiraillait et elle aurait volontiers dormi. Quelques minutes auraient été suffisantes mais elle était convaincue qu'il ne fallait pas qu'elle baisse sa vigilance. Elle devait rester en alerte. À tout moment il pouvait se passer quelque chose.

Elle ne s'était pas trompée. Alors que ses paupières s'alourdissaient dangereusement, la porte face à elle s'ouvrit.

Un jeune homme, pas plus vieux qu'elle entra dans le sas. Il avait une capuche en cuir sur la tête.

La porte se referma derrière lui.

« Tu es bien Nastelle Y'rgram ? »

La question semblait posée purement pour la forme.

« Seulement l'un de nous deux pourra intégrer l'équipe et c'est pour ça que je vais devoir te tuer. N'y vois rien de personnel. »

Ses mains s'enflammèrent.

« Adieu ! »

CHAPITRE VINGT

Le culte de la mission
Miriù Fili'enor

« Je veux que tu observes de plus près ces Sounas, approche-toi au maximum de ce foutu Cristal et regarde ce qui se prépare. Et graisse la patte d'un proche de la doyenne Souna pour ne rien rater de ce qui se dit s'il le faut. Si tu n'en n'avais pas déjà eu l'idée… »

Le jeune messager, exténué, venait enfin d'accomplir sa longue mission. La fatigue de son périple se lisait sur son visage garni de nombreux cernes. Il avait le culte de la mission bien exécutée. Depuis son entrée dans l'armée St'ingie, il avait toujours été jusqu'au bout de tous les ordres qu'il avait reçus. C'est pourquoi le Doyen Magendi lui avait confié ce message de première urgence à transmettre à Miriù Fili'enor.

« Merci, j'en prends bonne note. Tu me dis donc que c'est Magendi Aj'dor qui t'a transmis ce message, c'est cela ?
- Oui maître.
- Pourquoi n'avoir pas transmis le mien directement à Algorim Y'rgram, comme je te l'avais ordonné ?
- Au temps pour moi, je pensais qu'en l'absence du Grand Mage St'ingie je devais m'adresser à son suppléant. Ai-je failli à ma mission ?
- Non non ne t'inquiète pas. Le message a été remis et c'est l'essentiel. Je te propose d'aller te reposer désormais. Je ferai part de ton intégrité et de ton professionnalisme à tes chefs. Et n'oublie pas

que tout ce qui est entré dans tes oreilles ne doit pas sortir par ta bouche. Miriù souriait.

- Je ne trahirai jamais le clan St'ingie. Que Ler'Qan m'en soit témoin.

- Je n'en doute pas mon jeune ami. »

L'auberge de Seffirga était un peu différente de celles que Miriù avait connues à Aldrosaïa. Un feu entouré de pierres était au centre de la pièce, la fumée s'échappant par le trou situé à cet effet au centre de la toiture conique de la bâtisse. Le toit de chaume permettait une isolation parfaite de la maison en granit. La dureté de l'hiver à l'extérieur, contrastait avec la douceur qui émanait de ce feu. Les tables en pierre, recouvertes de peaux de chèvres, étaient disposées autour de ce point central.

L'espion St'ingie ne semblait pas préoccupé par le message que venait de lui transmettre le jeune homme. Seul, assis à sa table, sa chope d'hydromel à la main, il observait le feu se consumer lentement, entendait les braises crépiter, regardait la fumée s'élever au plafond. Il pouvait voir la neige tomber à travers le trou dans la toiture. La chaleur du feu lui rappelait, avec nostalgie, son Aldrosaïa natale. Il faisait lentement tournoyer le breuvage ambré et observait le petit tourbillon qui se formait au centre du récipient. Il vida enfin d'une grande lampée l'hydromel réchauffé à la mode locale, et reposant la chope, il sortit.

Il n'y avait que deux saisons en territoire Souna, essentiellement l'hiver qui pouvait durer jusqu'à huit mois de l'année. Cette nuit l'atmosphère était particulièrement froide dans les rues de Seffirga, surtout pour un St'ingie, alors que dans le reste d'Arkadis le printemps était déjà bien entamé. La neige tombait à gros flocons, et même si son organisme semblait s'être un peu adapté à la dureté de l'hiver Souna, Miriù marchait d'un pas rapide pour ne pas se refroidir. Il aimait le bruissement de chacun de ses pas dans la neige fraîche.

Il avait troqué sa tenue traditionnelle St'ingie, adaptée aux environnements désertiques, pour adopter celle des Sounas. Il ne pouvait cependant pas être confondu avec l'un d'eux, ses traits d'origine le trahissant. Comparé à un Souna, il était de petite taille, tout en restant dans la moyenne St'ingie. Âgé d'une quarantaine d'années, quelques mèches rouges trahissaient son âge. Alors que les autres clans grisonnaient en vieillissant, les St'ingies rougissaient. Ses cheveux courts étaient cachés par la capuche en fourrure qu'il avait sur la tête. La large cicatrice sur l'arcade sourcilière droite était un souvenir d'une bataille contre les Valkris une dizaine d'années auparavant. C'était un guerrier, reconnu comme l'un des meilleurs. Il avait été missionné par son mentor, Algorim, pour enquêter sur les agissements Sounas. Il agissait sous le couvert d'un vieux soldat devenu marchand. Ses nombreux voyages vers Énolia permettaient de confirmer sa couverture.

Après quatre années dans la capitale Souna, il avait pu se créer un cercle d'amis, la plupart de confiance. Ils lui fournissaient des renseignements essentiels sur les activités de ce peuple qu'il était chargé de surveiller le plus discrètement possible. Personne ne se doutait vraiment de sa véritable mission, et c'en était la clef de voûte.

Les rues de Seffirga étaient vides à cette heure avancée de la nuit. Miriù passa devant son magasin, qui lui servait aussi de logement, mais sans s'arrêter. Il avait mieux à faire.

Il se dirigea vers l'Académie de Seffirga.

La capitale Souna était la ville la plus septentrionale d'Arkadis, au bord de la mer Crystal. Son nom venait du chatoiement de couleurs bleutées qui résultait des reflets du soleil dans l'eau. De plus, de nombreux blocs de glace flottaient à sa surface et lui donnaient l'apparence d'un tissu recouvert de cristaux. Les anciens Sounas avaient décidé de construire la ville à cet emplacement pour des raisons stratégiques. Elle bénéficiait d'une ouverture sur la mer de glace au nord et sur des montagnes difficilement franchissables au sud. La défense de la ville en était rendue bien plus facile. Les Sounas avaient depuis la nuit des temps privilégiés la défense à l'attaque. C'était un peuple plutôt pacifique, capable cependant de devenir redoutable lorsque son intégrité était menacée. Les autres clans s'en étaient rendu compte lors de la grande guerre. L'accès par la mer ne pouvait se faire que quelques mois dans l'année, pendant l'été, lorsque la glace avait fondu. Le seul accès par la terre se faisait par le col du Frêne. Une forteresse avait été bâtie au sommet de col étroit et elle était devenue l'une des places fortes les plus insaisissables d'Arkadis. Le col devait son nom à un frêne plusieurs fois centenaire qui s'élevait maintenant au cœur de la forteresse. Elle n'avait jamais été conquise depuis sa construction. Les voyageurs voulant se rendre à la capitale devaient d'abord montrer patte blanche à la porte sud. Puis ils traversaient la forteresse jusqu'à la porte nord sous l'œil attentif des gardes. Ils pénétraient alors sur la terre sacrée Souna.

Seffirga s'était toujours voulue autarcique, même si depuis la fin de la Guerre des Clans elle s'était ouverte au commerce extérieur. Cette volonté d'ouverture au monde était la conséquence d'une politique voulue par la Matriarche Belevir. Cette route passant par le col du

Frêne était devenue avec le temps l'une des plus empruntées par les Arkadiens. Au gré des politiques des dirigeants, des taxes plus ou moins élevées permettaient de faire rentrer de substantielles quantités d'or dans les caisses. Grâce au génie commercial de Belevir, les taxes étaient actuellement supprimées, ce qui ravissait les marchands qui en oubliaient les petites perceptions imposées sur les échanges à l'intérieur de la ville. La méthode enrichissait la ville sans fâcher les visiteurs. Encore une grande réussite de la Matriarche.

Seffirga était l'une des seules villes d'Arkadis à ne pas avoir de muraille. Les anciens avaient estimé que les barrières naturelles suffisaient à la protéger. Le Port de Givre au nord était la seule ouverture vers la mer de Crystal, et semblait endormi pendant les huit longs mois d'hiver. Au centre de la ville dominait la grande tour de verre. À son sommet, à peine visible, trônait le Cristal de l'Air. Les vents du nord, comme ceux du sud convergeaient vers la tour. Le Cristal de l'Air semblait se renforcer à chaque souffle des vents. Les ingénieurs Sounas avaient choisi le verre comme matière de construction pour rappeler la transparence de l'air. Les maîtres verriers avaient soufflé pendant des lustres à l'aide de leur magie dans la noble matière pour obtenir ce mélange incomparable de verre et d'air. L'édifice était unique en Arkadis. Un conseil restreint, qui se réunissait dans cette tour, formait le gouvernement Souna. Il avait une particularité en Arkadis puisque Liana Belevir, la matriarche, résidait à Énolia et non pas à Seffirga. Elle montrait ainsi aux autres clans son désir d'ouverture.

Le monument, gelé par les vents glaciaux, brillait de mille feux lorsque le soleil venait effleurer sa structure. Il était un peu à l'image des Sounas. C'était le seul monument d'Arkadis abritant un Cristal qui était séparé d'une Académie. En effet, les anciens avaient décidé de la construire en périphérie de la ville, sur le flanc des montagnes à l'est. Elle avait été le premier édifice officiel de Seffirga. Sa localisation n'était pas anodine. Les montagnes étaient le terrain de jeu préféré des Sounas parce qu'y régnait le vent. De nombreuses plantes médicinales complétaient le tableau et créaient des conditions idéales pour entraîner les élèves. Le côté rustique plaisait beaucoup aux Sounas.

L'Académie avait été conçue sous forme de bâtiment troglodyte. Elle était bâtie dans des grottes naturelles qui avaient été agrandies et aménagées. Elles s'étendaient sur plusieurs niveaux et des escaliers en bois permettaient de passer d'un couloir à l'autre. Pour des raisons pratiques, la plupart de ces escaliers étaient construits à l'extérieur. Il en résultait une sorte de labyrinthe bien complexe pour les étudiants de première année qui étaient souvent retrouvés errants dans les profondeurs de la montagne. Cette disposition transformait l'Académie en une sorte de forteresse. À l'extérieur n'étaient construites que les résidences des étudiants de première année et une solide palissade en demi-cercle protégée par des miradors. L'ensemble impressionnait tous les visiteurs et donnait une image solide de la nation Souna. La première image qu'ils avaient du lieu en arrivant faisait penser à une bouche ouverte défendue par de redoutables dents. Le vent qui s'engouffrait dans les galeries aérait constamment l'Académie, et permettait aux mages les plus doués de faire des expériences sur l'Air au sein même de l'institution.

Miriù s'y était déjà rendu plusieurs fois et connaissait bien les lieux. Au bout d'une vingtaine de minutes de marche dans la neige il arriva à la porte principale. L'Académie semblait inanimée à cette heure avancée de la nuit. Seuls quelques gardes surveillaient l'entrée. Ils faisaient partie de la garde sacrée. Les guerriers qui montraient le plus d'aptitudes lors de leur formation étaient choisis pour former ce corps d'élite. Il était complété par quelques mages triés sur le volet. Parfois quelques élèves étaient admis lors des gardes pour prendre la mesure de leur mission future.

L'un des hommes de service s'avança calmement auprès de Miriù et le dévisagea.

« Bonsoir Seigneur, que puis-je faire pour vous à une heure si avancée de la nuit.

- Je suis Miriù Fili'enor, je suis attendu. Vérifiez le registre, mon nom doit y être inscrit. »

Le garde se retourna vers l'un de ses camarades dans la guérite à côté de la barrière. Il avait suivi la discussion et était déjà en train de consulter un grand livre sur un lutrin. Il fit signe à son collègue que tout semblait dans les règles.

« Vous pouvez passer, connaissez-vous les lieux ou avez-vous besoin d'une escorte ?

- Ça ira, je connais bien les lieux. Je vous remercie, bonne soirée et bon courage. »

La barrière levée, le St'ingie poursuivit sa route dans l'enceinte de l'Académie. Il était venu souvent et pourtant à chaque fois qu'il venait là, l'architecture Souna le fascinait. La façon dont le granite avait été creusé, montrait le génie de ses concepteurs. Aucune aspérité, aucune asymétrie, ne gâchait la pureté des lignes des couloirs creusés dans la roche. La force du clan transparaissait dans cet ouvrage magnifique, et

Miriù ne pouvait s'empêcher d'être admiratif de ce peuple qui n'était pas le sien. Pourtant l'expérience avait prouvé que la réalité des guerres et des conflits pouvait mettre à mal les stratégies de construction si perfectionnées des Sounas. À trop perfectionner leurs ouvrages, ils en oubliaient qu'il y avait toujours un ingénieur ennemi qui pourrait trouver une faille dans leurs constructions. Chaque fois qu'une muraille réputée infranchissable était construite, quelque part dans le monde un ingénieur inventait une nouvelle méthode pour contourner les problèmes qu'elle posait aux assaillants. Et un cycle infernal se perpétuait depuis des siècles.

Miriù entama sa lente ascension des escaliers en bois sur le flanc de la montagne. Étrangement, malgré le froid, ils n'étaient pas verglacés et il pouvait avancer sans craindre de chuter. Le vent glacial d'Est, qui descendait sur le flanc de la montagne, lui figeait le visage. Il avait hâte de se retrouver à l'intérieur mais l'entrée était située au sommet et il lui restait de nombreuses marches à gravir. L'Académie semblait déserte mais il pouvait voir de temps à autre une lueur surgir d'un couloir qui prouvait que des âmes vivaient là.

Sa longue ascension se finit enfin. Deux gardes Sounas gardaient une porte en bois. Impassibles, vêtus de fourrure, épées en croix dans le dos, ils faisaient eux-aussi partie des troupes d'Élite. Ils connaissaient le St'ingie et ils le laissèrent entrer sans contrôle particulier.

À l'intérieur il ne faisait pas très chaud, mais le contraste avec l'extérieur obligea Miriù à tomber sa capuche et ouvrir sa veste en fourrure. Une ambiance confortable régnait dans la pièce. Des bougies étaient disséminées de part et d'autre de la chambre. De nombreuses peaux de bêtes jonchaient le sol et les meubles. Un rideau bleu roi, épais, masquait la partie literie de la partie commune. Sur le coin gauche se trouvait une cheminée avec deux beaux fauteuils et une table basse recouverte de nombreux livres. Une odeur de jasmin enivrante flottait dans la pièce, douce et agréable au nez du St'ingie.

« Tu en as mis du temps pour venir me rendre visite. »

La voix douce et familière venait de l'autre côté du rideau.

« Tu sais j'ai été pas mal occupé ces derniers jours, et il faut que je sois discret. En ce moment tout Arkadis a les yeux fixés sur Seffirga. Sinon tu te doutes bien que je serais venu te voir bien avant.

- Ne te moquerais-tu pas de moi ? Déjà deux jours que je suis ici. Je désespérais de te voir arriver. Mais je ne m'attendais vraiment pas à ce que tu débarques comme ça au beau milieu de la nuit.

- Je pense que nous avons beaucoup à nous dire. J'ai bien reçu ta missive et j'ai appliqué les consignes à la lettre, comme tu l'as exigé. Même si à vrai dire je n'ai pas compris pourquoi tu m'as demandé tout cela. N'as-tu pas peur d'envenimer une situation déjà compliquée ? » demanda le St'ingie en s'asseyant sur un des deux fauteuils.

Un silence interminable s'ensuivit. Miriù restait sur place, sans bouger, à attendre et observer. Il se demandait s'il n'en avait pas trop dit.

Liana Belevir sortit de derrière son rideau, elle apparut presque nue devant le St'ingie. Elle avait pour seul et unique vêtement une robe de chambre en tulle, entièrement transparente.

« Pour le moment j'ai mieux qu'une discussion à te proposer. »

CHAPITRE VINGT-ET-UN

Ne jamais renoncer

Danto Van Breum

« Ce n'est vraiment pas le genre de Selvin d'arriver en retard, il est certainement sur une piste. »

Danto Van Breum essayait de trouver une justification auprès de Sina à l'absence de leur compagnon. Cela faisait déjà une bonne vingtaine de minutes que les deux membres d'Umbrea Mortalis attendaient sur le lieu du rendez-vous. Un coin plutôt tranquille à l'est du port de Timeva, non loin d'une auberge discrète où le chef d'équipe avait négocié la nuit à bon prix, et pour lequel l'aubergiste leur avait assuré l'anonymat le plus complet.

La nuit commençait doucement à tomber. Depuis le port, à l'ouest, le soleil laissait tomber de magnifiques rayons rouges qui éclaboussaient la mer dans une sorte de feu d'artifice.

« J'espère qu'il ne nous fera pas faux-bond, il ne manquerait plus que ça ! On attend encore dix minutes et tu vas le chercher. Moi j'attendrai à l'auberge et si dans deux heures tu ne l'as pas trouvé, tu me rejoins et on avisera en fonction. »

Le délai écoulé, les deux hommes se résolurent à aller rechercher leur compagnon. Sina n'aimait pas vraiment l'improvisation, mais ce genre de situation était un cas de force majeure. Danto allait donc fouiller la ville pendant que le chef allait attendre sur place. Il espérait de toutes ses forces que ce n'était qu'un simple retard.

Danto ne savait pour le moment pas encore par où débuter ses investigations. Même s'il savait qu'il ne se perdrait pas dans cette ville déjà explorée de nombreuses fois. Au bout de quelques minutes de réflexion, tout en marchant dans les rues encore animées, il se souvint que son ami avait parlé de l'antenne d'Umbrea Mortalis. Il avait évoqué Toklib, son complice de toujours, qui y travaillait comme intendant. Pour rester conforme aux directives de Sina, il savait qu'il ne devrait pas s'y rendre. « Rester anonyme et discret » : c'étaient les paroles de son chef. Mais la piste devait forcément passer par là.

Il connaissait Selvin depuis suffisamment longtemps pour penser que justement il était sur une piste sérieuse. S'il avait pu leur donner des nouvelles, il l'aurait déjà fait. Il fallait prendre une décision et Danto se résolut à ne pas obéir aux ordres. Le Protech accéléra l'allure vers l'antenne de sa guilde. Dans des circonstances exceptionnelles la désobéissance pouvait devenir une vertu.

Les marchands qui toute la journée l'avaient harcelé semblaient toujours en grande forme.

« Aller, viens chef, pour le plaisir des yeux. »

C'était reparti. Tous ressassaient le même discours pour vendre leur camelote. Mais il était désormais sourd à leurs boniments. Machinalement son corps allait vers sa destination, tandis que son cerveau cherchait le meilleur moyen de trouver des renseignements sans éveiller de soupçon. Il ne se sentait pas à l'aise, malmené par le sentiment de culpabilité de sa désobéissance et par l'incertitude de sa démarche.

Il mit sa capuche sur la tête. Il allait tenter le tout pour le tout, quitte à se faire remarquer. Il n'était pas retourné depuis un moment à Timeva et espérait donc ne pas éveiller l'attention directement. Il lui fallait agir, et il ne voyait pas d'autre moyen de procéder que d'aller au siège de la guilde.

Quelques instants plus tard, toujours dans ses pensées, Danto se trouva en face de la devanture de l'auberge, qui s'appelait tout simplement « Chez Umbrea Mortalis ».

Elle était sobre, avec juste une porte en bois munie d'une grosse poignée en fer forgé au centre. L'affluence était toujours aussi importante qu'à l'époque où il la fréquentait. La réputation de la guilde attirait les Timeviens et beaucoup plus encore les voyageurs. C'était une aubaine pour le Protech qui entra avec un groupe de trois ivrognes. Le plus discrètement possible, il quitta le petit groupe dès qu'il fut dans les lieux et se dirigea vers une table isolée dans un coin de la pièce. L'affaire n'avait duré que quelques instants et pour l'instant personne ne semblait lui prêter attention.

Il savait que ce serait probablement suspect de conserver sa capuche mais il n'avait pas le choix.

Si Sina sait que je suis entré dans l'auberge je vais me faire massacrer.

Son malaise ne s'effaçait pas, mais il tentait de garder la tête froide. La suite allait sûrement être compliquée, et il allait avoir besoin de conserver toutes ses capacités. Il se positionna de façon à pouvoir avoir une vue d'ensemble de la pièce.

Il s'agissait d'une des plus grandes auberges qu'il avait pu fréquenter. Le comptoir, au fond de la pièce, face à l'entrée, prenait toute la largeur. Toutes les tables étaient occupées. Des chopes de bières, des planches de charcuteries, mais aussi des plats en sauce de tous genres étaient servis. L'ambiance rappelait la grande fête de l'arrivée du printemps quand la population mangeait et buvait pendant trois jours de suite sans limite. Une jeune Valkris en tablier vint vers Danto qui fit tout pour l'éviter du regard. Il pensait ne l'avoir jamais vue auparavant mais il ne voulait pas prendre le moindre risque. Il avait connu trop de serveuses dans cet endroit pour se souvenir de toutes...

« Bonsoir voyageur, qu'est-ce que je peux vous servir ?
- Un lait de chèvre.
- Et avec ça, vous voulez manger quelque chose ?
- Une assiette de charcuterie avec du fromage. »

Il n'avait pas pris le temps de manger depuis le matin et commençait à avoir faim. Il optimisait son temps et quitte à perdre quelques minutes autant manger. D'autant plus que la cuisine ici était réputée et qu'il ne voyait pas pourquoi il n'allierait pas le devoir au plaisir. La jeune femme repartait lorsque Danto l'interpella.

« Dites-moi, vous savez si Toklib est présent ce soir ?
- Qui le demande ?
- Une vieille connaissance.
- Ce n'est pas très précis.

- Disons que nous avons un passé commun dans la guilde.
- Il a travaillé ce matin, mais il avait prévu quelque chose cet après-midi. Maintenant que vous le dites… Il devait être présent ce soir mais il n'est pas revenu. C'est bizarre, ce n'est pas dans ses habitudes.
- Bizarre, dites-vous ?
- Oui, il n'a jamais été en retard, ni manqué un seul jour de travail.
- Merci, je vais attendre. »

Danto Van Breum s'adossa à sa chaise en bois. Les bras croisés, il prit quelques secondes de réflexion. Il se passait forcément quelque chose. Selvin et Toklib, tous les deux absents, cela ne pouvait certainement pas être une coïncidence. Du coup, il se trouvait dans une impasse sans information. Il allait falloir trouver quelque chose pour avancer dans son enquête, et vite.

Sont-ils sur une piste ? Ont-ils des soucis ?

Rapidement la jeune serveuse revint et apporta l'assiette et le verre de lait. Le Protech se hâta de manger et de boire. Il n'avait plus rien à faire dans l'auberge et risquait de se dévoiler.

« MAIS BORDEL, OÙ EST CET ENFOIRÉ DE TOKLIB ? »

Le brouhaha ambiant de l'auberge stoppa net. Un Protech venait d'entrer dans la salle. Il semblait en rage et manifestement cherchait la même personne que Danto.

Le mercenaire remercia sa bonne étoile. Il observa l'homme vociférant. Il était plutôt petit, râblé, un peu bedonnant. Ses habits sales semblaient cependant prouver qu'il avait des fonctions militaires. En tout cas, il n'était pas très discret, et utilisait une tout autre technique que Danto pour retrouver Toklib. Il fallait maintenant observer et ne pas laisser passer une chance qui arrivait au meilleur moment.

L'homme prit à partie plusieurs consommateurs et même des membres du personnel, toujours en posant la même question. Et toujours avec autant de subtilité ! Personne ne semblant pouvoir le renseigner, il sortit aussi vite qu'il était apparu en claquant la porte.

Danto ne perdit pas un instant, et en abandonnant bien en vue sur sa table une somme permettant de payer la moitié des consommations de tous les clients de l'auberge, il se dirigea très vite vers la porte. Le mouvement que fit la jeune serveuse pour récupérer la somme laissée à son intention fut si rapide qu'aucun des autres consommateurs qui observant la scène, louchait sur les pièces, n'eut le temps de s'en emparer. Cette petite scène qui accaparait l'attention de toute l'auberge et concentrait tous les regards sur la serveuse et l'argent permit à Danto de s'éclipser sans que personne ne fasse attention à lui.

« Et si nous parlions un peu mon ami ? »

Il venait de rattraper l'homme dans la rue et l'avait poussé dans une encoignure de porte. Il piquait négligemment la pointe de l'une de ses dagues sur son ventre rebondi. Son regard balaya la rue de part et d'autre pour s'assurer que personne ne le surprenne.

Dans l'auberge la vie avait repris son cours normal, personne ne se souciait de ce client étrange qui avait à peine entamé une assiette, qui avait payé dix fois son prix pour ensuite disparaître. Le lieu avait vu se produire bien des choses beaucoup plus étranges et les conversations étaient revenues à leur point d'origine, certaines agrémentées de commentaires sur le gros Protech qui avait troublé la compagnie.

Danto maintint la pression de sa dague tout en traînant sa proie jusqu'à un coin sombre d'une rue adjacente. Il lui fallait un coin discret, la garde pouvait passer à tout moment.

« Mon jeune ami, tu ne sais pas à qui tu t'en prends. Je suis le chef de la garde de Timeva. Tu vas finir ta vie sous écrou je peux te l'assurer !

- Et toi vieillard, tu n'es pas en position pour me menacer. Alors discutons en hommes civilisés et quittons-nous en bons termes après que tu m'aies donné les renseignements que je désire.

- Calme-toi. Qu'est-ce que je peux faire pour toi ? L'homme n'en menait pas large, inquiet de sentir la pointe de la dague le titiller au niveau du nombril.

- Il semblerait que nous recherchions la même personne.

- Ce sale voleur de Toklib ?

- Voleur ? Danto maintenait la pression de la dague. Il ne voulait pas que l'homme, soldat aguerri s'il disait vrai sur son identité, tente quelque chose.

- Ouais, il m'a volé un document précieux, en pleine journée, chez moi.

- Chez toi ?

- Oui dans mon coffre, et il est plutôt doué ce petit con.

- C'est quoi ce document ? Pourquoi voudrait-il te le voler ? »

Danto n'était pas dupe, évidemment Selvin était dans le coup. Il ne connaissait qu'une seule personne capable d'ouvrir un coffre dans ces conditions. Par contre il ne fallait pas qu'il se dévoile devant sa victime.

« C'est confidentiel, je ne peux pas t'en parler, répondit fébrilement le soldat.

- Mauvaise réponse. Parle ou je laisse parler ma dague. Danto appuya sur les reins du chef de la garde avec sa main libre et la dague s'enfonça encore un peu plus dans le vêtement qui couvrait le gros ventre.

- Très bien, très bien. Il s'agit d'une liste d'esclaves vendus par la guilde des Griffons. J'ai mis la main dessus lors d'une enquête et depuis je fais pression sur eux. Ils savent que la vente d'esclave est interdite et qu'ils vont vers de gros ennuis. Cet enfoiré de Toklib doit travailler pour eux.

- Tu fais pression ? J'imagine que ce n'est pas que pour la morale. Toklib est membre d'Umbrea Mortalis, pourquoi diable irait-il travailler pour une guilde concurrente ? Tout cela est bien confus mon ami. C'est la vérité que je veux.

- J'ai appris qu'il leur devait une belle somme d'argent. C'est une raison qui vaut toutes les autres. Pas besoin de chercher plus loin. Et je ne te permets pas de douter de mon honnêteté.

- À voir. Et où penses-tu que je puisse le trouver ?

- Je pensais le trouver à l'auberge, il a commis son larcin en début d'après-midi. Il ne fallait pas bien longtemps pour remettre le document au responsable des Griffons. Ce sale type doit déjà être en fuite, et mon précieux document dans les pattes des dirigeants de cette ligue de voleurs.

- Tu as peut-être raison. Admettons que j'oublie que le chef de la garde de Timeva la Grande monnaye les documents qu'il récupère lors des saisies faites pendant l'exécution de son office et disons que tu vas m'aider. Je pourrais ainsi ranger ma dague, et nous repartirons chacun de notre côté. En fait ce n'est pas une proposition, c'est ce qui va se passer. Il reste quand même un petit risque que je dérape avec ma dague si je suis trop contrarié par les réponses que tu vas me donner. Ou par un silence coupable… Donc, réfléchis bien à la réponse à la question que je vais te poser, et oublie le sens même de l'expression « fausse piste ». Où puis-je trouver les Griffons lorsqu'ils ne sont pas dans leur quartier général ?

- Ils ont un hangar sur le port. Immanquable, avec une large vitre à l'étage et une grande porte rouge. C'est le lieu qu'ils utilisent pour toutes leurs affaires louches. Tu cherches Toklib, et donc si vous le retrouvez, tu n'es pas intéressé par le document, donc nous pourrions éventuellement... Il avait parlé d'une traite, trop content de s'en sortir à si bon compte et pensant pouvoir retourner la situation.

- Merci. »

D'un coup bien placé derrière la nuque avec le manche de sa dague,

Danto assomma le chef de la garde de Timeva au milieu de sa dernière phrase.

Il était certain que Selvin n'avait pas fui, il lui était forcément arrivé quelque chose. Le Protech savait qu'il allait avoir besoin d'une aide précieuse, celle de son chef d'équipe. Immédiatement il se précipita dans la pénombre des rues de Timeva pour retourner à l'auberge où il devait se morfondre à l'attendre. Il savait que chaque minute perdue pouvait être fatale à son ami probablement en danger et il courait dans le noir, manquant tomber à chaque coin de rue. Il ne comprenait pas quelles avaient été les motivations de l'intendant pour ce vol mais espérait le retrouver au plus vite pour éclaircir cette affaire. Il fallait retrouver Selvin d'urgence, et pour cela il fallait qu'il commence par retrouver son chef, lui expliquer la situation et agir au plus vite. Le plus difficile allait être d'expliquer la méthode hors norme qu'il avait utilisée. Sa visite à l'auberge et son interrogatoire musclé du chef des gardes n'allaient probablement pas plaire à Sina. Il y avait d'autres façons d'être discret. Il se rassurait en se disant que la fin justifiait les moyens.

« Sina nous avons un problème », Danto tentait de reprendre son souffle tandis que Sina attendait la suite.

Il s'était mis à une table de l'auberge dans laquelle il comptait passer la nuit. Il regardait son acolyte reprendre son souffle devant sa table. Confusément, il se dit que les ennuis allaient arriver.

« Je pense que Selvin s'est fourré dans de sales draps.

- Comment ça ? Je lui avais pourtant bien fait comprendre qu'il fallait rester discret. La discrétion doit être notre façon de vivre, de respirer, de manger, d'être. C'est pourtant clair. Bref ! Explique-moi ce que tu as appris.

- Euh ! Discret n'est pas tout à fait le mot. J'ai appris qu'il a volé un document précieux au chef de la garde de Timeva pour ensuite le donner ou le vendre aux Griffons.

- Volé au chef de la garde ? Aux Griffons ? Mais quel âne ! Niveau discrétion il ne pouvait pas faire pire ! En plus d'être nos principaux rivaux, les Griffons règnent sur Timeva. C'est la guilde la plus puissante de la ville. Encore un effort et nous pourrons nous balader avec des pancartes portant nos noms sur les épaules.

- Oui oui, et c'est pour cela que j'ai fait moi-même très attention à ne pas me faire repérer. J'ai gentiment persuadé le chef de la garde de me donner quelques informations sur cette bande de sauvages qui nous volent régulièrement des affaires. Pour m'être agréable, il m'a confié que leur lieu de réunion privilégié pour les affaires spéciales était un hangar avec une grande porte rouge sur le port. Danto, noyait le récit de son aventure avec le gros Protech dans des paroles sucrées qui, il l'espérait, endormiraient son supérieur suffisamment pour qu'il n'évoque pas la méthode qu'il avait utilisée pour avoir les renseignements.

- Gentiment ? Voyons Danto pas à moi… Et bien sûr tout ceci t'a été confié par le chef de la garde sans que maintenant il ne pense à te retrouver ?

- Peut-être devrions-nous nous dépêcher ! Pas le temps de t'expliquer. »

Sina Mura détestait ce genre de situation. Il était devant le fait accompli et chaque décision désormais pouvait leur procurer de graves ennuis, si elle n'était pas mûrement réfléchie. Il allait devoir choisir entre l'anonymat et sauver son ami. Il était sûr que les Griffons ne feraient jamais le rapprochement entre Selvin Klyde et Umbrea Mortalis, mais en revanche le concernant c'était une tout autre histoire. Il connaissait très bien le meneur de cette guilde et ne pourrait pas faire illusion bien longtemps. De plus, si Toblik était dans leurs mains, le rapprochement avec la guilde serait immédiat, l'intendant ne se cachant pas de ses fonctions.

« De toute façon nous n'avons pas trop le choix, je me refuse d'abandonner un de mes équipiers.

- C'est incroyable comme cette équipe se réduit comme une peau de chagrin.

- Oui et crois-moi, je commence à perdre patience. Encore une réduction et l'équipe sera composée de … moi. Emmène-nous au port, trouvons le hangar et une fois sur place nous aviserons. Gardons en tête qu'il va falloir rester le plus discret possible. Mais je me doute que ça ne te quitte jamais ça. J'espère qu'il nous sera facile de le retrouver. Selvin va entendre parler du pays, sois en sûr.

- On ne sait pas encore ce qu'il s'est passé. Attendons de voir avant de le blâmer. »

Les deux hommes cachaient leur anxiété sur le sort de leur coéquipier et ami par ces paroles.

Une fois que Sina eut signalé à l'aubergiste qu'ils repasseraient plus tard dans la nuit, ils se mirent en route.

Ils trouvèrent facilement le lieu indiqué. Le hangar correspondait exactement à la descrition que lui avait faite le chef de la garde. Danto craignait de tomber sur ce soldat corrompu, mais se rassura rapidement. Il était peu probable que le soldat veuille se retrouver impliqué dans une affaire qui le dépassait désormais. Le seul risque était que, aveuglé par l'appât du gain, il veuille se mêler à l'affaire.

Cachés derrière quelques tonneaux posés sur le quai, ils observaient le bâtiment et ses abords. Une lueur émanant de la vitre à l'étage était visible. Le bâtiment était occupé, c'était évident. En revanche ils n'avaient aucune idée du nombre de mercenaires des Griffons présents. Il n'était pas question de foncer tête baissée dans la gueule du loup. Sina évaluait toutes les combinaisons possibles, tandis que Danto observait les lieux afin de trouver la solution la plus discrète pour pénétrer dans le bâtiment. Décidément c'était la journée de la discrétion !

Ce qui inquiétait Danto c'était que remettre un document volé en début d'après-midi n'aurait pas dû prendre autant de temps. Selvin aurait déjà dû les rejoindre si son larcin s'était passé comme prévu. Et même, il se disait qu'apporter le document aux Griffons était du ressort de Toklib et que le vol accompli, son ami aurait dû venir les retrouver à l'auberge dès l'après-midi. L'inquiétude grandissait. Selvin était probablement dans une situation qu'il ne gérait plus. Danto pouvait supposer que la vie de son ami était en jeu. Une intervention rapide pour le sauver était indispensable.

Lors de sa rapide analyse du hangar, il avait pu remarquer qu'une échelle sur le côté sud permettait d'accéder au toit. Il y avait fort à parier qu'il devait exister un accès vers l'intérieur du bâtiment par le toit. Cette solution lui paraissait excellente pour arriver en toute discrétion à l'intérieur du hangar.

Ils se tassèrent soudainement plus encore derrière les tonneaux qui les cachaient en entendant du bruit provenant de la rue. Deux hommes arrivaient devant le hangar tout en discutant de façon passionnée. Un débat houleux faisait rage. La distance qui les séparait des deux mercenaires en conflit empêchait Danto et Sina d'en entendre le contenu. Les deux bandits en discussion n'étaient pas seuls. Ils comptèrent finalement cinq hommes qui s'approchaient et qui, au bout de quelques minutes, entrèrent dans le hangar.

Il fallait agir vite. Sans parler Danto prit naturellement la tête, suivie de près par son compagnon. Ils arrivèrent silencieusement sur le côté gauche du bâtiment. L'échelle était stable. Sina, un genou au sol, dans un angle caché par l'obscurité observait les alentours tandis que Danto s'engageait dans l'ascension. Handicapé par sa stature lourde de Protech, il montait difficilement aux barreaux. Il parvint cependant à grimper sans incident. Au niveau de la vitre, il jeta un coup d'œil à l'intérieur.

Selvin.

Son ami était agenouillé, les mains ligotées, au centre du hangar. Une simple lanterne posée sur une caisse en bois éclairait la pièce. À ses côtés un autre homme, visiblement Souna, était ligoté. Probablement Toklib. Les hommes qui se disputaient précédemment devant le hangar étaient face à eux. Ils leur parlaient.

« Sina, il nous faut nous dépêcher. »

En un instant, les deux mercenaires d'Umbrea Mortalis se retrouvèrent sur le toit, rassurés de trouver immédiatement une trappe d'accès ouverte. Ils devaient avancer sur des œufs, et imaginer au fur et à mesure de leur progression le meilleur plan pour intervenir. Ils ne savaient pas ce que voulaient les hommes des Griffons, mais il semblait peu probable qu'ils leur veuillent du bien. Les années d'entraînement au sein de la guilde payaient aujourd'hui. Ce soir ils n'étaient pas à leur avantage. Deux otages à libérer, et eux, seulement deux à pouvoir intervenir face à sept hommes en armes au total. Danto espérait qu'il n'y avait pas ailleurs dans le bâtiment d'autres mercenaires que ceux qu'il avait comptés.

Ils arrivèrent dans une petite pièce qui semblait servir de débarras. Des caisses vides en bois étaient dispersées de façon anarchique. Cette fois-ci Sina prit la tête. Passer en premier étant le meilleur moyen d'avoir une vue d'ensemble et par accord tacite c'était lui qui menait les débats.

La salle, sans porte, menait à un couloir sombre. Ils devaient faire attention à ne pas faire de bruit en percutant l'un des nombreux objets épars au sol. Ils avançaient à tâtons. Après un bref coup d'œil, ils s'engagèrent dans l'escalier en bois qui menait au rez-de-chaussée. Sina avait fait le pari, risqué, de se dire que la vigilance des Griffons pourrait facilement être battue en brèche. Ceux-ci ne pouvaient certainement pas imaginer que des mercenaires ennemis s'étaient introduits dans leurs locaux.

Son instinct et son expérience parlèrent. Heureusement l'escalier était récent et les marches en bois ne faisaient pas de bruit. Ils arrivèrent sans encombre derrière un amoncellement de grosses caisses en bois. Ce hangar devait servir de dépôt pour de grosses marchandises, les caisses étaient volumineuses et cela leur donnait un petit avantage.

Ils n'étaient désormais qu'à quelques mètres dans le dos des cinq hommes qui interrogeaient Selvin et Toklib. Les deux derniers gardes étaient probablement en train de surveiller l'entrée principale et ils ne les voyaient pas. L'angoisse de leurs compagnons était perceptible à distance, même celle de Selvin pourtant lui aussi entraîné pour des missions dangereuses. La peur montait doucement en lui et son visage en trahissait les premières atteintes. Il ne fallait pas qu'il les aperçoive pour le moment. La plus infime de ses réactions pourrait alerter ses ravisseurs. L'effet de surprise était leur seul et unique avantage, il ne fallait pas le gâcher.

« Vous avez fait du bon travail. Vous m'avez permis de récupérer ce fameux document qui m'a tellement fait défaut. Mais je suis face à un gros dilemme. En plus d'être devenus des témoins gênants, vous avez eu la mauvaise idée de lire le papier. Pour ce qui est du chef de la garde, je lui graisse la patte depuis assez longtemps pour ne pas être inquiété. Dans votre cas, c'est légèrement plus compliqué.

- Relâche-nous, nous ne parlerons pas, répondit fébrilement Toklib.

- Tu n'es vraiment qu'un traître, un lâche sans parole, j'aurai ta peau ! Cria Selvin en s'étranglant de rage.

- Voilà, c'est ce genre de comportement que j'exècre. Pourquoi tant de haine ? J'essaie de m'en sortir en développant honnêtement un commerce parallèle. Tout le monde sait que le mercenariat ne paie plus depuis la fin de la guerre et moi, je tente de relancer l'activité en ouvrant de nouvelles voies. Je suis déçu, tu ne sembles pas voir tout ce que j'apporte à notre beau métier. Le chef du petit groupe de mercenaires semblait s'amuser.

- Je te le jure, je te tuerai de mes propres mains.

- Tu n'es pas en position pour proférer des menaces mon ami, poursuivit l'homme avec un ton bien moins ironique en tenant le menton de Selvin. Il le fixa intensément, puis le repoussa violemment vers l'arrière.

- Mon ami est sous le coup de la colère, il ne pense pas ce qu'il dit, temporisa Toklib. Libère-nous, tu me connais, tu peux me faire confiance. »

L'homme, un Valkris, contourna ses deux prisonniers pour se retrouver dans leur dos. Il faisait maintenant face au commando de sauvetage toujours prudemment caché derrière les caisses. Sina et Danto baissèrent la tête pour éviter d'être découverts.

« Tu sais Toklib, ces sauvages des îles Maudites ne tiennent pas compte de l'intelligence, il leur faut des hommes robustes, en pleine santé physique. Ton ami Valkris ici présent va me rapporter une belle somme d'argent. Je pense que les enchères vont monter très haut pour lui. Te concernant en revanche, entre la nourriture et le prix du transport, je n'ai pas intérêt à te garder, tu ne serais pas rentable, mais tu es malin, tu pourrais m'être utile. Je vais donc te libérer. »

Toklib laissa échapper un soupir de soulagement, honteux. Il posa son regard sur Selvin, il savait ce qu'allait être son avenir.
Le tortionnaire sortit un couteau de sa ceinture, puis vint couper les liens du jeune Souna. Les quatre autres mercenaires s'étaient rapprochés craignant probablement une réaction vive de Toklib.

« Merci beaucoup Dari, tu peux compter sur ma discrétion. »

Le chef des Griffons s'approcha de Toklib et mit une main sur son épaule.

« Je sais très bien que tu ne parleras pas. »

Il le fixa dans les yeux. Il y avait dans son ton une sombre menace voilée.

Toklib sentit la lame s'enfoncer doucement dans son estomac. La surprise du coup estompa tout cri éventuel, il n'y avait plus que de l'incompréhension dans ses yeux.

« Tout ça n'a rien de personnel, je t'appréciais beaucoup. »

Lorsqu'il retira la lame, le jeune homme se tint l'abdomen et s'effondra au sol, dans une mare de sang.

Selvin hurla.

Les deux mercenaires, cachés et passifs jusqu'à présent, passèrent en un éclair à l'action.

Danto partit à droite, et Sina se jeta sur la gauche. Ils arrivèrent ensemble derrière deux des gardes qui observaient l'action. Selvin, choqué devant son ami ne les vit pas arriver.

Presque simultanément les dagues neutralisèrent les deux hommes, puis, comme s'ils l'avaient répété auparavant, les deux guerriers sautèrent sur les deux autres gardes qui n'eurent jamais le temps de dégainer. Sina trancha la gorge du sien tandis que Danto lui enfonçait directement sa lame dans le cœur.

« Sina Mura ! » Laissa tomber Dari stupéfait par la brutalité et la surprise de l'attaque.

Le temps que Sina se débarrasse de ses deux adversaires, Dari Col était déjà à la porte s'enfuyant avec les deux derniers gardes qui étaient restés à l'entrée.

Danto libéra son ami qui se jeta instantanément auprès de Toklib, allongé face contre terre dans une mare de sang. Il le retourna et vit avec effroi ses yeux déjà vitreux.

« Il est mort. Ne perdons pas de temps ici, ils vont probablement rappliquer avec des renforts. »

Sina arracha Selvin à son ami mort et le tira vers la sortie. Danto jeta un dernier coup d'œil dans la pièce comme pour être sûr de ne rien oublier et disparut également dans le noir de la nuit sur les quais.

La nuit allait être longue, très longue.

CHAPITRE VINGT-DEUX

Fidèle à ses convictions

Magendi Aj'dor

« Cette visite ne m'a pas apporté beaucoup d'éléments. »

Le mage se trouvait sur la luxueuse terrasse d'Algorim Y'rgram. Il était tôt le matin et les rayons du soleil à peine levé réchauffaient déjà l'atmosphère. À l'abri, sous une toile qui flottait au vent, Algorim et Magendi prenaient ensemble un petit-déjeuner composé de fruits, de brioches et d'un thé Chai, parfumé et sucré. Les serviteurs remplissaient les assiettes et les tasses au fur et à mesure qu'elles se vidaient. Le Grand Mage St'ingie aimait ne manquer de rien. Dans l'air flottaient les parfums de l'oasis qui lui servait de jardin. Les jardiniers d'Algorim avaient réussi à cultiver les plus beaux fruitiers, plantes et fleurs d'Arkadis dans une terre parmi les plus désertiques du monde connu. C'était une fierté pour cet homme qui appréciait le luxe. Son coin de verdure lui rappelait sa jeunesse dans les jardins fleuris de son père. Souvent il se baladait dans les allées, enivré par les odeurs lourdes des pivoines et des orchidées. Il aimait ainsi flâner pour affûter ses réflexions sur la politique ou sa vie privée. Les décès de sa femme puis de son fils avaient fait de lui un homme solitaire. Son goût du luxe était démesuré.

Magendi but un verre de jus d'oranges fraîches. Il venait de faire le compte rendu de son petit périple dans le Hedland et de sa longue discussion avec Corradia, le vieux Valkris qui avait survécu à l'attaque du château précédant la Guerre des Clans.

« Et toi, qu'a donné ta visite chez le Protecteur Valkris ?

- À vrai dire rien de bien passionnant, ce n'était qu'une visite de courtoisie pour renforcer nos échanges commerciaux.

- C'est bien, nous avons intérêt à pérenniser notre entente avec les Valkris, surtout vu la situation avec les Sounas.

- En parlant de cela, des nouvelles concernant l'événement de Seffirga ? Tu as eu des informations de Miriù ?

- Je sais que le messager a bien apporté mon message, donc je pense que maintenant il est en pleine investigation. Je me suis renseigné concernant l'événement lui-même. Il en ressort que c'est probablement un Souna qui a utilisé le Cœur de Mythril. Donc si je crois ce que tu m'as dit à la réunion, le Protecteur Valkris avait raison, le Cœur de Mythril a reparu, mais nous avions un coup de retard cette fois-ci.

- Reste à confirmer que ce sont bien les Sounas qui l'ont en leur possession. Tout est flou dans cette histoire, et ce peut très bien être un autre clan ou un individu isolé qui est en possession de la pierre. Mais que Belevir soit remontée sur Seffirga doit corroborer cette hypothèse. En tout cas j'espère que Miriù pourra nous renseigner rapidement. Si ce sont les Sounas qui le possèdent, ils ont aussi probablement entre leurs mains l'héritier légitime du trône, ce qui nous éclairera définitivement concernant leur idée de l'avenir d'Arkadis.

- Toute cette histoire risque de contrarier nos plans. Notre peuple ne doit pas échouer à nouveau là où nos aïeux ont failli.

- Tout est différent, mais c'est vrai que si un clan ou une personne est en possession de ce médaillon, et qu'il sait s'en servir, nous ne pourrons pas récupérer ce qui nous revient de droit. Chaque chose en son temps. Poursuivons le programme comme nous l'avons initialement prévu. Nous nous adapterons en fonction de l'évolution de la situation.

- D'ailleurs j'y pense, as-tu entendu parler du fait que Nastelle a été sélectionnée pour rejoindre le groupe Ler'Qan ?

- Nastelle, ma fille ?

- Oui ta fille, qui d'autre ? Elle doit être actuellement en train de passer l'épreuve d'intégration.

- Non, je ne suis pas au courant. Pourquoi n'en ai-je pas été informé ? En tant que chef j'ai quand même mon avis à donner, non ? Qu'est-ce que c'est encore que ce cirque ?

- Nous ne voulions pas que tes sentiments interfèrent, il s'agit d'un bon élément et nous avons besoin de recruter en ce moment. Ce serait dommage que vos liens de parenté ne provoquent un rejet des examinateurs. Calme-toi et vois le bon côté de la chose, c'est une belle promotion pour elle et un apport important pour le groupe Ler'Qan.

- Je ne pensais pas que ses compétences étaient si étendues...

- Il s'agit de ta fille. La pomme ne tombe jamais bien loin de l'arbre, ne l'oublie pas », Magendi se rappelait ses rancœurs, il savait qu'il était important pour lui de garder la tête froide vis-à-vis d'Algorim. Il ne devait surtout pas braquer le Grand Mage St'ingie qui était en position de force.

Il posa son verre sur la table, salua et sans un mot de plus quitta la terrasse. Ses trois gardes du corps l'attendaient devant la maison du chef St'ingie. Il enfourcha sa monture et se mit en route pour l'Académie Lansor. La poussière était brassée sur les chemins de sable au passage des montures, formant de petits tourbillons qui venaient ensuite mourir sur les accotements. Les rues d'Aldrosaïa étaient étroites et bondées de passants qui laissèrent circuler, en s'écartant tant bien que mal, le mage et son escorte. Sur la place principale de la ville régnait en maître la grande statue en cuivre du plus célèbre mage de l'histoire St'ingie, Mérina Cor'ber. Le marché hebdomadaire battait son plein, et ralentit l'escorte.

« Qui a eu l'idée de passer par là ? »

Le mage perdait patience, son temps était précieux.

Une pierre frappa le front du mage.

Il manqua tomber de sa monture, et se tint le front. Du sang coulait sur son œil gauche et le long de sa joue ridée.

« Rattrapez-le ! »

Les deux gardes en tête avaient anticipé son ordre et, forçant le passage, poursuivaient déjà le coupable qu'ils avaient pu apercevoir dans la foule.

« Rentrons en vitesse, et ouvre-moi la route », ordonna le Doyen au dernier des gardes.

Le cavalier descendit de son cheval, puis épée à la main, poussa les passants qui grondaient. Cependant ils purent sortir de la place rapidement, sans autre incident et se hâter vers l'Académie. Le sang avait quasiment coagulé lorsqu'ils arrivèrent devant les grilles. Les sentinelles à l'entrée les laissèrent passer sans contrôle, Magendi n'aurait probablement pas apprécié un excès de zèle à ce moment.

« Quand tes deux camarades seront de retour je veux vous voir avec le coupable. Faites-moi appeler. Occupe-toi de ma monture. »

Le vieux St'ingie, après avoir donné ses instructions d'un ton sec, descendit de son cheval et se dirigea vers ses bureaux à l'étage de l'Académie. Lorsqu'il arriva dans le hall, il interpella le premier élève qu'il rencontra.

« Hâte-toi dans les quartiers de l'intendant Al'vram. Tu t'excuses de l'importuner et tu lui ordonnes de me rejoindre immédiatement. Fais bien en sorte que je ne l'attende pas quand j'arriverai dans mon bureau.
- Oui Doyen », répondit l'étudiant paniqué.

D'un pas décidé, il monta les escaliers en marbre. Tous les élèves qui le croisaient s'écartaient avec appréhension. Ils sentaient bien que ce n'était pas le moment de retarder de quelque façon que ce soit leur chef. Ils le craignaient habituellement, mais aujourd'hui il leur faisait vraiment peur.

Lui les ignorait totalement.

Son bureau était le dernier au fond du couloir. La large porte, gravée d'un renard à deux queues, avec une lourde poignée en fer forgée, était déjà ouverte.

L'intendant, essoufflé, attendait à l'intérieur. Son inquiétude était perceptible. Magendi pouvait être redoutable et être convoqué comme il venait de l'être ne présageait sûrement rien de bon.

« Votre visage Doyen, que vous est-il arrivé ?
- Ce n'est rien ça, ce n'est pas pour cela que je vous ai fait venir. Fermez la porte et asseyez-vous. »

L'Intendant était le plus ancien membre de Lansor. Il avait connu la période de la guerre, mais jamais directement. Il s'était toujours occupé de la formation des jeunes mages, et depuis que l'ancien intendant était décédé, il avait naturellement pris sa relève. La fonction d'intendant d'une Académie était primordiale. Mais ses prérogatives étaient plus importantes que de veiller simplement au bon fonctionnement de l'approvisionnement. En effet il faisait office d'adjoint au Doyen de l'Académie et le remplaçait lors de ses absences.

L'Intendant Kandid Al'vram était un vieux St'ingie, d'une

intelligence supérieure à la normale. Il était reconnu par tous pour sa grande sagesse et personne n'avait jamais contesté sa position. Cependant, il n'avait jamais été fait pour le combat, son physique était trop loin des standards de sa race. Il était petit et gros. Son surpoids l'empêchait de monter à cheval et d'avoir une condition physique suffisante pour participer aux batailles. Ainsi, dès la fin de sa formation, il avait été affecté à l'Académie comme enseignant. Cette fonction lui allait à merveille, même s'il était parfois réservé, presque introverti. Ses débuts en tant qu'instructeur avaient été difficiles. Il était timide, manquait de charisme, et avait beaucoup de mal à capter l'attention de ses élèves. Pourtant, le temps passant, ceux-ci lui montrèrent petit à petit de plus en plus de respect. Ils avaient remarqué avec le temps que la qualité de son enseignement leur permettait de progresser plus vite qu'avec d'autres maîtres. Kandid Al'vram était ainsi devenu un des professeurs clefs de l'Académie.

« Comment allez-vous Monsieur l'Intendant ?

- Tout va bien, je n'ai pas à me plaindre de mon travail en ce moment.

- Depuis combien de temps nous connaissons-nous maintenant ?

- Je vous ai eu comme élève il y a quarante ans maintenant. Que le temps passe vite !

- En quarante ans beaucoup de choses ont changé. Nous sommes devenus de fidèles amis. J'ai toujours eu énormément de respect pour vous et tout ce que vous représentez. Votre ancienneté dans l'Académie fait de vous quelqu'un de reconnu. J'imagine que vous devez avoir un nombre important de connaissances influentes. Magendi parlait doucement, avec un ton doux, amical.

- C'est vrai que je suis dans les murs de cette Académie depuis soixante-deux ans. J'en connais du monde, qu'ils aient été mes camarades de formation ou mes élèves.

- Bien, je vous ai fait venir ici pour une simple et bonne raison, un souci que vous êtes le seul à pouvoir m'aider à effacer. Mais j'aimerais d'abord savoir si je peux vous faire confiance. Tout ce qui se passera dans ce bureau restera dans ce bureau. J'ai votre parole d'honneur ?

- Je vous ai toujours été fidèle pendant toutes ces années, depuis vos débuts jusqu'à votre accession cette fonction ultime monsieur. Je ne vois pas pourquoi je changerais aujourd'hui. Kandid était surpris de toutes ces précautions oratoires peu habituelles chez son chef. Il attendait la suite, se doutant bien que jamais Magendi n'avait douté un seul instant de sa probité. Pourquoi tournait-il autour du pot ainsi ? Ce devait être important.

- Fonction ultime, tout n'est que question de point de vue. Mon poste vous intéresserait-il ?

- Oh Monsieur, loin de moi l'idée de vouloir prendre votre place.

- Non non, je ne parle pas de ça. J'ai bon pied, bon œil et saurais me défendre si quelqu'un voulait m'évincer. Mais si mon poste se libérait, voudriez-vous y accéder ?

- Ce serait un grand honneur en effet, mais pourquoi le libéreriez-vous ? Que voulez-vous faire ?

- Que pensez-vous d'Algorim Y'rgram ?

- C'est notre chef, je le respecte énormément. Il apporte beaucoup au peuple St'ingie. Kandid s'était exprimé spontanément, mécaniquement. Il se demandait toujours où voulait en venir son interlocuteur. Cette conversation prenait une tournure bien étrange.

- Tout ceci n'est qu'un discours bien rodé, de la langue de bois. Vous pouvez parler ouvertement avec moi sans crainte. Qu'en pensent aussi ceux que vous côtoyez ?

- Vous voulez savoir s'il est aimé des élites ? Clairement non. Son arrogance, son humeur changeante ne plaident pas en sa faveur. Depuis la mort de son fils, il a vraiment changé. Il s'isole fréquemment du reste de l'exécutif. Ses ministres ne sont présents que pour faire de la figuration. Et évidemment se pose la question de sa succession. Il n'a plus de famille, mis à part sa fille, mais vous savez comme moi que nous appliquons la loi salique ; j'ajoute que son âge et sa carrière militaire ne vont pas l'aider à fonder une famille. Algorim commence à se faire vieux et dans son entourage chacun essaie de se placer. Je ne suis pas certain qu'il se rende compte que la situation évolue et qu'il a aujourd'hui de nombreux ennemis au sein même du pays.

- Je commençais à m'en rendre compte, et la situation actuelle m'a ouvert les yeux. Je lui en ai toujours voulu de s'être emparé du pouvoir et de m'avoir casé ici pour me tenir à l'écart, pour que je ne fasse pas de vague. Il a toujours pensé que je ne dirai rien. Mais j'ai de l'ambition. Je suis le Doyen de l'Académie. Cela comporte des droits et des charges. Je pense les remplir correctement. Or, Y'rgram me fait faire des choses qui n'ont aucun rapport avec ces fonctions, et toujours sous son contrôle direct. Il me prend pour sa marionnette. Je me retrouve impliqué dans des décisions du gouvernement qui ne me regardent pas. Parfois il me contrôle jusqu'à relire mes textes à la virgule près, et d'autres fois il me laisse le contrôle de situations qui ne sont pas de mon ressort. J'en conclus qu'il n'est plus à même de diriger correctement la nation St'ingie. Il est temps de penser à la suite, et j'aimerais que vous me disiez ce que vous en pensez.

- Je comprends la situation, et si j'ai bien suivi, si vous accédiez à la fonction de Grand Mage St'ingie, votre place vacante me reviendrait ? »

Ça y est, les mots avaient été lâchés. Kandid comprenait maintenant pourquoi Magendi avait mis autant de temps à en venir au but de son propos. Il ne lui parlait ni plus ni moins que d'un coup d'état. Avec une belle récompense pour lui…

« C'est exactement cela, et vous savez que je suis homme de parole. Bien sûr, j'attends un soutien inconditionnel de votre part. Qu'en pensez-vous, me suivrez-vous ?

- Cela va de soi. Je vais commencer à parler autour de moi, mais sachez que vous n'allez pas vous faire que des amis, d'autres ont les mêmes ambitions que vous. Comptez sur moi cependant, je serai là.

- Merci mon ami. Probablement oui je ne vais pas me faire que des amis, mais mes futurs adversaires n'ont ni mon expérience ni mon influence. Il va vous falloir rester discrets. Il ne faut pas qu'Algorim Y'rgram ou son entourage ne se doute de quoi que ce soit. Nous allons devoir rester prudents car son chien de garde est incorruptible et lui voue une fidélité sans faille. Sa puissance et sa détermination en font quelqu'un de dangereux. Un combat âpre et long nous attend.

- Ne vous inquiétez pas, vous pouvez compter sur moi. Allez soigner votre blessure avant qu'elle ne s'infecte.

- Oubliez cette égratignure, tout ira bien, c'est superficiel. Je compte sur vous, bonne journée mon ami.

- Bonne journée Doyen. »

Le vieil Intendant se leva difficilement de son siège, son surpoids lui compliquant réellement la tâche. Il se déplaçait lentement, bien plus lentement que d'habitude. Il traînait manifestement les pieds pour quitter la pièce.

Magendi le scruta jusqu'au fond de ses yeux rouges, comme s'il voulait sonder une dernière fois l'honnêteté et la fidélité de son ami. Kandid Al'vram fixa la chevalière en or ornée d'un gros rubis rouge, donnée à tous les doyens d'Académie. Magendi devina qu'il commençait vraiment à la désirer.

Puis l'Intendant de Lansor prit quelques instants pour contempler le vaste bureau. Les étagères étaient toutes pleines de livres ou de souvenirs, probablement obtenus durant les nombreuses campagnes du mage. Il l'enviait un peu, mais savait qu'il n'aurait jamais pu avoir la même carrière que lui. Il s'était donné les moyens de grimper dans la hiérarchie du mieux qu'il avait pu sans carrière militaire. Pour accéder à de hautes fonctions chez les St'ingies, il était quasiment indispensable d'avoir réalisé des exploits sur les champs de bataille. Et maintenant une opportunité inattendue se présentait. Un nouvel horizon s'ouvrait devant Kandid.

Lorsqu'il sortit du bureau, un des gardes qui avait été chargé de poursuivre le jeteur de pierre attendait.

« Un jeune soldat de votre escorte personnelle attend devant votre porte, voulez-vous le recevoir monsieur ? » demanda l'Intendant en se retournant avant de quitter définitivement les lieux.

Magendi s'était déjà affalé sur son siège, il grattait le sang désormais séché sur sa joue et son front. D'un geste de la tête il acquiesça.

Le soldat, encore en sueur, entra dans le bureau en prenant bien soin de refermer la porte derrière lui.

« Monsieur, nous avons rattrapé votre assaillant et nous l'avons mis aux fers de l'Académie. Nous attendons maintenant vos instructions. »

Sans un mot le mage se leva. Il alla dans un coin de la pièce où se trouvaient une vasque en cuivre et une cruche. Il versa de l'eau dans le récipient, puis avec un linge qu'il humidifia, commença à se nettoyer consciencieusement le visage.

Le soldat l'observait silencieusement, il attendait une réaction de son supérieur.

Lorsqu'il finit de se laver le visage, une belle bosse avec une croûte de sang apparut sur son front. Il se lava soigneusement les mains dans la vasque, et s'adressa au garde.

« Escorte-moi jusqu'à lui Moro, j'ai à lui parler. »

Sans un mot, après s'être essuyé les mains, il suivit le garde dans le gigantesque dédale de couloirs de l'Académie. Les prisons de l'Académie ne servaient presque jamais, à part parfois pour enfermer un élève qui avait commis un acte grave à l'intérieur de l'Académie. Le transfert vers la prison d'Aldrosaïa et le jugement avaient lieu dans les heures qui suivaient l'arrestation. La prison ne conservait jamais bien longtemps ses hôtes. La porte en bois donnait sur un escalier en colimaçon, étriqué, qui semblait interminable. Lorsqu'ils finirent de le descendre, un long couloir humide éclairé de simples torches qui venaient d'être allumées les guida vers trois cellules. Dans l'une d'elles un jeune St'ingie, debout torse nu, les mains attachées par de larges fers au-dessus de sa tête. Il entendit des bruits de pas dans les couloirs qui étaient restés jusque-là silencieux.

Il était hagard.

L'ouverture de la lourde porte en métal le fit sursauter. Il fixa des yeux le mage et fut surpris et un peu inquiet. Il ne s'attendait pas à le voir venir en personne pour lui parler.

Les deux autres gardes, qui étaient en faction devant la porte, la refermèrent derrière le mage et son escorte.

La cellule était froide. Seule une meurtrière permettait d'avoir un peu de lumière. La vieille paille au sol avait une odeur de pourriture. Avec un air soumis, le jeune St'ingie à la peau crasseuse fuyait du regard Magendi. Il devait à peine avoir une quinzaine d'années mais avait conservé son visage d'enfant. Le mélange de la poussière et de la transpiration lui faisait exhaler une odeur désagréable.

Mais cela ne troubla guère le vieux mage. Il en avait vu d'autres.

« Qui es-tu et pourquoi avoir agi de cette façon ? demanda-t-il d'un ton sec.

- Qu'est-ce que ça peut vous faire, enfermez-moi en prison et qu'on n'en parle plus. Répondit le jeune d'un air résigné.

- Si j'avais voulu que tu sois en prison sans que je ne t'interroge, je ne serais pas là. Maintenant tu vas répondre à mes questions, ma patience atteint vite ses limites. Inutile de te dire que mon temps est précieux et que j'ai les moyens de te faire parler contre ton gré. Alors sois raisonnable.

- Allez crever ! Je n'ai rien à vous dire.

- Je vais t'expliquer dans quelle situation tu t'es mis. Attenter à la vie d'un St'ingie de mon rang est passible de la peine de mort. Mais la mort n'est que la dernière étape d'un processus que je peux enclencher dès maintenant et qui dure longtemps, très longtemps.

- Non non attendez, je n'ai pas essayé de vous assassiner, je voulais juste vous interpeller.

- Ce n'est pas toi qui peux juger si tu as essayé de m'assassiner ou non. Si je dis que tu as essayé de m'assassiner, ton sort est scellé, un point c'est tout. J'ai aussi le pouvoir de te faire libérer. J'espère que je suis clair. C'est moi qui décide. Alors maintenant parle. »

Le jeune St'ingie avait changé de visage. La panique et l'angoisse se lisaient désormais sur ses traits. Son arrogance avait été de courte durée.

« Je suis Chris Jin'lo, fils de tailleur et je vis à Aldrosaïa.

- C'est un bon début. Tu vois que ce n'était pas difficile. Et pourquoi m'avoir jeté une pierre au visage ?

- J'étais en colère monsieur, ce n'est pas vous que je visais personnellement, mais les nobles de ce pays. D'ailleurs je ne savais pas que c'était vous quand j'ai lancé la pierre. Je vous déteste tous autant que vous êtes, vous nous méprisez, vous vous accaparez toutes les ressources. Le débit du jeune homme s'accélérait au fur et à mesure que les mots sortaient. Mon père qui avait un commerce respectable a été mis à la rue comme un malpropre, sous prétexte qu'il avait du retard dans le paiement de ses impôts. C'était peut-être vrai, mais il aurait payé avec un délai. Désormais nous sommes obligés de mendier comme des miséreux. Je dois me battre pour trouver un boulot à la journée, la plupart du temps indigne, pour gagner une misère. Nous vivons dans la rue. Je n'en peux plus, nous n'en pouvons plus.

- Et c'est une raison valable pour m'agresser ? demanda le mage en ne faisant preuve d'aucune compassion.

- De toute façon ma vie ne pourra pas être pire qu'avant.

- Oh que si elle peut être pire qu'avant. Même le mot vie est presque de trop dans ta phrase. Et ce n'est pas ta petite histoire à trois sous qui va m'apitoyer sur ton sort. Dans la vie on obtient toujours le résultat de ce que l'on crée. Je suis parti de rien, mon père, pourtant Grand Mage, ne m'a fait aucun cadeau dans la vie. Et j'ai dû travailler dur pour en arriver là où je suis. »

Chris se mit à pleurer. Il était perdu. Son monde déjà bien fragile s'écroulait.

« Et arrête de pleurer comme une fillette veux-tu ? Tu es quand même plus courageux que ça, mine de rien, tu as osé t'attaquer à l'une des personnes les plus importantes d'Aldrosaïa.

- Je suis désolé monsieur, je regrette vraiment mon geste. »

Le vieux St'ingie fit le tour de la geôle en observant l'eau ruisselant sur les murs. L'humidité contrastait avec la chaleur extérieure de la ville. Le soldat, silencieux dans un coin de la pièce, la main sur le pommeau de son épée observait la scène avec attention.

Magendi s'approcha de lui et murmura.

« Tu te rappelles ce que je t'avais dit quand j'avais insisté personnellement pour t'avoir dans ma garde personnelle ?

- Oui Monseigneur, que vous aviez une confiance absolue en moi et en ma loyauté.

- Je peux donc compter sur ta fidélité ? »

La question était purement formelle. Magendi savait que sa garde d'élite lui était acquise à la vie, à la mort.

« Bien sûr, je suis à votre service et c'est un grand honneur pour moi de servir à vos côtés. Je vous suivrai jusqu'à la mort s'il le fallait.

- Pas pour l'instant. Par contre, tout ce qui va se dire ici, restera bien entendu entre nous. »

Le garde, bien plus grand que le mage, fit un signe de la tête en regardant son supérieur avec respect. Il n'avait pas besoin de parler pour que celui-ci comprenne. Le Doyen de l'Académie retourna auprès du jeune toujours enchaîné. Ses larmes avaient séché, il se sentait perdu.

« Moro, détache-le veux-tu ? »

Le garde alla récupérer les clefs auprès d'un des geôliers qui était en poste devant la porte, puis se dirigea vers le jeune homme.

« Surtout tu ne fais pas le malin, crois-moi je ne te ferai pas de cadeau. »

Chris n'avait pas été attaché longtemps mais ses poignets étaient déjà ensanglantés par les fers qui lui avaient irrité la peau. Il s'effondra au sol lorsque l'étreinte se libéra.

À genoux, les deux mains posées sur la paille moisie, il était à la merci de ses interlocuteurs. Il semblait épuisé par cette courte épreuve. La conversation qu'il venait d'avoir avec Magendi l'avait bouleversé et il était complètement déboussolé.

« Lève-toi comme un homme, tu fais honte à la race St'ingie ! » déclara Magendi.

Chris Jin'lo se redressa, un peu ragaillardi par le ton autoritaire. Il restait essoufflé, comme s'il avait couru. Il se tint devant Magendi, les yeux baissés, le fuyant du regard.

« Maintenant tu vas me regarder dans les yeux et écouter attentivement ce que je vais te dire. Après, tu seras libre. »

Chris fut extrêmement surpris, il ne s'attendait pas à ce genre de réaction.

« Bien entendu, tu vas devoir appliquer toutes mes consignes à la lettre. Tu m'appartiens désormais, et tu ferais mieux de m'être utile. Regarde bien autour de toi, et dis-toi que toute initiative de ta part que je n'aurais pas validée te ramènera ici pour longtemps. »

CHAPITRE VINGT-TROIS

Une femme pleine de ressources

Nastelle Y'rgram

« Ce n'est plus un entraînement, tu joues ta vie, il va falloir tout donner maintenant. »

Un St'ingie se tenait face à elle, les mains enflammées, prêt à attaquer. Ils se jaugeaient mutuellement, se fixant dans les yeux. Ils tournaient dans le sens des aiguilles d'une montre, le dos collé au mur, comme s'ils voulaient éviter une attaque sournoise par-derrière. Leurs yeux ne cillaient pas, l'atmosphère était tendue comme la corde d'un arc.

« Si je t'ai bien compris, je vais devoir te tuer pour pouvoir intégrer l'équipe Ler'Qan.

- C'est tout à fait ça, mais ne te fatigue pas. Tu n'as aucune chance, il faut une dizaine de guerriers très bien entraînés pour venir à bout d'un mage.
- Ça me va. C'est à peu de chose près mon niveau. »

La jeune Nastelle tentait de réprimer ses émotions en fanfaronnant. Pourtant le mage pouvait percevoir l'anxiété et le stress de la jeune fille dans le ton de ses paroles.

« C'est ton premier vrai combat, tu n'as jamais tué ! Je peux le lire dans tes yeux. »

Le mage semblait plus à l'aise que son adversaire. Même s'il n'osait pas se l'avouer, il se rassurait en parlant, et ce qu'il voyait de son adversaire le confortait dans sa conviction qu'il allait gagner. Une petite voix quelque part dans sa tête lui disait quand même que si cette jeune fille était là, c'est qu'il y avait de bonnes raisons. Il fallait être méfiant, mais surtout ne pas montrer de doutes.

« Tu n'as pas la trempe d'une guerrière, ta courte carrière s'arrête là ! »

Sur ces mots il lança très rapidement une petite boule de feu avec la main gauche en direction de la jeune guerrière qui l'esquiva d'une roulade sur son côté droit. Le genou au sol, la jambe droite tendue sur le côté, les deux dagues sorties, elle était désormais en posture de combat.

Elle était recouverte de poussière, qui, mêlée à la sueur, collait à son visage, ses cheveux et ses jambes. Elle dégoulinait de transpiration. La chaleur des mains de son adversaire réchauffait l'atmosphère.

Elle devenait étouffante, irrespirable, et pas seulement à cause de la chaleur. Une vie se jouait.

« Tu es vive, mais ta rapidité ne fait que retarder le moment de ta mort. »

Le mage ralluma sa main gauche. Ses deux mains étaient à nouveau enflammées. Il commençait déjà à se fatiguer. La pièce n'était pas grande et les mages avaient besoin d'espace pour générer leurs sorts et reconstituer leurs forces entre deux incantations. Ils devaient faire des gestes amples et l'exiguïté des lieux l'handicapait. L'utilisation de la magie demandait beaucoup de ressources physiques et mentales, Nastelle le savait et comptait bien utiliser ce petit atout. Elle savait donc qu'il fallait faire durer le combat au maximum pour avoir l'avantage.

Mais pour le moment c'était encore son ennemi qui menait la danse.

Elle tenta de s'approcher de son adversaire. Le mage leva les deux bras en l'air, puis les rabattant sur le côté créa une ligne de feu arrêtant net la jeune femme.

Il me maintient hors de portée. Il est très fort, il faut que je trouve le moyen de m'approcher. En attendant il ne me fait aucun mal, aucune blessure. Calme-toi ma petite Nastelle.

Les deux adversaires continuaient à s'observer droit dans les yeux. Nastelle en posture de défense, les deux dagues sur les côtés, prête à esquiver. Le jeune homme ralluma ses deux mains. Tous deux cherchaient de l'oxygène.

Le St'ingie relança une attaque. Une boule de feu parti de sa main gauche, Nastelle l'esquiva de la même façon que précédemment. Une autre boule lancée de la main droite fut trop rapide pour la jeune femme, qui prise de court ne put faire qu'un petit mouvement d'évitement. Le feu la toucha au bras gauche.

Elle s'effondra violemment au sol sous la puissance de l'attaque.

Par réflexe, elle arracha l'épaulette encore en feu qui ornait sa tunique. La chair était à vif, mélangeant sang et poussière. La douleur était si vive que la jeune fille hurla. C'était un cri de douleur, mais aussi de rage.

« Tu es trop prévisible, je savais que tu allais esquiver de cette façon. Quel dommage de t'avoir manqué de si peu avec ma seconde attaque. Tu vas devoir souffrir un peu plus longtemps. »

Le jeune homme semblait exténué mais ne voulait surtout pas le montrer à son adversaire. Il lui fallait maintenant expédier ce combat le plus rapidement possible pour ne pas épuiser complètement ses réserves. L'attaque double qu'il avait lancée devait être la dernière, et il était en fait furieux de ne pas avoir conclu le combat avec la deuxième boule de feu. Il était maintenant trop fatigué pour se lancer dans une grande combinaison de sorts. Il lui fallait trouver très vite celui qui achèverait ce combat qui commençait à l'inquiéter. Il avait lui aussi une paire de dagues, mais n'avait pas la dextérité de la jeune guerrière.

« Et toi tu manques de vitesse et de précision, ne parlons même pas de ton endurance, tu es déjà fatigué. Il n'y aura pas de prochain sort. »

Nastelle ne voulait pas perdre le combat des mots. Elle savait que dans leur position, tous deux exténués, le moral jouerait un grand rôle dans la décision finale. Elle avait le bras gauche ballant, la douleur était telle qu'elle ne pouvait pas le bouger. Elle regarda sa dague au sol, il ne lui restait plus que celle de la main droite.

Elle la lança en l'air pour reprendre la lame le long de son avant-bras.

« On attaque les choses sérieuses maintenant ? » demanda-t-elle narquoisement.

Le jeune St'ingie eut un petit rictus, et il se mit en position d'attaque, les bras en croix. Il joignit ses deux mains pour tirer une énorme boule de feu. Mais ce coup-ci la jeune femme ne se fit pas surprendre. D'un bond, elle ne plongea pas dessus la boule, fit une roulade du côté droit et vint tailler profondément la cuisse gauche de son adversaire.

Celui-ci, surpris, se retourna et donna un coup de poing brutal dans le dos de Nastelle, qui chuta vers l'avant. Lorsqu'elle se releva, sonnée, le mage s'était déplacé de l'autre côté de la pièce. Sa jambe sanguinolente l'empêchait de se mouvoir rapidement.

« Y'a pas à dire, t'es résistante. En revanche tu manques cruellement d'expérience, et c'est pour ça que tu vas mourir. »

La plaie de sa jambe était profonde. Le jeune homme tremblait, en appui sur celle qui était intacte. Il parlait avec forfanterie comme depuis le début du combat, mais sa voix chevrotait un peu, trahissant la combinaison de sa douleur et de ses craintes.

« Je ne pensais jamais en avoir besoin », continua le St'ingie.

Il posa sa main droite sur sa blessure. Il serra les dents. Une grosse flamme apparut et cautérisa sa plaie. La douleur était tellement forte que le jeune homme tomba à genoux. La plaie ne saignait plus mais une grosse brûlure avait pris sa place. La jeune Nastelle aurait pu en profiter pour attaquer, mais elle aussi avait besoin de reprendre ses esprits et son souffle. Le jeune mage se releva comme il put. À son front, de grosses perles de sueur gouttaient et coulaient dans ses yeux, troublant sa vue. Il avait le souffle de plus en plus court.

« Décidément tu as de l'endurance ma petite. Tu vas m'obliger à utiliser toute ma panoplie aujourd'hui. »

La jeune fille reprit sa posture de défense comme elle le put, un bras toujours inutilisable. Elle ne savait pas s'il bluffait ou si elle devait s'attendre à une attaque d'ampleur. Elle était concentrée comme jamais.

Son adversaire lui sourit.

« Dommage que tu doives mourir ce soir, tu aurais pu faire une très grande guerrière. »

Son sourire disparut, un air concentré en prit la place. La jeune femme comprit qu'il préparait une nouvelle attaque. Il allait probablement jouer le tout pour le tout.

Il frotta ses mains l'une contre l'autre puis les posa au sol.

Je connais cette attaque.

Un souvenir datant de l'époque où elle s'entraînait avec son frère lui revint. Quelques jours avant de disparaître, il venait d'apprendre un nouveau sort particulièrement destructeur. Il avait été tellement fier de le montrer à Nastelle ! Elle sut ce qui allait se passer. Si elle n'agissait pas rapidement elle allait mourir.

Le mage St'ingie ne la regardait pas, il avait les yeux fixés sur ses mains au sol. C'était maintenant ou jamais. Elle courut de toutes ses forces pour se retrouver contre le mur à droite de son ennemi. D'un saut, elle prit appui sur les pierres et poussa sur sa jambe droite. Le bras gauche toujours inutilisable, elle mit toute la puissance de son attaque dans la main droite. Le manche de sa dague vint frapper violemment le visage du mage qui, surpris par l'attaque, s'effondra.

« Tu as été trop imprudent ! Je connais cette attaque, elle est bien trop longue à préparer quand on est dans l'urgence d'un duel. »

Le mage était à moitié inconscient, sur le dos, au sol. La jeune fille, impertinente, se rapprocha de l'oreille de son adversaire.

« Tu as été trop sûr de toi, j'ai gagné.
- C'est toi qui as été trop confiante ! »

Le mage St'ingie s'était emparé de la dague de la jeune fille qui traînait à côté d'eux et asséna un coup de lame au visage de la jeune fille, qui eut à peine le temps d'un mouvement d'esquive vers l'arrière. Une trainée de sang rectiligne vint peindre d'une couleur rouge vif le sol sablonneux.

Mais Nastelle ne chut pas. Dans un accès de colère folle elle enfonça sa dague d'un coup puissant dans l'épaule gauche de son ennemi. Elle sentit que la lame l'avait complètement traversée au crissement du sable.

La douleur du coup fut insoutenable pour le mage qui hurla à la mort. Il laissa tomber son arme.

« Finis-moi si t'en as le courage ! Il serrait les dents de douleur.
- Non, tu vas devoir vivre avec la honte de t'être fait battre par un guerrier. Pire, une guerrière ! »

Elle balança un coup de poing brutal dans la mâchoire de son adversaire. Il s'évanouit.

La dague plantée dans l'épaule, le St'ingie gisait au sol, inconscient. C'était terminé.

Nastelle, exténuée, remit la première dague dans son fourreau. Puis elle récupéra la seconde, une petite giclée de sang sortit de la plaie. Elle se redressa, le bras gauche encore immobile. Le sang commençait à sécher, mais la chair était à vif. La coupure sur sa joue gauche n'était pas belle, elle était profonde et en prenait toute la largeur. Elle saignait beaucoup. Il allait falloir faire quelque chose en vitesse.

Une fois debout, elle vit la porte qui se trouvait face à elle s'ouvrir. Elle était épuisée, et savait que si un nouveau combat devait s'ensuivre, elle mourrait probablement.

« Je n'aurais pas parié sur une victoire de ta part jeune fille. Tu avais face à toi un adversaire redoutable, qui a déjà mené plusieurs combats. Il a une grande expérience de la magie et du combat. »

Un vieux St'ingie venait de rentrer dans la pièce en l'apostrophant. Chose peu commune, il portait une longue barbe, ce qui le fit reconnaître par la jeune Nastelle. Le port de la barbe était rare chez les St'ingies.

« On se connaît non ? Vous êtes un ami de mon père ?
- Alex Ga'drik, pour te servir jeune demoiselle. Notre ami Clash ne t'a pas fait de cadeau, regarde dans quel état tu es.
- Apparemment je ne lui en ai pas fait non plus. Rétorqua-t-elle en regardant le mage étalé au sol.
- Il est encore en vie ?
- Pour le moment oui, dit-elle avec ironie.
- Hum, suis-moi. »

Le vieil homme se retourna et se mit en chemin. Ils prirent un long couloir, au bout duquel se trouvait une porte en fer. La jeune guerrière le suivait de près. Le bras gauche toujours pendant et la main droite tentant d'arrêter l'hémorragie sur sa joue. Alex frappa à la porte qui s'ouvrit et se retourna vers la jeune femme.

« Va voir notre infirmier pour qu'il te rabiboche, lave-toi, bois et mange un morceau, nous nous verrons demain matin à la première heure. »

Nastelle acquiesça d'un geste de la tête.

« Vous deux, allez chercher Clash, il est encore en vie. »

Deux St'ingies qui attendaient assis sur un banc, probablement curieux de connaître la nouvelle recrue, se précipitèrent dans le couloir pour récupérer le jeune homme agonisant.

Une femme, d'environ trente ans, qui attendait dans un coin, rejoignit la jeune fille. Elle avait une silhouette fine et semblait sportive. Elle portait la tenue St'ingie réservée aux mages. Les joues un peu creusées, elle avait les traits marqués. Il émanait d'elle une force peu commune, et Nastelle en déduisit qu'elle devait avoir de nombreux combats à son actif.

« Bienvenue à toi Nastelle Y'rgram. Tu n'as pas failli à ta réputation, je t'en félicite mais ne te réjouis pas trop vite, ici rien n'est acquis.
- Merci...
- Je suis bien contente de voir une nouvelle figure féminine rejoindre l'équipe. Je commençais à me sentir un peu seule. Je suis ton référent ici, Gallea F'rix. Je vais d'abord t'accompagner à l'infirmerie, ensuite nous discuterons en détail de ce que tu trouveras ici. Je suis sûre que tu as des milliers de questions à poser. »

Au même moment, derrière eux passèrent les deux St'ingies portant le jeune mage, encore inconscient, l'épaule ensanglantée.

« Tu ne lui as pas fait de cadeau à ce que je vois, mais apparemment tu l'as épargné. Intéressant ! Suivons-les, ils vont probablement à l'infirmerie. »

C'était effectivement probable ! Gallea rit de sa boutade. Nastelle voulut faire de même mais la douleur de son bras et de sa joue transforma le début de son sourire en un horrible rictus.

Mais son référent décida d'emprunter un autre chemin que celui des trois hommes. Suivre une civière dans le dédale de couloir de l'académie était lent et peu agréable.

« On va passer par là », dit-elle en poussant une porte sur la droite.

La pièce dans laquelle elles arrivèrent ressemblait à une salle à manger. Elle était plutôt grande et bien éclairée par un grand nombre de torches accrochées aux murs de pierres taillées. Cinq tables rondes emplissaient l'espace. Quelques personnes attablées, mangeaient ce qui semblait être de la viande d'ours, ou jouaient au Wooxin. Dans le coin droit de la pièce, un poêle à bois permettait aux utilisateurs de la salle de réchauffer un plat ou une boisson. La décoration était sobre et élégante. Les occupants de la pièce, tous St'ingies, qui s'étaient figés pour l'observer lorsqu'elle était entrée, avaient rapidement repris leurs activités.

« Les loisirs, c'est ici. Nous aurons tout le temps nécessaire pour visiter les lieux, allons d'abord te requinquer. »

Elles quittèrent cette pièce qui servait de foyer aux guerriers. Le long couloir qu'elles prirent était parsemé de part et d'autre de portes sur lesquelles ne figurait aucune inscription. Nastelle savait qu'il allait être difficile pour elle d'apprendre à se déplacer dans ces lieux sans se perdre. Le sens de l'orientation n'était pas réellement son point fort.

« C'est ici. »

La porte de l'infirmerie était restée ouverte, Clash était allongé sur une sorte de brancard surélevé.

« Je déteste les intégrations, vous arrivez toujours dans des états pas croyables. »

Un Souna, plutôt vieux, parlait au jeune mage pourtant encore inconscient. Il n'avait pas remarqué les deux femmes à l'entrée de la pièce.

« Un Souna ? Nastelle regardait sa compagne interloquée.
- Oui, Binen Tango est le seul étranger de l'équipe, et c'est aussi l'un des plus anciens. Ses compétences en médecine nous sont particulièrement utiles. »

Le vieillard s'activait et donnait des ordres à un jeune homme qui semblait le seconder. Il avait arraché les vêtements de Clash qui demeurait en sous-vêtements.

« Ce n'est pas possible ça, on va devoir recoudre des deux côtés, la lame a tout transpercé. »

Il vit alors les deux St'ingies patientant à l'entrée.

« C'est donc elle la coupable de l'état de ce jeune homme ? Ne restez pas là demoiselle, venez vous asseoir ici, je m'occupe de vous une fois celui-ci suturé.

- Il va mourir ? S'inquiéta Nastelle.
- Lui mourir ? Non, ses plaies ne sont pas létales. On pourrait croire que vous avez fait exprès de viser là où ça ne le tuerait pas. »

La jeune femme sourit mais ne dit rien, exténuée. Elle s'assit sur une chaise en bois à côté de sa victime allongée sur son brancard. Le sang sur sa joue avait coagulé, il commençait à y avoir une grosse croûte à la place de la plaie. Elle éprouvait un tiraillement très désagréable sur tout le visage. Heureusement elle recommençait à trouver des sensations aux bouts des doigts de la main gauche. La douleur s'était apaisée depuis le combat mais occultait les pensées de Nastelle. Elle n'arrivait pas encore à se concentrer correctement sur tout ce qui arrivait et l'environnait. Lorsque le soigneur vint lui annoncer qu'il n'en aurait pas pour longtemps avec son patient, il vit que la jeune fille s'était assoupie. Gallea quitta doucement la pièce en lui demandant de l'appeler lorsque la jeune fille serait soignée.

Nastelle ne resta assoupie que quelques minutes mais elles furent suffisantes pour lui permettre de reprendre des forces. Elle avait presque l'impression d'avoir passé une nuit complète. Ses années d'entraînement l'avaient aguerrie, elle s'était habituée à ne dormir que quelques heures dans la nuit. Elle savait également profiter au mieux de chaque minute de repos.

« Hum, ce n'est pas une belle plaie que nous avons là. Sur un si joli visage, je vais faire ce que je peux pour qu'elle soit le moins visible possible mais il y aura tout de même une cicatrice. »

Le vieillard venait de réveiller la jeune femme qui sursauta sur sa chaise en entendant le diagnostic. Elle n'aurait pas su dire si elle avait dormi deux minutes ou deux heures, elle était un peu perdue.

« Si ça peut vous rassurer jeune demoiselle, votre ami ici présent va survivre.

- Ce n'est pas mon ami.
- J'aurais pu m'en douter vu ce que vous lui avez fait subir. Vous allez boire cette boisson au khat, elle va vous faire planer le temps que je vous soigne. Vous ressentirez moins la douleur. »

L'assistant de Binen tendit un bol à Nastelle. L'odeur était très désagréable, mais la jeune fille prit sur elle et avala d'un trait le breuvage. Le goût était âcre, à la mesure de l'odeur. Le soigneur semblait connaître parfaitement son travail et avait déjà fait le point des blessures de la jeune fille. Il appliqua une pâte grasse et épaisse sur la large brûlure qu'elle avait sur le bras gauche, après avoir préalablement nettoyé la plaie avec de l'eau bouillie dans laquelle avait infusé une herbe médicinale, le marrube blanc. Le jeune adjoint enroula alors une bande, sans la serrer, autour du bras de la blessée.

« Le bras n'est pas cassé, mais votre muscle est bien abîmé. »

Nastelle ne répondit pas, elle était sous l'effet du Khat.

« Je vais devoir recoudre cette vilaine plaie et ça risque d'être douloureux. »

Une fois le sang nettoyé avec la même préparation à base de marrube blanc, le vieillard, avec une dextérité peu commune pour son âge et sans un tremblement, recousit avec un fil de soie le visage de la jeune fille. Elle grimaça mais résista à l'envie de crier.

« Va chercher Gallea, dis-lui que la jeune femme est soignée et qu'il faut désormais qu'elle se réhydrate et qu'elle mange avant de se reposer un peu. Non mais regarde-la, elle est toute sèche. »

La nuit fut courte mais le lit était beaucoup plus confortable qu'à l'Académie militaire et lui avait permis de reprendre une grande partie de ses forces. Elle avait dormi cinq heures et avait pourtant la sensation de n'avoir fermé les yeux que quelques secondes. Gallea l'avait prévenue, il ne fallait pas qu'elle soit en retard pour l'entretien avec le chef. Elle pouvait désormais se servir de son bras gauche, mais le moindre mouvement était une torture. La peau de son visage lui semblait tendue comme la peau d'un tambour. Le pansement réalisé par l'apprenti de Binen semblait tenir. Sa tenue souillée de sang, brûlée, découpée lors du combat gisait maintenant au fond d'une poubelle. L'armoire de sa nouvelle chambre était remplie de tenues neuves, taillées en un cuir spécialement apprêté pour l'unité qu'elle intégrait, résistantes et souples à la fois. Elle n'avait pas l'habitude de s'habiller de couleurs aussi sombres mais était certaine de s'y habituer avec le temps.

Gallea l'attendait devant sa porte.

« Comment vas-tu ce matin ?

- Courbaturée, fatiguée. Mon bras va mieux, mais chaque mouvement me fait comme une nouvelle brûlure et ma joue me tiraille.
- Un « ça va » de politesse aurait suffi je crois.
- Oh désolée.
- Pas grave, ne nous mettons pas en retard, le chef t'attend. »

Nastelle était rassurée d'être accompagnée par Gallea, elle n'aurait jamais pu trouver son chemin dans le dédale de couloirs. Il lui faudrait encore du temps pour naviguer dans ce labyrinthe.

« Tiens, du pain de seigle, il ne faut pas que tu aies le ventre vide.
- Merci. Répondit Nastelle affamée en se précipitant sur le quignon.
- Mange vite car nous arrivons bientôt. Ce n'est pas grand ici, nous sommes une petite entité. »

Elles parvinrent à une belle porte en bois, probablement de l'orme. Les ferrures étaient dorées, et la poignée symbolisait une tête de renard. Gallea regarda sa protégée dans les yeux.

« Sache que tu n'as pas fait tout ça pour rien, prépare-toi à la suite. Le chef est derrière cette porte. Sois fidèle à ce que tu as toujours été et à ce que tu as toujours prôné. Sache aussi que je te suis de loin et que je t'observe depuis un certain temps. Je sais que tu as tout pour faire partie des nôtres, mais fais attention à ton tempérament impulsif et ne gâche pas ta chance. Ça en vaut le coup crois-moi, tu vas vivre des aventures incroyables, voyager à travers tout Arkadis et réaliser des missions toutes aussi passionnantes les unes que les autres. »

La jeune St'ingie était surprise de la gentillesse avec laquelle Gallea lui prodiguait ces derniers conseils. Jamais de sa vie on ne lui avait parlé de cette façon. Le stress montait en elle. Elle se demandait pourquoi celle qui pourrait devenir sa nouvelle amie tenait un tel discours avant son entretien avec le chef ? Le fameux chef que tous nommaient ainsi avec une sorte de crainte respectueuse. Elle avait maintenant hâte de le rencontrer.

Elle rajusta ses vêtements tout neufs, tira sur ses gants du mieux qu'elle put avec son bras endolori puis se lança.

Elle frappa.

« Entrez. »

Elle connaissait cette voix, et ce n'était pas celle d'Alex Ga'drik, le

guerrier qui l'avait accueillie la veille.
Elle entra brusquement dans le bureau.

Père.

Gallea referma la porte derrière la jeune fille. La jeune guerrière était seule, au milieu d'un bureau gigantesque, face à Algorim Y'rgram, son père.

« Deux ans que nous ne nous sommes pas parlé, et je vous retrouve ici Père ! Qu'est-ce que cette farce ?
- Nastelle, ma fille...
- Votre fille ? Depuis quand suis-je votre fille ? Je suis comme une orpheline abandonnée par la seule famille qui lui restait. Nastelle avait tout oublié, douleurs, carrière, nouveaux amis et était dans une colère extrême.
- Mon enfant, j'étais perdu, je n'étais plus moi-même lorsque ta mère et ton frère sont partis. Ça a été très difficile pour moi.
- Et pensez-vous sérieusement que pour moi cela a été facile ? Il s'agissait de ma mère et de mon frère, et j'ai autant souffert que vous. Mais moi en plus, j'ai perdu un père, moi. »

Une larme coula le long de son visage. Son corps entier tremblait. Elle avait attendu ce moment depuis des mois, des années, mais ne voulait pas que cela se passe de cette façon. Elle ne ressentait plus la douleur de son bras, ni de son visage, uniquement de la colère. Une colère qui lui donnait envie de hurler, hurler contre le monde entier. Cette rage qu'elle avait engendrée depuis le jour de la mort de son frère ne demandait qu'une seule chose à cet instant précis, sortir. Mais elle serra les dents. Après tout, il ne méritait même pas ses explications.

« C'est vous qui m'avez fait entrer ici, c'est ça ? Je ne mérite pas ma place ! Je veux partir.
- Je n'ai appris ton intégration qu'au moment où tu étais déjà dans le sas. Et nous avons besoin de guerrier comme toi. Tu as ta place crois-moi.
- Dois-je vraiment vous croire ?
- Si j'avais usé de mon influence de quelque façon que ce soit, tu ne serais pas dans un état pareil. Non mais regarde-toi, ma petite fille si fragile.
- Je ne suis plus votre petite fille si fragile, j'ai bien changé depuis le jour où vous m'avez abandonnée.
- Je ne t'ai pas abandonnée, je me suis abandonné moi-même. Mais j'ai eu une révélation quand j'ai su que tu avais frôlé la mort dans ce sas. J'avais oublié à quel point je tenais à toi, que tu étais la dernière

chose qui comptait pour moi sur terre, et que si je te perdais toi aussi je ne m'en relèverais jamais. »

Le Grand Mage St'ingie, appuyé à son bureau face à sa fille, se redressa. Il avança avec prudence auprès d'elle. Nastelle regardait ses pieds, elle fuyait le regard perçant de son père. Elle ne savait plus quoi penser. La colère se transformait petit à petit en un sentiment bizarre mêlé de joie, de nostalgie et encore de rancœur. Algorim posa sa main sur l'épaule de sa fille.

« Tu as toujours occupé une grande place dans mon cœur, et laisse-moi tout faire pour me faire pardonner. »

La jeune guerrière éclata en sanglots, et frappa plusieurs fois la poitrine de son père, avec son poing. Le vieux guerrier ne broncha pas, ému.

« Vous n'aviez pas le droit de m'abandonner, j'avais besoin de vous ! »

Il la serra contre lui avec tendresse.

« Je ne t'abandonnerai plus jamais je te le promets, et il faut que tu saches que je suis fier de toi. »

Nastelle attendait ce jour depuis si longtemps. Son père qui n'avait jamais eu le moindre geste, la moindre parole positive pour elle, lui avait enfin livré tout ce qu'il avait sur le cœur.

« Maintenant tu vas devenir la plus grande guerrière du groupe Ler'Qan. Je serai présent quand tu auras besoin de moi. Pas de traitement de faveur en revanche, ce ne serait pas juste pour tes camarades, et te connaissant tu m'en voudrais. »

La jeune fille repoussa doucement son père puis sécha ses larmes. En un instant elle se décida à oublier le passé et entra dans une nouvelle vie avec cet homme qu'elle avait détesté pendant des lustres.

« Je continuerai à vous rendre fier père, de toutes mes forces et de tout mon cœur.

- C'est bien, rejoins Gallea maintenant. Nous nous reverrons de façon régulière, je serai toujours dans ton ombre et tu pourras compter sur moi si les circonstances le nécessitent. »

Nastelle quitta la pièce et rejoignit Gallea.

Algorim resta seul au milieu de son bureau. Sitôt Nastelle disparue, une porte latérale s'ouvrit. Alex Ga'drik entra dans la pièce.

« Quel superbe discours vous avez tenu ici monsieur. Je ne suis pas surpris. Nous allons maintenant pouvoir en faire tout ce que nous voulons. Elle n'osera refuser aucune mission par crainte de déplaire à son père chéri. En revanche, elle n'a pas encore tué le moindre adversaire et on dirait qu'elle n'est pas prête à le faire. C'est problématique. »

Algorim Y'rgram acquiesça d'un geste de la tête et resta silencieux.

Rien n'allait être simple...

CHAPITRE VINGT-QUATRE

Des rencontres opportunes

Madbli Lifotech

« C'est rare une telle effervescence à Timeva, le chef de la garde les a déclarés ennemis public numéro un. »

Madbli Lifotech avait chevauché depuis Atelas jusqu'à une petite ville portuaire Protech à l'ouest, Gangzu. Il avait ensuite pris un petit navire marchand qui livrait toutes sortes de marchandises à Timeva. La traversée n'avait pas été longue. Dans cette direction les vents sont, la plupart du temps, favorables et la mer calme. La nostalgie des voyages en bateau de guerre l'avait envahi lors de ce trop court voyage. À la fin de la guerre, il avait été banni par le chef Protech lui-même, et avait décidé de partir pour Énolia. Il s'y était établi. La vie d'aventure qu'il avait vécue depuis sa naissance jusqu'à la fin du conflit lui manquait terriblement. Il s'était trouvé un poste de cuisinier dans une auberge, mais cette vie trop tranquille n'était pas faite pour lui. Il avait sombré dans l'alcool jusqu'à ce soir béni où la bagarre quotidienne avait dégénéré. Il en avait profité pour refaire sa vie comme il l'avait toujours voulue, faite d'aventures et de rêves éveillés. Son caractère indépendant, presque égoïste, s'en trouvait satisfait.

Son arrivée au port commercial de Timeva fut quelque peu tumultueuse. Tous les bateaux entrants et sortant du port étaient fouillés de fond en comble, et le sien n'y échappa pas. Il dut parlementer un peu avec un jeune garde qui faisait du zèle, mais son expérience de ce genre de situation lui permit de passer rapidement. Il avait ensuite trouvé une auberge confortable située non loin du port.

« D'après la rumeur, trois mercenaires d'Umbrea Mortalis auraient assassiné de sang-froid quatre membres du clan Griffon. Seul le chef du clan qui était présent aurait réussi à s'enfuir. L'affaire date de cette nuit. J'ai aussi entendu dire que le chef de la garde lui-même a été aussi agressé par un Umbrea Mortalis avant la bagarre. Je n'aurais jamais cru ça possible venant des membres de cette guilde. Ils n'avaient jamais fait de vagues auparavant. »

L'aubergiste semblait très excité, un peu d'action dans une ville habituellement si calme le faisait frétiller comme un gardon.

« Oui j'en ai entendu parler dès mon arrivée sur le port. Que faisaient-ils ici ? demanda Madbli curieux.

- Ils ont une antenne ici, qui a été évidemment perquisitionnée tout de suite par la garde. La ville entière est complètement bouclée, ils ne pourront pas fuir. En plus, tous les membres de Griffon participent avec la garde à la recherche. Je ne donne pas cher de leur peau. Ils sont bien énervés !
- Ouais, ils ne vont pas mettre longtemps à leur mettre le grappin dessus. Sers-moi à boire au lieu de rester là avec ta cruche dans les mains. Tu vas peut-être pouvoir m'aiguiller, j'ai une question qui n'a rien à voir.
- Je t'écoute, dit l'aubergiste en se dépêchant de remplir le verre de son interlocuteur.
- Je recherche une jeune femme. Nous nous sommes rencontrés à Énolia, et j'ai cru comprendre qu'elle s'était rendue à Timeva avec un ami, un jeune St'ingie me semble-t-il.
- Ta définition est un peu vague. Je t'avoue que pour le coup je ne vois pas comment t'aider. Si c'est une jeune femme que tu cherches, je peux… Il décida de ne pas finir sa phrase en voyant le regard de Madbli noircir. Mais je connais quelqu'un qui pourra sûrement te donner quelques réponses. Il est au courant de tout ce qui se passe dans cette ville. J'espère que ta bourse est pleine, il fait payer cher ses renseignements. Tu devrais aller le voir demain matin à la première heure, le couvre-feu ne permet plus de sortir maintenant, de toute façon.
- Comment se nomme-t-il ?
- Remli Techoni.
- Un Protech donc.
- Oui mais Protech ou non, tu paieras le prix fort.
- C'est bien ce que je disais, un Protech. »

Les deux hommes rirent.

La nuit fut courte pour Madbli, il voulait être levé aux aurores pour trouver rapidement son informateur. Il ne connaissait pas Timeva et fut rapidement un peu perdu. Il paya un petit mendiant qui traînait dans la rue pour qu'il lui fasse office de guide. Il n'était pas habitué à ces villes du Sud où les rues semblaient partir dans toutes les directions, et qui semblaient avoir été imaginées par un architecte fou. A contrario les villes Protechs étaient construites géométriquement. Les rues formaient un immense quadrillage où les places marchandes étaient bien référencées et faciles à trouver. Il suivait le gamin enthousiaste de guider un adulte dans Timeva, et surtout ravi de gagner quelques pièces de bronze.

La devanture du magasin ne payait pas de mine, et contrairement à la plupart des commerces de la ville n'avait pas de rabatteur. Quelques clients étaient déjà présents dans la boutique malgré l'heure on ne peut plus matinale, ce qui prouvait la réputation élevée de l'endroit. Une pancarte en bois flottant à la brise matinale était la seule décoration extérieure. On pouvait lire :

De bric et de broc

Chez Remli Techoni

L'émissaire du chef Protech trouva l'endroit immense mais rangé tel un capharnaüm. Un amas de métaux d'un côté, de l'autre des appareils dont personne ne pouvait deviner la fonction, mais qui trouveraient probablement quand même des acquéreurs. Sur des étagères des épées, mais aussi des arbalètes ou des masses d'arme. Il y avait affluence. Madbli sut que son indicateur ne lui avait pas fourni une mauvaise information. Autant de clients représentaient une source potentielle d'information en tous genres. Il connaissait très bien le milieu des informateurs et leur façon de fonctionner. Ils étaient peu à être utiles. Une excellente mémoire est la première condition à remplir pour le rôle. La seconde nécessite de posséder un carnet d'adresses étendu, d'amis, ou de clients dans le cas de Remli. Il faut aussi être organisé, savoir ranger, trier et recouper les informations pour en faire un renseignement viable et susceptible d'être vendu. Pour l'organisation le Protech perdit un peu de son assurance lorsqu'il vit comment était organisé le magasin. Rien n'était logique. Si un client cherchait un objet en particulier il lui faudrait probablement plusieurs heures, ou être obligé d'appeler le maître des lieux. C'était peut-être cela le secret, l'obligation de contacter le propriétaire. Malin !Il s'agissait d'une affaire familiale, Techoni travaillait avec son épouse et ses trois filles. Les femmes semblaient s'occuper du rayonnage, du conseil aux clients, et l'homme tenait la caisse. Une façon bien protech de concevoir le commerce. Il semblait connaître tous ses clients et prenait toujours le temps de discuter avec chacun d'entre eux. Oui, à bien y penser, ce devait être un bon informateur.

Madbli fit la queue et attendit son tour.

« Bonjour, je ne vous ai jamais vu par ici.

- Oui, je me nomme Madbli Lifotech.

- Remli Techoni, propriétaire de la boutique. Comment puis-je vous aider ? Vous n'avez rien trouvé en magasin qui puisse vous faire plaisir ?

- Ce que je cherche ne s'achète pas en magasin, et j'ai une bourse bien pleine pour le trouver. »

Madbli avait pris le bon angle d'attaque pour s'adresser à un Protech. Il savait qu'on pouvait presque tout obtenir avec une bourse bien pleine dans son peuple. Il n'avait pas le temps de tergiverser et avait décidé de rentrer dans le vif du sujet dès le premier abord.

« Nelly, j'ai affaire dans la remise avec mon ami ici présent, veux-tu prendre ma place à la caisse quelques instants s'il te plaît ? »

L'aînée des filles du gérant prit sa place sans un mot et s'installa à la caisse.

La remise était encore plus grande que le magasin lui-même. Madbli avait l'impression qu'il y avait tout ce qui pouvait être vendu dans cette partie du monde. Un petit bateau trônait même au centre de la pièce.

« C'est l'aubergiste du Petit Navire qui m'a conseillé de m'adresser à vous.

- Ma réputation me précède. Que puis-je faire pour vous ?

- Je recherche une jeune Souna accompagnée d'un St'ingie. Ils ont dû arriver à Timeva il y a quelques jours, je ne pourrais pas dire quand.

- Je crois avoir entendu une histoire de ce genre, mais j'ai besoin d'un peu de temps pour me rafraîchir la mémoire. »

Remli tendit la main vers son interlocuteur qui fouillait déjà sa bourse pour y récupérer quelques pièces. Remli, sans l'évoquer, rappelait à Madbli ce vieux proverbe : « le temps c'est de l'argent ».

« Étrangement, avec ce doux bruit de pièces s'entrechoquant la mémoire me revient facilement.

- Allez, dites-moi ce que vous savez. Madbli sourit.
- J'ai bien entendu parler d'une jeune Souna et d'un St'ingie qui auraient disparu. Ils venaient d'Énolia.
- Oui. C'est ça. D'Énolia. Et où sont-ils désormais ? »

L'informateur ne perdait pas le nord, il remua le peu de pièces qu'il avait dans sa main, en les contemplant les yeux dans le vague.

« Ces pièces se comptent toujours par douzaine sinon il paraît que ça porte malheur. Et à mon âge il faut tellement de temps pour regrouper ses souvenirs...

- Vieux rapiat, bougonna Madbli en rajoutant quelques pièces.
- Non pas rapiat, je préfère honnête commerçant.
- Je vous écoute, et à ce prix-là j'espère que ça en vaut la peine.
- Je ne fournis que du renseignement de premier choix ! Sinon, comment aurais-je pu me forger une si solide réputation ? La fille et le garçon ne sont plus en ville, Dari Col les a mis dans un bateau pour les îles Maudites.
- Qui est ce Dari Col ?
- C'est le chef de la guilde des Griffons.
- Et pourquoi les îles Maudites ?
- Ça, c'est un renseignement qui te coûterait trop cher mon ami. Mais si tu as de l'argent, va voir ce Dari à son quartier général, je suis sûr que vous pourrez trouver un terrain d'entente.
- Une dernière chose me turlupine. D'après vous cette histoire de bateau avec mes deux amis aurait un rapport avec le meurtre des quatre membres des Griffons ?
- Non je ne crois pas, pourquoi pensez-vous cela ?
- Pour rien, pour rien.
- En tout cas cher ami, je me ferai un plaisir de vous aider si vous avez encore besoin de quelque chose. Souvenez-vous, toujours par douze...
- Vu ce que vous m'avez déjà coûté, je vais désormais effacer votre magasin de ma mémoire. »

Le jeune guide de Madbli l'attendait devant l'échoppe. Il ne voulait surtout pas perdre une occasion unique de ramasser quelques pièces en baladant un riche touriste à travers toute la ville.

« Tu sais où je peux trouver le quartier général des Griffons, petit ?

- Suis-moi M'sieur, c'est pas ben loin. »

Ils ne mirent que quelques instants à atteindre le siège de la guilde.

Ils n'avaient marché qu'une centaine de mètres. Un grand écriteau sur lequel était dessinée la silhouette d'un griffon ornait le bâtiment qui comptait quatre étages.

Madbli n'aimait pas ce genre de lieu. Il n'était vu, une fois entré, que comme une bourse remplie d'or. Il franchit cependant le pas de la porte et un Souna vint immédiatement à sa rencontre.

« Bonjour cher voyageur. Je ne vous ai jamais vu dans les parages, vous êtes nouveau ? Vous savez comment fonctionne un comptoir de mercenaires ? »

Le Protech le dévisagea sans broncher, attendant la suite.

« C'est plutôt simple, vous n'avez qu'à vous adresser à l'une de nos hôtesses derrière le comptoir et lui donner les détails de la mission que vous avez à nous confier. N'oubliez pas de nous préciser votre budget. Ensuite deux options s'offriront à vous, soit vous choisissez l'équipe qui va la réaliser, soit c'est nous qui choisirons pour vous. Nous sommes organisés par équipes plus ou moins spécialisées. Vous pouvez choisir l'une d'elles si vous le désirez mais nous préférons en général faire nous-même ce choix. Je vous précise cependant que la somme d'argent que vous nous allouerez pèsera dans ce choix. Je suis également dans l'obligation de vous annoncer que nous sommes obligés de refuser toute mission qui s'avèrerait contraire à la loi.

- C'est bien tout ça, j'y réfléchirais si j'ai besoin de quelque chose, mais en attendant où puis-je trouver votre patron, Dari Col ?

- Houla ! Je vous arrête tout de suite mon cher ami. Ce n'est pas comme ça que ça fonctionne.

- Si ! C'est comme ça que ça fonctionne. J'ai de l'argent et je cherche à parler à votre chef. Je ne suis pas sûr qu'il serait content de savoir qu'il a raté l'occasion d'encaisser une grosse somme facilement à cause de toi. Alors ?

- Euh, attendez là, je vais voir ce que je peux faire pour vous. »

Madbli s'assit et observa ce qui se passait dans la pièce. Derrière un grand comptoir se trouvaient deux jeunes femmes Valkris. L'une occupée avec un client qui semblait plutôt exigeant. L'autre attendant patiemment que quelqu'un vienne lui donner un peu de travail. Dans un coin de la pièce étaient accrochés deux grands tableaux de bois sur lesquels étaient épinglés de nombreux parchemins. Trois mercenaires les consultaient en discutant. S'y trouvaient manifestement les missions qui n'avaient pas encore trouvé preneur. Madbli se doutait que ce n'étaient pas les plus intéressantes sinon elles auraient été attribuées par les chefs dès leur arrivée.

L'attente ne fut pas très longue pour le Protech. Le Souna qui l'avait reçu revint rapidement à l'accueil. Il ne rejoignit pas son visiteur et se posta devant le palier. Un Valkris le suivait. Il était particulièrement grand et robuste, et portait une tenue en coton, légère et renforcée par des morceaux de cuir au niveau des articulations. Les traits du visage marqués et graves, un long front dégarni par ses cheveux tirés vers l'arrière et noués en une queue-de-cheval l'anoblissaient. Il avait l'air d'un homme plein d'expérience et de confiance en lui. Son côté rassurant devait donner confiance à ceux qui lui confiaient une tâche. Le bruissement dans la pièce s'était considérablement calmé à l'entrée de l'individu. Dari fit un tour d'horizon de la pièce. Il était étonné que ce soit un Protech qui lui offre une somme pour un renseignement.

En général ils offrent plutôt des insultes, ces avares de Protechs.

Personne n'aimait les Protechs. Ils étaient considérés comme avares, fourbes et égoïstes. En dépit des dissensions entre les peuples d'Arkadis, tous étaient d'accord sur ce point. Et ils n'avaient pas forcément toujours tort !

Le chef des Griffons épargna à interlocuteur les habituelles formules de politesse pour en venir directement aux faits.

« Comment puis-je alléger votre bourse ?
- Vous êtes Dari Col ?
- En personne. Si vous ne me connaissez pas je dois en conclure que vous n'êtes pas de Timeva.
- Je ne suis pas ici pour parler de mon origine mais de ce que je cherche. On m'a dit que vous pouviez m'aider à trouver quelqu'un.
- Je suis étonné qu'on vous ait donné ce genre d'information. Suivez-moi, allons dans un endroit plus calme. J'espère que cette bourse est bien remplie. »

Madbli, précédé de Dari, prit les escaliers pour accéder aux étages du bâtiment. L'absence de porte à chaque niveau permettait de voir quelques mercenaires dormir dans des lits de fortune ou attablés autour de petits meubles en bois encombrés de chopes. Il fallait qu'ils puissent se mettre sur le pied de guerre en un instant, et donc les lieux étaient conçus avec le minimum d'entraves. L'alcool cependant semblait autorisé. Certains braillaient en jouant au Wooxin à même le sol, d'autres partageaient un repas, assis sur des caisses en bois. L'air était puant et lourd. La luminosité était faible, seules quelques ouvertures aux murs de pierres permettaient à la lumière du jour d'entrer. Le Protech manqua de marcher sur un jeune St'ingie qui dormait à même le parquet poussiéreux. Le désordre était tel que Madbli ne fut pas choqué de le voir installé sur un palier. Les lattes de bois grinçaient à chaque pas. Il se demanda comment il était possible de dormir dans une telle atmosphère.

« Suivez-moi, nous avons une pièce réservée aux discussions importantes, à l'abri des oreilles indiscrètes. »

Le Souna qui l'avait accueilli les suivait. Madbli n'était pas à l'aise et aurait, pour une fois, lui, le solitaire, aimé être accompagné de quelques camarades. Il se sentait tel un agneau promis au sacrifice au milieu d'une meute de loups affamés. Enfin ils atteignirent une pièce protégée par une porte. Elle grinça en s'ouvrant. Il pensait trouver le bureau du chef ou bien encore ses appartements, mais la pièce n'était qu'une simple remise. De la poussière virevoltait dans le rayon de lumière qui parvenait par l'unique ouverture vers l'extérieur dans le mur en face de la porte. Le Souna ferma la porte derrière eux. L'atmosphère était sombre et il était difficile de distinguer quoi que ce soit dans cette pièce. Madbli sentit une lame se coller à sa gorge et un souffle chaud dans la nuque. Le Souna l'avait saisi par surprise et tenait aussi son poignet gauche d'une main ferme pour l'immobiliser.

« Je ne crois pas aux coïncidences, l'incident de cette nuit doit bien y être pour quelque chose. Alors dites-moi qui vous êtes et que voulez-vous. Je peux vous faire trancher la gorge maintenant et personne n'en saurait jamais rien.

- Je suis Madbli Lifotech, je ne comprends pas ce que vous me voulez. »

Il était stupéfait. Il ne pensait pas se retrouver dans une situation si délicate alors que sa recherche, banale, ne concernait qu'une enfant. À ce stade il n'avait d'ailleurs demandé qu'à parler au chef de la guilde. Il ne perdit cependant pas son calme. Son expérience lui permettait d'affronter avec une relative sérénité ce genre de situation.

« Je recherche quelqu'un et on m'a dit que vous étiez la personne à contacter, c'est tout. Et je ne sais pas de quel incident vous me parlez.

- Vous venez d'où ?
- Je viens d'Atelas. Je suis arrivé par bateau hier soir.
- Atelas a interdit le trafic d'esclaves il y a des centaines d'années déjà.
- Trafic d'esclaves ? »

Le Protech était complètement perdu. Le poignard sur sa gorge lui cisaillait la peau et l'empêchait d'avoir les idées aussi claires qu'il l'aurait voulu. Sa respiration s'accélérait. Il lui fallait reprendre ses esprits et clarifier au plus vite la situation.

« Je ne suis pas à la recherche d'esclaves si c'est ce que vous croyez. Mais je suis à la recherche d'une jeune fille.

- Je ne fais pas dans la prostitution.
- Non non, vous n'y êtes pas, c'est une amie qui m'a aidé à sortir de prison. On m'a dit que vous saviez probablement où elle se trouvait, d'où ma présence ici.
- D'accord, mais le problème c'est que maintenant vous savez des choses sur moi et je ne peux plus vous laisser partir.
- Ce n'est qu'un énorme malentendu ! Je ne suis même pas de cette ville, je n'ai que faire de vos trafics ou de ce que vous pourriez faire d'autre. Ce qui m'importe c'est de retrouver la Souna et le St'ingie, puis de rentrer chez moi. »

Madbli commençait à comprendre. Les Griffons trafiquaient probablement des êtres humains, et l'arrivée d'un étranger dans la ville était déjà suspecte en soi, mais maintenant qu'il avait parlé de retrouver une disparue, il devenait dangereux pour les esclavagistes.

Dari ne savait que penser. Il prit quelques instants, assis sur une caisse, dévisageant son prisonnier. Madbli restait immobile mais digne. Il ne fuyait pas du regard le Valkris dans la pénombre.

« Lâche le Jeff et va chercher Amaïdin, il doit être dans le coin. »

Le poignard éloigné, Madbli se sentit plus libre. L'étreinte sur sa gorge lui avait fait peur. Il pouvait à nouveau respirer de façon normale sans craindre pour sa vie. Jeff avait quitté les lieux immédiatement pour obéir aux ordres de son chef.

« Je ne traite pas directement ce genre d'affaires. Vous pensez bien que je dois conserver ma réputation. Il y a quelqu'un d'expérimenté dans la guilde pour cela. »

Un vieillard Protech entra à ce moment dans la pièce. Il était plus petit que Madbli. Son dos semblait le faire souffrir. Ses yeux rougis trahissaient un réveil précipité. Il semblait revenir d'entre les morts. Après une longue quinte de toux Amaïdin dévisagea l'homme qui était debout devant lui. Madbli essuyait quelques gouttes de sang sur sa gorge et le regardait l'observer avec appréhension.

« Madbli Lifotech, encore dans de sales draps ? Comme c'est étonnant.

- Quand ton chef a prononcé ton nom, j'ai espéré qu'il existe un autre Amaïdin. Cette vieille ganache vérolée ne m'avait pas manqué pendant toutes ces années.

- J'ai l'impression que vous vous connaissez, non ? s'amusa le chef des Griffons.
- Ouais Dari, nous avons bourlingué ensemble pendant la guerre jusqu'à ce que cet abruti nous trahisse tous et soit banni du clan. Chose plutôt rare d'ailleurs, puisqu'en général le problème est tranché avec la tête du fauteur. »

Il rit seul à sa blague, mais fut rapidement puni par une nouvelle quinte de toux.

« Quelle idée j'ai eu ce jour-là de ne pas te suivre ! continua-t-il lorsqu'il reprit son souffle.

- J'ai toujours su qu'on ne pouvait pas compter sur toi.
- C'est émouvant ce genre de retrouvailles mais si nous en revenions à ce pour quoi nous sommes tous les trois ici ? s'impatienta Dari.
- Ben justement, Jeff m'a demandé de venir ici mais je ne sais pas pourquoi.
- Je pense que ça concerne les deux jeunes que tu as fait embarquer récemment.
- Le St'ingie fougueux et la Souna dépitée ?
- Ouais, je crois que ton ami ici présent les recherche.
- Ce n'est pas mon ami. »

Amaïdin se tourna vers Madbli, et se rapprocha pour l'observer droit dans les yeux.

« Pourquoi les recherches-tu ?

- Ce sont des amis à moi, ils m'ont aidé à me libérer de la prison d'Énolia.
- Tu n'as pas d'ami, tu es un loup solitaire. Tu te fous de nous là.
- Je ne me moque pas, j'ai une dette envers eux.
- Je suppose que tu n'as plus le sou. Je peux les vendre pour une sacrée somme. Surtout la jeune fille vierge qui plaira à nos tribaux.
- Ne fais pas ça, on doit pouvoir s'arranger.
- Alors j'espère que tu as fait fortune depuis notre dernière rencontre. »

Dari observait la scène d'un air de plus en plus amusé. Il les coupa.

« J'ai une solution toute simple. J'ai cru comprendre que vous aviez de l'expérience militaire. Vous semblez exceller dans le mensonge et la trahison. Vous êtes le genre de personne que je recherche pour ma petite entreprise.

- Je ne sais pas si je dois le prendre comme un compliment.
- Ce sont des qualités pour moi.
- Continuez je suis curieux.
- Je peux vous proposer un travail. Et en échange je veux bien consentir à vous dire où se trouvent les deux jeunes gens.
- Seule la fille m'intéresse à vrai dire.
- Vous ne perdez pas le nord. Je m'en fous de ce que vous ferez avec elle. En échange je vais vous demander de recruter pour moi. Je voudrais étendre mon petit commerce au Nord. Vous venez d'Énolia n'est-ce pas ? La ressource est, paraît-il, inépuisable là-bas. »

Madbli réfléchit un instant puis se décida.

« L'offre me semble intéressante. Pouvez-vous préciser ce que vous attendez de moi ?

- D'accord mais n'essayez pas de me jouer un tour. J'ai des hommes partout et je saurais rapidement vous retrouver. Quand je dis partout, j'avoue être un peu pauvre en ressources à Énolia et au nord. Ce serait ça votre mission. Vous me recrutez une ou deux équipes avec des chefs fiables dès que possible et notre affaire est conclue.
- Je cherchais justement une nouvelle activité. C'est une belle opportunité à saisir pour moi, je n'ai aucun intérêt à ne pas aller au bout de mes engagements. Vous avez ma parole.
- Eh bien c'est une affaire réglée. »

Dari se releva et s'approcha de son nouvel associé. Leurs regards se croisèrent. Ils se serrèrent la main, fermement. Dari sentit toute la puissance de l'ancien guerrier dans cette poignée. Il avait l'intime conviction d'avoir recruté celui qu'il fallait. La plupart des affaires qu'il négociait se faisaient à l'instinct, il s'était rarement fourvoyé. Il faudrait discrètement surveiller l'homme pour éviter une trahison, mais l'appât du renseignement qu'il semblait tant convoiter devrait suffire à lui faire faire le travail demandé. La parole de Madbli devrait suffire.

« Je suppose que vous êtes pressé, et si vous voulez récupérer votre copine entière, il vaut mieux ne pas trop tarder. Alors je vous fais confiance pour notre marché. Jeff vous dira où récupérer votre amie, par contre pour le comment, ça, c'est votre affaire. »

Sans un mot, Dari se retira. Il avait beaucoup à faire avec l'affaire du hangar de la veille. Il referma la porte. La barrière de bois ne fut pas suffisante pour que Madbli n'entende pas le chef des Griffons s'adresser à ses hommes.

« Allez, je ne veux plus voir personne ne rien foutre. On a ces trois enfoirés qui ont buté nos amis hier à retrouver, alors magnez-vous les fesses ! »

Content de sa transaction, Madbli se rajusta et se dirigea vers la sortie. Le vieux Protech qui avait jadis été son ami le retint avec la main et lui glissa quelques mots dans l'oreille.

« Je ne sais pas ce que tu trafiques mais crois-moi je ne tarderai pas à le découvrir. Tu ne t'es jamais intéressé à quiconque et voilà que brusquement tu t'occupes d'une orpheline. Pour le moment tu as gagné mais sache que désormais je ne vais pas te lâcher. Ce boulot est tout ce qu'il me reste et je ne te laisserai pas me le voler. »

Madbli, le sourire aux lèvres, s'approcha à son tour de l'oreille gauche du vieillard.

« Tu as toujours été dans mon ombre, je t'ai toujours surpassé et je ne te pardonnerai jamais d'avoir été un lâche il y a dix ans. »

Donnant un coup d'épaule à Amaïdin, il quitta la pièce. Il venait de passer une journée forte en rebondissements. Il revivait, cette vie qu'il avait connue auparavant, cette sensation si particulière et si agréable qu'il recherchait depuis toujours.

Le Souna qui l'avait menacé avec son poignard l'attendait avec un papier dans la main.

«Vous allez devoir naviguer jusqu'au port de Régo, dans les Îles Maudites. Tout est inscrit sur ce parchemin, vous le remettrez à l'arrivée à un certain Hov'. »

Rancunier, Madbli lui arracha le document des mains sans même lui adresser un regard. Il s'éloigna rapidement. Il était ravi. Il avait la récompense avant d'avoir à tenir sa parole de recruter à Énolia. Il pouvait maintenant se concentrer sur la récupération d'Amaya. Quant à la parole donnée à Dari… Que pouvait bien valoir la parole d'un Protech à un chef de guilde de mercenaires ?

Dans le brouhaha des morceaux de phrases lui parvenait.

Il a raison le chef, faut les choper.

Ils ne vont pas s'en sortir comme ça.

Après quelques pas le Protech se ravisa. La fatigue commençait à se faire sentir après une journée aussi agitée.

« Jeff c'est ça ? Peux-tu aller jusqu'à mon navire et les prévenir que nous partons pour Régo dès demain matin. »

Il lui jeta une pièce de bronze au pied en guise de récompense. Madbli avait décidé qu'il était plus prudent de n'embarquer que le lendemain après une bonne nuit de repos. La traversée jusqu'aux Îles Maudites ne serait probablement pas une partie de plaisir.

Mais son prochain objectif était plutôt simple.

Il allait profiter de son escale dans la ville de Timeva pour y goûter l'alcool, les jeux et surtout les femmes. Le rappel du bon vieux temps le revigorait comme jamais.

CHAPITRE VINGT-CINQ

Tout se bouscule

Waregrund

« Tout ceci ne peut pas être une simple coïncidence. »

Waregrund, haletant, se tenait au milieu du salon de son maître. La pièce était encore moins éclairée qu'à l'accoutumée. La cheminée éteinte en ce début de printemps ne procurait plus la douce lumière qui atténuait l'austérité de la demeure.

« Tout ceci s'est passé la nuit dernière, j'ai accouru vous rendre compte dès que j'ai su monseigneur, dit Waregrund. Son dos lui faisait affreusement mal. Il avait couru de toute la vitesse que ses petites jambes de Protech lui permettaient dans les rues d'Énolia.

En effet je ne crois que peu aux coïncidences. Surtout ces derniers temps », rétorqua l'homme caché derrière sa capuche.

La voix inquiète, il semblait soucieux. Seule sa main ridée apparaissait à son interlocuteur, cherchant peut-être à balayer quelques gouttes de sueur sur le visage perdu dans les plis du vêtement.

« Que voulez-vous qu'on fasse ? »

Waregrund, mains sur les genoux, n'arrivait pas à reprendre son souffle. Il n'avait plus fait d'exercice depuis qu'il travaillait dans la teinture. À cette époque il passait des journées entières penché sur l'eau du fleuve Aïem pour créer les plus belles couleurs d'étoffe du pays.

« Assieds-toi veux-tu, et bois un peu de vin pour te remettre de ta course. C'était la première fois qu'il s'autorisait une telle liberté avec son employé. Si je reprends tout ce que tu m'as dit, le Protech qui se trouvait avec Amaya en prison s'est retrouvé quelques jours plus tard à Timeva le soir où trois mercenaires d'Umbrea Mortalis auraient assassiné de sang-froid plusieurs membres de la guilde des Griffons.

- C'est exactement cela Monseigneur. »

Le Protech lui-même s'étonnait encore de cette histoire folle. Rapportée par son chef elle prenait des accents encore plus étranges, c'était tout bonnement incroyable mais vrai.

« J'ai eu l'information de la part d'un de mes contacts sérieux de Timeva. Je lui avais demandé, comme à tous mes contacts partout en Arkadis, de m'informer des activités et des mouvements des membres d'Umbrea Mortalis. J'avais également donné des instructions pour que Madbli Lifotech soit surveillé.

- Ce qui m'étonne le plus, c'est que ce Protech ne soit pas allé directement à Timeva, mais qu'il ait fait deux escales. L'une à Erefan, l'autre à Atelas. »

L'homme que Waregrund avait toujours supposé vieux, se leva de son confortable fauteuil, avec une facilité déconcertante, ce qui troubla le Protech. Décidément son patron restait un mystère. Calmement celui-ci s'approcha de la cheminée et fixa pour la millième fois peut-être la boîte en bois d'ébène posée sur le rebord et qui semblait contenir tout l'avenir du monde. Waregrund, gêné, ne savait où regarder ni que faire. Jamais son maître ne s'était autorisé à le faire asseoir. Pire, se déplacer devant lui au risque de lever le voile sur son anonymat. Le maître passa ses mains rugueuses sur les gravures tribales de la boîte.

« Nous partons sur le champ pour Timeva.

- Bien entendu Monseigneur, je vous informerai de la situation par messages aussitôt arrivé. Waregrund se levait déjà de son siège, il suffoquait moins qu'en arrivant.

- Que n'as-tu pas compris dans « nous partons » ? Je vais t'accompagner.

- Euh... rétorqua le vieux Protech, bouche bée, désorienté, ne s'attendait pas à une telle réaction de son maître et ne savait quoi répondre.

- Reprends tes esprits Waregrund et va voir Siral dans le quartier

des forgerons. Il nous fournira une diligence avec de bons chevaux et un cocher discret. Montre-lui cette médaille, il comprendra. J'ai l'habitude de voyager avec lui. Nous nous retrouvons dans une heure devant chez moi, continua le vieux maître en posant sur la commode derrière lui une médaille en or avec des symboles, gravés sur la face, qui semblaient aussi mystérieux que la personne qui la possédait.
- Bien compris messire. Que puis-je faire d'autre ? »

Waregrund essayait de rassembler ses esprits, tout se bousculait pour lui. Il observa un instant la médaille en passant ses doigts dessus pour en sentir les reliefs.

« Tu vas devoir, durant tout notre voyage, faire en sorte que personne ne me remarque. Je serai ton oncle, vérolé, qui n'a jamais vu la mer et qui avant de mourir veut sentir l'air frais de l'océan caresser son visage. Tu ne donneras pas plus de détail. Tu resteras toujours vague. Officiellement, je ne montre pas mon visage parce que j'ai honte des ravages que la vérole a faits sur tout mon corps.
- J'ai compris, je m'en vais sur-le-champ trouver ce chauffeur. Waregrund enfila sa veste qu'il avait conservée sur son bras et appuya sur la poignée de la porte.
- Une dernière chose, je ne sais pas pour combien de temps nous partons. Prévois des vêtements en conséquence. »

L'air s'était radouci ces derniers jours. La nuit venait de tomber. La lueur produite par l'une des demi-lunes suffisait à Waregrund pour se déplacer sans crainte dans la ville. Des badauds s'attardaient sur les trottoirs, peut-être à la recherche d'une auberge où étancher leur soif.

« Coucou Waregrund, tu cherches à passer du bon temps ? »

Les prostituées de ce quartier connaissaient bien Waregrund. Ce soir il ne prit pas la peine de les regarder. Perdu dans ses pensées. Il continuait sa route d'un pas sûr et décidé.

Comment une simple affaire avait pu ainsi tourner au vinaigre de cette façon ?

Habituellement, il réussissait à graisser la patte à moindre coût des soldats qui en avaient après sa jeune protégée. Mais ce soir-là, c'était une patrouille d'Énolia qui l'avait surprise. Et malheureusement, ce grand dadais de sergent Brotos, envoyé à sa poursuite, visait à impressionner le capitaine de la garde et s'était montré incorruptible. Il avait fallu envisager des solutions moins classiques que d'habitude. Celle de l'évasion, à l'aide de professionnels, semblait à l'époque la plus simple. Son maître ne lui avait pas laissé de temps pour trouver de solution plus élégante. Il avait dû faire efficace. Rétrospectivement il se disait qu'il aurait dû chercher une autre solution. Mais il fallait qu'Amaya sorte au plus vite de la prison. Pour des raisons qu'il ignorait, son maître l'avait considérablement pressé.

Ses bottes collaient au sol boueux du quartier des teinturiers. Pas de pavés ici, seulement de la terre humide. En enfant d'Énolia il savait que c'était le chemin le plus court pour le quartier des forgerons. Mais pas le moins odorant. Les abords de l'Aïem, où se déversent une partie des égouts, empestaient. Il avait grandi dans ce quartier mais ne s'était jamais accommodé des odeurs. Quelques enfants, Valkris pour la plupart, lui quémandaient des pièces. Il les repoussait de la main. Il n'avait pas le temps de musarder. Il sut qu'il quittait ce quartier pouilleux lorsque la nausée le quitta. Les effluves qui parvenaient à son nez redevinrent soutenables. Le quartier des forgerons, malgré sa proximité avec celui des teinturiers, était d'un tout autre prestige. De belles demeures en pierre avec de magnifiques armatures en bois remplaçaient les abris de fortunes, en bois et vieilles tôles rouillées qui faisaient la marque de celui dans lequel il avait passé son enfance. Des tissus multicolores trempés dans les colorants séchaient sur des fils qui se croisaient au-dessus des rues. Il était à la limite de deux mondes. Le pavé prenait progressivement la place de la boue. Ces différences existaient depuis la construction d'Énolia. Les premiers colons étaient venus de tout Arkadis. Ils avaient apporté l'espoir d'un nouveau monde. Mais tous n'étaient pas riches et fortunés. C'est ainsi que la ville se partitionna naturellement entre quartiers riches et pauvres dès les origines. Paradoxalement, la ville ne connut aucun communautarisme, le mélange ethnique entre les clans se fit sans aucune difficulté.

Enolien depuis toujours, Waregrund n'eut aucun mal à retrouver l'échoppe de Siral Gan, un Valkris qui s'était installé en ville une dizaine d'années auparavant. Lors de son installation dans le quartier, il avait choisi une spécialité très appréciée chez les forgerons, maréchal-ferrant. Sa prospérité s'était affirmée lorsqu'il comprit qu'en vendant des chevaux de qualité, élevés en plein air, dans les plaines verdoyantes du Hedland, il ferait facilement fortune. Tout Arkadis venait acheter ses montures chez lui. Un jour malheureux, la morve frappa l'une de ses bêtes. Cette maladie équine très contagieuse ne laisse aucune chance à l'animal touché. Rapidement tout son élevage avait été contaminé. Ce fut une véritable hécatombe. Il ne put en sauver qu'une infime partie. La location des rares et derniers chevaux qui lui restaient et la ferronnerie devinrent ses seules et uniques activités. Il se sentait trop vieux pour relancer encore une fois son activité d'élevage.

Waregrund n'aimait pas tambouriner aux portes à une heure si tardive mais il n'avait pas d'autres choix. Tant pis pour le bruit !

« C'est fermé, revenez demain. Une voix rauque lui parvint à travers la lourde porte en bois.

C'est pour une urgence », Waregrund hurla la bouche collée au bois.

Il pouvait sentir une odeur d'huile de lin lui monter au nez. Il entendit enfin un ronchonnement à travers la porte. Quelques instants plus tard un bruit de métal lui indiqua que la porte s'ouvrait.

« Qui est-ce ? »

Waregrund reconnut le visage de Siral dans l'interstice à travers l'obscurité. Sans le fréquenter vraiment, il l'avait déjà rencontré.

« C'est Waregrund, nous avons déjà eu affaire tous les deux.

- Oui je me souviens. Qu'y a-t-il de si urgent pour venir me réveiller si tard dans la nuit ?
- Mon oncle. Tu as déjà travaillé avec lui, il veut voir une dernière fois l'océan, c'est urgent.
- J'ai besoin d'une diligence pour Timeva sur-le-champ.
- Pour qui te prends-tu pour oser me réveiller à une heure pareille et surtout pour une raison aussi ridicule », vociféra le Valkris.

Le pied du Protech bloqua la fermeture de la porte. Il avait anticipé sa réaction, somme toute naturelle. Siral, rageusement, força pour fermer la porte. Mais elle ne bougea pas. Waregrund fouillait sa poche. Il sortit le médaillon, et le mit devant le nez de l'homme. Il vit se dessiner sur son visage une grimace de stupeur peu commune. La pression sur son pied se relâcha. Les yeux écarquillés de Siral passaient alternativement du médaillon au Protech.

« Pourquoi ne pas me l'avoir montré plus tôt ? Quand voulez-vous partir ? Le ton de Siral avait changé, il était dans un état d'excitation confinant à l'exaltation.

- Mon oncle voudrait partir dans une heure. Que ton cocher soit à l'heure et le plus discret possible. Waregrund, ravi de ce revirement qui lui simplifiait la tâche, parlait avec l'assurance qui avait fait sa réputation.
- Tu pourras lui dire que sa voiture sera prête dans les temps.
- Connais-tu le lieu de rendez-vous ?
- Oui, j'ai déjà souvent fait affaire avec ton oncle. Je dois tout préparer. Je serai le conducteur pour cette expédition. »

La porte claqua, et toutes les pièces de la maison s'illuminèrent. Au travers de la porte une discussion passionnée se fit entendre. La voix de Siral répondait à une voix de femme. Waregrund traîna un peu, mais la conversation n'avait pas d'intérêt et il se remit en route vers sa demeure. Depuis qu'il travaillait pour son maître il avait pu améliorer de façon significative son quotidien. Il pouvait faire deux repas chauds par jour et louait une chambre dans une auberge. Elle était située dans un coin calme du quartier des bijoutiers, non loin de l'endroit où vivait la jeune Amaya. Son lieu de vie n'était pas celui qu'il avait rêvé mais il s'en contentait pour l'instant. Il s'était toujours vu vivre dans une maison à la lisière de la forêt d'Atelas, entouré d'une femme aimante et de leurs nombreux enfants. Ses talents de bûcheron, naturels chez la plupart des Protechs en raison de leur physique, auraient pu lui permettre de vivre. Mais son travail à la teinturerie l'avait rendu infirme. Aujourd'hui, il avait une simple chambre, avec un lit et une petite commode. Une fenêtre scellée, donnant sur la rue principale, était la seule source de lumière de l'endroit. Quand il ne travaillait pas, il s'adonnait à des parties enflammées de Wooxin avec ses camarades de jeu dans la salle à manger de l'auberge. Le plus important dans son esprit était de continuer à conserver une estime de lui-même. Il savait d'où il venait et n'espérait pas une existence aussi confortable lorsqu'il se cassait le dos, courbé dans les excréments de la rivière, à passer des teintures sur les draps. Son armoire ne contenait que quelques vêtements de coton pour l'été et de laine pour l'hiver. Il sortit un baluchon puis contempla ses pauvres biens. Il prit tout ce qu'il possédait, l'ensemble faisait un pitoyable tas de tissus qui tenait dans une main. Il descendit les escaliers, en claudiquant. Tous ces trajets l'avaient fatigué.

« Tiens Joz, je te rends la chambre. Je ne sais pas quand je reviendrai, enfin, si je reviens un jour. »

La tenancière resta bouche bée. Il était devenu presque comme un membre de sa famille. Ce vieux Protech était l'un de ses plus fidèles clients, et l'un des seuls qui payait ses dettes en temps et en heure. La clef dans la main, désemparée, elle le regarda s'éloigner. Un silence s'établit l'espace de quelques secondes qui semblèrent une éternité. La porte de l'auberge refermée derrière lui, Waregrund leva les yeux au ciel et respira à pleins poumons. Il vit les étoiles scintillantes. Il avait l'intime conviction que son destin allait changer.

Le cocher fut au lieu de rendez-vous à l'heure prévue. Waregrund comprit pourquoi son maître l'avait choisi. Il aimait les personnes fiables. L'homme si mystérieux n'avait qu'un seul sac, léger, que

Waregrund s'empressa de charger avec le sien. Son maître encapuchonné monta dans la voiture, tractée par deux chevaux. En observant les bêtes, Waregrund se rendit compte que l'homme ne s'était pas moqué d'eux. La faible luminosité de la nuit permettait de remarquer qu'elles avaient le poil luisant, l'œil vif et le jarret ferme. Elles semblaient correctement nourries et allaient devoir tenir l'ensemble du voyage, à un rythme soutenu. Il eut du mal à grimper auprès de Siral. Son maître n'avait pas eu besoin de le lui dire, il voyagerait seul dans l'habitacle de la diligence. Pour voir le bon côté des choses il pourrait faire plus ample connaissance avec le cocher.

« Mon oncle est très fatigué, il préfère voyager seul, mentit Waregrund, qui fit parler son expérience.

- Ne te fatigue pas, garde tes explications pour les autres. Économise donc ta salive. Le voyage risque d'être long. Siral parlait avec une voix posée et sans aménité. Ne t'inquiète pas, je suis discret, je saurai m'arranger pour que l'on ne vienne pas importuner notre précieux voyageur.

- D'accord », marmonna le vieux Protech, qui ne savait que répondre, inquiet par la perspicacité de son nouveau compagnon de voyage.

La nuit claire commençait à être fraîche. Siral était emmitouflé dans sa longue cape de laine épaisse. Il l'avait probablement achetée à l'un des nombreux marchands Sounas présents à Énolia. Capuche sur la tête, on ne pouvait pas distinguer son visage. Waregrund semblait être un enfant à ses côtés. La carrure du Valkris, même enveloppé dans son manteau qui affinait sa silhouette, était impressionnante. Habitué au froid, le vieux Protech n'avait qu'une pèlerine qui lui recouvrait les épaules. En bon Protech il se contentait de cette petite enveloppe. Il enviait tout de même son compagnon qui ne semblait pas particulièrement à l'aise dans la fraîcheur nocturne, mais qui était manifestement dans des habits chauds.

Les seules fois où Waregrund quittait Énolia c'était pour prendre contact avec ses différents informateurs partout en Arkadis. La plupart du temps il envoyait des pigeons qui lui étaient renvoyés avec de petits messages codés. C'était la première fois qu'il partait en mission sans information sur un retour possible. Il eut un pincement au cœur lorsqu'il passa les dernières maisons. La campagne semblait si noire lorsqu'on quittait la ville ! La petite lanterne à huile posée sur le montant gauche de la diligence et la lumière zodiacale étaient les seules sources lumineuses qui leur permettaient de poursuivre leur route en toute sécurité.

Le trajet était monotone. Waregrund s'assoupissait, mais chaque aspérité de la route le faisait sursauter. Son compagnon n'avait pas daigné lâcher un seul mot de la nuit. Le vieux Protech ne l'avait pas mal pris. Il était même bien content d'être tranquille sur son banc.

« J'aime les couleurs du matin, lança-t-il soudain en regardant le soleil ocre se dévoiler entre deux collines de verdure. J'aime aussi l'odeur de la rosée au petit matin, celle qui vous fait sentir vivant. J'aime la fraîcheur du printemps. Les doux rayons du soleil qui caressent votre peau.

- Je ne t'imaginais pas poète, ironisa Siral. Waregrund c'est ton prénom ou ton nom de famille ?
- Je n'en sais rien. Je pense que c'est mon prénom, vu que je n'ai pas de famille. J'étais très jeune quand j'ai perdu ma mère. Et bon, un nom Protech porte la mention 'tech' en temps normal.
- C'est vrai que pour avoir un nom de famille ce serait déjà bien d'en avoir une. Le Valkris rigola. Je ne suis pas quelqu'un qui a beaucoup de discussion, désolé. Tu n'y peux rien.
- J'ai toujours vécu seul. La solitude me pèse. Du coup dès que j'en ai l'occasion j'en profite. Rassure-toi je ne vais pas te forcer. Dans sa voix Siral décelait une pointe de désespoir.
- Enfin une bonne auberge », coupa-t-il ravi de pouvoir changer de sujet, un peu honteux.

Plus loin sur la route un bâtiment bas et allongé se profilait. Des chevaux paissaient à l'arrière dans un pré.

« Nous allons y faire une petite halte histoire de manger un morceau, les chevaux pourront ainsi se reposer. Il n'y a jamais grand monde et le tenancier est discret, nous n'avons pas de crainte à avoir.
- J'en parle à mon oncle. Enfin… à mon maître ! » Le vieux Protech savait que Siral n'était pas dupe et voulait jouer la carte de l'honnêteté. Il ne bougea pas. Le Maître avait une telle influence sur lui, qu'il était persuadé qu'il avait suivi toute leur conversation.

Un petit instant se passa avant que la voix du mystérieux passager ne se fasse effectivement entendre à travers la carrosserie.

«Oui arrêtons-nous. Waregrund, je te laisse ouvrir la voie. Tu viendras me chercher dès que tu auras vérifié qu'il n'y a aucun danger. »

Les muscles courbaturés, le Protech descendit péniblement de la calèche. Quant à Siral, il s'occupa des deux montures qui avaient mérité une pause et une bonne dose d'avoine.

Calme, aucune des nombreuses auberges où était entré Waregrund ne l'avait jamais été. Il fit un tour d'horizon et à part une hygiène douteuse il ne vit rien de choquant. Un St'ingie qui semblait être dans un état alcoolisé profond dormait par terre devant le comptoir. Banal. Un Valkris, vêtu d'un tablier vint à sa rencontre, torchon à la main.

« Et bien c'pas commun tout ça. Y s'est perdu l'meussieu ? L'aubergiste s'était appuyé sur le montant de la porte qui menait aux cuisines. C'est rare qu'un gens sobre s'arrête d'mon échoppe. Une chance q'cet ivrogne m'a forcé à ouvrir p'us tôt.

- Je suis en voyage avec mon oncle malade, il ne peut plus voyager seul. Nous souhaiterions déjeuner dans le calme.

- Il a frappé à la bonne porte. C'est pas c'lui-là qui vous dérangera. Il secoua l'homme couché sur son comptoir mais ne réussit qu'à lui faire lever le bras qu'il laissa retomber violemment dans la seconde qui suivit. Y'en a encore pour bi'n deux heures à cuver s'vin. j'y mets deux couverts ?

- Trois, et de l'avoine pour les chevaux.

- Trois couverts et d'l'avoine pour les bestiaux. Y peut s'installer où bon l'y semble »,répéta-t-il avec une bonne humeur communicative.

L'homme à la capuche était déjà sorti de la diligence. Il attendait que son serviteur lui signale que la voie était libre. Waregrund revint et lui maintint ouverte la porte. C'était la première fois qu'il se tenait aussi près de lui. Il ressentit un trouble au plus profond de lui, un frisson. Il ne savait pas l'expliquer. Cette sensation était si étrange qu'il laissa son esprit vagabonder quelques instants pour essayer de la comprendre. Du plus lointain qu'il pouvait se souvenir, si leur relation avait toujours été courtoise, jamais Waregrund n'avait approché physiquement son maître. Peut-être était-ce cela qui le troublait. Son maître avait toujours réussi à maintenir une distance. Jamais un mot plus haut que l'autre, jamais de contact.

Le maître s'assit dans le coin le plus sombre de la salle à manger. Il n'y avait la place que pour trois tables dans cet espace étrangement petit. Le plafond était bas, la tête du cocher le frôla lorsqu'il entra.

« Y'sent pas bien l'voyageur ? L'aubergiste avait toujours son torchon dans les mains. Il se frottait les mains en permanence.

- Mon oncle est malade et n'aime pas être importuné. Waregrund jeta un regard qui en disait long. Il fit ainsi comprendre à l'aubergiste qui n'avait pas compris que le groupe ne voulait aucun contact que le mieux pour lui était de faire son métier et rien d'autre. Qu'avez-vous à manger

- L'ragoût d'hier. J'ai pas encore eu l'temps d'faire l'repas du jour.
- Ça ira. Avec cela vous nous mettrez trois laits de chèvre. »

L'ambiance était austère. Siral et Waregrund étaient mal à l'aise. Ils ne savaient pas où poser le regard, tandis que dans son coin, les mains posées sur la banquette accolée au mur, l'homme gardait la tête vers le bas, la capuche masquant son visage. L'odeur du ragoût apporté par l'aubergiste embauma rapidement la petite pièce. Ils avaient tous jeûné la nuit entière et le repas chaud leur fit le plus grand bien.

L'homme au comptoir se leva en titubant. Il salua les trois voyageurs d'une main levée et, sans même leur adresser le moindre regard, il quitta le bar.

« Il a été plus rapide que prévu à dessaouler, rigola Waregrund qui souhaitait détendre un peu l'atmosphère. Il but une gorgée de lait de chèvre chaud lorsqu'il vit que ses deux compagnons restaient de marbre.
- Nous devons quitter cet endroit sur-le-champ. »

Ce furent les premiers mots du maître à la capuche depuis qu'ils étaient entrés.

« Ce n'est qu'un alcoolique monseigneur, nous n'avons pas de raison de nous inquiéter », rétorqua Waregrund pour rassurer son maître.

L'homme mystérieux se leva et fit un pas en direction de la sortie.

« Trop tard. Tenez-vous prêts. »

Les deux autres, encore assis sur leurs sièges, furent décontenancés. Ils se regardèrent dubitatifs, presque abrutis. Siral fut le premier à réagir. Le Protech suivit.

« Êtes-vous armés ? demanda l'homme mystérieux, le plus calmement possible, la tête toujours baissée.
- Euh… un petit poignard, répondit Waregrund qui fouillait déjà une poche accrochée à sa ceinture.
- Non rien, je n'ai pas pensé que je pourrais en avoir besoin, bafouilla le cocher qui ne savait plus où se mettre. »La situation lui échappait complètement. Ils étaient en alerte pour un simple ivrogne quittant la taverne, ou avait-il raté autre chose ?

Un silence de mort régnait dans la pièce. Figés, Siral et Waregrund ne savaient pas quoi faire.

Les voilà.

La porte de l'auberge s'ouvrit en trombe. Cinq hommes armés de dagues et de courtes épées entrèrent, deux St'ingies et trois Valkris. Parmi eux l'ivrogne.

« Tu sembles en forme pour un ivrogne titubant, lança Waregrund décontenancé.

- Et bin z'en avez mis du temps les gars, j'ai b'in cru q'vous viendriez jamais. L'aubergiste sortait de sa cuisine et n'était pas surpris de rencontrer des hommes armés dans sa salle à manger. J'pense qu'ils voyagent avec un d'ces nobles bin friqués. L'mec veut rester anonyme.

- Maintenant deux options s'offrent à vous. Soit vous videz vos poches et vous nous donnez les chevaux, soit vous nous laissez nous servir nous-même. » Le St'ingie qui s'était fait passer pour un ivrogne semblait savoir ce qu'il faisait, il parlait avec décontraction et assurance.

Les trois voyageurs restèrent de marbre. Chacun attendant la réaction de l'autre. Ils étaient dans une impasse. La seule et unique sortie était bloquée par les bandits, plus nombreux, mieux armés et probablement aguerris à ce genre de situation.

« Allez, ne faites pas les malins. Ça m'embêterait vraiment de devoir massacrer un vieillard, un bourgeois et leur cocher. Hein les gars ?» continua celui qui semblait mener cette troupe en se retournant vers ses compagnons.

Ils rirent en chœur.

« Bande d'idiots, vous ne savez pas à qui vous avez affaire. Vous allez mourir. »

Siral semblait le plus sérieux du monde. Waregrund ne savait plus quoi penser. Il fixa le Valkris. Puis se retourna vers l'homme mystérieux. Il s'attendait à une réaction de sa part. Rien ne se produisait.

« Arrêtez de bluffer. Donnez-nous ce que nous vous demandons et il ne sera fait de mal à personne. Le Valkris qui venait de parler se tenait tout près de la porte d'entrée.

- Ouais écoutez donc ce que dit mon ami ici présent. C'est pour votre bien, poursuivi l'ex ivrogne en se rapprochant encore un peu des trois comparses. Et toi enlève-moi cette satanée capuche histoire qu'on puisse voir ce que ta tronche peut nous dire. »

Il approcha son épée au-dessus de la tête de l'homme à la capuche, puis initia un mouvement pour la lui retirer. Le maître vint prendre la lame entre son pouce et son index. Il la tenait fermement. Le St'ingie força pour continuer ce qu'il avait commencé. L'épée resta fixe.

En un instant, la lame blanchit. Une fine couche de givre l'avait entièrement recouverte.

La lumière provenant de la fenêtre faisait scintiller les cristaux de glace. Tout le monde s'était figé. Tous se pétrifièrent, les yeux écarquillés, abrutis devant la scène qui se déroulait devant eux et dont ils étaient désormais devenus simples spectateurs.

D'une petite torsion du poignet, le maître brisa la lame dont les éclats s'éparpillèrent sur le parquet poussiéreux dans un bruit de verre brisé. Ce fut le seul bruit pendant quelques secondes.

« Allez-vous en, sur-le-champ. »

La voix rauque de l'homme à la capuche avait résonné dans la petite pièce. Il était calme et posé. Son immobilité apparente ajoutait encore à l'étrangeté de ses actes. Waregrund et Siral restaient bouche bée. Le décor qui s'était façonné devant leurs yeux ébahis était surréaliste. Ils étaient totalement dépassés par les événements.

« Tu crois que ton petit tour de magie va nous effrayer ? »

Un des Valkris se jeta sur l'homme. L'épée tenue à deux mains, en l'air, prête à frapper d'estoc. Le St'ingie qui était resté en retrait jusqu'à présent retourna la table qui était à côté et qui semblait le gêner. Il sortit sa deuxième dague et se rua vers l'homme mystérieux en même temps que son camarade. Sans broncher, le maître releva la tête vers ses assaillants. Puis, dirigeant ses mains vers chacun d'entre eux, il créa une formidable force qui les projeta l'un contre le comptoir, l'autre contre le mur. La brutalité et la puissance de l'attaque les assommèrent sur le coup. Le chef de l'équipe, encore à proximité de l'homme à la capuche, sortit un poignard de l'arrière de sa ceinture et voulut asséner un coup dans le ventre de son adversaire. La dague du maître s'était enfoncée profondément dans son œil droit avant même que sa main ne soit parvenue à sa ceinture. Le St'ingie s'immobilisa, soutenu seulement par la force de son adversaire qui tenait fermement sa dague toujours profondément enfoncée dans son crâne. Le maître posa la main sur le front du malheureux pour retirer plus aisément son arme, le corps sans vie s'effondra, face contre terre, il convulsait encore. Le sang vermeil s'écoulait par flot sur les lattes du parquet, laissant une mare de plus en plus importante autour du cadavre. Pris de panique, le St'ingie et le Valkris restants tentèrent de quitter la bataille. Le Valkris tira sur la porte qui s'ouvrit. L'homme, d'un geste de la main, avec cette même force invisible qui avait projeté les deux autres auparavant, referma la porte. Le Valkris insista, à deux mains, et avec toute sa force, mais la porte refusait de s'ouvrir. Lentement, l'homme à la capuche enfonça sa dague dans la nuque du bandit. Elle ressortit par la bouche du malheureux qui mourut avec un crachat de sang arrosant la porte. Le cadavre s'écroula, la main toujours accrochée à cette poignée de porte qui semblait ne jamais vouloir s'ouvrir.

Waregrund ne bougeait plus, abruti par la terrible scène qui se déroulait devant ses yeux. Le dernier bandit quant à lui fixa son adversaire, qui n'était qu'à quelques centimètres de lui. Il sentait l'air glacé de son haleine contre son visage. Il recula, pris lui aussi par la panique. Le corps de son camarade gisant au sol le fit trébucher. Sur le dos, à l'aide de ses coudes, il rampa du mieux qu'il put, à reculons, tandis que l'homme avançait vers lui, calmement. Il s'arrêta, bloqué par le mur, terrorisé. Une main d'une force surhumaine le prit à la gorge et le releva le long du mur. Les pieds du pauvre St'ingie ne touchaient plus le sol. Dans un dernier sursaut il tenta d'asséner un coup au visage de son adversaire. Le coup ne toucha pas sa cible mais fit basculer la capuche en arrière. La puissance de l'étreinte qui lui brisa net les os du cou, l'empêcha de comprendre ce qu'il venait de voir.

L'homme tourna le visage vers ses deux compagnons qui n'avaient pas bougé. Il ne portait plus la capuche qui masquait auparavant son visage. Un vent de panique mélangé à de la stupéfaction submergea Waregrund et Siral. Ils ne pouvaient s'empêcher de le dévisager. Le visage blanc, d'un blanc froid, céleste et pur comme taillé dans de la glace les fixait. De longs cheveux noirs, très fins, derrière d'étranges oreilles en pointe couvraient un crâne oblong. Des yeux pourpres semblaient flamboyer comme si du sang y avait directement été injecté. Le plus étrange résidait dans les tatouages qui décoraient son visage. Il s'agissait de plusieurs lignes tatouées en noir qui contrastaient avec la blancheur de la peau, chaque ligne était composée de petits symboles qui, assemblés, semblaient composer des phrases écrites dans un alphabet étrange. La grande densité de ces tatouages ne laissait apparaître de la peau que deux petites bandes de la largeur des yeux qui partaient du front et descendaient jusqu'en bas des joues. L'ensemble composait un tableau inquiétant. Ce visage n'avait pas d'âge. Il ne ressemblait à rien de ce que Waregrund et Siral avaient déjà vu.

L'aubergiste, qui s'était jusqu'alors caché dans sa cuisine, sortit en trombe, par surprise, dans le dos de l'homme, un hachoir à la main. Celui-ci para le coup en se retournant avant même qu'il ne l'atteigne, comme s'il avait deviné les intentions de l'agresseur. Il saisit le poignet de la main qui tenait le hachoir et fixa son adversaire. Lorsque leurs regards se croisèrent, celui de l'aubergiste refléta une terreur sans nom. L'homme mystérieux semblait apprécier la situation. L'aubergiste était tétanisé. Le souffle court, il n'attendait plus que la mort. Son bras commençait à le brûler.

« Non non non ! Pitié ! »

Son bras blanchit, prenant la couleur de la glace. La surface s'étendait lentement à partir des doigts qui le serraient. L'homme mystérieux semblait faire durer le plaisir. Le hachoir tomba net. Le bras se désolidarisait de son propriétaire. Puis il hurla, tout son corps se figeant, se glaçant entièrement petit à petit. L'homme lâcha le bras et, touchant du bout de l'index la poitrine de l'aubergiste, fit exploser le corps du malheureux en un geyser de glace.

Waregrund ne savait pas s'il devait être horrifié ou admiratif. Il avait l'impression d'être dans un rêve, peut-être un cauchemar.

Siral fut le premier à réagir.

« Un XYA ! »

FIN DU TOME I

TOME II

Les Îles Maudites

CHAPITRE VINGT-SIX

Une nouvelle ère

Vizi Vragard

« Je voulais simplement te dire que ton visage restera gravé en moi jusqu'à la fin. »

Le corps du général des Valkris était allongé sur un autel. Sobrement. Le temple de Tlaloc, au nord d'Erefan, recevait des offrandes de tous les Valkris du pays depuis deux jours. Un arc-en-ciel s'était formé entre les deux cascades qui éclaboussaient le monument. Le lac était au pied d'une haute montagne d'où dévalaient deux belles rivières qui finissaient leur course entre l'île et le bord abrupt. Ces forces de la nature ne troublaient pas la pureté du lac Sémir dans lequel elles venaient finir leur course, mais elles créaient en permanence une fine bruine qui donnait au lieu un côté mystique qui n'avait pas échappé aux constructeurs. Les eaux, transparentes et pures, étaient considérées comme divines et sacrées par tous les Valkris. La légende disait que Tlaloc était né dans ce lac, fils d'un serpent d'eau et d'un phénix, symbole d'immortalité. C'était sur une petite île, proche du bord et encadrée par les deux chutes d'eau, qu'avait été construit le temple en marbre blanc du désert de Krakoi. Il était si vieux que la date de sa construction avait été perdue, mais il était sûr que c'était bien avant la sédentarisation des peuples. Les premiers Valkris l'avaient érigé et immuablement, tous les ans, les plus pieux s'y rendaient en pèlerinage. L'endroit était considéré comme l'une des merveilles du monde d'Arkadis. Naturellement, les Protechs avaient décidé d'y construire à proximité, au sud, leur capitale Erefan. Une arche naturelle, en granite, faisait un pont entre l'île et le continent. Le symbole semblait évident pour les Valkris qui y voyaient là la main de leur dieu. Ainsi dès qu'ils franchissaient cette passerelle naturelle, ils arrivaient en terre sacrée. Ils étaient notoirement les plus croyants d'Arkadis. La religion prenait une part importante de leur vie. Alors que les autres clans avaient installé leur Cristal dans des Académies ou des temples dédiés, celui des Valkris se trouvait dans cet édifice à vocation religieuse. Il avait été détruit par un tremblement de terre dévastateur bien avant l'arrivée du Xya, puis reconstruit, plus grand, plus beau, plus imposant. Le bâtiment représentait tout ce que l'architecture Valkris pouvait produire de somptueux. Sa structure carrée, avec des angles très francs, supportait un dôme doré qui luisait au soleil levant et couchant. Sur les quatre coins du bâtiment, avaient été érigés des obélisques gravés, qui racontaient dans un langage compréhensible par le peuple toute l'histoire des Valkris. À l'étage, où seuls les religieux pouvaient accéder, se trouvait le Cristal de l'Eau, directement sous le dôme. Les deux cascades avaient été détournées en partie par un ingénieux système de tuyauterie pour arroser en permanence le Cristal. La salle principale, au rez-de-chaussée, abritait un autel richement sculpté en son centre, où les offrandes faites au dieu Tlaloc étaient déposées par les gens du peuple.

Aujourd'hui c'était le corps sans vie du Protecteur Vragard qui était allongé sur la pierre sacrée. Il était habillé en armure de combat. La tradition voulait que chaque Protecteur Valkris soit, à sa mort, présenté à Tlaloc pour qui il combattrait dans l'autre monde. Autour de lui, des bijoux et des vivres frais - fruits, fleurs, viandes - se trouvaient dans des boîtes en bois apportées par les fidèles. Ils espéraient ainsi obtenir la bénédiction de leur dieu lorsqu'il viendrait chercher l'âme de leur meneur avec toutes les riches offrandes associées.

Un mélange incohérent d'odeurs flottait dans la pièce. Mais elles ne dérangeaient pas la veuve du Protecteur qui, à genoux contre l'autel en pierre, priait à haute voix. Un chœur en tenue traditionnelle Valkris maintenait une ambiance sonore, en harmonie avec la belle acoustique de la pièce.

Des milliers de Valkris s'étaient rassemblés autour du lac. Pourtant un silence absolu était respecté. Seuls les chants provenant du temple, en partie couverts par les deux puissantes cascades, créaient une ambiance mystique.

Soudain, la foule se scinda pour laisser place à six moines en procession, habillés intégralement de vert. Celui de tête tenait un encensoir, dont la fumée avait pour rôle de bénir tous les Valkris présents. Le prêtre du temple, dans de luxueux habits de soie verte ornés de coutures dorées, les suivait solennellement. Sa longue cape balayait la poussière derrière lui, créant un nuage qui signifiait que lui seul comptait et que rien ne serait important après lui. Les Valkris étaient toujours friands de ce genre de symbole, et la cape avait été équipée de petites plumes cousues à l'intérieur de l'ourlet pour augmenter l'effet nuageux lors de l'avancée du prêtre. Il tenait dans la main droite une longue canne ornée d'une statuette en or massif de Tlaloc, le serpent de mer ailé. Ce symbole se transmettait depuis la nuit des temps entre les grands prêtres du temple de l'île du lac Sémir.

L'entrée de la procession dans le temple ne troubla pas Vizi Vragard, la veuve du Protecteur, qui, continuant son imperturbable recueillement fit mine de ne pas les remarquer.

« Je ne veux pas te quitter, mon esprit se perd, sans toi je ne suis plus. »

Ses paroles, à voix haute, furent les dernières adressées à son défunt mari. Les six moines recouvrirent alors d'un drap blanc le corps sans vie. Aidé des moines qui portaient une jarre contenant l'eau sacrée du lac, le prêtre la vida rituellement sur le Protecteur.

« Que cette eau bénite vous purifie entièrement, que vous soyez digne d'entrer dans le royaume d'Izigar et de siéger auprès de Tlaloc. »

Le drap blanc mouillé faisait apparaître les traits durs de Vandal Vragard, presque aussi bien que s'il avait encore été vivant. Ce qui pouvait sembler n'être qu'un artifice permettait aux prêtres de magnifier les propriétés de l'eau sacrée face à un peuple qui parfois pouvait douter. Quatre des moines prirent le corps, deux par deux, sur leurs épaules. Puis précédés du porteur de l'encensoir, ils se dirigèrent vers la sortie du temple. Vizi Vragard avait assisté silencieusement au rituel, à genoux et en pleurs. Elle avait décidé de fermer les yeux. Elle refusait de le voir partir. Le prêtre ferma la marche de la procession et lorsque les grandes portes dorées du temple s'ouvrirent face au lac, face à la foule rassemblée, les chants se turent. La procession continua alors jusqu'à un éperon rocheux qui surplombait les eaux profondes du lac.

« Général Vragard, Protecteur Valkris, digne descendant de Tlaloc, vous allez avoir l'honneur de rejoindre le royaume d'Izigar et de retrouver tous vos illustres ancêtres. Emportez avec vous nos offrandes et nos prières. Sachez veiller sur votre peuple dans votre mort comme vous l'avez si bien fait dans votre vie. »

Le moine muni de l'encensoir fit plusieurs fois le tour du corps pour qu'il s'imprègne profondément des fumées sacrées.

« Créé par l'eau, vous retournez à l'eau. »

Cette phrase fut reprise en chœur par la foule entière.

Créé par l'eau, vous retournez à l'eau.

Depuis la marche rocheuse, les quatre moines laissèrent tomber le corps du meneur Valkris dans l'eau. Au contact du lac, le corps prit une position horizontale et, telle une feuille morte ballottée par les vents d'automne, rejoignit lentement les profondeurs. Lorsqu'il eut entièrement disparu les pleurs de femmes ne s'arrêtèrent pas, mais bien au contraire s'amplifièrent pour rendre un dernier hommage à Vandal Vragard le bien-aimé.

« Tu resteras le torrent de ma vie. Là où tu es passé, tu as laissé une empreinte indélébile. Je t'aime. »

Vizi connaissait le rituel. Lorsqu'elle entendit la foule scander la devise Valkris, elle prit conscience qu'elle ne reverrait plus jamais son cher époux.

Les chants reprirent de plus belle.

La Valkris, tout de noir vêtue, se redressa. Machinalement, l'esprit perdu dans ses pensées les plus tristes, elle se dirigea vers la capitale au sud du temple.

La pluie commençait à tomber. Les plus croyants y virent un message de Tlaloc leur annonçant que le grand Vandal Vragard l'avait rejoint dans son royaume.

Les quatre gardes qui attendaient patiemment la veuve éplorée l'escortèrent jusqu'à sa calèche tractée par deux puissants chevaux blancs.

En route pour Erefan, ils repassèrent sur l'arche de Tlaloc. Vizi quittait ainsi la terre sacrée. Son regard se porta machinalement sur la majestueuse statue de Tlaloc. Elle représentait le combat du dieu de l'Eau contre Ler'Qan, le dieu du feu, à l'issue duquel il avait terrassé son adversaire d'un coup de trident dans le flanc droit. Elle était en cuivre qui s'était petit à petit recouvert de vert-de-gris avec le temps. Sur le socle de marbre qui la soutenait étaient gravés les noms des Protecteurs Valkris morts depuis la création du temple. Celui de Vandal Vragard y figurait depuis deux jours.

Petit à petit la pluie s'était intensifiée. La terre n'arrivait maintenant plus à absorber la monstrueuse quantité d'eau qui tombait du ciel. Les trous béants dans la route se remplissaient et créaient un véritable fleuve de boue. La terre mêlée à l'eau et aux feuilles et brindilles arrachées aux plantes collait aux roues de la voiture de Vizi Vragard. L'eau de pluie ruisselait le long des grands heaumes de ses gardes. Leurs longues capes, reposant sur la culotte de leurs montures, s'alourdissaient de toute cette eau. Malgré la difficulté du trajet, au trot, ils arrivèrent rapidement aux portes de la majestueuse Erefan.

Erefan, en vieux Valkris, signifiait nombril du monde. Elle avait été la première ville construite, au centre d'Arkadis, par les premiers hommes sédentaires. Ils furent nommés par la suite Bâtisseurs en référence aux nombreux ouvrages et villes construits au fil des siècles qui suivirent la construction de celle qui fut, pendant un millénaire, la capitale d'Arkadis. Erefan, ou la ville aux trois collines, avait été construite sur les monts Vaaliens. Ces trois collines, proches du lac sacré, surplombaient les vertes plaines de la totalité du territoire Valkris. Elles formaient un triangle équilatéral dont la pointe Nord se dirigeait vers le temple sacré. Le château, qui avait accueilli jusqu'à présent chaque protecteur Valkris, se situait sur la colline la plus au nord. La tour principale, en flèche, n'avait cessé de croître au fil des siècles, chaque protecteur l'ayant trouvée toujours trop petite à son goût. Il lui arrivait parfois de se retrouver masquée par les nuages, comme c'était le cas en ce jour de deuil. Les demeures des nobles et des riches Valkris avaient été construites sur les flancs des collines. Au fil de la descente, les maisons devenaient moins luxueuses. En bas ce n'étaient plus que de simples bâtisses de terre et de boue avec des toits de chaume. Sur les deux autres collines, se trouvaient l'Académie magique et l'Académie militaire Valkris. L'Académie militaire avait une place prédominante chez les Valkris, aux dépens de celle de la magic. Ce peuple, guerrier dans l'âme, avait toujours privilégié la maîtrise des armes à celle de leur élément magique de prédilection, l'Eau. Pourtant, aidés par une importante densité de mages érudits, les Valkris avaient su développer aussi bien des technologies civiles que militaires.

La magie leur était donc indispensable même si la prédominance guerrière était patente. Les guerriers, eux, avaient grâce à la morphologie typique des Valkris acquis une force qu'ils mettaient en action dans toutes leurs attaques de grande puissance. Leurs épées, des claymores, étaient lourdes et tranchantes. Ils montaient des chevaux, élevés dans les vastes plaines du Hedland, reconnus pour pouvoir supporter de lourdes charges sur de longues distances sans sacrifier leur vitesse légendaire. Un guerrier, équipé de son armure, son heaume et sa claymore, devait bien peser dans les deux cents kilogrammes, il était donc indispensable d'avoir un cheptel de bêtes puissantes et solides.

L'Académie militaire était concentrée sur l'entraînement physique. Une tour unique, en pierre, avec en son centre un escalier en colimaçon, abritait les salles d'instruction et les bureaux des différents officiers. La majeure partie des entraînements se faisait dans l'immense cour, boueuse à la moindre pluie. Les quartiers des soldats et des élèves se situaient le long de la muraille circulaire qui entourait la cour. Ce n'étaient que de simples maisons de pierre, où s'entassaient parfois jusqu'à vingt personnes. La pluie tombait fréquemment sur Erefan, mais dans tous les cas l'entraînement se faisait au grand air. Un général avait dit une fois, l'eau forge nos soldats comme au fil des siècles elle a sculpté les pierres qui forment Erefan.

Sur la dernière des collines, au sommet, un lac avait été creusé, comme un volcan. Autour de ce lac, alimenté par les eaux de pluie, trônaient les sept tours de l'Académie magique. Toutes construites sur le même modèle, elles représentaient les sept provinces Valkris. Dans chacune d'elles siégeait un conseil magique de province qui conservait une entière autonomie. Ce fonctionnement avait été voulu par le premier roi Valkris qui pensait que la compétition entre les provinces serait bénéfique au développement de la magie.

Une muraille impressionnante protégeait Erefan depuis sa construction. Large de cinquante mètres, elle était traversée par un dédale de couloirs. L'ensemble formait une forteresse réputée imprenable. Seules quatre portes permettaient d'accéder à la ville. En hommage aux quatres clans d'Arkadis, elles portaient le nom des éléments de référence de chacun d'eux. La porte du Feu au Sud, la porte de l'Air à l'Est, la porte de la Terre à l'Ouest et celle de l'Eau au Nord qui menait au temple de Tlaloc. Ces portes, de près de quinze mètres de large, avaient été imaginées par les meilleurs ingénieurs Protechs de l'époque. Elles avaient toutes le même fonctionnement, et seules les décorations différaient. Les différents clans avaient pu en choisir les motifs. Sans surprise, ils avaient opté chacun pour leur divinité respective. Chaque entrée était double. Les Protechs avaient utilisé ingénieusement la proximité du fleuve souterrain Katram, alimenté par le lac Sémir au nord. La lourdeur colossale de chaque porte en bois bardé de fer empêchait une manipulation humaine. Par un système complexe de canaux, de poulies, et de tuyauteries, l'eau était amenée à faire contre-poids pour l'ouverture et la fermeture des portes. Les ingénieurs avaient rapidement été confrontés à une contrainte militaire, la lenteur du processus. En effet, l'action de l'eau prenait un temps important et les mouvements des portes se faisaient si lentement que de nombreux ennemis pouvaient pénétrer à l'intérieur de la forteresse avant qu'elles ne soient fermées. Profitant de la largeur exceptionnelle de la muraille, ils avaient donc relié chaque porte intérieure à chaque porte extérieure par un système de tunnels qui rallongeait considérablement la distance entre les deux. Ainsi si quelqu'un pénétrait par la porte extérieure au moment où la fermeture était déclenchée, lorsqu'il arrivait à la porte intérieure celle-ci était fermée. Le calcul de la distance avait été effectué grâce à de nombreux essais réalisés par des hommes à cheval. Ce n'est que lorsqu'ils furent certains que tout ennemi qui tenterait de pénétrer dans la forteresse serait piégé dans les tunnels qu'ils lancèrent la construction de l'ouvrage. Une dernière sécurité avait été apportée au système en construisant les portes de telle sorte qu'elles s'ouvraient verticalement, une partie s'enfonçant dans le sol et l'autre se levant. Cette simple technologie permettait de constituer un obstacle supplémentaire puisqu'il n'était pas possible de franchir le seuil avant l'ouverture complète. Et bien sûr en cas de fermeture, dès les premiers centimètres, la porte surgissant du sol empêchait les chars, et rapidement hommes et chevaux de pénétrer dans la forteresse. Seules les portes du Feu, de l'Air et de la Terre étaient ouvertes en journée. La nuit, lors du couvre-feu, elles étaient fermées rendant la ville entièrement isolée de l'extérieur. Quant à la porte de l'Eau, qui menait aux terres sacrées, elle était réservée aux autorités militaires et civiles et n'était ouverte que lorsque l'un d'entre eux en faisait la demande. L'opération était suffisamment complexe pour que la plupart choisissent de passer par l'une des autres portes.

La cloche de la porte de l'Eau retentit lorsque le soldat, dans le mirador la surplombant, aperçut au loin l'équipage de la veuve du général Vragard. Deux soldats, à l'intérieur de l'enceinte, commandés par un chef d'équipe, actionnèrent une grande manivelle attachée à une roue crantée déplaçant une large chaîne qui plongeait dans un trou au sol. Quelques instants plus tard, dans un grondement, les portes de l'Eau commencèrent à s'ouvrir. Elles se séparèrent, dans le sens de la hauteur, pour laisser le convoi entrer. Le couloir, humide, était éclairé par un système de miroirs, qui captaient la lumière extérieure du soleil pour la transmettre à l'intérieur. Par temps de pluie, comme aujourd'hui, quelques flambeaux allumés étaient accrochés aux murs pour augmenter la luminosité. La pénombre intérieure troublait les chevaux qui accompagnaient Vizi Vragard. Ils piaffaient et donnaient des signes d'inquiétude.

Les rues principales d'Erefan étaient pavées. Celle que prit le convoi serpentait sur l'ubac de la colline royale, qui menait directement au château. Deux suivantes de la veuve en tenue de deuil l'attendaient sous le porche en pierre de la tour principale du château. Traditionnellement, les Valkris ne portent le deuil que durant trois jours. Dès lors que le défunt a rejoint le royaume d'Izigar, il est considéré comme sauvé et le deuil se termine. Aidée des deux femmes, Vizi changea sa toilette en des habits lui donnant un air moins morbide. Ses appartements lui semblaient encore plus misérables depuis la mort de son mari. Se débarrasser de sa large robe de dentelle noire sans manche, de ses fins gants de soie qui remontaient jusqu'au-dessus de ses coudes lui permit de reprendre un petit peu goût à la vie. Elle enfila avec plaisir un magnifique corset vert mélèze, décoré par de belles roses brodées au fil d'or en remplacement de la robe de deuil qui prenait son cou long et fin dans un col mao inconfortable. Ce corset mettait en avant la poitrine généreuse de la jeune veuve. Les cheveux, vert tilleul, étaient coiffés par l'une des dames de compagnie, à la mode valkris. Les multiples tresses formaient une couronne sur le dessus de la tête de la jeune femme.

Quelqu'un frappa à la porte.

« Puis-je entrer ? La voix mûre était familière à la jeune femme.

- Entrez donc, répondit-elle tandis que ses servantes s'activaient encore autour d'elle.

- Bonjour ma belle. Ta prestation a été parfaite lors des obsèques. Tous ont remarqué ta dignité, ton chagrin et ton humilité.

- Merci père, mais pourquoi être venu dans mes appartements alors que nous nous voyons dans quelques instants dans la salle des sept ?

- N'ai-je pas le droit de m'entretenir seul et en privé avec ma fille ?

- Bien sûr, mais c'est tout de même plutôt étrange que mon père qui n'est pas venu me voir pour me présenter ses condoléances vienne me visiter pour me flatter avant un conseil important. Probablement le plus important de ces cinquantes dernières années.

- Toujours aussi perspicace, mais n'oublie pas quelle est ta place. Tu es une Hedland.

- Je ne le sais que trop bien, vous n'avez eu cesse de me le répéter depuis ma naissance. » Les servantes avaient fini de la préparer.

Elle se dirigea vers la fenêtre pour contempler la pluie qui continuait de tomber sur Erefan.

« Je suis aussi venu pour te rafraîchir la mémoire. Souviens-toi des arrangements pour ton mariage », le vieux Valkris était toujours debout à l'entrée de la chambre.

Les deux servantes la quittèrent les laissant entre-eux.

« Je me souviens de tout, père. Vous m'avez mariée à un homme de quarante ans mon aîné alors que je devenais seulement une femme du haut de mes seize ans.

- Et je le referais si c'était à refaire. Par cette alliance nous avons renforcé la position du Hedland, affaiblie par la prise de pouvoir des Vragard au début de la guerre. La première femme de Vandal ne lui avait apporté aucun enfant, il fallait donc saisir cette opportunité. Même si ta dot nous a coûté très cher...
- Cessez de radoter avec votre cher or. Vous êtes, je vous le rappelle, et de loin, la première fortune d'Arkadis.
- La guerre, toujours la guerre, nous a bien fait du mal, chère fille. Il s'approcha à petits pas en direction de sa fille toujours postée à la fenêtre de sa chambre. Sache que notre investissement est désormais rentable.
- Pour vous je ne suis donc qu'un investissement plus ou moins rentable ? Elle exprima sa rage en se retournant vers son père.
- Ne sois pas susceptible. Je sais que tu m'en veux de t'avoir marié à cet homme. Admets quand même qu'il ne t'a jamais rendue malheureuse.
- En cinq ans il m'a rendue plus heureuse que vous en seize.
- Et j'en suis tout aussi heureux que toi ma chère, tu vois je peux faire de bonnes choses pour toi. Après le conseil de tout à l'heure, les Hedland vont reprendre leur place dans le pouvoir Valkris.
- Vous semblez oublier que depuis mon mariage je suis devenue une Vragard. Insista la jeune femme d'un ton hautain.
- Ne joue pas à ce petit jeu avec moi Vizi. Tu sais depuis le jour de ton mariage quel est ton rôle. Je t'ai mariée à un vieil homme car il ne te survivrait pas et que nous pourrions récupérer un trône qui nous revient de droit. Il commençait à hausser le ton.
- Et ne pensez pas que je sois encore cette jeune fille naïve et malléable qui est partie de chez vous il y a cinq ans. Je suis une femme désormais. J'ai été mariée à un grand guerrier Valkris, j'ai accédé aux plus hautes fonctions du royaume et dîné aux tables des plus grands. Alors cessez de me traiter comme l'idiote et l'enfant que je ne suis pas.
- Tu as bien changé en effet. Il fit une pause, pour prendre la vue à la fenêtre que sa fille avait abandonnée. Mais n'oublie pas qui prête de l'or à ce pouvoir en faillite depuis ton mariage, et qui est endetté jusqu'au cou sans pouvoir rembourser.
- Je ne peux pas l'oublier, feu mon mari le vociférait après chacune

de ses réunions.

- Tu vas faire comme je te l'ai ordonné, tu proposeras ton frère aîné comme Protecteur du royaume Valkris. Tu reprendras ainsi ta place dans le château familial et nous te trouverons un mari aimant. Allons au conseil des sept, nous sommes déjà en retard, et sache que je n'accepterai pas une nouvelle déception de ta part, ton insolence me suffit amplement. Dépêche-toi ! J'y vais déjà. »

La porte claqua. La jeune femme se retrouva seule, perdue dans ses pensées au milieu de la pièce. Elle entendait la pluie battre les vitres. Au moment où elle se décidait à partir pour la salle du conseil, quelqu'un frappa à sa porte.

« Votre grâce, vous êtes attendue en salle du conseil. »

Elle sortit immédiatement, sans même regarder la suivante venue lui annoncer son retard. Celle-ci prit la traîne de la robe qui frottait le sol. Elles devaient, pour accéder à la salle du conseil qui se trouvait au sommet de la tour, passer par de nombreux escaliers et salles parfois inutilisées, et ne pouvait se permettre de traîner en chemin sous peine d'arriver avec beaucoup de retard. Vizi connaissait parfaitement les lieux pour les avoir parcourus souvent pendant les cinq dernières années.

Deux gardes, en armure complète, équipés de hallebardes ouvrirent les deux portes en bois de la salle du conseil dès qu'ils les virent arriver. Autour de la table en bois, huit chaises étaient disposées. Six étaient occupées par des Valkris en armes, heaumes traditionnels posés sur la table devant eux. Leurs épées étaient déposées à l'entrée, sur des râteliers de bois prévus à cet effet. Tous se levèrent lors de l'entrée de la jeune femme. Ils se penchèrent par respect, même le père de la jeune fille qui suivait le protocole non sans une certaine hypocrisie.

« Bonjour Messeigneurs, je vous en prie, asseyez-vous. Elle attendit qu'ils soient tous assis pour les imiter. Je vous remercie tous pour votre compassion et vos condoléances. Sans surprise je constate que le seigneur Midland ne s'est pas déplacé. Elle se tourna vers un moine debout derrière un pupitre. Notez ceci scribe. »

Elle fit une pause, dévisagea chacun des hommes présents autour de la table, et les nomma.

« Seigneur Hedland, père, Seigneur Vragard, cher beau-frère, Seigneur Rekil, Seigneur Burton, Seigneur Dunod et Seigneur Frezi. Vous avez été convoqués ici pour entendre de la voix du grand prêtre

Saa'rick le testament de mon époux mort bien trop tôt. Comme le veut la tradition, seul le prêtre du temple en connaît le contenu. Quel que soit le contenu du texte, il fera force de loi et sera parjure celui qui contestera les ordres donnés par un Protecteur assis désormais aux côtés de Tlaloc dans le royaume d'Izigar. Scribe, faites entrer le Grand Prêtre Saa'rick pour qu'il procède à la lecture. Ensuite, nous déciderons qui sera le Protecteur du royaume Valkris. »

Les six hommes autour de la table acquiescèrent d'un geste de la tête. La double porte s'ouvrit et le Grand Prêtre, appuyé sur le bâton cérémoniel qui ne le quittait jamais et suivi d'un moine portant un coffret, entra. La boîte fut déposée avec délicatesse sur la table, à l'opposé de Vizi Vragard. Saa'rick dévissa alors avec componction la statue dorée de Tlaloc qui ornait son bâton. Dissimulée à l'intérieur du bâton, la partie inférieure de la statue était en forme de clef. Le prêtre l'inséra sans trembler dans la serrure du coffret qui s'ouvrit immédiatement, dévoilant un parchemin enroulé. Il observa attentivement l'objet, puis se tournant vers l'assemblée annonça avec gravité :

« Le sceau royal est intact. »

Il leva le rouleau, sceau bien visible, en direction de l'assistance. Puis, brisant la cire avec un maximum de précautions, il déroula le document. Il se racla la gorge. Il lui fallait être le plus solennel possible. Il était perceptible pour toutes les personnes présentes que le prêtre jouait l'un des grands rôles de sa vie. Il jouissait de chaque instant de ce moment rare.

« Ma chère épouse, mes chers seigneurs. Ainsi vous m'avez survécu. Le Grand prêtre qui lit actuellement ce message pourra attester que j'ai écrit mon testament en âme et conscience pourvu de toutes mes facultés mentales. Moi général Vandal Vragard, Protecteur Valkris, digne descendant de Tlaloc, auprès de qui je siège désormais, vous demande de reconnaître comme Protectrice, mon épouse Vizi Vragard. Vous lui devrez respect et obéissance, vous lui accorderez la confiance que vous m'avez accordée durant mes années de règne. Elle saura diriger ce royaume avec toute la bienveillance et la compétence dont elle a fait preuve jusqu'à présent. Elle aura à ses côtés des seigneurs qui lui donneront les conseils nécessaires à sa lourde et prestigieuse charge. Avancez sans crainte mes chers seigneurs, le royaume Valkris, Tlaloc m'en est témoin, sera entre de bonnes mains. »

Les six seigneurs Valkris autour de la table furent pris de court. Personne ne s'attendait à une telle déclaration et n'osait prendre la parole. La stupeur passée, ce fut une bronca.

« C'est inacceptable, hurla Mattess Hedland, le père de Vizi. Jamais on a vu une femme gouverner le royaume Valkris.

- Vous ne pouvez remettre en cause le dernier ordre d'un Protecteur du royaume Seigneur Hedland, répondit Renald Vragard, frère cadet du défunt. Je comprends bien que vous soyez furieux. Il contrecarre ainsi, post-mortem, par ce testament, vos manœuvres pour reprendre le pouvoir. Mais la loi est la loi.
- Là n'est pas la question. Il y a des règles à respecter, je suis d'accord. Pourtant une femme ne peut pas gouverner ce royaume, et de plus, je vous rappelle que la succession au trône se fait par un vote des sept.
- Oui, et traditionnellement, les seigneurs votent pour la succession en désignant la lignée masculine du Protecteur en place.
- Vous oubliez qu'il y a quarante-trois ans, par de basses manœuvres, vous avez rompu cette tradition en évinçant les Hedland, au pouvoir depuis des siècles, alors que nous étions en pleine guerre contre les autres clans, et que ce n'était vraiment pas le moment. Il rugissait plus qu'il ne parlait.
- Le Protecteur Frij Hedland n'avait pas de descendant direct, nous avons toujours agi dans le sens des lois Valkris. Mais vous, aujourd'hui, en refusant d'admettre que votre fille est désormais Protectrice Valkris et régente du royaume, vous refusez la loi.
- Êtes-vous en train de remettre en cause la paix du royaume ? Auriez-vous l'impertinence de me déclarer la guerre ?
- Messieurs, père, beau-frère, écoutez-vous et cessez ce discours belliqueux. Nous avons déjà la province du Midland en guerre avec le pouvoir à gérer et n'avons pas besoin d'un nouveau conflit. Vizi tentait de ramener le calme. »

La porte s'ouvrit brusquement. Un Valkris d'une trentaine d'années, en armure légère de combat entra. Il portait son épée à la ceinture ce qui était interdit dans cette pièce sacrée. L'allure insolente il les toisa. Tous, l'air ébahi, le dévisagèrent.

« Je suppose qu'on parle de moi. Alors comme ça, on ne m'attend pas pour la petite réunion de famille ?

- Vous étiez invité, mais je ne pensais pas que vous auriez l'audace de vous présenter ici. Vizi s'était levée, furieuse, de sa chaise.
- Vous m'avez invité, pourquoi ne serais-je pas venu ?
- Peut-être parce que vous avez à la fin de la guerre, déclaré votre province indépendante, fermé vos frontières et déclaré la guerre à feu mon époux, Protecteur Valkris ?
- Oui, car il n'était pas légitime pour le trône et a fait l'affront de

refuser la main de ma sœur aînée. Voila je pense deux excellentes raisons qui auraient poussé quiconque à la sécession.

- Des vieilles rancœurs ! Vous êtes venu pour revendiquer le trône ? Donnez-moi une bonne raison de ne pas vous faire arrêter !

- Peut-être parce que j'ai une information de la plus haute importance à vous transmettre.

- Une information que moi, future Protectrice Valkris, n'a pas entendue ?

- Certainement, car vous ne seriez probablement pas ici à piailler comme des poules dans une basse-cour pour le sort d'un trône dont vous ne contrôlerez pas l'avenir, je vous le dis. Il s'assit d'un bond sur la table, avec une certaine impertinence, à côté de Vizi.

- Vous avez éveillé ma curiosité. Je vous écoute, parlez sans crainte ! Mais d'abord descendez de cette table et allez vous asseoir sur votre chaise. »

Il sourit, et prit un malin plaisir à faire durer le suspense. Il avait réussi à monopoliser l'attention de tous. Ils étaient suspendus à ses lèvres. Il se leva lentement, se dirigea vers sa place traditionnelle, et saisissant la chaise se mit à l'épousseter avec application. Puis, heureux de ses effets, il s'assit confortablement, approcha la chaise de la table, et posant les coudes devant lui en rejoignant ses mains toujours gantées, il déclara :

« Le Protecteur Vragard est mort assassiné. »

CHAPITRE VINGT-SEPT

Une équipe hétéroclite

Nastelle Y'rgram

« Tu es incompétente et nulle, cela prouve une fois de plus que tu as eu de la chance le jour où tu m'as vaincu. »

Nastelle Y'rgram fixa du regard Clash Kr'ingal. Depuis le jour où elle avait enfoncé, avec tout le plaisir du monde, sa dague dans l'épaule du mage, il n'avait cessé de la harceler. Il était devenu son binôme d'entraînement. Tous deux avaient passé le test. Mais comme l'avait affirmé le chef de l'équipe, Alex Ga'drik, ils avaient échoué chacun dans une partie de l'épreuve. Clash avait perdu le combat mais n'avait pas succombé à ses blessures et Nastelle n'avait pas achevé son adversaire. Le cas était rare, et le conseil avait décidé de valider les deux candidats, mais en leur imposant de travailler ensemble.

La jeune femme, en tenue de guerrière, était au milieu de la salle d'entraînement, avec à ses côtés le jeune mage. Dans un coin de la pièce Gallea Fr'ix et Flo Suo'pa, les parrains des deux jeunes intégrants et tous deux mages, observaient avec soin la scène qui se déroulait sous leurs yeux.

« Sois indulgent Clash, annonça en riant Flo, ce n'est pas un exercice évident pour un guerrier.

- Concentre-toi Nastelle, vide ton esprit, arrête de penser », dit

Gallea essayant au mieux de motiver sa jeune élève.

Clash grogna.

« C'est tout naturel pour elle de ne pas penser.
- Tu veux qu'on remette le couvert, cette fois ce ne sera pas dans l'épaule que ma lame se plantera, dit froidement la jeune St'ingie.
- Quand tu veux, mais tu n'auras pas de la chance deux fois de suite, poursuivi Clash.
- On se calme, sinon je vous mets une raclée à tous les deux. Maintenant concentrez-vous sur l'exercice », Flo tentait de les remettre en selle pour l'entraînement.

Les deux élèves ne se retournèrent pas vers leurs formateurs. Ils fixaient tous deux le mannequin d'entraînement en paille, renforcé d'une vieille armure à moitié rouillée qui avait déjà reçu de nombreux coups par le passé.

« T'es prête ? Clash se mit en posture d'attaque, les deux mains baissées, bras légèrement recourbés et en appui sur les jambes.
- Hum ! » Nastelle avait ses deux dagues bien en mains, la droite au-dessus de la tête, l'autre au niveau du genou gauche en flexion.

Les deux jeunes St'ingies synchronisèrent le rythme de leurs respirations.

« Ocouf elangup ! » lança Clash.

Il leva les mains vers le ciel, tandis que la jeune guerrière s'élançait vers sa cible. Un instant avant de frapper le mannequin de paille, les lames de ses dagues commencèrent à s'enflammer. Avant de toucher l'armure elle les avait déjà lâchées.

«C'est trop dur », dit-elle en tombant les deux genoux à terre.

La jeune femme, les bras le long du corps, essoufflée, le visage grave, transpirant, regardait ses deux dagues tombées au sol. Les lames étaient encore rougeoyantes. Elle avait envie de pleurer, mais cela ferait trop plaisir à Clash. Elle serrait les dents.

« Fin de l'entraînement pour ce matin, allez déjeuner on se retrouve cet après-midi », dit sur un ton plutôt solennel Flo.

Clash s'approcha de la jeune St'ingie pour lui glisser quelques mots dans le creux de l'oreille.

« Je savais bien que tu n'en serais pas capable, tu n'es arrivée ici que parce que tu t'appelles Y'rgram. »

La jeune femme, toujours au sol ne releva pas la remarque du jeune mage. Elle ramassa du bout des doigts ses deux dagues puis les rangea dans les fourreaux à sa ceinture. Elle jeta un regard vers sa marraine qui étrangement ne semblait pas déçue.

« Sois confiante Nastelle. »

Elle sortit de la salle d'entraînement, Clash la précédant.

« Tu crois qu'ils vont y arriver un jour ? questionna Flo à sa partenaire.

- C'est un sacré challenge que nous a donné Alex, tout de même. Les deux se détestent, répondit Gallea en se dirigeant vers le mannequin d'entraînement pour le remettre d'aplomb.
- Je pense que le fait qu'ils se détestent est un avantage plutôt qu'un handicap.
- Que veux-tu dire par là ? La jeune sorcière s'amusait à enflammer le bout de ses doigts pour brûler quelques brins de paille.
- Ils sont tous deux en compétition, ils vont se surpasser pour se dépasser l'un l'autre. Selon moi le plus compliqué à gérer c'est de faire travailler une guerrière avec un sorcier, et là nous avons touché le gros lot. Aucun des deux ne lâchera rien, et la guerrière ne veut pas entendre parler de magie, alors que le mage n'a que dédain pour l'art martial.
- C'est vrai que ça ne s'est jamais fait, mais j'aime le challenge. Alex nous a demandé de créer un tout nouveau principe de combat, et même si je ne suis pas sûre qu'il soit possible de combiner une attaque d'un guerrier avec l'appui d'un sorcier, il faut essayer. Si nous y arrivons, tu imagines la machine de guerre que nous aurons créée.
- Les Sounas peuvent semble-t-il le faire, alors pourquoi pas nous ?
- Tu as raison, nos élèves valent bien des Sounas ! Je suis sûre que s'ils arrivent à maîtriser cette double attaque, elle deviendra dévastatrice et n'aura pas de contre possible. Le but c'est quand même de traverser les armures les plus épaisses. Ces deux-là sont très prometteurs, et si quelqu'un peut y arriver un jour chez nous ce sera eux. En plus ils ont les meilleurs formateurs non ? Plaisanta Gallea.
- Tu as raison, sourit Flo, ça me rappelle quand nous avons débuté pour Ler'Qan. Tu te souviens comme nous avons passé de très bons moments tous les deux ? Le sorcier prit la jeune femme par les hanches et essaya de l'embrasser.
- Oui, mais tout ça c'est du passé. Elle le repoussa doucement. Et ne

crois pas que le fait de travailler à nouveau avec moi changera quoi que ce soit. Gardons des relations purement professionnelles. Allons manger. »

La jeune femme prit les mains de son coéquipier posées sur sa taille et les lui mit symboliquement dans le dos. Il sourit, et croisant les bras pour se donner une contenance, il sortit de la pièce d'entraînement suivi de la jeune femme.

Dans la salle à manger, toutes les tables étaient occupées. Comme d'habitude la pièce était remplie d'un vacarme lié aux conversations enflammées des St'ingies pendant le repas de midi. Les deux jeunes en formation n'avaient pas eu d'autre choix que de se mettre à la même table. En général, ils arrivaient à s'éviter pendant la pause déjeuner, ce qui leur donnait un moment de répit dans leur confrontation. Ils avaient préparé une assiette pour chacun de leur formateur comme c'était l'usage. Des fèves avec un morceau de gigot de cabri. Ils regardaient tous deux le fond de leur assiette, faisant tout pour s'éviter du regard, et attendant impatiemment leurs aînés pour débuter le repas.

« Tiens donc comme c'est mignon, les deux tourtereaux se sont mis à la même table !

- Laisse-les donc tranquille Flo, bon appétit à tous. Gallea s'assit à côté de sa protégée.

- Faut le dire vite, quand on voit ce qu'ils nous ont servi à manger. Flo déversa le contenu de sa cuillère dans son assiette avec un air de dégoût.

- C'est toujours meilleur qu'à l'Académie Militaire en tout cas, rétorqua Nastelle en engloutissant son plat.

- Toujours quelque chose à rajouter la princesse », fit Clash avant d'avaler une énorme bouchée de viande.

Le brouhaha ambiant de la salle à manger s'arrêta net. Nastelle, la bouche ouverte devant une cuillère qui n'atteindrait probablement jamais sa cible, se transforma en statue. Elle chercha du regard ses compagnons. Ils regardaient tous dans la même direction. Celle du chef du groupe Ler'Qan, Alex Ga'drik. Le vieillard se tenait à l'entrée de la salle à manger. Ils étaient stupéfaits, il ne se montrait jamais et bien sûr encore moins durant le repas qu'il prenait dans son bureau. Il fouillait du regard la salle à manger cherchant quelqu'un, jusqu'à croiser le regard de Gallea.

« Gallea avec ton équipe, je vous attends dans mon bureau, immédiatement », dit-il d'un ton tout à fait naturel, comme si son apparition était habituelle.

Sans ajouter quoi que ce soit il quitta la pièce qui fut rapidement à nouveau remplie de bruit. Nastelle observa ses compagnons, sans savoir si elle pouvait finir le repas qu'elle débutait à peine. Mais elle comprit avec déception qu'elle devrait suivre ses tuteurs sans finir de manger, et au plus vite. La contrariété qu'elle éprouvait à n'avoir pas fini son repas était balancée par la curiosité qu'elle avait à voir le bureau d'Alex Ga'drick à nouveau. Les conversations dans la grande salle tournaient à présent toutes sur l'apparition inopinée de Ga'drik, et tous les regards suivaient le groupe qui se dirigeait vers la sortie.

Nastelle en eut un pincement au cœur, elle n'avait pas revu son père depuis le jour de son arrivée. Au plus profond d'elle-même, il y avait maintenant un petit espoir de le revoir. Elle avait été si heureuse de le retrouver, même quelques instants, après des années d'éloignement ! Malheureusement depuis ce jour de joie son emploi du temps ne lui avait laissé aucun répit. Dans tous les cas, elle n'aurait pas su trouver un prétexte pour aller voir cet homme qui était devenu le centre de sa vie. Ils n'étaient sortis qu'une seule et unique fois, de nuit, pour un entraînement de déplacement nocturne. L'objectif avait été de ne pas se faire prendre, dans un environnement urbain, par une escouade composée de membres de la force Ler'Qan. Elle et son binôme avaient été les premiers à tomber dans leurs filets. Le reste du temps, elle s'était épuisée entre les diverses et nombreuses salles d'entraînement et de cours que comptaient les lieux. Cela faisait peu de temps qu'elle ne se perdait plus dans les couloirs du bâtiment. Et maintenant un petit espoir de revoir son père réapparaissait, même si elle ne se faisait pas trop d'illusions. Et pourtant...

« Entrez donc. »

Elle se rappelait très bien les lieux. Une pièce, vaste, circulaire. Sur un pan de mur, une bibliothèque garnie de nombreux livres. De l'autre côté, quelques portraits. Se rappelant ses cours d'histoire, elle reconnut de nombreux anciens chefs St'ingies. Elle put d'ailleurs constater que son père, Algorim, y figurait. Une certaine fierté l'envahit. Le large bureau en chêne, au centre de la pièce, était recouvert de nombreux parchemins. Le chef, assis, était en train de copier quelques lignes avec une belle plume. Les quatre membres de l'équipe attendaient alignés, à une distance respectable du bureau. Ils observaient Alex, finissant son travail. Avec attention, il reposa la plume puis s'adossa confortablement sur son siège.

« Comme vous le savez déjà, vous faites désormais partie de la nouvelle équipe issue du groupe Ler'Qan. J'ai décidé que vous seriez appelés les Raven. Vous arborerez ainsi comme symbole sur vos boucles de ceinture, comme le veut la tradition, un emblème de reconnaissance, dans votre cas un corbeau en vol. Les voici. Alex posa les quatre boucles sur son bureau. Quant à vous jeunes apprentis je tiens à vous préciser que j'ai toute confiance en vos formateurs qui vous apportent leur savoir et leur expérience. Vous ne réussirez vos missions qu'en suivant au mieux leurs instructions. C'est la première fois qu'un groupe mixte est créé. Il est mixte aux deux sens du terme puisque vous êtes à la fois un homme et une femme et un mage et une guerrière. C'est une expérience qui, si elle devient concluante, sera pérennisée. Ainsi je compte sur vous pour donner le meilleur de vous-même, vous surpasser. Vos formateurs seront là pour vous indiquer la voie à suivre. »

Il se leva de son siège, posa les yeux sur la grande mappemonde posée sur une table derrière lui. Il la fixa longuement.

« Votre formation en salle se termine. Les voyages forment la jeunesse, et comme on vous l'a probablement déjà dit c'est sur le terrain qu'on apprend le mieux. La théorie c'est bien, mais la pratique c'est mieux. Pour vous prouver ma confiance je vais vous confier une mission difficile, dangereuse même, mais qui vous permettra de prouver aussi bien à vos instructeurs qu'à vous-même votre valeur.

- Vous pensez qu'ils sont prêts ? questionna Flo, vraiment dubitatif.
- Je ne sais pas, leur mission sera un rite de passage. Réussir cette mission fera d'eux des membres à part entière du groupe Ler'Qan et validera leur place chez les Raven.
- Quand et où partons-nous ? » demanda Gallea, pragmatique en regardant les jeunes apprentis.

Alex Ga'drik scrutait avec attention la carte d'Arkadis. Elle était dessinée à l'encre noire sur un morceau de cuir tanné. Précise, elle contenait les noms de la plupart des villes du monde connu. Les fleuves, les montagnes et les différentes forêts y figuraient aussi. Les frontières des royaumes des quatre clans y étaient tracées en pointillé.

« Avant de vous confier votre mission, il me faut vous présenter votre chef d'équipe. Certains d'entre vous le connaissent déjà, plus ou moins bien. »

La porte latérale, à côté de la bibliothèque, s'ouvrit. Nastelle reconnut immédiatement le vieux St'ingie qui entra dans le bureau.

Le commandant Lars ? Je ne savais pas qu'il appartenait au groupe Ler'Qan.

« Je vous présente le commandant Lars. Il a été un temps affecté à la formation des jeunes guerriers, d'ailleurs il en est lui-même un. Il a quitté le service actif peu de temps avant la fin de la guerre. Il est cependant loin d'être rouillé. »

Le chef du groupe Ler'Qan s'approcha de Lars et le regarda avec le plus profond respect. Puis se tourna vers son auditoire.

« Cette vieille branche en sait plus que nous cinq réunis. Il est peut-être dur mais sera toujours juste avec vous. C'est un chef, un vrai. Il a vécu plus de choses en une vie que quiconque n'en vivra. Et pour ne rien vous cacher, il a même été un certain temps mon mentor. Alors, dès à présent vous le reconnaîtrez comme votre chef. J'exige une loyauté et une abnégation totale envers votre nouveau commandant et ce qu'il représente. J'espère avoir été assez clair ! »

Tous acquiescèrent sans bruit. Clash et Flo semblaient toutefois dubitatifs, n'ayant devant eux qu'un vieillard St'ingie, plutôt chétif. Il n'avait pas le physique d'un guerrier. Ils étaient troublés.

« Vous êtes probablement en train de vous demander pourquoi je suis allé chercher un ancien membre qui s'était retiré de la vie militaire ? La réponse est simple. Le monde change. Vite. Trop vite. Je sors d'un conseil restreint avec notre chef et ses conseillers. La conjoncture est critique, nous sommes au bord d'une guerre. Cependant nous ne savons pas définir avec précision qui sont nos ennemis et qui sont nos amis. La situation est plus que confuse. J'avais besoin d'un homme d'expérience pour garder la tête froide face aux situations critiques à venir et capable de prendre les décisions adéquates. Lars a vécu la guerre intensément, alors que peu d'entre nous l'ont connue. Il n'a peut-être plus la force et la forme physique d'antan, mais vous serez son bras armé. Il va préparer cette mission avec toute l'énergie nécessaire. Son rôle de chef ne le dispose pas à vous suivre sur le terrain. C'est vous qui serez au contact de la réalité et qui réussirez les missions en agissant selon ses ordres et en lui faisant des rapports complets et précis.

- Merci Alex pour cet éloge, que je n'espère pas funèbre avant un long moment... Nous aurons le temps de faire plus ample connaissance pendant les journées de préparation qui arrivent, même si certains me connaissent déjà un peu, dit-il en regardant la jeune guerrière. Tu me permets de présenter la première mission à ma façon Alex ?

-Bien entendu, je resterai en retrait et j'apporterai des précisions s'il le faut. »

Tous s'approchèrent du commandant Lars. Ils se rangèrent, en arc de cercle, autour de la table sur laquelle était posée la mappemonde.

« Comme l'a annoncé Alex, le visage d'Arkadis est en train de changer. La situation que nous vivons depuis la fin de la dernière guerre se complexifie de jour en jour. La Nation St'ingie essaie de se maintenir en bonne place sur la scène internationale. Les autres Nations semblent vouloir toujours et encore plus de pouvoir. Elles créent des alliances qu'elle pense secrètes pour affaiblir et dominer notre grand et fier Clan. Heureusement nos espions font un travail remarquable. Pendant qu'elles se moquent de nos avis et nos considérations, qu'elles nous traitent comme l'épouvantail sanglant et malfaisant qu'elles sont elles-mêmes, comme l'ennemi à abattre, ressassant toujours les mêmes inepties sur le déclenchement de la Guerre des Clans, elles ignorent que nous, les St'ingies, pesons un poids conséquent dans la politique d'Arkadis, et que nous sommes également prêts à toutes les attaques. Dans ce contexte compliqué, notre Grand Mage, comme il en a le pouvoir, a ordonné une mission et a mandaté spécifiquement l'équipe Raven pour l'accomplir. »

Après ce long préambule vantant toutes les qualités de la Nation St'ingie, il s'approcha de la mappemonde et tapota lentement avec son index l'emplacement du centre du royaume Valkris. Puis, doucement, une lueur noire brillant dans ses yeux, suivit du doigt la frontière de celui-ci.

« Vous connaissez ces gens aussi bien que je les connais. Il s'agit d'un peuple guerrier et fort, ne nous y trompons pas. Il n'a jamais tenu compte de nos diverses alliances, n'hésitant pas à nous provoquer, faisant fi d'une réaction possible de nos alliés. Nous pensions que la mort du général Vragard affaiblirait les Valkris, mais il semble que la veuve du Protecteur a été désignée pour prendre son relai. Apparement sa jeunesse, son empathie et son charisme feraient d'elle la meilleure Protectrice que les Valkris aient eue depuis des siècles. C'est ce qu'ils pensent à ce jour, et leur vote s'est fait à l'unanimité, même si je doute que cela ait été du plus naturel. Mais retenez bien qu'elle est surtout beaucoup plus ouverte à une union des Clans que son défunt mari, à l'image de Liana Belevir, la Souna. Elle va probablement vouloir mettre un terme à l'exclusivité de certains de nos échanges commerciaux dans le cadre de cette nouvelle ouverture au monde si elle arrive à créer des liens. Algorim Y'rgram nous a accordé toute confiance dans l'accomplissement d'une mission dans ce contexte.

- Toute cette situation n'est pas vraiment claire, enfin pour moi, et surtout que voulez-vous que nous fassions ? demanda Gallea, dubitative.

- Quelle est notre devise ? questionna Dan Lars.

- Frapper vite, fort, en toute discrétion ! lança instinctivement Clash.

- Oui et c'est exactement ce que nous allons faire. Vous êtes le bras armé du Clan St'ingie, mais je ne peux pas tout vous révéler. Vous en savez assez, presque trop. Vous êtes la fierté de notre Nation, l'élite des soldats de notre grand peuple. Le Protecteur a une entière confiance en vous et si je suis ici c'est parce que nous savons que vous réussirez. Poser des questions sur les buts de votre mission ne rentre pas dans vos attributions. Obéissez aux ordres comme vous avez appris à le faire depuis toujours, et cette fois encore, vous aurez la gloire de la réussite. L'échec est inenvisageable. Alors, que devez-vous faire ? Me demandes-tu… »

Il tapota à nouveau du doigt la province Valkris sur la mappemonde, comme pour l'écraser. Son visage se transformait petit à petit. Les années de guerre avaient buriné ses traits et le vieux soldat se courba légèrement, comme accablé par un poids au moment où il prononça la phrase qu'ils attendaient tous.

« … Vous allez devoir organiser et réussir un assassinat. »

CHAPITRE VINGT-HUIT

Changer le cours des événements

Kimbra Sayane

« Crois-tu vraiment que j'avais besoin que tu viennes en personne à Énolia pour que je comprenne que nous sommes en guerre ? »

Le chef de la guilde était dans une rage folle, debout au centre de son salon. Il faisait les cent pas et semblait ne pas pouvoir s'arrêter de pester. Il avait les traits tirés par la fatigue. Cela faisait des jours qu'il n'avait pas réussi à fermer un œil pour dormir. Rien ne se passait comme il l'aurait souhaité. À partir du moment où il avait accepté la mission de libération de la Souna, il n'était arrivé que des complications. Jamais depuis sa création, Umbrea Mortalis n'avait été dans une situation aussi complexe, voire critique. Son existence même était menacée par le cours inattendu que prenaient les événements. Et Disel Plak, l'ancien membre de l'équipe de Sina, était présent pour le lui rappeler.

« Mais que leur est-il passé par la tête ? Je leur avais pourtant formellement interdit de quitter Énolia. Je leur avais précisé qu'en aucune manière ils ne devaient faire de vagues en se mettant à chercher cet idiot de Jodix. »

Kimbra, gesticulant d'énervement, criait tant que sa voix se cassait. Il tenait en main un pauvre livre qui traînait par là et qu'il était en train de transformer en charpie.

« Je ne suis pas venu seulement pour t'annoncer cela. Je sais bien que je ne t'apprends rien sur la situation. Je suis venu parce que, étant un ancien membre de la guilde, je me doute que tu vas avoir besoin de moi. Si Kimbra n'avait pas été aussi énervé, peut-être aurait-il perçu la pointe de délectation qui perçait dans le ton de cette déclaration.

- Comment ça, je vais avoir besoin de toi ? Tu connais les règles aussi bien que moi, tu as refusé une mission et tu dois quitter la guilde, c'est la règle depuis toujours, et je n'ai pas l'intention de faire une exception pour toi. Je te rappelle d'ailleurs que lorsque quelqu'un quitte Umbrea Mortalis, c'est pour toujours. Et ça non plus ça ne changera pas. La fureur de Kimbra semblait atteindre des sommets. Voilà que maintenant, même les anciens membres semblaient prendre un malin plaisir à tout compliquer encore, à ne rien respecter.

- Tu as besoin de moi parce que je suis le seul coéquipier de confiance et compétent qu'il te reste. Disel parlait calmement, formant un contraste saisissant avec l'énervement de son ancien chef.

- Tu te trompes ! J'en ai, et même plusieurs : Jax, Robin, ou bien encore Harvey. Sinon il y a Ligorim aussi. Tu les connais, et eux n'ont pas lâché la guilde… Ne me fais pas perdre mon temps.

- Arrête ! C'est de la mauvaise foi, et tu le sais très bien. La colère t'aveugle. Nous savons tous les deux qu'ils ne sont bons qu'à réaliser des missions d'escorte. Et je reste gentil avec mes anciens camarades de guilde… Et Ligorim, fais-moi rire, ce vieux croûton à moitié sourd ? Depuis que tu as perdu Sina et son équipe, tu n'as plus personne sur qui compter pour les affaires délicates. Avoue-le. Je me permets d'ajouter que tout ça n'est plus de ton âge.

- Ne me parle pas de mon âge s'il te plaît. Kimbra prit une grande inspiration, s'assit, reposa les restes du livre sur la table et regarda fixement le mur. Disel ne dit rien. Le vieux chef reprit la parole, avec un calme étrange, malsain, comme abattu par tout ce qui arrivait. Pour le reste j'ai bien du mal à admettre que tu as raison. Et pourtant… Pourquoi ai-je mis tous les œufs dans le même panier ? En un coup j'ai perdu mes meilleurs membres. Il avait pris sa tête dans ses mains et semblait accablé. Disel se disait en lui-même que jamais il n'avait vu cette force de la nature, ce chef intransigeant, changer en si peu de temps d'attitude. Il venait de le voir passer de la colère la plus noire à l'abattement le plus profond, et maintenant, chose encore plus surprenante, il avait devant lui un Kimbra repentant. Décidément, le monde ne tournait plus rond !

- Tu voulais une équipe exceptionnelle, c'est tout à ton honneur.

- Arrête de me flatter, ce n'est vraiment pas le moment. Par Gébir, que s'est-il passé pour que nous en soyons arrivés à ce point ?

- Je ne suis pas sûr que ce soit utile de ressasser. Le passé ne peut

être transformé. C'est désagréable, mais nous savons assez précisément ce qui se passe. Essayons de trouver une façon honorable et surtout efficace pour sortir de ce guêpier. Je suis prêt, et j'ai même quelques idées. Enfin, si tu acceptes de me réintégrer...
- Aux grands maux les grands remèdes. Je ne sais pas trop par où commencer. Kimbra Sayane se leva, fit mine de se diriger vers un meuble près de la porte, se ravisa, alla vers la fenêtre, puis se calmant après ce bref moment d'agitation, s'assit enfin sur l'un des confortables fauteuils de son salon, en face de Disel Plak, qui en avait profité pour se verser un bon verre de rhum. Je suppose que tu ne le fais pas gratuitement, quel est ton prix ?
- Tu me connais bien.
- Oh ! Que trop ! Nous avons passé ensemble suffisamment d'années. Et toutes comme mercenaires. Allez, annonce-moi tout de suite la couleur. Il se leva et, prenant le verre le plus imposant qu'il trouva, se servit à son tour une rasade de rhum dans laquelle la flotte valkris aurait pu couler tout entière. Il fit tournoyer l'alcool dans son verre avant d'en respirer toutes les odeurs qui s'en dégageaient.
- Déjà, je veux retourner dans la guilde. À peine avais-je quitté l'auberge le soir où j'ai démissionné que je le regrettais déjà. J'y ai passé tant d'années, vécu tant d'aventures que ça m'a fait bizarre de quitter de cette manière, si rapidement, avec à peine un au revoir. Je sais que c'est la règle, mais la vitesse à laquelle cette décision a été prise l'a rendue brutale. Finalement je suis parti en ayant réfléchi à peine quelques minutes. Une erreur.
- Je sais, j'étais tout aussi retourné.
- Je ne vais pas te mentir, je veux la place de Sina. Je veux commander l'équipe.
- A priori, il n'y a plus d'équipe.
- Je veux bien, mais quelles sont maintenant tes priorités ? Faire la paix avec les Griffons ou retrouver nos coéquipiers ? »

Kimbra Sayane resta un instant muet. Perdu dans ses pensées, le regard plongé dans le fond de son verre de rhum. Il l'avala d'un trait et fit une légère grimace, puis s'affala au fond de son siège. Il était maintenant plus serein. Le calme de Disel, l'alcool, la rage qu'il avait expulsé par ses cris et ses gesticulations, tout concourrait à l'apaiser.

« Tu vas avoir du mal à y croire mais je n'en ai pas la moindre idée. D'un côté, faire la paix avec les Griffons condamne Sina, Danto et Selvin, s'ils sont encore en vie. C'est sûr que cet enfoiré de Dari Col voudra leurs têtes. Il n'y aura pas de négociation possible. D'un autre côté, ils font partie de notre fraternité. Notre code est strict et moi chef de cette guilde je suis le garant des règles, et il est impensable que je ne les respecte pas. D'autant plus que je fais déjà une entorse au règlement en te réintégrant.

- Bon, je constate que tu m'as redonné un poste. Nous ne devons pas abandonner un de nos coéquipiers, un de nos frères alors qu'il nécessite une assistance. Je connais le code ne t'inquiète pas. Et puis il me semble que c'est une affaire de bon sens. Par contre n'oublie pas non plus que si quelqu'un commet un acte qui est contraire à nos règlements et met en péril la guilde, la sanction est l'exclusion.

- Je ne les ai pas encore exclus d'Umbrea Mortalis à ce que je sache. Ils appartiennent toujours à la guilde. Le vieux Protech commençait à s'énerver face au ton hautain de son interlocuteur. Et j'ai encore cette prérogative.

- Loin de moi l'idée de vouloir te l'enlever, je ne le pourrais d'ailleurs pas. Je dis juste qu'il faut trouver la stratégie à adopter, temporisa au mieux Disel.

- J'ai l'intime conviction que nos amis sont innocents. Je ne vois pas pourquoi ils se seraient pris, à trois, à attaquer les membres des Griffons, à les massacrer pour ensuite complètement disparaître dans la nature sans une raison valable. Je penche pour de la légitime défense. Sina est un malin, les nombreuses années travaillées à ses côtés me poussent à penser qu'il a agi intelligemment.

- Et si jamais tu te trompes, s'ils avaient agi pour leur compte ? L'appât du gain par exemple.

- Je ne pense pas, je suis persuadé qu'ils avaient une piste concernant Jodix. Tu as travaillé avec eux toi aussi pendant des années. Ce n'est pas leur style. Ce satané St'ingie n'est pas mort noyé, il est trop têtu pour mourir de cette manière. Ils ont dû se retrouver embarqués dans une situation qu'ils ne maîtrisaient pas. Kimbra resservit un verre à son interlocuteur, puis s'en servit un à son tour.

- Donc tu veux que nous recherchions Sina, Selvin et Danto parce que ton instinct te dit qu'ils savent où se trouve Jodix ? demanda Disel, en reprenant son verre.

- Nous devons retrouver Jodix, c'est ma priorité. Il n'a malheureusement rien à voir avec toute cette affaire. De plus je souhaiterais éclaircir cette affaire avec les Griffons. J'irai voir personnellement cet enfoiré de Dari Col pour mettre les choses au clair.

- Que dois-je faire ? questionna le Souna.

- À ton avis Disel ?

- Retrouver soit Sina, soit Jodix.

- Tu vois que tu sais quoi faire, alors pourquoi me le demandes-tu ? »

Le vieux Protech se leva difficilement de son siège, le verre à la main. Il se rapprocha d'un des deux candélabres posés sur son bureau et en sortit une des chandelles qu'il prit à la main. Il observa la flamme de près. Puis alluma les autres bougies au fur et à mesure qu'elles se présentaient à lui sur le chandelier qu'il faisait lentement tourner sur lui-même.

« Il est probable qu'en recherchant l'un tu trouveras l'autre. Tu reviens de Timeva, je sais que tu y as ta femme et tes enfants. Qu'en disent-ils là-bas ? Kimbra reposa la dernière chandelle sur son support. Il regardait mélancoliquement le chandelier flamboyant.

- Tout n'est pas vraiment clair. Pendant quelque temps la ville a été en effervescence. L'administration de la si calme Timeva se retrouvant avec plusieurs cadavres à gérer, c'était la panique assurée. Jamais autant de soldats n'ont patrouillé à travers la ville. Pour rien, évidemment. En revanche, les édiles n'ont basé leurs conclusions que sur la base du témoignage de Dari Col.

- C'est sûr que sa droiture et son intégrité sont légendaires, s'énerva Kimbra.

- Il est surtout en étroite collaboration avec le chef de la garde de Timeva lui-même. Les rumeurs disent qu'ils sont sur des affaires plutôt louches ensemble. Pour revenir au cœur de notre problème, si je peux me permettre, si Sina n'avait rien à voir dans cette histoire il aurait trouvé le moyen de prendre contact avec nous.

- Oui, sauf s'il est emprisonné, ou bien sûr mort.

- Lui ? Mort ? La mauvaise herbe ne disparaît pas si facilement.

- Je te trouve particulièrement dur avec lui. Je te rappelle quand même que c'est ton ancien chef. Mais bon sang pourquoi est-il parti pour Timeva ? Et pourquoi ne m'en a-t-il pas parlé ? »

Quelqu'un cogna à la porte du bureau. Puis, après un grognement de Kimbra qui fut interprété par le visiteur comme une invitation, un jeune Valkris entra. C'était un gringalet, pas plus de treize ans, qui semblait impressionné par le meneur de la guilde. Ses longs cheveux verts en bataille formaient sur le devant une longue mèche qui lui masquait la moitié du visage. Ses haillons, poisseux et sales, exhalaient une odeur proche de celle que les fosses à purin de la ville proposaient les jours de pluie.

« Monsieur, j'ai préparé votre monture comme vous me l'aviez ordonné. Vous pouvez partir quand vous voulez. Jax et Harvey n'attendent plus que vous.

- Petit cachottier, tu savais que je viendrais, rigola Disel en s'adressant à son patron qui faisait face au jeune lad.

- Si je n'étais pas au courant de ce genre de chose, je ne mériterais plus d'être le chef de la meilleure guilde de tout Arkadis depuis un long moment déjà.

- Tu as quand même laissé s'échapper quelques-uns de tes petits

oisillons, rétorqua Disel.
- Ne sois pas impertinent avec moi veux-tu », bougonna Kimbra.

Puis s'adressant au jeune Valkris.

« Va prévenir Jax et Harvey que j'ai une course à faire juste avant de partir. Je ne devrais pas être bien long.
- Oui Monsieur.
- C'est bien petit ! Bon boulot, va à l'auberge boire un bon cidre sur mon compte après.
- Merci Monsieur, remercia le jeune garçon en quittant la pièce en courant.
- Que je regrette mes jeunes années, pleines de fougue et d'insouciance ! déclara Disel en observant le jeune Valkris partir.
- À qui le dis-tu ! Va te préparer, tu nous accompagnes jusqu'à Timeva. Puis nos chemins se sépareront, et j'attribuerai à chacun une tâche bien spécifique. Sache que l'avenir de la guilde en dépend. »

Le Souna posa son verre sur la table basse en bois. Il se leva, puis sans un mot après un regard pensif mais respectueux vers son aîné, quitta le bureau. Seul dans son salon, le meneur d'Umbrea Mortalis prit quelques minutes pour réfléchir. Il but d'un trait son verre de rhum et le posa sur le rebord de la cheminée. Il souffla sur les bougies puis quitta la pièce désormais dans l'obscurité.

À cette heure-ci peu de clients attendaient au comptoir qu'il atteignit quelques instants plus tard. Son œil aiguisé de dirigeant lui permit de vérifier si ses employés travaillaient correctement. Il était si aguerri à son poste de chef de la guilde qu'il avait fait cette vérification machinalement, alors qu'il avait pour l'heure d'autres préoccupations. Kimbra se dirigea ensuite vers l'auberge attenante. Quelques habitués le saluèrent. Il n'avait pas le temps de s'attarder avec eux. L'esprit ailleurs, il semblait de plus en plus préoccupé. Les membres de la guilde, voire les clients, ne le reconnaissaient plus depuis quelque temps.

Depuis la disparition de Jodix il n'était plus le même homme. Irritable, lunatique et bougon, il s'était transformé. La plupart comprenaient par quelles épreuves il passait et en éprouvaient pour lui une certaine sympathie, mais d'autres commençaient à se poser des questions, et de moins en moins discrètement montraient leurs inquiétudes. Certains doutaient maintenant de leur engagement pour la guilde, d'autres pensaient que la disparition du jeune St'ingie n'était que la partie émergée d'un iceberg qui mettait en danger l'existence même de la guilde. Les gens parlaient dans son dos, mais cela ne l'affectait pas. Son expérience et son pragmatisme lui avaient appris à rester calmes face aux situations compliquées. Malgré sa maîtrise de lui-même, pour celle-là, il avait du mal à ne pas laisser transparaître quelques émotions.

Il entra dans une petite salle à l'arrière. Elle ne payait pas de mine et ressemblait plus à un vieux débarras qu'à un bureau. Mais c'est ici que travaillait Ligorim, le vieux St'ingie. Il comptait des pièces de monnaie à la lueur de la seule bougie posée sur son bureau. Sur un coin de celui-ci, deux registres, dans lesquels étaient inscrits les comptes d'Umbrea Mortalis. Le vieillard n'entendit pas son chef entrer dans le bureau. Il continuait à compter consciencieusement les pièces, qu'il plaçait à l'intérieur d'une bourse en cuir. Kimbra claqua la porte derrière lui afin de le prévenir de son entrée.

« Hum, c'est toi.

- Oui mon cher ami, il faut que nous parlions.

- C'est exactement ce que nous faisons actuellement non ? répliqua le vieillard.

- Arrête de faire le malin, c'est important, continua Kimbra.

- Tu veux savoir où en sont nos finances ? Nos comptes sont dans le rouge. Les revenus de l'auberge n'arrivent pas à amortir nos trop nombreuses dépenses. Et bien sûr je comptais sur la somme substantielle promise pour la mission que tu as acceptée sans m'en parler...

- Le client n'a pas payé. La mission a été un échec plus que cuisant. Je sais bien que tu es au courant, comme tout le monde ici d'ailleurs.

- C'est bien ce que j'avais compris, poursuivit Ligorim. Eh bien, je ne vois qu'une solution pour nous en sortir, nous allons devoir faire attention à nos dépenses. Sinon je crains que nous n'allions dans le mur.

- Que t'ai-je déjà dit concernant le fait de se retrouver face au mur ? questionna le chef.

- Que « nous sommes assez forts pour le détruire et continuer à faire ce en quoi nous excellons » ? Je sais, mais là, jamais nous n'avons été dans un état financier si critique. Promet-moi de réduire les dépenses au maximum et de tout faire pour redresser la situation.

- Je ne suis pas venu ici pour te parler des finances, je sais très bien qu'elles ne sont pas au mieux. Je suis venu t'annoncer que je pars pour Timeva.

- Et bien sûr aux frais de la guilde ! Encore des dépenses ! Et pour quoi cette fois-ci ? »

Kimbra Sayane fit mine de se retourner pour attraper un livre poisseux sur une étagère du minuscule bureau. Il l'ouvrit alors qu'en réalité il n'avait que faire du livre. Il voulait échapper au regard de son ami par n'importe quel moyen.

« Tu vas me dire ton fameux : « j'avais raison », lança-t-il.
- Houla ! Je ne sais pas si j'ai envie d'entendre ce que tu as à me dire. Vivement que je sois complètement sourd pour qu'enfin je sois épargné par ce genre de discussions. »

Ligorim avait posé ses pièces de monnaie et observait avec attention son ami qui lui tournait le dos. Kimbra lui fit enfin face, il avait la mine complètement déconfite.

« Tu te souviens de l'affaire conclue avec Dari Col il y a quelques années ? Eh bien je crois que nous sommes en train d'en subir les conséquences. »

CHAPITRE VINGT-NEUF

Des manœuvres politiques

Liana Belevir

« Tu as de toute manière atteint le point de non-retour. Alors que peux-tu me dire sur cette discussion entre Vragard et Y'rgram ? »

La voix de la matriarche Souna résonnait au sommet de la tour de verre de Seffirga. Le doux soleil matinal du printemps souna traversait le monument, et les rayons de lumière étaient sublimés en se reflétant sur tout l'horizon. Les Sounas aimaient à dire que cette tour, renfermant le Cristal de l'Air, était le symbole de leur toute-puissance. Elle était une allégorie aux cristaux incrustés dans la peau et les cheveux de ce peuple. Ils reflétaient la lumière du soleil et contenaient leur puissance, tout comme la tour avec le Cristal de l'Air. Son centre était occupé par un long escalier en colimaçon qui amenait à la salle sacrée. Au milieu de cette pièce, posée sur une dalle de marbre, une rose des vents forgée dans une pièce de cuivre. Cette salle si importante pour les Sounas était communément appelée celle des quatre vents. La rose désignait quatre ouvertures, aux points cardinaux, qui laissaient passer l'air, amplifié par un effet venturi. Ainsi, la puissance des vents était accélérée lorsqu'ils venaient caresser ce Cristal primordial sur son promontoire, au-dessus de la rose des vents. Huit chaînes, solidement accrochées aux murs de la tour, supportaient le poids d'une armature en argent, qui encadrait le puissant Cristal pour l'empêcher de tomber. La cage argentée pouvait se balancer au gré du vent comme pour honorer le Cristal de l'Air avec son élément. Les Sounas aimaient à penser que l'air du vent alimentait le Cristal. Une lumière éternelle, d'une blancheur diaphane, luisait au cœur de la pierre sacrée. Elle était son âme. C'est cette même lumière qui rayonnait lorsqu'un Souna prédisposé à la magie venait à frôler le Cristal. Outre sa beauté et sa lumière pure, sa taille imposait le respect. Plus grand qu'un Souna adulte, ce qui impressionnait le peuple.

En temps normal, et c'est une règle qui s'appliquait dans tous les temples d'Arkadis, un étranger ne pouvait accéder à la salle d'un Cristal qui n'était pas le sien. Et pourtant, Liana y avait invité Miriù Fili'enor. Son amant était extrêmement impressionné par la beauté et la puissance qui émanaient de tous les ors de la pièce. Il savait que c'était pour lui un privilège de se trouver dans cette majestueuse salle des quatre vents. Il était tout aussi impressionné par la beauté de celle qui l'avait accompagnée ce matin-là. La Souna brillait de splendeur. Les cristaux incrustés dans sa peau pâle reflétaient en ce jour de manière exceptionnelle, son visage rayonnait. Ses cheveux, bleus clairs, étaient libres de toute coiffure, relâchés dans le dos. Sa robe de soie blanche, aux larges épaulettes, était brodée de motifs à la mode de l'ancien art Souna. Les manches du vêtement étaient beaucoup plus longues que ses bras, laissant une large traîne de tissu sur ses poignets. La nuit qu'ils avaient passée ensemble avait été merveilleuse. Ces instants privilégiés, beaucoup trop rares, ils savaient tous deux les apprécier. Leur rencontre ne s'était pas faite par hasard. L'espionnage de la mystérieuse Souna avait été confié à Miriù, mais tout ne s'était pas passé comme d'habitude. Lorsqu'il se trouva face à une telle beauté ses serments d'allégeance à son clan, sa loyauté et tous les grands principes qui animent les espions disparurent en un instant. Avec les années, Miriù avait perdu espoir de trouver l'amour. C'était un vieux soldat, et les années passées au service de sa nation n'avaient pas favorisé d'autres rencontres que quelques filles faciles entre deux missions. Il n'avait pas le souvenir d'avoir fait quoi que ce soit pour que la belle Liana tombe dans ses bras. Tout s'était fait si naturellement, la magie de l'amour, diraient certains. Malgré l'imprudence qui peut parfois résulter d'une telle rencontre, il avait réussi à conserver ses sentiments secrets. Il aimait cette femme autant qu'il aimait sa nation. Liana l'avait compris dès leur première rencontre et elle agissait dans le même sens. Jamais elle ne lui aurait demandé de faire un choix.

Un Souna ne pouvait pas être en couple avec un St'ingie, c'était une règle intangible en Arkadis. Et pourtant…

Les premiers rayons du soleil qui étaient entrés par la fenêtre de la chambre de la Matriarche au plus haut de l'Académie l'avaient réveillé. La peau blanche de sa compagne scintillait comme la neige aux premières lueurs de l'aube sur les sommets des montagnes du Nord. Émerveillé par le spectacle il avait caressé les cristaux opalins de sa belle endormie. Il tenait à profiter de chacun de ces instants si rares. La peau était douce sous ses mains. La veille, aussitôt qu'ils avaient pu se trouver seuls, elle lui avait annoncé qu'elle avait prévu un moment d'intimité dans la Tour de verre. D'abord surpris, il avait été ensuite flatté de ce privilège et de cette confiance. Mais Miriù était un homme d'expérience et il savait que cette invitation n'était sûrement pas anodine et que sa belle compagne avait probablement une idée derrière la tête. Plusieurs fois dans la nuit, il s'était demandé pourquoi Liana désirait tant cette rencontre dans le temple. Liana n'avait pas séjourné aussi longtemps dans sa ville natale depuis longtemps et elle profitait au maximum de ces moments rares. Il lui était agréable de rester parmi les siens, elle se sentait apaisée dans les bras de son amant, et ne trouvait jamais aussi facilement le sommeil que ces nuits-là.

« Je t'ai amené ici pour te prouver tout mon amour et la confiance que je t'accorde. Tu es l'un des uniques privilégiés non Sounas à pouvoir accéder à la salle des quatre vents. Mais je t'accorde ce privilège aussi pour te prouver que je n'ai rien à te cacher.

- Cette salle est magnifique, tout comme toi. J'en ai le souffle coupé.

- Cesse de me flatter, répondit-elle en rougissant. Et n'évite pas ma question s'il te plaît. Que peux-tu me dire sur cette discussion entre Vragard et Y'rgram ?

- Je ne l'évite pas, mais je profite de la visite avant tout. Je suis parfaitement conscient que je suis probablement le premier étranger à entrer dans cette salle et je savoure chaque instant de ce moment privilégié. Et quel spectacle fascinant !

- Tu es sans doute le premier oui, mais je l'ai fait pour une bonne raison. Je ne l'ai pas fait uniquement pour te faire plaisir. Tu m'as dit que l'événement d'il y a quelques semaines, celui pour lequel je suis venue ici à Seffirga, avait été interprété par ton peuple comme la préparation d'une arme secrète.

- Oui c'est ce qu'ils pensent à Aldrosaïa.

- Et toi, qu'en penses-tu ?

- Moi j'en pense que c'est un événement inexpliqué qui vous a tous surpris, autant que vous êtes. Répondit-il en continuant à scruter la pièce dans les moindres détails et se rapprochant doucement du Cristal de l'air.

- Effectivement, les Sounas ne comprennent pas cet événement, il reste pour le moment inexpliqué, mentit-elle à son amant, sachant pertinemment ce qui s'était passé ce soir-là. Comme tu peux le voir le Cristal est intact, et aucune arme n'est en préparation dans les parages.

- Je vous envie, vous les Sounas, dit-il en approchant sa main du Cristal. Brusquement comme si elle brûlait il la retira. Vous êtes un peuple pacifique, même votre participation à la Guerre des Clans fut à la marge, uniquement pour défendre vos droits et votre territoire. Un évènement exceptionnel se déroule sur vos terres et personne ne vous demande de comptes. Si jamais ce genre de phénomène s'était déroulé en terres St'ingies nous aurions les armées Valkris et Protechs à nos portes dès le lendemain.

- On ne se refait pas une réputation. Vous êtes un peuple belliqueux, vous le savez, alors acceptez-en les conséquences. Et pour ne pas changer de sujet, tu n'as toujours pas répondu à ma question, pourtant simple. Qu'évites-tu de me dire ?

- Je n'évite rien, j'ai toujours été honnête avec toi Liana, je t'ai même suivi sur des chemins accidentés. Pour l'instant je profite de ce moment unique dans la vie d'un homme, et surtout j'essaie de comprendre. Tout cela est bien compliqué. Tu sais, on me demande des comptes à Aldrosaïa, s'ils jugent inutile ma présence ici à Seffirga, ils me feront remplacer. En permanence je dois faire attention à tout ce que je dis et à tout ce que je fais. Tu connais aussi bien que moi le sort réservé aux traîtres à la Nation St'ingie.

- J'ai assisté à l'une de vos exécutions oui, dit-elle pensive. Je ne leur permettrai jamais de te faire subir un tel supplice.

- Tu sais pertinemment que ce serait une déclaration de guerre, toi et encore moins ton conseil ne se permettrait la moindre intervention pour sauver ton amant. Je ne connais que trop bien les Sounas.

- Nous te cacherions, ils ne mettraient jamais la main sur toi, je peux te le promettre, insista-t-elle.

- Tu ne connais pas si bien les St'ingies. C'est plutôt naïf de la part de la grande Matriarche Souna Liana Belevir, continua Miriù en s'approchant de la femme. Tu sais, j'accepterais mon destin. Ma vie a été trépidante, j'ai pu rencontrer la plus belle et interessante femme que le royaume d'Arkadis ait connue.

- Cessons un peu ces inepties. Pour le moment tu es libre, aucun soupçon ne se porte sur toi à ce que je sache ?

- A priori, rien du tout. Mais Aldrosaïa est si loin…

- Nous ne sommes que tous les deux ici. Mon temps est précieux, même si chaque minute passée avec toi me réjouit. Que sais-tu de cette discussion entre le dirigeant Valkris et le St'ingie ?

- Je n'ai pas énormément d'informations. Miriù prit quelques instants de réflexion avant de continuer. Y'rgram n'est pas rentré directement à Aldrosaïa après le conseil des Quatre. Il s'est rendu avec Vragard dans la capitale Valkris. Je sais qu'il a surtout été sujet du trône d'Arkadis et d'un certain pacte de non-agression entre les deux clans.

- C'est déjà une sacrée information que tu as là. Tu es en train de me dire que les clans Valkris et St'ingie se sont alliés secrètement ? Mais pourquoi maintenant ?

- Je pense que cette idée d'héritier qui vient de réapparaître au jour leur fait peur. La situation actuelle est suffisamment favorable à chacun des deux clans pour qu'ils fassent tout pour que rien ne bouge. Je suis persuadé qu'Y'rgram va faire en sorte qu'on ne retrouve jamais cet héritier au trône d'Arkadis.

- Quelle idiotie ! Il faut un roi sur ce trône. Un roi qui va faire régner l'ordre et la justice. Un roi qui va fédérer les peuples. Suis-je la seule à vouloir la paix sur Arkadis ? Nous savons très bien que si personne ne dirige ce royaume, nous allons nous déchirer à nouveau. Des alliances se créent déjà, des armées sont déjà prêtes à en découdre, il ne manque qu'une étincelle et tout explosera. Les Sounas ne sont pas prêts à repartir en guerre. Nous apprécions trop cette paix, aussi fragile soit-elle. Je dois agir pour le bien de mon peuple.

- Je sais, tu prêches un converti. Mais quel est mon rôle dans cette histoire ?

- Je vais peut-être te demander l'impossible. Tu as le droit de refuser, mais si tu ne le fais pas pour moi, fais-le pour Arkadis.

- Je t'écoute mon amour. Le Protech lui prit les mains, elles semblaient froides comme de la glace, mais ça ne le dérangeait pas, son cœur se réchauffait, lui.

- Il te faut trouver un prétexte pour rentrer à Aldrosaïa. Depuis là-bas tu pourras me renseigner, être mes yeux et mes oreilles, voire faire levier sur certaines décisions que je pourrais prendre depuis Énolia. Il faut aussi que tu trouves un moyen de te rapprocher du pouvoir, avoir un poste important dans la hiérarchie St'ingie. Nous n'avons pas d'autre solution et tu le sais bien. Jamais je ne pensais qu'un jour je te demanderais de faire une telle chose pour moi. Mais tu es mon seul et dernier espoir de maintenir la paix, mon amour.

- Je vais devoir la jouer fine. Je suis un véritable atout pour Y'rgram ici, il ne va pas me permettre de rentrer si facilement au pays, ça pourrait prendre des lustres. Et savoir que je pourrais m'éloigner de toi me tue. Là-bas nous ne pourrons plus entretenir la flamme de notre amour.

- L'idée de te voir partir, de te savoir si loin m'est également difficile. Mais nous devons voir par-delà nos sentiments. Nous devons penser à l'avenir d'Arkadis, pérenniser cette paix si fragile. »

Miriù lâcha sa maîtresse. Il recula et se tourna, levant la tête il porta son regard sur le Cristal étincelant. Il commençait à soupçonner qu'elle l'avait fait venir ici pour lui demander l'impossible. Au nom de l'amour elle lui demandait de mettre fin à l'amour. Il réfléchissait intensément. Son souci désormais était de trouver un moyen fiable et sûr pour rentrer sur son île natale. Il devait faire le plus vite possible le deuil de son amour désormais perdu. La conversation ne laissait aucun doute à ce sujet.

« Je pense savoir comment rentrer au pays.
- Je le sais aussi… Elle s'approcha de lui.
- Tu vas me manquer Liana.
- Notre amour sera éternel, comme ce Cristal. »

La femme se mit contre le dos du St'ingie. Ses bras l'enlacèrent, mains posées sur la poitrine. Le visage délicatement appuyé sur l'épaule droite de son amant. Une larme coulait le long de sa joue. Elle brillait plus que tous les cristaux de son corps qui semblaient devenir ternes.

Ils auraient voulu tous deux arrêter le temps. Pourtant le jeu de dupes arrivait à son terme.

« Adieu. »

Les mains de la Souna rayonnèrent. Elle les posa dans le dos de son amant. Il sentit un froid intense l'envahir. En l'espace d'une seconde il s'évanouit. Mélancoliquement, elle le regarda et caressant doucement du bout de ses doigts fins son visage, elle murmura du bout des lèvres « pardon, mon amour ».

« Gardes ! »

Deux soldats entrèrent immédiatement. Leur matriarche était debout face à un St'ingie étendu au sol, face contre terre. Inconscient.

« C'est un traître, un espion. Bannissez-le des terres Sounas sur-le-champ. Et qu'il n'y remette plus jamais les pieds ! »

Elle savait qu'elle jouait gros sur ce coup. Ce genre de décision appartenait toujours au conseil et non à la Matriarche seule. Elle observait avec tristesse les deux gardes traîner le St'ingie hors de la Tour de verre.

CHAPITRE TRENTE

S'évader, par tous les moyens

Amaya

« Comment ai-je pu me retrouver dans une telle situation ? Je ne suis pourtant qu'une orpheline des rues d'Énolia. »

La jeune Amaya était recouverte de poussière. Les lèvres gercées jusqu'au sang par la déshydratation. On lui avait dit que toute nourriture consommée, toute eau avalée, devait être remboursées par la sueur de son travail. La lueur du soleil venait de pénétrer dans la pièce où on la détenait la nuit. Elle était éblouie. Retrouver cette lueur la ravissait à chaque fois, un peu comme si elle renaissait chaque jour après une nuit en enfer. Elle s'étonnait de regretter son court séjour dans la froide prison d'Énolia.

Ici, un peu de paille lui servait de couche. Une chaîne la raccordait au mur, fixée à son large collier de fer. Il lui laissait des marques rouges comme le sang qui coulait toujours un peu et qui semblaient être devenue indélébiles avec le temps. Elle était moins considérée qu'un animal. Elle essayait, dès qu'elle était seule, de le détacher, toujours en vain. La douleur était devenue routine. C'était au début une sensation qu'elle ne connaissait presque pas. Élevée dans et par la rue, elle avait connu la faim et le froid. Pourtant, être ainsi enchaînée était nouveau, déroutant. Au fur et à mesure que le temps passait, elle apprenait à vivre avec cette étreinte permanente. Sa vie de servitude l'affaiblissait, mais son incroyable désir de vivre restait intact et lui permettait de tenir.

Toutes les nuits, et celle-ci en particulier, elle revivait son effroyable voyage jusqu'à sa nouvelle prison.

Quelques semaines plus tôt, elle s'était réveillée, un sac puant sur la tête, allongée à l'arrière d'une carriole. L'odeur était morbide. Elle avait appris, un peu plus tard, qu'un des passagers était mort depuis quelques jours, mais qu'il avait été laissé là à se décomposer lentement parmi eux. Elle ne sut jamais cependant si ses tortionnaires avaient fait exprès ou s'ils n'avaient pas su comment se débarrasser du cadavre.

Avachie sur le sol poisseux de la carriole, les mains attachées dans le dos, elle avait cherché le contact avec son ami. Son seul ami. Elle n'osait pas l'appeler, elle n'osait pas parler. Elle recevait des coups tout le temps, sans raison, par plaisir sadique des ses ravisseurs. Ses côtes lui faisaient affreusement mal. Elle faisait tout à tâtons et, dans un mouvement anodin, elle avait senti la main puissante du jeune St'ingie. Sa chaleur l'avait réconfortée quelques instants. Elle n'aurait pas su dire combien de temps elle resta à lui tenir la main, ballotée par les aspérités de la route qui les menait au bateau, une éternité éphémère pour elle.

Le supplice du voyage n'avait fait que commencer par ce trajet en charrette.

Dans la cale du navire qu'ils avaient rejoint, leur capuche fut enlevée, et le noir qui les avait accompagnées jusque-là fut remplacé par une nouvelle vision d'horreur. La peur doit avoir un visage et elle aurait préféré ne rien voir, c'est une image qui l'avait marquée, dont elle se souviendrait toute sa vie.

Des hommes et des femmes, de tous clans, semblables à des cadavres jonchaient le sol. Ils n'avaient même pas la force de se relever. Certains avaient dû être traînés ici depuis les contrées les plus lointaines d'Arkadis. Tous ne survécurent pas au voyage qui débuta dès leur embarquement. Parfois leurs bourreaux descendaient dans la cale, ils récupéraient quelques cadavres, ceux qui se décomposaient le plus. Elle s'était dit que même eux, à l'étage, devaient être incommodés par cette odeur pestilentielle. Ils les jetaient par-dessus bord. Les poissons en avaient-ils voulu ?

Elle se vidait, en permanence, le peu de ce qu'elle avait à l'intérieur de l'estomac et des intestins. Jodix avait été un peu son ange gardien, il l'avait maintenue en vie. La forçant même à boire au seul tonneau rempli d'eau croupie du centre de la cale. Il lui avait dit qu'il fallait absolument qu'elle s'hydrate. Elle lui devait probablement la vie. Il lui avait fait jurer de ne pas mourir, pour qu'ils n'aient pas fait tout cela en vain. Jodix avait commencé à se fabriquer une sorte de carapace, il se voulait fort, jamais elle ne l'avait vu vaciller pendant cette terrible traversée.

Elle avait pleuré.

Sur le coup, elle ne sut pas si c'était à cause de la joie d'avoir eu un ami à ses côtés, ou si c'était les affres de ce cauchemar presque irréel.

Elle se souvint de la courte délivrance lorsqu'à travers le seul hublot de la cale ils avaient aperçu ce qui ressemblait à un port. Leurs geôliers les avaient alignés et enchaînés les uns aux autres. Les femmes d'un côté, les hommes de l'autre. Elle n'avait pas eu la force de protester. Lors de leur séparation Jodix lui avait fait une promesse, elle restait gravée dans son esprit.

« Sois forte Amaya, résiste, ne leur montre pas tes faiblesses, quoiqu'il arrive sache que je ferais tout pour venir te retrouver ! Promets-moi de résister. »

Seule.

Depuis, elle avait été seule. La solitude n'était pas un problème pour elle. Mais en captivité elle lui était insoutenable. On lui avait pris son médaillon. Celui qui était son dernier rempart face à la solitude. Elle ne se souvenait plus à quel moment : au port avant le bateau ? pendant le voyage en mer ? ou alors avant sa vente ? Souvent elle le cherchait, machinalement, autour de son cou sans jamais le trouver. Elle en ressentait un manque abyssal, comme si on lui avait arraché une partie de son corps. Elle ne savait pas expliquer ce manque. Du plus loin qu'elle se souvenait elle l'avait toujours possédé, l'étrange sensation qu'elle ressentait en le tenant dans sa main n'avait jamais vraiment disparu, même avec l'habitude.

Humiliée.

Elle avait connu l'humiliation de se retrouver face à une foule de sauvages. Considérée comme du simple bétail. Elle avait été vendue au plus offrant sur la place publique, aux enchères. Un Valkris l'avait achetée, apparemment un bon prix. Mais trop cher pour ce qu'elle valait vraiment. Elle ne savait pas si c'était vrai mais il lui rappelait chaque jour.

« Espèce de bonne à rien, tu ne vaux même pas le tiers de ce que je t'ai payée. »

Ces quelques mots, qui avaient été les premiers de son maître à son égard, tournaient en boucle dans son esprit comme une prière, une antienne lancinante. L'homme était gras, opulent. Son attitude n'exprimait que le dégoût et la vanité, l'expression d'une richesse amassée par le travail de beaucoup d'esclaves. Il avait traîné Amaya par une simple corde attachée autour du cou jusqu'à un bateau privé qui semblait lui appartenir. Elle était repartie pour un nouveau voyage en mer, dans une cale étroite, avec une jeune St'ingie, affamée, qui n'avait rien dit de tout le voyage. Elle non plus n'avait pas été d'humeur à dire quoi que ce soit. Elle n'aurait pas su dire combien de temps avait duré ce voyage, mais ce dont elle se souvenait parfaitement était qu'elle n'avait eu comme repas qu'une miche de pain et de l'eau dans une cruche en métal. Avant l'arrivée, il les avait fait monter toutes les deux. Il les avait observées avec mépris. Chacun des mouvements de cet obèse semblait être un supplice, sa respiration était rauque et accélérée. Elle avait fui son regard, la vue de cette brute l'avait effrayée. Si elle en avait eu la force elle se serait jetée à l'eau. Elle n'était pas loin de la côte, qu'elle voyait à quelques centaines de mètres seulement et elle nageait parfaitement. Mais son nouveau maître était accompagné de deux gardes du corps Valkris, probablement des esclaves mais qu'il avait élevé à un rang supérieur. Ils l'auraient rattrapée avant qu'elle ne puisse passer par-dessus bord.

A quoi bon ?

Il avait tourné autour d'elles, avec un regard pervers, mais il s'était surtout attardé sur la jeune St'ingie. Il avait senti ses cheveux de façon bestiale. Amaya était restée figée, terrorisée. Égoïstement elle n'avait pas voulu attirer l'attention sur elle. Le voir tourner autour de la pauvre et malheureuse St'ingie l'avait dégoûtée, mais elle n'osait pas s'imaginer une seule seconde à sa place. L'homme était resté silencieux longtemps, toujours submergé par ses instincts bestiaux. Il était allé ensuite vers l'un des deux gardes, tenant dans sa main deux larges colliers en métal.

« Ceci est votre dernier bijou, il ira parfaitement avec votre teint les filles », il avait ri seul de cette mauvaise blague. Sa voix était paradoxalement aiguë, elle sonnait comme du gravier qui crissait aux oreilles de la jeune Souna.

Il avait manipulé le premier collier comme s'il avait cherché comment le mettre. Puis s'était dirigé vers Amaya.

« Je doute que des paysannes comme vous ayez quelque pouvoir qui soit, mais comme on dit, on n'est jamais assez prudent. Ce collier est vraiment spécial, en plus de porter ma marque ici pour prouver que vous êtes ma propriété, il bloque tous les éventuels pouvoirs ! Ah la technologie protech... »

Il avait refermé le collier autour du cou fin de la jeune Souna. Il ne lui serrait pas le cou. Il était plutôt bien ajusté même si immédiatement le métal avait commencé à l'irriter. Le gros Valkris l'avait ensuite fermé avec une petite clé argentée. Encore une fois elle n'avait pas eu la force de protester. Il était retourné chercher le deuxième auprès de son garde, qui était resté impassible. Il l'avait ajusté au cou de la jeune St'ingie. Satisfait, il l'avait ensuite observée avec insistance.

« J'ai vraiment un faible pour vous les St'ingies, votre corps, votre peau bronzée, vos yeux rouges, comme la passion », il avait passé sa main dans l'interstice entre le collier et le cou de la jeune femme et l'avait tirée vers la cale.

Il s'était tourné vers les deux gardes avant de descendre dans les profondeurs du navire.

« Je vous laisse surveiller la Souna, nous arrivons bientôt à destination. »

Il l'avait traînée de force en la poussant à l'intérieur. Amaya avait fermé les yeux, espérant que ce pauvre geste défense lui permette de ne rien entendre. Étrangement, seul le bruit des vagues et des mouettes était parvenu à ses oreilles.

Son arrivée à quai s'était faite comme dans un rêve, ou plutôt un cauchemar. Elle avait été étourdie par le manque de sommeil, peut-être aussi par le soleil qui chauffait terriblement dans ces régions du Sud ou peut-être encore la faim… probablement tout à la fois. Les esclavagistes les avaient mises à l'arrière d'une charrette. Ces voyages incessants l'avaient harassée. La jeune St'ingie était accablée, elle n'avait pas pu pleurer mais elle aurait probablement sorti toutes les larmes de son corps si elle en avait eu la force. Amaya l'avait regardée avec compassion et empathie. La jeune fille avait le regard éteint, son âme semblait l'avoir quittée, elle ne serait bientôt plus qu'une coquille vide.

Une fois arrivée dans la vaste demeure de son geôlier, un bâtiment qui ressemblait plutôt à une forteresse, elle avait rencontré l'épouse de son maître. Cette Valkris était fondamentalement physiquement à l'opposé de son mari. Son corps était si maigre qu'on voyait le jour à travers. Ses rides marquées et sa voix frêle trahissaient son grand âge. Cette mégère avait immédiatement commencé à vouloir lui apprendre la discipline - sa discipline. Ils les avaient encore plus affamées qu'elles ne l'étaient déjà.

Faible, sale.

Au fur et à mesure que les jours passaient ses forces la quittaient. Le peu qui lui restait lui servait à sauter sur chaque quignon de pain jeté dans sa cellule. Ce n'était pas régulier et sa situation ne s'était pas améliorée à ce jour, tant s'en fallait. Elle se souvenait de la promesse qu'elle avait faite à son ami Jodix de ne jamais rien lâcher.

Survivre ! Il va venir me chercher…

Avec une forme de noblesse qui surprit et agaça ses maîtres elle ne s'était jamais plainte. Elle n'était jamais sortie de sa cellule sombre et poisseuse qu'elle partageait avec la pauvre et malheureuse St'ingie. De temps en temps un garde venait récupérer la jeune fille pour l'emmener quelques dizaines de minutes et ensuite la ramener encore plus exsangue. Amaya ne connaissait même pas son prénom, elle n'avait jamais entendu le son de sa voix. Elle s'était prise de sympathie à son égard et avait essayé de prendre soin d'elle en la faisant manger et boire dès qu'elle le pouvait. Aider cette fille lui permettait de surmonter la terrible épreuve qu'elle vivait. Amaya n'avait pas compris pourquoi ils les laissaient là à croupir dans cette cellule sans rien faire d'autre. Avec du recul elle comprit que c'était la manière de faire de ses maîtres, afin de mieux asservir les esclaves qu'ils possédaient. Sortir de cette étroite et misérable cellule aurait déjà été une certaine liberté en soi. De la manipulation du corps et de l'esprit. Leur seule et unique évasion était de pouvoir apercevoir ces quelques rayons de lumière mis en exergue par la poussière ambiante qui polluait leur atmosphère.

Le temps avait passé, mais elle n'aurait pas su dire combien. Sa seule référence était le ciel qu'elle pouvait à peine discerner à travers les lourds barreaux rouillés et cette jeune femme qui dépérissait à ses côtés.

« Je m'appelle Amaya. »

De nombreuses fois elle avait essayé d'entamer la conversation, mais la St'ingie était restée muette à chaque tentative. Tous les jours, elle se rendait compte que l'esprit de sa compagne d'infortune s'en allait plus loin dans les profondeurs des ténèbres. Et elle se sentait inutile, vide, incapable d'aider. Au bout d'un certain temps, les gardes ne vinrent plus récupérer la jeune femme comme ils avaient l'habitude de le faire. Le maître avait dû se lasser.

Un jour pluvieux, la maîtresse avait jugé que leur conditionnement était terminé. On leur confia les tâches les plus simples et les plus dégradantes dans la maison. Elles passaient le balai, nettoyaient les sols avec pour seul outil un linge qu'elles mouillaient dans un seau. Les genoux irrités jusqu'au sang, elles frottaient chaque parcelle de cette immense demeure. Amaya fut épouvantée de voir sa jeune partenaire retrouver un visage humain dès lors qu'elles sortaient de leur prison. Le système mis en place par leurs maîtres pour les déshumaniser avait fonctionné, au moins pour l'une d'elles. La St'ingie semblait presque prendre du plaisir à s'épuiser à la tâche. La nourriture qu'elles recevaient s'améliora aussi un peu. La journée, lors de leurs corvées quotidiennes, les deux femmes étaient attachées l'une à l'autre par une fine chaîne qui reliait leurs deux colliers. La nuit les gardes les enchaînaient au mur avec des bracelets en métal reliés à leur cou. La forme physique d'Amaya s'était considérablement amoindrie dans ces conditions mais son moral restait intact.

Dès qu'une corvée semblait mal réalisée elles avaient toutes les deux droit à des coups de bâton. Leur nombre dépendait de l'humeur de la gouvernante.

« Retournez travailler, vous vous êtes assez reposées espèces de bonnes à rien. »

Celle qui venait de la sortir de sa léthargie rêveuse était la gouvernante. Elle-même esclave, elle avait grimpé un peu l'échelle sociale pour avoir le droit de gérer la dizaine de serviteurs que comptait la demeure. Elle portait les stigmates d'une vie de servitude. Le visage balafré par une maladie, ou une brûlure. Ses cheveux auparavant bleus avaient blanchi plus tôt que prévu. Les cristaux rappelant son appartenance au peuple Souna avaient presque tous disparu. Elle ne portait plus les haillons dont étaient vêtus tous les esclaves. Une robe et une coiffe grise sans apparat complétaient le triste tableau. On pouvait deviner sur son dos les sillons creusés par les nombreux coups de bâton qu'elle avait dû recevoir au cours de sa captivité. Amaya sentait qu'elle avait été transformée par toutes ces années d'asservissement. Elle agissait comme une âme en perdition, dénuée de toute conscience. Elle semblait à tout prix vouloir plaire à ses maîtres. Elle en avait perdu toute humanité. La condition d'esclave pouvait transformer une honnête femme capturée, probablement sur ses terres, en un pantin à la merci de ses ravisseurs.

Amaya s'étonna de voir qu'il faisait déjà jour. Ses journées semblaient interminables, et ses nuits trop courtes.

Elle ne sut pas si tout ce à quoi elle venait de penser était un cauchemar ou si c'était réel. Le garde qui vint les détacher, elle et la St'ingie, la ramena à la réalité.

Dans la journée elles avaient reçu moins de coups qu'à l'accoutumée. Soit la gouvernante était dans un de ses bons jours - trop peu nombreux - soit elle commençait - et Amaya en était épouvantée - à prendre le pli de cette vie de servitude. Pour la première fois depuis qu'elles s'étaient rencontrées dans la cale du navire la St'ingie prit la parole.

« Merci Amaya. »

La Souna resta figée lorsqu'elle entendit cette douce et jolie voix, toute timide. Sur le coup elle ne sut quoi dire, prise d'une émotion intense. Sa jeune partenaire avait repris des forces, elle souriait en la regardant de ses yeux rouge grenat.

« Je ne sais même pas comment tu t'appelles…
- Est-ce vraiment important, mon prénom appartient désormais à mon ancienne vie.
- Je pense qu'il faut se souvenir de cette vie de liberté, c'est elle qui chaque jour nous donne l'espoir.
- Je n'ai plus d'espoir.
- Mais l'espoir est indispensable, c'est la base même de la vie, comment pourrions-nous vivre sans espoir ?
- Peut-être suis-je déjà morte alors ? », le sourire furtif de la jeune St'ingie s'effaça.

À la fin de cette journée harassante, elles retrouvèrent leur petite cellule, où elles furent à nouveau attachées comme des animaux au mur. Amaya serra les dents pour ne pas pleurer, comme tous les autres soirs. Sa partenaire se prostra dans un coin. Recroquevillée dans le sable mélangé à la paille, la jeune Souna vit à travers les barreaux la lune blanche, Mélan. Elle connaissait vaguement cette histoire d'un amour secret entre une jeune et magnifique Souna et un beau St'ingie, tous deux à la fleur de l'âge, sacrifiés à cause de leur amour... Elle se sentit mieux. Beaucoup mieux. Une énergie soudaine commença à l'envahir. Un frisson la traversa.

C'était comme si on venait de lui insuffler une nouvelle vie.

Jodix, j'arrive.

Il était en danger. Elle en était persuadée. Elle n'aurait su l'expliquer, mais au plus profond de son âme elle ressentait qu'il courait un grand péril. Elle se redressa et se mit à genoux. Ils étaient irrités jusqu'au sang, elle avait mal, mais la douleur ne la préoccupait plus. Elle pensait à ce merveilleux moment dans la forêt avec Jodix.

Mais je n'ai plus mon médaillon...

Elle parlait à la lune, qu'elle regardait avec insistance. Pour la première fois depuis qu'elle avait été asservie, une larme coula sur sa joue. Elle glissa lentement, draînant la poussière qui grisonnait son visage sale. Sous la saleté, les cristaux de sa peau semblaient scintiller à nouveau. La lumière de Mélan passait à travers eux.

Puis, comme si elle avait reçu une réponse de la lune, elle posa ses mains sur son collier de prisonnière. Elle prit une profonde inspiration. Ses yeux se fermèrent, lentement, sereinement. Une nouvelle larme coula, le long de l'autre joue.

Le froid.

Amaya sentit une vague de froid l'envahir. Mais c'était une sensation des plus agréables. Son lourd collier de métal se recouvrit d'abord de givre, puis il devint d'un bleu clair cristallin avant de s'effondrer en un nuage de poussière de glace. Les chaînes s'écrasèrent au sol.

La jeune St'ingie se redressa, médusée par ce qu'elle venait de voir.

La lumière astrale à travers la meurtrière donna un nouvel éclat aux cristaux de la peau de la Souna.

Amaya se redressa.

Elle se tenait debout pour la première fois dans cette pièce. La porte était ouverte. Les gardes n'estimaient pas utile de la fermer alors que les occupantes étaient enchaînées.

Le silence.

Les lieux semblaient vides et le silence y régnait en maître. Vides comme le cœur de leurs occupants. Amaya, désormais libre d'aller et venir à sa guise, se dit qu'elle pourrait maintenant libérer tous les autres prisonniers, à commencer par sa compagne.

« Amaya, je t'en conjure, ne fais pas ça, ils vont nous tuer.
- N'est-ce pas toi qui m'as dit que tu étais déjà morte, alors quelle importance ? Vivre libre ou mourir, je ne sais pas d'où vient ce vieil adage mais je pense qu'il est temps de s'y conformer. Tu m'accompagnes ? » Amaya tendit la main vers la jeune St'ingie qui se prostra dans le coin de la sombre pièce.

Elle voulait la sauver, elle voulait tous les sauver, les libérer. Elle l'envisageait, encore et encore. Puis finalement, se ravisa quand elle pensa à Jodix. C'était peut-être sa seule et unique chance de quitter cet enfer, et il fallait qu'elle aille sauver son ami.

Oubliant la St'ingie et tous les autres prisonniers, elle marcha lentement dans l'ombre des couloirs déserts. Elle ne se retourna pas vers celle avec qui, par la force des choses, elle avait traversé cette lourde épreuve.

Amaya connaissait les moindres recoins de la demeure pour les avoir nettoyés de fond en comble. Naturellement elle sut tout de suite ce qu'il fallait qu'elle fasse. Sans hésitation, elle sortit du bâtiment. Elle trouva des vêtements accrochés sur le rebord d'une fenêtre. Un peu grands, mais ils feraient l'affaire. Dehors, ils seraient plus discrets que ses vieux haillons qu'elle était en outre bien contente de retirer. Pieds nus, nouvellement accoutrée, elle continua cette étrange évasion.

Tout était silencieux, d'une tranquillité mortelle, inquiétante.

Elle traversa les grands jardins à l'arrière de la demeure. Soudain la conversation de deux gardes la surprit. Immédiatement elle s'accroupit, mais ils étaient loin et ne pouvaient pas l'inquiéter.

Son instinct la guidait à travers un dédale de bibaciers, d'arbousiers et d'oliviers. Elle n'était jamais allée dans ce jardin, pourtant elle sentait qu'il pouvait la mener vers la liberté.

Rapidement le mur d'enceinte sud de sa prison fut devant elle. Seulement trois ou quatre mètres de hauteur, un rien lorsqu'elle était au mieux de sa forme. Il fut un temps où une simple impulsion lui aurait permis de le franchir. Cette nuit-là il lui faudrait trouver une autre solution. Elle longea le mur jusqu'à trouver un olivier assez solide pour lui permettre de monter jusqu'au sommet. Au moment où elle attrapait la première branche elle entendit une voix l'interpeller.

« Ne bouge plus idiote ! »

La gouvernante la rejoignit avec un large couteau à la main. Cette femme pervertie avait vu dans cette tentative de fuite le moyen de se tailler un moment de gloire. Le maître lui donnerait sûrement quelque chose pour son action contre la fuite de cette bougresse d'Amaya. En temps normal elle aurait dû envoyer les gardes à sa poursuite, mais aveuglée par l'appât d'un gain hypothétique elle avait décidé d'agir seule. Elle était passée quelques minutes auparavant devant la cellule des deux jeunes femmes et avait été surprise de voir que la Souna avait échappé à la surveillance des gardes. Elle s'était emparée d'un de ses couteaux de cuisine afin de poursuivre la fuyarde. Par chance elle l'avait trouvée avant que celle-ci ne quitte les lieux.

Elles se tenaient l'une en face de l'autre, quelques mètres seulement les séparaient.

« Où crois-tu aller comme ça ? Retourne immédiatement dans ta cellule, tu vas recevoir une correction dont tu souviendras longtemps !
- Je préfère mourir ! Amaya le disait avec une conviction qui étonna la gouvernante.
- Dans ce cas... Que ta volonté soit faite ! »

La gouvernante chargea Amaya, arme au poing. Désarmée, Amaya n'en fut pourtant pas déstabilisée. Le temps semblait s'être arrêté l'espace d'un instant. Elle prit une profonde inspiration et regarda cette lune qui l'avait tant émerveillée par sa blancheur immaculée. Brusquement, elle attrapa le poignet qui tenait le couteau. La vieille femme, stupéfaite, se figea de stupeur en essayant vainement de récupérer son arme de fortune. Elles se fixèrent un instant dans les yeux. Ceux d'Amaya avaient changé de couleur, ils étaient devenus rouge sang, comme si on lui en avait injecté directement dans la cornée. Elle ne semblait plus tout à fait elle-même. La main de la gouvernante se refroidit d'un coup. Elle lâcha la lame. Son bras entier gela et explosa en mille morceaux. La glace bleue et rouge de sang s'éparpilla au sol. La gouvernante, stupéfaite, ne ressentit d'abord aucune douleur, aucun son ne s'échappa de sa bouche. Elle avait l'épaule démunie de son bras droit et la plaie semblait avoir été cautérisée par le froid. Elle regarda son moignon et s'évanouit.

Les yeux d'Amaya redevinrent d'un bleu pur et cristallin. Elle observa avec effroi la vieille femme sans connaissance au sol. Actrice de la scène, elle la vivait cependant comme spectatrice. Elle ne savait pas comment elle avait pu faire cela. Elle se reprit très vite, le temps lui était compté.

Sans perdre une minute elle grimpa à l'olivier et bascula par-dessus la muraille. Un talus de sable amortit sa chute de l'autre côté. Elle n'en revenait pas, tout semblait avoir été si facile. Durant ce temps en captivité, elle avait entretenu comme elle l'avait pu son goût de la liberté. Malgré son apparente solitude, la demeure de son ancien maître se trouvait en pleine ville. La ruelle sombre dans laquelle elle était tombée menait à une rue plus importante pleine de vie, même à une heure si avancée dans la nuit. Elle n'eut aucun mal à se mélanger à la foule. Les vêtements qu'elle avait trouvés dans la villa correspondaient à la mode des lieux. Elle se laissait guider par la foule. Elle était perdue, ne sachant pas où aller, mais elle s'éloignait de son enfer et c'était l'essentiel pour le moment. Son passé de jeune voleuse refit surface. Elle s'empara d'une belle pomme posée sur un étal sans que personne ne remarque rien. Assise contre un mur discret elle lustra la pomme et commença à la croquer. Elle la savoura. La saveur fruitée contrastait tellement avec la bouillie qu'on lui avait servie durant tout ce temps.

Elle se reposa un instant. Les passants ne la prenaient que pour une simple mendiante. Lorsqu'elle rouvrit les yeux elle eut un choc.

Madbli Lifotech.

L'homme qui avait partagé sa cellule à Énolia se trouvait debout face à elle. Il l'observait.

« Que le monde est petit », feint-il.

La jeune Souna resta bouche bée face à son vieil ami. Le Protech lui tendit la main et l'aida à se redresser.

« Que t'est-il arrivé ma jeune amie ? Tu es dans un piteux état. Suis-moi, nous allons trouver de quoi te refaire une santé et tu me raconteras ton histoire. »

Hébétée Amaya le suivit sans un mot jusqu'à une petite taverne où Madbli semblait avoir ses habitudes. Il se posa à une table, et fit asseoir la Souna en face de lui. Il commanda de la soupe et un morceau de pain de viande.

« Revigore-toi, tu en as besoin à ce que je vois. »

Elle se jeta sur la soupe.

« Doucement, tu vas t'étouffer. »

Elle ne dit rien, et mangea. Le vieux Protech la regardait se remettre en condition. Elle en avait besoin. Il n'y avait plus grand-chose de commun entre la belle jeune fille qu'il avait côtoyé dans la prison et l'ombre errante qu'il avait devant lui. Il s'étonnait de l'avoir reconnue. Son enquête l'avait emmené jusqu'à cette ville, mais sa piste s'était arrêtée là. Presque un mois à chercher en vain, jusqu'à ce soir. La chance semblait lui sourire à nouveau. Il allait devoir y aller en douceur. Surtout ne pas la brusquer et regagner sa confiance.

La lueur de la taverne accentuait les cernes noirs au bord des yeux d'Amaya. Il la laissa raconter son histoire. Il l'écoutait en silence. Il passa par tous les états au fil de sa narration : stupéfaction, dégoût, colère. Il n'avait pas imaginé un seul instant tout ce qu'elle avait pu endurer depuis son évasion. Le Protech balançait entre deux sentiments. Celui de profiter de la situation pour récupérer l'amulette ou celui de s'occuper de la jeune fille pour qui il s'était pris d'affection. Il devait récupérer le Cœur de Mythril pour qu'Andrel Techmobi, le chef Protech, tienne sa promesse de revenir sur son bannissement s'il lui rapportait. Mais une sensation, nouvelle pour lui, d'affection lui faisait venir les larmes aux yeux au fur et à mesure de l'audition du récit de la jeune fille.

Il cherchait discrètement des yeux l'amulette au cou de la jeune fille. Il ne vit rien.

« Je vois que tu ne portes pas le collier auquel tu tenais tant pendant notre détention ? demanda-t-il en essayant d'être le plus innocent possible.

- Non, on me l'a volé !
- On ?
- Ceux qui m'ont capturée et vendue.
- Je vois, et tu les connaissais ? Tu saurais les reconnaître ? Un indice qui pourrait nous aider à les identifier ?
- Peu m'importe ce collier qui appartient désormais au passé. Il faut que j'aille sauver mon ami ! »

Madbli vit dans les yeux bleu turquoise de sa jeune amie qu'elle n'en démordrait pas. Il réfléchit un moment et savait qu'il devait être stratégique. Il ne fallait pas qu'il soit trop insistant sur ce collier afin de ne pas éveiller les soupçons de cette ingénue. Pendant quelques minutes les deux compères restèrent silencieux. Le vieux Protech brisa ce silence.

« Qui est ton ami ?
- C'est un St'ingie, du nom de Jodix. Nous avons été capturés en même temps. Je lui dois la vie.
- Il faisait partie de tes amis, ceux qui sont venus te libérer ?
- Je ne les connaissais pas, et je ne sais pas pourquoi ils sont venus me libérer. Mais oui, depuis ce jour-là j'ai été avec Jodix. Il a tant donné pour moi… » Elle repensait à ces moments difficiles - et les autres, plus doux - où il l'avait soutenue.

Madbli ne comprenait pas. D'après lui cette équipe de mercenaires devait en avoir après le Cœur de Mythril. Le commanditaire n'avait probablement pas lâché l'affaire. Il n'était pas le seul et devait se dépêcher pour profiter de son avantage. Au moins il avait la fille. Il allait jouer carte sur table.

« Je pense savoir où se trouve ton ami. »

Durant son enquête pour retrouver la jeune Souna, il avait retrouvé la trace du St'ingie. Mais il lui importait peu. Pourtant, comme il lui fallait la totale coopération d'Amaya pour arriver rapidement à ses fins, ce St'ingie pourrait être utile en fin de compte. C'était le moment de jouer une de ses meilleures cartes.

« Comment ça ? Amaya était surprise. Son visage rayonnait à nouveau.
- J'ai entendu parler d'un jeune guerrier St'ingie se nommant Jodix faisant des miracles dans l'arène des Iranguls.
- Irangul ?
- Un Irangul est un esclave combattant. Ils jouent leur vie à l'intérieur de l'arène pour la simple distraction des maîtres. S'ils refusent de combattre ils sont mis à mort, écartelés, à la fin de ce qu'on peut appeler les festivités.
- Je vois. On doit le sortir de là à tout prix.
- Ça ne va pas être facile. Ton ami doit être devenu une mine d'or pour son propriétaire.
- Il va nous falloir de l'aide. Tu connais du monde ?
- Oui, ça ne va pas me plaire, mais je crois qu'on n'a pas le choix. »

En fin de compte tout pourrait se dérouler de la meilleure façon qui soit. Il allait devoir la jouer fine pour que son plan se déroule sans accroc.

Je tiens ma vengeance, pensa-t-il.

CHAPITRE TRENTE-ET-UN

Garder espoir

Sina Mura

« Avons-nous vraiment des raisons d'y croire encore ? »

Le vent marin faisait ballotter la chevelure de Danto. Avec ce qui restait de l'équipe, Sina et Selvin, il observait au loin le port de Goa, leur destination.

« Pendant la guerre, feu mon père m'avait dit que l'espoir était tout ce qui reste quand on n'a plus rien. »

Sina savait trouver les mots justes pour remonter le moral de ses troupes. Il en avait eu besoin ces dernières semaines depuis l'incident de Timeva, et la sagesse de ses propos mettait du baume au cœur de ses comparses.

Ils avaient dû se cacher toute la nuit dans les ruelles sombres de la petite ville portuaire. Elle avait été rapidement bouclée par la garde, de mèche avec la guilde des Griffons. Devenus des cibles à abattre, il leur avait fallu trouver une solution rapide pour quitter les lieux sans créer plus de dommages. Sina avait toujours un atout dans sa manche, et cette fois-ci il avait été obligé de le jouer. Pendant la journée qui avait précédé, il avait repris contact avec un ancien client d'Umbrea Mortalis, un marchand d'épices, qu'il escortait de temps à autre. Ils avaient pu, dans la plus absolue discrétion, atteindre le navire de ce marchand. Parcourir le petit kilomètre qui les séparait du port leur avait paru une éternité. Au lever du jour le bateau était enfin apparu devant eux et pour la première fois depuis longtemps ils s'étaient sentis soulagés. Le marchand avait décidé de les cacher dans la cale au milieu de ses marchandises destinées aux îles Maudites. Il devait un service à Sina et n'avait pas osé refuser.

Lorsque les amarres furent enfin larguées, les trois compagnons poussèrent un soupir de soulagement. Ils n'étaient pas habitués à la fuite et se sentaient presque lâches en quittant la ville avec des indices bien maigres. Ils savaient désormais que leur ami Jodix avait été envoyé en tant qu'esclave dans ces fameuses îles Maudites de sinistre réputation, où l'espoir de survie pour les malheureux asservis était très faible. Le temps jouait contre eux.

Autant chercher une aiguille dans une botte de foin.

Selvin le répétait sans cesse. Sina lui rétorquait à chaque fois que si leur compagnon était vivant il fallait le chercher jusqu'au bout du monde. Le problème était qu'ils l'avaient déjà presque atteint. Ces îles se situaient à l'extrémité sud-ouest du monde connu. Elles étaient bien trop nombreuses pour être recensées et représentait le lieu idéal pour toutes les entreprises en marge des lois. Chaque île était totalement indépendante avec une ville dominante, la plupart du temps portuaire. Les ressources produites sur chaque île, et récoltées à moindre coût par des esclaves, avaient apporté la prospérité au fil des siècles à tous ceux qui avaient réussi à s'y installer durablement, et ils n'étaient pas très nombreux…

La neutralité vis-à-vis des territoires d'Arkadis qui s'était mise ne place au fur et à mesure des siècles leur avait permis de s'enrichir durant la Guerre des Clans en continuant le commerce sans discrimination. La plupart des Clans étaient endettés. Et c'étaient les citoyens des îles Maudites qui étaient pour la plupart leurs débiteurs, ce qui leur assurait une certaine tranquillité dans les relations politiques. Chaque île entretenait des mercenaires pour assurer sa protection. Toutes avaient cependant un fonctionnement différent en termes de politique et d'économie. Cela aussi assurait une richesse supplémentaire à l'archipel.

L'équipe d'Umbrea Mortalis, à la dérive, avait déjà enquêté dans six des plus grosses Îles Maudites. Un assemblage improbable de sept îles, les plus importantes de l'archipel, formait une alliance nommée l'Heptapole. Des accords militaires mais surtout une milice commune pour rechercher les esclaves échappés avaient été mis en place. Il était très probable que Jodix soit détenu dans l'une des villes de cette alliance. Restait la dernière à visiter et Sina savait que s'ils ne trouvaient rien sur celle-ci, ils devraient se résoudre à rentrer. La myriade de petites îles composant le reste de l'archipel ne pouvait pas être explorée par leur petit groupe. Il gardait cependant l'espoir. La patience de leur transporteur commençait à présenter des failles et il était temps que le bateau accoste.

« Enfin nous arrivons à Goa. »

Après quelques jours à naviguer dans une mer agitée, ils furent heureux de profiter d'un peu de calme dans la baie bien protégée des éléments qui abritait la ville portuaire de la dernière île de l'Heptapole. Ils observaient, depuis la proue du navire qui manœuvrait pour se mettre à quai, l'activité florissante du port. Des centaines de personnes semblaient se déplacer dans des directions anarchiques, et pourtant le tableau donnait l'impression que tout était réglé comme du papier à musique. La ville était colorée. Elle avait été construite sur le flanc d'une gigantesque falaise creusée par des esclaves, se déployant sur de nombreux étages surplombant l'océan. Le port en constituait la base. Des maisons de marchands et de pêcheurs, décorées de guirlandes colorées de toutes les couleurs, représentaient l'essentiel des constructions. Seul le rouge ne figurait pas dans la palette chatoyante des façades, il portait malheur d'après les croyances populaires. Les maisons troglodytes, creusées à même la falaise, étaient une pure merveille d'architecture. Les fresques taillées sur les façades retraçaient l'histoire de leurs habitants passés, mêlant religions et traditions. La ville était habitée essentiellement par une population en rupture de ban avec les quatre Clans d'Arkadis, mais tous avaient besoin de retrouver leurs racines, et il était notoire que les artistes trouvaient toujours du travail ici. Sur les autres étages de la ville vivaient des marchands, commerçants ou autres artisans, jusqu'au plateau verdoyant qui surplombait la baie sur lequel habitaient les plus riches. Ceux-là s'étaient fait bâtir des manoirs somptueux. Avec le temps certains commerçants très enrichis s'étaient implantés également sur le plateau. Leurs commerces avaient attiré les plus riches chalands, et en conséquence des auberges de luxe s'étaient ouvertes.

La ville était dirigée par un conseil de six commerçants - les plus riches. Cette forme de gouvernement avait été décidée par les fondateurs de la ville, l'argent régissait tout sur les îles Maudites depuis toujours. Au centre du plateau avait été érigée la plus grande arène d'iranguls de cette partie de l'océan. Cette pratique de combat à mort avait été interdite par les rois d'Arkadis depuis des siècles. Au mépris des lois régissant le continent, elle était autorisée dans ces îles. Les combats d'iranguls génèraient d'incroyables profits et étaient ancrés dans les traditions des autochtones.

« Ils vont bientôt fêter le renouveau de Tlaloc, c'est pour ça que tout est si bien décoré et coloré. Sina semblait penser à voix haute.

- Ils vénèrent le dieu Valkris ? questionna Danto surpris.

- Pour eux ce n'est pas le dieu Valkris, c'est le dieu de l'Eau, et de toute manière ce sont des Valkris qui ont bâti cette majestueuse cité portuaire. Même si les gens d'ici sont totalement indépendants, ils ont conservé leurs vieilles traditions. Tu sais, ici personne n'est Souna, St'ingie, Valkris ou Protech. Le seul dieu qu'ils vénèrent vraiment, c'est l'or. Mais pour en gagner, il faut qu'ils puissent naviguer, alors flatter un peu Tlaloc...

- Avec toute cette agitation et ce monde, nous aurons du mal à trouver Jodix. S'il est là...

- Oui, je pense que nous allons devoir attendre que les fêtes passent avant de continuer nos recherches.

- N'oublie pas que Crav, qui a été très patient jusqu'à présent, dépose sa marchandise et repart immédiatement après. Je ne pense pas qu'il acceptera de nous attendre jusqu'à la fin des festivités, et dans ce cas comment repartirons-nous ? Selvin venait de soulever un point important.

- Tu as raison, nous devrons trouver une nouvelle solution à un nouveau problème. Mais pour le moment, quitter cette île est le dernier de nos soucis, donc concentrons-nous sur nos priorités. Nous verrons pour notre départ le moment venu. Priez Tlaloc ou qui vous voulez mais nous y arriverons, j'en suis persuadé.

- Espérons… » Selvin ne cachait pas son scepticisme.

Le bruit des mouettes poursuivant leur navire en guise d'accueil se faisait de plus en plus assourdissant. Bientôt il fut masqué par le tintamarre de l'agitation du port et de ses habitants. Une fois le pied à terre ils furent rapidement perdus dans la masse grouillante. Comme dans une fourmilière, chacun semblait partir dans une direction aléatoire mais avait manifestement une tâche dévolue. Les vendeurs de poissons à la sauvette sur leurs étals criaient pour attirer les clients. L'odeur nauséabonde révulsa Selvin. Il se remémorait l'épisode des égouts comme si cela s'était produit la veille. Il avait pourtant l'impression qu'une éternité s'était passée depuis cette nuit. Les dockers déchargeaient les marchandises des navires à une vitesse impressionnante. Danto remarqua que c'était un métier qui devait être réservé aux seuls Valkris. Les patrouilles de mercenaires, en rang par quatre, marchaient au pas à travers les rues, le bruit de leurs armures claquant en rythme. Sina constata que ces patrouilles étaient multiclaniques, ce qui ne les empêchait pas d'avancer en cadence et en ordre. Il n'y avait pas d'armée officielle, mais cette milice en faisait office.

Un crieur, debout sur sa caisse en bois, interpella la petite troupe qui errait sans vraiment savoir où commencer à chercher. C'était un jeune St'ingie qui n'avait pas plus de douze ans.

« Messieurs, mesdames approchez donc ! »

La foule habituée à ces harangues se regroupa autour du jeune homme.

« Allons voir ce qu'il a à dire.

- Tu as raison Danto, les crieurs annoncent en général les nouvelles de la ville et donnent parfois des informations dont certaines pourraient nous être utiles », enchérit Sina.

Ils se frayèrent un chemin à travers la foule dense qui s'était formée autour du St'ingie. Même surélevé par sa caisse en bois, sa petite taille empêchait tout le monde de le voir. Lorsque l'adolescent jugea le nombre d'auditeurs suffisant, il prit enfin la parole.

« Messieurs, Mesdames, je vous souhaite avant tout une somptueuse fête de Tlaloc. Et croyez-moi, cette année sera une fois de plus exceptionnelle. La journée de demain débutera aux aurores par la fameuse et traditionnelle joute navale. Chaque étage de la ville défendra ses couleurs…

- Comme vous avez pu le remarquer, sur chacune des portes des maisons de la ville il y a des rubans de couleur. Chaque couleur correspond à une équipe. La tradition veut que durant les fêtes de Tlaloc chaque quartier forme une équipe affrontant les autres en joute. Ce sont des joutes un peu spéciales puisqu'elles se déroulent dans le port et sur des barques spécialement conçues pour l'événement. »

Sina, le Valkris, était coutumier de ce genre de tradition et il expliquait au fur et à mesure à ses amis ce que le crieur des rues annonçait.

« Ensuite, les dirigeants de l'Heptapole se sont réunis pour vous offrir un banquet d'exception. Bien sûr une surprise est réservée pour le quartier vainqueur de la joute navale. Les esclaves ne sont pas conviés… De nombreux rires fusèrent dans la foule.

- L'Heptapole est une entente commerciale et militaire entre les sept plus grosses îles de l'archipel. Ces fêtes sont célébrées pour fidéliser leur partenariat.

- Et pour finir, le soir, un spectacle vous sera présenté aux Arènes d'iranguls, où les meilleurs combattants de toutes les îles seront présents. Vous avez la promesse de combats légendaires, de sang et de larmes ! Une très bonne fête à tous et que Tlaloc vous bénisse. »

La foule s'extasiait aux différentes annonces du crieur. Le programme des festivités de l'année convenait parfaitement à tout le monde. Le crieur redescendit de sa caisse et la place se vida progressivement. Tous reprirent leurs activités habituelles, comme si cet interlude n'avait jamais eu lieu.

« Bon ! Nous n'avons rien appris de nouveau. Tu sais ce que nous allons faire maintenant Sina ? questionna Danto soucieux.

- C'est vrai que nous n'en savons pas davantage. Je propose qu'on attende la fin des festivités. Nous ne trouverons rien avec tout ce monde. Une fois les fêtes passées, la population dans la ville sera moins dense. »

Sina avait parlé avec le plus de confiance possible, masquant au maximum les doutes qui commençaient à s'installer dans son esprit. Il savait que son scepticisme était probablement partagé par ses deux compagnons.

« On fait quoi ? On profite de la fête ? Je pense qu'une journée de repos ne peut pas nous faire du mal. Il faut qu'on puisse penser à autre chose quelques instants. Selvin était fatigué. Ils ne s'étaient pas reposés depuis des semaines, la recherche de Jodix ne leur laissant aucun répit.

- Oui tu as raison. Je pense que c'est une bonne idée. Croisons les doigts pour trouver une auberge ayant encore des lits disponibles. »

Selvin fut étonné de la réponse de Sina. Il s'attendait à un refus catégorique de son chef qu'il connaissait désormais très bien, et n'en croyait pas ses oreilles. Il ne l'avait jamais vu prendre de bon temps.

Au bout de quelques heures de recherche ils trouvèrent enfin une bonne auberge avec trois lits disponibles. La salle principale était bondée et bruyante. Les trois mercenaires se régalèrent d'une spécialité de la région, le Caha'gi. Il s'agissait d'une sorte de ragoût de poissons mélangés à des haricots blancs en sauce. Pour une fois, pendant le repas, ils n'avaient pas parlé de leur quête et des moyens nécessaires pour retrouver leur camarade perdu. Sina comme à son habitude avait peu parlé, mais Selvin l'avait amplement compensé en parlant de tout et surtout de rien.

Aux aurores l'agitation de la ville réveilla Danto qui comme à l'accoutumée était le dernier levé. Il remarqua immédiatement que ses compagnons n'étaient plus dans la chambre. Il se précipita au rez-de-chaussée de l'auberge à leur recherche. Dans la salle à manger Selvin buvait un bol de thé.

« Salut, t'es tout seul ?
- Ouais, je pensais que tu savais où se trouvait Sina.
- Non pas du tout, je viens à peine de me lever.
- Il n'est pas du genre à partir sans prévenir. Il ne doit pas être bien loin.
- Oui, mangeons un petit morceau et allons sur les quais. Ce serait dommage de rater les festivités. »

Sur toute la longueur de la côte une immense foule multicolore s'était déployée. Il était rare en Arkadis de voir ce genre de spectacle. Habituellement dans toutes les compétitions, chacun supportait les membres de son clan. Il n'en était rien dans cette île multi-clanique. Les habitants portaient haut les couleurs de leur quartier, sans distinction de race. Danto, accompagné de Selvin, essayait de se faufiler au milieu de ce peuple bariolé. Ils finirent par trouver une place de choix, assis tous deux sur une bitte d'amarrage.

C'était un spectacle qui laissait sans voix. Une douzaine de barques flottait dans le port vidé de tous les navires marchands. Les préparatifs s'achevaient et les jouteurs commençaient à s'installer dans leurs embarcations. Ils étaient bâtis comme des ours des forêts. Même les St'ingies participant à l'activité semblaient musclés. Tous portaient des vêtements de coton moulants aux couleurs qu'ils défendaient. Seul celui qui portait la lance d'estoc était équipé d'une lourde armure qui le protégeait de pied en cap. Une grille devant les yeux lui permettait d'observer l'adversaire. Une corde, entourant la taille, complétait l'accoutrement. Elle permettait au reste de l'équipe de remonter le malheureux qui, une fois tombé dans l'eau, coulait à chaque fois, emporté par le poids de son équipement. Chaque barque était propulsée par douze rameurs, deux par deux en six rangées, et d'un assaillant debout en équilibre sur un strapontin à l'arrière. L'épreuve comportait plusieurs difficultés. La première était de conserver un équilibre parfait sur une barque longue et peu large. La deuxième d'avoir une trajectoire la plus rectiligne possible. La troisième d'adopter une vitesse constante et assez rapide pour porter un coup puissant à l'adversaire. Et enfin la dernière particulièrement difficile, de garder l'équilibre après un choc qui aurait fait tomber le jouteur et pouvait provoquer un dessalage. Les duels se faisaient en trois passages. Un arbitre comptait les points. Le premier à toucher l'eau faisait gagner un point à l'équipe adverse. Si l'embarcation complète se retournait, trois points étaient adjugés à l'autre équipe. À l'issue des trois manches, l'équipe avec le plus de points accédait à la phase suivante.

« J'adore ce spectacle. »

Les reflets du soleil levant sur la baie embellissaient ce tableau multicolore. Les cris et les chants des supporters empêchaient Danto et Selvin de communiquer normalement. Ils étaient obligés de hurler.

« Oh regarde là-bas ! » Selvin montrait du doigt la tribune des officiels.

Il s'agissait des plus riches marchands. C'étaient les dirigeants de l'Heptapole accompagnés de leurs familles. Beaucoup étaient St'ingies et Protechs. Il n'y avait pas de Souna et très peu de Valkris.

« Oui et alors ? Danto ne comprenait pas pourquoi son ami Valkris lui demandait de regarder dans cette direction.
- Regarde bien ! »

Au milieu des bourgeois en riches habits d'étoffes de soies se trouvait Sina. Il était assis à côté d'un autre Valkris, vieux et trapu, le visage marqué et les cheveux grisonnants. A ses côtés, une femme bien plus jeune que lui et deux fillettes regardaient le spectacle de tous leurs yeux. Sina discutait tranquillement avec cet homme et semblait bien le connaître.

« Approchons-nous de la tribune, proposa Danto.
- T'es sûr ? Nous avons quand même une super vue sur le spectacle d'ici !
- Tu as raison Selvin. Sina nous a demandé de profiter de cette journée et c'est ce que nous allons faire. Il a dû croiser une ancienne connaissance et en profite, tout comme nous. »

De part et d'autre de la tribune deux longs cors de chasse sonnèrent à trois reprises. Un Protech très âgé se leva et, tremblotant, avança sur une petite estrade située à l'avant des tribunes. Un silence profond se fit. Tous les regards se tournèrent vers lui.

« Oh ! C'est Ansor Techdat, le grand Ancien de Goa », chuchota un petit St'ingie qui se trouvait à côté de Selvin.

Appuyé sur un long bâton, dans des habits d'un style différent de ceux habituellement revêtus par les Protechs, il atteignit enfin le bout de son parcours. Sa coiffe, un luxueux bonnet en fil d'or, laissait à penser qu'il s'agissait d'un religieux.

Face à la mer, face aux océans célestes et superbes.

Les yeux dans l'immensité bleu turquoise.

Nous te chérissons ô divin serpent ailé.

Que ta puissante bénédiction nous inonde.

Puisses-tu nous apporter joie et bonheur.

Nous te serons éternellement fidèles.

Et cette journée en ton honneur est notre offrande.

La foule qui était parfaitement silencieuse durant la prière reprit d'une seule voix les deux dernières phrases.

« C'est quand même étrange qu'un Protech, normalement fidèle à Gébir le dieu de la Terre, fasse une prière en l'honneur de Tlaloc. Danto semblait troublé par cette intervention.
- Tu sais, dans ces îles de barbares plus rien ne m'étonne Danto. »

Tous deux rirent. Danto ne se souvenait même plus de ce qui avait pu le faire rire pour la dernière fois.

L'équipage d'une petite embarcation d'arbitrage, composé de deux rameurs, un Valkris équipé d'un porte-voix et un Protech avec un petit cor de chasse, s'avança au milieu de la rade. Le Protech souffla dans son instrument et l'arbitre prit la parole.

« Je déclare la joute nautique ouverte. Vont s'affronter dans un premier tableau le quartier bleu, celui des Kidars, et le quartier violet, celui des Tessaliens, vainqueur l'année dernière. »

Un petit St'ingie aux côtés des deux mercenaires s'exclamait à chaque annonce. Très excité, il agitait une écharpe de laine violette en expliquant à ses voisins que les Tessaliens étaient les favoris. Selvin avait un œil amusé sur cet enfant plein de vie.

Les deux longues barques étaient en place. Elles se faisaient face, séparées d'une centaine de mètres. Les rameurs dos à leurs adversaires ne pouvaient les affronter du regard, au contraire des jouteurs qui déjà se défiaient. L'euphorie du public était à son paroxysme. Selvin et Danto se prirent au jeu à encourager les équipes en lice. Selvin prit le parti des Tessaliens comme son petit ami St'ingie, et Danto se mit à supporter les Kidars dans un esprit de contradiction bon enfant. Les lances étaient levées. Les rameurs n'attendaient plus que le départ. L'Arbitre agita un drapeau noir.

« KIDARS !! »

« TESSALIENS !! »

Chaque assaillant hurla le nom de son quartier pour annoncer, comme le voulait la tradition, le départ à ses rameurs. Les rameurs des deux barques, dans un mouvement parfaitement synchronisé, se mirent en action et propulsèrent leurs embarcations par de puissants coups de rames. La vitesse des barques surprit les deux membres d'Umbrea Mortalis, peu habitués à ce genre de spectacle. La distance qui séparait les deux équipes fut avalée en l'espace de quelques secondes seulement. L'eau, littéralement découpée par les bateaux, giclait de part et d'autre en créant des vagues énormes comparées à la taille des coques. La lance bleue glissa le long de l'armure violette sans la faire bouger d'un poil. Celle du violet, en revanche, explosa en fins morceaux de bois en percutant violemment l'abdomen de son adversaire. Le malheureux jouteur bleu s'arrêta net tandis que son embarcation continuait sa course. Les rameurs Kidars ne mirent pas plus d'une minute à ressortir leur compagnon de l'eau.

« Quel spectacle ! Selvin était comme un enfant.
- Oui c'est impressionnant, quelle puissance phénoménale. Je suis ravi d'avoir eu l'occasion de voir ce combat de mes propres yeux.
- Pourtant tu vas le rater ! »

La voix de Sina avait retenti dans leurs oreilles. Selvin et Danto se retournèrent d'un seul mouvement et virent leur chef debout derrière eux.

« Hein, mais d'où sors-tu ? Selvin ne comprenait pas.
- Venez avec moi, nous devons nous préparer. Ce soir il va y avoir de l'action.
- On ne devait pas aller à l'arène des iranguls ?
- Si, justement ! »

CHAPITRE TRENTE-DEUX

Un cas de conscience

Nastelle Y'rgram (Ysabel)

« Tu as toutes les compétences pour faire de cette mission une totale réussite. »

Ces mots résonnaient en elle, sans fin. C'étaient les dernières paroles de son père avant qu'elle n'embarque clandestinement, avec son équipe, sur un navire marchand.

Tout s'était précipité dans sa nouvelle vie depuis son intégration. Elle avait concrétisé son rêve en intégrant une prestigieuse et secrète unité. Elle avait en plus retrouvé son père qu'elle pensait perdu à tout jamais. Enfin le monde entier allait voir ce dont elle était capable. Prouver à ceux qu'elle appelait les mauvaises langues qu'elle n'avait pas été recrutée grâce à son père devenait maintenant un de ses principaux objectifs.

Les quatre St'ingies et le Souna à bord de la barque qui les ramenait sur les rives du Hedland se baissaient pour masquer leurs silhouettes. La nuit était claire, Mélan, la lune, pleine, se reflétait sur la mer. Cette infiltration n'avait rien de banal. Personne ne devait savoir que des soldats St'ingies étaient en territoire Valkris. Les membres de la force Ler'Qan étaient habitués à agir en toute clandestinité. Seuls Clash Kr'ingal et Nastelle Y'rgram, les deux anciens ennemis, ramaient. La mer d'huile ce soir-là était une aubaine pour eux. La barque finit enfin par rejoindre la rive, au milieu des galets et des rochers des calanques Valkris.

« Pour le moment tout se déroule sans accroc », annonça Gallea une fois le pied posé à terre.

Gallea avait été désignée cheffe pour cette mission. Son expérience et sa maîtrise parfaite de la magie avaient pesé dans le choix d'Alex Ga'drik, le chef de la force Ler'Qan. Ce n'était pas sa première mission en tant que leader, mais jamais elle n'avait dirigé une équipée de cette importance. Empreinte de son rôle elle s'était permis d'émettre de nombreuses réserves concernant les deux jeunes engagés. Elle les trouvait trop peu expérimentés, trop jeunes et pas aptes à accomplir une mission de cette envergure. Mais les ordres étaient les ordres et elle allait devoir faire avec. Jour et nuit ils avaient répété inlassablement les mêmes gestes, les mêmes procédures et déroulé au complet la mission. Gallea ne voulait rien laisser au hasard. Elle avait obtenu satisfaction quand le chef avait accepté à sa demande de leur adjoindre Binen Tango l'expérimenté médecin.

Tandis que Nastelle, Clash et Binen cachaient l'embarcation avec des algues et des rochers, Gallea consultait la carte à la lueur des doigts de Flo Suo'pa, son adjoint.

« Merci Ler'Qan, cette mer calme ne nous a pas fait dériver. Nous avons débarqué précisément là où nous voulions aller.

- Ne devrions-nous pas plutôt remercier Tlaloc ? plaisanta Flo.
- Je ne suis pas vraiment d'humeur à plaisanter, tu sais ce que je pense de cette mission.
- Je le sais très bien, mais fais en sorte que les jeunes ne s'en rendent pas compte, c'est malsain. Ils doivent être persuadés de ne pas aller dans un mur.
- Nous sommes déjà au pied de ce mur, et c'est à cet endroit seulement qu'on se rend compte de la taille de l'obstacle.
- Je suis persuadé que nous sommes de taille pour le franchir sans encombre.
- Que Ler'Qan t'entende... »

Le vent commençait à se lever, annonçant le lever du soleil. La jeune cheffe pressa la troupe afin qu'elle se mette en route avant qu'il ne fasse jour.

« Désormais nous utiliserons nos pseudonymes. Jamais nous ne devons nous appeler par nos véritables noms à compter de maintenant.

Nous allons d'abord trouver notre contact Valkris qui se trouve à une dizaine de kilomètres d'ici afin de récupérer tout le matériel nécessaire à la mission. N'oubliez pas que nous ne sommes que de simples vendeurs d'épices et tout se passera bien. Je sais que pour toi Ysabel et toi Kristof il s'agit d'une première. Sachez que nous sommes là, moi que vous appellerez désormais Falba, Salaz, ex Flo Suo'pa, et Trish le doc.

- Frapper vite, fort, en toute discrétion lança Flo.
- Frapper vite, fort, en toute discrétion », répétèrent les autres en chœur.

Le soleil effleurait l'horizon lorsqu'ils rejoignirent la route qui les menait à leur contact. La mission d'infiltration ne fut pas difficile pour cette équipe plutôt bien entraînée. Ils avaient abordé sur une plage attenante à une forêt dense qui, sur quelques kilomètres, leur avait permis de rejoindre en toute discrétion - bien sûr - une grande route qui reliait la ville de Mopt l'ouest de Timeva. Habituellement très fréquentée en cette saison, elle était encore calme au petit matin. Ils se dirigèrent vers Mopt, personne ne fit attention à eux.

« Je me sens nue sans mes dagues, déclara Nastelle.
- Tu sais très bien que nous ne pouvons pas porter d'armes st'ingies sur nous, lui répondit Gallea.
- Oui oui, n'empêche que je ne sais pas manier l'épée aussi bien que les dagues.
- Tu vas devoir t'y faire ma petite, continua Flo. Et tu vas devoir le faire bien, car tu es la seule ici à savoir manier ces objets tranchants. Nous comptons sur toi, et je ne dis pas ça pour te mettre la pression.
- La pression je me la mets toute seule, je n'ai pas besoin de vous.
- Et dire que nous devons compter sur elle, on est vraiment mal barré lança Clash.
- Tu vas tout de suite arrêter cette rengaine Kristof, Gallea s'était exprimée d'un ton sec. Je ne veux pas entendre la moindre réflexion mal placée durant la mission. Sinon, Ler'Qan m'en est témoin, je t'enfoncerai moi-même une épée au fond des entrailles même si je ne sais pas la manier. C'est bien compris ?
- Oui. Clash ravala sa salive, il savait qu'elle plaisantait rarement.
- Nous arrivons bientôt chez notre contact. Restez discret, il ne sait que le strict minimum, soit presque rien du tout. »

Au sommet d'une colline apparut un village entouré d'une palissade de bois. Un millier d'âmes y vivait. Les maisons étaient pauvres, surmontées pour la plupart d'un toit de chaume. Même l'hôtel de ville, le bâtiment le plus riche, était de plain-pied. Le mur d'enceinte de bois dépassait de quelques mètres la plus haute de toutes les maisons. Une seule entrée existait et elle était gardée en permanence par deux gardes, des hommes du village pauvrement armés.

Gallea s'adressa à sa troupe.

« Nous arrivons à Mopt. Les Valkris qui y habitent sont tous bûcherons. Ils exploitent la forêt qui s'étend du sud-Est du village jusqu'à la mer. Ils sont très méfiants et vraiment peu accueillants. Encore une fois nous sommes des marchands d'épices qui cherchons le gîte et le couvert. »

Intérieurement Nastelle était en émoi. Tout ce qu'elle voyait l'émerveillait. Elle n'avait jamais quitté son île St'ingie et se sentait étrangère, presque perdue mais curieuse comme une enfant. Elle se devait de rester concentrée et ne pouvait pas partager son euphorie avec ses compagnons. Le paysage si différent de son désert natal la fascinait. La verdure, les fleurs, l'eau des ruisseaux qui coule et le chant des oiseaux, tout était sujet d'admiration. Elle n'avait connu qu'aridité, sable et poussière. Elle se souvenait que son père lui disait : l'aridité de nos terres a forgé nos caractères st'ingies. A contrario, que c'était agréable de respirer le parfum ambiant des fleurs, de sentir une légère brise fraîche caresser son visage ! Mais elle était bien la seule à apprécier ces moments. Ses camarades avaient tous l'air grave, les traits tendus.

« Avant qu'on ne rentre dans le village, puis-je me permettre une réflexion ? demanda poliment la jeune guerrière.

- Je t'en prie, nous ne sommes pas des tyrans et sommes prêts à entendre ce que tu as à dire. Nastelle avait éveillé la curiosité de la cheffe, il était rare que sa protégée se permette de prendre la parole.
- Nous sommes des marchands qui voyagent à travers le monde pour vendre des épices n'est-ce pas ?
- Oui, où veux-tu en venir ?
- Je vous vois tous avec vos mines déconfites, comme si vous partiez pour l'échafaud. Une personne un peu sensée remarquera assez vite que nous ne sommes pas de joyeux marchands et que nous avons quelque chose à cacher. »

Gallea s'arrêta un petit instant. Ils en firent tous de même et se retournèrent en direction de leur leader.

« Tu as raison Ysabel. N'éveillons pas de soupçons. Même si nous avons toutes les raisons du monde d'être anxieux, faisons comme si nous étions insouciants. Nous avons été formés à ne pas tenir compte de l'environnement psychologique de nos missions, mettons en application nos acquis. Alors, un peu de gaieté ! »

Personne n'eut rien à rajouter. Elle reprit la route en tête de sa troupe. Nastelle était fière de sa proposition et espérait avoir pu éviter une faute compromettante pour la mission.

La massive porte de bois était fermée devant eux. Sur le pinacle se trouvait une sculpture de Tlaloc, le dieu de l'Eau. Nastelle fut encore une fois émerveillée par la qualité des détails sculptés. La courbure magnifique du corps du serpent, la longueur des ailes, proportionnelle au serpent, chaque plume légèrement différente des autres, rendait la représentation du dieu Valkris presque réelle. Les détails de la tête, les yeux, la bouche ouverte avec la langue qui en ressortait, tout était parfait. Un grand artiste avait dû passer de longues heures pour réaliser cette œuvre dans du bois de hêtre.

Les visages de deux gardes Valkris apparurent au sommet de la palissade. Gallea leva la tête pour les observer. Elle semblait gênée par le soleil.

« Qui êtes-vous ? Que voulez-vous ? demanda l'un des gardes sèchement.

- Nous sommes des marchands, nous arrivons de Timeva. Nous venons voir un ami, marchand lui aussi.
- Où est votre marchandise ? Comment s'appelle votre ami ?
- C'est justement cet ami qui a notre marchandise en dépôt, nous avons fait un marché avec lui. Il s'appelle Kenny Karvi et il nous attend.
- Attendez une minute. »

Les deux gardes disparurent un instant derrière leur palissade de bois.

« Et bien si ce n'est pas de la méfiance je ne sais pas ce que c'est, s'exclama Flo.

- Oui, ce village a été victime de nombreuses attaques pendant la guerre. Du coup ils sont très méfiants envers les étrangers. D'autant plus s'ils sont St'ingies, répondit Gallea.
- Pourquoi avoir choisi ce village dans ce cas ? Clash était surpris de ce choix stratégique.
- C'est simple, si nous sommes des marchands qui viennent de Mopt, les Valkris estimeront qu'ils peuvent nous accorder leur confiance et nous n'éveillerons pas de soupçons. Par contre, nous allons devoir rester quelques jours ici, nous balader, nous montrer, vendre quelques marchandises sur des étals avant de repartir pour notre destination. Notre contact est notre porte d'entrée en territoire

Valkris. »

L'un des gardes se montra à nouveau.

« Nous avons vérifié et vous êtes autorisés à circuler librement à Mopt. Bonne journée, voyageurs. »

La porte s'ouvrit par le milieu, lentement, libérant le chemin vers l'intérieur de la ville. Progressivement le village de maisons de bois aux toits de chaume se découvrit à eux. Les rues étaient animées. Devant les maisons se trouvaient des étals. Des chevaux de trait étaient attelés à de lourdes remorques chargées de grumes. Une colonne de trois remorques vides sortit de la ville en même temps qu'ils y pénétraient, les obligeant à se coller contre les parois de la première maison. Les bûcherons devaient attendre que les portes s'ouvrent pour quitter la ville et aller au travail, et avaient profité de l'opportunité. Un adulte guidait les chevaux, tandis que des adolescents étaient assis à l'arrière. Ils dévisagèrent longuement les cinq inconnus qui pénétraient dans leur ville. La méfiance semblait régner en maître dans cette contrée.

« Nous avons rendez-vous dans sa boutique qui est attenante à l'hôtel de ville.

- C'est le gros bâtiment au centre du village ? demanda Clash.

- Exactement, ce village n'a pas changé depuis la dernière fois que j'y suis venue, il y a quelques années déjà.

- Tu nous avais caché cette partie de ta vie, plaisanta Flo.

- J'aime rester un mystère », Gallea rit et s'engagea dans l'avenue principale à travers la foule dense.

L'échoppe qu'ils recherchaient était plus grande que ce que s'était imaginé la jeune St'ingie. Dans son esprit il s'agissait d'un petit magasin discret, où ils pourraient gérer leurs affaires sans éveiller les soupçons. Mais c'était tout le contraire. De nombreux clients étaient en train de choisir des épices disposées dans des caisses sur une large table qui prenait toute la longueur de la devanture. Seul un espace devant la porte laissait un accès pour l'intérieur du magasin. C'était un délice pour les sens de la guerrière. Un mélange de couleurs, bleues, vertes, rouges, ocre, jaunes, violette, marron ou bien encore blanches associées à des odeurs toutes aussi mystérieuses. Elle distinguait parmi tant d'autres du curry de Bekran, de la Serbankis, de la menthe poivrée de Ceriä ou encore ce safran si rare ailleurs que chez les St'ingies.

« Entrons ! »

Nastelle entra en tête. Elle contemplait partout des dizaines de caisses pleines d'épices. Les clients se faisaient servir par de jeunes Valkris qui remplissaient des sacs en coton de leur précieuse marchandise.

« Les affaires ont l'air de bien marcher pour toi mon ami. Gallea venait de s'adresser à un homme d'une quarantaine d'années, derrière le comptoir.

- Tiens donc qui voilà, comment vas-tu ma chère Falba ?
- Le voyage depuis Timeva a été plutôt tranquille. C'est agréable de profiter des premiers beaux jours.
- Oui, surtout après un si long hiver. Tu ne me présentes pas à tes amis ?
- Mais bien sûr. Ce sont mes frères et sœurs. Nous sommes une entreprise familiale. Trish est un ami Souna qui veut monter une affaire à Énolia, il cherche une filière d'approvisionnement. Nous avons tout à gagner à faire affaire avec lui. Nous aurons quelques jours pour en discuter, mon ami.
- Bienvenue, vous êtes ici chez vous. Nous allons aller dans mes appartements où il y aura de la place pour tout le monde. Suivez-moi, c'est à l'étage. »

Toute l'équipe, assise dans de confortables canapés, une tasse du fameux thé à la menthe de Mopt, écoutait attentivement Kenny Karvi leur hôte. L'appartement était luxueux. De belles boiseries sculptées, des tableaux représentant des portraits aux murs, des meubles en ébène et un lustre en or décoraient la pièce. Nastelle était perplexe. Cet homme n'avait vraisemblablement pas besoin d'argent, alors que pouvait-il gagner en aidant ainsi les St'ingies ? Certaines choses la dépassaient et c'était peut-être mieux ainsi.

Kenny congédia sa servante.

« J'espère que l'accueil vous convient. Si vous avez besoin de quoi que ce soit faites le moi savoir.

- Oui j'ai besoin de quelque chose et je pense que tu sais de quoi je veux parler.
- J'ai tout préparé moi-même avec deux hommes de confiance. Ne t'inquiète pas ils sont discrets. On s'occupera de tout ça demain matin, en attendant profitez-en pour prendre un peu de repos.
- Je n'ai aucun doute sur les précautions que tu as prises. Tu prends autant de risques que nous dans cette affaire, dit Gallea sur un ton un peu ironique.
- Oh mais je ne sais rien de cette affaire. Je sais que je risque ma peau en vous soutenant mais mon implication s'arrête à la livraison.

Le ton était sérieux.
- Et on ne t'en demande pas plus, pas de raison de paniquer.
- Si vous saviez le sort qu'ils réservent aux traîtres dans cette ville… Kenny se prit le menton et tritura sa longue barbe verte.
- Si ça peut te rassurer, nous quittons la ville dans deux jours avec la marchandise. Trouve-nous un cheval avec un attelage.
- Ce n'était pas dans le marché ça.
- Ce sont les St'ingies qui décident des termes du marché. Ton rôle est de nous fournir ce dont nous avons besoin sans poser de question. C'est bien clair ?
- Oui très clair, je n'ai pas vraiment le choix de toute façon. Vous aurez ce que vous demandez dans deux jours. Je dois d'abord prendre certaines dispositions.
- Prends toutes les dispositions que tu veux. Mais dans deux jours nous devrons avoir quitté la ville avec le cheval. »

Après la nuit blanche qu'ils avaient passée, le confortable lit du Valkris eut raison de Nastelle en quelques minutes seulement. Les rayons du soleil à travers les volets entrebaillés la réveillèrent en douceur. Après une toilette succincte et une galette de sarrasin rapidement engloutie, elle rejoignit le reste de ses camarades jusqu'à une petite rue où était situé un entrepôt appartenant à Kenny.

« On continue la discrétion, il n'a besoin d'aucun détail. Kenny n'est qu'un intermédiaire. »

C'était évident pour tous les membres de l'équipe mais Gallea préférait enfoncer le clou.

Kenny les rejoignit et les fit entrer dans l'entrepôt par une porte située à l'arrière du bâtiment. Un homme d'une vingtaine d'années l'accompagnait.

« Votre marchandise est là, vous pouvez vérifier.
- Ce ne sont pas les épices qui nous intéressent et tu le sais très bien. Flo avait pris à son compte la discussion, laissant cette fois Gallea un peu en retrait.
- Oui oui… Jazon, ouvre la caisse et montre à nos amis ici présents ce qu'ils veulent voir. »

Le jeune Valkris prit un pied de biche et démonta en quelques instants la face avant d'une des caisses de marchandise. Le contenu se révéla à eux. Au dessus, les sachets d'épices soigneusement entreposés dans de la paille, en dessous, des casiers masqués par un double fond qui n'apparaissaient que parce que la caisse avait été ouverte sur le côté.

« C'est ça que tu voulais voir je suppose. Kenny plongea la main dans un des casiers, en sortit une magnifique hache et la tendit à Flo.
- Ce sont bien des haches protechs ?
- Oh que oui ! Des bijoux de ferronnerie. Seuls les Protechs sont capables de fabriquer de tels chefs-d'œuvre. J'ai dû jouer de mon réseau pour vous en dégoter quatre. Elles viennent tout droit d'une forge réputée d'Atelas.
- Parfait, on reconnaît effectivement la marque des Protechs.
- Pourquoi avoir insisté pour avoir des armes Protechs ? Demanda le marchand Valkris.
- La curiosité ne fait pas bon ménage avec nos affaires, souviens-toi. Gallea s'avança et prit elle aussi une hache qu'elle passa à Nastelle. Tu en penses quoi ?
- Elle est superbe. La jeune guerrière était aux anges. Elle soupesait l'arme, l'observait dans les moindres détails, ne pouvant s'empêcher de la manier. L'équilibre est parfait, ils ne se sont pas moqués de nous.
- C'est une affaire qui roule, remballons ces paquets dans ce cas. Kenny semblait anxieux de finir l'affaire au plus vite. Au fait j'oubliais... Il distribua à tous les membres de l'équipe des petits couteaux qu'ils se hâtèrent de cacher sur eux.
- Oui rangeons ça et fermons ces caisses. Tu as pu voir pour le cheval ? Demanda Gallea.
- Oui oui, demain tout sera prêt pour votre départ. Vous allez faire quoi en attendant ? »

Gallea prit un des sachets en toile à l'intérieur de la caisse.

« Notre métier, vendre des épices. »

Gallea et Flo étaient assis à l'avant du chariot, Flo tenait les rênes. A l'arrière, assis parmi les caisses de marchandises, les deux jeunes recrues et le médecin devisaient.

« Tout se passe bien jusqu'à présent, lança Clash.
- C'est sûr, mais ce n'est que la partie facile de notre travail. Flo regarda avec insistance son jeune apprenti pour lui faire comprendre que rien n'était fait.
- Tu es toujours aussi discret le doc ? On ne t'a pas entendu prononcer un seul mot depuis le bateau.
- Je ne parle pas quand je n'ai rien à dire, contrairement à certains.
- Ouille ! Ça fait mal ça ! Flo se mit à rire.
- C'est juste que le doc ne voulait pas partir en mission avec deux jeunes bleusailles tout juste sorties de formation. Pour lui c'est une

mission suicide et il ne veut pas être là uniquement pour ramasser les morceaux.

- Oui c'est exactement ça, tu m'enlèves les mots de la bouche Falba. Il s'était exprimé d'un ton dépité empreint de fatalité.

- Euh… Vous êtes sérieux là ? s'inquiéta Clash.

- Si on vous a envoyés sur cette mission c'est qu'il n'y avait aucun doute sur vos capacités. Nos chefs ne prendraient pas le risque d'envoyer des membres qui risqueraient de faire échouer une mission par leur jeunesse ou leur incompétence. Soyez rassurés, ce n'est qu'une vieille querelle entre ces deux-là. » Le ton de Flo se voulait rassurant.

Intérieurement il était en colère contre Gallea. Elle n'aurait pas dû faire état de ses humeurs à quelques heures d'une situation si périlleuse. Les jeunes membres de la force Ler'Qan ne devaient pas avoir le moindre doute, à ce stade c'était presque du suicide.

Le reste du voyage fut plus silencieux. Chacun restait concentré sur la tâche qui allait lui être dévolue. Nastelle était confiante en ses compétences. Elle savait, contrairement à ce que pouvait en penser le doc, qu'elle avait toute sa légitimité dans cette aventure. Elle attendait ce moment depuis si longtemps !

Ils avaient roulé toute la nuit, se relayant pour guider la monture. Le lendemain, en fin de matinée, ils arrivèrent enfin aux portes de la grande cité d'Erefan.

« Quel monde et quelle agitation sur la route alors que nous ne sommes même pas encore entrés dans la ville ! s'étonna Nastelle.

- Oui, demain c'est le jour du couronnement de la Protectrice Valkris. Et c'est un jour spécial. Jamais une femme n'a été sur le trône. Auparavant seuls les hommes pouvaient accéder à cette fonction, répondit Gallea.

- De toute façon, ce n'est qu'une fonction honorifique. Les chefs de clans ne sont plus subordonnés qu'à Énolia, dit avec dédain Clash.

- C'est là que tu te trompes Kristof, chaque clan a son fonctionnement propre et garde une grande indépendance face au Conseil des Quatre. Le fossé s'est beaucoup creusé depuis la mort du dernier roi d'Arkadis et la guerre. Tous les clans ont un gouvernement, des lois propres. Les impôts sont perçus pour la plupart directement par les autorités claniques, et rare sont les taxes qui parviennent jusqu'à la capitale. Cependant il est vrai que les grandes décisions, les grandes lois décidées à Énolia doivent s'appliquer dans toutes les provinces du pays et les différents gouvernements doivent les faire respecter. Je te fais d'ailleurs remarquer que nous sommes en mission d'infiltration et que si tout était si fluide dans les relations ce ne serait pas nécessaire. Gallea semblait passionnée par ce sujet, elle parlait avec conviction et enthousiasme.

- Mais nous ne sommes que de simples marchands d'épices, tout ça nous dépasse. Flo rit tout seul à l'avant de la charrette.

- Très marrant Salaz… Nous arrivons à Erefan par la porte du Feu. Soyez concentrés mais faites attention à n'éveiller aucun soupçon, restez le plus naturel possible. »

Nastelle continuait à être émerveillée de tout ce qu'elle voyait. Quels hommes avaient construit une telle cité ? La hauteur des murailles, en pierres taillées, encerclant une ville qui pouvait accueillir des centaines de milliers d'âmes était impressionnante pour la petite jeune fille qui n'avait connu qu'Aldrosaïa. Elle avait lu dans ses livres d'histoire qu'aucune armée n'avait jamais réussi à s'emparer de cette ville. Elle comprenait désormais pourquoi à la vision de la cité millénaire. Elle regarda la première porte ouverte avec des yeux d'enfant, se demandant quel mécanisme pouvait mouvoir une telle masse. Le long de la travée qui passe sous la muraille elle essayait de comprendre comment des hommes avaient pu construire un tel édifice. La seconde porte, qui apparaissait après un long trajet dans les entrailles du mur de protection, était ouverte directement sur la ville. Son émerveillement grandissait au fur et à mesure de leur progression. Toutes les rues étaient pavées. Les maisons, en pierre, imposaient aux passants leur grandeur et leur luxe apparent. Elle connaissait les Valkris comme de grands agriculteurs, mais pas comme des constructeurs capables d'un tel prodige. Décidément ils savaient tout faire avec leurs mains. Les pavés de la ville secouaient les passagers du chariot. Gallea semblait bien connaître la ville et s'y déplaçait sans la moindre hésitation. La jeune guerrière fut impressionnée de ne voir que des Valkris. Les rares Protechs, Sounas ou St'ingies que le groupe croisait étaient des marchands qui se faisaient discrets. Une hostilité latente était perceptible contre tous ceux qui n'étaient pas Valkris.

« Nous sommes arrivés. Gallea arrêta son cheval en tirant sur les rênes.

- Il était temps, j'ai le dos en compote. Les pavés de cette ville ne m'ont pas épargné. Flo s'étirait de tout son long.

- Salaz, avec Kristof vous allez désatteler les bêtes et les emmener à l'écurie qui se trouve derrière. Avec Ysabel nous allons visiter les lieux. Trish, toi tu gardes la marchandise. »

Le doc, encore assis en caisse, leva le bras avec nonchalance pour signaler qu'il avait compris et tous s'exécutèrent.

Le local dans lequel les deux femmes pénétrèrent était complètement à l'abandon. Le peu de rayons de soleil qui pénétraient à l'intérieur révélait la poussière en suspension.

« Comment ça va Ysabel ?
- Euh… ça va merci, répondit la jeune St'ingie fut un peu surprise par la question de son mentor.
- Nous n'avons pas eu l'occasion de discuter seule à seule ces derniers jours. Je me souviens de l'état de stress dans lequel je me trouvais lors de ma toute première mission, et rien à voir avec celle-ci... Où en es-tu ?
- Je ne vais pas te mentir, je suis stressée, mais j'arrive à gérer. C'est vrai que tout est nouveau pour moi, ça fait beaucoup de choses pour une première. Je me sens capable d'aller jusqu'au bout, c'est ce qui compte n'est-ce pas ?
- Oui, et je sais que tu n'es pas du genre à surestimer tes capacités. Et avec Kristof ça se passe bien ?
- Il est fidèle à lui-même. Je ne pense pas qu'il fasse de vague durant la mission. Il a tout à y perdre et il le sait.
- Je garde un œil sur lui malgré tout. Je trouve que Salaz est un peu trop souple avec lui, mais c'est son formateur et je n'ai rien à dire.
- Il a du mal à encaisser le coup que j'ai porté à sa fierté, et à chaque fois qu'il me voit il doit se le remémorer.
- Oui, mais il va devoir passer outre. Nous allons être amenés à travailler tous ensemble sur d'autres missions. Je vais en parler avec Salaz une fois que toute l'équipe sera rentrée à la maison.
- Merci.
- Je ne le fais pas pour toi, mais je le fais pour l'équipe. C'est malsain ce genre de situation. On aurait dû en parler avant de partir, mais nous n'avons pas pris le temps nécessaire. Pas très grave, pour le moment tout se passe bien, je ne m'inquiète pas plus. Gallea dépoussiéra un peu une chaise et s'assit dessus. Il faut qu'on parle des conséquences de cette mission.
- Quelles conséquences ?
- Toute mission, toute action, a des conséquences. Les conséquences géopolitiques ne sont pas de notre ressort, mais celles qui nous impactent le sont. Normalement pour intégrer l'unité nous devons avoir tué au moins une fois. Tu as été intégrée, et crois-moi c'est une exception, sans avoir tué quiconque. Peu de gens le savent car cela soulèverait une polémique. Cependant, tu vas devoir franchir cette étape. Ce n'est pas anodin de retirer la vie à quelqu'un, tout le monde se souvient de la première personne qu'il a tuée, l'impact psychologique est immense.
- Je n'y ai pas vraiment pensé, j'essaie de faire abstraction de ce

genre de chose.

- Penses-y sérieusement, il ne faut pas que tu nous fasses faux bond au moment crucial.

- Je vais y penser. Je pense sérieusement pouvoir surmonter ça. Comment ça s'est passé pour toi ?

- Mon premier mort ? Je devais avoir à peu près ton âge, j'étais un peu comme toi, insouciante. Je n'y avais jamais pensé. Ce fut horrible. C'était durant le test d'intégration. Je combattais un jeune homme, guerrier. Il n'a même pas eu le temps de venir à portée d'arme, la boule de feu que je lui ai lancée l'a percuté en pleine poitrine. Il a hurlé de douleur lorsque ses habits ont pris feu. Je me rappelle aujourd'hui encore ce cri qui résonne en moi comme un écho. L'odeur de la chair brûlée, ses yeux, écarquillés, voyant une mort lente et douloureuse arriver me hantent chaque nuit. Le coup l'avait paralysé, jeté sur le dos, et les flammes l'ont lentement consumé sans qu'il ne puisse bouger. Ces quelques instants m'ont semblé éternels, et pour lui… je n'ose y penser encore aujourd'hui. Je n'ai pas dormi pendant des semaines, son regard me poursuivait, je revivais la même scène jour après jour, nuit après nuit. Je ne connaissais même pas son nom et ne le saurai jamais. Nous n'étions pas ennemis, seulement adversaires. Mais ce test est fait pour ça. L'unité veut savoir si tu peux donner la mort à un ennemi ou même à un ami sans en subir les conséquences psychologiques. »

Nastelle l'écoutait, elle n'osait pas intervenir. Si elle l'avait fait elle n'aurait de toute façon pas su quoi dire. A chaque phrase de Gallea, elle vivait la scène aussi intensément que si elle y avait été.

« Nous avons choisi cette voie. À nous d'en assumer les conséquences. »

Flo et Clash entrèrent avec une des caisses en bois qu'ils venaient de décharger pour la mettre à l'abri.

« On pose ça où ? »

La nuit fut courte. Trop courte pour la jeune guerrière qui se rappelait les paroles de Gallea. Le jour n'était pas encore levé lorsqu'ils disposèrent à nouveau leurs marchandises dans la charrette.

« Ça passe ou ça casse ! » lança Flo lorsqu'ils se mirent en route pour le château.

Ils prirent le chemin qui menait à la colline Royale. Les rues étaient presque désertes mais quelques personnes commençaient déjà à s'activer. Devant la porte principale du château se trouvaient cinq gardes armés comme s'ils partaient en guerre. L'un d'eux fit signe à l'équipe de s'arrêter.

« L'accès au château est interdit, aujourd'hui on couronne notre nouvelle Protectrice.

- Oui, dit Gallea le plus naturellement possible. Nous sommes ici pour ça. Nous avons eu une grosse commande d'épices pour votre chef cuisinier qui semblait paniqué. Apparemment il n'en aurait pas prévu assez et nous devons le réapprovisionner d'urgence.
- Je ne vous ai jamais vus ici.
- Oui, c'est normal, grâce à Ler'Qan nous sommes les derniers à pouvoir fournir vos cuisines. Il y a pas mal de problèmes d'acheminement et nous sommes spécialisés dans les cas d'urgence.
- C'est vrai, j'ai entendu parler de ça récemment. Nous allons vérifier vos cargaisons et tous vous fouiller. »

Le garde leva un bras en l'air. C'était un signe pour deux autres qui montèrent dans le chariot afin de vérifier les caisses. À l'aide de son épée l'un d'eux ouvrit le dessus de chaque caisse tandis que l'autre en contrôlait le contenu. Consciencieusement, ils fouillèrent également l'ensemble des membres de l'équipe. Sans trop s'attarder sur les femmes. Par pudeur probablement.

« C'est clair chef, rien à signaler d'autre que des sacs d'épices. »

Les cinq soldats avaient réussi à pénétrer dans l'enceinte du château, mais tout ne faisait que commencer.

CHAPITRE TRENTE-TROIS

Une protectrice tiraillée

Vizi Vragard

« Vous auriez dû reporter le jour de votre couronnement. »

Les premiers rayons du soleil venaient de pénétrer dans la chambre de Vizi Vragard. Elle était assise sur une chaise dans un coin de la pièce, face à une coiffeuse. Derrière elle, une femme de chambre, qui se révélait être son intime confidente. Elle lui coiffait sa longue chevelure verte qui, détachée, était d'un volume impressionnant.

« Et pourquoi aurais-je dû le décaler ? Le mois réglementaire qui fait suite au conseil est terminé, je n'ai aucune raison d'attendre un seul jour de plus. Mon peuple a besoin de moi.

- Vous en avez des centaines de raisons. Regardez les soldats dehors, on dirait qu'ils partent en guerre. Votre cher et tendre époux semble avoir été assassiné, si on en croit ce que vous a annoncé le seigneur Midland.
- Ne commencez pas à croire tout ce qu'on vient vous raconter. Il n'a pas apporté la moindre preuve de ses allégations.
- Pourtant vous l'avez laissé repartir libre, alors que vous êtes en guerre contre le Midland depuis des années.
- Ce n'est que de la diplomatie ma chère Killie. Nous ne pouvions pas emprisonner un seigneur Valkris qui vient en paix pour un vote des sept. Il a judicieusement choisi son jour pour venir à la capitale.

- Mais son information sur le décès du général est capitale non ?

- C'est exact. Et nous sommes très attentifs à toutes les informations sur ce sujet. Il est libre malgré son passage chez nous, mais rien ne nous empêche de l'incarcérer. Pour l'instant, il me semble plus judicieux de le laisser aller et venir. Il peut plus facilement lâcher des informations.

- Je sais que je ne suis qu'une simple suivante, mais je pense que ce n'est quand même pas une chose que nous devons prendre à la légère, n'est-ce pas ?

- Ce serait mal me connaître de croire que je suis inconsciente au point de passer à côté d'un tel avertissement. Mon mari avait de nombreux ennemis, jusque dans ses proches intimes. Quand on veut redresser un pays après une si longue guerre on est obligé de passer par des réformes qui ne plaisent pas. D'ailleurs le seigneur Midland est en haut de la liste des suspects.

- Ah bon ? Pourtant c'est lui qui vous a prévenue ?

- Oui, peut-être était-ce justement un pied de nez à notre conseil. Il ne nous a donné aucune autre information. Nous ne savons ni qui aurait fait un acte aussi abominable, ni comment. Ne serait-ce que le moindre détail de l'affaire ne nous est pas apparu. Si affaire il y a. Je reste donc très prudente.

- Je comprends. La servante continuait de brosser la longue chevelure et semblait ne jamais pouvoir s'en sortir. Alors pourquoi l'avoir invité à votre couronnement ?

- Ce n'est qu'une histoire de protocole. Dans les anciens textes, pour qu'un Protecteur du royaume Valkris ait la légitimité, les sept doivent être présents et lui donner leur bénédiction. On a tendance à oublier le protocole quand des dissensions existent. Cependant je suis très croyante et j'aimerais ne pas froisser Tlaloc en ignorant un de ses seigneurs.

- Pensez-vous vraiment qu'il y ait une menace ?

- Je ne sais pas vraiment. Si j'en crois le nouveau général, le risque est avéré, et c'est pour cela qu'il a pris des mesures de sécurité drastiques pour mon couronnement cet après-midi.

- J'ai peur pour vous Votre Majesté...

- Merci de votre sollicitude mais il n'y a pas de raison de s'inquiéter. Dépêchons-nous, le conseil ne m'attendra pas ce matin. Mon dernier en tant que veuve régente, le prochain sera en tant que Protectrice. »

Killie avait le même âge que la jeune femme. Elle était à son service depuis une dizaine d'années et lui était restée fidèle en toutes circonstances. Vizi avait une confiance absolue en elle. C'était un peu sa seule amie dans ce château d'hypocrites, comme elle aimait se le dire. Cependant leurs rangs respectifs exigeaient une certaine distance.

Une fois coiffée et habillée elle se regarda dans le grand miroir fixé au mur.

« Ce n'est que la première robe de la journée, et je sens qu'elle va être exténuante. La robe du couronnement est-elle prête ?
- Oui Votre Majesté.
- Merci Killie, j'ai hâte de la porter, Vandal serait si fier de me voir en ce jour… »

Elle se leva et se mit à sa fenêtre. La vue qu'elle offrait la ravissait. Elle pouvait voir à des dizaines de kilomètres à la ronde. Son royaume s'étendait bien au-delà et elle ne pouvait qu'en imaginer l'étendue.

Elle observa la cour du château avec attention. Jamais il n'y avait eu un tel remue-ménage. Les soldats couraient dans tous les sens. Viktor Midland, son nouveau général, leur avait mis la pression, mais elle savait que c'était un mal nécessaire. Il était le cousin du renégat, mais il avait prêté allégeance à feu son mari durant la guerre et il était un homme de parole. Son accession à cette nouvelle fonction était toute récente et il ne voulait pas décevoir sa future reine.

En bas, des employés du château couraient dans toutes les directions, chargeant et transportant des marchandises. Vizy mettait un point d'honneur à connaître par son prénom toute personne à son service. C'était plus humain selon elle. Alors qu'elle allait s'éloigner de la fenêtre, une charrette avec cinq marchands pénétra dans la cour. La jeune femme n'en fut pas interpellée.

C'était son rituel du matin, une fois sa bouffée d'oxygène prise, elle se mit en chemin pour la salle du conseil. Sa confidente devint, une fois sortie de la chambre, une simple et fidèle servante. Elle la suivait dans le dédale de couloirs quelques mètres en retrait, prête à satisfaire n'importe lequel de ses désirs. Servante particulière de la reine était un poste des plus prisés, elle en était fière mais attisait la jalousie des autres domestiques du château.

Lorsque la jeune femme pénétra dans la salle du conseil, les membres de son gouvernement se levèrent. Chaque place était définie autour de la grande table rectangulaire avec une profonde gravure de Tlaloc en son centre. L'extrémité qui faisait face à la porte était dotée d'un siège plus confortable que les autres. C'était la place du dirigeant, la sienne désormais. L'entrée était gardée par deux des plus vaillants soldats que pouvait compter la garde Valkris. À sa droite se trouvait son général d'armée, Viktor Midland. Il avait été un fidèle ami de son mari, qui portait lui-même ce titre. Elle avait naturellement pensé à lui pour le poste. À la droite du général siégeait son chef du renseignement qui officiait depuis de nombreuses années. Son réseau était complexe et varié, mais toujours d'une grande efficacité. Evidemment il avait mal vécu l'épisode des révélations du seigneur Midland. Il n'avait pas eu vent d'une quelconque rumeur quant à l'assassinat du Général Vragard et était très agacé par la situation. À la gauche de Vizi était assis le Grand Trésorier, un vieillard très discret mais d'une efficacité reconnue. Il avait su, durant la guerre, gérer le rationnement afin que la famine ne tue pas plus de Valkris que la guerre elle-même, puis redresser le pays en seulement quelques années. Il acceptait difficilement de ne pas pouvoir éponger la monstrueuse dette qu'il avait en compte auprès de la ville de Goa. Régulièrement il mettait à l'ordre du jour des sessions du conseil les difficultés qu'il éprouvait, ce que n'appréciaient guère les autres membres, plus concernés par la chose militaire. À sa gauche, le conseiller particulier de la reine. Vizi avait dû faire des concessions et y placer son père Mattess Hedland, afin d'apaiser les tensions qui avaient fait suite au testament de son mari. En face, à l'autre extrémité de la table, se tenait le chef de l'Académie magique, le grand prêtre Saa'rick.

« Bonsoir mes seigneurs, je suis contente de pouvoir me réunir avec vous en ce jour si particulier. C'est en tant que régente que je quitterai ce conseil tout à l'heure et en tant que reine que je le débuterai demain. Sachez que je serai toujours fidèle à mon royaume, et que je défendrai avant toute autre chose les intérêts Valkris. Le monde est en crise, je ne vous apprends rien. Commençons si vous le voulez bien.

- Votre Majesté. Le chef du renseignement, Bertran Frezi, se leva. J'ai consulté tous mes contacts partout en Arkadis et ailleurs, tiré des ficelles, plus ou moins discrètement, mais rien ne permet d'affirmer que le Général Vragard a été assassiné. La rumeur s'est cependant propagée. Tous les clans sont désormais au courant, et tout ceci ne présage rien de bon.

- Vous ne devez pas relâcher la pression. Que donnent vos espions proches du Seigneur Midland ?

- Étrangement ils n'ont pas plus d'informations que nous... Seuls ses plus proches et fidèles conseillers seraient dans la confidence. J'avoue ne pas trop y croire.

- Vous allez devoir graisser un peu plus de pattes. Je veux savoir tout ce que le seigneur Midland sait, je ne veux pas subir le moindre chantage pour obtenir des bribes d'information. Et bien entendu je veux que chaque information soit vérifiée. Je n'accepte pas la rumeur.

- Bien sûr Votre Majesté. Bertran Frezi se rassit.

- Bon ! Et concernant le reste du monde ?

- La bonté Souna a encore fait des siennes. Il semblerait qu'un espion St'ingie ait été trouvé dans la pièce abritant leur Cristal, et il a seulement été banni à vie du territoire Souna ! Il semblerait qu'il soit déjà rentré sur Aldrosaïa.

- Il enquêtait sur les événements dont vous nous aviez parlé il y a quelque temps ?

- C’est fort probable. Les St'ingies semblent inquiets à ce sujet. Ils pensent que les Sounas auraient trouvé une nouvelle arme leur permettant d’asseoir leur hégémonie sur les autres peuples. Mais étrangement les Protechs de leur côté ne sont pas inquiets.

- J’aurais plutôt tendance à suivre l’avis des Protechs sur ce dossier. Qu’en pensez-vous grand prêtre Saa’rick ?

- J’ai déjà étudié la question, Votre Majesté. Le vieil homme se redressa à l’aide de son bâton. Après consultation de mes pairs je peux dire que nous n’avons rien trouvé de concluant. Certains pensent qu’il s’agit d’un évènement magnétique des deux lunes, d’autres d’expériences magiques sur le Cristal, d’autres encore - comble de l’absurdité - d’une utilisation d’une pierre de Mythril par un Xya. Je suis navré, mais sans approcher le Cristal nous ne pourrons pas savoir ce qui s’est produit.

- Merci grand prêtre. Vizi tourna son regard vers son chef militaire. Mon général, pensez-vous que mon couronnement se fasse dans les conditions de sécurité les plus optimales ?

- Oui Votre Majesté. Le général Viktor Midland se leva brusquement, au garde-à-vous. J’ai fait tripler la garde, tous les soldats de repos ont été mobilisés, nous avons eu des renforts d’autres provinces pour les patrouilles en ville. Chaque personne, quel que soit son rang, est scrupuleusement fouillée avant de pénétrer dans le château. La salle du couronnement a été sécurisée. En outre aucune arme ne s’y trouve et trois de mes meilleurs soldats sont postés devant chaque entrée. À ce sujet Votre Majesté, j’aimerais que mes deux meilleurs sergents vous escortent en permanence à compter de maintenant et ce jusqu’à la fin des festivités.

- Est-ce vraiment utile avec toutes les mesures de sécurité prises ? Mais comme je vois que vous avez l’air d’y compter j’accepte volontiers cette escorte militaire à l’intérieur de mon château.

- Vous m’en voyez rassuré, Votre Majesté », le soldat s’assit. Même posé sur son siège il se tenait droit, dans la fière posture du militaire sûr de son fait.

La future reine fit une légère pause et fit mine de réfléchir, comme perdue quelques instants dans ses pensées. Les hommes autour de la table restèrent de marbre.

« Où en sont nos comptes Grand Trésorier ?

- Le couronnement va coûter très cher Votre Majesté. Gildas Burton, le Trésorier, semblait avoir tout le poids du monde sur ses épaules. Le visage marqué, il se tenait courbé et avec ses petites lunettes rondes lisait un parchemin en tremblant.

- Vous ne m'apprenez rien, mais c'est une dépense maîtrisée. De plus, j'ose l'espérer, il n'y aura pas de couronnement tous les mois. L'assemblée rit, doucement.

- Bien sûr Votre Majesté. Comme vous l'avez demandé, nous avons envoyé la semaine dernière des émissaires sur l'île de Goa afin qu'ils aillent renégocier les termes de notre dette.

- Merci, je suivrai cette affaire avec le plus grand intérêt. Elle posa son regard sur son père le seigneur Matess Hedland. C'était le seul qui n'avait pas encore parlé. Monseigneur, avez-vous quelque chose à dire ?

- Oui en effet. Le père de la reine se leva, lentement. Il fixa sa fille. Vous savez, j'ai fait preuve de réserve pour l'accession au trône de ma fille ici présente. Et je tenais publiquement à m'en excuser. A posteriori je pense qu'il s'agit d'une bonne idée. Elle a été aux côtés d'un grand chef de guerre qui s'est aussi révélé être un excellent dirigeant. C'est une habituée du pouvoir, elle connaît les dossiers sensibles. Sa grandeur d'âme et la force des Hedland sont reconnues par tous. Me trouver à votre table est pour moi le plus grand des honneurs. Mon fils ayant pris la gouvernance de nos terres en Hedland, je suis maintenant libre de siéger à vos côtés. D'ailleurs, grand trésorier, nous serions prêts à faire plus d'efforts sur notre participation à l'effacement de la dette. Je donnerai désormais le meilleur de moi-même en tant que conseiller de la reine. Ainsi, d'ores et déjà, j'aimerais soumettre une proposition à notre conseil. J'ai une idée pour mettre fin au conflit avec la province du Midland.

- Nous vous écoutons. La future reine était surprise du nouveau comportement de son père. Elle était prête à lui laisser sa chance et s'adossa confortablement à son fauteuil pour écouter ce qu'il avait à proposer.

- En raison des relations avec les autres clans qui se tendent de plus en plus, nous avons besoin de renforcer notre cohésion. C'est pourquoi je vous propose ma chère fille, vous qui êtes malheureusement veuve et sans descendance, d'épouser le seigneur Vincent Midland. Ce mariage devrait l'agréer, lui qui est depuis toujours en recherche de pouvoir. Bien entendu nous savons tous ici que ce pouvoir resterait sous votre contrôle. Nous pourrions ainsi faire d'une pierre deux coups, arrêter ce conflit qui nous oppose aux Midland et mettre en surveillance ce trublion. Il ne serait d'ailleurs que l'époux de la Protectrice, sans réel pouvoir, un roi consort.

- Vous avez raison Père. Et bien, j'en parlerai au seigneur Midland qui est invité pour la cérémonie. Je suis certaine qu'il viendra parce qu'il a été officiellement invité avec une immunité signée de ma main. Il ne refusera pas cette proposition. J'en ferai ensuite l'annonce officielle à l'issue de mon couronnement, s'il est d'accord.

- Le peuple va être comblé Votre Majesté », déclara le grand prêtre Saa'rick.

Matess Hedland regardait sa fille, surpris. Il n'avait pas pensé que sa proposition serait aussi facilement acceptée par sa fille. Accéder au pouvoir lui aurait-elle fait perdre l'impertinence qu'elle avait à son égard ?

Vizi se leva.

« Messieurs, merci. Je vous dis à ce soir pour le couronnement. Vous pouvez quitter la salle, je dois m'entretenir avec mon père. »

La jeune femme se rassit sur sa confortable chaise. Les membres du conseil, excepté son père, se levèrent, firent un signe d'allégeance à leur future reine et quittèrent un par un la salle. Vizi et son père restèrent longuement l'un et l'autre silencieux.

« J'aimerais qu'à l'avenir vous m'entreteniez en privé de ce genre de proposition. Je suis votre fille mais je suis surtout votre reine désormais. Je ne voulais pas vous mettre en porte à faux pendant votre premier conseil en tant que conseiller personnel de la Protectrice, mais il n'y aura pas de prochaine fois, est-ce bien compris ?

- Tu es issue de la bonne graine…
- Quel était le but de cette manœuvre ? Était-elle faite pour me déstabiliser ? Tester ma loyauté ? Ne me faites pas croire que cette rancœur ancrée en vous depuis tant d'années s'est évaporée avec l'accession au pouvoir de votre fille et votre siège au conseil. Vous avez certainement des arrière-pensées. Je pense que vous espériez que je refuse et qu'ainsi je me décrédibilise devant mon conseil. Vous saviez pertinemment que si je refusais ce serait comme si je refusais la paix dans mon royaume ! Et c'est aussi pour ça que j'ai accepté facilement votre proposition.
- Je sais que tu es maligne, alors penses-tu vraiment que j'aurais comploté pour te faire perdre ta crédibilité ? Tes intérêts sont aussi les miens. Nous devons travailler main dans la main. Pardonne-moi cette maladresse, je ferai en sorte que cela ne se reproduise pas. »

Matess s'approcha de sa fille, la prit par les épaules et la fixa droit dans les yeux.

« Je suis fier de toi, de ce que tu as accompli jusqu'à présent et de ce que tu es devenue. Je suis sûr que tu vas être une Protectrice Valkris exceptionnelle. »

Vizi n'était pas habituée à de telles démonstrations de sentiments avec son père. Elle était tiraillée entre crainte et joie. La crainte que son père ne complote quelque chose contre elle. La joie de pouvoir enfin avoir une relation normale père fille, avec celui qui avait toujours été si distant.

« Merci Père. »

Le seigneur Hedland sortit de la pièce, laissant la jeune femme seule. La future Protectrice du royaume avait tant à penser en cette journée exceptionnelle. Elle savait qu'au moment où elle sortirait de la salle du conseil elle n'aurait plus une minute pour elle seule. Depuis la mort de son mari elle n'avait pas eu un seul instant de repos et aurait bien voulu que l'instant présent se prolonge encore un peu. L'enquête sur la mort de Vandal, depuis l'annonce du seigneur Midland, lui avait pris l'essentiel de son temps libre. Elle s'affala sur son confortable fauteuil et soupirant, ferma les yeux. Elle entendait le remue-ménage partout dans le château en bruit de fond mais rien n'aurait pu la déranger en cet instant. Elle se pénétra de l'odeur que les boiseries dégageaient et qui lui rappelaient des moments heureux. Elle caressa le velours des accoudoirs du fauteuil, et cette douce sensation la fit frissonner.

Elle sursauta.

Sa conscience reprenait le dessus et elle s'empressa de quitter la pièce. Dès qu'elle fut dans le couloir, deux gardes armés la prirent en charge. Une jeune femme qui attendait dehors s'approcha d'elle.

« Bonjour Maguelone, je pensais vous voir avant la réunion du conseil.
- Votre Majesté. Veuillez accepter mes excuses, il y a tant à préparer aujourd'hui. »

Maguelone, jeune Valkris un peu boudinée dans sa robe, était plus petite que Vizi. Ses rondeurs la rendaient avenante. Le visage un peu bouffi et les yeux légèrement globuleux, son large front était terminé par une belle chevelure soyeuse, attachée en queue-de-cheval. Elle tenait dans sa main de nombreux documents. Elle courait à côté de sa souveraine qui ne ralentissait pas l'allure au mépris des petites jambes de sa suivante.

« Le seigneur Midland est-il déjà arrivé au château ?
- Oui, il est arrivé il y a une vingtaine de minutes. Ses gens sont en train de monter ses affaires dans ses appartements.

- Parfait, je veux absolument lui parler avant la cérémonie de couronnement.
- Votre Majesté, cela ne va pas être possible. Votre emploi du temps est déjà tellement…
- Maguelone ! La reine s'arrêta net et regarda sa suivante droit dans les yeux. Qu'est-ce qui pourrait vous faire penser dans le ton de ma voix qu'il s'agit d'une option ? Vous vous débrouillez comme vous voulez mais je dois voir ce seigneur avant mon couronnement.
- Bien Votre Majesté, veuillez m'excuser. Je vais de ce pas le contacter.
- Ce jour est si stressant pour moi. Je ne devrais pas être si dure avec vous, vous faites du très bon travail, veuillez pardonner ma brusquerie Maguelone. »

La jeune Valkris ne sut pas quoi répondre. Elle respectait sa reine du plus profond de son être. La larme à l'œil, elle partit dans la direction opposée à la reine.

Les jardins du château sentaient la fleur de cerisier. Le doux soleil de printemps commençait à raser l'horizon, à l'ouest. Vizi adorait cet endroit. Feu son mari lui avait donné la liberté totale de l'aménagement du parc dès son arrivée au château. Il savait qu'elle mettrait toute son énergie à redonner sa splendeur à ceux-ci, qui avaient été abandonnés pendant la guerre. Les friches, les ronces et autres mauvaises herbes avaient été remplacés par des rosiers, cerisiers et buissons taillés. Les parapets de fleurs commençaient à prendre forme. Le banc sur lequel elle était assise lui rappelait les doux moments passés avec Vandal, lorsqu'ils venaient parler de tout et de rien, sous le premier cerisier planté par la jeune femme, dès qu'ils le pouvaient. Jamais ils ne parlaient politique. L'amour et les enfants nourrissaient l'essentiel de leurs discussions.

« Vous savez, ce lieu est hautement symbolique pour moi.
- C'est un endroit merveilleux. Le seigneur Vincent Midland se tenait debout, face à Vizi.
- Asseyez-vous monseigneur. Elle lui indiqua une place à sa droite.
- Merci Madame.
- Mon mari m'emmenait souvent ici. Il adorait cet endroit et ce que j'en avais fait. La veille de sa tragique mort nous parlions d'enfant. Je m'excusais de ne lui avoir toujours pas donné de fils, de son côté il me rassurait en me disant que la vie était tout entière devant nous.
- Je suis sincèrement désolé du malheur qui vous est arrivé. Et croyez-moi j'aimerais vous aider à faire votre deuil.
- Aidez-moi à le faire ! Dites-moi qui est responsable de sa mort !
- Ah ! C'est plus compliqué que ça et vous le savez. J'ai besoin

d'un geste de votre part. Je connais effectivement les circonstances exactes de la mort de votre mari, mais je ne m'exprimerais que si je suis assuré de certaines garanties. Je déplore le conflit qui nous déchire depuis si longtemps. Maintenant que le général Vragard n'est plus au pouvoir nous pourrons probablement trouver un terrain d'entente. Je suis prêt à écouter toute proposition de votre part qui me permettrait de vous renseigner.

- Oui, et c'est pour cela que j'ai pris ces quelques minutes pour m'entretenir avec vous. Et j'espère que la proposition que je vais vous faire correspondra à ce que vous attendez.

- Je vous écoute Votre Majesté », le jeune seigneur qui avait jusqu'à présent les yeux fixés sur l'horizon posa son regard vers la très belle femme assise à ses côtés. Elle avait éveillé sa curiosité.

Vizi regarda au sol, à ses pieds, elle cherchait les mots justes. Elle croisa enfin son regard avec celui de Vincent.

« Je pense que nous devrions nous marier. »

Le seigneur souverain de la province du Midland tomba des nues. Il ne s'attendait pas à une telle proposition. Après tout il s'agissait de la veuve de celui qui avait été son ennemi durant de si nombreuses années.

« Je suis surpris… Je ne m'attendais pas à cela.

- Je vais être honnête, ce ne sera pas facile pour vous. Vous allez devenir prince consort, vous ne serez que le mari de la Protectrice Valkris, même si je ferai en sorte que vous ne soyez jamais mis au second plan. Bien sûr cette union entérinerait la paix entre les Valkris. Vous installerez à la tête de la province Midland un homme de confiance de votre famille, quelqu'un qui ne fera pas de vague et qui exécutera chacune de vos décisions. Sur le plan émotionnel, je ne vais pas vous mentir, il va être difficile pour moi d'oublier Vandal. Et bien entendu, comme nous l'avions sous-entendu précédemment, si vous acceptez, il faudra me donner le nom des meurtriers de mon mari. »

Vincent Midland, sans dire mot, se leva et s'approcha d'un rosier. Avec délicatesse il en prit une branche, puis approcha son nez de la délicate fleur. D'un geste franc il la découpa net. Puis se mettant face à Vizi, il mit genou à terre. Fixant le vert turquoise des yeux de cette splendide femme il déclama :

« Votre Majesté, Vizi, dans d'autres conditions votre extraordinaire beauté m'aurait fait chavirer à elle seule. Ce que vous faites pour la province Midland, pour votre clan, vous embellit encore plus à mes yeux. Comment pourrais-je refuser pareille proposition ? Moi, Vincent Midland, fils de Valentin Midland, seigneur Valkris, avec la bénédiction de Tlaloc, vous demande si vous acceptez de devenir mon épouse.

- J'annoncerai nos fiançailles au cours du discours qui suivra mon couronnement. Prenant la rose des mains de Vincent elle la porta à son visage pour en respirer le parfum.
- Après cette annonce, pour sceller nos fiançailles, je vous donnerai le nom de ceux qui ont fait tomber Vandal.
- Merci. À présent veuillez m'excuser mais je vais devoir me préparer pour la cérémonie de couronnement. J'aimerais vous savoir proche de moi, Monseigneur, pendant celle-ci.
- Ce sera avec le plus grand des honneurs, Votre Majesté.
- Désormais vous allez devoir m'appeler Vizi.
- Et vous devrez m'appeler Vincent. »

La jeune femme se leva, et posa un pudique baiser sur la joue de son nouveau fiancé. Puis sans rien dire rejoignit ses appartements, toujours accompagnée de ses gardes. Elle laissait derrière elle le jeune Valkris tombé sous son charme et qui rêvait maintenant d'amours éternelles.

La salle du trône du château d'Erefan était imposante. Elle était restée inchangée depuis le règne d'Aaghar, deux mille trois cent cinquante-deux ans auparavant. Elle rappelait la splendeur passée des Valkris. Elle avait traversé les deux millénaires sans perdre de sa superbe. La lourde porte en bois, renforcée par de grosses armatures de fer forgé, donnait accès à une gigantesque salle pouvant facilement accueillir une centaine de personnes. Le mur d'enceinte était surmonté d'un chemin semi-circulaire qui permettait de surplomber le trône érigé à son pied. À l'origine cette coursive était destinée aux nobles de plus haut rang qui se tenaient ainsi face à la salle, comme le roi. Sur une estrade de marbre était posé un magnifique trône en ébène avec de belles armatures en or massif. Sur le haut du dossier une statue en or de Tlaloc, coiffée d'une couronne sertie d'émeraudes, donnait au siège toute sa majesté. Chaque pylône supportant la clé de voûte racontait une partie de l'histoire du peuple sous la forme de gravures. Des fresques montaient aussi jusqu'au plafond. Le sol, en marbre gris, reluisait à la lumière des vitraux colorés qui habillaient les ouvertures vers l'extérieur.

Dans la cour intérieure, devant l'entrée de la salle du trône, la garde spéciale Valkris, constituée de vingt hommes en armure dorée de parade, formait une haie d'honneur. Elle était prête pour accueillir celle qui allait devenir la Protectrice Valkris. La scène avait été maintes fois répétée et se déroulait pour l'instant comme prévu.

Vizi Vragard descendit avec majesté de son carrosse qui venait d'arriver dans la cour. Seule, elle remonta la double colonne de soldats qui lui présentaient leurs respects, pommeau de l'épée contre le menton, au garde à vous. Elle ressentit une forte émotion en entrant dans la salle du trône particulièrement silencieuse. La foule observait sans un son, sans un mouvement, le souffle coupé, la beauté de celle qui, dans quelques minutes, allait devenir sa Protectrice. Sa robe vert émeraude agrémentée d'un bustier ajusté à sa ligne gracieuse époustouflait jusqu'au dernier de ses futurs sujets. Un décolleté chaste révélait ce que la pudeur d'une grande reine permettait.

Vizi, coiffée d'une large tresse habillée de fils d'or et incrustée de perles, luttait contre ses émotions pour rester impassible et montrer le visage serein de la future grande souveraine qu'elle voulait devenir. Engagée dans une allée formée par deux rangées de soldats, elle se dirigea vers le trône. À mi-chemin, elle se tourna vers les six représentants des provinces Valkris qui l'accompagnaient, et fit signe à Vincent Midland de se mettre aux côtés de son père. Le regard du jeune homme s'illumina et une discrète rumeur parcourut la foule. Le grand prêtre Sa'arick, bâton de cérémonie à la main, fit alors signe à un jeune garçon de s'approcher. Il tenait un magnifique coussin brodé d'or qui supportait la couronne du sacre. Elle avait été conçue et fabriquée par le plus grand des maîtres orfèvres Protechs.

Reprenant sa marche triomphale vers le trône, Vizi contempla d'un petit regard circulaire la foule qui l'admirait tout en avançant sur le tapis rouge réservé aux rois et aux reines.

Arrivée sur la première marche de l'estrade, elle se mit à genoux, les mains jointes au niveau du ventre, la tête baissée.

Silencieusement elle se mit à prier.

Tlaloc, ce que je fais, tous mes actes,
toutes mes décisions je les prends pour
mon peuple, ton peuple. Puisse ta
puissance m'accompagner dans chacune
des épreuves à venir.

Solennellement, le grand prêtre s'avança vers elle. Un chœur commença un air mélodieux. D'une voix forte, Saa'rick prononça alors les paroles rituelles :

« Oh grand et somptueux peuple Valkris, accueille ici, en ce lieu sacré, ton cent troisième Protecteur. Tu verras en lui la force, la puissance, le sacré et le pouvoir. Béni de Tlaloc, il en sera sa voix, sa main et son cœur. En lui repose tous les espoirs Valkris, celui d'un peuple fier de ses origines et de ses traditions, et fondateur d'Arkadis. Ici, comme Aaghar il y a des millénaires, vous, Vizi Vragard, épouse du feu général Vandal Vragard, cent deuxième Protecteur Valkris, élue des sept, bénie de Tlaloc, devenez notre mère, notre guide, notre Protectrice. »

Le vieux prêtre, tremblant d'émotion, confia son bâton à un assistant et prit la couronne à deux mains. Il descendit avec précaution les deux marches qui le séparaient de la jeune femme, toujours tête baissée. Il déposa lentement le symbole royal fait sur mesure sur sa tête. La nouvelle Protectrice releva la tête et plongea son regard dans celui du vieux prêtre. Une larme coulait le long de sa joue. Le prêtre, contrairement au protocole, posa tendrement sa main sur la joue de la jeune femme et du pouce vint effacer cette larme. Celle qui était désormais Protectrice Valkris se redressa et fixa comme si elle le voyait pour la première fois le trône qui se tenait face à elle, son trône ! Marche par marche, elle gravit l'estrade. L'épée du protecteur était posée en travers, sur les deux accoudoirs dorés. Elle s'en empara, une main sous la garde, l'autre sous la lame puis, se retournant face à tous ceux qui participaient à ce moment historique, souleva l'épée pour la leur présenter.

Chacun dans la foule posa un genou à terre et baissa la tête. Après quelques instants d'absolu silence un cri se fit entendre.

« Vive la reine notre Protectrice et vive le peuple Valkris ! »

La foule entière reprit ce cri et se releva. Vizi Vragard posa la pointe de l'épée au sol. Le peuple Valkris attendait désormais impatiemment son discours d'intronisation. Elle apprécia le moment quelques instants puis avec solennité déclara :

« Mes chers frères et sœurs Valkris, c'est en toute humilité que j'ai accepté de porter l'épée de Protecteur Valkris. En ce jour, j'ai une pensée particulière pour le général Vragard, feu mon époux, qui s'est donné corps et âme pour son peuple, son clan. Que Tlaloc le garde auprès de lui. Je vais tout mettre en œuvre pour poursuivre son combat. Comme vous le savez tous, nous vivons dans une période de troubles et d'incertitudes. Nous nous déchirons entre Valkris de provinces différentes et cela me fait de la peine. Ce combat fratricide n'a que trop duré et nous devons y mettre fin. Aussi, ma première décision en tant que souveraine sera d'épouser le seigneur Vincent Midland. J'espère que cette union sera celle de tous les Valkris. »

La foule se déchaîna. Des hourras fusèrent. Les murmures devinrent des discussions. Vizi reprit la parole.

« Mes chers amis, écoutez. La foule se tut presque instantanément. J'ai pris cette décision parce qu'elle apportera une paix durable à notre royaume. Je me suis entretenue avec mon désormais fiancé, le prince Midland ici présent, qui a accepté avec plaisir. Je vous annonce avec joie que la paix débute dès maintenant. Nous entrons dans une nouvelle ère. »

La jeune reine tourna son regard vers son fiancé. Il était dans son armure d'apparat, un métal brillant ornée de magnifiques gravures. Ses cheveux coupés en brosse, de façon militaire, son menton saillant, sa mâchoire musclée lui donnaient l'allure d'un prince guerrier. Il souriait, ce qui accentuait les fossettes de ses joues. Ce bel homme était resté célibataire jusqu'à la proposition surprenante de Vizi, et plus d'une femme Valkris allait désormais être déçue.

« Bientôt les Valkris regagneront leur superbe d'antan. Je mettrai toute l'énergie nécessaire à l'accomplissement de ce projet. »

Une porte annexe s'ouvrit en arrière des sept seigneurs postés en ligne à droite du trône. Un garde Valkris se trouvait de faction de l'autre côté. À l'ouverture il tomba face contre terre, une hache plantée dans le dos.

Un cri dans la foule, l'effroi, la stupeur !

Un personnage masqué sous une longue cape noire à capuche sauta du balconnet, une hache tenue à deux mains au-dessus de la tête. Dans un geste fluide, avec une précision millimétrée, il planta d'un coup net dans le crâne du pauvre Vincent Midland. Le temps que tout le monde comprenne ce qui venait de se passer, l'assassin s'enfuyait déjà par la porte qui s'était ouverte. Vincent Midland qui, malgré le choc était resté debout, s'affala sans bruit, l'arme encore plantée sur sa tête. Le seigneur Hedland, qui était à ses côtés le rattrapa dans sa chute. Le pauvre homme convulsait. Le visage ensanglanté il tentait de bafouiller un nom. Matess Hedland approcha son oreille au plus près de la bouche qui crachait du sang. Dans un dernier souffle il entendit un nom qui lui donna des frissons dans le dos.

« Algo… rim… Y'r… Y'rgram. »

CHAPITRE TRENTE-QUATRE

Une complicité nouvelle

Waregrund

« Pourquoi ton maître nous a-t-il quittés ? »

Siral Gan était appuyé contre la rambarde du bateau qui voguait lentement sur une mer calme. Waregrund ne l'écoutait qu'à moitié. Le brun foncé de ses yeux s'assombrissait alors qu'il regardait l'horizon. Plongé dans ses pensées, il se rendait compte à quel point le monde était vaste. Il se rappelait sa jeunesse, à trimer dans le fleuve Aïem, pour gagner à peine de quoi survivre. Il ne connaissait que le chemin entre son taudis et le lieu de sa torture. Maintenant, une tout autre vie se présentait à lui.

Merci Maître.

Il avait enfin un but dans la vie. Un but autre que survivre et dépenser le peu d'argent qu'il aurait pu économiser en alcool et en femmes. Il se souvenait des rares paroles de sa mère dont le souvenir s'étiolait au fil du temps…

La vie ne vaut d'être vécue que lorsqu'on a un but noble à accomplir.

Trouver cette jeune Souna, il y pensait désormais jour et nuit, voilà quelque chose de noble.

« Je ne sais pas vraiment, il ne m'a pas donné de détails.

- Il est quand même parti subitement alors que nous allions embarquer à Timeva.

- Oui, il m'a donné une bourse pleine d'or, nous ne manquerons de rien pour retrouver la jeune femme. Sa confiance est absolue, il faut qu'on retrouve cette Amaya, il ne nous est pas possible d'échouer, il ne nous le pardonnerait pas.

- Nous sommes dans le même bateau, je me suis engagé à t'accompagner pour la retrouver.

- Au début tu ne devais nous transporter que jusqu'à Timeva. Pourquoi avoir changé d'avis ?

- Après ce qui s'est passé dans la taverne j'ai beaucoup réfléchi. Le Maître m'a aidé lorsque j'avais tout perdu et grâce à lui je me suis refait, j'ai pu refaire ma vie, ma famille. Je lui suis fortement redevable. Votre quête ne me semble pas anodine et l'importance qu'elle a pour lui tout particulièrement va me permettre de payer une partie de ma dette. C'est une histoire qu'il ne faut pas prendre à la légère et je tiens à m'impliquer avec vous afin d'utiliser mes modestes talents. Je ne suis qu'un simple maréchal-ferrant et je me dis qu'en vous aidant j'ai peut-être la chance de laisser une trace de moi sur Arkadis.

- C'est quand même assez ironique comme situation. Nous ne savons pas du tout, tous les deux, pourquoi nous devons retrouver cette jeune fille, qui est manifestement plus qu'une simple voleuse mais nous y mettons pourtant toute notre énergie.

- Un vieux Protech accompagné d'un vieux Valkris. Quelle équipe de rêve ! »

Ils rirent tous les deux.

« Demain nous arriverons à Régo, le port où sont triés et vendus tous les esclaves des Îles Maudites.

- Je n'ose imaginer à travers quoi cette jeune femme a dû passer. Tu es sûr de ton renseignement ? Siral semblait visiblement dubitatif.

- Mon informateur est formel. Même si ça date de quelques semaines. Je m'en veux, nous avons vraiment perdu du temps sur Timeva.

- Tu n'as pas à t'en vouloir, nous avons cherché désespérément cette information. Le plus difficile a été de retrouver la piste des mercenaires, mais je suis heureux que notre persévérance ait payé. Je pense que quelqu'un d'autre que toi aurait abandonné les recherches bien avant. Merci. Allons-nous reposer. Demain nous avons une jeune Souna à retrouver. »

L'odeur dégagée par la ville était nauséabonde. Les caniveaux n'étaient que des tranchées creusées dans les rues. La poussière du sol collait aux vêtements des deux voyageurs. L'air était sec et pourtant la transpiration avait imprégné les habits des deux amis. Les esclaves sortaient des bateaux enchaînés les uns aux autres par un lourd collier de fer qui marquait individuellement le cou des pauvres malheureux.

« C'est horrible. Siral ne cachait pas son horreur, jamais il n'avait été confronté à une telle misère.

- C'est malheureux oui. En Arkadis cette pratique est interdite depuis des centaines d'années mais ici c'est un vrai marché lucratif. Le pire c'est que ce sont les habitants d'Arkadis qui fournissent le plus d'esclaves.
- Pourtant le châtiment réservé à tout négrier devrait les refroidir… Rien que d'y penser Siral frissonna d'effroi.
- Trouvons l'estrade de ce Hov' », Waregrund coupa Siral, ces discussions lui rappelaient son enfance et la misère qu'il avait vécues. Sa vie passée s'apparentait à une vie d'esclavage et il ne voulait plus en entendre parler.

Les deux hommes arpentaient les rues à la recherche du point de vente de celui dont ils avaient si difficilement obtenu le nom. Waregrund savait que c'était lui qui avait revendu Amaya et il voulait savoir à qui. Il leur était indispensable de rester discrets, et ils avaient décidé de se passer pour de simples voyageurs. Ils prenaient soin de ne jamais s'attarder avec les mêmes personnes pour ne pas attirer l'attention. Leur sécurité en dépendait, la dangerosité des villes de ces îles était notoire.

Sur une place marchande, un fort attroupement interpella les deux compères. Des personnes de tous clans, toutes castes confondues assistaient aux enchères de jeunes gens montrés comme du bétail sur l'estrade.

« Allez messieurs dames, avec celui-là vous n'allez pas être déçus. C'est un jeune Valkris vaillant, il est en excellente santé et pourra travailler dans les champs de nombreuses heures dans la journée. Il est aussi très docile, vous n'aurez pas à le faire rentrer dans le droit chemin. Nous commençons les enchères à quinze pièces d'argent et croyez-moi c'est une affaire en or. »

Les deux hommes se dirigèrent vers l'estrade. Sur celle-ci étaient alignés, en haillons, cinq jeunes hommes, trois Valkris, un St'ingie et un Protech. Hagards, désespérés, ils fuyaient la foule du regard, comme s'ils voulaient ignorer le calvaire qu'ils vivaient.

« Attendons la fin des enchères, celui-là pourrait nous renseigner », souffla Waregrund dans l'oreille de son ami.

Ils attendirent patiemment la fin des enchères, non sans dégoût de la scène qui se déroulait devant eux. Le St'ingie récolta les dernières pièces de la vente puis en comptant ce qu'il avait dans les mains s'approcha d'eux.

« Désolé messieurs, mais la vente est terminée pour aujourd'hui, vous allez devoir revenir demain.

- Ce n'est pas de ça dont on veut te parler. Impulsivement, Siral prit l'homme par le col et l'emmena dans un coin sombre dont la ville ne manquait pas. Ils furent rapidement tous les trois isolés.
- Hé oh les gars on se calme, qu'est-ce que vous voulez ?
- Tu connaitrais pas un certain Hov' ? Siral le secoua encore un peu puis le colla contre le mur. Sa force physique associée à sa puissance de maréchal-ferrant ne laissait aucune chance à l'esclavagiste. Toutes ces visions avaient horrifié le Valkris et il en perdait un peu son calme.
- Qu'est-ce que vous lui voulez ? La peur se lisait dans son regard.
- Pour le moment pas de mal, on veut juste discuter et avoir quelques renseignements. Waregrund essayait de calmer le jeu. Il ne voulait pas trop terrifier l'homme. Lâche-le mon ami. Il posa la main sur celle de Siral. Par contre toi, ne fais pas de bêtise car je ne pourrais pas le retenir.
- Merci. L'homme se massa la gorge.
- Réponds à ma question.
- C'est moi Hov'. Qu'est-ce que vous me voulez, on ne se connaît pas il me semble ?
- Comme le hasard fait bien les choses ! répondit Waregrund. Tu as vendu deux esclaves récemment, et ce sont des amis à nous.
- Houla, je ne suis pas responsable de la marchandise, je ne suis qu'un intermédiaire entre le vendeur et l'acheteur, je ne prends qu'une commission au passage.
- Déjà tu vas me dire qui te fournit les hommes et les femmes que tu vends sur ton étal.
- Je sais pas si je p…
- Oh que si tu peux... Siral posa brusquement sa main sur l'épaule de Hov'.
- Ok ok je vais vous le dire, par contre si ça fuite je suis un homme mort, ils sont nombreux… D'où venez-vous ?
- Timeva.
- Alors ça doit probablement être Dari Col ?

- Le chef de la compagnie de mercenaires ?
- Lui-même.
- Tout s'explique, commenta Waregrund. Il pensait à haute voix, comprenant désormais les raisons de la guerre entre les deux guildes et pourquoi les trois mercenaires d'Umbrea Mortalis avaient fui si précipitamment Timeva.
- Comment ça tout s'explique ? Siral regarda son ami Protech. Il ne comprenait toujours pas.
- Je t'expliquerai. Maintenant Hov', tu vas bien ouvrir tes oreilles et surtout faire travailler ta mémoire. Je cherche une jeune Souna, la vingtaine, pas plus grande que ça, elle est souvent coiffée d'une tresse, et était peut-être accompagnée d'un St'ingie. Elle s'appelle Amaya et lui, c'est Jodix.
- Je me souviens bien oui, j'ai pas mal de marchandise qui provient de Col, mais je me souviens de chacune d'entre-elle. L'esclavagiste parcourut fébrilement les alentours des yeux, inquiet. D'autant plus que le jeune St'ingie, Jodix c'est ça ? m'a rapporté une petite fortune.
- Où sont-ils ? Siral s'impatientait de minute en minute.
- Ils ne sont pas ensemble. Ils ont deux maîtres différents.
- La fille d'abord, où est-elle ?
- Ben justement, elle, j'en sais rien.
- Comment ça t'en sais rien ? Tu dois bien te rappeler à qui tu l'as vendue.
- Oh ça oui je m'en souviens, c'est un des hommes les plus riches des Îles Maudites. Mais j'ai entendu dire qu'elle a réussi à s'évader il y a quelques jours.
- Elle s'est évadée ? Où habite cet homme qui l'a achetée ?
- J'ai entendu parler de son évasion, j'en sais pas plus. Et c'est pas bon pour elle si c'est vrai, si elle se fait prendre on lui infligera la marque des fugitifs… Son maître est un Valkris du nom de Claix Tailor. Il habite sur l'île de Bekran, l'une des plus belles demeures au centre de la ville.
- Qu'est-ce qui nous prouve que tout ce que tu nous dis est vrai ? Waregrund sortit un petit couteau de sa veste en signe de menace.
- Oh les gars, j'vous jure que tout est la vérité. Euh en gage de ma bonne foi, voilà. De toute façon je ne pense pas que cette babiole ait beaucoup de valeur. »

Le St'ingie fouilla au fond de sa petite musette en cuir qu'il portait en bandoulière. Siral prit peur, il craignait qu'il ne sorte une arme. Il le poussa contre le mur mais Hov' avec délicatesse sortit un médaillon de son sac.

Siral arrêta son geste, Waregrund eut le souffle coupé.

Le Cœur de Mythril.

CHAPITRE TRENTE-CINQ

Un terrible arrangement

Miriù Fili'enor

« Raconte-moi ce qui s'est passé à Seffirga mon cher ami. »

La villa du Doyen de l'Académie de magie se situait à l'intérieur de son enceinte. C'était un des nombreux privilèges accordés aux Doyens. Magendi Aj'dor y vivait avec son épouse et ses quatre filles. Bien qu'à l'intérieur de l'Académie de magie Lansor, elle était plutôt isolée. Une longue allée pavée, habillée d'oliviers, emmenait à un grand portail de fer forgé. Derrière se trouvait la luxueuse villa, avec un magnifique jardin d'orangers. La maison construite en pierres blanches avait de nombreuses ouvertures. Son intérieur était très lumineux, il faisait bon y vivre. Les nombreuses statues de marbre et les meubles de bois précieux montraient la richesse du mage.

Miriù Fili'enor et Magendi Aj'dor étaient assis, chacun sur un des somptueux canapés du salon. Ils buvaient, en toute amitié, une tasse de thé. L'espion St'ingie était arrivé la veille au soir par bateau, et à peine arrivé dans son vieil appartement poussiéreux qu'un jeune messager était venu le voir. Le lendemain matin, il s'était immédiatement rendu chez son ami pour le petit-déjeuner. Miriù était étonné d'être invité à aller voir Magendi plutôt qu'Algorim Y'rgram. Ce dernier était le seul et vrai chef, il savait qu'il allait devoir le rencontrer rapidement lui aussi. La compagnie du Doyen qu'il n'avait pas vu depuis cinq longues années le comblait toujours de plaisir. Sa mission avait débuté dès la fin de la Guerre des Clans et il n'avait pas remis les pieds dans sa somptueuse demeure depuis.

« Mon cher ami, je suis vraiment heureux de te revoir, après tant d'années. Magendi était également ravi d'accueillir son ami.

- Et moi donc, le pays m'a tellement manqué. J'étais fatigué d'affronter ce froid en permanence.
- Tu parles du climat ou des Sounas ? Le mage rit seul de sa blague.
- Les deux, Miriù sourit. Le caractère des peuples s'est un peu forgé avec leur environnement. Tout comme les Sounas ont un caractère froid et distant, nous les St'ingies avons le sang chaud et sommes nerveux. À part toi et moi, bien sûr...
- Toujours ce pragmatisme et cette touche d'humour, je vois que tu n'as pas changé Miriù.
- J'ai dû apprendre à parler à ce peuple, peut-être en ai-je aussi pris les traits de caractère. Et, comme tu le dis, j'ai appris à faire passer mes messages en douceur et souvent avec le rire. En tout cas j'apprécie ton invitation matinale.
- On va dire que c'est une invitation... mais je tenais surtout à être le premier à te parler dès ton retour des terres du nord, avant qu'Yrgram ne te convoque.
- Il y a un problème ?
- Non non, mais comme les Sounas ont découvert qui tu es en réalité nous devons te protéger. Pour cela tu dois me dire tout ce que tu sais.
- Tu es toujours en froid avec Algorim ? Apparemment les choses n'ont pas bien changé en cinq ans.
- Ce n'est pas notre sujet. Je veux t'aider au mieux et surtout te protéger, alors, raconte-moi tout ce qui s'est passé là-haut. »

Miriù posa sa tasse de thé sur la belle table en pierre devant lui. Il se leva et regarda dans le jardin. Les filles du mage jouaient à la balle. Durant tout son voyage retour, il avait craint d'être rattrapé par les Sounas. Il avait réfléchi longuement à ce qu'il allait dire lorsqu'il serait obligé de s'expliquer. Les cinq longues années à espionner pour le compte des St'ingies avaient forgé son caractère et surtout son moral. Lorsqu'il était tombé amoureux de Liana Belevir il en avait été troublé, pas seulement par la force du sentiment qui l'attirait vers elle, mais aussi par toutes les conséquences sur son métier et sa carrière que cette situation impliquait. Tomber amoureux de celle qu'il devait espionner l'avait tiraillé durant des mois. Un soir, après des ébats particulièrement tendres, Miriù avait tout avoué à sa maîtresse. S'en étaient suivis une longue dispute, de longs débats et une douce réconciliation. Mais celle-ci s'était malgré tout faite sous conditions. Le St'ingie avait entre autre accepté de donner des renseignements à la Matriarche Souna. Il aimait malheureusement la Souna autant que sa nation. Les mois qui suivirent furent, pour lui, marqués par le doute et la crainte. Il n'en avait pas dormi pendant des mois. Surtout lorsque celle qu'il chérissait s'en allait pour la capitale d'Arkadis. Il perdait alors pendant un temps la force des sentiments et se posait de nombreuses questions. Quand il était avec Liana, l'aveuglement de l'amour lui permettait de vivre au jour le jour, sans angoisse. Aussi il lui arrivait souvent de trouver une raison pour partir à Énolia. Simplement pour la rejoindre.

Il avait été abattu par son bannissement. L'amour trahi est une plaie étrange. La douleur qu'il en avait ressentie était presque physique, et pourtant c'est justement cet amour intemporel qui permet de soigner cette plaie. Des sentiments que lui, l'espion, le guerrier de l'ombre, l'homme d'acier avait beaucoup de mal à accepter et surtout à comprendre. De toute façon il était piégé. Il ne pouvait pas rentrer sur Aldrosaïa et avouer la vérité. Le sort réservé aux traîtres du clan St'ingie était terrible. Plus que tout encore, avouer le séparerait définitivement de Liana.

« Lorsque j'ai reçu ta missive j'ai tout de suite compris que ma mission là-haut était de la plus haute importance. J'ai un peu paniqué à vrai dire, je ne savais pas comment j'allais devoir m'y prendre. J'ai trouvé un subterfuge pour accéder au Cristal Souna, mais c'était un pari risqué. Grâce à mes intrigues, la Matriarche Liana s'est rapprochée de moi. Je m'en suis presque fait une amie. En tout cas c'est ce qu'elle croit. Lorsqu'elle est montée sur Seffirga j'y ai vu une opportunité.

- Pourquoi tu ne fais pas état de ce rapprochement dans tes rapports ?

- Je ne voulais pas m'avancer sur cette amitié. C'était tout frais et ça aurait pu n'aboutir sur rien. De plus c'est très fragile.

- Comment vous êtes vous liés d'amitié ?

- Lors de mon dernier voyage sur Énolia, j'ai été invité à un dîner mondain, elle était présente. Forcément j'y ai vu une occasion, je ne suis pas le meilleur espion que tu connais pour rien ! Alors, j'ai fait en sorte de me rapprocher d'elle durant la soirée. D'anecdotes savoureuses en fines plaisanteries, je crois que j'ai réussi à passer pour le convive idéal et peu ennuyeux qui manquait lors de ce repas. Elle était ravie et nous nous sommes promis de nous revoir lorsqu'elle remonterait à la capitale Souna.

- Et grâce à ça tu as pu la rencontrer quand elle est montée… Je vois. Le Mage St'ingie but un peu à sa tasse. Il restait assis, regardant le dos de son ami. Comment t'y es-tu pris pour voir le Cristal de près ?

- Je pense qu'elle n'était pas insensible à mon irrésistible charme.

Miriù se retourna vers son ami, ils rirent simultanément. Quand je lui ai dit de façon complètement anodine qu'il était dommage d'avoir passé cinq ans à Seffirga sans jamais avoir vu de près cette merveille de la nature, elle m'a proposé tout naturellement de l'accompagner. Elle devait justement aller l'analyser. Décidément je lui avais fait bonne impression.

- Parfois la chance…

- Comme tu dis, j'ai vraiment eu un coup de chance. Cependant elle ne m'a pas dit pourquoi elle allait le voir. Mais ta lettre m'a mis la puce à l'oreille.

- Ce qui veut dire que l'événement avec le Cristal n'était pas volontaire ?

- Exactement, je peux dire en toute certitude que les Sounas ne savent pas pourquoi leur Cristal a émis cette lueur.

- Et qu'as-tu vu une fois devant le Cristal ?

- Rien, absolument rien qui pourrait nous inquiéter.

- Comment a-t-elle su que tu étais un traître ?

- Je n'ai qu'un vague souvenir de ce qui s'est passé juste avant mon arrestation, elle m'a assommé d'un coup de froid dans le dos… Liana Belevir est une femme très intelligente, je suppose que j'ai dû dire un mot ou une phrase qui a grillé ma couverture. Je me suis réveillé à l'arrière d'une charrette, sous bonne escorte. J'étais déjà presque au niveau du Col du Frêne. Les gardes m'ont expliqué que si j'osais remettre un pied en terre du nord, je serais arrêté et mis à mort. Voilà tu sais tout. »

Magendi se leva. Lentement il s'approcha de son ami et posa sa main gauche sur son épaule droite. Les regards des deux hommes étaient dirigés vers les filles qui jouaient encore dans le jardin.

« Ce qui compte le plus c'est que tu sois en vie.

- Je vais bien merci, même si ma fierté en a pris un bon coup. »

Le vieux Mage garda la main sur l'épaule de Miriù. Ils restèrent tous les deux passifs quelques instants.

« Quoiqu'il arrive, me seras-tu toujours fidèle mon ami ? »

Miriù Fili'enor fut surpris par la question et ne sut pas comment l'interpréter. Il se retourna vers Magendi pour croiser son regard sans répondre. L'atmosphère était bizarre, électrique, un peu comme avant les grands orages d'été.

« Je sais tout, absolument tout Miriù…

- Tout quoi ? Je ne vois pas où tu veux en venir.

- Ton implication avec les Sounas, je sais que tu vois la Matriarche, intimement, depuis quelques années. En revanche je ne sais que depuis quelques semaines que tu travailles pour eux.
- Hein… La main de l'espion se rapprocha de sa ceinture.
- Crois-tu que je te ferais du mal dans ma maison, devant mes filles ? Questionna calmement Magendi.
- Je ne pense pas. Le désarroi de Miriù l'empêchait de se concentrer, il baissa la tête. Je… Je suis désolé… je ne savais pas quoi faire… J'étais grillé auprès des Sounas je ne pouvais pas…
- Ne cherche pas de mauvaises excuses. Ce que tu as fait est impardonnable. Ta seule chance c'est que je suis le seul au courant ici à Aldrosaïa.
- Algorim Y'rgram n'est pas au courant ?
- Non, j'ai gardé le secret. Et je ne pense pas que mes informateurs lui aient parlé.
- Je suppose donc que si tu n'as pas ébruité l'affaire, c'est que tu as une bonne raison de le faire. Que veux-tu de moi ?
- Tu as toujours été perspicace mon cher ami. Pour commencer tu vas couper tous les ponts avec les Sounas et rester quelque temps au moins chez nous, chez toi. Tu es ici à l'abri. Si j'apprends que tu as envoyé ne serait-ce qu'un mot, qu'une lettre à un Souna, je t'appliquerais moi-même la peine capitale, est-ce bien compris ?
- Pas besoin de me le dire deux fois, j'en ai ma dose des Sounas... Mais je suppose que tu en veux un peu plus de moi, tu n'es pas homme à laisser passer ce genre de faute sans une grosse, très grosse compensation.
- Oui oui j'y viens. »

Magendi Aj'dor s'avança pour regarder ses filles. Il savait qu'il ne craignait pas de prendre un coup de couteau entre les deux omoplates. Miriù risquait trop dans cette affaire, il devait se douter que le Mage avait pris des dispositions.

« Tu sais qu'il y a cinq ans j'ai été mis en retrait du pouvoir par mon père. C'est moi qui aurais dû être nommé Grand Mage St'ingie et non cet imposteur d'Y'rgram. Tu dois savoir que depuis la disparition de son fils il n'arrive plus à gérer les affaires, même les plus courantes. Il se laisse trop emporter par ses émotions, ses décisions ne sont pas bonnes et ne vont pas dans le sens des intérêts de notre peuple. Nous courrons à notre perte avec cet homme au pouvoir. Il est un bon mage, mais un mauvais politicien. Il ferme les yeux sur ce qui est en train de se passer en Arkadis, la guerre est proche, nous devons nous préparer, mais il reste passif.
- Je vois où tu veux en venir, le coupa Miriù. Tu veux t'y prendre comment pour le destituer ? Il est impossible de faire quitter le

pouvoir à un Grand Mage, et là nous parlons du grand Algorim Y'rgram, sa popularité est sans égale dans l'histoire, tous les anciens sont à sa botte, ses cercles d'influences vont au-delà de nos frontières...

- Je sais, je sais, le coupa Magendi. C'est pour ça que nous allons devoir nous y prendre autrement.

- Autrement ? Je ne comprends pas… »

Le vieux mage fit venir l'espion à son niveau, tout en regardant à l'extérieur, il posa sa main sur l'épaule.

« Réfléchis ! Nous allons faire en sorte qu'il meure. »

CHAPITRE TRENTE-SIX

Le poids de la culpabilité

Sina Mura

« Tu nous expliques ? »

La taverne dans laquelle se trouvait l'équipe d'Umbrea Mortalis était complètement vide. Seule restait la femme de l'aubergiste qui leur servait un verre de lait chaud à chacun. Les trois hommes avaient quitté rapidement les festivités de la fête de Tlaloc sur l'île de Goa. Les deux compagnons de Sina étaient complètement perdus. Alors qu'ils devaient profiter de cette journée pour souffler un peu avant de reprendre les recherches de leur ami Jodix, Sina les avait convoqués d'urgence, l'air grave.

« Oui, pourquoi sommes-nous ici ? Je croyais tu nous avais autorisés à nous changer les idées... La journée avait si bien commencé, soupira Selvin.

- Je me souviens très bien de ce que je vous ai dit et je n'ai pas besoin qu'on me le rappelle. Mais l'homme avec qui j'étais depuis ce matin m'a appris quelque chose qui bouleverse votre journée.
- Qui est-ce ?
- J'ai retrouvé hier soir un ami de longue date. Nous avons appartenu à la même section lors de la Guerre des Clans. Je le croyais mort, et il pensait la même chose de moi apparemment. Il est resté à combattre jusqu'à la fin de la guerre alors que j'ai déserté. Il a bien

grimpé les échelons dans l'armée mais il a fini par déserter aussi pour des raisons que je ne veux pas connaître. Les Îles Maudites lui ont fourni une excellente planque. Ici il a trouvé un bon filon et s'est reconverti dans la vente de soies d'Astarik.

- C'est lui qui était assis à tes côtés dans les tribunes ? Ce que j'ai pu apercevoir de lui semble prouver qu'il a très bien réussi sa reconversion, souligna Danto.

- En effet, mais la question n'est pas là. Nous parlions innocemment des festivités de Tlaloc, et j'ai appris qu'un St'ingie faisait fureur dans l'arène depuis peu.

- Jodix ? Danto cria son nom.

- C'est aussi mon intuition, mais il ne se fait pas appeler comme ça. Vidad, mon ami, m'a dit qu'il s'appelait Spark. Ce qui est troublant c'est que sa description correspond à notre jeune compagnon et son arrivée dans les arènes iranguls correspond à la date d'arrivée de Jodix sur les Îles Maudites.

- Ce serait une drôle de coïncidence… Selvin écoutait avec joie les nouvelles de son chef.

- Tu sais ce que je pense des coïncidences ?

- Oui, que tu es trop vieux pour y croire.

- Bon… Et je ne suis pas du genre à lui jeter des fleurs, mais Jodix est un bon combattant, un très bon même. Il reprit pensivement. Et nous ne savons pas tout concernant ses pouvoirs st'ingies.

- Oh oui c'est sûr, il nous en a fait la belle démonstration dans la prison, surenchérit Danto.

- C'est une bonne nouvelle non ? Selvin était tout excité à cette annonce.

- Gardons notre calme. Déjà nous ne sommes pas certains qu'il s'agisse de lui, puis, s'il est vraiment devenu une célébrité des arènes, ça risque d'être très compliqué de le faire sortir de là. »

Sina se leva et alla chercher son sac qui était posé contre un mur. Il le rapporta et le posa sur la table. Comme à son habitude, il regarda ses amis et réfléchit quelques secondes. C'était un homme prudent qui n'aimait pas la précipitation, il veillait à toujours prendre son temps. Mais aujourd'hui il n'en avait pas. Il savait qu'il n'aurait pas droit aux longues préparations de missions comme du temps où il était chez Umbrea Mortalis.

« Ce que je vais vous demander, une fois de plus, vous pourrez le refuser. C'est une affaire qui n'engage que moi. Vous vous êtes embarqués dans l'aventure pour des raisons qui vous sont propres - affectives je pense - mais vous pouvez renoncer. En tant que chef de la mission je n'avais pas le droit d'abandonner un des miens. C'est entièrement de ma faute si Jodix s'est retrouvé embarqué dans cette galère.

- Non c'est faux ! Danto s'énervait.
- Quoique tu dises, mon ami, c'est comme ça et pas autrement. Je suis le chef, j'endosse l'entière responsabilité de cet échec. »

Danto se rendit compte à cet instant que c'était la culpabilité qui avait emmené leur chef d'équipe jusqu'à cette île si loin de leur quartier général. Mais cela renforça le profond respect qu'il avait pour lui.

« J'ai parlé à mon ami. Nous ne pourrons pas rencontrer les iranguls avant les combats dans l'arène. Mais si notre compagnon est vraiment combattant, il risque sa vie à chaque fois. Nous devons absolument le sortir de là. Le seul moyen que j'ai trouvé c'est de nous présenter comme mercenaires pour combattre un groupe irangul. Mon vieux compère est d'accord pour nous arranger l'affaire mais il faut que nous nous décidions vite.

- Un peu d'action, enfin ! Je commençais à rouiller à ne faire que du bateau. Danto semblait ravi de la nouvelle.
- Tu as un plan ? Selvin, contrairement à son habitude, émettait une certaine réserve.
- Pour une fois... non.
- Le plan c'est de rentrer dans l'arène tous les trois, de taper de l'irangul et de trouver Jodix ! Simple et de bon goût non ? Danto était tout excité, il lui fallait de l'action.
- Et comment le sort-on de l'arène ? Je ne suis pas certain que les maîtres d'esclaves laissent partir une marchandise si précieuse sans un minimum de résistance, continua Selvin.
- Un peu d'improvisation ne nous fera pas de mal. Nous avons toujours travaillé à tout préparer de façon minutieuse, vous avez vu comment cela s'est terminé à la prison ?
- De toute façon nous n'avons pas le choix, nous manquons de temps. Je peux compter sur toi Selvin ?
- Bien sûr chef, même si je sens que nous nous apprêtons à foncer dans le mur. »

Sina se rendait compte de la chance qu'il avait d'avoir des compagnons si fidèles et loyaux. Il était un chef comblé. Ils seraient prêts à le suivre jusqu'en enfer, et il savait que les arènes pouvaient en tenir lieu. Du sable, du sang et des pleurs, et le tout face à une foule en liesse. Le programme était parfait !

« Venez avec moi, nous allons rencontrer mon ami. Nous devons lui dire que nous voulons rencontrer en combat singulier un groupe d'iranguls. Il s'arrangera de son côté pour que nous nous retrouvions face à celui de ce fameux St'ingie.

- Et s'il s'avérait que ce n'était pas Jod' ?
- C'est simple, nous fuirons… si nous le pouvons. »

Sans dire un autre mot, Sina prit son sac et quitta la table. Selvin et Danto le suivirent. La joie populaire continuait d'animer joyeusement la rue. Ils voyaient les villageois s'amuser, boire, crier, chanter. Nombre d'entre eux avaient déjà abusé des nombreuses boissons que la ville leur avait mises à disposition. Les mercenaires ignoraient désormais toute cette effervescence, concentrés sur leur nouvel objectif. C'était l'une des forces de cette équipe, et Sina le savait. Ils pouvaient plaisanter, jouer, mais lorsqu'il le fallait, redevenir sérieux et professionnels.

« Nous allons devoir monter sur le plateau qui surplombe le port. La maison de Vidad Vilol se situe là-haut.
- Il a vraiment bien réussi. Selvin regardait vers le haut, mais n'apercevait pas le sommet de la falaise.
- Hâtons-nous, il nous attend pour nous expliquer comment nous allons devoir procéder ce soir. »

La route sinueuse qui remontait en direction du plateau était longue et poussiéreuse. Le dénivelé pour en arriver à bout était inhabituel pour ces hommes des plaines. Selvin avançait sans la moindre difficulté, son endurance et sa jeunesse étaient de sérieux atouts. Danto, le Protech court sur pattes, avait plus de mal à suivre, il soufflait comme un bœuf pour garder le rythme et suivre les deux Valkris. À mi-chemin Sina s'arrêta. Ils étaient parvenus aux abords d'un quartier dont la couleur verte était dominante.

« Faut tenir le rythme Danto, il faut que nous arrivions au plus vite.
- Facile à dire, vous faites un pas, j'en fais deux.
- J'allais oublier ! Sina fouilla dans sa musette. Voici un petit couteau, j'ai oublié de vous les donner tout à l'heure, planquez-le où vous voulez. Il les distribua à ses compagnons. Repartons. »

Danto désespérait. Il n'avait même pas eu le temps de reprendre son souffle.

Après cette pénible ascension ils purent enfin admirer la ville qui surplombait la falaise. Ils ne s'attendaient pas à une telle vue. La beauté et la grandeur des habitations contrastaient avec les modestes demeures du dessous. C'était un spectacle impressionnant. Lorsque Sina leur avait dit que l'arène de Goa était la plus grande des Îles Maudites, ils ne s'imaginaient pas une seconde l'impressionnante taille de celle-ci. En pierres grises, elle était ovale, avec des murs d'enceinte d'une cinquantaine de mètres de hauteur. Sur la longueur, tous les vingt mètres, des porches de trois mètres de haut permettaient aux spectateurs d'accéder aux tribunes. Seule une entrée, sur la face nord, était surveillée par des gardes de la ville. Les autorités et les invités spéciaux se présentaient au contrôle par cette ouverture. Pour eux, les formalités étaient très simplifiées. Leurs tribunes étaient extrêmement luxueuses, elles disposaient de tout le confort possible. Une énorme foule était déjà en train de patienter aux portes de l'arène. Même si le spectacle ne débutait que bien plus tard, les gens voulaient être assurés d'obtenir les meilleures places.

« Nous n'allons pas à l'arène tout de suite mais chez Vidad. Il nous attend pour nous donner les éléments nécessaires au combat. Il habite par là, si j'ai bien compris ce qu'il m'a indiqué. Suivez-moi. »

Sina prit une rue perpendiculaire à celle qui menait à l'arène. Toutes les demeures étaient protégées par de hauts murs d'enceinte, empêchant les passants de voir ce qui se passait à l'intérieur. Ils arrivèrent enfin devant un portail en fer peint en vert. Il s'agissait de deux lourdes portes en métal, avec des rivets visibles. La couleur permettait de montrer l'appartenance au clan Valkris.

« C'est ici. »

Sina frappa à l'aide du marteau accroché à la porte, et un son sourd résonna dans la demeure. Une femme St'ingie, en habits très modestes, ouvrit la porte. Elle ne semblait pas surprise de l'arrivée des trois mercenaires et les laissa entrer.

Un chemin gravillonné menait jusqu'à un large porche sous lequel attendait Vidad, l'ami de Sina. Le Valkris était un peu plus vieux que Sina. Il s'était probablement laissé un peu aller depuis qu'il avait quitté l'armée. Ses larges vêtements de soie ne parvenaient pas à cacher son ventre bedonnant. Une barbe naissante et des cheveux en bataille complétaient le tableau.

Il s'approcha de Sina les bras grands ouverts.

« Bienvenue dans mon humble demeure mon ami, tu es ici chez toi. Et les amis de mes amis sont mes amis. J'ai quitté cette belle fête rien que pour vous et j'espère que ça en valait la peine.

- Merci mon ami, mais nous n'aurons pas le temps de profiter du confort de ta luxueuse maison, malheureusement. Tu as des esclaves ?
Sina fixait la jeune St'ingie qui leur avait ouvert la porte.
- Oui tu sais qu'ici c'est dans les mœurs, il est impossible de trouver

un employé digne de confiance si tu ne le contrôles pas intégralement. Je traite mes esclaves au mieux, et je suis sûr qu'ils ne me volent pas, les sanctions ici sont très… dissuasives.

- Si tu le dis... Je suis venu t'annoncer que le marché convenu ce matin nous convient. Nous venons te demander comment il faut agir.

- Entrez, nous allons en parler à l'intérieur. »

Le trio de mercenaires suivit les pas de Vidad qui menaient à la majestueuse demeure. Le hall d'entrée était magnifique. Face à eux se trouvait un escalier en marbre avec une rambarde dorée qui donnait sur une mezzanine. Ils prirent sur la droite pour accéder à un salon aux tons blancs. La vaste baie vitrée laissait passer les rayons du soleil qui se reflétaient sur le sol étincelant, augmentant la luminosité de la pièce. Ils s'assirent dans de confortables fauteuils. Un jeune St'ingie attendait avec un plateau et leur servit immédiatement un rafraîchissement. Danto se rua dessus : l'ascension l'avait assoiffé.

« Alors comme ça, vous voulez combattre ?

- C'est exactement ça, peux-tu nous arranger l'affaire ?

- C'est déjà arrangé, ça n'a pas été bien compliqué à vrai dire. Je fais partie de l'organisation des combats. Cela tombe bien, nous cherchions de l'originalité, vous participerez donc au combat final.

- Tu n'as pas attendu mon consentement ?

- Je te connais Sina, jamais tu n'aurais refusé, même si tu avais été seul. J'ai l'impression que c'est un combat qui te tient à cœur. En revanche il ne faudra pas me faire faux bond, j'ai misé beaucoup sur cette affaire. Et quand je dis « misé », il ne s'agit pas que d'argent, ma crédibilité auprès des autres membres de l'organisation est en jeu.

- Tu n'as pas de souci à te faire de ce côté-là. Nous avons tout intérêt à ce que tout se passe bien pour nous aussi.

- Ce sera un quatre contre quatre.

- Nous ne sommes que trois.

- Oui je sais. C'est pour ça que je te prête un combattant, il sera à vos côtés dans l'arène. C'est un irangul d'exception.

- C'est hors de question que je combatte accompagné d'un inconnu, et de surcroît avec un esclave.

- Ce n'est malheureusement pas négociable. C'était une condition pour qu'on m'autorise à faire combattre des mercenaires inconnus. »

Sina posa un regard interrogatif sur ses deux compagnons, cherchant leur approbation. Simultanément ils acquiescèrent de la tête. C'était peut-être leur seule chance de trouver et libérer Jodix et il n'était pas question de passer à côté.

« C'est d'accord. Tu en sais plus sur le St'ingie nommé Spark ?

demanda Sina.

- En quelques mots. Son propriétaire est l'un des plus puissants et influents irandels de la région.
- Un irandel est un propriétaire d'iranguls c'est ça ?
- Exactement. Il est intouchable, il possède un domaine sur la colline au sud-est d'ici, au bord de la falaise. Sa villa est une véritable forteresse, il y entraîne ses combattants. Votre seule chance d'approcher un de ses iranguls est sur le sable de l'arène.
- C'est noté. Et concernant le jeune homme ?
- Pas plus que ce que je t'ai déjà dit. Tu m'avais parlé d'une Souna aussi, mais je n'ai pas eu d'information sur quiconque l'aurait accompagné. Ce serait d'ailleurs étonnant. Cet irandel est très misogyne, il n'y a aucune femme dans sa demeure à part pour satisfaire certains de ses vices cachés.
- C'est noté. Les gars vous en êtes toujours ? Sina se tourna vers ses deux compères.
- Ouais patron. »

Vidad se goinfrait de dattes à disposition dans un plateau d'argent posé sur la table en marbre.

« Vous connaissez les règles de l'arène au moins ? Il recracha un noyau.

- Pas vraiment, je suppose qu'il ne doit pas y en avoir beaucoup ? répondit Sina qui n'avait ni touché à sa boisson, ni aux dattes qui semblaient pourtant succulentes.
- Ce n'est pas faux. Chaque équipe entre sans arme dans l'arène par des côtés opposés. Au centre se trouve un râtelier avec des armes, allant de l'épée aux dagues en passant par les haches et les hallebardes. C'est la loi du plus fort qui régit le combat, les premiers arrivés sont les premiers servis.
- Ce n'est pas pour moi ce début d'épreuve, soupira Danto.
- S'ensuit un combat à mort, qui peut se produire avant votre arrivée au râtelier, si vous n'êtes pas assez rapides. Vidad n'avait pas relevé la remarque du Protech. Vous ne pourrez quitter l'arène que lorsque le sang de tous vos adversaires aura rougi le sable. Il faut que vous soyez conscients du risque que vous prenez en acceptant ces règles, peu en ressortent debout et indemne. Jin, mon irangul, est un St'ingie très habile avec des dagues. Il vous sera utile même s'il n'a pas beaucoup d'expérience. Il en est sorti indemne la fois où il y est rentré. Bon, on se retrouve dans quatre heures, allez vous reposer et manger un morceau. Mon serviteur va vous montrer vos chambres.
- Mais pourquoi on a couru alors ? » Danto prit un air abattu.

Les explications inquiétantes du maître des lieux n'avaient pas affecté la détermination des trois mercenaires.

Sina se leva et serra la main de son ami avec insistance. Il le fixa au fond des yeux.

« Merci mon ami, je n'oublierai jamais ce que tu as fait pour moi.
- J'espère simplement que je ne t'envoie pas à la mort.
- Je ne sais pas comment je peux te remercier pour tout ce que tu fais... »

En sortant vivant de cette arène mon ami…

CHAPITRE TRENTE-SEPT

L'ardeur d'un St'ingie

Jodix Ferbum

« Une fois de plus tu vas devoir te surpasser… Spark. »

Jodix était lourdement enchaîné, sous bonne escorte. Deux gardes armés le tenaient par les coudes. C'était la tête baissée, debout devant un Protech gras et repoussant qui se trouvait assis derrière un bureau, qu'il attendait, passif. La pièce où travaillait son irandel était triste et sans vie. Il n'y avait aucune fenêtre, la seule source lumineuse était un pauvre candélabre équipé de deux bougies.

« Tu sais maintenant que je ne plaisante jamais avec la marchandise, d'où toutes ces mesures de rétorsion à ton égard. Lorsque tu te montreras docile, je lâcherais un peu de lest. »

Le vieux Protech observait Jodix comme s'il ne l'avait jamais vu.

« C'est la première fois que j'ai un retour sur investissement aussi rapide dans l'achat d'un irangul. En l'espace de quelques semaines tu m'as déjà énormément rapporté et tu t'es fait un nom. Tout le monde ne parle que de Spark le St'ingie.

- Je m'appelle Jodix.

- C'est moi qui décide de ton nom ! Il postillonnait en s'énervant. C'est à cause de ce genre de comportement que tu es enchaîné. Tu pourrais tout me demander si tu étais plus docile, vivre à l'abri de tout besoin : nourriture, alcool, filles, même des garçons si c'est ce que tu aimes ! »

Le regard de Jodix se noircit.

« Ma liberté ?
- Tu ne perds pas le nord, la liberté se mérite et il faut la gagner. Crois-moi, ce n'est pas avec ton comportement actuel que ça arrivera. Je ne remets pas en question tes prestations dans l'arène, elles sont exceptionnelles. Je ne sais pas d'où tu tiens cette rage, cette puissance et cette technique, et je m'en moque tant que tout ça reste très lucratif. Désormais tu vas devoir me prouver ta loyauté.À partir de maintenant ton objectif sera de montrer au monde entier que Spark est le meilleur irangul et que Loïk Techarmi le meilleur irandel. De l'argent j'en ai, ce que je veux à présent c'est me faire un nom. Toi, mon jeune ami, tu es celui qui peut m'amener au sommet de la gloire. »

La passion animait Loïk Techarmi, et il s'enflammait au fur et à mesure de son discours. Jodix l'observait avec insistance, les yeux toujours aussi noirs. Il allait se battre, d'accord, mais uniquement pour gagner sa liberté. Il ne pouvait pas lutter contre un personnage aussi puissant. Les chaînes qu'il portait utilisaient une technologie spéciale et inhibaient toute magie. Il était sans arme et de toute manière la puissance financière de son irandel lui permettait de contrôler toute la ville.

Loïk se leva - difficilement - de son siège, un verre de vin rouge à la main qu'il renversa sur sa veste de coton. Il était l'archétype même du Protech, gros, petit et bourru. Il fit le tour de son bureau pour observer sa propriété, puis il approcha son visage de celui de Jodix.

« Je vais te donner trois partenaires de choix dans l'arène, mais leur vie m'indiffère à côté de la tienne, fais-en ce que tu veux ! Sors de ce combat victorieux, même si tu dois les perdre pour réussir et tu seras récompensé comme il se doit. Tu n'es inscrit que pour le dernier combat, le clou de la soirée, mais il va être de toute beauté… C'est bien compris ? L'haleine âcre du Protech fouettait le jeune St'ingie au visage qui ne montra aucune réaction.
- C'est bien compris… dit-il tranquillement.
- Tu commences à devenir conciliant mon petit Spark. Peut-être que finalement nous arriverons à quelque chose tous les deux. Ramenez-le avec les autres. Direction l'arène ! Le spectacle va commencer ! »

Jodix avait entendu les paroles de l'irandel mais ne les avait pas écoutées. Il avait eu peur de perdre le peu d'humanité qui lui restait encore. Il fut traîné dans une cage en fer sur roues, tractée par des chevaux. Il la partageait avec une dizaine d'autres iranguls, certains enchaînés, d'autres non.

Jodix remarqua deux nouveaux, déboussolés, effrayés de leur nouvelle situation. Il savait qu'il ne les reverrait probablement jamais. Il les fuit du regard pour s'éviter un instant de faiblesse. La peur est le principal ennemi à l'intérieur de l'arène, elle paralyse, elle freine et fait prendre des décisions inconsidérées. Jodix savait tout cela. Chaque fois qu'il repensait à ses combats il se remémorait son entraînement avec son mentor, Sina. Intérieurement il le remerciait de ne jamais lui avoir fait de cadeau, de ne jamais lui avoir pardonné la moindre erreur. La rigueur qu'il lui avait imposée était devenue son assurance sur la vie. Son maître avait fait de lui un combattant exceptionnel, et aujourd'hui il lui devait d'être toujours en vie.

Ceux qui n'étaient pas enchaînés étaient des iranguls de longue date, parfois forts, souvent chanceux. Ils portaient tous les nombreux stigmates de leurs combats acharnés. La seule cicatrice que Jodix avait rapportée des arènes était une brûlure par le froid qu'un Souna lui avait fait subir. Étrangement, à chaque fois qu'il la caressait il pensait à Amaya et à la promesse qu'il lui avait faite. Il n'avait plus grand espoir de la retrouver en vie mais c'était encore pour lui une raison de continuer à se battre, à résister. S'il existait un moyen de s'enfuir il le trouverait. Un vide immense l'envahissait, une larme discrète coula le long de sa joue, il serra fort les dents pour ne pas sombrer.

J'irai jusqu'au bout pour te retrouver, c'est le prix à payer.

Isolé dans son coin il ne parlait pas aux autres iranguls. Créer des liens avec des personnes qui mourront dans l'arène un jour ou l'autre lui semblait inutile. Il restait seul dans sa bulle, le bruit des roues de la caisse du chariot lui rappelant son affreux voyage jusqu'à ce cauchemar.

Sa jeune protégée avait été emmenée dès leur arrivée vers une destination qu'il préférait ne pas trop imaginer. Jodix était jeune, mais pas naïf, il savait que sa promesse allait être très compliquée à tenir. Mais il savait aussi que l'espoir était leur seule et unique arme. Le peu de temps passé avec Amaya lui avait permis d'appréhender le personnage complexe qu'était cette jeune fille. Elle était ingénue mais pas idiote. Il avait l'intime conviction qu'elle l'attendait, les regards et les quelques mots qu'ils avaient échangés étaient lourds de sens. Ce qui lui faisait peur pourtant, c'est qu'il était évident qu'elle ferait tout pour s'évader avec tous les risques que cela pouvait comporter.

Désolé mais tu vas devoir t'en sortir seule... Sinon ça risque d'être long avant que je ne te retrouve, avait-il pensé sur le chemin de la forteresse de son maître.

Il avait été ramené directement après son achat à la demeure de son irandel. On lui avait donné un repas, qui pour la plupart des iranguls était le dernier.

« À quoi bon lui donner de la nourriture, ce soir il meurt dans l'arène, quel gâchis ! »

Les gardes avaient ri. Jodix n'avait pas fait la fine bouche et il avait mangé cette espèce de ragoût jusqu'à la dernière bouchée. Il avait entendu parler des arènes des Îles Maudites et mourir de cette façon n'était pas dans le programme de sa vie idéale. Le voyage en bateau l'avait affaibli, la restriction de nourriture et le manque de sommeil l'avaient épuisé, il n'était pas dans les meilleures conditions pour se battre pour sa vie.

Trois autres nouveaux avaient été présentés à Loïk Techarmi en même temps que lui. Les règles de l'arène et d'allégeance due à leur irandel leur avaient été expliquées sommairement. Il n'avait pas eu la force de protester à ce moment-là, à quoi bon de toute manière ! C'était la mine défaite, le regard vide et la tête baissée qu'il avait fait face à son maître pour la première fois. Loïk l'avait pris par le menton pour le fixer.

« Essaie de survivre plus de deux minutes mon garçon, que je parvienne à amortir mon achat. Heureusement que je t'ai eu pour une bouchée de pain. »

Jodix avait serré la mâchoire, économisant une fois de plus sa précieuse énergie car il se doutait qu'il en aurait besoin. Puis les gardes l'avaient habillé d'une armure de cuir fin et de bottes qu'il n'était manifestement pas le premier à porter... Il savait que la protection de ce genre de vêtement était ridicule dans un combat à mort, mais c'était mieux que rien. Toute cette histoire d'arène n'était qu'une question de spectacle. Les iranguls étaient des cibles mouvantes destinées à mourir pour divertir la population.

Les cris des spectateurs le sortirent de ses pensées. Ils n'étaient plus très loin désormais. Cette liesse lui rappela à nouveau son premier combat quelques semaines auparavant.

Il avait rapidement compris que les combats étaient arrangés. L'ordre des affrontements d'une soirée était programmé afin que la tension monte dans les rangs des spectateurs qui étaient surtout des parieurs. Un commerce très lucratif s'était développé autour des combats, et il n'était pas question pour les organisateurs de perdre de l'argent. Les quelques champions qui réussissaient à survivre étaient mis en avant pour échauffer le public et combattaient en général deux fois dans la même soirée. Un premier combat d'échauffement contre des débutants, qui rapportait peu, tellement les écarts entre les combattants étaient énormes, et un combat en fin de session. Comme ils étaient déjà affaiblis par leur combat du début, il arrivait à la grande joie de ceux qui organisaient les paris qu'ils chutent. Et là les gains pouvaient devenir faramineux. Un Valkris nommé Vully réussissait depuis quelques mois maintenant à gagner tous ses combats. Les gens pariaient de plus en plus sur lui. Les gains étaient faibles, mais assurés et les parieurs n'hésitaient plus à engager des sommes colossales sur leur champion. Pour lui permettre de s'échauffer, il avait été programmé contre Jodix et ses trois compagnons en début de spectacle. Tout était prêt pour un massacre rapide en prélude des combats plus guerriers à venir.

L'attente n'avait pas été longue dans les geôles humides et pestilentielles. Lorsque Jodix et les trois autres étaient entrés sur le sable chaud de l'arène ils avaient été impressionnés par l'immensité des lieux, l'incroyable ambiance qui y régnait et la ferveur du public. Puis leurs yeux s'étaient posés sur leur adversaire situé de l'autre côté de l'arène. Il était seul, ne combattant pas en équipe.

Une vision apocalyptique, probablement une erreur de la nature !

Un Valkris, presque deux fois plus grand et plus large que la plupart des autres. Son armure de métal semblait être aussi légère que résistante. Elle portait l'empreinte des nombreux combats menés. Son casque protégeait l'intégralité de son visage et, même s'il avait été plus proche, Jodix n'aurait pas pu voir à quoi il ressemblait. Il avait jeté un coup d'œil furtif sur ses trois compagnons d'infortune. Ils étaient terrifiés. Jeunes, sans expérience, ils tremblaient et les cris de la foule qui encourageait Vully les clouaient au sol.

Les pauvres...

Ces pauvres bergers et paysans sortaient tout droit de leur campagne et ne connaissaient de l'art de la guerre que les quelques histoires qui se racontaient au coin du feu le soir. Ils n'avaient connu que la douceur de la vie pastorale et se trouvaient maintenant au cœur d'un massacre programmé.

Comment l'être humain peut-il être aussi bestial ? Même les animaux ne tuent pas pour le plaisir...

Un coup de cor ! Le combat à mort commençait. Il fallait désormais tuer... ou mourir. Pour Jodix et son équipe, seule la mort était au programme, en tout cas pour les organisateurs...

Jodix se souvenait intensément de ce moment.

Les trois jeunes avaient couru aussi vite qu'ils le pouvaient vers le râtelier d'armes. Le Valkris en avait fait de même. Sa vitesse de déplacement n'était pas affectée par sa carrure ou son armure. Jodix, qui n'avait pas bougé, avait compris immédiatement que la réputation de cet irangul n'était pas usurpée et que rien ne serait facile dans les minutes à venir.

Vully prit l'épée, et instantanément découpa le bas du ventre d'un jeune Protech qui n'avait même pas eu le temps de s'emparer d'une hache. Ses intestins se mélangèrent à la poussière. La pointe de la lame qui semblait assoiffée de sang, reposait sur le sol dans une mare vermeille.

Jodix était resté immobile, non pas parce qu'il avait été tétanisé de peur, mais simplement parce qu'il savait que son salut ne pouvait venir que de l'observation de son adversaire. Les deux autres jeunes combattants pensaient avoir pris en tenaille le Valkris, qui les éloignait du revers de son épée. Jodix en vint presque à les admirer. Ils faisaient preuve de courage, mais la force du désespoir qui les animait ne suffirait pas à les sauver, il le savait déjà.

La foule était en délire !

Il avait pu entendre dans l'euphorie et les cris ambiants, quelques spectateurs le traitant de lâche. Il n'y avait pas prêté attention, se concentrant sur la façon de combattre de Vully. Il était devenu un peu spectateur lui aussi durant ces quelques minutes.

Le titan avait frappé si fort sur l'arme d'un des deux jeunes Valkris restant qu'il l'avait envoyé au sol. L'autre, qui se trouvait derrière, avait essayé de le frapper dans le dos. Mais il avait été bien trop lent pour Vully qui s'était déjà retourné. Un geste ! Le tronc du jeune Valkris était resté debout alors que sa tête roulait dans le sable. Lentement, comme un chêne qu'on abat, le corps s'effondra dans un nuage de poussière. La foule était déchaînée. Le survivant du groupe des trois était apeuré, au sol, tel un agneau devant un loup affamé. Il reculait sur le dos tentant désespérément de fuir son terrible adversaire.

La clameur dans l'arène avait encore monté d'un ton.

Animé par le goût du sang, insatiable, Vully avait posé son épée sur le ventre du malheureux. Le temps semblait s'écouler plus doucement, comme ralenti par le spectacle. C'est le souffle coupé que le jeune Valkris n'attendait plus que la mort, il l'espérait désormais rapide et sans douleur. Malheureusement c'était un espoir illusoire.

Pour faire le spectacle, Vully savait qu'il devait agir lentement. La foule scandait son nom pendant que doucement, très doucement, avec délectation, il avait enfoncé son arme dans le corps d'un adolescent promis au sacrifice. Jodix ne voyait pas le visage du géant, mais il imaginait le sourire de plaisir qui devait l'animer.

C'en est trop.

Il vivait un cauchemar. Le public, Vully, tout le monde semblait prendre du plaisir devant cette abominable scène. Jodix tentait de rester calme, mais c'était trop difficile. Ces trois jeunes qu'il ne connaissait pas venaient d'être massacrés affreusement. Il savait qu'il n'aurait rien pu faire pour les sauver, et que même s'ils n'étaient pas morts aujourd'hui, ils l'auraient été demain. Mais sa détermination à survivre et peut-être à les venger venait de se démultiplier...

Vully… Il fallait que quelqu'un paie, il n'était qu'un instrument de mort pour ses maîtres mais faute de mieux c'est lui qui allait payer. Jodix bouillonnait.

Le Valkris l'avait cherché des yeux quelques secondes. Jodix ne bougeait toujours pas. La foule ne fut pas surprise de sa réaction. Nombreux étaient les combattants qui, tétanisés par la peur, n'attendaient que la mort, en l'espérant rapide. Mais cette fois-ci ce serait différent. Simplement, les spectateurs ne le savaient pas encore.

« Massacre-le Vully, c'est un lâche ! Pas de pitié ! »

Il se souvenait du sable qui volait à chaque pas de la course du surhomme. Il se rapprochait comme un taureau en furie et n'était plus qu'à une trentaine de mètres. La foule scandait de plus en plus fort le nom de celui qui allait être vainqueur.

Vu -lly ! Vu -lly ! Vu -lly!

Vingt mètres.

Jodix n'avait pas encore bougé un poil. Les bras le long du corps, le regard concentré sur cette masse de muscles et de haine fonçant sur lui.

Dix mètres.

Les poings de Jodix s'étaient enflammés. Une puissance exceptionnelle l'envahissait.

La foule se tut. D'un coup.

Une boule de feu avait frappé violemment le torse du Valkris qui ne s'était pas attendu à la brutalité d'une telle attaque. Le coup l'avait arrêté net sur place. Il était tombé immédiatement sur le sol, paralysé par la puissance de la frappe. Enfin Jodix avait bougé. Il avait ramassé l'épée ensanglantée de son adversaire en prenant tout son temps. Vully gémissait au sol, le souffle coupé. La foule était stupéfaite, étrangement silencieuse.

Quelle surprise !

Loïk Techarmi, l'irandel de Jodix, avait hurlé de joie dans les tribunes.

Lorsque la lame de l'épée fut sur la gorge du Valkris, la foule reprit ses clameurs. Infidèle, elle avait changé de héros.

Une aspérité de la route secoua Jodix, qui rouvrit les yeux à l'arrière du chariot. Il frissonna en se remémorant cet instant précis où tout avait basculé. Tout revenait dans sa tête comme si cela s'était passé la veille.

Jodix Ferbum avait lentement retiré le casque de Vully. Il s'était accroupi à côté de lui, ignorant les cris des spectateurs.

« Tu ne t'es jamais demandé ce que tes victimes ont ressenti n'est-ce pas ? »

Jamais il n'avait pensé prendre du plaisir à tuer un homme. Pourtant c'est ce qu'il avait ressenti à ce moment lorsque la lame encore recouverte du sang de ses compagnons avait transpercé la gorge de Vully.

Jodix avait pris son temps. Il se souvenait de l'odeur du liquide rouge, giclant abondamment, et du Valkris convulsant dans un ultime souffle. La peur de Vully se lisait dans son regard. Personne n'affronte la mort sans peur. Il allait entamer ce voyage dont personne n'est jamais revenu. Jodix se souviendrait longtemps de l'expression de son visage à cet instant.

L'agitation autour de l'arène le sortit une fois de plus de sa léthargie. Ce soir, irangul malgré lui, il allait encore devoir tuer pour faire plaisir à ce public.

Sans trop les brutaliser, leur escorte armée les amena dans les sous-sols de l'arène. Les iranguls allaient devoir attendre patiemment leur tour. Il n'avait pas été jugé utile de faire s'échauffer Jodix, et ainsi il avait tout le temps de voir ses compagnons d'infortune monter mais ne jamais redescendre, avant de combattre lors du tableau final.

Un jeune Protech qui partageait sa cellule s'approcha.

« Le maître m'a annoncé qu'on montait ensemble dans l'arène… J'ai entendu parler de toi, t'aurais pas un conseil à me donner ? »

Jodix ne le regarda même pas, toujours occupé par ses pensées. Il ne lui manquait pas de respect, il voulait simplement éviter de s'attacher à ceux qui allaient mourir.

« Reste en vie. »

Le jeune homme, déçu, se rassit dans son coin, complètement abattu. Jodix se rendit compte qu'il commençait à perdre son humanité. Il ne voulait pas devenir la machine à tuer que son irandel voulait qu'il devienne.

« Ne te précipite pas sur le râtelier d'arme, tu te mets trop rapidement à portée de ton adversaire. Si jamais en face ils sont plus rapides, c'est une mort assurée. C'est compris ?

- Oui c'est bien compris », le jeune Protech retrouva une mine correcte, le conseil du désormais célèbre St'ingie l'ayant un peu encouragé.

Les iranguls pouvaient suivre les combats qui se passaient au-dessus d'eux aux cris de la foule. Chaque mort, chaque victoire, chaque échec provoquait un cri différent. Comme toujours, l'attente dans ces prisons de la mort semblait interminable. Certains jeunes iranguls pleuraient, criaient. Tous aimaient la vie malgré le malheur qui leur était arrivé et aucun ne voulait la perdre de manière anticipée sans se défendre de toutes ses forces.

« Allez c'est votre tour. »

Un garde ouvrit la cage dans laquelle se trouvaient les quatre iranguls. Le jeune Protech, un Valkris d'une trentaine d'années et un St'ingie, comme lui. Jodix emboîta le pas aux trois autres. Il devait entrer en dernier, le public avait ses exigences...

Les cris de la foule devenaient de plus en plus forts.

Jodix foula une fois de plus le sable maudit. Des esclaves chargeaient encore les derniers cadavres dans une sorte de barquette tractée par un âne. Mais les spectateurs ne les voyaient pas faire leur horrible besogne, leurs regards étaient désormais portés sur le champion de l'arène.

Subitement le silence.

Il détestait ce silence, cela voulait dire que le gouverneur allait annoncer le prochain combat. Il ne regardait pas l'appariteur. Cela le dégoûtait et il souhaitait rester concentré sur ses adversaires.

Quelque chose n'allait pas, il avait un pressentiment étrange. Il tourna son regard vers les quatre hommes à deux cents mètres. Ils étaient loin, trop pour une analyse.

« … mercenaires venus tout droit d'Arkadis vont combattre aujourd'hui. »

Jodix sortit de ses pensées à ces mots qui lui parlaient tellement. Il se retourna vers le jeune Protech.

« Qu'est-ce qu'il a dit là ?
- Ben qu'aujourd'hui était un jour spécial. Ce ne sont pas des iranguls qui vont nous combattre mais des mercenaires venus d'Arkadis. J'ai pas tout compris.
- Reste bien derrière moi. »

Jodix ne savait pas quoi penser. Cette information n'annonçait rien de bon. Il connaissait très bien les mercenaires, et s'ils venaient combattre en arène c'était pour gagner de l'argent et non pour la gloire. Ils devaient probablement être motivés et surentraînés.

Coup de cor. C'est parti.

Trois des mercenaires en face partirent à une vitesse effrénée. Du côté de Jodix, ce furent les iranguls Valkris et St'ingie qui partirent rapidement vers le râtelier. Seuls Jodix et son nouvel ami restèrent passifs, avançant doucement vers ce qui allait rapidement devenir une zone de combat. Jodix voulait observer de plus près ces fameux mercenaires.

« On fait quoi Spark ?
- On reste aux aguets, prépare-toi à courir pour récupérer une arme lorsque je te le dirai. »

L'aire de combat était désormais occupée. Trois mercenaires avaient déjà récupéré une arme. L'un d'entre eux, un Valkris, transperça rapidement le St'ingie de l'équipe de Jodix.

Sina ?

Jodix s'arrêta net sur place comme tétanisé par la surprise. Son cerveau ne voulait pas croire ce que ses yeux étaient en train de voir.

Selvin, Danto ?

Une larme de joie coula le long de la joue du jeune homme.

Selvin trancha la gorge du Valkris, qui n'eut pas le temps de souffrir. Les trois mercenaires tournèrent alors ensemble leurs regards en direction de leur compagnon enfin retrouvé.

Jin, le St'ingie qui les accompagnait, fut surpris de cet arrêt du combat.

« On les attaque les gars, on a l'avantage, on va gagner.
- Non on reste ici, hurla Sina.
- Ce n'est pas toi qui vas me dire ce que je dois faire. »

Jin se lança en direction de Jodix et de son jeune compagnon. Sina jeta un bref coup d'œil vers Danto qui comprit tout de suite ce que voulait dire ce regard. Il lança, avec une puissance phénoménale sa hache qui se planta entre les deux omoplates du jeune combattant. Foudroyé, il s'effondra.

La foule se tut, stupéfaite. C'était incompréhensible, un combattant venait d'abattre l'un de ses partenaires. Maintenant, les trois mercenaires s'avançaient calmement vers les deux iranguls.

« Il se passe quoi Spark ? Je ne comprends rien !
- Reste derrière moi et tout ira bien. Ce sont mes compagnons d'arme, ils viennent me chercher. Il avait le sourire, le premier depuis un long moment. Et mon nom est Jodix. »

Personne dans les tribunes ne comprenait ce qui était en train de se passer dans l'arène. Vidad, l'ami intime de Sina, assis à une place d'honneur, riait, surprenant ses voisins. Il venait de comprendre la situation. Loïk Techarmi, quant à lui, hurlait des ordres inaudibles à ses deux iranguls afin qu'ils montent à la charge.

Cinquante mètres les séparaient.

Jodix se mit à courir pour rejoindre ses compagnons.

Une puissante détonation se fit entendre. Un énorme monticule de terre apparut devant le St'ingie, le projetant violemment en arrière sur une dizaine de mètres. Le jeune Protech, lui, s'était, sans que Jodix ne le remarque, dirigé vers la direction opposée évitant ainsi cette attaque venue de nulle part.

Au sol, couché sur le dos et le souffle coupé, Jodix tourna la tête. Trois personnes s'étaient invitées dans le combat. Deux Protechs, âgés. Le plus jeune avait encore les mains vers le centre de l'arène, un magicien qui venait de créer ce puissant mur de sable. Et…

« Amaya... »

Le souffle coupé, Jodix s'évanouit.

CHAPITRE TRENTE-HUIT

Un drôle de sauvetage

Amaya

« Ne lui faites pas de mal ! »

Un nuage de poussière recouvrait l'ensemble de l'arène. La jeune Amaya se protégeait le visage pour respirer correctement. Elle apercevait difficilement son ami projeté au sol, inconscient.

Comment en était-elle arrivée là ?

Le soir de son évasion elle était tombée sur Madbli, celui qui l'avait soutenue alors qu'ils partageaient la même cellule. Il l'avait prise sous son aile. Amaya savait se débrouiller seule dans la rue, mais à Énolia seulement. Elle ne savait pas comment elle aurait réagi si ce vieux Protech ne l'avait pas retrouvée. Il l'avait nourrie, logée, rhabillée et aidée à retrouver son ami Jodix. Dès le lendemain de son évasion, Amaya s'était coupé les cheveux. Son visage fin de jeune femme Souna l'aurait trahi si elle avait voulu se faire passer pour un homme. Sa nouvelle coupe changeait suffisamment son apparence. Désormais des traits graves de jeune femme avaient remplacé son air ingénu de jeune fille.

Amaya pensait souvent à Jodix, à ce qu'il était devenu. Madbli Lifotech lui avait redonné espoir lorsqu'il avait déclaré avoir des informations le concernant. Mais ils avaient besoin d'aide et le vieux Protech savait qui il pouvait contacter. Ils s'étaient rendus au port, au nord de Bekran.

Assis sur des tonneaux, non loin des quais, ils avaient attendu patiemment. La Souna ne retrouvait pas sa sérénité.

« Tu sais, si jamais ils me trouvent ici…

- Ils ne te soupçonneront jamais d'être une esclave en fuite, pour deux raisons.
- Comment ça ?
- La première, c'est que tu es accompagnée d'un homme libre, en l'occurrence moi. La seconde, c'est que tu n'as pas le collier d'esclave. D'ailleurs comment t'en es-tu débarrassé ? »

La jeune femme avait d'abord voulu jouer la carte de l'honnêteté avec Madbli, mais elle s'était souvenue de la discussion qu'elle avait eue avec Jodix dans la forêt.

« J'ai tout simplement réussi à voler les clefs à un des gardes, ils sont vraiment incompétents. Tu sais, des années dans la rue aident à développer certaines compétences dont je ne suis pas forcément fière mais qui n'en restent pas moins utiles. »

Elle avait manqué de spontanéité dans ses propos, le vieux Protech qui n'était pas né de la dernière pluie ne l'avait crue qu'à moitié.

« Qu'ont-ils de spéciaux ces colliers ?

- Ce sont des colliers créés et fabriqués par les Protechs, ils inhibent grâce à une technologie secrète, les pouvoirs de celui qui les porte.
- Mais les Protechs ne sont-ils pas supposés être contre l'esclavagisme ?
- À la base ces colliers ont été créés pour leurs prisonniers durant la guerre. Officiellement ils ne vendent rien directement aux Îles Maudites. Tu connais les Protechs, quand il y a de l'argent en jeu ils ont tendance à fermer les yeux sur leurs principes, même les principaux... »

Amaya avait été troublée quelques instants. Comment avait-elle réussi à utiliser sa magie Souna avec ce genre de collier ?

« Quelque chose ne va pas ? Madbli avait remarqué que la Souna était perturbée.

- Non non, juste un peu perdue dans mes pensées. Tu ne m'as pas dit ce que nous faisions ici, continua-t-elle pour changer de sujet.

- Nous attendons une vieille connaissance qui nous sera fort utile pour la recherche de ton ami.
- Un ami à toi ?
- On ne peut pas vraiment dire cela. »

Madbli Lifotech gardait en tête que son objectif était le Cœur de Mythril. Il ne voulait pas que la jeune Amaya le soupçonne de quoi que ce soit, sinon il pourrait dire adieu au fameux médaillon.

« Il est là. Tu restes discrète, c'est moi qui parle. »

Timidement Amaya s'était mise en retrait pour observer. Madbli était descendu de son tonneau et s'était mis à suivre à vive allure un Protech qui s'éloignait. Au bout de quelques mètres il lui avait posé la main sur l'épaule. L'inconnu s'était retourné violemment, une lame sur la gorge du compagnon d'Amaya et l'avait plaqué contre un mur. La jeune Souna avait observé tout cela avec surprise.

« Mon très cher Madbli, tu croyais vraiment que je ne t'avais pas vu ?
- Et tu crois que je ne t'ai pas vu me suivre depuis que nous avons quitté Atelas ? »

Le Protech avait fixé avec rage Madbli maintenant à sa merci. Il aurait tellement voulu lui enfoncer sa lame pointue dans la gorge, mais malheureusement ses consignes avaient été claires : cet homme ne devait pas mourir. Du moins pas pour l'instant.

« Je devrais te tuer pour ce que tu as fait.
- Oui, ton père est mort à cause de moi. Mais nous allons devoir laisser nos rancœurs personnelles pour notre nouvel objectif commun. Madbli avait regardé avec insistance Amaya qui ne comprenait rien à la scène.
- Je vois. Il relâcha la pression sur la gorge. En quoi puis-je t'être utile ? Apparemment j'ai perdu la main vu que tu sais que je te suis depuis la capitale.
- Nous allons devoir retrouver Jodix Ferbum, l'ami d'Amaya la jeune Souna que tu vois là.
- Amaya… Et pourquoi devrais-je t'aider à trouver ce jeune homme ? L'espion Protech avait froncé ses larges sourcils bruns.
- Tu vas devoir me faire confiance.
- Te faire confiance ? s'esclaffa-t-il. Tu es bien la dernière personne sur Arkadis en qui je ferais confiance. J'aurais plus de facilité à faire confiance à un St'ingie.
- Justement c'est un St'ingie que nous allons devoir sauver.

- Avec un nom pareil ? Fais-moi rire… De quoi veux-tu le sauver ? En quoi vais-je bien pouvoir t'être utile ?
- Nous allons devoir aller à Goa, ce jeune homme s'est retrouvé esclave et combat dans les arènes.
- Bon, notre chef te fait apparemment confiance, je n'ai pas vraiment le choix… j'arrange ça. On se retrouve cet après-midi ici même, on prendra un bateau. »

L'air frais sur le pont du bateau changeait fondamentalement du voyage précédent en cale pour la jeune Souna. Elle était comme apaisée, calme, mais dans l'attente d'une tempête. Si c'était bien Jodix qui était dans les arènes comment allaient-ils, à trois, pouvoir le sortir de là ?

« Je ne me suis pas présenté jeune fille, mon nom est Hakam Techmobi, je suis le neveu du Chef Protech.
- Le Chef Protech ? s'étonna la jeune Souna à cette annonce. Enchantée, je suis Amaya. En tout cas c'est gentil de venir nous aider. Comment connaissez-vous Madbli ?
- C'est une trop longue histoire à raconter Amaya.
- Où allons-nous exactement ?
- Tu vois cette île là-bas ? Eh bien c'est l'île de Goa. En ce moment ils célèbrent le dieu Tlaloc. Nous ne pourrons pas accoster dans le port principal à cause des festivités.
- Mon ami se trouve là-bas ?
- Si on en croit Madbli il se trouverait prisonnier pour combattre dans les arènes. Et toi, d'où connais-tu ce vieux roublard ?
- On s'est rencontrés en prison.
- En prison, toi ?
- Oui, on fait ce qu'on peut pour survivre dans la rue. Je n'ai pas eu de chance le soir où je me suis fait attraper.
- Tu es sûre de n'être qu'une pauvre orpheline ?
- Euh… La question avait déconcerté Amaya. Je ne comprends pas…
- Puis-je ? »

Hakam s'était approché de la Souna et lui avait pris les mains. Il avait fixé longuement son regard bleu turquoise. Les cristaux de sa peau étaient étincelants. Hakam était un mage respecté et reconnu chez les Protechs. Depuis la mort de son père il travaillait au service de son oncle Andrel Lifotech, chef du Clan. Mais il continuait d'enseigner à l'Académie magique de la capitale Atelas et parfois à celle d'Enolia. C'était pour cet espion une bonne couverture. Il connaissait bien les Sounas, il les avait souvent côtoyés mais cette Amaya était différente. Il avait eu une drôle de sensation en la touchant. Une chaleur enveloppante et mystérieuse. Habituellement les Sounas sont froids, de caractère comme de peau. Elle était tout à fait le contraire, plutôt chaleureuse et souriante.

« Tu sais utiliser la magie de ton peuple, jeune Amaya ?

- Euh non… Comment pourrais-je ? Personne ne me l'a jamais enseignée. Elle avait commencé à s'inquiéter du nombre de fois où elle avait été obligée de mentir.

- Tu n'es pas ordinaire comme fille. Je… »

Amaya avait retiré ses mains brusquement et avait feint une moue timide. Elle avait eu peur que cet inconnu ne lise en elle comme dans un livre ouvert. Les événements récents lui avaient montré qu'elle avait des capacités extraordinaires qu'elle ne maîtrisait pas et elle en était effrayée. Pourtant elle aurait tellement voulu en savoir davantage, en apprendre plus sur la magie, sur son passé, et pourquoi elle avait un pouvoir Souna aussi développé alors qu'elle n'avait jamais rien appris.

« Il ne faut pas avoir peur.

- Je n'ai pas peur ! s'était-elle énervée. C'est juste que je n'ai pas trop la tête à ça. Mon ami, celui qui m'a sauvé la vie, est là quelque part à devoir se battre comme un animal dans je ne sais quelle arène de fous.

- Je comprends. Quand nous aurons sauvé ton ami, m'accompagnerais-tu à l'Académie d'Énolia ?

- Et pourquoi ?

- Il y a là-bas les meilleurs mages Sounas, tu pourrais discuter et en apprendre beaucoup avec eux.

- Pourquoi faire ça pour moi ? »

Hakam s'était avancé vers la proue puis avait regardé le port de Goa s'approcher lentement.

« Tu ne le sais peut-être pas Amaya, mais j'ai l'intime conviction que tu es quelqu'un d'exceptionnel. »

Il était ensuite resté silencieux jusqu'à leur arrivée au port extérieur de Goa.

Le trio n'avait pas perdu de temps. Ils s'étaient rendus directement vers la ville haute en empruntant « L'escalier aux mille marches » en pierres taillées directement dans la roche. Rapidement, ils s'étaient réfugiés dans l'une des nombreuses auberges attenantes à l'arène. Amaya avait été stupéfaite par le luxe des lieux auquel elle n'était pas habituée. Madbli lui avait expliqué qu'il s'agissait d'une auberge

Protech généralement empruntée par les autorités en déplacement, une sorte d’ambassade. Les rapports commerciaux et diplomatiques entre les habitants des Îles Maudites et le clan Protech étaient parfaits. La technologie protech était prisée d’un côté, la richesse des habitants des îles du Sud de l’autre. Rien de plus normal pour un peuple vénal. En conséquence les Protechs fermaient les yeux sur l’esclavagisme. Cela créait des dissensions au sein même du gouvernement, des Protechs étant eux-mêmes réduits à l’état d’esclave.

L’auberge leur était réservée, mais Amaya fut acceptée comme accompagnatrice. La décoration n’était pas des plus traditionnelles. Tout était en métal et la jeune Souna avait été agréablement surprise. Les ferrures rivetées étaient des merveilles d’artisanat, elles reflétaient tout le talent protech. Les poutres d’armatures, apparentes, maintenaient le plafond gris anthracite. Des tables rondes, en métal elles aussi, envahissaient l’essentiel de la grande salle à manger. L’auberge était presque vide, seuls quelques hommes aux allures importantes buvaient au bar une liqueur ambrée st'ingie, leur seul lien d’amitié avec ce peuple.

Assise sur un tabouret en métal mais agréablement confortable, Amaya avait écouté ses deux nouveaux protecteurs.

« Nous n’avons pas beaucoup de temps, nous allons devoir agir avec subtilité. Madbli, si ce que tu dis est vrai, le St'ingie que nous cherchons est dans cette arène, prêt à combattre.

- Oui, il se fait passer pour un certain Spark. Il devrait combattre lors du dernier tableau.
- Dernier tableau ? Il s’est déjà hissé à ce niveau-là ?
- Apparemment il fait des merveilles.
- Intéressant. D’où le connais-tu Amaya ?
- C’est une trop longue histoire, avait soufflé la jeune Souna.
- Tu es décidément pleine de surprises.
- Veuillez m’excuser. »

Amaya s’était levée de table pour prendre l’air, laissant les deux Protechs en tête à tête. Elle avait eu peur de trop en dévoiler sur elle et son ami, et mentir en permanence commençait à la mettre mal à l’aise. Elle n’avait pas confiance en l’ami de Madbli, même s'il paraissait gentil de prime abord.

Les deux ennemis étaient enfin seuls.

«Raconte-moi, en quoi sauver ce St'ingie va nous aider dans ta mission.

- C'est l'ami d'Amaya.

- Tu fais clairement de la rétention d'informations, tu vas devoir jouer franc-jeu avec moi.

- Sinon quoi ?

- Sinon je ne pourrais pas continuer plus longtemps avec toi. Je prends la fille et je rentre sur Atelas.

- Ce n'est pas la fille qui intéresse notre chef, et tu le sais bien.

- Ils ne vont pas de pair ?

- Plus maintenant malheureusement, et tant que nous n'aurons pas ce St'ingie avec nous la jeune fille n'aura pas la tête à retrouver son beau médaillon. Je pense aussi qu'elle est moins naïve qu'elle aime le faire penser. Elle me fait un peu chanter, j'ai peur qu'une fois son ami retrouvé elle ne s'évanouisse dans la nature. Donc on va devoir rester prudents et prendre les mesures nécessaires une fois les deux jeunes gens réunis.

- Ce que tu es en train de me dire c'est que si on ne récupère pas son ami on ne récupère pas le Cœur de Mythril ?

- Tu crois vraiment que je mettrais autant d'énergie à sauver un banal St'ingie si je pouvais faire autrement ? Ça me fait mal de l'avouer mais j'ai vraiment besoin de toi sur cette affaire. Ta puissante magie va nous être utile.

- Comment peux-tu être sûr qu'elle va nous donner son médaillon une fois le St'ingie en vie.

- Elle avait l'air d'y tenir plus que tout au monde, en tout cas avant de rencontrer ce Jodix. Je pense qu'elle tient vraiment à le récupérer. Elle ne nous le donnera pas. Une fois tous les quatre à Atelas, tu récupères la fille et moi le médaillon. C'est ma seule chance d'être gracié…

- Je ne fais cette mission que pour les Protechs, tes petites affaires ne m'intéressent pas. Ne crois pas une seule minute que je le fais pour t'aider toi. Je prends actuellement beaucoup sur moi pour ne pas t'égorger à chaque fois que je te parle. »

Hakam avait ensuite vidé son verre cul sec avant de dévisager son ennemi.

« Allons-y, nous devons avoir les meilleures places pour le fabuleux spectacle auquel nous allons assister... »

Quatre heures avant le début des festivités dans l'arène la file d'attente était déjà impressionnante. Ils avaient réussi à trouver une place assise au premier rang, non loin d'une porte d'accès directe à la fosse aux iranguls.

La jeune et naïve Souna avait été horrifiée par le spectacle auquel elle avait été obligée d'assister. Elle était restée muette devant ces scènes inqualifiables. Comment des hommes pouvaient-ils applaudir une telle atrocité ? Ils encourageaient la barbarie, la haine et le meurtre. Chaque mise à mort avait été un supplice qu'elle n'avait pu regarder sans horreur. Elle s'était créé une bulle pour se protéger de ce spectacle. Elle en avait oublié son but, oublié ses deux nouveaux compagnons. Les yeux brillants, elle avait eu envie de hurler sa haine contre ces hommes qui forcent d'autres hommes à s'entretuer pour leur plaisir, uniquement leur plaisir. Quel enfer avait dû vivre Jodix…

Enfin, son regard s'était illuminé.

Jodix.

Son entrée dans l'arène avait fait éclater la bulle qu'elle s'était fabriquée.

« Madbli, voici mon ami ! s'exclama-t-elle le sourire aux lèvres.
- Ne perdons pas de temps, le combat va bientôt débuter annonça Hakam.
- Oui, il ne faudrait pas qu'il se fasse tuer… » continua Madbli.

La petite troupe s'était levée et avait descendu les dernières marches qui les menaient aux bords des gradins. Un mur d'un mètre de haut surplombé d'une lourde grille en fer faisait le tour de l'arène, l'accès était impossible. Ils avaient réussi à se frayer un chemin à travers la foule en extase devant la scène et ils étaient arrivés devant une porte d'accès à l'arène. Hakam Techmobi avait posé sa main discrètement au niveau de la serrure. Personne ne le regardait. Tous les spectateurs, comme les gardes, avaient les yeux fixés sur les combats qui se déroulaient dans la fosse. La magie du Protech ouvrit la porte.

« Allons-y. »

Pourquoi Jodix ne bougeait-il pas ? Avait-il abandonné le combat ?

Deux partenaires de Jodix venaient de se faire massacrer par leurs adversaires.

« Dépêchons-nous ! »

Hakam avait vu que le combat tournait en la défaveur de celui qu'ils venaient sauver. Les mercenaires et les iranguls avançaient les uns vers les autres.

« Faites donc quelque chose, il va se faire massacrer ! » avait hurlé Amaya prise de panique.

Le mage Protech, sans réfléchir une seconde de plus, avait posé les mains sur le sable, un genou posé au sol. Il avait marmonné des paroles incompréhensibles avant qu'un mur de terre ne s'interpose brusquement entre Jodix et ses trois adversaires. Mais il l'avait fait apparaître trop proche de l'homme qu'ils devaient sauver et celui-ci fut violemment projeté en arrière.

« Ne lui faites pas de mal. »

La jeune Souna se précipita en direction de Jodix. Elle fut la première à arriver à son niveau, suivie de près par ses deux compagnons.

« Fuis gamin ! »

Madbli s'adressait au jeune Protech qui accompagnait le St'ingie dans l'arène. Il avait l'air paniqué, mais il reprit rapidement ses esprits. Il fonça vers une porte en arrière qui menait aux sous-sols. C'est alors que les spectateurs commencèrent à comprendre ce qui se passait. Des hurlements, des sifflets se firent entendre, de plus en plus forts.

« Ne perdons pas de temps, les gardes vont rappliquer. »

Madbli prit le St'ingie inconscient sur son épaule. Il courut ensuite vers la porte que venait d'emprunter le jeune Protech.

« Pas si vite. »

Au même moment Sina Mura et ses deux compagnons avaient contourné le mur. Ils ne comprenaient plus rien de ce qui était en train de se passer.

« Ne touchez pas à Jodix, ça ne va pas se passer comme ça. »

Madbli fut interloqué, ces mercenaires étaient donc ici pour récupérer l'ami de la Souna et de surcroît ils semblaient extrêmement déterminés.

« N'approchez pas ou je lui tranche la gorge.
- Non ! »

A la remarque de Madbli Amaya protesta, mais Hakam la prit par le poignet et la traîna de force vers la sortie.

« Il ne lui fera pas de mal, suis-moi. »

Amaya était perdue, mais elle allait une fois de plus faire confiance à d'autres.

Sina, la rage au ventre, vit son ami Jodix quitter l'arène avec des inconnus.

Bloqué par la menace de Madbli il ne pouvait rien faire. Son impuissance le rendait fou. Il hurla en jetant son épée au sol.

« Reprends-toi Sina ! Les gardes arrivent.
- Ils ne vont rien nous faire à nous, nous ne sommes que des combattants de l'arène, en revanche ils vont poursuivre ceux qui ont embarqué Jodix. Essayons de les freiner !
- Freiner les gardes ? demanda Selvin surpris.
- Oui, nous avons plus de chance de trouver Jodix en vie en dehors de cette arène. »

Les trois mercenaires se mirent en position de combat, arme à la main en s'interposant entre les gardes et la porte.

« Tu as vu qui accompagnait les deux Protechs, Sina ? demanda Danto en levant sa hache ensanglantée.
- Non mais j'ai la nette impression que toi tu le sais. »

Danto regarda son chef en affichant ce petit rictus que Sina connaissait si bien. Danto Van Brum s'autocongratulait pour sa mémoire d'exception.

« C'est la jeune Souna qu'on a libérée de prison… »

CHAPITRE TRENTE-NEUF

Une manœuvre d'équilibriste

Vizi Vragard

« Comment osez-vous me dire que mon couronnement était sécurisé ?! »

La Protectrice Valkris était à sa place à la table du conseil. Contrairement à son habitude elle n'avait fait aucun effort sur sa tenue. Elle était obnubilée par les événements de la veille et ses vêtements étaient le cadet de ses soucis. Elle avait réuni son conseil habituel en toute urgence. Il fallait prendre des décisions suite à l'attaque. Devant la salle du conseil six gardes armés veillaient activement. Depuis l'événement, la sécurité avait été triplée. La reine était en permanence suivie par une escorte d'élite lourdement armée.

« Votre Majesté, j'assume l'entière responsabilité de l'assassinat du seigneur Midland. »

Le général Viktor Midland était bouleversé. Il ne pensait pas que la semaine de son accession à cette ultime fonction un tel événement se produirait.

« Mon général, certes il y a eu des failles dans votre dispositif de protection, mais vous ne serez pas le seul à devoir en assumer les conséquences.

- Je suis tout aussi responsable. Bertran Frezi, le chef du renseignement se leva, semblant profondément troublé. Votre Majesté, j'ai failli à ma tâche, une telle information concernant la préparation d'un meurtre aussi violent lors de votre couronnement n'aurait jamais dû m'échapper.
- Et que savons-nous de cet acte horrible ?
- Nous avons deux gardes qui ont été tués en plus du seigneur Midland, poursuivit le Général Midland. Ils semblent tous avoir été tués par des haches. Seule une des haches a été retrouvée… sur le crâne du seigneur.
- Il n'y a que les Protechs à se battre avec des haches il me semble ? La reine s'interrogeait.
- Il semblerait bien que ce soit une hache Protech oui, la manufacture est de bonne qualité. Elle a été forgée, et je suis sûr de ce que j'avance, dans une forge d'Atelas.
- Ils ont donc fait une erreur dans leur parcours si parfait ? demanda la Protectrice.
- Oui Votre Majesté. Ce ne sont pas des amateurs. Nous ne savons pas comment ils sont entrés ni même comment ils sont sortis et encore moins leur nombre. Le seul indice que nous avons est cette hache. »

Le général posa l'arme sur la table. En la contemplant, le seigneur Matess Hedland ravala sa salive, elle lui rappelait l'évènement de la veille. Il avait encore en tête le regard du malheureux Vincent Midland avant qu'il ne rende son dernier souffle. La hache était petite et maniable, d'une fabrication incroyablement fine, légère et tranchante. Elle n'avait pas été nettoyée et du cuir chevelu recouvrait encore la lame ensanglantée. Vizi resta digne et n'eut pas de réaction à la vue de l'arme, la mâchoire serrée.

« C'est tout de même étrange qu'ils fassent un parcours parfait mais oublient grossièrement cette arme si caractéristique de leur clan. »

La jeune reine faisait preuve de beaucoup de réserve. Elle n'avait pas compris ce qui s'était passé ce soir-là. Dès les premiers cris sa garde était venue instantanément en protection autour d'elle afin de la faire sortir. Elle avait été mise à l'abri dans ses appartements. Le général Midland était venu peu de temps après lui faire son rapport.

« Vous avez raison Votre Majesté, mais on fait souvent des erreurs grossières, surtout lorsqu'on essaie de faire en sorte que tout soit parfait. Je crois que nous devons privilégier la piste protech. Le général avait déjà son idée sur les auteurs du meurtre.
- Je veux bien admettre que ce soit les Protechs qui aient fait ça.

Mais pourquoi l'auraient-ils fait ? Le seigneur Midland m'avait promis de me donner le nom du meurtrier de mon mari… murmura Vizi.

- Vous pensez que les Protechs ont assassiné le roi Vragard, puis le seigneur Midland ? s'exclama le général.

- Je ne fais que des suppositions, rétorqua la reine. Qu'en pensez-vous seigneur Frezi ?

- C'est vrai que nous sommes en froid avec Atelas. Nos rapports ont toujours été compliqués avec les Protechs. Nous n'avons pas la même vision des choses du monde. Le fait que nous ayons de bonnes relations commerciales avec les St'ingies y est forcément pour quelque chose.

- Évidemment, n'avons-nous rien appris du passé ? questionna sardoniquement le seigneur Hedland.

- Que voulez-vous dire par là père ?

- Nous sommes en train de reprendre le chemin qui a mené à ces cinquante monstrueuses années de guerre. Pensez-vous que les Protechs sont en mesure de déclencher une guerre ? Depuis qu'ils ont le marché des Îles Maudites ils se moquent bien de l'entente commerciale entre les St'ingies et les Valkris. Nous avons équilibré la balance commerciale depuis la fin de la guerre. Nos routes sont désormais ouvertes à tout le monde et nous entretenons de bonnes relations commerciales avec eux. Je doute que les Protechs prendraient un tel risque. Ils auraient beaucoup trop à y perdre.

- Qui donc alors ?

- Je ne sais pas.

- Quelqu'un d'autre aurait une idée du meurtrier de mon mari ou du seigneur Midland ?

- Peut-être un autre Midland qui ne voulait pas de votre mariage et de cet accord de paix avec la province ? répondit le chef du renseignement.

- Je ne crois pas, seul ce conseil et l'intéressé étaient au courant des fiançailles, impossible d'improviser une telle attaque en si peu de temps. Vous allez donc enquêter sur cette affaire et je veux des résultats rapidement. Qu'importent les moyens, qu'importe la manière. Et s'il s'avère que ce sont bel et bien les Protechs qui sont dans l'affaire… », la jeune Protectrice fit une pause et s'assit sur son siège.

« Je crois bien que je ne serais pas cette reine de la paix que j'ai évoquée lors de mon couronnement. »

Le conseil quitta la pièce. Seul le seigneur Matess Hedland resta assis sur son siège. Ils restèrent tous deux quelques instants à se regarder en chien de faïence. Le vieux Valkris se leva lentement. Il observa longuement sa fille plongée dans ses pensées. Il s'avança et posa sa main ridée sur celle de la nouvelle reine. Un moment de tendresse comme jamais elle n'en avait vécu avec son père.

« Comment vas-tu Vizi ? »

La jeune femme regarda les yeux verts de son père sous ses larges sourcils gris qui disaient tout l'amour et la compassion qu'un homme peut avoir pour son unique fille. La Protectrice, pas aussi forte qu'elle aimait le faire croire, restait une jeune femme fragile.

« Tu sais, tu es la Protectrice de ce royaume et tous comptent sur toi. Tu as le devoir d'être forte même si parfois tu ne dois pas oublier que tu es aussi une femme. Cette femme sensible, douce et tendre que j'ai devant moi. Tu as le droit de craquer ma chérie. Tu vas éprouver des joies, des misères, de l'amour, tu vivras des guerres, mais tant que ton cœur continuera à battre, n'oublie jamais cela, au risque de te perdre. »

Vizi Vragard se leva et sauta dans les bras de son père. Elle pleurait à chaudes larmes. Il fut un peu surpris d'abord, puis, l'étreignit.

« J'ai besoin de vous à mes côtés père.
- Je suis là. Qu'est-ce qui ne va pas Vizi ?
- Je fais la Protectrice forte mais il n'en est rien, je suis pleine de doutes.
- C'est normal que tu aies des doutes, tout le monde en a.
- Et si les décisions que je prenais n'étaient pas les bonnes.
- Tu en parles au conseil, tu ne les prendras jamais seule.
- Il y a certaines décisions qui ne peuvent être prises que par moi, seule avec ma conscience. »

Vizi Vragard marcha un peu dans la pièce et observa les armoiries des grandes familles Valkris.

« J'ai l'impression que tu te sens coupable de tout ce qui arrive. »

La jeune reine s'arrêta net sur cette réflexion de son père. Elle tourna son regard vers lui mais resta silencieuse. Le seigneur Matess Hedland ne voulait plus accabler la jeune reine et changea de sujet.

« Pourquoi a-t-il été assassiné selon toi ?
- Vous étiez avec moi au conseil père non ?
- Oui j'y étais mais j'aimerais ton avis à toi !
- Vincent Midland était sûr que mon époux a été assassiné. Il devait me donner le nom de l'assassin une fois nos fiançailles officialisées.

On a probablement voulu le faire taire.
- Les St'ingies ? demanda innocemment le vieillard.
- Qu'est-ce que les St'ingies auraient à faire dans cette histoire ? Je ne vois pas pourquoi maintenant vous me parlez d'eux. Le regard de la protectrice se noircit. Non je pense plutôt aux Protechs. J'ai encore beaucoup à faire. »

La reine abrégea rapidement cette discussion qui devenait gênante pour elle. Puis saluant de la tête son père elle quitta la salle du conseil. Matess Hedland savait que quelque chose n'allait pas. Il revit cette scène incroyable vécue la veille. L'agilité avec laquelle l'assassin avait sauté depuis le balcon, les derniers mots du pauvre malheureux… Il en était persuadé, c'était un coup des St'ingies. Mais pourquoi ?

Il devait enquêter de son côté sans éveiller le moindre soupçon. Si c'était vrai les conséquences allaient être désastreuses pour l'avenir des Valkris.

Il y avait une autre chose qui l'inquiétait encore plus que ses soupçons envers le peuple du Feu, il n'avait jamais été en bons termes avec sa fille depuis son mariage forcé mais il la connaissait bien.

Elle en savait bien plus qu'elle ne voulait le dire.

CHAPITRE QUARANTE

Un retour difficile

Nastelle Y'rgram

« C'est du bon travail que nous avons fait là-bas. »

Nastelle n'était plus qu'une coquille vide. Ballottée par les vagues de la mer intérieure, elle était affalée contre un des bords du pont du bateau. L'adrénaline l'avait fait tenir bon jusque-là, mais le retour de bâton en était d'autant plus terrible. Son mentor se tenait assis à ses côtés. Elles regardaient toutes deux le ciel étoilé. Il n'y a qu'en mer que le ciel nocturne peut offrir un tel spectacle. Les constellations brillaient plus les unes que les autres.

Gallea savait qu'elle allait devoir soutenir sa jeune protégée. Le prix de la culpabilité était élevé.

« Je te le répète, c'est un excellent travail que nous avons fait là-bas. »

Nastelle restait silencieuse. Elle se remémorait la scène encore et encore. Le bruit de la hache qui s'enfonçait dans le crâne du malheureux. Le sang qui giclait jusque sur son visage. Puis les quelques secondes où elle avait croisé le regard du condamné. La terreur et l'incompréhension. Elle ne savait strictement rien de cet homme, pas même son nom. Mais c'était peut-être mieux comme cela, tout serait plus simple pour elle.

« Nous en avions parlé avant la mission. C'est un poids avec lequel tu vas devoir réussir à vivre. Si tu ne le supportes pas, la culpabilité va te ronger de l'intérieur. J'en ai tellement vu sombrer et je ne veux pas que cela t'arrive. Tu es forte Nastelle, tu es une grande guerrière et tu vas devenir la meilleure, j'en suis certaine. Il faut que tu te reprennes. Demain nous serons à Aldrosaïa pour un repos amplement mérité. Il ne faut pas que tu montres la moindre faiblesse, si les autres voient que tu doutes, tu vas perdre leur confiance. Ce que tu as fait hier, ce sang-froid, ce professionnalisme, alors que c'était ta première mission les a tous impressionnés. Je suis moi-même étonnée de la façon dont tu as su maîtriser les évènements, et crois-moi, ce que tu as réalisé va impressionner jusqu'à ton père. »

Gallea venait de toucher une corde sensible. Nastelle regarda la mage, les yeux brillants.

« Merci Gallea, je vais te faire honneur. »

Elle essuya ses larmes du revers de la manche, puis se leva, regagna l'intérieur du bateau et partit se coucher, sans un mot. Elle était épuisée. Le sommeil la prit rapidement. Elle ne rêva pas cette nuit, heureusement...

Aldrosaïa.

Elle n'avait jamais eu cette vision de la ville. Les rayons du soleil levant rougissaient les bâtiments couleur sable de la cité millénaire. Nastelle avait quitté Aldrosaïa quelques jours seulement, mais elle semblait la découvrir comme le jour où elle y avait posé le pied pour la première fois.

« Lorsqu'on pense avoir perdu toute humanité on se rattache à nos souvenirs, notre famille, nos amis. Ce sont eux qui nous rappellent que l'on sait aimer. Il faut oublier tout le reste. »

La jeune St'ingie sentit une tape amicale sur l'épaule en même temps qu'elle écoutait ces paroles. Flo Suo'pa regardait le spectacle de lumière qu'offrait leur ville. Nastelle fit mine de ne pas comprendre sa remarque.

« Je t'ai entendu pleurer cette nuit.
- Désolée…
- Tu n'as pas à t'excuser. Tu sais que je n'aime pas me prendre au

sérieux. Je plaisante dès que je le peux, mais il s'agit d'un masque pour moi. Je n'aime pas montrer mes émotions, alors je les cache par l'humour. Ce que nous avons fait cette semaine n'est pas naturel pour le commun des mortels. Et c'est pour cela que je suis rassuré de t'entendre pleurer.

- Pardon ?

- Pas que je prenne du plaisir à te voir pleurer, non. Mais pleurer est une marque d'humanité. Les animaux ne pleurent pas. Ce qui n'aurait pas été normal, c'est que tu sois restée de marbre suite à nos actes, démunie d'émotions. Moi je ris, toi tu pleures, ce sont les deux seuls points qui nous distinguent des animaux. Ils nous rendent humains, et ce sont ces attitudes qui nous permettent d'oublier nos consciences quand elles se rappellent trop à nous.

- Mais…

- Tu n'es pas un monstre Nastelle, regarde-moi. Tu es une jeune et belle femme, tu es animée d'une passion extraordinaire. Tout ce que tu fais, tu le fais avec abnégation. Je ne sais pas d'où te vient ce sens des autres, ce sens magnifique du partage, mais crois-moi il fera de toi une femme heureuse. Pour toi le bonheur n'est pas la recherche égoïste du plaisir personnel. Et crois-moi, tu seras non seulement heureuse, mais tu rendras bien des gens heureux autour de toi. »

Une larme coulait le long de la joue de la guerrière. En l'écrasant d'un petit mouvement rapide, elle sourit.

« J'espère qu'ils vendent des œufs brouillés sur le port car j'ai vraiment faim ! »

Flo rit en frappant le bras de la jeune fille. Le reste de l'équipe venait de les rejoindre. Le mage St'ingie fit un clin d'œil à Nastelle et quitta le bateau enfin amarré. La jeune guerrière laissa passer tous les membres devant elle. Chacun eut un regard ou un petit geste amical vers elle. Lorsque ce fut au tour de Clash, il la regarda, une expression inhabituelle sur le visage, voulut dire quelque chose, se ravisa et quitta le navire rapidement.

Des chevaux attendaient l'équipe qui partit dans un nuage de poussière au quartier général. Tout le monde savait qu'ils revenaient de mission. Ils avaient été absents plus d'une semaine, mais personne ne connaissait les détails de ce qui les avait tenus éloignés. C'était la règle : seuls ceux qui doivent connaître les termes de la mission en sont informés. Cette méthode permettait de maintenir le secret, et si une fuite devait mettre en péril le succès des membres de la guilde, il serait facile de réunir les gens concernés dans une même pièce. N'en ressortiraient que ceux qui seraient innocentés !

Alex Ga'drik, le chef du groupe Ler'Qan, les attendait dans son bureau. Il ne cacha pas sa satisfaction. Il se leva de sa chaise une fois la porte fermée par le dernier membre du groupe. Voir leur chef réjoui les mit tous d'une humeur agréable, sauf Binen, qui ne cachait pas son entière désapprobation. Nastelle fit mine de se réjouir avec ses équipiers. Elle ne voulait pas que quiconque sache qu'elle avait mal vécu ce premier assassinat. Mais Alex s'en doutait bien.

« La mission est une entière réussite. La réelle difficulté résidait dans l'exfiltration. Je félicite votre cheffe d'équipe, Gallea, qui a su la mener à bien du début à la fin. Vous avez mérité quelques jours de repos. Merci à vous. »

Alex avait été bref, il ne voulait pas les fatiguer avec de longs discours. Il savait qu'ils voulaient désormais se reposer. Tous quittèrent le bureau. Dès leur sortie, Gallea arrêta Nastelle dans le couloir.

« Ça ira ?
- Oui oui, j'ai discuté ce matin avec Flo et cela m'a vraiment fait du bien.
- Lui ? Il n'est jamais sérieux, dit Gallea en riant.
- C'est vrai, confirma Nastelle en souriant timidement.
- En tout cas ça a l'air de t'avoir fait du bien, tu as retrouvé le sourire. Tu vas faire quoi pendant ton repos ?
- Je vais aller chez mon père. Ça va mieux entre nous deux et j'aimerais en profiter un peu.
- Très bien, et si ça ne va pas tu sais où me trouver. »

Elle n'était pas retournée dans la maison de son enfance depuis la disparition de son petit frère et son intégration à l'école militaire. Tout ce qu'elle touchait, regardait ou sentait lui rappelait des souvenirs de son enfance. Les jardins, l'odeur des orangers et des jeux qu'elle y faisait. Sa chambre de jeune fille n'avait pas bougé et était restée intacte. Elle sourit quand elle prit sa poupée de petite fille qui était posée sur son lit. Elle monta sur le toit de la maison. Il était plat et servait de terrasse lors des réceptions. C'était déjà la fin de la journée. Elle avait pris le temps de se laver, de manger à sa faim et de bien se reposer. Seuls le jardinier, le majordome et la cuisinière étaient présents dans cette immense demeure. Elle se sentait plus seule que jamais. Mais étrangement, cette solitude lui faisait du bien.

Elle s'allongea et regarda les étoiles pensivement.

« Je savais que je te trouverai ici… »

Elle aurait pu reconnaître cette voix grave entre mille. C'était son père Algorim qui l'avait rejointe.

Il s'assit à côté d'elle. Elle ne bougea pas. Elle resta allongée, les mains sur la nuque.

« Comment saviez-vous que j'étais ici, père ?

- Je te connais bien plus que tu ne le penses. Je sais que je n'ai pas été le père présent dont tu as rêvé durant ton enfance. Je le regrette. Malgré la distance entre nous j'ai toujours su que tu aimais monter sur ce toit pour y contempler les étoiles, surtout quand tu as de la peine.

- Elles m'apaisent père. Chaque fois que j'ai des doutes, des tourments, je monte ici. Je ne sais pas ce que sont les étoiles, c'est un mystère, mais elles me rappellent qu'on ne peut pas tout savoir, que nous ne sommes après tout que des grains de poussières dans un monde qui nous dépasse.

- On m'a dit, dans mon enfance, que ces étoiles étaient les âmes de nos ancêtres qui veillent sur nous. Je t'avoue que je ne sais pas trop quoi penser. Je me souviens d'un vieux soldat St'ingie qui a fait graver une épitaphe sur sa tombe et qui m'a marquée.

- Quelle épitaphe ?

- « Ore elqua aras, areas elqua onos » qui veut dire «Je fus ce que tu es, tu seras ce que je suis». Notre existence est éphémère Nastelle, notre seule destinée est de mourir. Tout ce que nous faisons dans cette vie nous le provoquons. Rien n'est écrit, rien n'est inéluctable. Certaines de nos actions, bonnes comme mauvaises, peuvent bousculer l'équilibre qui régule notre vie. Nous avons notre destinée entre nos mains. Nous pouvons choisir le chemin que prend notre vie. Mais à la toute fin, lorsque nous ne serons plus que cendres, ce qui restera sera l'empreinte de notre passage.

- Peut-être que, sans le vouloir, vous m'avez inculqué cette philosophie Père. Et pourtant, pendant toute mon enfance vous m'avez traité comme si j'étais une bonne à rien et vous avez fini par m'en convaincre. Vous m'avez rabaissée face à Donamaz. Vous m'avez fait comprendre que ma vie n'était rien à côté de celle de mon petit frère, qu'elle n'avait pas d'importance dans ce monde.

- Et regarde ce que tu es devenue. Je ne sais pas si ma façon de me comporter avec toi était la bonne, mais le résultat est formidable. Peut-être même en suis-je fier... Il regarda la jeune femme qui continuait de contempler les étoiles. J'ai eu le rapport de vos activités, et sache que pour cela au moins, je suis fier de toi. Tu as compris que la mission que tu as réalisée à Erefan va bousculer le monde dans lequel nous vivons. Tu as agi pour modifier ta destinée, la destinée de beaucoup d'hommes et de femmes. Tu es utile, tu le prouves.

- Oui je le sais. Pourtant je n'ai pas une vision globale, je ne peux pas juger mes actions là-bas. Je ne sais même pas trop quelles sont toutes les conséquences de ce que j'ai fait.

- N'as-tu pas eu peur de mourir là-bas ?

- Je n'ai jamais eu peur de la mort. À vrai dire c'est presque une motivation, savoir qu'il y a une fin me force à vivre encore plus intensément. Nastelle prit une grande bouffée d'oxygène, comme pour s'insuffler de la vie.

- J'ai bien fait de tout mettre en œuvre pour que ce soit toi qui sois mise sur cette mission. Tu n'auras désormais plus besoin de faire tes preuves, tu as été à la hauteur des ambitions que j'avais pour toi.

- Merci père. Vous savez je pense souvent à Donamaz… Il me manque tellement.

- Il me manque à moi aussi Nastelle. Je pensais à l'époque ne jamais pouvoir m'en remettre. Pendant votre enfance, je t'ai complètement mise de côté. Ma vision égocentrique m'a fait oublier que j'avais une fille merveilleuse. J'en ai des regrets. Tu me rappelles vraiment ta mère… Et c'est aussi peut-être pour cela que j'ai été odieux. Je refusais de voir en ma fille mon épouse que j'avais tant aimée. Les conséquences de l'amour sont parfois étranges pour un vieux guerrier.

- J'apprécie votre honnêteté.

- Et les derniers évènements m'ont prouvé que tu méritais d'être traitée comme une femme accomplie, comme la princesse qu'aurait dû être ma fille dès l'origine, comme une personne de confiance. Profite au maximum de tes quelques jours de repos, je vais avoir besoin de toi prochainement à mes côtés. Les choses bougent ici et j'ai besoin de personnes de confiance. Aujourd'hui tu incarnes mieux que quiconque ce rôle. Tu es devenue non seulement l'enfant que j'ai toujours rêvé d'avoir, mais aussi le partenaire idéal que j'ai toujours souhaité.

- Les choses bougent ? La jeune femme s'assit et se tourna vers son père.

- Je ne vais pas t'embêter avec cela maintenant Nastelle, prend du repos, nous en parlerons plus tard lorsque tu seras bien reposée. »

Le vieux mage quitta le toit laissant la jeune guerrière seule. Elle avait gagné la confiance et la fierté de son père, un rêve réalisé… mais à quel prix ?

Nastelle se mit à pleurer.

CHAPITRE QUARANTE-ET-UN

Un chef dans la tourmente

Kimbra Sayane

« Le vote est clos, je n'utiliserai pas mon droit de veto. »

Les chefs de toutes les équipes étaient réunis dans la salle de réunion d'Umbrea Mortalis. Seul le siège de Sina Mura était vacant. La table ovale, en bois verni, encombrait une salle un peu exiguë. Kimbra Sayane se tenait affalé dans un fauteuil en bout de table, et, de part et d'autre, cinq chefs d'équipe sur les six que comptait la guilde occupaient, un peu plus dignement, leurs sièges. Un observateur extérieur aurait pu penser que Kimbra, alors qu'il était lui-même Protech, avait fait une préférence ethnique lorsqu'il avait choisi ses lieutenants. Quatre d'entre eux étaient Valkris, seul le dernier était Protech. Mais c'était tout simplement parce que la plupart des mercenaires de la guilde étaient Valkris. Le meneur était fatigué et il pouvait difficilement le cacher aux autres ; il avait les traits tirés et des poches grises en guise de cernes sous les yeux. Les derniers temps avaient été très difficiles pour eux. D'abord l'échec cuisant de la mission qui aurait dû renflouer les caisses, puis toutes les conséquences qui en avaient découlé, jusqu'à la guerre avec la guilde concurrente. Étrangement il n'avait pas eu de nouvelle de Waregrund, mais ce n'était pas pour lui déplaire. Il détestait devoir justifier de ses actes devant qui que ce soit, et encore plus devant un sous-fifre. Il savait pourtant qu'à un moment ou à un autre cette affaire ressurgirait et il lui fallait donc préparer le terrain.

Aujourd'hui ce n'était pas sa principale préoccupation. Trois jours seulement après son retour de Timeva il avait réuni d'urgence tous ses chefs d'équipe. Ce type de réunion était tout à fait exceptionnel et le souvenir de la seule autre assemblée de ce type avait inquiété tous les chefs convoqués ce jour-là. Kimbra savait que les débats allaient être houleux, et ils l'avaient été. Les mercenaires autour de la table avaient d'abord dû répondre par un simple oui ou non à une question.

« Sina Mura doit-il être expulsé d'Umbrea Mortalis ? »

Le règlement était clair, un simple mercenaire pouvait être exclu sans ménagement, en revanche lorsque cela concernait un chef d'équipe il fallait la majorité absolue parmi ses pairs. Afin d'éviter des excès, le chef de la guilde possédait un droit de veto.

Il avait eu tout le temps du retour de son long séjour pour réfléchir à la situation dans laquelle se trouvait Umbrea Mortalis. La guilde était un peu l'enfant qu'il n'avait jamais eu et il était prêt à tous les sacrifices pour sa survie, absolument tous…

Tandis que, dans une certaine solennité, en tout cas pour des mercenaires, les chefs d'équipe quittaient la pièce, Kimbra se remémorait tous les évènements qui avaient conduit au vote.

Il ferma les yeux et s'assit bien confortablement dans son siège. Les souvenirs ressurgirent.

Il avait pris la route pour Timeva avec les deux jeunes mercenaires et Disel. Il voulait profiter de la situation de Disel, considéré comme ex-membre de la guilde, pour facilement approcher Dari Col ou l'un de ses hommes de main. Cette stratégie avait pour unique but de tenter de réaliser un premier contact afin d'aboutir à une rencontre pacifique entre les deux chefs.

La ville portuaire lui était étrangère depuis longtemps et ses réflexes de mercenaire s'étaient quelque peu émoussés. Harvey et Jax étaient peu expérimentés mais avaient fait leurs classes dans cette ville et pouvaient le guider. Ils avaient d'abord recherché une auberge confortable, Kimbra regrettant que celle de sa guilde n'existe plus. Le comptoir implanté depuis de nombreuses années avait été déserté et les locaux partiellement incendiés. Le chef avait observé longuement le gâchis, fouillant les décombres sans vraiment chercher quoi que ce soit. Timeva était fidèle à ses lointains souvenirs. Pourtant il avait senti rapidement que sa guilde était *persona non grata.* Son ennemi l'observait probablement et aucune de ses actions ne pouvait rester discrète. Il avait erré dans les rues, accompagné des deux jeunes mercenaires qui étaient, pour leur part, tendus.

Le soir, il avait longuement attendu la rencontre avec Disel. Il s'était impatienté dans l'auberge dans laquelle ils devaient se retrouver. Les clients avaient peu à peu vidé les lieux. Jax s'était endormi sur la table tandis que son binôme luttait pour ne pas faire de même. Le vieux Protech dormait peu, il n'avait eu aucun mal à rester éveillé. Le rhum st'ingie, dont il avait toujours adoré abuser et qui ne manquait pas dans cette auberge, l'avait accompagné pendant cette attente.

« Je n'espérais plus te voir ici.

- Je pensais que tu serais déjà couché, désolé pour le retard. Je vais t'expliquer ce qui s'est passé et tu comprendras. Disel s'était assis sur un des tabourets libres autour de la table, Harvey s'était endormi à son tour peu de temps auparavant.

- Je sais que tu as une bonne raison alors raconte-moi tout. »

Ils étaient les derniers occupants de l'auberge encore sobres. L'aubergiste restait à laver les derniers verres sales. Seuls deux Protechs complètement saouls étaient affalés sur le comptoir. Disel fit un tour d'horizon, pour vérifier qu'eux seuls puissent suivre la conversation. Il s'était emparé la bière que Jax n'avait même pas pris la peine de terminer, et en avait bu une gorgée avant de commencer son récit.

« C'est un bon gros bazar toute cette affaire.

- Merci, tu m'apprends vraiment quelque chose de nouveau...

- Laisse-moi poursuivre. Selon mes sources Dari Col fait un peu plus que dans le mercenariat.

- Comment cela ?

- C'est un secret de polichinelle ici, étrangement je n'avais jamais eu vent de ces informations alors que j'habite ici. Il ferait dans le trafic d'esclaves. Je suis presque sûr qu'il est protégé par le chef de la garde qu'il arrose de pots-de-vin.

- Ce n'est pas vraiment la mission que je t'avais confiée.

- Je sais. J'ai vu Col ce soir, j'étais à son quartier général. Au début j'ai fait croire que je recherchais une nouvelle guilde. Ils n'ont étrangement pas été méfiants. J'ai par contre subi une fouille minutieuse avant de me retrouver devant le chef. J'ai décidé de jouer franc-jeu avec lui.

- Et que t'a-t-il dit ?

- Il a ri. Il savait que tu essaierais de l'approcher. J'avoue avoir été

surpris. Il a un marché à te proposer. Vous avez rendez-vous demain, fin de matinée dans leur quartier général.
- J'y serai.
- Et si c'était un piège ?
- Dari Col a tous les défauts du monde mais c'est un homme de parole. Allons voir ce qu'il me veut. »

La nuit avait été courte. Kimbra n'avait pas réussi à trouver le sommeil qui lui manquait tant. Il savait que son passé allait ressurgir et avait tourné et retourné toutes les possibilités d'actions pour que cela ne lui explose pas au visage.

Accompagné de ses trois affidés il s'était dirigé vers ce lieu qu'il connaissait bien, mais dans lequel il ne s'était pas rendu depuis plus de quatre ans. Rien n'avait changé. Les membres de la guilde des Griffons avaient été froids envers les quatre hommes, mais sans animosité pour autant.

« Attendez devant la porte, on est ici en paix alors pas de bêtise. »

Kimbra avait senti que ses subordonnés étaient nerveux. Il avait voulu s'assurer que tout était clair avant d'aller parlementer avec Dari Col. Il ne fallait pas oublier que quelque temps auparavant, trois membres d'Umbrea Mortalis avaient tué plusieurs Griffons. Une vengeance n'était pas à exclure et il espérait pouvoir trouver une issue pacifique à la situation.

« Oh ! Une tête connue, tu as vieilli Kimbra !
- Toujours aussi délicat à ce que je vois, Dari... Le vieux Protech s'assit sur un siège sans attendre que son interlocuteur ne le lui propose.
- On ne me changera plus, ma mère avait essayé, elle en a rapidement eu des cheveux gris.
- Ça me plairait bien de parler avec toi de ta mère durant de longues heures mais ce n'est pas le but de ma visite.
- Toujours aussi incisif le vieux Kimbra. »

Les deux hommes avaient ri. Un inconnu présent dans la pièce n'aurait jamais pu croire qu'ils étaient les meneurs des deux plus importantes guildes de Timeva, plongées dans un conflit qui avait déjà entraîné la mort de plusieurs hommes. L'atmosphère était plutôt détendue mais cachait un mal-être latent entre les deux interlocuteurs. Dari s'était levé de son siège et avait servi deux généreux verres de l'alcool préféré de son vieil ennemi.

« Il n'est pas un peu tôt ? demanda Kimbra.
- Il n'est jamais trop tôt, répondit Dari. Pourquoi as-tu fait ce si long chemin depuis Énolia ?
- Tu te fous de moi ? Tu as lancé une vendetta sur ma guilde et ses membres ! Tu as brûlé le comptoir de Timeva !
- Pourquoi avoir envoyé des membres de ton équipe interférer dans mon petit commerce ?
- Tu me crois assez stupide pour menacer ton commerce ? C'est un malheureux concours de circonstances.
- Que veux-tu dire par là ? Le doute semblait s'installer chez Dari.
- Je n'en sais pas vraiment plus. Mais sache que j'ai perdu le contrôle de trois de mes mercenaires après un incident à Énolia.
- Le grand Kimbra Sayane a perdu le contrôle de trois de ses sous-fifres, dont Sina Mura ! »

Dari Col avait éclaté de rire entamant l'apparente bonne humeur du Protech. Après avoir réfléchi quelques secondes, il finit par donner son verre de rhum à Kimbra qui le lorgnait depuis le début de la conversation, attendant impatiemment que Dari veuille bien s'en séparer.

« Attends, l'évasion de la prison d'Emultech c'est toi ?
- Quelle perspicacité ! Quels mercenaires, mis à part les miens, seraient capables d'un tel exploit ? Pour en revenir à l'affaire qui nous concerne je ne sais pas pourquoi ils se sont trouvés en travers de ton chemin mais il y a forcément une explication. Suite à l'évasion on a perdu de vue un St'ingie de l'équipe de Sina et la jeune femme que nous devions libérer. »

Kimbra avait décidé de jouer carte sur table.

«Ah je comprends mieux maintenant ! »

Dari Col s'était remis à rire, son interlocuteur n'aurait pas su dire s'il s'agissait d'un rire nerveux ou sincère. Mais toute cette situation l'agaçait de plus en plus. Il perdait peu à peu la patience qui lui restait.

« Tu vas continuer à rire comme un idiot ou tu vas me fournir une explication ?
- Tu sais que je n'ai pas arrêté mon petit commerce plutôt lucratif ?
- Oui je sais.
- Et bien, je pense que j'ai vendu aux Îles Maudites ton mercenaire et sa petite protégée.
- Tu es sérieux ? Le vieux Protech était tombé des nues.
- Si j'avais su, tu penses bien que je ne les aurais jamais vendus…

Je crois que je te dois des excuses, enfin en partie.
- En partie ?
- Oui, tes membres m'ont mis dans une situation délicate. Au fait le jeune Valkris, Selvin, il est de chez toi aussi ?
- Oui, pourquoi parles-tu de lui ?
- Il a aidé Toklib à voler un document qui m'appartenait, je suppose qu'il voulait avoir des informations concernant le St'ingie et la Souna. Je les ai pris pour des menaces et j'ai abrégé les souffrances du jeune Toklib.
- Et concernant Selvin ?
- Ce Valkris a de la chance d'avoir Sina, le meilleur mercenaire d'Arkadis, comme chef. Lui et son partenaire ont tué quatre de mes meilleurs hommes avant de le libérer. »

Cette fois-ci c'était Kimbra qui s'était mis à rire nerveusement. Il avait avalé son verre cul sec.

« Et dire que j'étais venu m'excuser… En revanche je m'interroge sur les motifs qui te poussent à tout me dire.
- Je sais que nos affaires vont mal à tous les deux. Si je veux te proposer une association je vais devoir jouer la carte de l'honnêteté.
- Une association ? Nous avons déjà tenté l'expérience. J'en ai perdu deux de mes meilleurs hommes.
- Je sais, tu ne peux pas faire dans le commerce d'esclave, tu es trop honnête pour ça, trop de conscience morale.
- Ne reparlons plus jamais de ce qui s'est passé, le passé doit rester enfoui. Que proposes-tu si ce n'est pas du commerce d'esclave ?
- Disons que le travail de mercenaire ne paie pas assez pour le profit qu'on en retire. Je te propose donc un marché simple. J'aimerais concentrer toutes mes activités vers le commerce d'esclaves, mais j'ai besoin d'une couverture et ta guilde de mercenaires est parfaite pour ça. Ce que je te propose, c'est de récupérer tous mes contrats de mercenariat en échange desquels tu m'assurerais une couverture.
- Tu me demandes donc de faire tes contrats en faisant croire que ce sont les Griffons qui les font ?
- Exactement, et tu toucherais quatre-vingts pour cent des bénéfices.
- L'offre ne me semble pas malhonnête. Que comptes-tu faire pour mon comptoir entièrement détruit ici ? Je vais en avoir besoin pour honorer ce marché.
- Je vais t'aider à tout reconstruire, à mes frais. C'est la moindre des choses en gage de ma bonne volonté. »

Tout s'était ensuite enchaîné. Ils étaient restés sur place plusieurs jours pour régler les derniers points avec les Griffons. Ils avaient aussi participé à la reconstruction du comptoir. Les ouvriers Protechs que

Dari Col avait engagés travaillaient bien et vite. Quelques jours avant leur retour à Énolia, Kimbra s'était à nouveau entretenu avec Disel.

« Tu as compris que la situation s'est profondément modifiée. Et d'après mes dernières investigations je soupçonne fortement que Sina est encore en vie et qu'il recherche Jodix.

- Oui j'ai cru comprendre. Es-tu en train de me dire que tu reviens sur ton marché ?

- Non, mais je vais y apporter une petite modification. En rentrant à Énolia je serai dans l'obligation de soumettre au vote l'expulsion de Sina. Il a désobéi à un de mes ordres directs et tu es bien placé pour savoir que je ne peux pas laisser passer ce genre d'attitude. Si Sina est expulsé d'Umbrea Mortalis je te confierais son équipe, sinon je te confierais la gestion du comptoir de Timeva. Dans tous les cas tu seras récompensé pour ton aide et ta loyauté.

- Ce n'est pas ce qui était prévu, mais je ne suis pas en position de refuser de toute façon. Tu ne m'as jamais dit ce que vous vous étiez dit le premier jour avec Dari Col.

- J'ai arrangé les affaires de la guilde et c'est tout ce que tu dois savoir. Tu vas rester ici pour finaliser la reconstruction du comptoir, moi je dois rentrer à Énolia. Je te fais confiance. Je te donnerai des nouvelles après le vote. »

Kimbra Sayane ouvrit les yeux. Il était désormais seul dans la salle de réunion. Il se leva difficilement, il ne savait pas combien de temps il était resté, tant il avait été absorbé par ses pensées. Il y avait tellement à faire. Il se rendit dans son bureau. Un jeune Valkris d'environ seize ans attendait devant la porte.

« Monsieur, le gouverneur vous cherchait et comme je ne savais pas quoi lui dire alors il a décidé de s'installer dans votre bureau. Je n'ai rien pu faire.

- Techtlo ? Manquait plus que lui. Ce n'est pas grave p'tit. »

Il entra en trombe dans son bureau. Le gouverneur Pope Techtlo était assis confortablement dans l'un de ses sièges, un verre à la main.

« Ne vous gênez pas, faites comme chez vous !

- Je suis un peu chez moi partout à Énolia.

- Sauf dans le quartier interdit apparemment.

- Je vois que vous avez le sens de la répartie Sayane. Je suis le gouverneur Techtlo, je crois que nous n'avons jamais eu l'occasion de faire connaissance.

- Je ne m'en portais pas plus mal. Je suppose qu'au bout de tant de temps à votre place de gouverneur vous ne venez pas faire une visite

de courtoisie.
- Je comptais vous rendre visite plus tôt mais vous étiez à Timeva. Étrangement vous quittez la ville au moment où j'ai besoin de vous parler. Je n'aime pas trop ce genre de coïncidence.
- Arrêtez de tourner autour du pot gouverneur, vous comme moi sommes des hommes dont le temps est précieux.
- Vous avez raison, je ne suis pas venu ici parler avec vous du temps qu'il fait. Je sais de source sûre que vous êtes impliqués dans l'évasion de la prison d'Elmuntech.
- Une évasion à la prison d'Elmuntech ? C'est incroyable gouverneur ! J'espère que ce n'est pas un affreux bandit qui s'en est échappé.
- Arrêtez de vous foutre de moi. Je ne suis pas venu vous demander d'avouer votre forfait. Mais sachez que désormais je garde un œil sur vous et votre organisation. Je serai au courant de chacun de vos faits et gestes et s'il le faut je vais vous pourrir la vie.
- Vous pensez que je vais m'énerver ? Faites donc ce qui vous semble juste gouverneur, je n'ai rien à me reprocher. Je peux simplement vous dire que vous perdez votre temps. Je pensais que vous aviez autre chose à faire dans notre grande capitale que de surveiller une guilde qui respecte la loi.
- Une guilde qui respecte la loi ! Ne me faites pas prendre des vessies pour des lanternes Sayane. Merci pour le verre, on se reverra bientôt. »

Kimbra Sayane serra les dents. Le gouverneur posa son verre sur la table basse en face de lui et se leva. Au moment de quitter la pièce il se retourna vers son interlocuteur.

« Ah, j'oubliais, un mendiant a reconnu l'un de vos plus célèbres mercenaires sortir de la prison ce soir-là… Sina Mura c'est ça ? Vous avez une semaine pour me le livrer sinon je viendrais moi-même raser ce comptoir et je vous jetterai en prison ! Croyez-moi ce n'est pas par les égouts que vous y entrerez ! »

La porte claqua derrière lui. Le visage de Kimbra se crispa. Il but son verre d'un trait et alors qu'il semblait pouvoir enfin être tranquille, Ligorim, son comptable, entra dans le bureau.

« C'est bien Techtlo que je viens de voir sortir de ton bureau ? hurla le sourd.
- Oui Ligorim, et ce n'est pas parce que tu es à moitié sourd que tout le monde l'est, baisse d'un ton veux-tu ?
- Que voulait-il ?
- Il me menaçait pour l'histoire de la prison. Kimbra semblait

désespéré.

- Il n'a aucune preuve. Que veux-tu qu'il nous fasse ?
- Je pense qu'il veut simplement nous pourrir la vie. Cela pourrait nuire à ma nouvelle association.
- C'est pour ça que je suis ici Kimbra.
- Je ne suis pas d'humeur à écouter tes jérémiades.
- Tu vas quand même les entendre. Ton association avec Col nous a déjà coûté trop cher. Tu n'oublies pas Childeryck Fryz et Hans Techapoin j'espère ?
- Je pense à eux chaque jour que Gébir fait, mais nous n'avons pas le choix et la guilde est au plus mal. L'argent qui va désormais arriver de Timeva nous est indispensable, et tu es le mieux placé pour le savoir.
- Tu as de la suite dans les idées toi.
- Je n'ai pas pardonné à Dari Col pour ce qui s'est passé il y a quatre ans. J'ai ma part de responsabilité mais il est certainement plus fautif que moi encore. Et maintenant j'ai rajouté le meurtre de Toklib à la longue liste de reproches que j'ai à lui faire.
- Pauvre gamin. Tu veux faire quoi ? »

Kimbra se leva et se servit un verre de l'alcool dont il commençait à devenir un peu trop dépendant.

« Une chose à la fois, d'abord débarrassons-nous de ce maudit gouverneur ! »

CHAPITRE QUARANTE-DEUX

Une raison d'y croire encore

Waregrund

« Maître, vous êtes décidément plein de surprises ! »

Le vieux Protech tenait le Cœur de Mythril dans les mains. Tout Arkadien avec un minimum de culture savait ce que c'était et surtout ce qu'il représentait, même s'il n'était pas réapparu depuis une cinquantaine d'années.

Le pouvoir !

Ses mains burinées et ridées en tremblaient. Tout devenait clair dans son esprit. D'abord son mystérieux patron qui lui demande de surveiller et protéger une jeune fille des rues, puis ce même patron qui s'avère être un Xya.

Est-ce le père d'Amaya ? Pourquoi est-il resté éloigné de la jeune fille ? S'il s'agit d'une Xya, pourquoi a-t-elle l'apparence d'une Souna ?

Tant de questions en suspens. Waregrund ne savait ni lire ni écrire, mais sa curiosité naturelle lui avait permis de s'instruire au fil du temps. Enfant, sa mère, Elmira, qui l'avait quitté trop tôt, lui racontait tous les soirs de nombreuses histoires merveilleuses. Celles sur les

Xyas étaient ses favorites. Aujourd'hui encore les légendes entourant ce peuple mystérieux, qui serait à l'origine du monde, le passionnaient. La douce voix d'Elmira, résonnait encore et toujours dans sa tête.

Les légendes racontent qu'en des temps immémoriaux un mystérieux météore vint s'écraser sur les terres gelées du nord d'Arkadis. Alors apparurent les Xyas. Ils avaient blessé la planète qu'ils ne savaient pas occupée par des hommes. Ils avaient voyagé depuis les confins de l'univers pour trouver une terre promise. Ils s'étaient sentis coupables d'avoir abîmé la planète d'autres êtres. Aussi, ils avaient concentré leurs pouvoirs dans quatre cristaux qui avaient la capacité de la soigner. Des émissaires se rendirent aux quatre coins du monde. Le Cristal de l'Air fut confié aux hommes du Nord, celui du Feu à ceux de l'Ouest, celui de l'Eau à ceux de l'Est et celui de la Terre à ceux du Sud. Les hommes les accueillirent comme des dieux. Certains hérétiques disent que les dieux que nous prions ne sont que ces émissaires transformés dans l'imaginaire commun. Qu'importe ! Ils ont changé la face du monde à tout jamais. Les hommes commencèrent ensuite à se transformer au contact des cristaux. Ils évoluèrent physiquement, certains apprenants à maîtriser leur élément. Les quatre races élémentaires venaient d'apparaître. Plus tard, les hommes, éternels insatisfaits, incapables d'obéir à la volonté des Xyas, échangèrent le Feu et la Terre, créant un grave déséquilibre. À l'époque les Xyas avaient pensé que cet acte n'aurait aucun impact. Mais l'équilibre de la terre qu'ils avaient voulu créer en avait été bouleversé. Les éléments n'étaient plus en opposition aux quatre points cardinaux. Des conflits éclatèrent. Pour lier les peuples entre eux, ils envoyèrent un enfant dieu qui fut nommé par les hommes simplement « Xya ». Il détenait le Cœur de Mythril. C'était le Cristal originel, celui qui avait permis de créer les quatre autres. Par la suite, chacun de ses héritiers l'avait reçu en guise de symbole de sa légitimité divine. C'était il y a plus de mille ans maintenant. Les hommes de l'époque en firent leur roi, celui qui avait rassemblé les peuples d'Arkadis. La paix régnait sur terre, peut-être pour toujours. Mais plus de mille ans plus tard quelque chose ou quelqu'un troubla cet équilibre. La guerre fut déclarée. Les peuples se déchirèrent. Le roi fut tué.

Waregrund était nostalgique du temps où sa mère adorait lui raconter ces histoires. Elle n'avait cessé de lui répéter que ce n'étaient que des légendes racontées aux enfants pour les faire dormir, mais au plus profond de son cœur il était persuadé qu'il y avait une part de vérité.

« Tu rêvasses Waregrund ? »

Siral Gan sortit le Protech de son sommeil léthargique. Ils étaient tous deux devant un bol d'avoine. La nuit ne leur avait pas porté conseil, ils étaient bloqués depuis quelques jours sans vraiment savoir où aller. Le vendeur d'esclave n'avait pas pu ou voulu leur en dire plus. Waregrund tenait dans ses mains le médaillon qu'il n'avait pas lâché une seule seconde.

C'était comme si une force l'en empêchait.

Le sens de sa vie tenait dans le creux de sa main sous la forme de ce mystérieux Cœur de Mythril. Un Xya qui le recrute, une jeune fille qu'il doit suivre et protéger sans qu'elle ne s'en rende compte, un voyage, peut-être son dernier, jusqu'ici sans réel but.

« Non non, nous sommes bloqués ici et ça me désespère. Sa main se crispait sur le Cristal.

- Justement je voulais te parler d'une nouvelle que j'ai apprise ce matin par hasard au détour d'une conversation.
- Ce n'est pas comme si j'avais beaucoup à faire, je t'écoute.
- Apparemment il y a eu de drôles d'évènements aux fêtes de Tlaloc hier à Goa. Une équipe de mercenaires aurait combattu sur le tableau final, jusque-là rien d'anormal, mais écoute la suite. Pendant le combat, trois spectateurs, et là toutes les versions divergents, ont attaqué et enlevé un des combattants, certains parlent de Protechs, d'autres de St'ingies ou de Valkris. L'irangul enlevé serait un St'ingie d'une vingtaine d'années nommé Spark.
- Je ne vois pas où tu veux en venir…
- Si je me souviens de l'histoire que tu m'as racontée, un groupe de mercenaires a essayé de sortir la jeune Amaya de la prison. Ils ont réussi l'évasion, mais au final elle s'est retrouvée perdue dans la nature avec un St'ingie du groupe, c'est correct ?
- Oui c'est cela.
- Et là un St'ingie, irangul probablement malgré lui, se retrouve en combat avec des mercenaires, et des Protechs sortis de nulle part l'enlèvent. Drôles de coïncidences tu ne trouves pas ?
- Pas vraiment, que viendraient faire des Protechs dans cette histoire ?
- Peut-être d'autres mercenaires du groupe.
- D'après mes renseignements seuls trois mercenaires d'Umbrea Mortalis sont partis d'Énolia à la recherche du St'ingie disparu. Mais ces trois-là semblaient plutôt dans une mauvaise situation après les combats contre la guilde des Griffons à Timeva.
- On abandonne cette piste alors ?
- Que te dit ton intuition ?
- Que nous n'avons que cela à nous mettre sous la dent. Alors au

lieu de nous lamenter devant un pauvre médaillon, autant suivre cette piste, allons voir où elle nous mène.
- Tu as raison Siral, allons voir ce que nous pouvons trouver. »

Les deux hommes savaient que l'île sur laquelle ils se trouvaient était le port d'entrée des Îles Maudites. Ils allaient devoir trouver quelqu'un qui puisse les renseigner sur les mouvements des navires depuis la veille. L'île de Régo possédait le plus grand port de tout le monde connu. Il était la passerelle du commerce entre les îles indépendantes du Sud et les terres du royaume d'Arkadis. Waregrund savait qu'ils allaient devoir chercher une aiguille dans une botte de foin, mais il n'aimait pas rester inactif. Cette recherche, même s'il avait l'intime conviction qu'elle serait infructueuse, était de toute manière la seule chose utile qu'il avait à faire aujourd'hui.

La densité incroyable de personnes sur les quais confirmait l'importance du port. Ils devaient forcer le passage pour se frayer un chemin vers la capitainerie.

Ils avaient entendu parler du chef des dockers, un Protech du nom de Aygon.

« Et si nous nous séparions ? proposa Siral. On se retrouve ici aux alentours de midi pour déjeuner. On reprendra les recherches l'après-midi si nous ne trouvons rien. »

Waregrund acquiesça d'un mouvement de la tête et partit immédiatement dans la direction opposée. Au bout d'une bonne heure de recherche, il aperçut enfin un Protech donner des ordres et coordonner des hommes, debout sur une caisse en bois avec une pile de parchemins entre les mains, qui pouvait correspondre à l'homme recherché.

« Je cherche un certain Aygon ou quelqu'un qui pourrait me renseigner, ça vous dit quelque chose ?
- Je suis Aygon, qui le cherche ? Toi fonce sur ce bateau, ils ont besoin d'aide pour charger la cargaison. Le docker continuait à coordonner ses hommes.
- Je suis Waregrund, je viens d'Énolia. Je voudrais des informations sur les bateaux qui viennent de Goa.
- Et pourquoi je te dirais ça, Waregrund d'Énolia ?
- Parce que j'ai de quoi payer.
- Voilà qui est beaucoup plus intéressant ! Qu'est-ce que tu fais là toi, on t'attend sur le navire qui vient d'Atelas ! Il tendit la main vers Waregrund.

- Tiens. Waregrund posa une pièce en argent dans la main du Docker.
- Depuis hier seuls deux navires sont arrivés de Goa. J'ai entendu dire que les autorités de cette ville ont bloqué le départ de tous les bateaux jusqu'à nouvel ordre depuis hier soir. Donc il n'y en a pas eu d'autres depuis. Le premier des deux dont je te parle se trouve au nord d'ici, sur le ponton « A-14 » mais il est déjà reparti pour Timeva il y a une vingtaine de minutes. Le second est arrivé tôt ce matin, sur le « O-3 ». Dépêche-toi, je crois bien qu'il ne va pas rester non plus longtemps en escale. Il part aussi pour Timeva.
- Merci. »

Le temps pressait. Il n'avait pas le temps de retrouver Siral et devait foncer vers le ponton « O-3 ».

Il eut moins de mal à trouver le bateau que de se frayer un chemin à travers la foule immense qui fourmillait sur le port.

Autour du navire, des dockers chargeaient quelques caisses, un Valkris vérifiait leur travail.

« Bonjour je suis Waregrund, vous êtes bien le bateau qui vient de Goa ?
- Ouais, pourquoi tu veux savoir ça ?
- Tu avais de la marchandise ou des passagers la nuit dernière ?
- Tu es bien curieux Waregrund.
- Un curieux avec quelques pièces de monnaie. Il lui déposa deux pièces de bronze directement dans le creux de la main. Alors parle je t'écoute !
- Ouais j'avais effectivement trois types qui voulaient quitter rapidement l'île. C'est rare de voir un Protech si généreux !
- Où sont-ils ? » demanda Waregrund en déposant une nouvelle pièce dans la main de son interlocuteur. Il se sentait excité par ces nouvelles qui semblaient mener enfin à une vraie piste.

« Ils sont partis ce matin dès qu'on a accosté. Ils avaient un truc à vérifier en ville et semblaient vouloir se restaurer avant de partir pour Timeva. Ils savent que je pars bientôt mais ne sont pas encore revenus. Et je ne vais pas les attendre !
- Merci. »

Waregrund s'assit sur une caisse au bout du ponton, il allait attendre jusqu'au départ du navire. Il observa à nouveau le médaillon de sa jeune protégée. Cette vision le fascinait.

Soudain un mouvement de foule attira son attention. Il n'avait pas eu longtemps à attendre. Deux Valkris suivis d'un Protech couraient vers le ponton en bousculant les passants.

« Il est encore là, dépêchons-nous d'embarquer. »

Le Protech était à la traîne derrière les deux Valkris qui prirent une minute pour l'attendre. Waregrund saisit l'occasion.

« Excusez-moi, ne seriez-vous pas les mercenaires qui ont combattu dans l'arène de Goa hier soir ?
- Vous semblez bien curieux, qui êtes-vous donc ?
- Waregrund, je viens d'Énolia. Vous n'avez pas répondu à ma question.
- Pourquoi vous le dirais-je ?
- Il se peut que nous recherchions les mêmes personnes. Si vous êtes bien les personnes que je pense vous appartenez à Umbrea Mortalis et recherchez un de vos membres, un St'ingie.
- Vous semblez bien renseigné Waregrund ? Le Valkris mit la main sur le poignard à sa ceinture.
- Evidemment, c'est moi qui vous ai engagés pour libérer Amaya. »

Lorsqu'il vit la mine déconfite des deux Valkris, Waregrund sut qu'il avait tapé dans le mille. Danto, essoufflé, arriva à son tour; il fut interloqué par la scène qu'il avait devant les yeux. Son regard se portait alternativement de Waregrund à ses amis, rempli d'interrogation.

« J'espérais tomber sur notre Souna, mais je vais me contenter de vous trois, déclara Waregrund.
- Comme vous avez du le voir, nous sommes plutôt pressés. Si vous voulez retrouver votre protégée vous allez devoir embarquer avec nous et vite !
- Vous avez des informations la concernant ? » Les yeux du vieux Protech s'illuminaient enfin.

Il allait devoir abandonner Siral qui s'inquiéterait forcément pour lui, mais il n'avait pas le droit de rater cette occasion.

« Elle est dans un bateau qui vient de partir pour Timeva ! »

CHAPITRE QUARANTE-TROIS

Une trahison

Magendi Aj'dor

« Je tiens enfin ma revanche. »

Le mage St'ingie était assis dans son confortable canapé, Miriù face à lui. L'heure était avancée et la pièce était peu éclairée.

« Tu sais, c'était la fin de la guerre, nous revenions du front Valkris avec une certaine amertume. Cette guerre avait été un vrai bourbier, chacun restant figé sur ses positions. On ne savait plus dire qui gagnait ou qui perdait. Pour moi tout le monde avait perdu. Les pertes étaient innombrables, l'économie allait au plus mal, la famine ravageait tout Arkadis. Chaque clan avait quand même réussi à protéger ce qu'il avait de plus précieux, son Cristal. Même s'il s'en était fallu de peu pour celui des Valkris. Je me demande encore aujourd'hui ce qui se passerait si un clan s'emparait, ou pire, détruisait le Cristal d'un autre clan. Aldrosaïa était devenue une ville incontrôlable. Notre dernière campagne avait duré moins d'un an mais nous ne reconnaissions absolument rien. La famine avait révolté la population. Le Grand Mage St'ingie de l'époque était mon père, il était vieux et sénile. Il savait que ses heures étaient comptées et voulait mettre un homme de poigne à la tête de notre nation. Je pensais que naturellement il me choisirait. Mais pour lui la logique fut toute différente. Les faits d'armes et le charisme d'Algorim Y'rgram l'avaient envoûté. Il savait que le peuple était derrière lui et qu'il arriverait à redresser le clan rapidement. Il ne me considérait que comme un mage à peine capable de diriger une Académie. Mais même cela, il ne me l'a pas confié. Je sais que c'est Y'rgram qui a insisté pour que je devienne le Doyen de Lansor. Il voulait, je pense, me donner un lot de consolation. Je vais te l'avouer maintenant, j'ai été jaloux. Y'rgram a su mener les St'ingies dans la bonne direction, il a reformé notre cohésion ébranlée par la guerre, refondé nos institutions, renforcé nos relations avec les autres clans. Mais maintenant son temps est révolu. Le monde bouge, la situation géopolitique en Arkadis change et il reste inactif. Et face à une telle inaction nous avons l'obligation d'agir. Lorsque je deviendrai Grand Mage St'ingie, tu deviendras mon premier général, Miriù. Toutes tes fautes passées seront oubliées. »

Miriù Fili'enor avait écouté ce long monologue sans réagir. Après un instant de silence il leva son verre pour trinquer avec son ami.

« Je pense que notre plan est sans faille, nous devrions rapidement mettre fin au règne d'Y'rgram, dit l'espion.

- Je n'ai aucun doute là-dessus. Ses dernières heures ont sonné. Mettons-nous en route, les deux autres doivent nous attendre.
- Tu as raison, il ne faudrait pas que nous arrivions en retard », Magendi posa le verre encore plein sur la table en marbre devant lui. Ce long discours ne lui avait pas laissé le temps de tremper les lèvres dans ce délicieux alcool dont seuls les St'ingies avaient le secret.

Il laissa Miriù quelques instants dans le salon. Quelques jours auparavant le mage avait insisté pour que sa femme et ses filles partent pour leur résidence au sud de l'île, à Ceriä. Il ne voulait pas qu'elles assistent à ces évènements. Son plan était infaillible, il en était persuadé, mais c'étaient les répercussions d'un tel évènement qui n'étaient pas prévisibles. A des centaines de kilomètres de la ville elles seraient à l'abri. Le Doyen de l'Académie entra dans sa chambre. Elle était sobre. Un lit en chêne prenait une grande partie de l'espace. Les montants en bois sculpté soutenaient une fine moustiquaire, fort utile les nuits d'été dans cette région chaude. De grandes ouvertures en haut des murs permettaient de créer un courant d'air agréable. La chambre ouvrait sur un large balcon. Magendi Aj'dor se dirigea vers une armoire avec de beaux motifs gravés. Il en sortit une tenue de guerrier St'ingie. Il s'en vêtit, elle lui allait encore même après cinq années d'inactivité. C'était l'une de ces tenues en cuir léger mais résistant, qui ne gêne aucun mouvement. Il fouilla dans un tiroir au bas de la même armoire et en sortit une dague effilée. Elle était ornée d'un rubis rouge entre le manche et la lame. C'était le pendant du symbole du Doyen de Lansor qu'il portait au doigt. Magendi avait fait forger cette arme à la mort de son père quelques semaines après le traité de paix. Son père avait été longtemps avant lui Doyen de Lansor avant d'occuper la fonction suprême de Grand Mage St'ingie. Il contempla pensivement ce petit joyau quelques instants. Malgré les liens difficiles qu'il avait eus avec son père il l'admirait encore, et il avait toujours voulu qu'il soit fier de lui.

Il reprit ses esprits et mit la dague dans son étui. Tout en la cachant dans son dos, derrière sa large ceinture, il se rendit sur le balcon. De cette hauteur il pouvait admirer l'intégralité de la ville d'Aldrosaïa, Lansor se situant sur les hauteurs. Elle dormait mais de nombreuses lueurs permettaient d'en dessiner le contour; le noir profond qui la bordait était parfois éclairé par les lanternes sourdes de quelques bateaux en mer.

« Aldrosaïa, bientôt tu seras mienne, ainsi que tout le territoire St'ingie… »

Il prit une profonde inspiration, l'air frais de la nuit le revigora.

Lorsqu'il arriva au rez-de-chaussée, Miriù semblait s'impatienter. Moro, son garde personnel, était présent aussi. Il ne laissait jamais sortir son maître sans escorte.

« Moro, cette fois-ci je vais me passer de tes services. Va rejoindre ta femme et ton fils, Miriù Fili'enor ici présent s'occupera de ma protection.

- Est-ce vraiment prudent Monseigneur ?
- Miriù est un soldat d'exception qui n'a plus rien à prouver, ses états de service le font pour lui.
- Oui Monseigneur - il s'adressa ensuite à Miriù - désolé monsieur je n'aurais jamais osé mettre en doute vos compétences. »

L'espion le dévisagea de façon plutôt condescendante et ne dit rien.

Après un bref salut militaire, Moro quitta les lieux. Magendi ne dit rien, il était comme figé devant la porte d'entrée de sa maison. La main de Miriù se posa sur son épaule.

« Tout ira bien, allons-y maintenant si nous ne voulons pas arriver en retard au rendez-vous », il passa devant le Doyen et ouvrit la porte pour s'aventurer dans les rues sombres de l'Académie et rejoindre la ville, déserte à cette heure.

Le mage lui emboîta le pas. Cachés sous de longues pèlerines, ils se dirigèrent vers le lieu de rencontre, profitant de l'obscurité de la nuit pour rester discrets. Magendi préparait cette soirée depuis le jour où, après avoir reçu des nouvelles d'une menace Souna, il avait vu l'apparente inaction d'Y'rgram. Il avait mal vécu d'avoir été ridiculisé devant le conseil des érudits par celui qu'il détestait déjà depuis de nombreuses années. Depuis cet évènement il avait décidé de rester muet. Le grand Mage St'ingie ne devait pas se douter du complot en cours. Magendi avait rencontré tous les éventuels opposants d'Yrgram pour leur proposer des postes intéressants et s'assurer leur soutien le jour fatidique, à commencer par Kandid Al'vram le puissant intendant de l'Académie. Être le seul à connaître la trahison de Miriù était aussi un sérieux avantage.

Il restait silencieux, suivant l'espion, pour qui s'infiltrer furtivement était une seconde nature. L'allure était lente, il ne fallait pas qu'en cas de rencontre impromptue ils soient inquiétés. À cette heure de la nuit, seuls les alcooliques et les clochards traînaient dans les rues.

« Arrête-toi là. »

Miriù posa la main sur la poitrine du mage. Il observait une place depuis l'angle d'un bâtiment. Les deux personnes qu'ils venaient rencontrer, l'intendant Al'vram et le jeune Chris Jin'lo, étaient assis au pied d'une statue. Le hasard voulait que ce soit à cet endroit même que Chris Jin'lo, quelques semaines auparavant, avait jeté une pierre au visage du mage. Magendi avait réussi à manipuler à sa convenance ce fils de tailleur. Sans sa participation ce soir, son plan aurait été plus compliqué à réaliser. La discrétion devait être totale. Les mercenaires, en général étaient discrets, mais lorsqu'ils dépensaient leur argent dans les tavernes de la ville, l'alcool aidant, ils libéraient trop facilement leur parole. Magendi n'aimait pas les mercenaires et avait exploré d'autres pistes. L'enjeu était trop important pour qu'il prenne le moindre risque. L'incident avec le jeune St'ingie était donc un peu une bénédiction qu'il avait su mettre à profit.

Miriù se tourna vers Magendi.

« Tout le monde a répondu présent, allons les voir. »

Les deux hommes qui patientaient à côté de la statue de Cor'ber furent rassurés de voir arriver Miriù et Magendi. L'anxiété se lisait sur leurs visages. Ils étaient conscients de ce qu'ils allaient devoir réaliser ce soir-là et redoutaient le pire. Outre le fait de trahir le St'ingie le plus puissant et le plus influent, ils connaissaient la peine qui était prévue pour les actes de traîtrise à la nation. Ils ne devaient pas échouer.

Maintenant que le plan était figé il n'y avait plus de place pour l'improvisation.

« Nous allons devoir faire vite, j'ai rendez-vous avec notre cible dans trente minutes. rappelez-vous, tout ceci ne doit sembler être que le fruit du hasard », Miriù menait la troupe comme il l'avait fait autrefois durant la guerre. Tout ce qui se passait ce soir lui en rappelait les heures les plus sombres.

Pour préparer cette nuit, ils s'étaient réunis dans une salle à l'écart de l'Académie magique. C'était un lieu neutre dans lequel ils avaient pu comploter sans attirer les regards. Magendi avait mené les débats. Chacun était venu avec ses idées pour atteindre l'objectif commun. Celle de l'empoisonnement avait rapidement été écartée, il fallait absolument que tout le monde croie à un accident. Puis ils avaient examiné l'option d'une attaque de bandits, mais il était nécessaire qu'elle soit crédible. La garde rapprochée du Grand Mage étant la meilleure de tout le pays, personne ne pourrait croire que le moindre bandit pourrait attenter à la vie d'Y'rgram. Finalement c'est Magendi qui avait eu la bonne idée et il en était fier.

Le mage observa un instant chacun des membres de son commando. Tous avaient une bonne raison de mener à bien cette mission. L'intendant Kandid Al'vram voulait plus que tout au monde accéder à ce qui était pour lui la fonction suprême, Doyen de l'Académie de Lansor. Miriù cherchait à prouver sa loyauté et à retrouver son honneur. Il avait toujours été fidèle à la nation St'ingie mais son idylle avec la matriarche Souna l'avait corrompu. Le seul qui pourrait éventuellement poser problème était le jeune Chris Jin'lo. Sa loyauté inquiétait le mage. Il était certes téméraire et plein de fougue, mais sa fiabilité était friable. Il redoutait que sa pugnacité soit atténuée par le stress.

« J'espère que chacun d'entre-vous connait son rôle, attention nous n'avons pas le droit à l'erreur. »

Ils se séparèrent. Magendi et l'intendant prirent la route de l'Académie. Durant tout le trajet ils restèrent silencieux. Ils marchaient dans la poussière de la rue vers cette Académie qu'ils connaissaient tous deux si bien. Au même moment Miriù et Chris prenaient une direction complètement opposée, celle de la demeure du Grand Mage St'ingie. Miriù semblait serein, beaucoup plus que le jeune homme qui marchait à ses côtés, mains dans les poches et tête baissée.

« Tout ira bien Chris ?
- Oui Monsieur, c'est juste que j'ai peur de tout faire foirer.

- Tu as l'air futé petit, je suis certain que tu vas très bien t'en sortir, surtout ne te fais pas prendre », Miriù prit un instant pour observer le fils du tailleur.

Il s'était pris d'affection pour le jeune homme lors de leurs réunions secrètes. Sa naïveté et sa timidité l'émouvaient. Que lui était-il passé par la tête le jour où il avait lancé la pierre au visage de Magendi ? En tout cas, il fallait un certain cran pour avoir fait cela. Cet acte de courage le qualifiait pour l'action de cette nuit.

« Dès que tu as réalisé ta mission je veux que tu te caches petit, c'est compris ?

- Euh oui, très bien mais…

- C'est ici que nous nous séparons, bon courage », Miriù ne le laissa pas terminer sa phrase. Une frappe amicale dans le dos de Chris fut son seul encouragement avant de le laisser seul face à son destin.

Après avoir récupéré son cheval, l'espion arriva quelques instants plus tard chez Algorim Y'rgram. Un garde de méchante humeur finit par ouvrir la porte de la grande demeure après que Miriù eut tambouriné comme un possédé sur le large vantail de bois.

« Qui est là ? Vous pensez vraiment que c'est une heure pour faire un tel tapage ? Savez-vous chez qui vous êtes ?

- Je suis Miriù Fili'enor, et je sais que je suis chez le Grand Mage Y'rgram. D'ailleurs vous feriez bien de le réveiller rapidement. »

Le garde avait déjà entendu parler de Fili'enor, il lui ferma la porte au nez. Quelques minutes plus tard la porte se rouvrit.

« Miriù ?Mais que diable fais-tu chez moi à cette heure-ci ?

- Tu vas devoir m'accompagner à Lansor, il se passe quelque chose de grave.

- Dis-m'en plus.

- C'est Aj'dor, il est dans une rage folle, indescriptible. Je pense que tu es le seul à pouvoir le calmer.

- Encore lui… Bon, j'arrive. »

Le Grand Mage St'ingie prit quelques minutes pour enfiler un vêtement, son garde qui avait suivi la discussion avait déjà fait préparer son cheval. Ils se mirent en selle pour l'Académie, escortés par deux soldats. Au galop il n'étaient qu'à quelques minutes.

« Que lui arrive-t-il encore ?

- Je ne sais pas, ils se disputent depuis de longues minutes avec Kandid Al'vram. Je crains un drame. »

Le cheval du Grand Mage St'ingie se cabra dans un hennissement. Il venait d'éviter un carreau d'arbalète tiré d'un coin de rue à gauche et qui s'était planté dans le mur d'une maison à moins d'un mètre devant lui. L'effet de surprise dissipé, Algorim tourna la tête à gauche. Il vit une ombre qui les observait.

« Mort au tyran ! »

Chris Jin'lo lança son arme au sol et fuit dans le dédale des ruelles d'Aldrosaïa.

« Rattrapez ce terroriste ! hurla Y'rgram à ses deux gardes qui prirent une seconde à réfléchir, ne voulant pas le laisser seul.
- Allez-y à deux, je m'occupe de la protection du grand Mage. »

N'écoutant que les ordres, les deux gardes ne se posèrent plus de question et filèrent à la poursuite du jeune St'ingie. C'était un risque à prendre mais Y'rgram faisait confiance à Miriù.

« Ne traînons pas ici si tu le veux bien ! » lança Miriù.

Il mit un coup de talon sur le flanc de son cheval. L'allure fut rapide et ils arrivèrent au triple galop dans la cour de l'Académie. Ils abandonnèrent leurs montures et d'un pas rapide ils parcoururent les couloirs de la vaste Académie vers le bureau de Magendi. Le Grand Mage connaissait bien les lieux pour y avoir usé les bancs étant jeune. Il n'en avait pas gardé que des bons souvenirs. La guerre faisait rage lorsqu'il y était entré. À l'époque, il trouvait idiot de traîner à lire des livres et de s'entraîner alors que ses pairs se battaient au front. Il se souvenait avoir eu de nombreuses discussions enflammées avec certains de ses professeurs, Al'vram en faisait partie. Pourtant avec le temps il avait appris à l'apprécier.

Bientôt ils furent tous les deux devant le bureau du Doyen, le seul encore éclairé à cette heure tardive de la nuit. Des cris incompréhensibles en fusaient.

Y'rgram entra juste devant Miriù. Immédiatement il aperçut l'intendant et le mage seuls dans le bureau.

« Et voilà l'imposteur ! lança Aj'dor.
- Mais de quel droit oses-tu me parler de la sorte, sais-tu à qui tu t'adresses ?
- Oui, je parle à un homme passif et mou, qui fait passer ses affaires

personnelles avant celles de la grande nation St'ingie.

- Tu vas regretter chacune de tes paroles Magendi.

- Et que vas-tu faire ? Tu n'es plus le guerrier que tu étais autrefois ! Sais-tu seulement encore pratiquer la magie ? Tu es juste bon à siéger à côté des débris qui composent le conseil inutile des érudits. En fait ton comportement, ta passivité font de toi un traître, un traître aux yeux de tous les St'ingies. Tu ne mérites plus le titre de Grand Mage St'ingie ! » Magendi savait que son interlocuteur était très fier, il voulait le pousser à la faute.

Une rage intense prit Y'rgram. Il sortit sa dague de la ceinture. Magendi eut beaucoup de mal à contenir sa joie, son plan se déroulait à merveille.

« Pour ces paroles tu vas mourir Magendi !

- Qu'est-ce que tu attends, approche ! », une boule de feu commença à grandir dans les mains de Magendi.

« Tes sorts n'ont aucun effet sur moi, tu n'as toujours été qu'un piètre Mage. Je t'ai placé à la tête de Lansor uniquement pour calmer ton ego, même ton père ne voulait pas que je t'y place, il me l'avait fait promettre juste avant sa mort. Lui aussi connaissait l'incompétence de son fils. »

Magendi bouillonnait, il n'était pas loin de la rupture mais devait tenir bon, bientôt ce serait lui le Grand Mage St'ingie et personne n'oserait plus jamais lui parler sur ce ton. Cette idée le fit sourire.

Une horde de gardes entra dans la pièce. Magendi craignait qu'ils ne soient pas ponctuels mais ils arrivaient juste au bon moment.

« Que se passe-t-il ici ? » Une voix jeune et féminine sortit de derrière la porte.

Les yeux de Magendi s'écarquillèrent, il n'en revenait pas. Cette voix représentait une faille possible dans l'exécution de son plan.

« Nastelle ? »

Il reconnaissait à peine la jeune femme. La dernière fois qu'il l'avait croisée c'était au détour d'un couloir de l'Académie militaire, juste avant son intégration quelques semaines auparavant. Ils s'étaient salués et avaient échangé quelques mots. Il la connaissait depuis qu'elle était enfant et avait toujours eu un œil attendri sur cette jeune fille.

Mais ce n'était plus cette jeune fille souriante qu'il connaissait qui venait d'apparaître.

Elle avait perdu toute son innocence, cette légèreté apparente qui faisait d'elle une fille joyeuse. C'était un regard noir qui maintenant le fixait intensément. La large cicatrice qui défigurait la moitié de son visage la rendait plus impressionnante encore.

Quelque chose s'était passé, personne ne change aussi rapidement sans raison.

Habillée tout de noir, uniforme qui n'était pas réglementaire - qui aurait osé lui faire la remarque ? - Nastelle se fraya un chemin à travers la multitude de gardes qui étaient présents dans la pièce.

Algorim Y'rgram eut un petit rictus en voyant la mine du Mage changer.

« Ah oui Magendi, je ne t'ai pas dit qu'officiellement Nastelle est devenue Capitaine de garde ? Elle commande une patrouille de nuit. »

Le mage ne comprenait plus rien, mais ça ne changeait rien à son plan initial. Le feu de sa main droite s'éteignit.

« Capitaine... Nastelle ! Fais arrêter le Grand mage Y'rgram ici présent, il a tenté de m'assassiner, j'ai deux témoins ici qui peuvent l'attester », il cherchait du regard Al'vram et Fil'ienor qui restèrent de marbre.

« Mais vous perdez la tête Magendi, c'est vous qui avez agressé le Grand Mage ! rétorqua l'intendant.
- J'appuie les propos de l'Intendant Al'vram. Cet homme est fou », poursuivit Miriù.

Le mage fit un pas en arrière. Il était ahuri, il bafouillait.

« Traî…tres ! »

Dans un accès de colère il lança une boule de feu sur Algorim qui la para d'une seule main.

« Tu vois, c'est toi qui es faible, le Grand Mage souriait sardoniquement. Tu aurais pu m'assassiner, mais non tu t'es résigné à seulement me faire arrêter, tu n'es qu'un lâche. Pourquoi penses-tu que ton père m'ait choisi plutôt que toi ? Même ceux que tu croyais fidèles te trahissent, tu ne mérites pas le respect et ne mérites pas de vivre. »

Magendi Aj'dor tremblait de colère et d'impuissance, il était tombé dans son propre piège. Algorim Y'rgram avait toujours eu un coup d'avance sur lui, et celui-là allait probablement lui être fatal. Il avait perdu… Une larme de rage coula sur son visage ridé. Il rendit les armes.

Nastelle s'adressa à ses gardes et pointa du doigt le Doyen de l'Académie de Lansor.

« Arrêtez ce traître ! »

CHAPITRE QUARANTE-QUATRE

Ne pas se fier aux apparences

Liana Belevir

« La haine c'est le courage qui manque aux lâches ! »

Un jeune Valkris, en habit modeste de paysan, écoutait avec attention la charismatique Matriarche Souna. Il était impressionné par tout ce qui l'entourait. Jamais il n'avait vu tant de richesses. Sa vie avait été humble mais il avait toujours mangé à sa faim, mis à part au cours des années les plus dures de la guerre.

Cette femme qui lui parlait avait une telle prestance et une aura si incroyable...

« Tu ne dois pas vouloir te venger, nous avons d'autres armes en notre possession. Maintenant tu vas devoir me faire confiance. »

Chaque mot de Liana Belevir sonnait à ses oreilles comme une mélodie céleste. Son oncle lui avait dit que si jamais il lui arrivait malheur, il devrait trouver le moyen de rencontrer cette femme. Il comprenait désormais pourquoi. Depuis qu'elle l'avait accueilli, tout dans cette femme lui inspirait la bonté.

« Raconte-moi en détail ce qui s'est passé.
- Je n'ai pas vraiment de détails madame, je sais seulement que trois

St'ingies ont assassiné mon oncle.
- Tu es certain que c'étaient bien des St'ingies ?
- Oui Madame, sûr et certain. »

Il se souvenait de cet affreux moment. Son oncle Corradia brûlant vif et lui trop loin pour pouvoir agir de quelque façon que ce soit. Lorsqu'il fut arrivé sur place la totalité de la demeure avait brûlé. Le corps calciné du vieux Valkris était étendu sur le sol. Il l'avait enterré avec une grande tristesse, empreint d'un grand sentiment de culpabilité. Il était persuadé que Corradia était mort à cause de ce qu'il était. Son oncle l'avait protégé une fois de trop.

Quelques mois auparavant ils avaient eu tous deux une discussion autour d'un feu de bois. Maintenant il en était persuadé, son oncle avait dû sentir que son heure arriverait bientôt. La conversation avait tourné autour de son père et aussi du père de son père.

« Tu sais Kelillo, je deviens un vieillard sénile, et j'ai maintenant un secret à te confier. Un secret qui te concerne toi et ta famille. Avant tout sache que si je ne t'ai rien dit jusqu'à présent c'était seulement pour te protéger. Nous protéger. »

Il avait fait une longue pause, cherchant les mots justes.

« Comme je te l'ai déjà raconté, j'étais écuyer au service du frère cadet du roi, Sbbit. Lors de l'attaque des St'ingies il m'a ordonné d'exfiltrer son fils quel qu'en soit le prix, pendant que lui défendrait le château. J'ai appris par la suite que ce frère de sang royal que je servais était en réalité un traître qui avait informé les St'ingies et les Valkris sur les faiblesses du château. Ce qui en fait le responsable principal de sa chute et de la guerre qui a suivi. Il voulait prendre la place de son frère aîné par tous les moyens. Même s'il n'avait pas ses pouvoirs magiques, il espérait pouvoir régner sur Arkadis. Son fils que j'ai mis à l'abri et pris sous mon aile n'est autre que ton père. »

Il avait fait une pause juste après cette annonce bouleversante pour le jeune Kellilo. Après avoir digéré cette lourde information il s'était à nouveau concentré sur le discours de son oncle.

« Crois-moi je voulais te le dire. Mais être le petit-fils d'un traître n'est jamais facile à vivre. Je voulais te protéger. C'est un secret qui implique énormément de choses. Tu dois te demander pourquoi j'ai décidé de te révéler tout cela maintenant. Mon fils, tu es désormais assez mûr et intelligent pour comprendre que tout ce que je te dis doit rester un secret absolu. Je l'avais caché à ton père, et je n'ai pas eu le temps de le lui révéler avant son décès. Pas question que cela se reproduise. C'est ton droit de savoir et il est important que tu deviennes le maître de ton destin. L'heure est venue. Je sens que ma fin est proche. »

Il se souvenait avoir refusé d'admettre que son oncle allait mourir. Il lui avait dit autant pour le rassurer lui que pour se rassurer lui-même qu'il vivrait encore longtemps. Qu'il ne pouvait pas partir maintenant, qu'il avait encore besoin de lui, que jamais il ne pourrait s'en sortir tout seul.

La mort de son oncle fut l'épreuve la plus douloureuse de toute sa vie. Au début il avait refusé d'y croire. Il n'avait jamais imaginé la vie sans l'homme qui lui avait tout appris. Les souvenirs de tous les moments heureux qu'ils avaient vécus ensemble remontaient à la surface. Ensuite, rapidement, une intense colère l'avait envahi. Envers les St'ingies qui avaient commis cet acte atroce, puis petit à petit envers lui-même. Il était passé d'un état de quasi-prostration à une colère terrible contre le monde entier. La terre entière, le dieu Tlaloc, tous y étaient passés. Sa supplique au dieu Valkris pour qu'il ressuscite Corradia n'avait aucune chance d'être entendue, et au fond de lui il le savait.

Il avait pleuré, longuement pleuré. Nuit et jour. Il ne mangeait plus, ne dormait plus. Puis il avait ressassé les paroles de son oncle. Celui-ci aurait eu honte de voir que l'enfant qu'il avait tant aimé et élevé comme son propre fils, se laissait abattre si lourdement.

Tu dois devenir le maître de ton destin.

Cette phrase résonnait en lui. La philosophie qui lui avait été enseignée l'obligeait maintenant à aller de l'avant. Il avait abandonné la ferme et pris la route d'Énolia. Kellilo savait que tout allait être difficile mais, fort de tout ce qu'il avait appris, il se sentait invulnérable. La femme dont lui avait parlé son oncle avait été facile à trouver mais difficile à approcher.

« Madame, il est étrange qu'une femme de votre rang accepte de croire un jeune paysan comme moi.

- Je vais te raconter une histoire. Je ne suis pas une femme de bonne famille, ma mère m'a élevée seule dans un monde en guerre. J'ai eu la chance d'avoir été présentée au Cristal alors que j'étais encore une enfant. Mes prédispositions à la magie étaient, selon les anciens, exceptionnelles. Malgré cette facilité on m'a fait comprendre dès le plus jeune âge que j'allais devoir travailler dix fois plus que les riches pour arriver au même niveau qu'eux. Je n'ai pas profité de mon enfance. Ma mère fut tuée lorsque j'étais jeune Académicienne. J'ai été en pensionnat où j'ai compris les difficultés de la vie et où j'ai vu que seul le travail primait. Tout cela pour te dire que le rang que j'ai aujourd'hui, je l'ai obtenu par la force de ma volonté, de mon travail. Ma naissance ne m'a apporté aucun avantage. C'est pourquoi je n'oublie pas d'où je viens et j'accorde donc autant d'importance à un noble qu'à un jeune paysan, pour reprendre tes propos.

- Je comprends Madame, mais qu'est-ce qui vous fait dire que ce que je raconte n'est pas un tissu de mensonges.

- Tu ne le sais peut-être pas mais tu es prédisposé à la magie. Un grand pouvoir est en toi et tu dois ressentir cette force. Les grands mages perçoivent la force lorsqu'elle est présente chez quelqu'un. Donc même si tu n'avais pas eu cette histoire à me raconter, j'aurais prêté attention à ton cas.

- Un grand pouvoir ?

- Oui, tout Arkadien naît avec plus ou moins de prédisposition à la magie, ce qui reste un mystère. Les anciens ne savent pas vraiment l'expliquer. Certains disent que c'est le temps d'exposition au Cristal, d'autres que c'est héréditaire, d'autres encore affirment que c'est aléatoire. Personne n'est vraiment d'accord. La seule et unique certitude c'est que tous les descendants du Xya récupèrent un pouvoir bien supérieur à celui des autres. Je vais essayer de t'expliquer simplement. Lorsqu'un enfant naît d'un couple formé d'un Xya et d'un Arkadien, par exemple un Souna, seul leur premier enfant bénéficiera des pouvoirs Xya. Nous avons constaté que cet enfant prenait toujours les caractéristiques physiques de l'autre élément du couple. Dans mon exemple, le premier enfant sera un Souna avec des pouvoirs de Xya. Les autres enfants du couple seraient des Arkadiens Sounas comme les autres.

- Donc vous êtes en train de dire que j'ai un immense pouvoir Valkris parce que je suis un descendant indirect du Xya ?

- Tu es le fils du descendant du frère du dernier roi Xya. Cependant, comme je te l'ai expliqué, seul le premier né d'un couple avec un Xya possède un pouvoir immense. Le pouvoir que tu possèdes en toi peut provenir du fait que ton arrière-grand-père est un Xya, même si tu n'es pas un descendant direct. Tout cela ne reste qu'une hypothèse.

- Mais où est l'héritier direct ?

- C'est la question à laquelle nous essayons de répondre. La plupart des gens pensent qu'il est mort, d'autres, moi comprise, pensent qu'il se cache et qu'il a peur pour sa vie.

- Peur pour sa vie ?

- Oui, certains clans estiment qu'il est un danger pour leur autonomie, leur indépendance. Après tout, il est l'héritier légitime du trône du royaume d'Arkadis. S'il réapparaissait, ils feraient tout leur possible pour qu'il ne règne pas à nouveau. C'est aussi pour cela que tu vas devoir rester caché et anonyme.

- C'est la raison pour laquelle les St'ingies ont assassiné mon oncle ?

- Oui, il savait probablement des choses qui ne devaient pas être révélées. Et si tu n'es pas mort ou capturé c'est qu'ils ne savent rien de toi. Ton oncle a dû mourir en emportant son secret avec lui, il devait être courageux...»

Kellilo tombait des nues. Tout cela le dépassait tellement. Il était si loin de cette histoire lorsqu'il n'était qu'un simple fermier. La Matriarche Souna lisait tout son désarroi dans son regard.

« Tu ne dois pas t'inquiéter, tu t'es adressé à la bonne personne. Ton oncle t'a sagement conseillé lorsqu'il t'a demandé de me retrouver. Je vais te mettre en sécurité, et nous allons en profiter pour développer tes pouvoirs. Si bien sûr tu le veux bien...

- Je suis d'accord, mais comment cela ?

- Je vais t'inscrire à l'Académie d'Énolia. Même si tu es âgé, tu y as toute ta place. Tu vas devoir travailler deux fois plus que les autres mais les résultats vont arriver dix fois plus vite que pour un élève quelconque. Tu seras logé et nourri. En revanche tu auras deux obligations.

- Lesquelles ?

- La première sera de rester anonyme. La deuxième sera de venir me voir toutes les semaines pour que nous fassions le point sur ta progression.

- Avec plaisir Madame !

- Ah, et tu vas devoir m'appeler Liana aussi, « Madame » me vieillit tellement ! »

L'espoir naissait à nouveau. La Matriarche avait maintenant des atouts dans sa manche. Elle regardait le jeune homme quitter lentement la pièce. Marcus Mia, le Doyen de l'Académie Souna, son vieil ami de Seffirga, entra alors dans la pièce.

« Qu'en pensez-vous ? Tout ce qu'il rapporte serait donc vrai ?

- Je suis persuadé qu'il dit vrai. Ressentez-vous comme moi le pouvoir qui jaillit de lui ?

- Oui, et c'est pour cela que son récit paraît crédible.

- C'est un Valkris mais nous allons devoir tout faire pour qu'il se raccroche à la cause Souna.

- Vous pensez vraiment qu'il pourrait devenir le nouveau roi d'Arkadis ?

- Je ne sais pas encore, mais si nous l'entourons et le conseillons bien, nous pourrons l'amener aux plus hautes fonctions. Je serais toujours auprès de lui pour qu'il choisisse les meilleures options, si vous voyez ce que je veux dire...

- Je vois très bien. Mais attention Liana, vous êtes observée par le conseil suprême Souna depuis les évènements de Seffirga. Ce n'était pas très malin d'emmener ce St'ingie auprès du Cristal. De plus le bannir sans son approbation a été plutôt maladroit.

- Ce conseil de vieux séniles ne comprend pas que tous mes choix sont dictés par mes obligations envers notre cause commune.

- Ces choix donnent parfois l'impression que vous les faites pour vous…

- Vous aussi êtes de leur côté ? Liana commençait à s'agacer.

- Ne me faites pas dire ce que je n'ai pas dit. Vous donnez l'impression d'aller volontairement à l'encontre de chacune de leur décision comme si vous n'agissiez que pour votre compte. Cependant je sais que c'est faux. À vous de renverser la vapeur en leur prouvant le contraire. Ne gardez pas secret ce jeune Valkris, parlez-en au conseil suprême qui vous indiquera la conduite à tenir. Ne vous comportez pas en louve solitaire, c'est une attitude dangereuse.

- Ces vieux fous ne comprennent pas que le monde est en crise. Que tous les clans, autant qu'ils sont, préparent en secret une guerre qui sera encore plus violente que la précédente. Je ne veux pas que notre peuple se retrouve comme il y a une cinquantaine d'années, isolé dans le grand nord, en posture défensive. Nous devons devenir acteurs, et le meilleur moyen c'est d'anticiper. Nous aurons gagné dès lors que nous serons parvenus à installer un roi à la tête d'Arkadis. Un roi qui sera favorable au peuple Souna. Les Valkris ne pourront pas grand-chose contre un roi Valkris, et les Protechs seront obligés, connaissant leur honneur et leur fierté, de le soutenir. Ainsi à trois clans, nous pourrons faire bloc contre les St'ingies.

- Et si tout échouait ? Marcus Mia doutait.

- Je n'ai jamais connu l'échec. »

Liana Belevir était l'une des personnes les plus têtues que le vieux Souna avait pu rencontrer durant sa longue vie. Il savait que pour qu'elle accepte sa proposition de révéler l'existence de Kellilo au conseil, il allait devoir encore tenter de la convaincre. Lui faire entendre raison n'allait pas être une partie de plaisir. Cependant il savait aussi combien elle était brillante. Elle savait où elle allait et comment elle y allait. Sa confiance en elle était presque sans limite.

Il allait tout faire pour ne pas revivre, et faire vivre à ses enfants, une nouvelle guerre.

J'espère que vous avez raison Liana, une guerre serait terrible…

CHAPITRE QUARANTE-CINQ

Pour être le premier

Andrel Techmobi

« Ces accusations sont complètements absurdes ! Mais pour qui se prend cette folle ? »

Le chef Protech tenait dans sa main un message de l'un de ses informateurs qui travaillait à Erefan. Il n'avait cessé de le lire et le relire.

> La nouvelle Protectrice Vizi Vragard accuse directement les Protechs d'avoir assassiné son fiancé le seigneur Vincent Midland.

Il froissa le parchemin et le jeta au feu dans une colère indescriptible. Il savait que les conséquences de ces paroles allaient être terribles. Andrel faisait les cent pas devant la cheminée de sa chambre. Sa femme, Yvana, était assise sur le lit et le regardait se tourmenter. Elle était habituée à voir son mari se mettre dans des colères noires. C'était un passionné, il prenait tout à cœur, trop en général. Mais là, la situation paraissait critique. Avant de lui adresser la parole elle étudiait prudemment toutes les options possibles. Andrel était impulsif, elle le tempérait par son caractère posé et patient.

« Tu ne veux pas venir te coucher ? Les Valkris ne vont pas attaquer cette nuit. »

Le vieux Protech bouillonnait les yeux remplis de rage. Puis lorsque leurs regards se croisèrent, son visage s'apaisa.

« Et la nuit porte conseil… poursuivit Yvana.

- Tu as raison, je vais réunir un conseil de guerre demain à la première heure. Mais ma chérie, cette fois, crois-moi, je ne vais pas laisser ces lâches décider.
- Tu veux faire la guerre ? Pense à toutes ces vies Protechs qui pourraient s'y consumer.
- Je n'ai pas envie de faire la guerre, cependant je vais la préparer. Lorsque le moment sera venu nous serons prêts ! C'est ma responsabilité de Chef. »

Il vint s'allonger aux côtés de sa femme. Elle sentait qu'il était encore très énervé. Yvana se rapprocha de son mari et passa sa main dans sa belle barbe grise.

« Je suis certaine que ce n'est qu'une erreur et que la Protectrice Valkris va revenir sur ses accusations.

- Elle a déjà frôlé l'incident diplomatique en n'invitant aucun représentant des autres clans…
- Elle est jeune, elle n'a pas la sagesse de Vandal.
- Vandal n'était pas un ami, mais nous avions des relations correctes. J'ai l'impression qu'elle veut faire un bond en arrière de soixante ans.
- Tu penses que les St'ingies la manipulent ?
- Ils souffrent de l'ouverture des frontières au commerce. Leurs principaux clients étaient les Valkris. Maintenant que nous sommes dans la course nous avons rééquilibré le marché. Ils ont perdu beaucoup dans l'affaire et je pense que Y'rgram fait tout pour casser nos relations avec les Valkris.
- Il aurait organisé cet assassinat ?
- Je n'en sais rien, ce serait bien son style. Mais je ne porterais jamais ce genre d'accusation sans preuves concrètes. Je vais mettre mes hommes sur le coup. En même temps les Valkris étaient en conflit interne avec la province du Midland, ça ne peut pas être qu'une simple coïncidence.
- Tu vois que tu t'es calmé... Ça ne servait à rien de faire les cent pas et de t'énerver contre ce parchemin.
- Oui mon amour. Que ferais-je sans toi ? »

Yvana se redressa et embrassa langoureusement Andrel. La nuit allait probablement leur porter conseil mais ils n'allaient pas dormir immédiatement.

Les premières lueurs du jour éclairaient la chambre du Chef Protech et réveillèrent doucement Yvana. Les yeux fermés elle chercha son époux de la main, mais le lit était vide. Elle enfila une peau de loup en guise de robe de chambre. Empruntant un escalier en colimaçon, elle rejoignit Andrel accoudé à la fenêtre d'une des tourelles de la forteresse.

« Tu me connais si bien que ça ? questionna avec douceur le chef Protech.

- Dès que tu es tourmenté tu viens ici pour réfléchir. Tu fais l'homme bourru, brut de fonderie, le Protech par excellence, mais je sais qu'au plus profond de toi tu as un cœur tendre. Tu t'inquiètes pour ton peuple et c'est très bien. Tu as été désigné par Gébir pour veiller sur tous les Protechs et ils comptent tous sur toi. Chacune de tes décisions peut faire basculer le destin de chacun d'entre eux. »

Elle montrait de la main l'étendue de la ville d'Atelas qui se réveillait. Derrière la large muraille s'étendait une forêt dense, parsemée de villages, essentiellement de bûcherons. La vue était exceptionnelle depuis la tourelle, et c'est pour cela que le vieux Protech aimait venir y réfléchir. Tout ce qu'il voyait lui évoquait les responsabilités qui étaient les siennes. Et sa femme venait sagement de les lui rappeler. Le Chef Protech était le père du peuple mais aussi celui de ses quatre enfants. Il lui fallait aussi réfléchir au monde qu'il allait laisser à sa descendance. Il était vieux et un jour c'est son fils Cedrick qui prendra le relai. Il n'avait pas le droit de lui transmettre un royaume en guerre, des terres brûlées, comme ils les avaient reçues de feu son père. Andrel était né juste avant le début de la guerre. C'était son père qui avait décidé d'attaquer les positions Valkris à la frontière. Andrel avait ensuite vécu des moments très difficiles découlant de ces évènements. Lorsque son père mourut, le royaume était à feu et à sang. Les batailles faisaient rage partout en terre Protech. Des pères, des fils mouraient sur tout le territoire. Des mères, des enfants disparaissaient victimes de famine. Il n'avait que quinze ans, et ne s'était pas senti prêt à gouverner un royaume si ravagé. Rétrospectivement il se disait maintenant qu'il ne s'en était pas trop mal sorti. Mais à quel prix ?

« Je ne veux pas laisser un royaume à Cedrick comme je l'ai hérité de mon père.

- La guerre n'est donc pas la solution…

- La guerre n'a jamais été une solution. Mais il faut que nous soyons prêts. Ce serait une folie de faire comme si rien ne se préparait. Andrel se redressa tout en continuant de regarder le soleil se lever à travers la brume à l'horizon.

- Entreprendre un dialogue avec les Valkris ?

- Un aveu de faiblesse ?!

- Tu ne changeras pas, cette maudite fierté Protech est ancrée jusqu'au plus profond de toi-même.

- Si les Valkris veulent la paix, qu'ils viennent me la demander. Jusque-là je préparerai mon armée. »

Il quitta la pièce sans un regard pour son épouse. Il savait qu'elle pouvait tout faire basculer de ses yeux noisette. Il repassa par sa chambre pour s'habiller. Il décida de mettre ses apparats de guerre et ainsi de bien faire comprendre à ses ministres que le temps de la discussion était révolu et qu'il faisait place à celui de la préparation. Son valet l'aida à entrer dans son armure. Elle était conçue pour le combat, avec une robustesse à toute épreuve mais elle était impossible à enfiler sans aide. Il se contempla dans le miroir. Cinq longues années sans la porter, des années de paix, de prospérité, alors que désormais tout pouvait s'effondrer en un instant. Au moment où il allait partir pour la salle des ministres Yvana entra dans la chambre.

« Même après toutes ces années elle te va encore à merveille ! Et pourtant je n'aime pas te voir la porter. »

Il lui caressa la joue avec tendresse. Et sans dire un mot se dirigea avec détermination vers la salle du conseil. Il s'arrêta quelques instants devant la lourde porte qui barrait l'accès à la pièce où l'attendaient ses onze ministres. Il savait qu'une fois entré tout basculerait. Andrel s'était préparé à cet instant depuis son retour d'Énolia et l'épisode du conseil des quatre. Il avait senti que toute cette mascarade initiée par la Matriarche Souna n'était que le début d'un conflit privé. L'intervention de Belevir avait été calculée dans les moindres détails. Elle savait que les St'ingies refuseraient de placer un roi à la tête d'Arkadis, trop attachés qu'ils étaient à leur indépendance. Les Valkris quant à eux allaient facilement être manipulés par leurs alliés historiques. Elle avait probablement parié sur une crise entre les Valkris et les Protechs provoquée par les St'ingies. Pour Andrel elle avait ensuite bluffé avec l'histoire du Cristal, tentant de faire croire aux autres clans qu'elle possédait le Cœur de Mythril afin de les déstabiliser. Mais pour une fois et grâce à ce traître de Madbli Lifotech il avait un coup d'avance : il savait qu'elle ne le possédait pas. Pourtant cette accusation Valkris l'affaiblissait, et il allait devoir rapidement réagir pour ne pas perdre la main.

Il entra dans la pièce, tous les ministres se levèrent. Un coup d'œil complice vers Cedrick le rassura. Quelques mois auparavant, avant les seize ans de son fils aîné, il avait insisté pour le placer au conseil. Il fallait qu'il acquière de l'expérience, qu'il apporte sa contribution aux débats, qu'il observe, qu'il prenne le meilleur et rejette le pire de ses pairs. Ce fils pour qui il n'avait été présent que depuis six ans allait devoir le remplacer dans quelques années et il voulait qu'il soit encore meilleur que lui dans ce rôle si important de Chef Protech.

La guerre…

C'était Yvana qui avait éduqué leurs quatre enfants. Cedrick avait été trop couvé. Son héritier était immature, ce qui posait un problème à Andrel, qui se sentait coupable. Il espérait que ce poste allait le faire évoluer mais pour l'instant Cedrick ne semblait prendre la mesure de ses responsabilités à venir.

Il s'assit.

« Bonjour Messieurs, asseyez-vous. »

Tout le monde regardait gravement le Chef Protech circonspect.

« Je vous ai réunis d'urgence ce matin car l'heure est cruciale. Certains d'entre vous sont probablement déjà au courant mais je vais vous expliquer le plus clairement possible la situation dans laquelle nous nous trouvons actuellement. Il y a deux jours, durant le couronnement de la Protectrice Valkris Vizi Vragard, un terrible assassinat a eu lieu. Il s'avérerait que ce sont des armes Protechs qui ont été utilisées pour ce forfait. J'en ai eu la confirmation hier soir par message. Maintenant, les Valkris accusent les Protechs. »

La consternation s'abattit sur l'assemblée.

« Écoutez Messieurs ! Le charisme et la voix puissante d'Andrel firent revenir le calme presque instantanément. Nous devons désormais nous préparer au pire.

- Chef, nous devons anticiper une attaque par l'attaque ! Le plus ancien de l'assemblée s'était levé et avait frappé du poing sur la table.
- Doucement Messieurs, rassieds-toi Merlick. Pour le moment j'ai la confirmation que tout est calme du côté Valkris, n'allons donc pas trop vite en besogne. En revanche nous allons leur envoyer un message fort. Yves Pictech, en tant que ministre de la guerre, je t'ordonne de réunir un conseil de guerre exceptionnel avec tous nos

généraux. Qu'ils préparent leurs troupes et mettent en place une manœuvre à la frontière Est. Pour le moment, qu'ils ne la franchissent pas, ce serait une déclaration de guerre. Et je ne veux pas réitérer les erreurs du passé. Si une guerre se déclenche ce ne sera pas à cause de nous. Vous avez quarante-huit heures. Je veux que l'on étudie aussi nos ressources financières et alimentaires. Ce sont les Valkris qui nous en fournissent l'essentiel. Combien de temps pourrions-nous tenir en cas d'embargo et quelles seraient nos alternatives ? Gaik, comme ministre des finances j'espère que tu m'apporteras la réponse dans l'heure. Pour finir, je veux aussi qu'une enquête soit diligentée pour découvrir qui a fourni les armes aux agresseurs, et croyez-moi quels qu'ils soient ils seront punis. Cedrick, mon fils, c'est toi qui la coordonneras. Tu as carte blanche concernant les moyens mais je veux des résultats rapidement.

- Vous ne serez pas déçu père.
- Avez-vous des remarques ou une quelconque opposition à ce que je viens de vous annoncer ? »

Tous s'observèrent attendant que l'un d'entre eux prenne la parole après le Chef, mais sans surprise : rien !

« Je constate donc que vous êtes tous d'accord avec ma décision. Je compte sur votre réactivité et votre réserve, en tout cas pour le moment. Vous pouvez quitter la salle. »

Tous les ministres faisaient grise mine, l'avenir semblant s'assombrir. En silence ils quittèrent la salle du conseil. Andrel Techmobi était resté assis sur sa chaise.

« Pas toi Cedrick, je dois te parler. »

Le jeune homme s'arrêta au niveau de son père.

« Assieds-toi mon garçon.
- Je vous écoute père.
- Tu as compris ce qui se passait ?
- Nous allons rentrer en guerre ? Le jeune Protech ne comprenait pas vraiment le sens de la question que venait de lui poser son père.
- Justement non, en tant que Chef Protech je vais tout faire pour que cela n'arrive pas. C'est mon devoir. Ce serait un échec pour moi et le prix à payer serait énorme.
- Je comprends père.
- Comprends aussi que dans quelques années tu seras assis sur ce fauteuil, et que toutes les décisions que tu prendras auront des conséquences que tu dois pouvoir maîtriser. Tu étais trop jeune lorsque

la dernière guerre s'est terminée, tu n'as pas pu en mesurer l'ampleur. Tout n'était que mort, désolation et tristesse. J'en ai voulu à mon père de me laisser un royaume dans un tel état. Je lui en ai tellement voulu d'avoir été l'un des déclencheurs de la guerre et de n'avoir pas pris les mesures nécessaires pour la stopper, que je ne lui ai jamais réellement pardonné... Le vieux Protech se perdit quelques instants dans ses pensées.

- Qu'attendez-vous de moi père ?

- Que tu sois bienveillant mon fils. Parfois je peux te sembler dur, mais ce n'est qu'apparence. Le bien-être de tes sujets est ce qui doit t'importer le plus. Tu sais qu'un Chef a plus de devoirs qu'il n'a de droits. Il va falloir que tu apprennes tes devoirs bien avant de connaître tes droits. C'est cela qui fera de toi un bon Chef. Il regarda son fils au plus profond de ses yeux puis lui posa une main virile sur l'épaule. Je t'ai donné une mission à cette table.

- Oui père, je vais mettre toute mon énergie à l'accomplir.

- Si j'ai fait cela, c'est que je te fais confiance et que je sais que tu peux y arriver. Il faut que petit à petit tu gagnes la confiance des loups qui sont autour de cette table. Tu n'es qu'un louveteau pour le moment et nous allons aiguiser tes crocs. Allez, va et trouve le forgeron qui a fabriqué ces haches.

- Merci père. »

Cedrick salua respectueusement son père et quitta la pièce. Andrel resta seul quelques instants assis dans son fauteuil. Une larme coulait le long de sa joue. Il sortit sa hache de sa ceinture et se leva brusquement. Pris d'une rage folle il frappa la lourde table en chêne. La lame resta plantée dans le bois. Il tenait le manche en tremblant. La colère, ou peut-être le désespoir, se lisait dans ses yeux humides.

Par Gébir, plus jamais ça !

CHAPITRE QUARANTE-SIX

L'inquiétude d'un père

Matess Hedland

« Pourquoi... »

Le père de la Protectrice Valkris se tenait à l'endroit précis où le jeune Vincent Midland avait perdu la vie. La grande salle du trône portait encore les stigmates de cet assassinat, le sol en pierre était toujours taché d'une large flaque vermeille. Une odeur de mort régnait dans la pièce.

C'était le jour des obsèques du malheureux. Vizi avait voulu qu'elles soient un hommage à la paix et que tout le peuple Valkris observe trois jours de deuil. Matess Hedland voulait s'imprégner des lieux une dernière fois. La terrible scène se répétait sans cesse dans son esprit. Durant sa longue vie il avait pourtant vécu des instants horribles, pendant la guerre surtout, mais la barbarie, la violence et la surprise de cette attaque lui avaient glacé le sang.

Depuis la discussion avec sa fille il était persuadé que les Protechs n'étaient pas impliqués dans cet assassinat. Dès lors, plusieurs hypothèses lui étaient venues à l'esprit. Il savait que sa fille lui cachait des choses mais il refusait de penser qu'elle puisse être impliquée dans un acte aussi monstrueux. Il était de son devoir en tant que conseiller particulier de la reine, mais surtout en tant que père, de mettre toute cette affaire au clair avant qu'elle ne prenne des proportions qui les dépasseraient tous. S'ils avaient réussi à lancer un processus de paix avec la province du Midland, ce n'était pas pour entamer un conflit avec les Protechs. Il ne connaissait que trop bien les conséquences d'une guerre.

Ce qui l'avait le plus marqué était les dernières paroles du malheureux. Il ne comprenait pas pourquoi il lui avait prononcé le nom d'Algorim Y'rgram dans cet ultime soupir. Était-ce celui qui avait fait assassiner Vandal Vragard ? Ou celui qui avait la réponse ? Depuis la paix, il avait toujours eu des relations cordiales avec le Grand Mage St'ingie et c'était pourtant maintenant une des pistes qu'il allait devoir suivre.

« Monseigneur, nous devons y aller sinon nous serons en retard aux obsèques du seigneur Midland. » Les paroles de l'écuyer de Matess en résonnant dans la gigantesque salle vide le ramenèrent à la réalité.

En chevalier conscient de son rôle il portait déjà son armure de parade et il ne lui restait plus qu'à partir pour le temple de Tlaloc aux abords du lac Sémir, à la sortie d'Erefan.

La foule avait répondu présente ; il fut l'un des derniers à arriver et il prit place aux côtés de sa fille Vizy qui portait sa robe de deuil. La pauvre femme venait à peine de la retirer pour son époux qu'elle devait déjà la porter à nouveau pour son fiancé.

Le corps du défunt arriva dans la salle, porté par quatre moines. Le grand prêtre Saa'rick, après l'avoir béni, prononça les paroles déjà trop souvent entendues.

« Créé par l'eau, vous retournez à l'eau. »

Matess reprit cette phrase en chœur avec la foule.

« Créé par l'eau, vous retournez à l'eau. »

Cette cérémonie, purement Valkris, l'émouvait à chaque fois. Matess était un croyant fidèle. Lorsqu'il vit le corps tomber dans l'eau pure du lac Sémir il ne put s'empêcher de sentir son cœur tressaillir de peine, mais il savait que Vincent allait désormais reposer auprès de son dieu.

De retour dans ses appartements il ordonna à son écuyer de préparer ses affaires. Mais avant de partir il allait devoir s'entretenir avec sa fille. Elle était assise sur son banc favori, toujours habillée de la même robe de deuil. Elle discutait avec Maguelone Rekil, sa femme de compagnie.

« Je vous dérange Mesdames ?
- Non père. »

Maguelone comprit immédiatement qu'elle allait être de trop dans la discussion et discrètement, après avoir salué le seigneur du Hedland, se retira. Matess s'assit auprès de sa fille. Elle avait le teint pâle, les cernes sous ses yeux trahissaient sa lassitude.

« Tu dors la nuit ?
- Très peu… Je savais qu'en acceptant de devenir Protectrice je serais parfois tourmentée, mais je n'imaginais pas à quel point. En suis-je vraiment capable ?
- En tant que ton père, je m'inquiète pour toi. Mais tu es la femme la plus forte que je connaisse, tu vas y arriver.
- Je me sens seule, père, plus seule que jamais. Je me noie dans mes pensées, je ressasse en permanence les choix que j'ai pu faire. C'est le flou, je ne sais plus où donner de la tête.
- Tu n'es pas seule. Je suis là et tu peux venir me parler quand tu en as envie. Je suis venu te demander ce que tu comptais faire concernant les Protechs.
- Par cet acte les Protechs nous ont déclaré la guerre.
- Ne veux-tu pas temporiser un peu, histoire que tout soit un peu plus clair dans ton esprit ? Te lancer corps et âme dans une guerre qui ne serait pas justifiée ne serait que pure folie.
- Pas justifiée ? Mon fiancé se fait assassiner pendant mon couronnement et je devrais rester passive ? Que vont penser mes sujets ?
- Ils vont penser que tu es une Protectrice avisée. Durant ton enfance tu n'as connu que la guerre. Veux-tu que tes futurs enfants vivent la même chose, que ton peuple meure de faim et tombe sous les coups alors même que nous ignorons qui est l'auteur de cet assassinat ?
- Je devrais laisser passer cet acte odieux qui n'est qu'une déclaration de guerre !
- Je ne t'ai jamais connue aussi belliqueuse. Pourquoi pas d'ailleurs, quand la guerre est justifiée il faut la mener avec toute la conviction du monde. Mais ce que je veux dire c'est que tu dois prendre le temps de la réflexion, réunir tes seigneurs, réfléchir aux meilleures options possible et surtout, confirmer qu'il s'agit bien d'un acte commandité par les Protechs.

- Je vais y penser père.
- C'est ton devoir. Il faut que je parte quelques jours, une semaine au maximum.
- Comment ! Vous ne pouvez pas partir en ces heures si sombres, j'ai besoin de vous ici.
- Ce ne sont que quelques jours. Je vais te demander de me promettre de ne rien faire jusqu'à mon retour.
- Mais Vous, qu'allez-vous faire ?
- Promets-moi c'est tout. Tu auras ainsi eu droit à tout le temps nécessaire à la réflexion qu'il faut pour prendre une juste décision lorsque je serai rentré.
- Je vous le promets père, soyez prudent.
- Je ne crains rien ma chère fille, sois rassurée. »

À sa grande surprise, Matess déposa un baiser affectueux sur sa joue et Vizi en eut presque les larmes aux yeux.

Elle ne se souvenait pas de la dernière fois qu'il l'avait embrassée. Elle se caressa la joue pour ressentir la tendresse de ce baiser inattendu.

Hubert, l'écuyer du seigneur Hedland, l'attendait dans la cour du château avec deux chevaux. Il avait chargé les montures de paquetages légers. Sans véritable information il avait prévu de quoi tenir quelques jours.

« Hâtons-nous Hubert.
- Où allons-nous Monseigneur ?
- À Atelas.
- La capitale Protech ? Avec le conflit qui se prépare ?
- Le futur chevalier que tu es serait-il effrayé ?
- Non Monseigneur.
- Alors dépêchons-nous avant qu'ils ne ferment les frontières. »

Le seigneur Hedland enfourcha son cheval avec la souplesse d'un jeune homme de vingt ans et c'est au galop qu'ils prirent la route pour la capitale de ceux contre qui ils allaient probablement bientôt devoir se battre. Il leur faudrait trois jours, pas plus, pour atteindre la forêt Protech, moins peut-être s'ils réduisaient les pauses. Matess aurait aimé prendre la route plus tôt mais personne n'aurait compris son absence aux obsèques de Vincent Midland. Il fallait absolument éviter un incident diplomatique avec le Midland. Hubert, le jeune Valkris qui était son écuyer depuis un peu plus d'un an, semblait suivre la cadence sur les routes qui traversaient les terres agricoles Valkris. Ils prirent plein ouest, ne se reposant que quelques heures, uniquement pour permettre à leurs montures de souffler. Matess avait le temps pendant ses longues heures de chevauchée de faire le point sur les événements récents en Arkadis. Il laissait son esprit courir la campagne.

Dans sa jeunesse Vandal Vragard était son ami avant qu'il n'épouse sa fille. Il avait mené de nombreuses batailles auprès de celui qui était de dix ans son benjamin. Il avait toujours été un peu jaloux de cet homme pour qui tout réussissait. Le Protecteur Vragard était jeune, beau, fort et brillant, c'était un excellent tacticien. Tout le monde l'enviait. Il s'était marié jeune à Marianne Rékil, la fille d'un des seigneurs Valkris les plus puissants. Ce n'était pas un mariage d'amour, mais il avait renforcé le pouvoir en place. Durant la guerre, les prérogatives du Protecteur Valkris ayant considérablement augmenté à la mort du roi d'Arkadis, les opposants au pouvoir s'étaient manifestés de plus en plus. Marianne, cette femme qu'il n'aimait pas, avait eu au moins l'avantage de rallier les provinces qui n'avaient pas voulu se fédérer.

Vandal Vragard avait tout eu, sauf l'amour et une descendance. Matess Hedland se souvenait que toutes sortes de rumeurs ayant circulé à l'époque. Le Protecteur s'était marié uniquement par intérêt politique, on disait même que la reine était encore vierge, que le Protecteur n'aimait pas les femmes et qu'il avait une préférence pour les jeunes hommes. Certains ajoutaient même que la reine ne pouvait pas enfanter. Toutes ces rumeurs avaient beaucoup affecté Vandal Vragard.

Marianne n'avait pas connu la fin de la guerre, elle était morte d'une maladie inconnue juste avant le traité de paix.

Matess se souvenait que celui qui était devenu son ami en avait été profondément attristé. Même s'il ne l'avait jamais aimée, avec le temps il avait fini par avoir beaucoup d'affection pour cette femme. Marianne avait partagé sa tristesse de ne pouvoir fonder une vraie famille. Deux ans après sa mort, Vandal avait rencontré la fille de Matess, Vizi. Il en était tombé éperdument amoureux. La situation à l'époque aurait voulu qu'il épouse une fille de la famille Midland, afin de réconcilier les clans, mais cet homme rendu encore plus têtu par l'amour en avait décidé autrement. C'en était fini du mariage par intérêt, il voulait s'unir pour l'amour. Matess se souvenait que sa fille avait longuement protesté, n'étant pas amoureuse de cet homme de plus de vingt ans son aîné, mais en père autoritaire il en avait décidé autrement.

Ainsi, Vandal avait pu exaucer son souhait le plus cher et s'était marié par amour, alors que pour Vizi c'était uniquement par respect de l'autorité paternelle. Encore une fois, au grand désespoir du Protecteur, ils n'avaient pas réussi à avoir d'enfant. Heureusement pour lui la jeune femme avait fini par tomber amoureuse.

Matess, secrètement ravi de la situation, avait espéré que son fils, le frère cadet de Vizi, prendrait le pouvoir à la mort de Vandal, faute de descendance. Mais il avait dû se faire une raison lorsque sa fille prit le titre de Protectrice. Au final les Hedland étaient au pouvoir et il allait agir pour conforter leur position à la tête du pouvoir Valkris.

La jungle Protech.

Deux jours plus tard ils avaient bien chevauché et étaient déjà en terre Protech. Etrangement ils ne furent pas contrôlés à la frontière et purent s'engager sur la large route pavée qui menait à la capitale, Atelas. Matess avait toujours été fasciné par l'ingéniosité et la rigueur Protech. Les pavés, même mouillés par la végétation et le climat humide, n'étaient pas glissants. Ils étaient posés de façon régulière et bien à plat. Les lisières de la jungle qu'ils étaient en train de traverser étaient entretenues, et pas une branche ne dépassait sur toute la longueur du trajet. Les deux cavaliers pouvaient maintenir leur cadence jusqu'à la forteresse Protech. Matess demanda toutefois à Hubert de ralentir un peu. Il ne fallait pas qu'ils attirent l'attention. Leur mission était simple : trouver le revendeur des haches, lui soutirer les informations qu'il recherchait et quitter rapidement le pays Protech avant que la situation ne s'envenime.

Quelle muraille exceptionnelle !

Ce n'était que la deuxième fois qu'il pénétrait dans Atelas. La première fois, c'était pendant la guerre pour négocier le traité de paix. Il avait alors été époustouflé par le système de protection de la ville. Il s'était toujours demandé pourquoi avoir érigé une muraille imprenable alors que la jungle pratiquement impénétrable qui entourait la ville offrait une protection naturelle contre tout envahisseur. Sûrement la paranoïa Protech !

Il s'était renseigné avant de partir pour Atelas. Seuls deux forgerons étaient capables de fabriquer une telle arme. Il allait devoir trouver leurs échoppes et les interroger. Dans la sacoche latérale de son cheval se trouvait l'arme du crime, soigneusement emballée dans un tissu sombre. Être conseiller particulier de la reine offrait de nombreux privilèges et il n'avait pas eu beaucoup de mal à se la procurer. La nuit allait tomber, et Matess décida de commencer les investigations tôt le lendemain matin. Avec un peu de chance ils pourraient repartir avant la fin de la matinée. Le temps était compté.

Les Protechs étaient travailleurs, la plupart des échoppes étaient ouvertes dès le lever du soleil. Ils avaient décidé de commencer par celle qui était la plus proche de l'auberge dans laquelle ils avaient dormi. Dès leur entrée dans la boutique leurs yeux avaient été éblouis. Au fond du magasin se trouvaient deux apprentis qui battaient le fer avec de lourds marteaux et une conviction touchante. Les deux ouvriers s'arrêtèrent lorsqu'ils virent les riches Valkris entrer. Le bruit assourdissant pouvait gêner les clients et ils avaient des ordres. Le maître artisan quant à lui, continuait son travail; il gravait minutieusement des motifs sur la lame d'une hache. Chaque artisan d'Atelas avait sa propre signature. Les inscriptions se faisaient en vieux Protech et racontaient toutes une histoire. Peu de personnes savaient encore les déchiffrer. Les artisans les recopiaient par habitude. Matess reconnut les motifs, ils ressemblaient à ceux gravés sur la lame qu'il tenait dans la main, toujours recouverte de son tissu. Il la posa sur le comptoir. Le maître forgeron regarda enfin en direction des deux arrivants et arrêta ce qu'il était en train de faire. Le seigneur Valkris se tourna vers son écuyer.

« Hubert, tu veux bien te poster devant l'échoppe et me prévenir si quelqu'un arrive.
- Bien Monseigneur. »

Sans poser la moindre question le jeune Valkris sortit de l'échoppe pour monter la garde. La rue était plutôt calme.

« Bonjour Valkris, il est rare d'en croiser en ces jours sombres. Que me vaut l'honneur de rencontrer les deux derniers Valkris encore présents en terre Protech ?
- Bonjour maître, vous les Protechs avez le sens de l'accueil comme nulle part ailleurs en Arkadis. Je vais être bref. J'ai besoin de connaître le fabricant de cette arme. »

Matess déballa lentement la hache, il en prenait soin comme si elle était fragile.

« Pourquoi voulez-vous savoir qui l'a fabriquée ? Les yeux du Protechs s'étaient à peine posés sur l'objet.
- Parce qu'elle est d'excellente facture, et que j'aimerais en équiper ma garde personnelle. Vous savez, avec les temps qui courent il vaut mieux bien se préparer… »

Le seigneur du Hedland tentait un coup de bluff, un peu grossier. Évidemment il ne pouvait pas révéler qu'il s'agissait de l'arme du crime qui allait probablement faire basculer leurs deux pays en guerre.

« Ne me baratinez pas, vous pensez vraiment que je suis né de la dernière pluie ? Je ne sais pas qui l'a fabriquée. Quittez mon atelier maintenant, et je vous conseille même de quitter le pays au plus vite. »

Matess Hedland savait qu'il était tombé sur un Protech comme il en existe des milliers, têtu et fier. Il n'en tirerait rien, et pourtant son instinct lui disait qu'il n'avait rien à voir avec cette arme. Il n'avait eu aucune réaction lorsqu'il avait vu la hache. Matess allait devoir tenter la deuxième échoppe. Il sortit, et avec Hubert, ils se mirent en route vers le magasin suivant. Soudain un jeune Protech les aborda discrètement à l'intersection d'une ruelle.

« Monsieur le seigneur Valkris. »

Matess reconnut l'un des jeunes apprentis de l'échoppe qu'ils venaient de quitter. Il l'attrapa par le bras et le poussa à l'écart, dans une petite ruelle.

« J'ai couru pour vous retrouver, j'ai peut-être la réponse à votre question. Je suis sûr que vous êtes très riche.
- Tu es perspicace jeune homme, quel est ton nom ?
- Je m'appelle Tom.
- Tiens Tom. Je t'écoute. »

Matess sortit deux pièces d'or de sa bourse. Le jeune apprenti n'avait jamais vu autant d'argent de toute sa vie.

« La hache que vous avez, je l'ai vue. Elle est très particulière, elle a été fabriquée par le vieux Techantor à deux rues d'ici. Il est très discret mais c'est le meilleur artisan du monde. Vous n'avez probablement jamais entendu parler de lui car il ne travaille d'habitude que pour les Protechs.
- Je vois, merci jeune homme.
- Et c'est pour ça que mon maître ne vous a rien dit. Normalement un étranger ne devrait pas être en possession d'une telle arme.
- C'est bien noté. Tu es très intelligent et bien entendu tu as compris que nous ne nous sommes jamais rencontrés.
- Oh oui, je tiens à ma vie Monsieur le seigneur. »

Le jeune Tom disparut dans l'obscurité de la ruelle.

« Qu'est-ce que tout cela veut dire Monseigneur?
- Tu n'aurais pas dû entendre cette discussion mon cher Hubert mais soit, tu m'es fidèle alors je vais te mettre dans la confidence.

- Monseigneur, je vous serai fidèle jusqu'à ce que Tlaloc me rappelle à lui.
- Je recherche la personne qui a fabriqué cette hache si particulière parce qu'elle doit nous mener à l'assassin du seigneur Midland.
- Ce ne sont pas les Protechs les auteurs du crime ?
- Mon instinct me dit que non, même si d'après ce que dit ce jeune apprenti tout semble prouver le contraire. Allons tirer cette affaire au clair auprès de ce Techantor. Nous n'avons que trop perdu de temps dans cette ville. »

Sans difficulté ils arrivèrent devant l'atelier de Techantor. Les lieux semblaient déserts. La porte était entrebâillée. À l'intérieur un vieillard et un jeune homme d'une vingtaine d'années étaient en train de frapper le fer à chaud. Hubert se mit naturellement à monter la garde à l'extérieur.

« Qui êtes-vous ? Les étrangers n'ont rien à faire ici.
- Je suis un homme qui peut vous rendre riche si vous répondez correctement à mes questions.
- Je suis Protech mais pas vénal. Je n'ai que faire de votre argent, allez-vous en ! »

Le seigneur Hedland sortit la hache de son étui de tissus, la brandit en direction du vieillard qui eut un réflexe de protection. Elle se planta dans la table en bois à côté de l'artisan. Le jeune homme courut vers une hache qui n'était pas loin et menaça le seigneur Valkris.

« Je suis venu en paix, je veux juste connaître le nom de la personne à qui vous avez vendu cette arme !
- Qui vous dit que c'est moi qui l'ai fabriquée ?
- Je sais que c'est vous, un point c'est tout. Matess jeta sa bourse sur la table, une dizaine de pièces en or se déversèrent sur le bois. Vous ne serez en aucun cas incriminé, votre seul risque est de devenir riche.
- Je vois… Le vieillard fit signe à son apprenti de baisser son arme et regarda les pièces d'or. Je me doutais bien que cette commande n'était pas anodine.
- Qui vous a fait cette commande ?
- Si je vous dis que c'est un Valkris, vous me croirez ?
- Un Valkris ??! »

Matess avait du mal à croire ce qu'il venait d'entendre. Il s'était attendu à toute sorte de réponse mais pas à celle-là.

« Comment s'appelle-t-il et d'où vient-il ? Le ton de sa voix indiquait sa colère.

- Je me souviens de lui comme si c'était hier, il m'a fait jurer de ne rien dire contre une certaine somme d'argent… Mais vous le battez à plate couture.
- Et vous n'êtes pas vénal ?
- Je suis Protech Monseigneur. Il s'appelle Kenny Karvi, c'est un vendeur d'épices de Mopt.
- Merci, je vous laisse en comptant sur votre discrétion. »

Techantor acquiesça d'un geste de la tête en ramassant les pièces. Au moment où le seigneur Valkris récupérait l'arme du crime, Hubert entra en trombe dans le magasin.

« Seigneur, une dizaine de soldats Protechs en armes se dirigent par ici !
- Techantor, avez-vous une autre issue ?
- Non c'est la seule. »

Un jeune Protech en habit noble entra dans l'échoppe, il était escorté par de nombreux soldats lourdement armés. Il tenait dans sa main un parchemin.

« C'est ici, arrêtez ce forgeron », il posa ensuite son regard surpris vers les deux Valkris qui étaient tendus.

« Qui êtes-vous ? Etiez-vous en train d'acheter des armes Protechs ?
- Vous vous méprenez Monseigneur, répondit sereinement Matess.
- Je me méprends ? Alors pourquoi Techantor a-t-il une belle somme d'argent et vous une arme Protech ? Et comme par hasard chez celui qui a fourni l'arme du crime qui permet d'accuser les Protechs d'un forfait qu'ils n'ont pas commis. »

Le seigneur Hedland comprit qu'il n'y avait rien à dire et resta silencieux.

« Arrêtez-le ! »

Les gardes s'avancèrent, Hubert dégaina son épée et se mit devant son maître.

« Et tuez le jeune, ça calmera le vieux !
- Non ! »

Matess eut à peine le temps de crier son désaccord que la hache d'un des soldats, beaucoup plus aguerri que le jeune écuyer, se planta dans la gorge du pauvre malheureux.

« Tu vas le regretter ! »

Le seigneur Valkris laissa tomber la hache et soutint le jeune homme qui se vidait de son sang. Trop tard, la vie l'avait déjà quitté.

« Vous n'êtes pas en position de me menacer vieillard !
- Je suis le seigneur Hedland, père de la Protectrice Valkris, Vizi Vragard. »

Le jeune homme rit tandis que les soldats Protechs enchaînaient Matess.

« Tout s'explique maintenant ! Il continuait de rire. Vous avez fait assassiner un de vos ennemis en faisant accuser les Protechs.
- Quel idiot vous faites ! »

Le jeune Protech regarda avec dédain Matess tenu par deux gardes, les mains dans le dos. Il le tint au menton pour qu'il le regarde dans les yeux. Cedrick jubilait.

« Mon père va être tellement fier de moi ! »

CHAPITRE QUARANTE-SEPT

Une fin prévisible

Magendi Aj'dor

« Traître ! Nous ne pouvons vraiment avoir confiance qu'en nous-même ! »

L'ancien Doyen de l'Académie de Lansor était affalé sur une paillasse de paille. Sale, le sang séché sur son visage indiquait qu'il avait été malmené par les gardes pendant son arrestation. La cellule sentait l'urine et la mort. Il avait été placé directement dans cette cellule sombre où seule une minuscule ouverture fermée par des barreaux rouillés laissait passer un semblant de lumière. Le mage avait été installé dans une cellule de l'Académie qu'il avait dirigée pendant cinq ans, dernière humiliation de la part de son pire ennemi, Algorim Y'rgram.

« C'est un peu tard pour ce genre de discours. Miriù faisait face à celui qu'il avait trahi quelques jours auparavant.

- Je ne comprends pas pourquoi tu m'as trahi, je t'avais promis la rédemption…

- Tu m'as surtout menacé et je n'aime pas me sentir sous pression. Qui me dit que tu ne m'aurais pas réservé le même sort qu'à celui que tu comptais trahir ?

- Et tu as préféré faire confiance à Algorim ? Cet homme est perfide et fou, les St'ingies vont vers leur perte avec un tel meneur.

- Penses-tu vraiment que tu ferais mieux ? À la première incartade tu déclares la guerre. Ce n'est pas toi qui as voulu envahir tout Arkadis au premier éclat étrange de Cristal ?
- Je reste convaincu que l'histoire du Cristal n'est pas un événement anodin. C'est depuis ce jour que j'ai compris qu'Y'rgram est un mou. Que t'a-t-il promis ?
- Je suis devenu Commandeur d'Aldrosaïa.
- Commandeur, rien que ça ? Et qu'est devenu l'ancien Commandeur ?
- Il comptait prendre sa retraite, Algorim l'a soutenu dans cette voie.
- Toi je peux comprendre, mais pourquoi Kandid Al'vram ? Il me tenait en estime, tu l'as trompé ?
- Il ne t'a jamais aimé. À cause de ton ego surdimensionné tu n'as jamais rien remarqué. C'est lui qui a alerté le Grand Mage au sujet de tes plans, je n'ai fait que le suivre dans cette voie, ton comportement m'insupportait. Tu n'es qu'un fils à papa qui n'a jamais admis qu'il pouvait exister plus fort que lui. Tu n'es qu'un sale prétentieux. Au final Al'vram va être intronisé Doyen de l'Académie de Lansor, mais je ne t'apprends rien, tu t'en doutais n'est-ce pas ?
- Et tu es venu ici pour me dire tout ça ?
- Je ne voulais pas que tu meures sans connaître la vérité. Je suis un homme d'honneur. J'assume tous mes actes et toutes mes décisions.
- Alors évidemment tu as raconté à Y'rgram ta trahison avec les Sounas ?
- Bien sûr, sinon tout aurait été bien différent…
- Algorim Y'rgram, Grand Mage St'ingie a accepté de passer l'éponge sur ta trahison et en plus il te nomme Commandeur ?
- Comme tu dis.
- Il s'est vraiment ramolli. À vrai dire je suis content de ne pas voir ce qu'il va advenir des St'ingies. Et le p'tit ?
- Chris ? Il a été rattrapé par les gardes personnels d'Algorim. Il sera exécuté en même temps que toi. » Miriù masqua ses sentiments partagés quant au sort du fils de tailleur. Il aurait préféré que les gardes d'Algorim ne le rattrapent pas.

Le vieux mage replaça ses bracelets protechs l'empêchant d'utiliser sa magie, autour des poignets qui l'irritait. Magendi se recoucha dans la paille posée à même la pierre froide et humide et se retourna face au mur terne. Miriù comprit qu'ils n'avaient plus rien à se dire, le destin du mage était désormais scellé.

Le procès de la veille avait été plutôt expéditif. Sans surprise tous les protagonistes avaient témoigné en défaveur de Magendi. Son dépit lui avait retiré toute velléité de se défendre. Au moment même où il avait été arrêté à l'Académie, l'issue du procès probablement peu équitable qui allait suivre lui était déjà connue. Il pensait surtout à sa femme et à ses filles, heureusement loin d'Aldrosaïa. Il n'avait pas eu de nouvelles. Algorim n'était pas un monstre, il était persuadé qu'il ne s'en prendrait pas à elles, en tout cas il l'espérait du fond du cœur.

Six gardes masqués pénétrèrent dans la cellule. L'ancien Doyen de l'Académie connaissait la tradition. Les gardes ultimes, comme il était de tradition de les appeler, restaient anonymes. C'était la façon pour eux de ne pas subir de représailles. C'était d'autant plus important avec ce puissant personnage qui avait de nombreux ennemis, mais surtout encore beaucoup de fidèles alliés. Tout de noir vêtu avec des habits amples en soie, ils portaient une large ceinture en flanelle rouge, nouée sur le côté, dont les deux bouts retombaient le long de la jambe droite. Par-dessus, accroché à une autre ceinture, un sabre dans un étui doré retombait sur l'autre cuisse. Une capuche en pointe s'arrêtait sur un masque blanc sans expression, sur lequel il n'y avait que deux trous pour les yeux. La mise en scène était morbide.

Magendi Aj'dor pourtant ne bougea pas, toujours allongé face au mur.

« Il est l'heure.
- Je sais. » À sa voix les gardes comprirent qu'il était résigné.

Deux d'entre eux l'aidèrent à se lever. Il ne protesta pas. C'est avec dignité qu'il s'était décidé à affronter cette épreuve. Arrivé devant les escaliers qui remontaient vers le hall de l'Académie il eut un pincement au cœur. C'était un moment qu'il redoutait peut-être plus que de mourir, affronter le regard de ses élèves pendant qu'on l'emmenait pour subir la peine capitale. Après une longue inspiration, il monta les marches, tranquillement. Ses cheveux bordeaux devant les yeux, collés avec le sang et le sable l'empêchaient, par chance, de voir son environnement.

Résigné, il arriva dans le hall.

Les élèves étaient là. La plupart n'avaient pas imaginé une seule seconde que le destin de leur Doyen serait celui-ci. Tous le craignaient, certains le respectaient même.

Un silence de mort régnait dans ce hall habituellement majestueux et plein de vie. Le temps semblait s'être figé. Le mage parcourut des yeux la multitude d'élèves qui, immobiles, observaient cette improbable scène. Il en reconnut certains. C'est la tête haute, le visage digne qu'il marcha en direction de la porte de sortie. C'était la dernière fois qu'il la franchissait. Mais pas de la façon qu'il avait espérée. Dans ses rêves il s'était vu sortir face à une foule d'étudiants en liesse, l'applaudissant… Là, il vivait un cauchemar.

C'était accompagné de trois gardes de chaque côté qu'il avançait. Une charrette munie d'une cage l'attendait devant la porte principale. Les gardes le regardèrent monter à l'intérieur. Ils n'eurent pas besoin de le forcer à y monter.

Les yeux fermés, il sentit les chevaux tracter le véhicule qui l'emmenait vers le dernier endroit qu'il verrait sur Arkadis. Le mage ouvrit les yeux lorsqu'il entendit des projectiles se fracasser contre la cage qui le transportait. Des cris et des insultes les accompagnaient. La foule était en liesse, mais pas la liesse qu'il espérait pour son dernier voyage.

Les gardes descendirent de la carriole et récupérèrent de longs boucliers ovales. Ils n'étaient destinés qu'à protéger le prisonnier. Il devait maintenant conserver un minimum de dignité jusqu'à la fin.

Il était rare de voir une telle densité de population pour une exécution, mais c'était compréhensible en ce jour sombre. C'était un haut dignitaire St'ingie qui allait être exécuté et personne ne pouvait rester indifférent. Ces exécutions n'étaient pas rares chez les St'ingies, mais le procédé qui allait être utilisé aujourd'hui n'était réservé que pour les hautes trahisons. En temps normal c'était la pendaison qui attendait les meurtriers ou les violeurs.

Une pierre frappa l'arrière du crâne d'Aj'dor qui s'effondra dans le sable. Les gardes l'aidèrent à se relever. Un petit filet de sang coulait le long de sa longue chevelure. Ils arrivèrent enfin devant une ligne de gardes, en boucliers et casques, qui empêchaient la foule d'avancer.

Une estrade en bois faisait face à la mer. Elle avait été montée en urgence à l'issue du procès. Habituellement il n'y en avait pas besoin, mais cette fois-ci c'était bien différent. Le Doyen de l'Académie de Lansor allait être exécuté, de nombreux nobles et hauts responsables St'ingies ne voudraient rater ce spectacle pour rien au monde. Magendi vit que nombre de ses connaissances étaient présentes. Ses gardes, trois de part et d'autre, le placèrent face à l'estrade. Au centre de celle-ci se trouvait Algorim Y'rgram, Grand Mage St'ingie, qui attendait patiemment. Il avait revêtu sa tenue de parade, une longue toge blanche maintenue par une large double ceinture de cuir.

Magendi reconnut Nastelle aux côtés de son père, droite, digne. Il ne lui en voulait pas de l'avoir arrêté ce soir-là. Elle avait tant changé et son père y était forcément pour quelque chose. Il eut une petite pensée émue en pensant à la petite fille qu'elle avait été.

La foule qui hurlait, huait, se tut presque instantanément lorsqu'Algorim leva le bras.

Dans cette foule dense, Moro, l'ancien garde de Magendi, observait la scène avec attention. Il s'était levé tôt ce matin-là pour arriver dans les premiers sur les lieux de l'exécution. De toute façon il ne dormait plus beaucoup en ce moment. Il ne voulait pas rater cet événement, même s'il avait du mal à l'accepter. Il n'avait bien sûr pas pu assister au procès de son maître. Cet acte de justice avait été pour lui comme une pièce de théâtre dont le scénario avait été écrit par avance. Une parodie où le mage perdait toujours à la fin, même s'il avait été possible de la rejouer cent fois. Moro avait voulu témoigner, mais ses supérieurs lui avaient fait comprendre qu'il était préférable pour lui de ne pas le faire. Il avait appris que durant les débats, personne n'avait parlé des deux autres complices de Magendi, Miriù Fili'enor et Kandid Al'vram.

La dernière discussion qu'il avait eue avec son maître résonnait encore dans sa tête. Ses paroles avaient été étranges, comme s'il savait que son sort était scellé avant même de commettre son méfait. Moro avait une mission désormais.

Abaissant le bras, Algorim Y'rgram descendit sur le sable. Ce n'était pas dans le protocole, mais il était Grand Mage St'ingie, et qui aurait osé lui dire ce qu'il n'avait pas le droit de faire ? D'un pas sûr dans le sable humide il s'approcha de Magendi. Tous deux se défièrent du regard. Magendi garda la tête haute, il ne voulait pas que son ennemi pense qu'il avait gagné… même si c'était le cas. Algorim s'approcha un peu plus du mage, sous le regard attentif des gardes ultimes qui scrutaient la scène derrière leurs masques blancs. Il parla doucement, cette discussion n'appartenait qu'à eux seuls.

« Je n'espérais pas qu'on en arrive là. Je t'avais pourtant alerté Magendi. Algorim Y'rgram avait pris un ton neutre, presque amical.

- Il n'y avait pas de place pour nous deux dans ce monde Algorim, c'était toi ou moi… tu le sais très bien.

- Oui, nous sommes tous deux de grands et puissants St'ingies. Notre élément est le Feu, il est par essence incontrôlable, il n'aime pas qu'on le canalise et ne cherche qu'à grandir et à s'étendre. Si on cherche à le maîtriser on se brûle. Le caractère de notre peuple s'est forgé au fil des siècles au contact de ce Cristal enflammé. Nous sommes un peuple fier et nous n'aimons pas que les autres nous dictent la conduite à tenir.

- Quelle belle analogie. Tu as toujours été un bon orateur, c'est certain. Mais c'est tout, tu n'es plus le guerrier que tu étais d'antan Algorim, tu t'es ramolli. Avec toi à leur tête les St'ingies courent à leur perte. Les autres peuples deviennent puissants. Vizi Vragard est jeune et charismatique, tout son royaume est derrière elle, même ceux que feu son mari n'avait pas réussi à fédérer. Liana Belevir n'a jamais eu autant de pouvoir, elle semble contrôler Enolia en plus de tous les Sounas du monde. Andrel Tech'mobi, que nous avions sous-estimé, devient lui aussi plus puissant et plus fort chaque jour. Il prend des initiatives dont nous ne le pensions jamais capable... Ouvre un peu les yeux, tu es dépassé !

- Celui qui ne voit rien n'est pas celui que tu crois. Si tu n'avais pas été aveuglé par la jalousie et l'ambition tu aurais vu les choses différemment. Le monde change, et nous contribuons à ce changement. Crois-moi nous en sommes, même malgré nous, les principaux acteurs. Tu n'as été qu'une épine dans mon pied et je viens de la retirer.

- Je reste malgré tout fidèle aux St'ingies, j'espère que nous n'allons pas disparaître. Promets-moi de prendre soin de ma famille, elles ne sont pour rien dans mes machinations.

- Nous aurions pu nous aimer comme des frères », Algorim fit mine de retourner à sa place, mais lorsqu'il commença à repartir Magendi l'interpella.

« Ler'Qan en a décidé autrement ! Tu vas m'enterrer avec la vérité sur ton fils aimé.

- Quelle vérité pourrais-tu m'apprendre sur Donamaz ? Il est mort et j'ai fait mon deuil.

- Je veux dire que tu ne sais pas tout, et tu vas tuer la seule personne qui pourrait t'apprendre la vérité.

- Tu me fais pitié Magendi, tu es vraiment prêt à tout pour ne pas mourir... Ne voudrais-tu pas partir dignement, la tête haute ? » Algorim en avait assez de ces jérémiades et il partit sans écouter ce qu'avait à dire son vieil ennemi.

Une autre carriole arrivait. Six gardes ultimes en débarquèrent pour tirer de force le jeune Chris Jin'lo. Il était terrorisé. Ses jambes flanchaient et il ne pouvait pas se mouvoir correctement sur le sable. Deux gardes le soutenaient sous les aisselles pour l'amener auprès de Magendi. Le jeune homme sanglotait, Magendi le fuyait du regard, les yeux posés sur le Grand Mage St'ingie qui se dirigeait auprès de Nastelle en bonne place sur l'estrade en bois.

« Laisse l'enfant, il a été manipulé, je l'ai manipulé ! »

Algorim Y'rgram entendit les supplications de celui qui avait combattu à ses côtés, mais ne se retourna pas. Le sort des deux hommes était désormais scellé, Magendi allait devoir disparaître avec la mort du jeune homme sur la conscience.

En arrivant sur l'estrade, où tous les dignitaires, silencieux, avaient les yeux rivés sur lui, Algorim posa la main sur l'épaule gauche de Nastelle. La jeune guerrière ne le regarda pas, elle ne pouvait pas s'empêcher de fixer la plage et la scène qui s'y déroulait. C'était pour elle une première. Lorsque le Grand Mage St'ingie fut enfin à sa place il resta muet quelques instants. Tous attendaient désormais impatiemment qu'il prenne la parole.

Chris Jin'lo était à genoux, toute force semblait l'avoir quitté. Deux gardes revinrent à ses côtés pour le remettre debout; il devait entendre la sentence sur ses deux jambes. La colère pouvait se lire dans les yeux de Magendi Aj'dor et il murmurait au jeune condamné des mots de réconfort.

« Magendi Aj'dor. Chris Jin'lo. Vous avez été reconnus coupables par la justice de Ler'Qan de haute trahison, et de tentative de meurtre envers ma personne. Ainsi, moi, Grand Mage Algorim Y'rgram, en vertu des pouvoirs qui m'ont été confiés par le grand peuple St'ingie, je vous condamne à mort. Vous serez exécutés selon le rite réservé aux traîtres à notre belle et grande Nation. Né par le Feu, tué par l'eau. »

Né par le feu, tué par l'eau.

Les gardes s'emparèrent des deux condamnés. Magendi restait stoïque, il connaissait son sort. Chris Jin'lo hurlait de terreur. Ils les conduisirent jusqu'au bord de la mer. Magendi regarda une dernière fois l'horizon. Le soleil le caressait. Les couleurs du crépuscule l'apaisaient. L'odeur des embruns lui parvenait et lui rappelait des souvenirs heureux. Il ne regrettait qu'une seule chose, celle d'avoir échoué.

Les gardes ultimes fixèrent les deux hommes, comme la tradition St'ingie le voulait, allongés sur une planche en bois posée directement sur le sable. Des chaînes rouillées au niveau des poignets, des chevilles et du cou les empêchaient de faire le moindre geste. Leur destin était maintenant lié à cette plaque en bois. Ils n'avaient pas les yeux bandés, mais ne voyaient pas la mer, uniquement le ciel grisonnant. Les pieds des condamnés étaient orientés en direction de la tribune silencieuse.

« Ler'Qan nous vengera jeune homme. »

Magendi essayait de calmer Chris, en vain. Il était apeuré, le souffle presque coupé. Le mage avait assisté de nombreuses fois à ce genre d'exécution. C'était la pire mort, et de loin, mais il allait garder cette information pour lui. Le jeune homme n'avait pas besoin de ça.

La marée commençait à monter doucement. Lentement ils pouvaient sentir l'eau salée asperger, par vagues, leurs cheveux.

Dans la tribune officielle, Nastelle qui était restée jusque-là silencieuse s'adressa à son père.

« C'est la première fois que j'assiste à ce genre d'exécution père », la scène atroce qui se déroulait devant ses yeux lui semblait insoutenable.

Derrière eux la foule scandait, réclamant la mort des traîtres. Ils allaient être servis, mais pas tout de suite, on ne presse pas Madame la Mer…

« Il faut une première à tout, ma fille. Nous allons vivre des heures sombres et malheureusement nous allons devoir nous habituer à ce genre de moments.

- Je ne sais pas si je pourrais m'y habituer… Vous étiez au courant bien avant la tentative de meurtre père, alors pourquoi avoir laissé faire et en être arrivé là ? Tout aurait pu être évité. Avez-vous seulement pensé à sa famille ? »

Algorim Y'rgram resta silencieux, il faisait mine d'être concentré sur le spectacle qui s'offrait à lui.

L'eau continuait de monter doucement, les visages des deux condamnés commençant à se faire éclabousser par les vagues d'eau salée et d'écume. Leurs yeux commençaient à piquer, ils avalaient quelques gouttes d'eau qu'ils recrachaient au mieux, leur respiration devenait spasmodique. Leurs sinus brûlaient, sans qu'ils ne puissent rien y faire, les solides chaînes ne bougeaient pas.

« J'avais besoin de preuves concrètes, et grâce à toi nous les avons obtenues. J'avais besoin d'asseoir mon autorité, le pouvoir est une chose compliquée à conserver. J'ai de nombreux ennemis, Aj'dor n'est que l'un d'entre eux. Par cet acte je renforce ma position, maintenant les traîtres ne vont pas vouloir prendre de risques et vont rester ainsi très sagement dans le rang.

- Vous auriez pu tout de même épargner l'enfant, il a manifestement été manipulé.
- Tu comprendras bientôt Nastelle que certaines personnes doivent mourir même si elles ne le méritent pas, c'est en les épargnant que nous nous affaiblissons.
- La question étant de savoir s'il méritait vraiment de mourir.
- Ce n'est que subjectif. Pour le moment laisse-moi assumer ce genre de décision. C'est bien de te fier à tes convictions, c'est en cela que tu seras digne de rester à mes côtés et d'être mon bras armé. Je suis fier de toi ma fille, ensemble nous allons accomplir de grandes et merveilleuses choses.
- Pensez-vous qu'Arkadis va pouvoir rester en paix ? Nous pourrions y perdre nos partenaires commerciaux, nos alliés stratégiques...
- Tout est beaucoup plus compliqué, coupa le Grand Mage. Tu apprendras à mes côtés, je vais te préparer à prendre ma relève.
- Une femme à la tête de la Nation St'ingie ?
- C'est certain qu'il n'y aura pas que toi à préparer pour la relève… Jusque-là, continue ton travail à la force Ler'Qan, ils sont très contents de toi.
- Et ma couverture à la garde de nuit ?
- Elle est utile. Tu es ma fille, forcément de nombreux yeux sont braqués sur toi, j'étais obligé de te trouver un travail « officiel », Algorim posa à nouveau la main sur l'épaule de Nastelle en signe de tendresse.

Sur la plage la marée continuait à monter. Magendi commençait à recracher l'eau, il toussait à chaque vague. La foule était en liesse.

« Je suis honorée de votre confiance père.
- Et je suis fier d'avoir retrouvé ma fille. Une dernière chose, il faut que nous apprenions la vérité concernant ton frère. »

La jeune guerrière tourna la tête vers son père qui continuait à regarder en direction de la plage. Elle resta bouche bée.

L'eau recouvrait désormais entièrement la tête des deux malheureux. D'abord des bulles, nombreuses, apparaissaient après chaque vague. Petit à petit les jambes des deux condamnés convulsèrent. Celles de Chris s'arrêtèrent de bouger bien avant celles du mage. Sa terreur l'avait fait absorber l'eau beaucoup plus rapidement que son aîné, remplissant ses poumons de liquide. C'était peut-être mieux ainsi après tout. Puis ce fut au tour de Magendi de se figer pour l'éternité.

La foule se tut, elle retenait sa respiration, espérant peut-être le sursaut d'un des exécutés. Mais rien ne se passa.

Les deux hommes étaient morts, noyés. Mais la cruauté de ce châtiment ne s'arrêtait pas maintenant. Ils allaient rester posés sur leur planche en bois pendant trois jours, alternativement pour servir de déjeuner aux poissons, et de dîner aux mouettes au gré des marées.

Algorim Y'rgram fit un pas en avant, solennellement il leva les mains en l'air. Elles s'enflammèrent, puis une boule de feu vint frapper la mer à l'endroit même où gisaient les corps submergés des deux traîtres.

« L'Eau a éteint la flamme St'ingie qui brûlait en eux, nés par le Feu, morts par l'eau. »

CHAPITRE QUARANTE-HUIT

Le destin, quelle étrangeté

Sina Mura

« On a tant besoin que l'on ait besoin de nous. »

Cette réponse trottait dans la tête du Valkris depuis que Selvin lui avait demandé quelle force l'animait dans la recherche de Jodix. Il avait comme à son habitude ignorée la question. Mais la réponse était toute trouvée et il la ressassait incessamment. Ce voyage en bateau avait semblé être le plus long de toute sa vie. Le groupe avait embarqué trois jours auparavant de l'île de Régo pour le continent accompagné du troublant Waregrund. Ce mystérieux Protech leur avait expliqué qu'il recherchait la jeune Amaya et que c'était lui qui avait payé pour sa libération de la Prison d'Enolia. Sina n'était pas de nature à poser des questions et c'était donc Selvin qui s'était chargé de le faire.

« Pourquoi un vieux Protech chercherait à faire libérer une jeune Souna qui s'est fait prendre pour un simple vol ? »

Il était resté muet. Depuis leur rencontre il ne leur avait presque rien dit, mis à part quelques détails sur son entreprise pour les retrouver après leur disparition. Étrangement Sina lui faisait confiance. En partie...

Ils n'avaient jamais été aussi proches de libérer leur compagnon.

L'échec de l'arène n'avait pas entamé la motivation de Sina. Il s'était aussi posé beaucoup de questions concernant les ravisseurs Protechs.

Pourquoi étaient-ils avec la jeune Amaya ?

Pourquoi enlever Jodix ?

Il était persuadé qu'une fois à Timeva il trouverait enfin les réponses à toutes ses questions.

« Que vont faire les Protechs avec Amaya une fois à Timeva ? La question de Waregrund sortit Sina de ses pensées.

- Tout me laisse penser qu'ils vont aller voir Dari Col.
- Le meneur de la guilde des Griffons ?
- Oui c'est ça.
- Pourquoi iraient-ils le voir ?
- Il n'y a que deux possibilités. Soit les deux Protechs travaillent pour ce bandit, soit la jeune fille a engagé les deux Protechs et veut se venger.
- Dari Col aurait vendu Amaya et votre camarade pour ensuite les récupérer, ça n'a pas beaucoup de sens. Pourquoi pensez-vous qu'elle voudrait se venger ?
- Ça n'a pas de sens si la jeune fille n'a aucune valeur, mais votre présence et l'énergie que vous avez dépensées pour la retrouver me laissent croire le contraire. Si Col l'a appris, vénal comme il est, c'est bien possible qu'il ait voulu la récupérer. Et si jamais c'était un coup des Protechs qui auraient enlevé Amaya et Jodix pour une raison qui me dépasse, ils seraient partis pour Atelas et non Timeva.
- Tout se tient. Nous partons pour le quartier général des Griffons une fois le pied à terre donc ?
- Exactement, même si nous risquons l'affrontement direct. N'oubliez pas qu'ils veulent notre mort. »

Quelques heures plus tard le navire entra dans le port de Timeva. Une légère pluie tombait. Lorsque Sina vit les murailles de la ville il eut un pressentiment qu'il n'aurait su expliquer. Le temps semblait s'être ralenti et le bateau ne jamais vouloir arriver jusqu'au quai. Ils étaient prêts à sauter sur le quai dès que possible. Sans Danto et Selvin, Sina Mura savait que rien n'aurait été possible et il leur en serait à jamais redevable; il les observait avec une forme de tendresse. Waregrund, lui, attendait derrière, impassible.

« Vous savez tous où se trouve le quartier général des Griffons ? Sina posa cette question au groupe mais la destinait à Waregrund.

- Oui ! » Ils répondirent tous ensemble.

Le chef de cette équipe soudée prit quelques secondes de réflexion.

« Bon, il ne faut pas qu'on perde de temps. Ils ne nous attendent pas et donc on a un avantage certain sur eux. Nous devons à tout prix rattraper Jodix et Amaya avant qu'ils n'atteignent le comptoir des Griffons. J'espère que leur bateau n'est pas arrivé il y a trop longtemps. S'ils arrivent avant nous, nous ne pourrons rien faire à nous quatre. Il faut absolument que nous les rattrapions avant. Danto, quel est l'itinéraire le plus rapide pour arriver à la guilde ?

- Euh, par la place principale je pense.

- On ne s'attend pas, restez sur vos gardes. On l'a vu dans l'arène, l'un d'eux possède un pouvoir impressionnant. »

Les marins amarraient le bateau. Ils ne perdirent pas de temps à débarquer et se mirent à courir à travers les rues pavées de la ville. Une petite pluie les avait mouillées et les pavés glissaient un peu.

Sina était le plus rapide, suivi de très près par Selvin. Les deux Valkris avaient un avantage certain par rapport aux deux Protechs dans ce genre d'exercice. Le visage détrempé, les deux hommes arrivèrent en premier en vue du quartier général des Griffons. Par chance la pluie avait fait déserter des rues la plupart des habitants de la ville. Les yeux plissés, gêné par les gouttes qui perlaient de ses cils, Sina aperçut quatre silhouettes proches du bâtiment. Il était persuadé que c'étaient eux, cette fois-ci était la bonne.

« Attendez ! »

Sina espérait qu'ils l'entendent. Il était encore à cent mètres. Les quatre personnes se tournèrent dans sa direction.

Ils l'avaient entendu.

Jodix ! Enfin !

Il était maintenant à cinquante mètres. En face d'eux personne ne bougeait. Surpris Sina ralentit et Selvin le rejoignit.

« On y va tranquillement, il ne faut pas les faire fuir, ne montrons aucune agressivité. N'oublie pas qu'on ne connaît pas ces Protechs.

- Compris. »

La pluie avait cessé de tomber, quelques rayons de soleil se reflétaient dans les flaques d'eau qui s'étaient formées dans les interstices entre les pavés.

Les deux Valkris avançaient désormais lentement, comprenant que Jodix et Amaya n'étaient pas avec les deux Protechs de leur plein gré. Jodix portait à ses deux poignets des bracelets en métal, ceux-là mêmes qui l'empêchaient d'utiliser la magie. La jeune Souna n'en avait probablement pas besoin. L'un des Protechs, le plus vieux, semblait les menacer d'une arme courte. Sina leva les mains en l'air.

« Nous venons en paix. »

Les deux Protechs étaient sur la défensive. Madbli fit part de son intuition à Hakam.

« Ce sont probablement les mercenaires qui ont aidé à la libération de la Souna, et maintenant que j'y pense ça devait être eux aussi dans l'arène. »

Il avait vu juste, son partenaire lui faisait confiance. Il colla la dague sur la gorge d'Amaya.

« Un pas de plus et je tue la fille. »

Sina stoppa net. Il serrait les dents, il ne pouvait rien faire. Il jeta aussi un coup d'œil sur la porte du quartier des Griffons. Si elle s'ouvrait et laissait sortir l'un d'eux, la situation déjà très sensible pourrait vraiment devenir explosive.

« Jamais vu des mercenaires aussi loyaux. Lorsque vous avez une mission rien ne vous arrête ! » Madbli essayait de confirmer qu'il s'agissait bien des mercenaires qui l'avaient libéré avec Amaya.

- Nous ne vous voulons aucun mal. Nous souhaitons juste récupérer Amaya et Jodix.
- Oh ! Et vous pensez que nous allons vous les laisser comme ça ? Ils sont bien trop précieux !
- Vous vous méprenez, ce n'est qu'une fille des rues et un jeune mercenaire.
- Si vous croyez cela vous êtes bien naïf mon jeune ami. »

La situation échappait au chef de la petite équipe de mercenaires. Il pensait avoir imaginé tous les cas de figure possibles. Pourtant la réflexion de Madbli ouvrait de nouvelles portes.

Il se doutait bien que la jeune fille n'était pas qu'une simple voleuse.

« Mais c'est le Protech qui était dans la cellule avec Amaya ? »

Sina se retourna, Danto avait les mains sur les genoux, il soufflait comme un bœuf. De larges gouttes de sueur coulaient de son front. Le Protech n'était clairement pas fait pour courir. Waregrund était sûrement encore plus loin derrière.

« Ta mémoire m'impressionne vraiment Danto !
- J'aimerais que tu en dises autant pour mon endurance.
- On se prépare, ça risque de barder. » Selvin, tendu, regardait attentivement les Protechs en face d'eux.

Le trinôme de mercenaires avançait lentement, les mains en l'air. Waregrund n'était plus très loin derrière, à bout de souffle il marchait en observant la scène de loin. Maintenant à une dizaine de mètres, les trois hommes n'avaient jamais été aussi proches de retrouver enfin leur compagnon. Plus rien ne semblait pouvoir les arrêter désormais.

Jodix et Amaya ne bougeaient toujours pas, comme figés ils ne savaient pas comment réagir. Le jeune St'ingie esquissa malgré tout un sourire, après tant de mésaventures cela faisait du bien de revoir ses amis d'Umbrea Mortalis. Il sentait la lame de Madbli contre ses reins mais ce qui l'inquiétait le plus était la lame d'Hakam contre la gorge de sa protégée.

« Laissez-les partir, vous n'êtes pas de taille. Sina tentait un coup de bluff.
- Vous rigolez j'espère ? Nous tenons vos amis, et croyez-moi pauvres petits mercenaires vous n'êtes pas de taille.
- Vous travaillez pour Dari Col c'est ça ?
- Vous n'y êtes pas Valkris, il a juste quelque chose en sa possession que nous voulons. Si vous le récupérez pour nous, vous pourrez récupérer le St'ingie.
- Je crains que ce ne soit impossible. Comment dire... nous sommes en très mauvais termes avec ce Dari. Notre dernière rencontre s'est plutôt mal terminée.
- Ah les mercenaires, tous les mêmes ! Tant pis, vous ne reverrez plus vos amis.
- Vous pensez vraiment qu'on a fait tout ce chemin depuis tant de temps pour abandonner maintenant ?
- Si vous tenez à la vie de vos amis vous allez pourtant devoir partir.
- S'ils sont si précieux pour vous, nous ne craignons rien.
- Le St'ingie ne nous intéresse pas. »

Sina serra les dents, il avait envie de leur sauter au cou mais les Protechs avaient l'avantage et ils le savaient. Il regarda Danto et Selvin prêts à en découdre. Le prix à payer était trop cher.

Waregrund arriva sur place.

« Un de vos compagnons ?
- Non je ne suis pas l'un des leurs, je suis ici pour la fille », répondit-il à leur place en cherchant son souffle.

Madbli et Hakam se regardèrent dubitatifs. Amaya était surprise, elle ne connaissait pas ce Protech qui disait être venu pour elle.

« Je trouve que ça commence à faire beaucoup de monde pour une simple orpheline. Que lui veux-tu Protech ?
- Ce ne sont pas vos affaires, mais je sais ce que vous voulez. Je suis prêt à faire un échange. »

Waregrund, en nage, fouillait à l'intérieur de son col puis sortit le Cœur de Mythril. Il retira le médaillon et le présenta aux deux Protechs.

L'artefact scintillait.

Tous le regardèrent, étonnés de voir un tel objet entre les mains de Waregrund.

« C'est le Cœur de Mythril que vous cherchez n'est-ce pas ? »

Les mercenaires ne comprenaient plus rien. Ils étaient devenus spectateurs de l'incroyable scène qui se déroulait sous leurs yeux, la situation leur échappait de plus en plus. Sina avait entendu parler de ce médaillon, mais il croyait qu'il ne s'agissait que d'une légende. Quant à Selvin il était complètement perdu. Mais en quoi ce médaillon pouvait bien être lié de près ou de loin à la jeune Souna ? Seul Danto ne réagissait pas.

« Qui es-tu Protech ?
- Mon nom importe peu, je veux simplement que vous me laissiez la fille en échange du Cœur de Mythril. »

Hakam ne savait plus quoi penser. Il allait devoir faire un choix. Ce Protech venu de nulle part préférait protéger une fille des rues plutôt qu'un médaillon millénaire qui avait plus de pouvoir que quiconque pouvait imaginer. Ignorait-il le pouvoir du Cœur de Mythril ou la fille avait-elle plus de valeur qu'il ne le pensait jusqu'à présent ? La mission était claire, ils devaient rapporter le médaillon, la fille n'était qu'une option.

« Très bien, nous allons faire l'échange, mais pas d'entourloupe. Lorsqu'il entendit parler Hakam, Madbli sut que désormais c'était Waregrund qui menait les débats.

- Vous allez nous livrer la fille puis on vous fera parvenir le Cœur de Mythril, ensuite une fois en sa possession vous relâcherez le jeune homme. Le protecteur de la Souna ne bougeait pas, il observait avec attention la réaction des deux hommes à sa proposition.
- Le St'ingie n'est pas dans le marché, il restera notre assurance.
- Je ne partirai pas sans Jodix ! Protesta vivement Amaya qui se calma presque instantanément lorsqu'elle sentit la lame d'Hakam pénétrer légèrement la peau de sa gorge.
- Nous ne le relâcherons que lorsque nous serons à l'abri.
- Je ne vous fais pas confiance ! » Sina avança d'un pas, il était furieux.

Chacun campait sur ses positions. Quelques secondes interminables passèrent. Le temps jouait contre les mercenaires. Sina fixait toujours la porte des Griffons craignant de perdre le peu d'avantage qu'il avait encore si elle s'ouvrait. Le mage Protech, Hakam, enleva la dague du cou de la jeune Souna et la poussa vers l'avant.

« C'est d'accord, nous vous laissons le St'ingie. J'espère que la parole d'honneur d'un mercenaire vaut quelque chose. »

Amaya avança lentement et se mit aux côtés de Sina. Étrangement elle savait qu'elle pouvait faire confiance à cette montagne de muscles.

« Maintenant envoyez le médaillon, si vous tenez à la vie de Jodix. »

Waregrund lança le Cœur de Mythril, en direction des deux Protechs et avec dextérité le mage Protech le rattrapa. Il sentit aussitôt la puissance du médaillon l'envahir. Il n'y avait pas de doute à avoir, c'était bien le médaillon Xya.

« Bien ! Voici le St'ingie. »

Au moment où ils allaient relâcher Jodix, Dari Col et deux de ses hommes sortirent de l'échoppe. Surpris, Hakam reprit le St'ingie par le col et le menaça de nouveau avec sa lame. Ils firent tous trois quelques pas en arrière.

« Vous êtes qui vous ? cria-t-il.
- Dari Col, et vous ? Tiens donc, Sina ! Tu viens te jeter dans la gueule du loup ?
- Pas maintenant Dari ! Relâchez Jodix.
- Qui me dit que ce n'est pas un piège ? » Hakam devenait nerveux.

Dari ne reconnut pas tout de suite le Protech avec qui il avait fait un marché quelque temps auparavant. Il s'était focalisé sur le mercenaire d'Umbrea Mortalis et sa petite équipe.

Hakam se sentait de plus en plus acculé. Madbli avait mis sa capuche espérant que Dari Col ne le reconnaisse pas, voire même ne l'aperçoive pas. Il restait en retrait, la situation était trop complexe pour qu'il puisse expliquer à Hakam qu'il connaissait le mercenaire des Griffons.

La scène était un vrai capharnaüm.

Madbli ne voulait pas que Hakam sache qu'il travaillait avec Dari Col. Il avait réussi à faire en sorte de pouvoir rencontrer le chef des Griffons sans la présence de son compagnon. Et là tout se compliquait et tous ses plans allaient être contrariés. Hakam était persuadé que les Griffons qui venaient d'arriver étaient complices de Sina et de son équipe, il se sentait maintenant en position de faiblesse. Pourtant sa victoire semblait proche, il avait le médaillon en sa possession. Les mercenaires d'Umbrea Mortalis pensaient eux aussi qu'ils étaient en position de faiblesse, les membres des Griffons étant leurs pires ennemis.

Hakam n'avait désormais qu'une seule idée en tête, celle de s'enfuir rapidement avec Madbli, le rapport de force n'était pas en leur faveur si les mercenaires sortis de l'échoppe étaient effectivement associés à l'équipe d'Umbrea Mortalis. Hakam détestait faire cela, mais cette fois-ci il n'avait pas le choix. Il chuchota quelques mots dans l'oreille de Jodix.

« Désolé jeune homme. »

Il enfonça son couteau dans le flanc du St'ingie qui s'effondra. Hakam posa les mains au sol et une colonne de terre vint s'écraser contre Waregrund qui fut projeté à une vingtaine de mètres en arrière. Ce n'était pas sa cible, mais l'effet obtenu était là. La fulgurance de l'attaque avait surpris tous les combattants.

« Les mercenaires ! » cria Madbli.

Hakam regarda son partenaire puis reposa les mains à terre, des éclairs se formaient sur ses poings.

« Jodix ! » Amaya hurlait de colère. Elle tremblait de rage, plus rien d'autre ne semblait exister autour d'elle.

La terre devant le mage Protech se leva et forma une énorme boule compacte. Un homme seul ne pouvait soulever une telle masse, Hakam était définitivement un mage puissant.

La jeune femme était entrée dans une fureur sans nom. Une larme coulait sur sa joue. Son ami au sol, encore conscient, hurlait de douleur, la terre rougissait. Elle serra les poings en tremblant de fureur.

Hakam leva les mains en l'air, semblant réaliser un effort hors du commun. La masse de terre était en suspension au-dessus de lui. D'un geste, il dirigea ses bras vers ses ennemis et la boule partit sur eux à une vitesse phénoménale.

Plus rien ne semblait pouvoir l'arrêter.

En l'espace d'une seconde, Sina comprit qu'il allait être percuté par cette puissante masse de terre.

Il ne pouvait pas l'esquiver.

Pourtant…

Elle s'arrêta net à quelques centimètres de son visage.

« Comment une Souna pourrait-elle maîtriser la Terre ? » Hakam, essoufflé et ébahi, ne comprenait pas ce qui se passait. Ce sont les yeux écarquillés qu'il devenait à son tour spectateur de cette incroyable scène.

La jeune Souna avait les mains recouvertes d'éclairs, les bras tendus horizontalement en direction de la boule. Les yeux rouges, elle ne regardait que la puissante masse de terre maintenant immobile presque au contact de Sina et qu'elle tenait par la force de son esprit.

Le Cœur de Mythril au cou d'Hakam brillait et chauffait.

Le mage regarda la fille avec terreur. La boule de terre prit lentement le chemin inverse et se projeta en direction de son créateur. Du revers de la main il la para, elle s'écrasa sur la façade d'une maison voisine.

Heureusement qu'elle ne sait pas la maîtriser, pensa-t-il.

La jeune Souna était en transe. La terre tremblait sous ses pieds. Rien ne semblait pouvoir l'arrêter. Elle regardait Jodix au sol. La dernière fois qu'elle s'était sentie dans cet état avait été dans les jardins de celui qu'il l'avait asservie. Elle avança en direction des deux mages et de Jodix, toujours au sol tentant d'arrêter lui-même l'hémorragie.

Personne ne semblait comprendre ce qui venait de se passer.

Le mage Protech profita de la situation pour s'échapper. Il frappa le sol de son poing qui trembla. Un immense nuage de poussière s'éleva à plusieurs mètres de hauteur créant un épais brouillard opaque. Tous furent aveuglés.

Les deux Protechs avaient disparu, Madbli profitant de l'opportunité pour suivre son compagnon.

Amaya et les trois mercenaires se précipitèrent vers Jodix. Selvin vint appuyer son poing sur la plaie. Jodix était encore conscient mais il souffrait le martyre.

« Tiens bon Jodix, tu vas t'en sortir ! » Sina se voulait rassurant.

Dari Col vint poser la main sur son épaule. Il se retourna et regarda son vieil ennemi dans les yeux.

« Pas maintenant Dari, par pitié ! »

Le chef des Griffons esquissa un sourire.

« Amenons-les à l'intérieur, nous pourrons plus facilement les soigner », dit-il en montrant du doigt l'intérieur de son bâtiment.

Ils en avaient oublié Waregrund qui était inconscient, le crâne en sang.

« Jack, Mike, allez chercher le vieux Protech. »

Sina fit un geste amical de la tête à Dari.

« Amenons Jodix à l'intérieur, faites bien attention à lui », le mercenaire lui maintenait la tête. Les traits de son visage en disaient long sur ce que Jodix avait dû endurer jusqu'à maintenant.

Danto et Selvin le soulevèrent et pénétrèrent dans le bâtiment. Les deux hommes de Dari quant à eux étaient déjà auprès de Waregrund qui semblait mal en point.

Amaya pleurait.

Sina laissa ses deux compagnons s'occuper de leur ami. Il s'arrêta et observa quelques instants la jeune fille. Elle était genoux au sol, trempée, elle regardait les paumes de ses mains. Elle tremblait.

La pluie avait repris. L'eau coulait sur le visage de la jeune et belle Souna qui semblait seule au monde. Elle ne bougeait pas, détrempée, stupéfaite.

Une aura semblait émaner d'elle.

La pluie ruisselait sur le crâne rasé du Valkris. Immobile, il était hypnotisé par Amaya. Un frisson le parcourut. Tout devint évident.

La fille n'était pas celle qu'ils croyaient tous, elle avait un destin qui allait faire basculer le monde…

CHAPITRE QUARANTE-NEUF

Un retour pas si banal

Amaya

« J'ai quitté cette ville il y a si longtemps et j'ai pourtant l'impression que c'était hier. »

Amaya observait les murailles d'Enolia, non sans nostalgie. Elle était assise à l'arrière d'une charrette prêtée par la guilde des Griffons. Elle s'occupait de Jodix, allongé, qui se remettait lentement de sa blessure.

« Nous y sommes bientôt, annonça Sina qui tenait les rênes.
- J'espère que nous serons assez discrets et que, le temps ayant passé, l'histoire de l'évasion s'est fait oublier, continua Amaya.
- Avec ta nouvelle coupe de cheveux je ne suis cependant pas inquiet. Je ne t'ai vue que l'espace d'une seconde dans la prison, mais tu sembles complètement différente. Je pense qu'on ne te reconnaîtra pas, reprit Selvin.
- On ne va pas compter là-dessus, on va rester discrets et prudents. » Sina ne voulait pas prendre de risque. Il en avait assez de fuir et de se cacher.

Amaya avait mis un manteau avec une capuche. Elle tenait la main de son compagnon d'infortune qui essayait de dormir malgré les nombreux nids-de-poule. La jeune Souna était impatiente de retrouver la ville dans laquelle elle avait grandi. Elle n'avait connu qu'Enolia et s'y sentait bien, et pourtant elle n'y possédait rien et n'appréhendait pas ce qu'allait devenir sa vie après tant d'aventures.

La jeune femme ne s'expliquait pas ce qui s'était passé à Timeva quelques jours auparavant. Elle prenait enfin petit à petit conscience de son incroyable destinée. Elle ne semblait pas n'être qu'une simple Souna et elle allait devoir découvrir qui elle était vraiment. La seule personne qui aurait pu répondre à ses questions était le Protech du nom de Waregrund, mais il était gravement blessé et inconscient. Sina n'avait pas voulu rester trop longtemps à Timeva. Entre les avis de recherche à leurs noms et la scène qui s'était déroulée en pleine ville, rester aurait été dangereux. Ils avaient envie de rentrer chez eux. Après avoir fait un rapide bilan de la blessure de Jodix, ils s'étaient décidés à rejoindre Enolia. Ainsi, dès le lendemain aux aurores, le groupe avait pris la route de la capitale d'Arkadis. Le chef de l'équipe avait lu la lettre que Dari Col lui avait remise juste avant le départ.

> Sina,
>
> Je dois aller vérifier quelque chose, je ne t'en dirai pas plus car je sais que tu viendrais me chercher. Mais sache que je serai bientôt de retour à Enolia. Je pourrais alors tout t'expliquer. Prends soin des nôtres comme tu l'as toujours fait.
>
> Ton ami fidèle, Danto Van Breum

Il avait lu et relu cette lettre mais ne comprenait pas ce qui motivait son ami Protech. Ils allaient devoir terminer ce long périple sans Danto. C'était avec une pointe d'amertume que le groupe avait pris la route pour Enolia. Sina savait d'expérience que tant qu'ils ne seraient pas au quartier général de la guilde leur sécurité serait toujours menacée, surtout avec une si précieuse cargaison.

Le soleil matinal de ce début d'été lui caressait le visage. Pour la première fois depuis longtemps il était serein. Mais de nombreuses questions trottaient dans sa tête et auxquelles il lui allait falloir trouver des réponses. Que s'était-il passé avec le meneur des Griffons, ce meurtrier, pour qu'il leur apporte son soutien ?

Le soir des événements Selvin s'était isolé dans un coin, essayant de contenir sa colère. Il avait eu une vive discussion avec Sina. L'envie de sortir un couteau et de saigner Dari Col avait traversé l'esprit des deux hommes, mais ce n'était pas le moment de remettre le feu aux poudres. C'était assis contre le mur d'une pièce à l'étage du quartier général des Griffons qu'ils avaient discuté.

« Pourquoi Kimbra a-t-il accepté de faire la paix avec ce bandit ? Avait demandé Selvin, la rage au ventre.

- Je ne sais pas vraiment, mais il doit y avoir une explication. Kimbra n'a peut-être pas eu la version officielle, j'espère tout simplement qu'il n'a pas fait de concession. Cet enfoiré a quand même commandité l'assassinat de Toklib, mis en esclavage Jodix et fait brûler nos quartiers ici à Timeva. Crois bien que moi aussi je n'ai qu'une seule envie, c'est d'enfoncer ma lame profondément dans ce pourri. Un jour il paiera pour ses crimes, avec ou sans le consentement de notre chef.

- Soit notre chef est devenu fou, soit il est passé du mauvais côté…

- Ne nous hâtons pas de conclure, je vais avoir une discussion avec lui une fois à Enolia. Elle risque d'être longue... Ensuite nous aviserons.

- Tu crois que nous sommes encore mercenaires chez Umbrea Mortalis ?

- Je n'en sais absolument rien. Jusqu'à preuve du contraire nous sommes restés fidèles à la guilde, mais je suis pessimiste. Je ne me fais guère d'illusions, il y a peu de chance que nous ne soyons pas exclus, après tout nous avons violé l'une des règles majeures. Je n'aurais pas dû vous embarquer dans cette aventure !

- Tu ne t'en serais jamais sorti sans nous. » Selvin avait rigolé comme cela faisait longtemps que ce n'était pas arrivé.

La vue proche des murailles d'Enolia sortit Sina de ses pensées. Selvin à côté de lui n'était pas serein, il regardait un peu partout, semblant craindre une attaque imminente d'un bandit caché dans un bosquet. Plus ils s'approchaient de la capitale d'Arkadis, plus la route était fréquentée. A cette saison les marchés battaient leur plein dans la ville, les innombrables marchands se rendaient à la capitale pour y vendre leurs produits. Sina ralentit l'allure avant d'arriver à la porte sud-ouest qui était probablement l'une des plus fréquentée. C'était celle qui menait directement à la route des Anciens jusqu'aux terres Valkris.

Avant de rentrer dans la ville, il eut une légère appréhension. La jeune femme qu'ils escortaient n'était plus la même. Il ne la connaissait vraiment que depuis peu, mais la comparaison entre la jeune femme qu'il n'avait vue que quelques secondes à la lueur des flammes qui brûlaient à la porte de sa cellule à Elmuntech et celle d'aujourd'hui prouvait une importante transformation. Ses cheveux courts la vieillissaient, son visage était plus grave. Il se retourna et vit la jeune Souna auprès de Jodix. Et là lui venait une autre des nombreuses questions qui lui taraudait l'esprit. Qu'avaient-ils vécu ensemble ces deux-là et par quelles épreuves étaient-ils passés ?

Replongeant dans ses pensées il se souvint qu'il était allé voir, après sa discussion avec Selvin, comment allait Jodix qui était allongé et inconscient. Seule Amaya semblait pouvoir prendre soin de lui. Selvin n'avait mis que quelques secondes à crocheter les serrures de ses bracelets anti-magie. Il en portait des traces rouges qui semblaient indélébiles sur les poignets. Malgré le choc qu'il avait reçu, sa respiration était calme. Il n'avait besoin que de repos, son corps était éprouvé par tant d'aventure, même si sa blessure n'était finalement que superficielle. Sina avait jeté un coup d'œil sur la paillasse de Waregrund. Son cas était différent, ses blessures étaient graves et personne ne savait s'il allait passer la nuit.

« Bonsoir Amaya, avec tout cela nous n'avons pas encore été présentés. Je suis Sina Mura, j'étais le chef de l'équipe de mercenaires venu te libérer à la prison. Et je tenais avant tout à m'excuser. » Il regardait la jeune femme fascinée par le turquoise de ses yeux contrastant avec les lieux lugubres.

« Vous n'avez pas besoin de vous excuser, vous ne pouviez pas savoir ce qui allait suivre… C'est plutôt à moi d'être reconnaissante, vous avez fait le tour du monde pour nous retrouver. Peu de personnes auraient fait cela…

- Ils sont apparemment plus nombreux que tu ne le penses. Je n'avais pas envie de te déranger ce soir, tu dois être exténuée, mais j'ai trop de questions et j'ai besoin de réponses.

- Je vous écoute, de toute façon je n'arriverai pas à fermer les yeux cette nuit », Amaya serrait fort la main de Jodix. Il était évident qu'elle avait espéré que son pouvoir reviendrait afin de soigner son ami, mais rien ne s'était produit.

Sina s'était ensuite levé et dirigé vers la table sur laquelle se trouvaient de nombreux vivres que les Griffons leur avaient donnés. Il prit une cruche en terre cuite pleine d'eau et servit deux verres. Il retourna ensuite auprès de la Souna. Ses lèvres gercées avaient apprécié la fraîcheur de l'eau offerte par le chef Valkris. Assis sur un tabouret, en face d'elle, il n'avait pas su par où continuer.

« Est-ce que tout va bien ?

- Ça ira mieux quand Jodix se remettra.
- Et physiquement ?
- Je suis épuisée, mais est-ce important ?
- Où as-tu connu ces deux Protechs ? Danto, tu sais le Protech qui est dans notre groupe, avait l'air de dire que l'un des deux était avec toi dans la prison.
- Oui Madbli était avec moi dans la prison. Sans lui j'aurais mal vécu mon séjour là-bas. L'autre est apparemment une de ses connaissances. Il était sur l'île où j'étais retenue captive. Ils ont gentiment proposé de m'aider à retrouver Jodix, je n'avais pas vraiment le choix. Mais l'enfer est pavé de bonnes intentions… Manifestement ils voulaient surtout mettre la main sur mon médaillon.
- Sur ton médaillon ? J'ai cru comprendre que c'était le Cœur de Mythril… Sina cherchait une logique dans toute cette histoire, tout semblait si compliqué !
- Je ne sais pas ce qu'est ce Cœur de Mythril dont tout le monde parle. Tout ce que je sais c'est que j'avais un médaillon, une sorte de Cristal transparent, et qu'à l'intérieur il y a une sorte de cœur liquide en métal argenté. Madbli a dû voir que je le portais dans la prison. Je ne sais pas vraiment pourquoi ils sont allés jusqu'à nous menacer de mort pour l'obtenir… il n'a pas de valeur autre que sentimentale pour moi. À vrai dire je l'ai toujours eu, je ne sais pas vraiment comment je l'ai obtenu mais il est un élément clef de mon enfance.
- Il doit certainement avoir une grande valeur. J'en ai déjà entendu parler. Mais pourquoi une fille comme toi aurait un tel artefact… Je pense qu'il s'agit d'une erreur. Que s'est-il passé quand vous avez quitté l'arène ?
- Ils ont mis des bracelets à Jodix, ils avaient peur qu'il utilise sa magie. Puis ils ont menacé de le tuer si je ne leur disais pas précisément où se trouvait le médaillon. Madbli était furieux car je ne m'en souvenais pas, il m'a traité de menteuse. L'autre était plus tempéré et m'a demandé d'essayer de me souvenir de l'endroit où je l'aurais perdu. Tout ce dont je me souvenais c'est que je ne l'avais plus une fois que mon… Maître... m'avait acheté.
- Ah oui… ça. Sina n'imaginait même pas toutes les épreuves par lesquelles était passée la jeune femme.
- Du coup Madbli a dit à Hakam qu'il pensait savoir qui le possédait. Il avait apparemment déjà discuté avec le meneur de la guilde des Griffons. Euh je ne sais plus son nom.
- Dari Col ?
- Non, il avait un nom de Protech.
- Amaïdin Techrim ?
- Oui c'est ça, car apparemment c'est lui qui nous aurait fait enlever… Il a rajouté c'était lui aussi qui avait dû le voler.
- C'est quand même étrange que ce soit Waregrund qui l'avait en sa

possession du coup.

- Oui, j'espère que son état s'améliorera rapidement, j'ai tellement de questions à lui poser », Amaya regarda émue la couche du vieux Protech qu'elle ne connaissait pas. Au plus profond d'elle-même elle était persuadée qu'elle lui devait la vie.

Mais pourquoi moi ?

Depuis, cette question n'avait eu de cesse de la tourmenter. Tant de personnes s'étaient données corps et âme pour la retrouver, elle, la petite voleuse des rues d'Enolia. Sa naïveté avait atteint ses limites, elle savait désormais qu'elle ne devait pas être n'importe qui.

Sina, malgré les pavés de la route qui les secouaient, se souvenait encore de la suite de sa discussion avec Amaya. Danto et Selvin s'étaient déjà endormis, cette journée avait été l'une des plus éreintantes de leur long voyage. Sina avait sorti Amaya de ses pensées.

« Que comptes-tu faire à Enolia une fois de retour ?

- Je ne me suis pas vraiment posé la question. Je ne pourrais jamais retourner à ma vie d'avant, ça c'est sûr. »

Sina se souvenait très bien qu'il avait souri à cette réflexion. Elle était si jeune.

Selvin sortit son chef de ses pensées lorsqu'il poussa une exclamation à la vue de la porte d'entrée d'Enolia. Le petit groupe n'eut aucun mal à passer les barrages de gardes qui ne contrôlaient personne, l'affluence étant trop importante.

Amaya redécouvrait avec émerveillement la ville qui l'avait vue naître. Ses magnifiques bâtiments colorés, ses larges rues pavées, les clans vivant en harmonie, la liberté, les parfums qui embaumaient l'atmosphère, tout lui rappelait des souvenirs. Cette vision de la ville lui remémora ses aventures. D'abord, et c'était de là que tout était parti, son emprisonnement. Lorsqu'elle était au fond du gouffre, sa rencontre avec Madbli, celui qu'elle pensait être son ami. Puis l'évasion où elle s'était vue mourir noyée dans l'Aïem. La survie dans la forêt, la découverte de son mystérieux pouvoir qui avait soigné son nouvel ami Jodix. Ensuite la capture par les esclavagistes et le long voyage vers les îles Maudites. Là encore elle avait cru mourir. Les longs jours de servitude - si terribles - jamais elle ne voudrait revivre pareille expérience ! Elle avait ensuite retrouvé Madbli qui l'avait aidée à sortir Jodix de l'arène. Cet homme finalement perfide avait montré alors son vrai visage. Il les avait menacés afin qu'elle leur indique qui lui avait volé son précieux médaillon. C'est lui seul qui avait supposé que c'était

Amaïdin Techrim, un esclavagiste qui travaillait à Timeva et que Madbli semblait bien le connaître, qui l'avait en sa possession. L'aventure se terminait enfin avec la bataille qui avait réuni à nouveau les amis de Jodix. Waregrund leur avait probablement sauvé la vie, et peut-être pourrait-elle un jour le remercier.

Tout y était passé : la tristesse, la joie, la colère, l'espoir, l'incompréhension…

La jeune fille naïve qui s'était évadée de prison ce soir-là n'était plus, c'était une femme désormais qui rentrait à Enolia.

Elle eut un sourire discret.

Amaya regrettait de ne pas maîtriser son pouvoir. Elle aurait tellement voulu soigner Jodix et le vieux Protech. S'il était avec eux il aurait pu répondre à toutes les nombreuses questions qu'elle avait à lui poser. Il semblait être le seul à pouvoir y répondre. Jamais avant ce voyage, avant la découverte de son pouvoir, elle n'avait pensé vouloir renouer avec son passé. Désormais tout était différent !

Pour Jodix c'était plus fort encore. Elle avait tellement de peine à le voir souffrir et elle se sentait coupable.

Elle s'était pourtant concentrée, mais rien à faire… son médaillon devait y être pour quelque chose. Outre celui-ci, il lui manquait quelque chose qu'elle ne saurait expliquer, une force intérieure qu'elle avait ressentie dans la forêt ou chez l'esclavagiste, ce petit truc qui l'avait aidée à utiliser sa magie.

« Nous arrivons bientôt, soyez discrets. Sina arrêta la carriole devant la façade du quartier général d'Umbrea Mortalis.
- Nous allons t'aider à descendre Jodix. Selvin sauta du siège.
- Merci. »

Aidée de ses compagnons, elle portait Jodix à l'aide du brancard de fortune qu'ils avaient construit pour lui, lorsque soudain elle ressentit un trouble venant du plus profond d'elle-même. Une sensation des plus étranges qui lui fit perdre instantanément tous ses moyens. Elle leva les yeux et vit passer, sous bonne escorte, une Souna majestueuse, à cheval. Cette femme semblait sortie de nulle part, mais pourtant elle était là, avançant dans une robe d'un bleu saphir luisant.

Leurs regards se croisèrent.

L'espace de quelques secondes le monde semblait s'être arrêté. Liana Belevir poursuivit sa route. Cette rencontre qui aurait pu être anodine l'avait troublée, même si elle ne se l'avouait pas.

« Tout va bien Amaya ? Selvin sortit la jeune fille de ses pensées.
- Euh oui oui. »

Jodix fut installé à l'infirmerie du quartier général. Kimbra Sayane feignit de ne pas être surpris de voir l'équipe rentrer presque au complet. Il s'était résigné à ne jamais les voir revenir. Il salua les membres un par un.

« Ainsi c'est toi la jeune Souna. Enchanté, je suis Kimbra Sayane le chef d'Umbrea Mortalis. Je suis heureux de te rencontrer saine et sauve. Je n'ai pas de nouvelles de ton protecteur, mais sache que nous faisons tout pour le retrouver.
- Ne te fatigue pas Kimbra, nous l'avons retrouvé et il est dans un piteux état…
- Comment ça ? Le chef semblait s'inquiéter pour la prime tant espérée.
- Pour être plus précis, c'est lui qui nous a trouvés. Nous étions dans une situation difficile à gérer et c'est lui qui nous a sortis de ce guêpier. Malheureusement il a été gravement blessé. Il est actuellement chez les Griffons, qui tentent de le maintenir en vie.
- Tout ça ne va pas arranger mes affaires. Selvin, veux-tu bien t'occuper de la jeune fille, lui préparer une collation et lui faire découvrir les lieux ? Je dois parler avec Sina », il fit signe à celui-ci de passer devant lui pour rejoindre son bureau.

Sina Mura était l'un des plus anciens mercenaires de la guilde, pourtant il ne mettait presque jamais les pieds au quartier général. Peut-être se sentait-il plus indépendant ainsi ? Il remarqua cependant que rien n'avait changé depuis sa dernière visite, mis à part les quelques bouteilles vides qui jonchaient le sol du bureau de Kimbra. L'attente avait dû être longue. Sina se dit qu'il aurait peut-être dû envoyer des nouvelles à son chef depuis les îles, mais il n'aimait pas en envoyer de mauvaise alors il s'était abstenu.

Le meneur de la guilde prit deux gobelets en métal et versa généreusement l'alcool dont il raffolait. Un rhum bien ambré, dont seuls quelques St'ingies avaient le secret. Avant de refermer la bouteille il profita quelques instants des parfums qu'elle renfermait. Puis il se tourna vers le Valkris qui lui avait causé tellement de soucis ces dernières semaines.

« Assieds-toi Sina. Tu dois te douter qu'il y a eu un vote. Le vieux Protech posa les deux verres sur la table basse et s'assit à son tour.

- Oui c'est la règle, je n'ai pas suivi un ordre direct et je mérite la sanction prévue. Je n'ai qu'une requête étant le seul à être fautif, Selvin et Danto n'ont pas à être punis, ils n'ont fait que suivre mes ordres. Le Valkris ne prit pas le verre qui était posé devant lui.
- C'est bien toi ça Sina, jusqu'au bout pour défendre les tiens. Et c'est pour ça que je t'aime mon frère. J'ai posé mon véto à ton expulsion. Je sais ce qui t'a poussé à de telles extrémités. Je pense qu'en mon temps j'aurais fait de même. Il renifla le contenu de son verre pour en sentir les arômes, puis y trempa lentement les lèvres.
- Merci Kimbra, je serai toujours fidèle à Umbrea Mortalis. » Le mercenaire se leva de son siège et fit le tour du bureau, il était troublé et ne savait vraiment plus quoi penser de toute cette histoire.

Son instinct lui disait que son chef n'était pas totalement honnête avec lui.

Il regarda sans vraiment s'attarder les multiples babioles qui traînaient sur une bibliothèque qui décorait cette morne pièce. Le chef d'Umbrea Mortalis avait eu une vie bien remplie, il avait baroudé partout dans le monde connu et semblait avoir rapporté un souvenir de chaque lieu visité. Sina prit dans sa main une sorte de petit œuf couleur ébène, il était lourd comme du granite. Il l'observa dubitativement avant de le reposer sur le socle qui le faisait tenir debout. Le bureau resta étrangement silencieux durant tout ce temps. Kimbra décida de le rompre.

« Et pour la jeune fille, qu'allons-nous en faire ? Le ton employé semblait démontrer que Kimbra n'y avait pas vraiment pensé.

- Je ne sais pas… Sina faisait toujours face à la vitrine des innombrables souvenirs.
- Tu m'as dit que le Protech est gravement blessé et qu'il ne peut pas répondre à nos questions. En plus nous n'avons aucune information sur celui qui l'avait employé. Tu as une idée toi. Je te connais.
- Disons que cette jeune fille est pleine de ressources. »

Il ne voulait pas parler de ce qu'il avait vu à Timeva tant qu'il n'était pas sûr des intentions de Kimbra. Dans le brouillard de la bataille ils n'étaient probablement pas nombreux à avoir compris ce qui s'était passé. Il semblait être le seul à se douter que cette fille n'était pas ordinaire. Vraiment pas !

« Je suis sûr que tu as une idée derrière la tête. Je t'écoute. »

Il but une nouvelle gorgée. Il adorait vraiment cet alcool. Pour ce doux nectar il bénissait les St'ingies.

Sina revint auprès de son chef et s'assit dans le fauteuil. Il prit le verre qui lui était destiné et le but cul sec. Il posa ensuite les mains sur ses genoux, ses yeux brillaient. Il fixa avec insistance Kimbra.

« J'aimerais former cette jeune Souna. Elle pourrait devenir la meilleure mercenaire qu'ait connue Arkadis. »

FIN DU TOME II

ÉPILOGUE

Un nouveau monde

...

« Je n'ai pas vu cette terre depuis si longtemps... Sa magnificence est restée gravée dans mon esprit depuis le jour où je l'ai quittée. »

Il avait marché dans une tempête de neige pendant plus d'une semaine. Seul son instinct l'avait guidé. Il avait enfin retrouvé cette cité millénaire, creusée à même la glace.

Un homme tout de blanc vêtu s'approcha de lui.

« Bienvenue chez toi Sgana Ssuer, fils d'Arkane Kanar. »

FIN DU LIVRE I

REMERCIEMENTS

Je remercie tous ceux qui nous ont épaulés et soutenus dans l'écriture de ce roman. Ils sont nombreux et nous sommes certains qu'ils se reconnaîtront tous.

Tout d'abord Florian Dupré, son talent, son imagination nous ont permis de mettre en image les lettres posées sur le papier…

Mélanie, Jérémy, Philippe, Lionel, Marie… pour leur lecture assidue et leurs précieux conseils.

Le café et la gastronomie alsacienne sans lesquels toutes ces journées de relectures nous auraient paru si longues.

Printed in Poland
by Amazon Fulfillment
Poland Sp. z o.o., Wrocław

55844319R00273